中国语言文学文库·典藏文库

吴承学　彭玉平　主编

邱世友词学论集

邱世友　著

中山大學出版社
·广州·

版权所有　翻印必究

图书在版编目（CIP）数据

邱世友词学论集/邱世友著. —广州：中山大学出版社，2018.11
（中国语言文学文库·典藏文库/吴承学，彭玉平主编）
ISBN 978-7-306-06438-7

Ⅰ.①邱…　Ⅱ.①邱…　Ⅲ.①词（文学）—诗词研究—中国—文集
Ⅳ.①I207.23-53

中国版本图书馆 CIP 数据核字（2018）第 212384 号

出版人：	徐　劲
策划编辑：	嵇春霞
责任编辑：	王　睿
封面设计：	曾　斌
责任校对：	粟　丹
责任技编：	何雅涛
出版发行：	中山大学出版社
电　　话：	编辑部 020-84111996，84113349，84111997，84110779
	发行部 020-84111998，84111981，84111160
地　　址：	广州市新港西路 135 号
邮　　编：	510275　传　真：020-84036565
网　　址：	http://www.zsup.com.cn　E-mail：zdcbs@mail.sysu.edu.cn
印　刷　者：	佛山市浩文彩色印刷有限公司
规　　格：	787mm×1092mm　1/16　25 印张　410 千字
版次印次：	2018 年 11 月第 1 版　2018 年 11 月第 1 次印刷
定　　价：	78.00 元

如发现本书因印装质量影响阅读，请与出版社发行部联系调换

中国语言文学文库

主　编　吴承学　彭玉平

编　委（按姓氏笔画排序）

　　　　王　坤　王霄冰　庄初升

　　　　何诗海　陈伟武　陈斯鹏

　　　　林　岗　黄仕忠　谢有顺

总　序

吴承学　彭玉平

  中山大学建校将近百年了。1924年，孙中山先生在万方多难之际，手创国立广东大学。先生逝世后，学校于1926年定名为国立中山大学。虽然中山大学并不是国内建校历史最长的大学，且僻于岭南一地，但是，她的建立与中国现代政治、文化、教育关系之密切，却罕有其匹。缘于此，也成就了独具一格的中山大学人文学科。

  人文学科传承着人类的精神与文化，其重要性已超越学术本身。在中国大学的人文学科中，中国语言文学学科的设置更具普遍性。一所没有中文系的综合性大学是不完整的，也几乎是不可想象的。在文、理、医、工诸多学科中，中文学科特色显著，它集中表现了中国本土语言文化、文学艺术之精神。著名学者饶宗颐先生曾认为，语言、文学是所有学术研究的重要基础，"一切之学必以文学植基，否则难以致弘深而通要眇"。文学当然强调思维的逻辑性，但更强调感受力、想象力、创造力和语言表达能力。有了文学基础，才可能做好其他学问，并达到"致弘深而通要眇"之境界。而中文学科更是中国人治学的基础，它既是中国文化根基的重要组成部分，也是中国文明与世界文明的一个关键交集点。

  中文系与中山大学同时诞生，是中山大学历史最悠久的学科之一。近百年中，中文系随中山大学走过艰辛困顿、辗转迁徙之途。始驻广州文明路，不久即迁广州石牌地区；抗日战争中历经三迁，初迁云南澄江，再迁粤北坪石，又迁粤东梅州等地；1952年全国高校院系调整，始定址于珠江之畔的康乐园。古人说："艰难困苦，玉汝于成。"对于中山大学中文系来说，亦是如此。百年来，中文系多番流播迁徙。其间，历经学科的离合、人物的散聚，中文系之发展跌宕起伏、曲折逶迤，终如珠江之水，浩浩荡荡，奔流入海。

康乐园与康乐村相邻。南朝大诗人谢灵运，世称"康乐公"，曾流寓广州，并终于此。有人认为，康乐园、康乐村或与谢灵运（康乐）有关。这也许只是一个美丽的传说。不过，康乐园的确洋溢着浓郁的人文气息与诗情画意。但对于人文学科而言，光有诗情是远远不够的，更重要的是必须具有严谨的学术研究精神与深厚的学术积淀。一个好的学科当然应该有优秀的学术传统。那么，中山大学中文系的学术传统是什么？一两句话显然难以概括。若勉强要一言以蔽之，则非中山大学校训莫属。1924年，孙中山先生在国立广东大学成立典礼上亲笔题写"博学、审问、慎思、明辨、笃行"十字校训。该校训至今不但巍然矗立在中山大学校园，而且深深镌刻于中山大学师生的心中。"博学、审问、慎思、明辨、笃行"是孙中山先生对中山大学师生的期许，也是中文系百年来孜孜以求、代代传承的学术传统。

　　一个传承百年的中文学科，必有其深厚的学术积淀，有学殖深厚、个性突出的著名教授令人仰望，有数不清的名人逸事口耳相传。百年来，中山大学中文学科名师荟萃，他们的优秀品格和学术造诣熏陶了无数学者与学子。先后在此任教的杰出学者，早年有傅斯年、鲁迅、郭沫若、郁达夫、顾颉刚、钟敬文、赵元任、罗常培、黄际遇、俞平伯、陆侃如、冯沅君、王力、岑麒祥等，晚近有容庚、商承祚、詹安泰、方孝岳、董每戡、王季思、冼玉清、黄海章、楼栖、高华年、叶启芳、潘允中、黄家教、卢叔度、邱世友、陈则光、吴宏聪、陆一帆、李新魁等。此外，还有一批仍然健在的著名学者。每当我们提到中山大学中文学科，首先想到的就是这些著名学者的精神风采及其学术成就。他们既给我们带来光荣，也是一座座令人仰止的高山。

　　学者的精神风采与生命价值，主要是通过其著述来体现的。正如司马迁在《史记·孔子世家》中谈到孔子时所说的："余读孔氏书，想见其为人。"真正的学者都有名山事业的追求。曹丕《典论·论文》说："盖文章，经国之大业，不朽之盛事。年寿有时而尽，荣乐止乎其身，二者必至之常期，未若文章之无穷。是以古之作者，寄身于翰墨，见意于篇籍，不假良史之辞，不托飞驰之势，而声名自传于后。"真正的学者所追求的是不朽之事业，而非一时之功名利禄。一个优秀学者的学术生命远远超越其自然生命，而一个优秀学科学术传统的积聚传承更具有"声名自传于后"的强大生命力。

为了传承和弘扬本学科的优秀学术传统，从2017年开始，中文系便组织编纂中山大学"中国语言文学文库"。本文库共分三个系列，即"中国语言文学文库·典藏文库""中国语言文学文库·学人文库"和"中国语言文学文库·荣休文库"。其中，"典藏文库"（含已故学者著作）主要重版或者重新选编整理出版有较高学术水平并已产生较大影响的著作，"学人文库"主要出版有较高学术水平的原创性著作，"荣休文库"则出版近年退休教师的自选集。在这三个系列中，"学人文库""荣休文库"的撰述，均遵现行的学术规范与出版规范；而"典藏文库"以尊重历史和作者为原则，对已故作者的著作，除了改正错误之外，尽量保持原貌。

　　一年四季满目苍翠的康乐园，芳草迷离，群木竞秀。其中，尤以百年樟树最为引人注目。放眼望去，巨大树干褐黑纵裂，长满绿茸茸的附生植物。树冠蔽日，浓荫满地。冬去春来，墨绿色的叶子飘落了，又代之以郁葱青翠的新叶。铁黑树干衬托着嫩绿枝叶，古老沧桑与蓬勃生机兼容一体。在我们的心目中，这似乎也是中山大学这所百年老校和中文这个百年学科的象征。

　　我们希望以这套文库致敬前辈。

　　我们希望以这套文库激励当下。

　　我们希望以这套文库寄望未来。

2018年10月18日

吴承学：中山大学中文系学术委员会主任、教授，长江学者特聘教授
彭玉平：中山大学中文系系主任、教授，长江学者特聘教授

目 录

第一章　李清照的声律论和情致论 ·············· 1
　　第一节　词的声情特征和作者 ················ 1
　　第二节　词的声律论 ···························· 2
　　第三节　词的情致论 ··························· 13
　　第四节　词的高雅、浑成和典重 ············ 20

第二章　张炎的清空论 ····························· 29
　　第一节　词学背景和作者 ···················· 29
　　第二节　清空论的内涵和意义 ··············· 29
　　第三节　词的清空与艺术技法 ··············· 37
　　第四节　梦窗词密丽秾挚与清空疏宕的统一 ···· 40
　　第五节　意趣论 ································ 45
　　第六节　词的体物和使事用典 ··············· 53

第三章　陈霆论词的绮靡蕴藉和风致 ········· 61
　　第一节　词学背景和作者 ···················· 61
　　第二节　意蕴的内涵 ·························· 63
　　第三节　绮靡流丽归于风致 ·················· 69

第四章　陈子龙"警露取妍,意含不尽"的词学思想 ···· 78
　　第一节　词学背景和作者 ···················· 78
　　第二节　情主怨刺的词学思想 ··············· 80
　　第三节　警露含蓄、柔婉沉至的艺术特征论 ···· 88

第五章　朱彝尊论词的醇雅 …… 98
第一节　明代词学衰微和作者 …… 98
第二节　论词的基本特征 …… 100
第三节　醇雅论的建立 …… 104
第四节　"境生象外"的清空、醇雅词品的体现 …… 112

第六章　张惠言论词的比兴寄托 …… 122
第一节　明清时期词的兴衰嬗变和作者 …… 122
第二节　词的界定：意内言外和比兴寄托 …… 123
第三节　词的历史正变和比兴寄托 …… 130
第四节　张惠言比兴寄托论的优点和局限 …… 135

第七章　周济论词的空实和寄托 …… 139
第一节　清代嘉庆、道光时期的词坛和作者 …… 139
第二节　求空求实和空实的统一 …… 140
第三节　非寄托不入，专寄托不出，求有寄托求无寄托 …… 146
第四节　词的寄托与时代社会生活 …… 155

第八章　刘熙载的词品说 …… 160
第一节　词学背景和作者 …… 160
第二节　词品和人品及词的三品说 …… 161
第三节　词的正变观 …… 167

第九章　刘熙载论词的含蓄和寄托 …… 171
第一节　三品说与含蓄寄托 …… 171
第二节　含蓄寄托与空灵蕴藉 …… 175
第三节　"有"和"空"、"厚"和"清"的辩证关系 …… 178
第四节　诸艺术技巧的辩证论 …… 181

第十章　谢章铤论词的性情与寄托 …… 186
第一节　词学背景和作者 …… 186

第二节　词的本色特征和词家性情……………………………… 186
　　第三节　寄托论及其局限与词贵清空……………………………… 196
　　第四节　意内言外、内容与形式的统一……………………………… 208

第十一章　谭献的柔厚说 ……………………………………………… 213
　　第一节　清咸丰至光绪初年的词坛和作者……………………… 213
　　第二节　柔厚的含义及其历史渊源……………………………… 214
　　第三节　涩的审美价值与柔厚…………………………………… 219
　　第四节　词的柔厚与比兴寄托论的发展………………………… 222
　　第五节　作者之用心未必然，读者之用心何必不然…………… 229

第十二章　冯煦谬悠显晦的寄托论 …………………………………… 233
　　第一节　时代、作者及其寄托论源薮…………………………… 233
　　第二节　刚柔相济、豪放与婉曲迭融…………………………… 238
　　第三节　空与实统一的浑化之境，幽涩救浮滑………………… 243

第十三章　陈廷焯论词的沉郁 ………………………………………… 250
　　第一节　时代、作者及《白雨斋词话》………………………… 250
　　第二节　"沉郁"的界定及其内涵……………………………… 250
　　第三节　哀怨为核心、身世之感为基础的沉郁说……………… 258
　　第四节　沉郁顿挫和比兴寄托…………………………………… 262
　　第五节　融合浙常两派，浑一寄兴清空………………………… 266

第十四章　况周颐论词境的拙、重、大 ……………………………… 272
　　第一节　晚清词学和作者………………………………………… 272
　　第二节　深静淡远的词境论……………………………………… 273
　　第三节　词家的性灵、襟抱与词外求词………………………… 280
　　第四节　词境的拙、重、大……………………………………… 285
　　第五节　即性灵（情）即寄托…………………………………… 297

第十五章　王国维论词的境界 …… 303
  第一节　作者 …… 303
  第二节　境界的界定和蕴含 …… 303
  第三节　词的隔与不隔 …… 317
  第四节　词的有我之境和无我之境 …… 321

第十六章　论词杂著 …… 328
  第一节　柳永词的声律美 …… 328
  第二节　试论陈寅恪教授的诗词学思想 …… 341
  第三节　读王季思先生《漫谈白石〈暗香〉〈疏影〉》的启发 …… 364
  第四节　詹安泰词学思想追记 …… 371
  第五节　《宋代词学审美思想》序 …… 381

编后记 …… 387

第一章 李清照的声律论和情致论

第一节 词的声情特征和作者

词学乃声学，是以声情作为其内部特征的。所谓内部特征，指的是其自身的特征，不是外在的。晚唐五代是词的成熟期，《花间集》则为这一时期词的总集。除南唐外，所收词家十八人，作品五百首；无一人不识音律，无一阕不合音律。按拍赴节，趁舞清歌。所以欧阳炯的《花间集序》说："则有绮筵公子，绣幌佳人，递叶叶之花笺，文抽丽锦；举纤纤之玉指，拍按香檀。"南宋绍兴本晁谦之跋也指出："《花间集》十卷，皆唐末才士长短句；情真而调逸，思深而言婉。"这一时期的词家，倚声填词，莫不务为谐畅，于调逸言婉中，抒写其真实深远的情思。所谓深美闳约。如果说从敦煌曲子词到《花间集》是民间词到文人词的转变过程，而这个过程，也不离乎声情，李清照论词所谓"别是一家"（《词论》，见《李清照集》。下引《词论》文字，不再注），即是就词的声情内部特征标举的。

李清照（1084年—?），号易安居士，山东济南人，散文家李格非之女；夫为金石学家赵明诚，卒于宋南渡时。晚年流寓浙江金华、绍兴。有《漱玉集》，也称《易安词》。论词有《词论》。今人集其散见于他人著作的诗文，名为《李清照集》。《词论》一文早见于胡仔《苕溪渔隐丛话》卷三十三。胡仔是指摘李清照"评诸公词，皆摘其短，无一免者。此论未公，吾不凭也"而引述的，可见并非有意中伤，当时或可有据。今人提出《词论》非李清照所作的拟议，由于还没有确凿的论证，未可遽定。从词论角度看，李清照《词论》有一定的价值。所以，论李清照的词学思想，《词论》犹不失为重要的文献。

第二节　词的声律论

声律于抒情文学任何时候都是重要的因素。不同体制的抒情文学，对声律都有不同的要求。它们都凭借声律，即凭借音韵的大小洪细、声调的抑扬抗坠，形成自己的结构形式。刘勰说："凡声有飞沉，响有双叠，双声隔字而每舛，叠韵杂句而必睽；沉则响发而断，飞则声扬不还。"（《文心雕龙·声律》）声分四调，有平有仄。就平声字论，凡阳平字多者则沉，阴平字多者则扬；就仄声字论，去声字飞而扬，上声字抑而断。当然，这是相对说的，平声与去声、平声与上声等等的调协，都可以构成抑扬顿挫、低昂互节的声律之和。关键在于声调之间调值的差异和相配。如上声仰抑，入声急促，二者调值差异而相配，也见其声律。另外，还有双声叠韵的配合。所以，抒情之作，莫不因情以配律，因律以抒情。齐梁以后诗歌逐渐形成近体声律。沈约四声八病之论虽不免拘泥，但如果避免了声病，所作诗自然会向律句靠近。而其论"若前有浮声，则后须切响"，要求诗歌声律"低昂互节"（《宋书·谢灵运传论》），则颇具抑扬抗坠之理。此论不但促进了近体诗声律的建立，也有助于作为"声诗"词的声律的形成。作为声诗的词，它的声律须符合某种乐调。今天乐调虽亡，但声律犹在，而且体现于词谱词调上。关于声诗和音乐融合的原理，早在中唐时期元稹的《乐府古题序》就说得颇为明确：

> 在音声者，因声以度词，审调以节唱，句度长短之数，声韵平上之差，莫不由之准度。

元稹强调"句度长短之数，声韵平上之差"都要以音乐为准度。这里的"数"，指声诗字句的数，要和音乐的"音数"相一致。这里的"差"，指声诗的声韵平仄要符合音乐的抑扬清浊。作为声诗的词，它的形式结构系统是以这两个原则为基础的。在这个基础上，以调为枢纽，其中有五音清浊，有长句短句，有大顿小顿，有韵脚，有犯声，配合组成或变化一调，由调而生曲，由曲而成词。不同的词调适应于不同的情感，便有豪放、婉约之别。因此，词律是倚声填词者所必须"参究"（用张炎语）的。南宋和北宋形成了词的发展的两个高峰，北宋词律精审者不但便于歌台舞榭伎女所歌,而且也为南宋词的发展从声律上奠定了基础。但北宋词正处于变革过程,因而在理论上出现过一些重大的不同的看法,其中一个便是声律问题。

为了维护"声诗"词内部之主要特征,李清照提出不论任何风格的词,都必须讲求声律,使词符合四声句读,五声五音,清浊轻重,一句话,符合声律的要求。从北宋词的发展说,这是对词完美化的推进。她指出:

> 盖诗文分平侧,而歌词分五音,又分五声,又分六律,又分清浊轻重。

六律概指十二律吕,是词配乐协律所必须,是作为声诗的词在音乐方面的特点,今唱法虽亡,但还见于词调。而作为构成词调的声律,李清照认为除和诗文一样分平仄外,还须讲究五音五声。这里她没有指明五音五声的具体内容。据张炎的《词源》和音韵学家的说法,五音指唇、舌、牙、齿、喉五音;依顺序并标为羽、徵、角、商、宫等。这都是就语音声母的发音部位说的。五声指乐音的宫、商、角、徵、羽五声;在字音则为声调,即平、上、去、入四调。宫商为平,徵为上,羽为去,角为入(据《文镜秘府》天卷《声调》引元兢语)。其中,平声又分阴平、阳平,故合为五声。清浊轻重体现了四声的平上去入。其区别在于语音声母发音时声带颤动与否,颤动者为浊为重,否则为清为轻。日本青山宏先生在他的《唐宋词研究》第三章第三节认为"清浊指无声音与有声音",未知何谓。但对词律来说主要还是阴阳平上去入五声。虞集《中原音韵序》云:"以声之清浊,定字之阴阳。如高声从阳,低声从阴。"四声平上去入都分阴阳而以平声阴阳为主。阴为轻清,阳为重浊。吴梅《词源疏证序》云:"词曲中之阴阳,即小学家之清浊也。"声之阴阳历来为重声律者所讲究,作词者必须斟酌于其间,使阴阳清浊轻重相配而调律谐美,其中精妙处存乎其人,全在平日研习,不在倚声填词时斤斤计较,以致束缚情思。

在北宋,柳永、周邦彦最知音律。李清照赞柳词协律,"大得声称于世"。王灼也说柳永"又能择声律谐者用之"(《碧鸡漫志》)。沈伯时于宋末精于音律,也认为柳永"音律甚协"(《乐府指迷》)。李清照还指出柳永所以有这种成就,是北宋建国一百多年涵养所至,这就揭示了词尚协律的社会历史背景。宋翔凤《乐府馀论》更具体指出："中原兵息，汴京繁庶，歌台舞榭，竞赌新声。"柳永词精于协律，这不是偶然的。

沈雄《古今词话》和《御制历代诗馀话》均引《太平乐府》所载柳永向宋仁宗献《醉蓬莱》被斥事，焦循为之分析说：

> 柳屯田《醉蓬莱》词，以篇首"渐"字与"太液波翻""翻"字见斥（按：指传说宋仁宗不喜"翻"字，故斥柳永而不用）。有善词者问，余曰：词所以被管弦，首用"渐"字起调，与下"亭皋落叶，陇首云飞"，字字响亮。尝欲以他字易之，不可得也。至"太液波翻"，仁宗谓不云"波澄"。无论"澄"字前已用过，而"太"为徵音，"液"为宫音，"波"为羽音，若用"澄"字商音，则不能协。故仍用羽音之"翻"字，两羽相属。盖宫下于徵，羽承于商，而徵下于羽。"太液"二字由出而入，"波"字由入而出，再用"澄"字而入，则一出一入，又一出一入，无复节奏矣。且由"波"字接"澄"字，不能相生，此定用"翻"字。"波翻"二字同是羽音，而一轩一轻以为俯仰，此柳氏深于音调也。（《雕菰楼词话》）

起句用"渐"字，是柳永善用去声发调之证。杜文澜《憩园词话》卷一云："平上入三声，间有可以互代，惟去声则独用。其声激厉劲远，转折迭宕，全系乎此。故领调亦必用之。"此论和《词律发凡》相合（见后）。柳永不仅善用平仄四声，还善调宫商，即音韵学家所说的唇、舌、牙、齿、喉五音。焦循据五声部位的顺逆关系分析"太液波翻"用"翻"则协，用"澄"字不协，颇为倚声家赞许。这是因为，"太"为徵音，透母，音在舌头；"液"为宫音，影母，音在喉间；"波"为羽音，帮母，音在重唇；"翻"为羽音，非母，音在轻唇。吟唱时由舌转入喉，再由喉转出重唇至轻唇，轻重唇音相调，所以谐适。如"波"换为"澄"，"澄"为徵音，澄母，音在舌上，即从重唇转入舌上。这样转入转出自然是不谐畅了，所以"翻"不可改为"澄"。这是柳永善调宫商之证，也说明了李清照强调词分五音五声在声律上的意义。诚然，唇舌牙齿喉的声母与宫商关系没有四声平仄与宫商关系那么密切，因为宫商是音的高下清浊，而四声平仄也是音的高下清浊，一在乐，一在字。所以，填词家视四声平仄比唇舌齿牙喉还重要。应该把四声平仄看作是基本的，带本质意义的，而唇齿喉牙只是调配发音部位，只视其人的修养如何而用之。

李清照还指出，除了五音五声，还须分平仄清浊轻重。她所说的要分清浊轻重，无疑首先在于分平声阴阳。顾仲瑛《制曲十六观》说：

> 人声自然音节，到音当轻清处必用阴字，音当重浊处必用阳字，方合腔调，用阴字法，《点绛唇》首句韵脚必用阴字。试以"天地玄黄"为句歌之，则歌"黄"字为"荒"字非也。若以"宇宙洪荒"为句协矣。盖"荒"字属阴，"黄"字属阳也。（转引自刘尧民《词与音乐》）

我们来看一下柳永的《八声甘州》在押韵上是如何以阴阳调配而成铿锵和谐之音的。《八声甘州》落韵叶句顺次如下："一番洗清秋"（阴），"残照当楼"（阳），"苒苒物华休"（阴），"无语东流"（阳），"归思难收"（阴），"何事苦淹留"（阳），"误几回天际识归舟"（阴），"正恁凝愁"（阳）。其领句首字仄声用去的有"对""渐""望""叹"等。前起两句平声落脚而非押韵，情调低抑，用"对"逆入提起，显得抑扬有致。"渐"字领下三句，两个四言偶句，一个四言句，其中偶句有拗，且落脚字两仄一平，音节颇为矫健。仅举这些，我们已经可以看到《八声甘州》的声律明显表现了激壮的声情。当然，就押韵说《八声甘州》的阴阳相配是比较典型的。近代书画家赵熙的《八声甘州·寺夜》也是阴阳两平声韵相配，同具抑扬之美（见《近三百年名家词选》）。柳永的其他词作由于所表现的感情不同，押韵也有作阳、阳、阴或作阴、阴、阳的，也大抵上阴阳相配。如《望海潮》"东南形胜"阕，多押阴声韵。《木兰花慢》其二在"芳景如屏"之下，合过片连用三个短韵，全是阳平韵，以繁音促节来表现春景媚人，春情欢快，"倾城""盈盈""欢情"，在每个短韵后，用"尽""骤""斗""信"等去声字提挈单句或偶句，而且全是两平两仄迭用，两仄又注意去上，如"脆管""斗草""艳冶"，构成了谐美的情调。这是柳永用韵律的超妙处。沈雄《古今词话》引周笃谷语云："《木兰花慢》，惟屯田得音调之正。"即指这种情况。

在平声阴阳与其他声律因素配合所构成的整体结构上的和谐音节中，单句的音节也需讲究。对此，张炎《词源》记其父作《惜花春》改字之情况说：

又作《惜花春·起早》云："琐窗深"。"深"字不协，改为"幽"字；又不协，改为"明"字，歌之始协。此三皆平声，胡为如是？盖五音有唇、齿、喉、舌、鼻，所以有轻重清浊之分，故平声字可为上、入者，此也。

从四声的平声阴阳调协说，"深"和"窗"者是阴平，故不协。"明"和"窗"一阳一阴，故协。因为前者两阴无抑扬抗坠，而后者则有抑扬抗坠之致。还不止此。张炎说："盖五音有唇、齿、喉、舌、鼻。"这就应该从发音部位和发音方法来考察了。"琐"，商音，心母，音在齿头上；"窗"，商音，穿母，音在正齿上；"幽"，宫音，影母，音在喉间；"明"，羽音，明母，音在重唇。从"窗"到"幽"即由外入内，故不顺适；从"窗"到"明"，从内而外，故顺适。焦循说："'琐窗'二字皆商音，又用'深'字商音者，则专壹矣。故用'明'字羽音，自高而出乃协。"（《雕菰楼词话》）这里，焦循却忘记了"明"字属明母，为全浊音，和"窗"字次清则一轻清一重浊，故有节致，而"幽"字则是全清，与"窗"字次清相配就没有这个特点了。刘尧民先生反对这种分析，但又认为"玩赏诗歌的内在音乐的时候，则唇舌的声母和平仄四声是一样的重要"（《词与音乐》）。其实，既然四声有轻重清浊之分，唇舌的声母也有轻重清浊之分，为什么硬要反对这种分析呢？不过，张炎父亲从"深"改为"幽"又改为"明"，这样修改词，说明他没有既定的意境。"琐窗"是幽是深还是明，意境迥然不同，也表现了不同的情致，他这样改可说是因律造情了。我们从以上三个方面来分析为什么用"幽"字不协，用"深"字还不协，用"明"字才协这个音韵上的道理，只是试图从各个有关方面去考察声律的因素，旨在证明李清照分五音五声清浊轻重的重要性。

自然，正如前面所说，平仄是构成词律的因素，诗文分平仄，而词的平仄按调而异于诗，或取诗之律而为谐和，或变诗之律而成拗怒，谐和与拗怒的统一形成某种表达一定情思的调律。其中平仄四声的安排，阴阳轻重的协配，又取决于词家对声律知识的修养和运用能力。黄九烟有"三仄应须分上去，两平还要辨阴阳"的说法，是概括了诸名作而得出的规律，和前引顾仲瑛语同。万树甄综诸名家词，编成《词律》，虽不无失误处，但他不少的体会不无定则的意义，如云："上声舒徐和软，其腔低，去声激厉劲远,其腔高;相配用之,方能抑扬有致。大抵两上两去在所当避。"(《词律发凡》)万氏虽全凭语感,但也可以通过分析调值得知。回避两上、两去,其中最重要的须调配为去上,其次为上去。为什么呢?道理从上面《词律发凡》的话可以体会。杜文澜更明确指出:"词用去上,取其一扬一抑,得顿挫之音。凡属慢词,必有用去上处,小令亦间有之。"(《憩园词话》卷一)反之,词用上去则取其一抑一扬。用去上者见后,这里先说上去。张炎《词源》又记其父作《瑞鹤仙》改字之情况说:

　　曾赋《瑞鹤仙》一词云:"粉蝶儿扑定花心不去,闲了寻香两翅。那知人一点新愁,寸心万里。"此词按之歌谱,声字皆协,惟"扑"字稍不协,遂改为"守"字,乃协。

焦循《雕菰楼词话》从发音部位所谓五音的调适来说明,自是一种合理的解释。盖"粉"字为羽音、非母、轻唇,"蝶"字为徵音、端母、舌上,"儿"字为变徵、日母、半齿。若用"扑"字,则"扑"字羽音、滂母、重唇,由入而出,故不甚协。若换"守"字,则"守"字商音、审母、正齿,故协。除此之外,更重要的是构成声律时仄声字的调配。按《词律》"扑"为入声,唯可代以平声,上去不可代,故不协。"守"字上声与"定"字去声合《词律》所说"一抑一扬",故协。刘尧民先生以"守"作去声,宥韵,非,盖作去声则为太守之"守",为地方官名。当然以"守"字代"扑"字还有意象表达的特点。"守"意象凝定,"扑"则冲撞。至于去上的合用,那就更重要了,因而构成扬抑格。清真(周邦彦)、白石(姜夔)对去上的用法最为谐美。如清真《齐天乐》的"绿芜雕尽台城路"阕,"静掩""尚有""眺远""醉倒""照敛"等都是去上选用;《瑞龙吟》的"章台路,还见褪粉梅梢,试花桃树"阕,"褪粉""笑语""露饮""事与""意绪""骑晚",并加上领句字和句中必用去声处均用去声,如"殊乡又逢秋晚"的"又"字,"暗凝"的"暗"字就显得音调谐美。这样严于用律,是美成(周邦彦)精诣之处。乔大壮曾用《彊邨丛书》本《片玉词》将"去上""上去"一一标出,可以参考。诚然,由于阳上的字后来演变为去声如"绪"字,则另当别论。清代词家多重视去上的扬抑格声律美。如厉鹗评吴焯的词说:"吴绣谷焯,其搞谱寻声,兢兢于去上二字之分,尤不失其刌度。"(引自《词苑萃编》卷八）周邦彦是较李清照长二十七岁的同一时期的词家；她不可能不读到清真词。若以她《词论》中的这些见解来读清真词，正是"波澜莫二""不谋而合"（夏承焘《评李清照的〈词论〉》）。李清照维护作为声诗的词的声律外部特征，不标举同时期的周邦彦，而客观上则以清真为论词的依据。这是词家自当审察，无庸拟议的。青山宏先生《唐宋词研究》说："李清照为什么在其词论中没有论及周邦彦？这是因为周邦彦的词正是满足了李清照认为的词的条件。"所说很有道理，只是难做一番实证。

即使如李清照自己所为词，虽然未尽践其所论；或者说她写《词论》在乱离奔窜之前，而她的名篇却多在乱离奔窜之后，未遑研音究律。其实也并不尽然。我们看《漱玉词》，她后期的作品如《武陵春》《声声慢》，表现其愁苦凄绝、孤独无聊的情绪和意态，极动人心魄，成为千古名作。《武陵春》的"风住尘香花已尽"阕，结拍为六言句，"载"字原为衬字，全用律句，于和谐中表凄抑之情，固不必论。即如《声声慢》开头数句：

> 寻寻觅觅，冷冷清清，凄凄惨惨戚戚。乍暖还寒时候，最难将息。

为了体现她凄绝愁苦生活中寂寞无聊、空虚无寄而若有所失的情态，使用了十四叠字组成三个七叠重音句。先用寻寻觅觅，但寻觅中只觉冷冷清清，秋意萧瑟；也觉空房孤寂，无可遣怀。如果这两句是写主人公的外在活动和感觉，那么，"凄凄惨惨戚戚"就进一步写主人公的内在感触，一种国破家亡、夫殁孤寡、流寓他乡、块然独处的嫠妇的凄恨。为了表现这种深沉的感触，作者使用的十四个叠字大多是齿音并配以唇音和三四等的音。我们看，"寻"，侵韵、邪母、正齿、四等（依《韵镜》，以下同）。"觅"，锡韵、帮母、重唇、四等。"冷"，梗韵、来母、半舌、三等。"清"，清韵、清母、齿头、四等。"凄"，齐韵、清母、齿头、四等。"惨"，感韵、清母、齿头、一等。"戚"，锡韵、清母、齿头、四等。可见由十四个叠字组成的七个重音词中，除"觅"字两音外，其余十个字是齿音和两个与半齿相关的半舌音。众所周知，这里三四等的字音一般说细而低，又多为齿音的塞擦音，平与上入相配，其中又以"惨惨"一等呼字调节，这就更显出低抑的声情。"乍暖还寒时候"的"乍"，祃韵、床母、正齿、二等，又是浊音去声。前后为之振起，大有变化莫测、无可奈何之感，故"最难将息"。运用字音的等呼、发音部位和发音方法写声情，在古典诗歌中是常见的。例如，韩愈《听颖师弹琴》诗："昵昵儿女语，恩怨相尔汝。划然变轩昂，勇士赴敌场。"这里第一联三个四等、五个三等、一个二等、一个一等；四个半齿、三个舌上、二个喉间、一个齿头音；而且八个阴声韵两个阳声韵（指韵尾是否收 m、n 之别，有则阳声，无则阴声）。这样就构成了窃窃私语的音象，表现了儿女情长的情致。"划然"以下，多是一二等和阳声韵字，和前联阴声韵三四等字相对比，声音特别高昂响亮，表达了由窃窃私语和儿女私情变为勇士慷慨激昂之情。李清照是一个传统文化修养很高的女词人，也可能是学习了这种传统而加以创新的。又《声声慢》后片收句云：

　　守着窗儿，独自怎生得黑。梧桐更兼细雨，到黄昏，点点滴滴，这次第，怎一个愁字了得。

"险韵诗成"，这里的"黑"字是险韵，最为难押。但死别之情、孤寂之感，因憔悴惆怅而怕见黄花，怕见一切；惟盼黑夜来临，把这一切消失在黑夜之中。可是黑夜未临，梧桐疏雨在黄昏时分点滴凄清了，又勾起伤心人的愁苦，所以末句是深沉感情的喷发。可见"黑"字难押而易协，因为这是作者生活感受郁积的自然流露。难押术也，易协情也。数句中，"点点滴滴"为舌上音叠字连语，为徵音；"第"字"得"字也是舌上音，双声；"更兼"为牙音双声；而且句的落脚字除"儿"字外，都是仄声字，和韵脚的入声字构成了凄抑的声情。作者就这样把牙舌两部的音交相迭用，形成磔格抑塞的声象，用以表达她忧郁惆怅之情。夏承焘先生说："'梧桐'，云云十多个字里，舌音、齿音交相重叠，是有意以这种声调表达她心中的忧惘。"（《唐宋词欣赏》该词评）张端义《贵耳集》也云："无斧凿痕。"陆以湉《冷庐杂识》卷六也指出："自然妥帖。"二家所论只是叠字的使用，此外还有五音调配的自然天籁。所以，陈廷焯云："后半阕愈唱愈妙，结句亦峭甚。"（《词则》，《大雅集》卷四"宋词"）这是由于沉郁之思，深至之情以"没要紧语出之"（《古今词话》引张祖望语）。无可否认，押"黑"字句俗，但能化俗为雅，受江西诗派影响。

所以，杨慎《词品》卷二说："山谷所谓以故为新，以俗为雅者，易安得之。"彭孙遹则说："以浅俗之语发清新之思。"（《金粟词话》）这些评论家都认为漱玉词像这样的句子自然清新。而刘体仁则强调稳雅，他说："'最难将息'云云深妙稳雅，不落蒜酪，亦不落绝句。"（《七颂堂词绎》）"深妙稳雅"与"无斧凿痕""自然妥帖"可以互为补充，乃得易安词的全面评价。而刘氏所说"真此道本色"者，意即下而不淫于曲，上而不犯于诗，以其在雅俗之间的缘故。必须指出的是，李清照词的声律如此精妙运用，在技巧上固然是"有意为之"，她所具备的高度文化修养使她能够达到这个技巧的高度，而更重要的是她的生活遭遇和感受所致，不然，是不可达到自然和稳雅的统一的。如乔吉的《天净沙》中"莺莺燕燕春春"固不足道，即使后来浙派领袖朱彝尊精研声律，他的《潇潇雨·落叶》中的"任高高下下，萧萧摵摵，策策悽悽"（《茶烟阁体物集》下）把齿上塞擦音三四等呼的叠字交相迭用，虽可以表现落叶声和情思，但清空有余而沉郁不足，稳雅而乏自然。

由于明确了词和音乐的密切联系，把词看作配乐的声诗，北宋词家对声律取得很完美的成果，相沿晚唐五代的小令自不必说，即使作为创调的慢词也为音乐家兼文学家的作者谱写出很优美的音律。这在上述是可以见其一斑的。但是怎样从相沿《花间》绮筵公子、绣幌佳人的"文锦"和"香檀"中解放出来，扩大词的题材和提高词的思想内容，使词和社会人生的重大问题密切联系而且和诗有所分工，依照词的内部特征，确定其"别是一家"，不失其本色当行，这是北宋词发展的一个严肃问题。所谓本色当行，正如何良俊《草堂诗余序》说："诗余以婉丽流畅为美。……柔情曼声，摹写殆尽，正词家所谓当行，所谓本色者也。"范仲淹的《渔家傲》、王安石的《桂枝香·金陵怀古》横扫五代以来绮靡旧习，已经做了有意义的变革尝试。但毕竟是一种不自觉的尝试，未能影响一代词风。苏轼可以说有力地进行了词的革新。神宗熙宁年间，他在密州时写了《江城子·密州出猎》，并给鲜于子俊书说："令东州壮士抵掌踏足而歌之，吹笛击鼓以节之，颇壮观也。"又作《水调歌头·中秋怀子由》《浣溪沙》"麻叶层层檾叶光"等五首，其后贬黄州而作《念奴娇·赤壁怀古》，这类的词作在与他三百多首的慢令的比例中，虽不算多，但确立了豪放一路的词风，扩大了词的题材，描写社会人生各个方面，真是"无意不可入，无事不可言"（《艺概·词曲概》）。虽然生活中不少意与事不能入词,而就其精神言之,其意气高迈,襟期洒落,提高了词的思想性和词的品格。但是在变革的过程中,往往纠枉过正,有损于词的内部特征,"句读不葺之诗,又往往不协音律"。正如胡寅所评"摆脱绸缪宛转之度"(《酒边词序》),非本色当行之词,这是不应该为东坡讳的。尽管东坡是懂音律的,李清照的这种说法把"东坡以诗为词"(陈师道《后山诗话》)更具体化了。东坡也认识到这种带规律性的历史现象。东坡说过,书至欧、颜极书之变,而钟、王萧散简远之致益微;诗至李、杜集诗大成,而陶、谢自然意趣渐泯(参见《书黄子思诗集后》)。这种历史辩证发展所带来的缺点,东坡在词的革新上也是体现的。从这历史辩证发展观看,他的部分词疏于声律,成为"句读不葺之诗",是不必厚非的。但在理论上和创作原则上却不应该肯定,更不应该提倡,因它使词非词化。所谓"曲子中缚不住者"(晁无咎语),对词的发展并不起积极作用。我们先看东坡"句读不葺之诗",如《念奴娇·赤壁怀古》过片:

> 遥想公瑾当年,小乔初嫁了,雄姿英发。羽扇纶巾,谈笑间樯橹灰飞烟灭。

美成、易安、稼轩、白石乃至苏门四学士之一的少游,都是六、四、五、七、六的句式,这是符合乐曲的。东坡却作六、五、四、四、九,这就令歌者难以引吭了。词的句读与词调的节拍不合,不是"句读不葺之诗"又是什么?无怪清初先著《词洁》评曰:"坡公才高思敏,惟'了'字上下皆不属,应是凑字。'谈笑'句甚率,其他句法伸缩,前人已经备论。"或云:"小乔初嫁,正雄姿英发","了"字本为"正"字之误;"谈笑处,樯橹灰飞烟灭","间"字本为"处"之误。似合律,但实难考证,故龙榆生《唐宋词律》引为变格,用心虽苦,实亦勉强。但他的《念奴娇·中秋》"凭高眺远"阕合律,当为正格。当然,像《水龙吟·次韵章质夫杨花》词的结拍:"细看来不是杨花,点点是,离人泪。"与词谱五、四、四的句式,虽然不合,还可以由歌者临时调节,犹不失其义律,所谓"妙在歌者上下纵横协尔"(杨慎《词品》)。所以《曲洧纪闻》说:"(咏杨花)若豪放不入律吕,徐而观之,其词声律谐婉。"不过毕竟是非正格,而"成为独立文学体裁的因素"(杨文生先生《词谱简编》)。其次,我们看平仄声律。平仄声律是词的本质特征,前面我们讲了,上去入三者虽概以为仄声，但词家严守去上，始云知音。如《永遇乐》结拍仄平去上为正格。李清照的"听人笑语"；辛弃疾的"尚能饭否？"这是因为，如前所说，去声劲远其腔高，上声舒抑其腔低，高低抑扬而成腔调，结拍尤重去上。万树《词律发凡》说："夫一调有一调之风度声响，若上去互易，则调不起，便成落腔。句尾尤为吃紧。"但东坡《永遇乐·景疏楼寄巨源》结拍作"也应暗记"为去去；又同调"夜宿燕子楼梦盼盼"阕作"为余浩叹"为上去。前者劲远不还，后者则抑扬有致，但还不是严于去上。影响所及，如苏门四学士之一的晁补之，其《永遇乐》的结拍为"灞桥旧路"，"是许未许"。后者虽为去上，但第二字的许字必平却又不讲。顺便一提的是，东坡《八声甘州·寄参寥子》，悲喜折迭，苍凉激壮，结句用羊昙哭谢安事，高情云表，增交谊之重，"不应回首"，虽为仄平平仄，但其中平平二声字不相连属成词。柳永的"倚阑干处"，吴文英的"上琴台去"，张炎的"有斜阳处"皆可证。有清一代，词学复兴，而《八声甘州》一调，填者盖寡。清初陈维崧的《湖海楼词》、朱彝尊的《曝书亭词》均未之见。可见此调倚声不易。但后之蒋春霖《水云楼词》填此调者也严依声律。如"甲寅之日赵敬甫见过"阕"任征鸿去"，"洪彦先与秦淮女子有桃叶渡之约"阕"有相思血"，"赠褚又梅"阕"不消靡处"和"余少识刘梅史"阕"把悲秋泪"，等等，可知中间二字必平，且连结而成词语者为正格，否则为变格。如陈澧《忆江南馆词》同调的"惠州朝云墓"阕"玉妃烟雨"，虽合律，但中间二字不连结成词语，是为变格。且东坡《八声甘州》起调不用去而用上，则无逆入之势。龙榆生先生云："这证明苏辛派词家对音律是不严密的。"（《词曲概论》）

李清照没有贬损东坡，东坡和欧阳修等一样为易安誉为"学际天人"的学问家。东坡词的豪放风格，不但不为易安反对，而且她后期所写的《渔家傲》"天际云涛连晓雾"阕，那种超逸豪放，想象力丰富而具有浓郁浪漫主义色彩的词风，在某些方面不是学东坡词吗？梁启超认为："此绝似苏辛派，不类《漱玉集》中语。"（《艺蘅馆词选》）李清照被如胡仔"蚍蜉撼树"（《苕溪渔隐词话》后集卷三十三）的诋諆，实在出于一种误解。李清照要维护词作为声诗的内部特征，并不反对词的豪放。在她认为，即使豪放的词，也要讲求声律，保持词的本色。若以"横放杰出，自是曲子中缚不住者"为借口，放弃声律的完美化，是自弃于艺术的做法。东坡以后，辛稼轩虽有词论之讥，但到底重视了声律，并且摧刚为柔，多本色之语，是词学发展上的一个进步，至被称为"东坡后身"的金代元遗山（好问），就不必说了。可见李清照的论点不管对他们是否有影响，总的说是促进宋词发展的。让我们引况周颐《蕙风词话》卷一的一段话作为本部分的结语吧：

> 畏守律之难，辄自放于律外，或托前人不专家、未尽善之作以自解，此词家大病也。守律诚至苦，然亦有至乐之一境。尝有一词作成，自己亦既惬心，似乎不必再改。唯据律细勘，仅有某某数字于四声未合，即姑置而过存之，亦孰为责备求全者？乃精益求精，不肯放松一字，循声以求，忽然得至隽之字。或因一字改一句，因此句改彼句，忽然得绝警之句。此时曼声微吟，拍案而起，其乐何如？

第三节　词的情致论

词学为声学，是以声情作为其内部特征的。声情中的情，是作为词的内部特征的另一重要因素，即内容因素。李清照提出主情致的主张。她评秦少游（秦观）的词说："秦即专主情致，而少故实。"她认为，只有严声律和重情致即内容与形式完美的统一者才具备词的内部特征，不失为本色当行。她说："（李八郎）及啭喉发声，歌一曲，众皆泣下。"而词的吟咏虽有殊于词的乐歌，但未尝不感人至深。这是严声律重情致内容与形式完美统一的艺术效果。

"秦即专主情致"的提法虽有所偏，但主情致不但是淮海词（秦观词集）的特点，也是漱玉词的特点。可以这样理解，情致是词的基本内容，是词的艺术生命所系。其实"致"还是一个审美范畴，与"事外远致"（范晔《狱中与诸甥侄书》）是同属于韵味的。况周颐径直说："韵者，事外远致也。"（《蕙风词话》）然则何谓"致"？

《说文》夂部："致，送诣也。"段注："送诣，送而必至其处。"又："夂，行迟曳夂夂。象形。"段注："行迟者，如有所拕曳然。故象之。"可知"致"之释"送诣"，而兼送诣者的姿态言之。情有姿态，即为情致。魏晋南北朝美学艺术勃兴，品评人物、诗艺用"致"字者，多见于《世说新语》。有所谓"深致""雅致""致度""胜致""思致""致思"

"理致""风致"等等，不一而足。"情致"，即诣往既深，趋向又远且有姿态的一种感情。这是符合内容和形式说的。《文心雕龙·定势》："情致异区，文变殊术。"《世说新语·赏誉》："（韩）康伯发言遣辞，往往有情致。"又《世说新语·文学》："有咏诗声，甚有情致。"（报袁宏牛渚月夜船上咏史）当然，情致、思致、理致、风致，有所侧重，而不可以截然分开。《颜氏家训·文学》云：

> 王籍《入若耶溪》诗云："蝉噪林愈静，鸟鸣山更幽。"……《诗》云："萧萧马鸣，悠悠旆旌。"毛传云："言不喧哗也"。吾每叹此解有情致。

《诗·小雅·车攻》咏宣王出猎东都，"萧萧"二句写部曲的整肃，从王畎猎者的欢畅；内修外攘，文治武功之意悦；层次井然，给人许多想象；情之所趋，颇有姿态。杜甫《前出塞》："落日照大旗，马鸣风萧萧。"亦写部曲的整肃、悲壮雄浑，但因为是不义之战，壮士惨悴情致自然不同于《诗经·车攻》。情致有悲壮欢娱得阳刚之美的，也有萧散幽闲得阴柔之美的。而曲折含蓄则几乎一致。颜之推在《家训》中所引的那段文字，旨在引《诗经·车攻》语说明王籍入若耶溪诗同样有情致。《车攻》因马鸣而见其肃整有情致；王诗因蝉噪而见其幽静有情致。情致虽各有不同，都是感情达到一定的境界，而姿态曳然。

我们不厌其烦地解释了情致之后，再回头看李清照"秦即专主情致"的评论。我们得从淮海词和漱玉词的分析证明不但少游主情致，易安自己也主情致。这样，李清照主情致的主张便得到一定的阐述。

少游词，历来评论家认为"多婉约"（张绶刻《淮海集》）、"情韵兼胜"（《四库提要·淮海词提要》）、"意在含蓄，如花初胎"（周济《宋四家词选目录序论》）。这些评论都指出少游词表现以婉约含蓄为主的情致；尤其他被贬南荒之后，"寄慨身世，闲雅有情思"（冯煦《六十一家词选例言》），所为词或因情写景，或即景抒情，或情景交融，既善于起句，又长于结拍，都精美有情致：

> 乱山何处觅行云，又是一钩新月，照黄昏。（《南歌子》，见《淮海词》，下同）

甫能炙得灯儿了，雨打梨花深闭门。(《鹧鸪天》)

别后风流云散，新月黄昏，景象凄清，与"雨打梨花深闭门"都是"曲折婉约有味"(《草堂诗馀别录》)，别后春夜孤寂无聊同为不言情致而情致自见，"有言外无限深意"(《草堂诗馀隽》卷一)。又如：

回首，回首，绕岸夕阳疏柳。(《如梦令》)
后会不知何处，是烟浪远，暮云重。(《江城子》)

别时已凄咽，别后如得相会，还是在烟浪暮云之间，同是天涯沦落之情自有深致。贺裳曾指出少游词写景的特点说："能为曼声以合律，写景凄婉动人。"(《皱水轩词筌》)在景物的描写上"凄婉动人"就显现其融情于景的特具的情致。如他的《八六子》："那堪片片飞花弄晚，濛濛残雨笼晴。正销凝、黄鹂又啼数声。"借与妓人别后思深意苦，寄托人生的怨恨。陈廷焯云："寄慨无端。"(《词则》，《大雅集》卷二评)残雨落花着意无赖，使人生无穷哀戚，较"丝雨湿流光"尤甚。"弄"字"笼"字为词眼，姿态极为生动。"黄鹂"句则进一层作结。前二句因所见而销黯，这句因所闻而销黯，都兴会于所见凄迷的景色、所闻撩人离绪的黄鹂。"不著一字，尽得风流"，哀愁无一字著迹。又如《满庭芳》两阕以景结情："高城望断，灯火已黄昏。"写孤身旷野之情，难禁黯然伤神。"凭阑久，疏烟淡日，寂寞下芜城。"疏烟淡日已觉荒凉，而且向芜城寂寞地落下，又是进一层结拍。较吴文英《八声甘州》中的"送乱鸦斜日下渔灯"尤为曲折委婉。因扬州已成芜城，自然又引出鲍照《芜城赋》的种种破败荒凉的感慨。所以陈廷焯评云："《满庭芳》诸阕，大半被放后作。恋恋故国，不胜热中，其用心不如东坡之忠厚，而寄情之远，措词之工，则各有千秋。"(《词则》，《大雅集》卷二)而其作意则如周济所评："将身世之感，打并入艳情。"又云："君子因小人而斥。"(《宋四家词选》评)如此，少游贬谪后身世之感的寄托，可谓能入而又能出了，故凄婉之情自在。少游情致之作，还有一种更具特色的写法：把抽象而不可捉摸的哀怨，喻为一种可感可触具体细微的事物。和一般人使用具体喻抽象适相反，他是以抽象喻具体，这又显得缠绵悱恻，凄婉动人：

>自在飞花轻似梦，无边丝雨细如愁。（《浣溪沙》）

梁启超以为"奇语"（见《艺蘅馆词选》），也是一种奇对。作者把飞花描写为如梦一样，具有两种特性：一是自在，二是轻飘；把丝雨描写为如愁一样，也具有两种特性：一是无边，二是细微。落花如梦，自在而轻飘，故梦也难托；丝雨如愁，霏微而无边，故愁也难遣。这种反常的辞例，奇而不失其理之正，能传达出一种如醉如痴、缠绵凄婉的情致，即使以具体事物喻抽象的情感，也是迷离惝恍，令人感触无端：

>春去也，落红万点愁如海。（《千秋岁》）

春去本无迹，于落红万点见其迹。"花飞万点正愁人"，万点落红，弥弥漫漫，则惜春之愁如海了。词为作者从郴州再贬广西横县路经衡阳时作，无疑"春去"有寄托。其哀怨缠绵，断非平常的惜春词。《词洁》云："后结'春去也'三字要占胜前面许多攒簇，在此收煞；'落红'七字衔接得力异样出精采。"从情致言之，评论是剀切的。少游是深于情的词家，而倚声为词，又"情辞相胜"。他的词的情致，不但表现于直抒胸臆的抒情形态上，如"欲将幽恨寄青楼，争奈无情江水不西流"（《虞美人》），虽直抒胸臆但委婉曲折，刘熙载所谓"寄直于曲"（《艺概·词概》）。又如"两情若是久长时，又岂在朝朝暮暮"（《鹊桥仙》），说两情久长有似词论，但无词论之嫌者，是由于说明上片一年一度相逢似胜人间无数之理，又反巫山神女朝云暮雨之意，缠绵婉切，不沦于俗情，所以抒情的姿态自见。如果说引全阕更可看出少游词主情致，这里不妨引他的《望海潮》：

>梅英疏淡，冰澌溶泄，东风暗换华年。金谷俊游，铜驼巷陌，新晴细履平沙。长记误随车，正絮翻蝶舞，芳思交加。柳下桃蹊，乱分春色到人家。　　西园夜饮鸣笳。有华灯碍月，飞盖妨花。兰苑未空，行人渐老，重来是事堪嗟。烟暝酒旗斜。但倚楼极目，时见栖鸦。无奈归心，暗随流水到天涯。

词以梅英冰澌起兴，惊华年之暗换，为全阕主题，引出长记昔日俊游。

"金谷"两句和"絮翻"两句均系长记的旧事。"误随车"似无意而俊游者,则俊游更为欢豫,所以芳思纷然交杂。"柳下"两句春色无边,无家不到,并非召来。写春日丽景而实写欢娱之情,空灵生动,意态飞舞。过片写夜宴,自然是欢娱情事。"西园"三句以丽密写欢娱,谭献评为"陈隋小赋"(谭献《词辨》)。"碍"字"妨"字衬出华贵气象,合上片都同一意,极写欢情。"兰苑"以下,变丽密而为疏宕,跌入现境。兰苑未空而芳思无复;行人渐老而欢情已竭。昔日华灯飞盖今则烟暝酒旗,昔日柳下桃蹊今则栖鸦弄晚。两两反衬,愈觉孤身无托,萧条冷落,凄淡无聊,惟有思归,而极目天涯,寄情流水,大有独立苍茫之感。杜诗云:"篇终接混茫。"是其意也。而以两"到"字的一欢一悲,绾合"暗换华年",主题由此完足,情意因此深致。周济云:"前后两'到'字作眼,点出'换'字精神。"(《宋四家词选》该词评)盖指此。唐圭璋先生云:"少游纯以温婉和平之音,荡人心魄,与屯田、东坡之使气者又不同也。"(《唐宋词简释》该词释)所谓"使气"或比较强调思想意志,而少情致。少游如"郴江幸自绕郴山,为谁流下潇湘去"的使气,毕竟很少。这是江西诗派影响的一些痕迹。

  从上分析,秦少游词主情致,说明了李清照的词论中情致是重要的论点和情致的具体内涵。其实,主情致是北宋词的主要倾向,而气格理致则非北宋词的基本特征。欧阳修、大小晏、贺方回、周邦彦诸家词,风格虽各不同,所主情致则一;耆卿、东坡虽时使气,东坡尤以理致胜,而基本上也是情致之作。在这方面和南宋是有区别的。周济论宋词说:"北宋词多就景叙情,故珠圆玉润,四照玲珑。"(《介存斋论词杂著》)周济虽然是从"就景叙情"的艺术形象化说,而其玉润珠圆未尝不是情致的体现。由于少游词主情致颇为突出,李清照有意识地提出少游以概乎一代,自己也在其中。现在再从漱玉词的特性略加说明。易安一生无论写欢聚抒离情,尤其后期写离乱漂泊、孤苦无依的生活遭遇,无一不是情致独标。沈增植云:"易安跌宕昭彰,气调极类少游。"(《菌阁琐谈》)王灼《碧鸡漫志》中称少游"俊逸精妙",然俊逸实未超越易安,而婉曲则或过之。如她的《怨王孙》:"草绿阶前,暮天雁断。"真可谓"潇洒俊逸"(《历代名媛诗词》)。但李清照主要的并不在此,而在于咏物之精工,寄情之深婉,词家的人生遭遇跃然于纸上。如她的《多丽·咏白菊》:"朗月清风,浓烟暗雨,天教憔悴度芳姿。"写菊写人,写出乱离生活中高洁自持而憔悴年华的形象。笔致秀逸,如玉之润,如雪之清,而情意凄苦。继云:"纵爱惜,不知从此,留得几多时。"况周颐云:"三句最佳,所谓传神阿堵,一笔凌空,通篇俱活。"(《珠花簃词话》)情致见诸传神写照。李清照写生离死别之情的词作不少,而且写的是伉俪之情,其一往而深,固不待言,而哀感顽艳、凄婉动人则又表现了极含蓄极深致:

    试问卷帘人,却道海棠依旧。   知否,知否?应是绿肥红瘦。(《如梦令》)

黄(了翁)氏《蓼园词选》云:"一问极有情。答以'依旧',答得极澹。跌出'知否'二句来。而'绿肥红瘦'无限凄婉,却又妙在含蓄,短幅中藏无数曲折。"无数曲折则见情致深婉。黄氏这里的分析颇得作者构思的用心。盖问者有心,答者无意。有心者因感节序催人,故情深;无意者因见海棠依旧,故言淡。但有心人最为敏感,体物至微,说依旧其实并非依旧了。由此宕出"绿肥红瘦"无限凄婉之情,所以极含蓄曲折之致。"绿肥红瘦"虽形象具体新奇体态可掬,而其妙不在新奇,而在因新奇传达出春事迟暮的感慨。胡仔《苕溪渔隐丛话》、王士禛《花草蒙拾》只说语新而"雕组不失天然",惟赏其字面,如以深婉的情致衡之,无怪乎为陈廷焯所非:"一片伤心,缠绵凄咽,世徒赏其'绿肥红瘦'一语,犹是皮相。"(《词则》,《别调集》卷二该词评)李清照写别情,由于构思超妙,或委婉抒写,或直书衷曲,都不失为情致的佳作。如《一剪梅》:"此情无计可消除,才下眉头,却上心头。"语从范希文(仲淹)《御街行》的"都来此事,眉间心上,无计可回避"化出。但范词着力而少自然,少情致;李词则以轻灵自然之姿写凄婉之情,所谓寄重于轻者,情致由是标举了。王世贞评曰:"可谓憔悴支离矣。……此非深于闺情者不能也。"(《弇州山人词评》)他如"独抱浓愁无好梦,夜阑犹剪灯花弄",亦见愁中无聊,景况凄其。"剪"字"弄"字情致自见。贺裳云:"写景之工者如'独抱'云云,皆入神之句。"(《皱水轩词筌》)至如李清照的《武陵春》《浪淘沙》,都是其夫赵明诚殁后之作。靖康之难,国破人亡,珍藏又多为云烟,孑然一身,异乡流落,可悲可伤的事至多,郁积于心而勃发于外,尤以亡夫为最可伤,自然成为中心情结。如她的《武陵春》下片:

闻道双溪春尚好,也拟泛轻舟。只恐双溪蚱蜢舟,载不动,许多愁。

是明诚死后流寓金华作。"闻道"句一开,"只恐"两句一合,开合之间,"凄婉又劲直"(《词则》,《大雅集》卷四),较"载将一船离恨向西州"尤见沉厚,是寄劲于婉的情致标格。所以吴衡照说:"悲深婉笃,犹令人感伉俪之重。"(《莲子居词话》卷一)李清照的词,正如前面秦少游《望海潮》,从整首的结构分析,也许更能全面地体会出它的情致。今举《凤凰台上忆吹箫·离别》如下:

　　香冷金猊,被翻红浪,起来慵自梳头。任宝奁尘满,日上帘钩。生怕离怀别苦,多少事、欲说还休。新来瘦,非干病酒,不是悲秋。
　　休休,这回去也,千万遍《阳关》,也则难留。念武陵人远,烟锁秦楼。惟有楼前流水,应念我、终日凝眸。凝眸处,从今又添,一段新愁。

这是别离之词,合该调的本意。全阕用笔则曲折含蓄,抒情则深婉细腻。用曲折含蓄之笔,抒深婉细腻之情。李攀龙云:"写其一腔离别心神。新瘦新愁,真如秦女楼头,声声有和鸣之奏。"(《草堂诗馀隽》,转引自《李清照集》)梁启超则以为:"此词最得咽字诀。清真不及也。"(《艺蘅馆词选》该词评)任公(启超)深得此词的艺术特点。"慵自梳头"为一咽。前二句曰冷曰翻,有如《永遇乐》中的"被冷香消新梦觉,不许愁人不起"意。所以任宝奁尘满也。"慵自"句包含了多少夜来愁思。"生怕离怀"三句从写外在情态转写内心活动。"欲说还休",又一咽,离别的种种伤心情事,"怕伤郎又还休道"(《词品》引孙夫人《风中柳》词),故欲吐仍咽。这种自我克制,写来又曲折又蕴藉,又凄婉又忠厚。"新来瘦"三句,又一咽。言外别愁自见。刘勰论隐曰:"文外曲致。"(《文心雕龙·神思》)别愁寄于言外,所以曲致有态,含蓄不尽,使"欲说还休"的意蕴更为充实。这种"无垂不缩"吞吐往复的写法,使文生波澜,情意深至。过片"休休"三句,写不得不分别。沈际飞云:"'千万遍'痛甚。"(《草堂诗馀正集》评)"念"字管领下文。"念武陵"二句,又一咽。言人去楼空,合刘、阮天台事和弄玉凤台事用之,别情凄侧，别绪缠绵。"惟有"句以下，言凝望流水，又一咽。唯流水知我凝眸深意，将水拟人化。《古今词话》引张祖望语云："'惟有'云云，痴语也。"结拍推进一层，补足"凝眸"意，可谓跌宕见致了。陈廷焯曰："曲折尽致。"（《词则》，《别调集》卷二）

综上所论，作为声诗的词，李清照提出的重声律、主情致的论点，无疑是她的词学思想的核心，是词的本色当行，是构成词的本质特征的要素，离开这些要素，就会导致非词化。但作为词的声律（或格律）是变化的物质因素；而词的情致也是多样的内容因素。词作唯一的要求是二者必须和谐统一，即形式与内容、物质与精神、内在与外表的统一。作为物质形式的声律节制着情致而使情致深化超诣，但又要为情致艺术表现创造条件，并视情致表现而去从。辛稼轩的"敛雄心，抗高调，变温婉，成悲凉"（周济语），就是在词的本色当行的基调上，抒发沉雄豪放的。周邦彦为词也是在"拗怒之中，自饶和婉"（王国维语）的。雄放与拗怒都非词的本色。而周、辛从词的本色去把握各自特殊的风格，卒成名家大家。今举稼轩、美成二家词用以说明声律情致的多样性和复杂性而运用能力又存乎作者其人。何况除声律情致外，尚有别的种种因素。今依李清照《词论》所提出的因素，概括略论于第四节。

第四节　词的高雅、浑成和典重

前面谈了李清照论词作为声诗的内部特征。词的本色当行应体现在声律的运用上和情致的表达上；词的审美价值也决定于二者所构成的不失其内部特征的艺术意境。这是依据《说文》解"词"字为"意内言外"来衡定的；徐锴《通论》解"词"为"音内而言外，在音之内，在言之外"，二者统一起来立论。由于二者不属于本文范围，这里就从略了。众所周知，李清照《词论》在指出和维护词的声律的同时，也指出在作为词的基本特征的声律、情致的基础上，还通过对词家评骘的形式提出对词的一些重要的见解和要求。这些见解要求，对当时的词的发展说，还是"向上一路"（《碧鸡漫志》评东坡词语）的。夏承焘先生把《词论》的这些见解和要求曾列表以示。这里除了协乐、声律外再录如下：①高雅：不满柳永"词语尘下"。②浑成：不满张先、宋祁诸家"有妙语而破碎"。

③典重：不满贺铸。④铺叙：不满晏几道。⑤故实：不满秦观少故实、黄庭坚"尚故实而多疵病"。我们且把这些见解要求约之为：①属于词品的：高雅、典重。②属于传统继承的：尚故实。③属于词的意法的：尚铺叙，求浑成。夏先生还指出："她和周邦彦是同时代的作家。若拿她这些议论见解（包括声律、协乐——笔者注）来读周邦彦的《清真词》，却正是'波澜莫二'。"（均见《评李清照的〈词论〉》）正如本章第二节引日本青山宏氏所说周邦彦词满足了李清照论词的条件。可见，这些见解和要求是从当时词的创作实践中提出来的，而周邦彦的清真词又是符合词的艺术准则的。议论见解和创作实践互相渗透和生发，从而促进宋词的发展。所以，李清照《词论》中虽不涉及清真词，而词与词论"波澜莫二"。清代常州派劲将周济虽未重视漱玉词，但他主张"以还清真之浑化"（见后），与李清照的这些见解和要求似有历史的承传关系。周济提出清真词浑化与李清照提出与浑化反面的"破碎"不无相通之理。周济认为"清真愈钩勒愈浑厚"，而李清照乃重铺叙，二者也大致相近。就词品言，李清照主典重高雅而恶柳永"词语尘下"；周济也言其"恶滥可笑者多"，而"铺叙委宛，言近意远。森秀幽淡之趣在骨"（俱见《介存斋论词杂著》），则又是李清照重铺叙说的精神意脉。这里分别说明李清照这些见解要求的历史依据和递嬗，按前所列三个方面分述于后。

关于词品："论词莫先于品"（《艺概·词曲概》）。词品是词的创作和评价极为重要、亟待解决的问题。词虽小道，自中晚唐以后，"郑卫之声日炽，流靡之变日烦"。北宋一代，对品格低下的词，尽管不断地力加排斥，而倚红偎绿、淫哇亵媒之作仍在流行。致有晏元献（殊）之斥耆卿，苏东坡之讥少游，法秀道人之斥山谷（黄庭坚）。南宋初鲖阳居士有《复雅歌词》、曾慥有《乐府雅词》之选。这些选集目的在于通过选编雅词以斥淫哇。李清照生活在这个历史背景中，提出词品问题，要求词高雅典重，反对"词语尘下"、鄙俗淫靡，这是符合词的发展的。柳永在这个方面弊病很重："淫冶浮艳"（吴曾《能改斋漫录》），"词多媒黩"（冯煦《六十一家词选例言》）。如"无限狂心乘酒兴，这欢娱，渐入嘉景"（《昼夜乐》）、"且恁偎红翠，风流事，平生畅"（《鹤冲天》）等等不一而足。李清照又评黄山谷词"多疵病"。山谷词和柳永一样，不少淫哇媟黩之作，如《忆帝京·私情》："一阵白蘋风，故灭烛，教相就。""花带雨，冰肌香透恨啼鸟，辘轳声晓。"山谷词少情致，即如《画堂春·年十六作》的"东风吹柳日初长,雨馀芳草斜阳",情致标举,犹疑为少游之作。至其"你共人、女边著子,争知我、门里挑心"(《两同心》)、"有分看伊,无分共伊宿"(《江城子》),不但鄙俗不可读;甚者如"恰近十三馀,春未透,花枝瘦,正是愁时候"(《蓦山溪·赠衡阳妓陈湘》),既失真诚,又伤轻薄,刻画春情色相绝非十三女童所可有。总之《山谷琴趣》中插科打诨入曲之作不少,这就使他的词缺乏高雅典重的词品。贺铸词幽怨淫泆,风韵婉远,山谷谓:"解道江南长短句,只今唯有贺方回。"至其用典使事而典重者,如《临江仙·人日作》结拍"旧游梦挂碧云边,人归落雁后,思发在花前",用唐人诗庶几典重。陈廷焯认为方回东山词"另有一种伤心说不出处",沉郁飞动,"全得力于楚骚,允推神品"(《白雨斋词话》),推许未免过当。然就词品论,确有高雅典重者。如"玉人和月摘梅花"(《浣溪沙》)、"断无粉蝶慕幽香,红衣脱尽芳心苦"(《踏莎行·芳心苦》)却极为少见。何况前者杨慎评本《草堂诗馀》作周美成词。张耒评东山词以为妙绝一时,也不过在乎盛丽、妖冶和幽素,所谓"妖冶如揽嫱施之袪"。李清照认为东山词少典重,这从词品说是很对的,但不少论者以为,东山词少典重是指风格的典重,笔者认为东山词少典重首先是指词品,然后才指与词品关系密切的词的风格。典重之词必须是情感真实而一归于正的,这是基本的要求。东山词如王国维所评:"非不华赡,惜少真味。"若与张耒《东山词序》语对看,静安的评语(见《人间词话》)是比较尖刻的,但也见出典重在词品而后才指风格。如果仅指风格,即使事用典融化前人成句,他自己也说:"吾笔端驱使李商隐、温庭筠,常奔命不暇。"(《浩然斋雅谈》引)所形成的风格也非典重。方回词不少清丽之作,如《晚云高》一阕,用了杜牧诗"秋尽江南""青山隐隐""二十四桥""玉人何处"等句,典事用得虽多,语非尘下,仍未见其品之典重。又《踏莎行·思牛女》阕"侵阶夜色""轻罗小扇""微云度汉"也连用李白、孟浩然等唐人诗句,意境清幽,用典自然,但词品亦未见典重。张炎虽说方回等"善于练字面,多从李长吉诗来"(《词源》),但只能说明他继承前人所表现的长处,还未涉及词品是否典重。"苧萝标韵美,倚新妆""尊前畔,好住伴刘郎"(《小重山》),写以西施般的韵美,在樽前相伴,典重何有?"三扇屏山匝象床,背灯偷解素罗裙,粉肌和汗自生香。"(《减字浣溪沙》)以婉丽之态,写淫佚之思,未免有尘下之嫌了。可见李清照评贺铸词"少典重"大致是正确的。所谓少，不是没有。从上引的例子可以看出，李清照之所以这样评贺铸，前面说了，主要是为了提高当时词坛的品位，尤其是婉约派词人的词，即使达不到如东坡那样"逸怀浩气"，亦应是"向上一路"。她所评词虽未涉及清真词雅正方面，而重视典重，应该说与清真词的雅正一面是有实际联系的。尽管后来刘熙载评清真词以为"周旨荡，史意贪"（《艺概·词曲概》），继而王国维拾其余唾，形容清真词有如娼妇之不贞（见《人间词话》），这不过是偏激之论。

关于词的传统继承：这里指的是传统的思想文化的继承，用典使事属之。质言之，还是词家的学养问题。李清照评秦少游："秦专情致而少故实。"又评黄庭坚："黄尚故实而多疵病。"然则这里的"故实"是否简单地指典故的运用呢？看来并不尽然。诚然，"故实"首先是指典故的运用。但少游词具有一种"得之于内，不可得而传"的"词心"（冯煦《六十一家词选例言》）。所以性灵所至，情致深婉，在于直寻者多，用典者少。"观古今胜语，皆由直寻""何贵于用事？"（钟嵘《诗品》）"直致所得以格自奇"（司空图《与李生论诗书》）。本来少用典故并非坏事，所以少游少故实并不是一病。实际上少游也用了典故，甚至有些词用典使事融化前人成句，自然浑成。如《满庭芳》"斜阳外，寒鸦数点，流水绕孤村"化"寒鸦千万点，流水绕孤村"而成一种凄清之境（《苕溪渔隐丛话》列为隋炀帝诗，亦见《避暑录话》）；"伤情处，高城望断，灯火已黄昏"，则化唐欧阳詹"高城已不见，况复城中人"，以表凄黯之情；"赢得薄名"亦从杜牧诗生发。它如前所分析的《八六子》运用典事及前人成句亦有出蓝之妙。必须指出的是，少游偶尔运用典事或前人成句，也只是由于性灵所发以达情致婉妙，却少在气格体现上用之。气格关乎学养尤多。就这方面看，李清照评少游词"少故实""虽极妍丽丰逸""终乏富贵态"，这确实点出了少游学养的问题。诚然，"富贵态"在神而不在貌，司空图所谓"神存富贵，始轻黄金，浓者必枯，淡者屡深"（《诗品·绮丽》）。若按这个观点考察少游词，的确较少传统的思想文化的继承。《高斋诗话》载：东坡一日见少游，问近作。少游以"小楼连苑横空，下窥绣毂雕鞍骤"（《水龙吟》）对。东坡说十三字只写得一个人骑马楼前过，因举近作《永遇乐》过片："燕子楼空，佳人何在？空锁楼中燕。"用关盼盼事自然韵妙。（《词苑萃编》《古今词话》等引）这说明运用故实的艺术概括化，也说明词的气格，更深刻更普遍地表达了作者的古今如梦、惟忠贞者乃不朽的思想。为什么少游被东坡指摘呢？这无疑是由于少游专主情致而少尚气格疏忽学养的缘故。众所周知，气格需要词家于传统思想文化继承并陶冶而成学养，气格愈高其学养相应愈高。李清照所说的"学际天人"的词家，其所为词往往尚气格而又成"句读不葺之诗"，失去词的基本特征；专主情致的词家虽具备词的基本特征，但气格往往未遒，东坡最为赏识少游词，而"犹以气格为病"（叶梦得《避暑录话》）。二者之弊，李清照都是引以为遗憾的。词的气格的形成固然有各方面的因素，如词家对现实的态度、美学理想等，但贯穿于其中的一个重要因素却不能不是传统思想文化的继承并从中得到气格的锻炼和提高。由此看来，李清照评少游"少故实"，还有一个传统学养的内涵。

　　黄庭坚提倡以俗为雅、以故为新、夺胎换骨的诗论。这些论点他运用到倚声填词，不但使事用典融化前人成句获得独创之境较多；同时也表现了他自己的学养，有着较秦少游词深厚得多的思想文化传统。因此就词的气格论，山谷较少游胜场，陈无己（师道）及时人有秦七黄九之说，恐怕是由于黄以气格胜，秦以情致胜，而前者终非本色当行，盖尚气格而少情致使然，但山谷的学养是不可抹杀的。所以就山谷词的气格论是表现一种新警峭健的风格，体现了他的以故为新等论点的，具有较为深厚的传统思想文化内涵，尽管有"不是当行家语，是著腔子好诗"（《苕溪渔隐丛话》引晁补之评）之讥。在这里可举其词例加以辨析。如山谷有名的《清平乐》"春归何处"阕，全篇婉转写春归，自问自答，忽又推开，"除非问取黄鹂"。莺声婉妙，却无人能解。俞平伯先生引冯贽《云仙杂记》卷二引《高隐外书》戴颙携黄柑斗酒往听黄鹂事，对人说黄鹂声是"俗耳针砭，诗人鼓吹"，且说"借喻自己身份怀抱，恐亦非泛笔。"（《唐宋词选释》中卷）这可以说明山谷传统的思想文化修养沉博。他与少游同是被贬谪，而山谷尚气格，新警峭健；少游主情致，风调凄婉。这无疑是由于情性学养的不同。又《定风波·次高左藏使君韵》阕是山谷谪居黔中（今四川彭水县）重阳节作。结拍："戏马台南追两谢，驰射，风流犹拍古人肩。"桓温北征，在彭城（今徐州）戏马台，集诸将佐欢度重阳。谢瞻、谢灵运意气风发，即席赋诗。这里用该典事，以表明自己明朗的心愿和豪迈的意气，与前片谪居的艰苦相反衬，显得气格高逸。这样的典事非学养深到是不足举用的，也见出山谷"以故为新"主张的实践意义。又《鹧鸪天·坐中有眉山隐客史应之和前韵即席答之》）第二首亦贬谪时作。前片末两句:"风前横笛斜吹雨,醉里簪花倒著冠。"前句似用桓伊令吹笛,自己弹筝,歌《怨诗》"为君既不易,为臣良独难"事(见《晋书·桓宣传附桓伊传》),描写入微,寄慨遥远。风雨横笛,许其高韵。后句用孟嘉龙山重阳节风吹帽落事。这表现了孟嘉不畏桓温权势,而泰然自处的优秀品质,故山谷集古而变化之,与下片黄花白发相对衬,惹人冷眼,其实是自己冷眼世情,造境清新而有新意。这又见山谷词的气格,见其学养了。李清照本人所为词,前面已论其情致,而她的情致还是和她的气格相结合的。在情致基调上兼尚气格。沈曾植曰:"自有明以来,随情者醉其(指漱玉词)芬馨,正想者赏其神骏。"(《菌阁琐谈》)前者因其情致之美而醉其芬馨,后者因其气格之逸而赏其神骏。沈氏又曰:"刻挚兼山谷"。(《菌阁琐谈》)这就道出了李清照在对待思想文化传统用典使事融化前人成句等方面受黄山谷"以故为新""夺胎换骨"诸论点的影响。在创作上正如杨慎《词品》卷二所说:"山谷所谓以故为新,以俗为雅者,易安先得之矣。"众所周知,由于家庭教育,李清照早年就有了深厚广博的传统文化修养。观其祭赵湖州文仅四句而沉哀渊雅可知,她的学养无疑是她气格品质的重要方面。李清照于词重气格品质,评他人词或说"尘下"或说"少典重",都是从此出发的。她才华出众,胆识不凡,才、识、学三者都具备而成为历史上少有的理想女性。她提出的"尚故实"自然又一次说明学养中所具的传统思想文化的内涵,这内涵或表现在使事用典和融化前人成句当中,或表现在对现实生活的感觉和理解等方面。李清照于五代词不评骘《花间》而推论南唐:"江南李氏,君臣尚文雅,故'小楼吹彻玉笙寒''吹皱一池春水'之词,语虽奇甚,所谓亡国之音哀以思也。"这里的"尚文雅"指的是如王国维所说"变伶工之词为士大夫之词",其内涵应包摄气格与传统。这里说的"奇甚"应该指词的思想艺术的高奇。"吹皱"句讥刺时政,纷纭不安,寄意深远,而境界清丽。李璟《浣溪沙》过片"细雨""小楼"一联,写吹笙寄恨,久而笙寒不应律,则恨也何极!当时南唐国势岌岌可危,中宗托闺情抒写家国之感。"两句对举,名隽高华",为易安所激赏,亦为她所学习。但到底是亡国之音,联系到北宋末的局势,这是易安所不愿见不敢见的。李清照学李煜词最得其神似。虽然气格有所不同,也可云善学。如李煜《浣溪沙》的"金钗溜""时拈花蕊嗅",《菩萨蛮》的"划袜步香阶,手提金缕鞋",而易安的《点绛唇》合二者而化之,"见客人来,袜划金钗溜。

和羞走,倚门回首,却把青梅嗅",竟成为妩媚之美。结拍又化李白的《长干行》诗:"郎骑竹马来,绕床弄青梅。"无限情致寄于言外。至如她的《浪淘沙》的"帘外五更风",其气象得自李煜的《浪淘沙令》"帘外雨潺潺"阕为多。抒情造境,极为相似(见《续选草堂诗馀》卷上)。不过,李清照的《浪淘沙》乃丈夫病故后,追怀往事;李煜的《浪淘沙》则亡国后追忆昔时的欢愉。同是写不忍登楼意,哀感凄艳,不能卒读。所不同者,李清照更为婉曲蕴藉而已。如结拍:"留得罗衿前日泪,弹与征鸿。"《古今词统》云:"雁传书事化得新奇。"其余使事用典融化前人成句,易安也往往浑化无痕,含意深远,均有独到处。她运用《世说新语》语而成:"清露晨流,新桐初引,多少游春意。"(《念奴娇》)只加末一句,则清新雅丽,以景抒情,逗引出游春的美好想望,而与实际哀伤殊致。所以《诗辨坻》认为"浑妙",《词征》以为"亭然以奇,别出杼机"。有论者指出,认为易安词少用典事,这说法不对。笔者极表同意。这因为易安词使事用典融化前人成句,在很大程度上已经达到无迹可求的境地。总之,李清照"尚故实",在于强调思想文化传统的继承和使事用典的浑化。她评少游"专主情致,而少故实,譬如贫家美女,虽极妍丽丰逸,而终乏富贵态",其用意是提倡继承传统以学养来救当时婉约派词之流于寒乞的。

关于词的意法:首先谈铺叙。一般说倚声填词,主在抒情,比兴为上,但赋比兴不可分。可知铺叙不只是"铺采摛文""体物写志"(刘勰语)的描写技法,还意味着词家对现实生活的体验、对艺术的概括和表现,对情事的铺写和勾勒。耆卿(柳永)清真(周邦彦)善铺叙是有创作原则意义的。耆卿无论,清真词正如周济所说"愈勾勒愈浑厚"。"浑厚"一词,必须对现实生活体验深,概括强,表现真切,浑化自然而后才有正确的诠释。而"厚"之一字,又有沉厚、温厚、醇厚、忠厚之义,要之亦在乎浑。这不但体现词的思想意义,也体现词的品质。李清照认为,晏几道(小山)所为词,知音识律,但"苦无铺叙"。若依王国维分诗人为主观的诗人和客观的诗人,词人亦如是,那么晏几道乃属主观的词人。主观词人专写自己的心理体验和对事物的主观感受,因此主观词人不尚铺叙而尚比兴寄托。晏几道又多写离别闺怨,题材较狭,不如李清照身经丧乱,感慨较大,题材较广。小山又长于小令而短于长调。长调可容作者铺叙,如耆卿、清真和易安本人。小令则难以展开铺叙,是进步的艺术倾向。易安却忽略了小山的艺术个性和小令作为一种特殊体裁的特点。但是小山词并非绝无铺叙。我们看《思远人》阕,因红叶黄花而感秋意,因秋意而远念行客,言"飞云"言"归鸿",一则缥缈无凭,一则杳无信息,寄书实难。由此引出过片:"泪弹不尽当窗滴。就砚旋研墨。渐写别来,此情深处,红笺为无色。"泪弹不尽而临窗滴下墨砚,遂就研墨,还是写书。那么,即墨即泪,是泪是情,浑然难分。幽闺写怨,极婉曲旖旎,极哀艳凄断,又极忠爱缠绵,令人叫绝。"渐"字去声为领句字,就意象言为深婉,就音声言为劲切。山谷谓小山词"清壮顿挫",于此可悟。不说红笺因泪渍而淡,反谓因情深而无色。于此,可见作者对情事之体会入微。这不能说苦无铺叙。陈匪石认为,"纯用直笔朴语,神妙达秋毫之巅"(《宋词举》),实非过誉。直笔则见其铺叙,问题在于令词的铺叙不能如慢词铺叙事态的全过程。又如《蝶恋花》过片:"衣上酒痕诗里字,点点行行,总是凄凉意。红烛自怜无好计,夜寒空替人垂泪。"俞陛云谓"衣上"等句"此纪实也"(《唐五代两宋词选释》)。数语稍作勾勒,小山沉浮酒中,授歌妓人,品清讴娱客,相为笑乐,而怅惘之状可见。这难道不是铺叙之功?结句点化杜牧诗"蜡烛有心还惜别,替人流泪到天明",而云"自怜",云"空替",较"有心""替人"层深而意味沉厚。盖其"精力弥满","空际传神",虽是拟人而非铺叙,但却与前面"衣上"等句构成了完整的艺术境界。总之李清照尚铺叙,从艺术原则说是进步的,因为铺叙强调对现实生活作艺术处理。但小令慢词各有其艺术特点和要求,前面说了,小令不甚宜于铺叙,从这点说,李清照对晏几道词的评价是有偏颇的。必须指出的是,清真词虽小令亦善铺叙,如《少年游》"并刀如水"。

其次谈谈词的浑成。词至于浑成,乃词的最高艺术境界。因为从词的形式到内容,各个内容和形式因素的整合,必须是浑化无痕,自然天成,一片生机的。无论词的形象、意境乃至韵律,无论遣词造句使用典事,都要成为有机的整体结构,有生香真色之妙,而无矫揉破碎之弊。在两宋以清真为最高。因此,周济教人学词:"问途碧山,历梦窗、稼秆,以还清真之浑化。"(《介存斋论词杂著》)李清照对清真词这样的艺术造诣,从她对词的思想理论和创作实践的修养看,是应该体会到的。关于这点,她在《词论》中不提清真而只从反面点醒:"张子野、宋子京兄弟、沈唐、元绛、晁次膺辈继出,虽时时有妙语,而破碎何足名家。""破碎",则谓这些词家虽有妙语警言，传诵千古，但从整体结构说，他们的词是有句而无篇的。有意境生动之句而无生香真色之词，如张先子野以名句取号张三影。"云破月来花弄影"，王国维谓"著一'弄'字境界全出者"。宋祁子京也以"红杏枝头春意闹"得"红杏尚书"之名，王氏所谓"著一'闹'字境界全出"（均见《人间词话》）。所举二例也不过一境清幽，一境繁艳，并无深厚沉顿之意，怎么会有整体结构的机体生命？因此李清照提出"破碎"之论，其实质还是从反面体现词的整体浑化。这应该说也是促进词的进步的，在当时词的发展中的浑化之境是提高词的艺术质量的关键。如果单从"破碎"之论来理解，不求理论实质，那么论者本身也陷于理论的破碎，无关李清照此论的宏旨，意义甚微。

我们初步讨论了李清照的《词论》。她强调"词别是一家"，因为词是声学，系乎声情，词有其声情的特征。因此，李清照主张严声律而主情致。情致作为词的内容特征必须纯正而斥淫秽，因此又倡典重；必须具"富贵态"，免于寒乞，因此又提倡故实。词境必求其浑成，因此又反对破碎，如此等等。这都是当时针砭时弊的理论。吴梅先生云："其讥弹前辈，能切中其病，世不以为刻论也。"（《词学通论》）

第二章 张炎的清空论

第一节 词学背景和作者

"晚派鄱阳策异勋，清空骚雅两平分。"——莲僧题江滨谷（昱）《山中白云词疏证》。

张炎（1248—1320年），字叔夏，号玉田，又号乐笑翁，著有《山中白云词》及《词源》；是宋末元初主要词家和词论家之一。张炎词的创作宗姜白石（夔），亦学史邦卿（达祖）、吴梦窗（文英）等，转益多师（见《艺概·词曲概》），从而形成自己的清空骚雅风格；其论词亦主清空骚雅。可以说张炎以他的创作结束了有宋一代的词，也以他的词论总结有宋一代的词学。众所周知，南宋一百五十年间，词学可概为三派：豪放者以气类相高，多家国苍凉之慨，其末流则为剽悍奋末；婉约者以情致相尚，多身世深婉之思，其末流则为软媚靡丽。白石以清劲救软媚，以骚雅矫粗悍，格调高亮，瘦硬通神。至其所短，"未免有生硬处"。姜白石词的这些优点和缺点，玉田大抵是了解的。他在艺术上虽然达不到白石词的高境，但"瓣香白石"，而又自成一家；同时又据此在理论上总结了两宋词学，创为清空骚雅之说，所以策异勋于鄱阳（按：白石为鄱阳人），在创作上和理论上推动了词学的发展。清初词学复兴，浙派宗之，所谓"家白石而户玉田"（朱彝尊《静惕堂词序》）者，这是不难理解的。

第二节 清空论的内涵和意义

张炎论词主清空骚雅，然则清空骚雅具有怎么样的理论内涵和历史特点呢？先看张炎自己所说：

词要清空，不要质实。清空则古雅峭拔，质实则凝涩晦昧。（《词源·清空》，以下所引只注章节）

玉田在这里把清空与质实相对待。因此也把二者的艺术后果——古雅峭拔与凝涩晦昧相对待。从词的风格说，二者无疑是极其鲜明地对照着的。清空之所以古雅峭拔，实际是通过抒情艺术的概括显示其艺术力量。抒情艺术不在于实写一意一境，也不在于实写一人一事；而在于艺术地概括出同类意与境、人与事的普遍共性；而在表现形式上又不排斥具体的意、境、人、事。这是作为抒情个性化因素而起作用的。这里的所谓古，是高古，即思想感情和意境超常拔俗，达到与那些经过长期历史考验、百世以下犹能打动人的艺术相同的高度。关于这个，我们可以从《说文通训定声》得到解释："《诗·绵》'古公亶父'。《传》：'古言久也。'又《周书》：'常训民乃有古。'注：'皆有经远之规谓之有古。'"久而有经远之规谓之有古。可见古的含义具有普遍共性，因而具有持久性的特点。就词的艺术方面说，这必须进行抒情形象的艺术概括和典型化。这里说的"古"，不是那种古色古香，带有古铜绿的"古"。我不同意古是古色古香说法。诚然，就艺术的继承性说，带有古代的艺术因素，这却又是另外的问题了。至于雅的含义，不只是雅正，而且是骚雅，不但"不怨""不淫"，有变雅、骚辨的幽思微讽，怨情婉笃，而且还表现如《离骚》那样，风流蕴藉，高举远慕。因此也必须通过艺术的概括化、抒情的典型化来体现具有《骚》《雅》那样的普遍性和持久性。通过艺术概括典型化写出来的这种既深婉又飘逸的思想感情自然峭拔有力。峭则刚劲，拔则高超。在玉田看来，这就是词要"清空"，"清空则古雅峭拔"。莲僧所谓"清空骚雅两平分"者，"清空"指词境言，"骚雅"指词品言。二者都同样重要，而且是一物的两个方面，有其内在的联系。因为无清空难以体现骚雅，无骚雅则清空无所表德。这里必须指出的是，玉田论清空为什么那么强调古雅，或者说骚雅，这是有其词学发展的历史原因的。以词的典重古雅来反对词的软媚、淫丽，反对粗犷、奋末，这是词史上两种极其对立的倾向。李清照论词主情致、尚典重，也认为词作为一种特殊的抒情声诗，既要有情致，又不流于软媚、浮艳，不流于粗犷，"句读不葺之诗"。尔后曾慥的《乐府雅词》、鲖阳居士的《复雅歌词》和宋末周密辑《绝妙好词》都以典雅作为选辑的标准。这些选家既反对软媚、浮艳之词，也反对粗犷、奋末之作。即使他们有所偏，如专选南宋词的《绝妙好词》，稼轩、龙洲（刘过）各只选三首，龙川（陈亮）一首，而白石十三首、梦窗十六首、梅溪（史达祖）十首，可见其轻重失调而有所偏向，他把他认为是浮艳之作，如康与之、詹天游（玉）的词排除于选本之外。但其精神都在于反对词坛上的这两种倾向，是值得肯定的。玉田在理论上创清空之说，主古雅、骚雅，是有这样的历史背景的。一般论家认为，粗犷易制，软媚难禁。所以玉田尤斥软媚、浮艳。他自己的创作基本上也实践了他自己的理论。根据上不犯于诗、下不流于曲这种词体的内部特征，正如他的学生陆行直在《词旨》中指出，"正取近雅又不远于俗"。如玉田词："水国春空，山城岁晚，无语相看一笑。"（《台城路》）"旧愁空杳，蓝桥路、深掩半庭斜照。"（《解语花》）"傍取溪边端正月，对玉兔，话长生。"（《南楼令·寿春溪》）后例为寿词容易犯俗，但颇雅，他例准此。玉田词或不用典或不用僻典，不俗不艳，含蓄蕴藉，力求情致雅正。

　　玉田认为，与清空相对的是质实。所谓质实，即典故辞藻堆垛板滞，无灵动之气，用意不空灵清超，用笔无疏宕曲折，一句话即意境不清空浑化。在我们看来，这是艺术概括化和抒情典型化没有达到应有的程度所致。其至实写一意一境、一人一事，体现不出其普遍性和持久性。可见，质实不是一种风格，而是某种风格的词作（如密丽的词）所表现出来的艺术缺点或弊病。"质实"一词，至少在玉田的词评中是一种完全贬义的用法。有的论者说吴梦窗是质实派，这是他自己的理解，是不符合张炎的原意的，也不符合梦窗词的实际。梦窗是密丽派。诚然，玉田评梦窗词指出其质实的缺点和弊病，但并没有把梦窗词视为"质实"派。其实，作为风格来说，清空与密丽无疑是相对的两派；而我们应该知道，艺术概括和抒情典型化，是各种风格流派应遵循的创作法则。也许词家并没有这种概念和认识，但在创作中却自觉或不自觉地遵循这种法则。不同风格流派的词家，其倚声填词，创造艺术意境，要使用与其风格流派特点相适应的不同的艺术概括和抒情典型化的法则。也即是说，艺术概括和抒情典型化形式是多样的。清空与密丽不同，甚至相对立，其艺术概括和抒情典型化形式也须各相适应。清空派在艺术概括和抒情典型化过程中，若处理不好便容易流于浮滑而不沉厚。密丽派在艺术概括化和抒情典型化中，若处理不好，则容易流于质实而不空灵。二者都以不同形式表现其缺点。密丽派词出现质实，艺术上就表现"凝涩晦昧"。因为质实的词，不能成功地进行艺术概括和抒情典型化，从而失去普遍性与持久性，致使形象意境凝滞而不空灵，用意晦涩而不浏亮，词笔堆垛而不疏朗。所以玉田说："质实则凝涩晦昧。"但密丽派如果成功地进行艺术概括和抒情典型化，其所为词却能于密丽中见清空飞动,这一点下文还将提到。

玉田为了论证他上列的清空的中心论点,为了贬抑质实的词作,他对姜白石代表的清空和吴梦窗代表的密丽做出了肯定和否定的两种评价。他论白石云:

> 姜白石词,如野云孤飞,去留无迹。……不惟清空,又且骚雅,读之使人神观飞越。(《清空》)

玉田用野云孤飞的形象喻白石词的意境,喻白石词的风格,这无疑是对白石词深有体会后的精妙的比喻。司空图有"不著一字,尽得风流"之说,严羽有"不可凑泊,镜花水月"之论①,与玉田的说法原理相近,同为精妙。"野云孤飞"比喻白石词的清峭拔俗,"去留无迹",则说白石词的空灵澹宕;而二者又不可分,从而构成了白石词意境风格完整性的特点。正如夏承焘先生所说:"取事物的神理而遗其外貌。"(《词源注·清空》)取神遗貌,葆其神似,本来是历代画论家、诗论家共同重视的论点。而玉田却就白石词的意境风格特征以野云为喻,其独到处在于揭示清空,取神遗貌而达到词的清空骚雅的意境风格,这无疑揭示了清空论的实质。因为取神遗貌的主要艺术手段,在我们看来是艺术概括和抒情典型化。正如司空图论诗品"万取一收""返虚入浑",进行艺术概括和抒情典型化,才有可能实现。"万取一收",不是从万种事物中提取一种,而是从万种事物中进行艺术概括,从而创造出能够代表万种事物的典型形象或意境。而这形象和意境是唯一的,不可相代的,因此就有艺术的普遍性和持久性。"野云孤飞"的清空也必须经过"万取一收"的艺术概括和典型化,然后才有普遍性和持久性。"返虚入浑"也是艺术概括和典型化的结果;"野云孤飞"的清空,也必须"返虚入浑",进行一定的艺术概括和典型化。虽然张炎不会在理论形式上给予表述。的确,就艺术个性的创造来说,可用具体个别的事物和现象,用一意一境、一人一事而化成之;或者作艺术的虚构,从而成普遍性、持久性的抒情典型或意境。这样的抒情形象就

---

① 严羽这些对诗歌意境、风格的表述,见其所著《沧浪诗话》。书成于南宋理宗淳祐年间。《诗人玉屑》载有淳祐甲辰(1244年)黄昇序。张炎《词源》则成于元仁宗延祐七年(1320年)死前,是他创作上"用功逾四十年"的心得。《沧浪诗话》在当时影响甚大。

"似花非花",于艺术对象似即还离,似近实远,空灵透剔。所以古雅峭拔而无晦涩凝滞之弊。可见,"野云孤飞,去留无迹"之喻,除词的意境风格特征外,就创作方法言也是带实质性、原则性的妙喻。为什么我们把司空图的"万取一收""返虚入浑"与"野云孤飞"喻清空联系起来看呢?不管当时玉田在理论上意识到与否,而其道理是清楚的。只有在"万取一收"的基础上清空才不流于浮滑,也只有"返虚入浑",清空才是真正的清空,浑化而不质实。刘熙载在论词空实的时候说:"空诸所有。"(《艺概·词曲概》)意即把作品中所有的事物虚空化,同时又蕴含着应有的一切事物,"返虚入浑",浑化空灵。"三十辐共一毂,当其无,有车之用。"(《老子·道德经》)这就是清空的艺术原则的哲学表述,这显然是与艺术概括和抒情典型化不可分的。所以,"野云孤飞"之喻清空,如果不止就风格来理解,而更进一步从艺术原则去理解,即从艺术概括和典型化去理解,无疑是深刻的。因此,陆辅之(行直)《词旨》云:"清空二字,亦一生受用不尽。指迷之妙,尽在此矣。"

玉田既宗白石(姜夔)主清空,为了论证"野云孤飞"所喻词的清空意境和风格,他举了不少白石的词作为例:

> 白石词如《疏影》《暗香》《扬州慢》《一萼红》《琵琶仙》《探春》《八归》《淡黄柳》等曲,不惟清空,又且骚雅,读之使人神观飞越。(《清空》)

《暗香》①《疏影》二阕写梅花,均以空灵跌宕之笔写清新峭拔之意,格调高逸,风韵骚雅,玉田所谓"清空中有意趣笔力者"。白石于二词"抒偏安之恨"(宋翔凤《乐府馀论》),发二帝之幽愤,伤在位之无人(陈廷焯《白雨斋词话》);为石湖(范成大)作,则又借以沮石湖隐遁之意,而报国望于石湖也(张惠言《词选》)。诸说虽纷然,而二词主题均有两个层次。第一层次如上述诸家所论,是二词的共同基调。而《暗香》乃

---

① 白石《暗香·石湖咏梅》:"旧时月色,算几番照我,梅边吹笛。唤起玉人,不管清寒与攀摘。何逊而今渐老,都忘却春风词笔。但怪得竹外疏花,冷香入瑶席。　江国,正寂寂。叹寄与路遥,夜雪初积。翠樽易泣,红萼无言耿相忆。长记曾携手处,千树压西湖寒碧。又片片吹尽也,几时见得。"

写其盛衰之感，《疏影》乃写其兴亡之恨（周济《宋四家词选》），为第二层次，各有其重点如此。今止就《暗香》分析，全"词多比兴。虽字面说梅花，却处处关涉自己，关涉到家国"（俞平伯《唐宋词选释》）。自结构言，如周济所评，前五句为盛时如此；"何逊而今渐老"诸句，衰时如此；"长记曾携手处"二句，想其盛时；"又片片吹尽也"二句，感其衰时（见《宋四家词选》）。写一盛一衰，转折顿挫，空灵跌宕，而以赏花之人的经历和感怀为着眼，就梅花的盛时、衰时，开时、落时回还往复。"无限情事，即寓其中"（陈匪石《宋词举》），即于具体个别的艺术形象中体现出无限情事，既"包诸所有"又"空诸所有"（《艺概·词曲概》），则非经过咏物词的艺术概括抒情典型化不可奏效。而梅花的神理浑然而彰，且无半点着迹。所谓清空若拭，而"精蕴题内，寄意题外"（周济《宋四家词选目录序论》），见其艺术概括的力量。"唤起玉人，不管清寒与攀摘"与"玉人和月摘梅花"格韵同是高绝，而前者犹有中流击楫气象。白石词清劲于此可悟。至如笛声月色，花影衣香又构成了清幽空灵优美的境界。而自起句合前段结句的"竹外疏花""冷香入瑶席"，更见其孤芳高洁，所谓骚雅在此。中间以何逊渐老为转折，壮志消磨，风怀顿竭，前后形成了开合顿挫之姿，以寄其旧欢难拾，新怨难遣之情。过片仍从盛衰发脉，"江国，正寂寂"点出衰时，五句用《荆州记》吴地陆凯寄梅花与范晔事，"路遥""夜雪"都写荒寒寂寞之境，阴霾无晴之日，与稼轩"斜阳烟柳"同是象征南宋鲁阳之戈难挽的形势。陈廷焯谓"发二帝之幽愤"未免于凿，但对国祚危难的幽愤却见于言外。"长记"二句承"红萼相忆"，又一转，回首其盛时，与首句相应，"携手处"表其密意浓情，"西湖寒碧"又与东坡"琼楼玉宇、高处不胜寒"同其忠爱。所不同者，一寄于月宫，一寄于艳情。张惠言所谓沮石湖隐遁而望其报国者于此微见其倪。"又片片吹尽"又一转，跌到现况，应前片竹外疏花、玉人攀折。韵事再无可为，但又不忍于绝望，所谓"偏安之恨""伤在位无人""有望于石湖者"都将家国之感，极概括地、极深刻地表现出来。而意旨幽微，虚处生发，不离不即，空灵蕴藉，又不犯正位，塑造了梅花的神似形象，是"空诸所有""返虚入浑"的成功之作。沈祥龙在《论词随笔》中曰："空则不占实位，而实意自笼住；闲则不犯正位，而正意自显出。"即刘熙载所谓"空中荡漾""传神写照"之意（《艺概·词曲概》）。《暗香》咏梅在艺术方法和风格诸方面正表现了这种特点。郑文焯（叔问）论白石词云："叔夏（张炎）论其词云'如野云孤飞'云云，百世兴感，如见其人。"（《鹤道人论词书》）叔问是就"白石以沉忧善歌之士意在复古"去理解玉田"野云孤飞"的话的。他既指出了白石"善歌之士"词的个性特征，也揭示其概括化的抒情典型特征，"百世兴感"的沉忧，具有普遍性和持久性。

有些论者认为，清表现在意，空表现在境，即意要清新，境要空灵（见1982年第2期《文学遗产》）。这样强为划分，恐怕是不妥当的。意固然要清新，也要空灵。如前沈祥龙所论，实指意空，意不犯正位为空。"万取一收"在意言是意空，"空诸所有"在意言亦是意空，"有寄托无寄托"自是意空。清新为意之体，空灵为意之用。所以郑文焯《梦窗词跋》云："词意固宜清空。"《暗香》中深层之意，幽微之旨，似有还无，都见空灵要眇。意质实则艺术之意亡。上举评论亦如此，陈廷焯以为发二帝之幽愤，此意质实而不空灵，故有穿凿之嫌。而宋翔凤则说偏安之恨，意则空灵了，《暗香》之意如此。因为意质实首先犯了正位，艺术的倾向性成为质实的说教。至于境亦然。境不仅要空灵，也要清新。境不清新便尘俗，虽空灵而非清新之境，则不古雅峭拔。《暗香》前片写月色笛声，花影衣香是空灵之境，自然也有清新幽雅之美。境要空灵也要清新比较容易领略，而意要清新也要空灵就不易理解了。但只要掌握周济说的"从有寄托入，从无寄托出"和刘熙载说的"空诸所有"这些原则，就不难体会那些成功的词作的空灵之意。如白石《扬州慢》"尽荠麦青青"数句，写名都驻马，竹西解鞍，所以羡其繁华。而十里春风吹过，却不是珠帘齐卷，而是荠麦青青，屋宇丘墟，人物荡然。兵后淮扬荒凉之意得之言外。其境清空，其意何尝不清空。所以然者，盖胡马窥江，兵祸极酷，事后余痛，寄诸乔木。陈廷焯云："'犹厌言兵'四字，包括无限伤乱语。"（《白雨斋词话》卷二）故知艺术概括，于有限中见无限，这是意与境皆清空之证。"犹厌"云云虽是一篇主题所在，但无迹可求，不犯正位，只令读者想象其意，而意不质实，意质实则艺术之意亡，艺术之意求于无穷。过片亦然。过片"杜郎俊赏"数句，言风流倜傥于当日之淮扬，今则荒寒，感慨深而难赋了，以艳典写感慨，作者的爱国情思似有若无，寄意空灵。这是由于艺术以兴象感人。兴象的生命力在于意兴，在于意趣。兴和趣同属于审美范畴，是两个不同侧面的同一审美范畴，而以意为主。如兴味和趣味必定是意之所之而形成的。严羽倡为"兴趣"之说，即指兴象的空灵蕴藉，言有尽而意无穷（参见《沧浪诗话·诗辨》）。张炎屡发"意趣"之论，所谓"清空中有意趣"，"得言外意""自立新意"，而又以"不为情所役"的雅正为词的思想审美规范。这显然是把意趣说融合于清空论来说明清空论的内容和实质的。意兴应在有无之间。玉田在《词源》中提出意趣这一审美范畴，其实质也是寄意无端，有余不尽。正如后来王夫之论兴说："兴在有意无意之间。"（《姜斋诗话》卷上）有意，即推动词人进行创作并体现于词中的情意，它无疑是创作活动具主导作用的。无意，即意空。作者在兴会酣畅淋漓之际，虽有意而不着于意，不粘于意，使意空灵而不质实，这样才能情景浑融，寄兴无端。《词苑萃编》引曹掌公语云："词贵离合不粘本题，方得神情绵邈。"不粘本题即不着实意，实意皆空。他如玉田所举的《一萼红》《探春》《八归》《琵琶仙》诸作都各有其清空的特点。如写思念、情恋的《琵琶仙·双桨来时》：

> 双桨来时，有人似旧曲桃根桃叶。歌扇轻约飞花，蛾眉正奇绝。春渐远，汀洲自绿，更添了几声啼鴂。十里扬州，三生杜牧，前事休说。　又还是宫烛分烟，奈愁里匆匆换时节。都把一襟芳思，与空阶榆荚。千万缕藏鸦细柳，为玉尊起舞回雪。想见西出阳关，故人初别。

前片"十里扬州"三句，运笔老辣而清刚，"野云孤飞之境即此是也"（《宋词举》）。盖旧曲之桃根桃叶既难重遇，而"歌扇轻约飞花，蛾眉正奇绝"的美人情态又在目前。其境惝恍迷离，其意缠绵幽约，不肯说破而又不得不说破。故用杜牧之典故痛快言之。过片回环往复，以抒幽怀。至结拍回想初别，即行收住，以束势结，余味曲包。种种情思，犹寄之于混茫，见其艺术的概括力量，又照应上片，所遇者虽蛾眉奇绝，芳艳无比，但唯思离别之人，所谓"有女如荼，匪我思且"（《诗·郑风·出其东门》）。其忠爱之忱于此可感，其清空骚雅之风于此可见。《论词随笔》云："清者不染尘埃之谓，空者不著实相之谓，清则丽，空则灵，'如月之曙，如气之秋'。表圣诗品可移于词。"可以用这些话来结束这段的讨论。总之，词意要清空，词境也要清空。

第三节　词的清空与艺术技法

　　词家若使词的意境清空，有各种各样的艺术技法。即如前面提到的刘熙载"空诸所有"，也要通过一定的技法方可实现；而且某些技法必须适应构思情境表达的需要。前人抒情咏物，一般不犯正位，即不正面描写抒情对象或所咏之物。苏轼《水龙吟·次韵章质夫杨花词》就没有正面描写杨花，因而显得空灵蕴藉。在这节里，我们重点谈谈转折这一技法与清空的关系。作为艺术技法的转折，我们认为，更重要的是一种艺术构思法。

　　清空的词境与转折的艺术描写是分不开的。词能转折，既可层深，又可疏宕，一波三折，迴环往复。这样整个意境就显示出清空的特点，所谓"空灵蕴藉"（《艺概·词曲概》）即在此。白石云："委曲尽情曰曲"。（《诗说》）玉田本此，从事创作，以论清空。玉田所宗的白石固然擅于此道。如"阅人多矣，谁得似长亭树。树若有情时，不会得青青如此"（《长亭怨慢》），其转折层深，得空灵蕴藉之意。吴衡照举韦庄的词说："韦相清空善转，殆与温尉（指庭筠）异曲同工。所赋《荷叶杯》真能摅摽撇之忧，发跆蹋之爱。"（《莲子居词话》卷一）我们引《荷叶杯》第一首如下：

　　　　绝代佳人难得，倾国。花下见无期。一双愁黛远山眉，不忍更思维。　　闲掩翠屏金凤，残梦。罗幕画堂空。碧天无路信难通，惆怅旧房栊。

起句点出佳人难得，盖有倾国之貌。而难得的倾国佳人相见无期，一转。既无见期，而窃想象愁黛之美，以慰相思。然诚不忍更去思维，徒增愁苦。到此黯然惨绝，又是一转。过片于百无聊赖中闲掩翠屏，以期梦中相见。然依稀残梦，倍伤怀感，又是一转。残梦回时，唯觉罗幕堂空，佳人杳然。凄其愁绝之余，仰视碧天；而碧天无路，青鸟难通，又是一转。唯于绝望后在旧房栊惆怅徘徊罢了，意趣见于"旧"字。五十字的一首小令，共四转折，真所谓回环往复，无垂不缩了。意愈转而愈深，情愈转而愈切，悱恻缠绵，抒其摽撇弃遗之忧，而又发其搔首跆蹋之爱。由于多层转折，又觉其空灵生动，无怪乎为吴衡照所赏。我们在第一章曾经谈过"专主情致"的秦少游（观）词。少游词情致深婉，为北宋少数得词心的词家。他的词情致深婉，亦由转折取胜，因转折而曲折委婉，层层深入，或一波三折，或迥环往复，使情思细腻深挚，而词境空灵动宕，凄婉动人。今录《江城子》三阕之一如下：

  西城杨柳弄春柔。动离忧，泪难收。犹记多情，曾为系归舟。碧野朱桥当日事，人不见，水空流。韶华不为少年留。恨悠悠，几时休。飞絮落花时候，一登楼。便做春江都是泪，流不尽，许多愁。

"西城杨柳"三句，以欢愉的春天柔景，写离愁别恨，是第一转折。古人折柳赠别，"柳""留"音近，取想自然，故动离忧而热泪流注。因过去欢聚与今之黯然离别相对照，更加深离别之苦。其依恋和愁苦又加深一层，是为第二转折。下面是第三转折："碧野朱桥"是当日相遇之地之景，情事犹新。今则人各一方，天涯沦落，只有桥下流水依旧东注，景象惨淡悲凉。人有情而流水无情，反衬出更甚的别离情苦。过片"韶华"以下，由流水想到岁月的流逝，怨恨凄恻无尽头。从这一角度写离愁，感情深厚而又凄婉动人，是为第四转折。"飞絮落花"句，本拟登楼凝望，以遣愁思，奈何飞絮落花迷茫空际，更令人缠绵凄怆，春江做泪而愁流不尽，又以转折作推开，为结拍，则离绪绵绵无尽矣。这种多层次的转折抒情，起了反复强调的作用。既细腻又深厚，清空灵动，跌宕多姿。玉田与王沂孙（碧山）亦善用此法。如玉田《高阳台·西湖春感》《渡江云》"山空天人海"阕，碧山《无闷·雪意》《摸鱼儿》等，都表现了因转折层深而见清空疏宕。如玉田《渡江云》："长疑即见桃花面，甚近来、翻笑无书。书纵远，如何梦也都无。"写客怀而兼及忆友。"长疑""翻笑""无梦"层层转折，愈转愈深，所谓"一层紧一层，情辞凄恻"（陈廷焯《词则》，《大雅集》卷四），"曲折如意"（许昂霄《词综偶评》）而又"返虚入浑"（邓廷桢《双砚斋词话》）。这都说明转折层深而又见清空疏宕。玉田《高阳台·西湖春感》，前后两片也都以转折层深之笔写其兴衰之感，虚实兼到，沉郁顿挫，深婉清空。如前片："能几番游，看花又是明年。东风且伴蔷薇住，到蔷薇春已堪怜。"虚浑深婉。"能几"两句以扛鼎笔力，写出无限低徊之致，语意悲切。谭献所谓："运掉虚浑。"（谭评《词辨》)"东风"两句层层转深。蔷薇虽可暂伴春住,但春转觉堪怜了。俞陛云以为"以才人遘末造,即饮香名,已伤迟暮,与残春蔷薇何异?"(《玉田词选释》)这是就作者的身世说明其转折层深的,而就其兴衰之感说也何尝不是如此。过片"见说"二句愁到盟鸥,其新愁更不可说了。"莫开帘"三句,加倍写新愁,步步紧逼,层层深化。鹃啼花落,徒恼人怀,闲眠浅醉不复得了,奈此余生何!身世之感,兴衰之恨兼而寄之。所以陈廷焯云:"凄凉幽怨,郁之至,厚之至"。(《白雨斋词话》卷二)因此写春感的抒情形象有较高的概括性。至于碧山词如《高阳台·和周草窗寄越中诸友韵》过片"如今处处生芳草,纵凭高不见天涯",词既沉郁又虚浑,把晚春愁思浑化于天涯芳草中。谭献评曰:"《诗品》云:'返虚入浑'。'如今'二句是也。"(谭评《词辨》)结拍用缩笔转折,令人低徊掩抑,荡气回肠。如果说张惠言认为是写"君臣晏安,不思国耻,天下将亡"而非河汉的话(见《词选》卷二),则更见其寄意深微而空灵无滓了。"如今处处生芳草"以下与周密元韵"雪霁空城,燕归何处人家"以下,詹师安泰先生云:"当系少帝北去时作。"(《花外集笺》)今录碧山《摸鱼儿》如下:

> 洗芳林、夜来风雨,匆匆还送春去。方才送得春归了,那又送君南浦。君听取,怕此际、春归也过吴中路。君行到处,便快折湖边、千条翠柳,为我系春住。　　春还住,休索吟春伴侣,残花今已尘土。姑苏台下烟波远,西子近来何许。能唤否?又恐怕、残春到了无凭据。烦君妙语,更为我将春、连花带柳,写入翠笺句。

此词为碧山词中最疏快跌宕之作。"洗芳林"两句正入,点出风雨送春,寄以国亡哀思,已无限凄感。"方才"二句为一转,以递进之笔,写送春之后又送人,亡国之感更添离别之情,其悲苦可以想见。"君听取"以下折柳当春,又一转笔。设想奇妙,而恋春惜春,情意绵绵。离人已不堪其悲,犹劝彼留不可留之春,其悲则又更甚了。自然清空,并无半点着迹。过片"春还住"三句承前片留春意,又一转折。即春被留住了,但所留的春却是残花已成尘土的春,其凄感则又甚于前片。"姑苏"二句,以苏台的荒凉,西施的杳然,极意铺写残春。"能唤否"三句,设问语为之一转,残春既无凭据,一切都付诸落花流水!"烦君"四句为结拍,本请为留春而不可得，唯请以妙语将残春谱写新词，以寄哀思罢了。吴衡照《莲子居词话》卷一引黄山谷（庭坚）的《清平乐》"春归何处？寂寞无行路。若有人知春去处，唤取归来同住"，又引王观的《卜算子》"若到江南赶上春，千万和春住"，以为"意同于碧山词"。但"山谷失之笨，通叟（王观）则失之俗。碧山差胜"。失之笨者是无转折之美，失之俗者是无峭拔之意。又同失之空灵。所谓碧山差胜者，是由于"曲折而清空一气"（陆以湉《冷庐杂识》卷六），于其中寄以亡国的哀思。转折之笔，词人构思时，有随意境开拓而递进者。吴文英娴于此法。如他的《忆旧游·别黄澹翁》："送人犹未苦，苦送春、随人去天涯。"春尽人远的意境，因递进而开拓，用两"苦"字成转折之笔，使人凄感无限。又如《高阳台·落梅》："南楼不恨吹横笛，恨晓风，千里关山。"刘永济先生谓："暗用高适《塞上听吹笛》诗意，恨落去远也。"（《微睇室说词》）"南楼"一转，开拓词境，凄清悠远又还绾合落梅主题。陈洵曰："空际转身"，"是觉翁（吴文英）神力独运处"。（《海绡说词》）诚然。亦以"不恨""恨"对举而成转折之笔，清峭可想。

综上所引白石、梦窗、碧山以及玉田本人的词，我们理解，清空的内涵首先指艺术风格和意境。又由于清空重视"空诸所有""返虚入浑"，与艺术概括和抒情典型化有一定的联系，因此又有艺术原则的意义。但作为艺术风格和意境的清空与作为艺术原则的清空毕竟是两个不同的范畴，这是显而易见的。

第四节 梦窗词密丽秾挚与清空疏宕的统一

玉田主清空而反对他认为质实的梦窗（吴文英）词。前面说了，就艺术风格论，玉田词主清空，梦窗主密丽。这两种艺术风格恰恰是对立的。至其弊端，清空容易流于剽滑浮浅，密丽则易流为质实晦涩。但就艺术原则说，风格密丽的词并不是绝非清空的。不管玉田意识到与否，这都是历史的事实。这里先谈玉田对梦窗密丽词的批评，然后谈梦窗词，自然，玉田的批评是从清空出发的。玉田较多地涉及风格问题：

吴梦窗词，如七宝楼台，眩人眼目，碎拆下来，不成片段。（《清空》）

从艺术风格说，从用典用字说，玉田是说对了的。他在《词源》"清空"一则所举的梦窗词例，如《声声慢·陪幕中饯孙无怀于郭希道池亭，闰重九前一日》："檀栾金碧，婀娜蓬莱，游云不蘸芳洲。"写郭园的修竹柔柳掩映金碧辉煌的亭台水榭，有如蓬莱仙境，是一个优美的园林。但用檀栾代竹、婀娜代柳，就令读者不容易形成一个鲜明的直觉形象，这就难免晦涩。诚然檀栾代竹，唐诗如王维、裴迪辋川唱和时而见之，像这样的句子密丽而欠疏宕，所以尚觉质实而不清空。又如《齐天乐》登禹陵"翠萍湿空梁，夜深飞去"，用典殊僻[①]。写禹陵的神奇还有其他常用的典故。又如《霜叶飞·重九》："记醉踏南屏，彩扇咽、寒蝉倦梦，不知蛮素。"蛮、素虽非生典，而以密致的句法组织，非有相当修养的读者不易寻释其意。意谓记南屏载酒欢游，扇底清歌，如寒蝉之凄咽动人。昔犹梦见歌者蛮素，今则倦梦，所以不知蛮素了。其感怆于爱妾如此，其放浪之态可掬，其深挚之情可感，但由于情事迭写，令人难解。《海绡说词》说之而为人所议，这是客观原因。又《一寸金》赠笔工刘衍"點髯掀舞"，"用右军鼠须笔事"；《解语花》梅花"琼树三枝，总似兰昌见"，"用兰昌女鬼事"，微伤晦涩（吴梅《乐府指迷笺释序》）。所以吴衡照说："词忌堆积，堆积近缛。缛则伤意。词忌雕琢，雕琢近涩。涩则伤气。"（《莲子居词话》卷一）梦窗不无缛涩之病，亦玉田所评"质实则凝涩晦昧"之意。但以"七宝楼台"喻梦窗词，得失之间必须有一个正确的看法。"七宝"，早见于姚秦鸠摩罗什译的《金刚经》："满三千大千世界七宝"，注：《疏钞》云：即金、银、琉璃、珊瑚、玛瑙、珍珠、玻璃。其后《吴令尹喜内传》演为"金台玉楼，七宝宫殿"，合称之为"七宝楼台"，即现世最名贵者，珠光宝气，璀璨华美。以此喻梦窗词自有其肯定的一面，即指出它有密丽的风格特点；也有其否定的一面，即"碎拆下来不成片段"。言其密丽而至于质实晦涩，不浑成，不空灵，虽美而少灵气，即如从七宝楼台拆下来的零珠碎宝，虽美而非百琲，彼此割裂，缺乏内在联系。这单纯从风格上说，如上面所举的某些质实晦涩之作，玉田的评论是正确的。但是，不可否认，玉田只看到梦窗词风格上的某些缺点和不足之处，而没有

[①] "翠萍湿空梁"：详见叶嘉莹女士《迦陵论词丛稿》，引《大明一统志·绍兴府志》引《四明图经》："张僧繇画龙于其上（指禹庙梁），夜或风雨，飞入镜湖与龙斗。"大概画龙在镜湖与龙斗后，带着湿萍，再飞上庙梁。亦初见于杨铁夫《吴梦窗词笺释》该词注。

从梦窗词的词境、使用的技法给予梦窗词更符合实际的分析；更没有也不可能有把清空作为艺术原则去检验梦窗词的词境；没有从构思上看到梦窗词时间空间的参差倒置，于难以条释中见其词的空灵和完整性。如《齐天乐》："古柳重攀，轻鸥聚（或作骤）别，陈迹危亭独倚。"别时之地与忆时之地并写，今昔糅杂。又如同调游禹陵"积藓残碑，零圭断璧，重拂人间尘土"，本为日间游禹陵所历所见，却于同剪灯深夜语时出之，时间颠倒。由于玉田未从构思等各个方面考察梦窗词，故有"七宝楼台碎拆下来不成片段"的评语。对梦窗词的评语较为全面的评述者在南宋要算沈伯时《乐府指迷》："梦窗深得清真之妙，其失在用事下语太晦，人不可晓。"得清真之妙首先是得其浑化之境，词至浑化则意境空灵，这比玉田对梦窗的评价更具实质性。至常州词派兴，周济撰《宋四家词选》定梦窗为一家，其后经谭献、陈廷焯、况周颐、朱祖谋、陈洵暨吴梅诸家，究心其间，梦窗的精髓始现。虽然这些学人词家对梦窗词不无臆测和派别之见，总的说，分析中肯而又深刻，不似胡适那样随意骂倒，也不似王国维那样刻薄。如周济云：

  梦窗每于空际转身，非具大神力不能。（《介存斋论词杂著》引良卿语）

梦窗词往往密丽中空灵疏宕，"空际转身"，如《风入松》《齐天乐》。《齐天乐》前片："凉飔乍起，渺烟碛飞帆，暮山横翠。"三句颇密丽，而"凉飔"句一转，谭献所云："领句，亦是提肘书法。"（谭评《词辨》）"渺"字领起下二句。于烟霭沙碛间离别者的帆影渺然飞逝，唯见暮山横翠，黯然凄淡而已。写别情之深"直入白石之室"（《白雨斋词话》转引自《宋词三百首笺注》）。前引《高阳台·落梅》"南楼不恨吹横笛"二句，亦"空际转身"，均见"空际出力""具大神力"。同时梦窗词以实写虚，以密丽秾挚之笔写虚幻幽眇之思，于实处见空灵，于密处见疏宕，而归于沉厚。如《风入松》西园怀旧，上片追思别时情事，"听风听雨过清明，"起句便陡健，著二"听"字便渲染出百无聊赖之情。"愁草瘗花铭"句，詹安泰先生曰："风雨瘗花，情既深矣。瘗花而铭，则情更深。加以愁草对照，愈觉不可为怀。五字中三层意，密丽中自见疏宕。"（《宋词选》残稿评该词）盖清明时节，风雨摧花，景况凄黯，故别情如千丝绿柳。因别情可伤，春寒料峭，难借酒遣愁。无奈春莺搅梦，愁终不得遣，故"料峭春寒中酒，交加晓梦啼莺"两句渲染深情。惆怅又较前时更为难堪了。以"料峭"二句"凝练而曲折"（唐圭璋《唐宋词简释》），因此于密丽的句子中见其灵气流动，思致层深。过片跌入今情，承上片情不可遣，则唯有期待罢了。"黄蜂频扑秋千索，有当时纤手香凝。"二句秾丽之极，而一归于虚幻，即日日期待而佳人不果来，遂生痴心痴想。见黄蜂频扑秋千索而疑有佳人的纤手香凝，其情可悯，其意弥切。无理之理，情思倍加深厚，是实境寄虚之法，故于秾丽中见清空。复堂（谭献）评云："西子衿裾拂过来，是痴语，是深语。"（谭评《词辨》）"西子衿裾"言其秾丽，"痴语"言其痴想，因痴成幻。因痴想而见其情思之深，故云"深语"。结拍"惆怅双鸳不到，幽阶一夜苔生"，亦以秾丽之辞，体虚幻之境。双鸳（指鞋）不到为实，所谓佳人不来也。苔生一夜为幻。踟蹰幽阶，十分难耐，觉清夜特长，可使苔生。无限情思，见于言外，亦深厚之至。玉田所谓有余不尽者。

梦窗词也多转折层深之作。这些作品亦于密致中见清空疏淡，有意深旨远之美。这种矛盾的统一，梦窗词可谓达到高境。前面已举例说明，这里再从不同的角度予以简释。如《高阳台·咏梅》："南楼不恨吹横笛。恨晓风千里关山。"这种以反折做推进一层的写法，既写出咏梅者的幽怨之情，也写出梅花的神理。所以陈廷焯云："梦窗《高阳台》一篇，既幽怨又清虚。"（《白雨斋词话》卷二）当然，亦峰的评语是就其全阕意境而发的。又《忆旧游·别黄澹翁》，起句"送人犹未苦，苦送春随人去天涯"，因送人转折到送春，意深而词婉，所以陈廷焯亦谓"平常语，一折便深"（《词则》，《大雅集》卷三）。又《霜叶飞·重九》，过片"聊对佳节传杯，尘笺蠹管，断阕经岁慵赋"，以"聊对"写姑且应景，而一别经年，尘已封笺，虫已蠹笔，虽断阕之作，也难成篇，其凄淡无聊可知。如此做层层推阐，所以愈转愈深，得清真空灵浑化之境。从这些例子，我们都可以看到，梦窗的许多词作因其转折，虽密丽而见疏宕，并非质实之作。

因此，对梦窗词的评价，必须从艺术原则上、艺术风格上辩证地认识它的特点。正如戈载所评："（梦窗）貌观之雕缋满眼，而实有灵气行乎其间。"（《宋七家词选》）况周颐也说："梦窗密处能令无数丽字一一生动飞舞。如万花为春，非若雕琼蹙绣毫无生气也。"（《蕙风词话》卷二）

戈、况两家之评，据上分析，不无道理。陈洵更剖析梦窗词后说："梦窗神力独运，飞沉起伏，实处皆空。"（《海绡说词》）其说虽承周济"空际转身"遗绪，亦系从梦窗词中辩证地切实体会出来，而非一般泛论语。今录《高阳台·丰乐楼分韵得如字》：

> 修竹凝妆，垂杨驻马。凭阑浅画成图。山色谁题？楼前有雁斜书。东风紧送斜阳下，弄旧寒、晚酒醒馀。自销凝，能几花前，顿老相如！　　伤春不在高楼上，在灯前欹枕，雨外熏炉。怕舣游船，临流可奈清臞。飞红若到西湖底，搅翠澜总是愁鱼。莫重来，吹尽香绵，泪满平芜。

此阕是梦窗词中最沉痛者，借咏楼之所感写伤春之情。伤春又自有寄托。凝妆驻马，依然欢会，有直把杭州作汴州意。著"凝"字、"驻"字人物之感显然。玉田云"梦窗善于练字面"，如此，是其最密丽之句。"凭阑"句为前片线索，种种所见所感都从此生发。"浅"字、"成"字不但字面锤炼，且意味深永。浅画成图者，是无多可画意。陈洵所谓"半壁偏安也"（《海绡说词》）。陈氏所释尚嫌太实，但不无江山残破之感。"山色"句以下特写景色。谓"谁题"，谓"斜书"，有托国无人、唯把江山付与鸿雁题书之意。意境颇幻。玉田《解连环·孤雁》结拍："写不成书，只寄得相思一点。""有雁斜书"是亦寄作者之相思耶？家国之感显然。"东风"两句转折，斜阳渐下，晚醒已醒，则流连光景竟日了。然就气氛言，则有国势危迫，酒醒后伤心已极意。"自销凝"三句转入抒情，先由自身今昔之感说起。年少风流，曾几何时，便觉垂垂老大，亦有相如茂陵游倦之意。陈洵所谓："酒醒人老，偏念旧寒也。"（《海绡说词》）过片借事抒情。伤春本在高楼，倒说不在高楼，为一顿挫。"在灯前"两句跌入，有随地随处无不伤春意。"怕舣"两句推进一层。因伤春而致清臞，临流又怕容光自照。"飞红"两句更推进一层。春事迟暮，落花飞絮，搅翠澜而殃及湖底的游鱼，由自身之感连及物类，有无人无物不伤春意。所以伤春尤甚。玉田同调春感："见说新愁，如今也到鸥边。"二者意法均同，唯彼疏宕，此密丽耳。结拍"莫重来"三句，点出江山变色，城邑丘圩。此所谓"伤春不在高楼上"也。到此，家国之念，身世之感，一并融入伤春的描写当中，而着力处又在家国之感。所以说此词是梦窗最沉痛之作。其情思的发展层深要眇，想象幽奇。而正如冯煦云："幽邃绵密，脉络井井"。(《六十一家词选例言》)其中"凭阑"句与起二句相颠倒，但无损其气而反觉突兀。用典故少而用字精练，于密丽中有一股灵气虹贯其间。用笔转折排宕，于秾挚中见一种清新空灵的意境。"伤心"句以下，奇思异想，出于寻常构思之外，周济所谓"奇思壮采，腾天潜渊"(《宋四家词选目录序论》)，而又见较高的艺术概括。既能"空诸所有"，又能"实诸所无"。空诸所有，故空灵不着迹象；实诸所无，则用"无数丽字"（况周颐语）形成密丽的风格。因此，麦孺博云："秾丽极矣，仍自清空。如此等词，安能以'七宝楼台'诮之？"(《艺蘅馆词选》该词评)

可见，玉田以"七宝楼台"评梦窗词，其得者在于指出梦窗"用字下语太晦"；其失者只从密丽与清空在风格上的对立，崇清空而把密丽秾挚在梦窗词从质实加以贬抑。这不只是违背风格多样化的原则，而且也不理解清空作为艺术原则的意义。密丽秾挚的成功之作亦未尝不清空疏宕，多读梦窗词自然可以领会。玉田所以如此评论，其基本原因是未意识到清空与艺术概括的关系。先师詹安泰先生曾云："读梦窗词，须于秾密中见疏淡。故非绝顶聪明者不能学。梦窗意多词练。"(《宋词选》残稿)詹先生的话指出了梦窗词密丽与疏宕的矛盾统一以及意多词练的特点，这无疑是艺术概括化和抒情典型化才可达到的境界。

第五节 意 趣 论

玉田清空论中的一个核心论点是词必须讲求意趣。意趣、情趣、兴趣，在中国传统的文学批评中，都是一些虽有区别而基本内涵相近的审美范畴和概念。钟嵘所谓味，司空图所谓韵（味），严羽所谓趣，都是指诗歌的审美特性。严羽的兴趣说，与玉田的清空论客观上有联系。他在《沧浪诗话·诗辨》中说："盛唐诸人，惟在兴趣。羚羊挂角，无迹可求。故其妙处，透彻玲珑，不可凑泊，如空中之音，相中之色，水中之月，镜中之象。言有尽而意无穷。"严羽（沧浪）论兴趣与镜花水月透彻玲珑之象并举，玉田论意趣亦与清空古雅并提。所不同者，沧浪主妙悟，玉田主意格，而皆归于空灵蕴藉，寄意言外。玉田写道：

词以意为主，不要蹈袭前人语意，如东坡中秋《水调歌》

云……，夏夜《洞仙歌》云……，王荆公金陵《桂枝香》云……，姜白石《暗香》赋梅云……，《疏影》云……此数词，皆清空中有意趣，无笔力者未易到。（《意趣》）

玉田在这里没有给意趣做出明确的定义，也没有做较多的论述。而其中有三点值得注意：①词以意趣为主，指出意趣的重要性；②不蹈袭前人语，指出意趣重新颖；③清空中有意趣，指出艺术意境清新空灵，自有其意趣。趣是"事外远致"（范晔《与诸甥侄书》），"文外曲致"（《文心雕龙·神思》），后来况周颐直以范语释韵字（《蕙风词话》卷一），可知意趣（兴趣）、韵味同是大同小异的审美范畴和概念。姜白石提出"意高妙""篇中有馀意"（《诗说》），正是意趣论的审美要求。玉田论词以意趣为主，承传了白石之旨，主张意趣高妙的自然韵味，所谓"意趣高远""立意高远"（《杂论》），此其一。主张"得言外意"（《离情》）、"有馀不尽之意"（《令曲》）的言外之趣，也即韵味。黄庭坚云："韵者，即有馀不尽。"（《豫章黄先生文集》卷二八）此其二。这又和"事外远致""文外曲致""味外之旨""寄意无穷"相通。我们前面谈清空时，曾分析过白石咏梅的《暗香》《疏影》立意既高，意境亦浑。玉田叹为"自立新意，真绝唱也"，周济也评为"寄意题外，包蕴无穷"（《宋四家词选目录序论》），均可见出意趣的特点。所以玉田评云："清空中有意趣。"大抵词能做到清空，则含蓄蕴藉，余味曲苞，使人触发更多的联想和想象，得言外无穷之意。于是意趣生焉，韵味永焉。必须指出的是，意趣是和作者高尚的思想情操以及艺术概括能力有着密切的联系的。白石思想超妙，情操高洁，故其所为词自立新意；又由于他艺术概括力强、技法娴熟，故能"写出幽微"（《诗说》），清潭见底，空灵蕴藉，寄意无穷。《疏影》既写出了梅魂，也寄托了作者家国的怨思。他以梅魂写怨，有别于杜甫写梅以何逊托意，有别于林逋赋梅的清超，也不同于东坡"竹外一枝"的孤高自况。白石自立新意如此。至于东坡《水调歌头·丙辰中秋……怀子由》词，以奇逸豪迈之笔写离别之思。前片见月思君。"我若乘风归去"，托言还月宫，实还君所。"惟恐琼楼玉宇，高处不胜寒"，一转而怨刺中忠爱自见；"何似在人间"又见其对生活的执着。知其意趣之高远。"转朱阁、低绮户，照无眠"点出离恨，一提而回到现实，以月圆反衬兄弟的离别，鹡鸰之情，不能自已。"不应有恨"，以阴晴圆缺、悲欢离合的自然人间常理自慰。结拍千里共明月，离思绵绵，著"但愿"二字则又寄意深远。忠爱之思，诚挚之情，令人玩味不尽。全词"空灵蕴藉，不犯正位"（见《艺概·词曲概》），是艺术概括性较强之作。胡仔云："中秋词自东坡《水调歌头》出，馀词尽废。"黄庭坚、赵秉文效之，自在其下。这是因为东坡意趣高逸，飘飘若仙，而又恻婉人间，绵绵沉顿，所以难学。东坡词清空中有意趣。今录《洞仙歌》如下，其序略云：眉山老尼言：一日大热，蜀主与花蕊夫人夜纳凉摩诃池，作词。但记其首两句，暇日寻味，乃为足之云。

　　冰肌玉骨，自清凉无汗。水殿风来暗香满。绣帘开、一点明月窥人，人未寝、欹枕钗横鬓乱。　　起来携素手，庭户无声，时见疏星渡河汉。试问夜如何，夜已三更，金波淡、玉绳低转。但屈指、西风几时来！又不道、流年暗中偷换①。

这是东坡词中最葱蒨韶秀之作。"冰肌玉骨"写其品：如藐姑仙子，冰莹晶洁。"水殿"句写其居游处：池荷暗香，随风飘满水殿。境与人谐，尘暑尽除。沈际飞所谓："清越之音，解烦涤苛。"（《草堂诗馀》正集）"绣帘开"三句，明月窥人，而言一点者，觉依依有情。对月欹枕，鬓乱钗横，于清幽之境中，幽思难遣，妙画出一幅美人欹枕对月幽思图卷。过片承前片"未寝"，推开一层写。"起来"三句，携手同度良夜，即小序中相与纳凉意。本是情意亲昵，但是，睹银汉疏星而别有所思，情绪掩抑，则非携手所可有者。情与境不谐如此，故意趣因而超远，若纯写欢愉，构思就浅了。"试问"以下又推开一层。月光澹沱，玉绳之星低转，是初秋深夜景色。故西风微拂，暑极凉生，节序微觉更换，于人不无感触。"但屈指"三句又推开一层作结，以西风之来而觉流年暗地里飞逝。用"不道"（不觉）、用"暗中偷换"，见美人的幽怨，点醒前片"人未寝"句意，描写花蕊夫人纳凉时的所感所思。而抒情形象却不粘不脱，不即不离，不留滞于所描写的花蕊夫人的形象。空灵浑化，含蓄有余不

---

① "玉绳低转"：玉绳为北斗星之第五、六星，即玉衡之北面第一、二星。《晋书·天文志》上："北斗七星，阴阳之本也。故运乎天中而临制四方。"低转指玉绳偏西运行，言秋即至。

尽。主题是美人可也，士感不遇亦可也①。其实同为一理，抒情形象具有普遍性。郑文焯评："诚觉意象万千。"（手批《东坡乐府》）张炎云："清空中有意趣"。盖即此。

白石的《暗香》《疏影》，东坡的《水调歌头》《洞仙歌》以及王安石的《桂枝香·金陵怀古》等，风格不同，然皆有共同的特点：立意高远而新颖，意境空灵而蕴藉，形象有如透水月华，波摇不散，而能"写出幽微""言有尽而寄意无穷""不尽之中已深尽之矣"（白石《诗说》）。充分体现了"万取一收""空诸所有"而"返虚入浑"的艺术原则。体现了艺术概括化和抒情典型化。玉田引以说明"清空中有意趣"，虽然以艺术风格为主，但在理论分析上还是说明了艺术创作的特征的。

这里有一个与清空意趣有关的问题，即献颂的创作问题。献颂之作很难推陈出新，其中以在南宋最流行的介寿之词为尤甚。在寿词的创作上，玉田认为更要强调新颖的意趣，所谓"融化字面，语言新奇"（《杂论》），乃妙。如果寿人以言富贵则尘俗，言功名则谀佞，言神仙则虚诞，只有"无俗忌之词，不失其寿词也"（同上）。我们看况周颐在《蕙风词话》卷三引例说："寿词难得佳句，尤易入俗。古山（张埜夫）《太常引·寿高丞相自上都分省回》云：'报国与忧时。怎瞒得、星星鬓丝。'《水龙吟·为何相寿》云：'要年年霖雨，变为醇酎，共苍生醉。'此等句浑雅而近朴厚。"这些词浑融而不质实，意趣见于言外，有较好的思想倾向性。前者写报国忧时，随年岁而增深，后者写以霖雨为酒，与百姓共醉。虽寿非谀，颇有思致。辛稼轩《水龙吟·甲辰岁寿韩南涧尚书》结拍云："待他年整顿、乾坤事了，为先生寿。"亦寄望之殷。虽清空未足，有词论之嫌，但还是朴厚中有意趣者。张炎所举陈允平的寿词，以为"本制平正，亦有佳者"。如他的《日湖渔唱》卷末附寿词十九首，其中《鹧鸪天·寿表兄陈大可》，以"半溪霜月正梅花"为祝，亦清新可味。结句写"手种红兰，看到春风第二芽"，则表示年长了一岁，见祝寿之意，亦含蓄有致，清空略具意趣。寿词如此，写其他题材和主题的词同为一理，切忌俗滥。总之要清空中求意趣的高远。

"清空中有意趣"是玉田词论中值得肯定的基本论点。但清空之境必

---

① 据朱彊村编《东坡乐府》。词作于元丰五年（1082）壬戌，贬黄州之第三年，意者或有寄托。

须沉厚笃实,使意委婉含蓄,若有若无,倾向性不可直露题面,尤避奋末叫嚣。刘熙载《艺概·词曲概》云:"词尚清空妥溜,前人论之详矣。惟妥溜中有奇创,清空中有沉厚。"词须妥溜。盖妥溜则圆转如弹丸,写景言情无不周契流利,是词的清空的基本要求。但无奇创则陷于平钝,不能出新意而生言外之致,意趣自是缺然。沈义父《乐府指迷》云:"发意不可太高,高则狂怪而失柔婉之意。"这就词的思想性和倾向性说,是不难理解的。词和其他艺术形式一样,思想性和倾向性是隐潜在形象当中的。一切狂怪奋末叫嚣粗率的词发意高而成为标语口号,就不是真正的艺术之作,也就没有了意趣。如刘过的《沁园春》"斗酒彘肩"阕就不如他的《唐多令·安远楼小集》阕那样的委婉含蓄,意趣超妙。"旧江山浑是新愁",令人低徊欲绝。陈亮的《水调歌头·送章德茂大卿使虏》"不见南师久",词极慷慨,但直率少意趣,不如《水龙吟·春恨》的凄婉清蒨有意趣。"正销魂又是,疏星淡月,子规声断",以景结情,余味不尽。玉田所谓"有句法者"(论见后文),在这里也可体会。有意趣的词,往往在艺术概括中体现出事外远致、言外曲致、有余不尽、寄言无穷的意境和倾向性。而妥溜和清空,奇创和深厚又是矛盾地统一着。清空而不深厚则流于剽滑空疏,就谈不上"远致""曲致""馀味"了。

清空中有意趣,据前所论,是关系于艺术的品质问题,关系于词品问题,与作品的思想倾向性有密切的内在关系。在某种意义上说,意趣是思想倾向性而有审美趣味者。词既然是一种抒情声诗,作为词品的意趣,不可能和词中的感情有缺如的关系。玉田从清空意趣出发,要求抒情之作须具一定的伦理规范,也是审美的原则。即儒家提倡的"乐而不淫,哀而不伤,怨而不怒"。他认为词的言情特点,在于委婉动人,上而不犯近体歌行的雄直,下而不流于缠令俗曲的浮艳。他写道:

簸弄风月,陶写性情,词婉于诗。

又说:

若邻乎郑卫,与缠令何异也。(《赋情》)

这不但在艺术特征上把词与诗、曲区分开来,更主要的是说明词家须得其性情之正，避免邻于"郑卫"。当然，这里的"郑卫"只是一种淫靡的借代用法。正如后来刘熙载所主张，把情和欲严格地区分开来，达到抒写雅正性情的境地。"词家先要辨得情字。《诗序》言'发乎情'，《文赋》言'诗缘情'。所贵于情者，得其正也。"（《艺概·词曲概》）虽然不无理学家"惩忿塞欲"的说教，但有其合理的因素。玉田也引了陆淞的《瑞鹤仙》"脸霞红印枕"阕和辛弃疾《祝英台近》阕说："皆景中带情，而存骚雅，故其燕酣之乐，别离之愁，回文题叶之思，岘首西州之泪，一寓于词。若能屏去浮艳，乐而不淫，是亦汉魏乐府之遗意。"（《赋情》）贺裳《皱水轩词筌》云："（陆淞）《瑞鹤仙·春情》末云：'待归来先指花梢教看，即把心期细问。问因循过了青春，怎生意稳。'迷离婉妮，几在周秦上。"《词源疏证》引沈江东语云："稼轩词以激扬奋厉为工。至'宝钗分，桃叶渡'一曲，狎昵温柔，魂销意尽。"贺、沈所评陆、辛之作，都强调其"迷离婉妮"，表现了簸批风月之情。但婉中犹见情深意远，迷离中知有寄托而无寄托。董毅评陆词云"刺时之言"（《续词选》），黄蓼园以为辛词"借闺怨以抒其志乎"（《蓼园词选》），都试图说明这种"婉妮"的艺术特色。今录《祝英台近》略加分析：

宝钗分，桃叶渡，烟柳暗南浦。怕上层楼，十日九风雨。断肠点点飞红，都无人管，更谁劝，啼莺声住？鬓边觑，试把花卜归期，才簪又重数。罗帐灯昏，哽咽梦中语。是他春带愁来，春归何处？却不解带将愁去。

"宝钗"三句写别。"怕上层楼"以下写别后。高楼孤倚，风雨凄迷，落红历乱，莺声搅人。别后凄苦之情，令人黯然欲绝。"断肠点点飞红"四句，"一波三折"（谭评《词辨》），转折层深，是痴语，愈见其情挚。过片写因怀念而觑鬓而卜花而簪发而数归期。用"觑""卜""数""哽咽"数词，步步紧逼，心事重重关锁，而又无一直语。结拍三句，"托兴深切，亦非全用直语"（谭评《词辨》），故意境清空，意趣高远。张惠言云："点点飞红，伤君子之弃，流莺恶小人得志也。春带愁来，其刺赵张乎！"（《词选》）释词如此，不免于穿凿，但此词也非全无托兴。感时伤事，才人被弃，隐然见于言外。陆淞《瑞鹤仙》、稼轩《祝英台近》，玉田认为是"景中带情，而存骚雅"的词。这又是赋情的原则问题。一般说，情由景生，亦因景发。因此，在艺术表现上无论融情于景，或者因情选景，都要使意境清空和情致骚雅，因此也就使清空中有意趣。玉田认为上举的那些词，景中带情而黜去浮艳，便可具"汉魏乐府遗意"了。所谓"汉魏乐府遗意"，正如严羽所说，汉魏乐府不假悟的那种空灵蕴藉、自然超妙之境，言有尽而意无穷、寄兴无端之境，而又一归于意趣的雅正。所以"言情以雅为宗，诗丰则意尚巧，意亵则语贵曲"（《莲子居词话》卷二）。我们当从用语曲折来判定其是否意亵而伤雅正之音。陆淞《瑞鹤仙》虽曲而不亵，艳而不浮，有所谓"刺时"的寄托，但还未到汉魏乐府那种自然超妙的"遗意"——意趣。

在《词源》中，《赋情》一则之外，又另立《离情》。这表明，玉田对抒情中的赋离情，看作有特别重要的意义。这是因为离情有其普遍的历史背景，是南宋兵连祸结所带来的常见社会现象，情至于离，则哀怨必至。那么怨而不怒、哀而不伤却又是玉田所主张的赋离情的原则了。这和上面说的儒家伦理是一致的。所以玉田说："苟能调感怆于融会中，斯为得矣。"这首先是融情于景，把感怆之情融会于所描写的景物，这样就会使意象玲珑透剔，意境迷离惝恍，蕴藉含蓄，不言情而情自见，从而见其意趣于言外。这固然是清空论的另一方面，也是抒情论的另一说明。玉田认为姜白石的《琵琶仙》、秦少游的《八六子》是言情的楷则：

离情当如此作。全在情景交炼，得言外意，有如"劝君更尽一杯酒，西出阳关无故人"，乃为绝唱。（《离情》）

如少游《八六子》结拍，"那堪片片飞花弄晚"云云，黄蓼园评云："寄托耶？怀人耶？词旨缠绵，音调凄婉正如此。"（《蓼园词选》）全以景结，而离怀则融会于其中。景内的意蕴深，景外的意趣远，故不失为名句。又贺裳《皱水轩词筌》引查荎词云："伤离念远之词，无如查荎'斜阳影里，寒烟明处，双桨去悠悠'令人不能为怀。然尚不如孙光宪'两桨不知消息，远汀时起鸿鹚'尤其黯然。"查、孙两词融情于景均妙造自然。孙词较查词胜者，是因为孙词较清空，查词则较质实。"远汀时见"实处生虚，兴人无穷的别情；"双桨去悠悠"实处未虚，给人想象的空间就小，余味便不会那么隽永，意趣也欠高远。由此可见，离情之作，既须融情于景，又须达到虚浑的境界，始能意趣超妙，黯然怆神。诚然，赋离情而直抒其意者未必无精警之作，但犹须含蓄不露。如陆辅之《词旨》所摘刘招山《一剪梅》："一般离绪两销魂。马上黄昏，楼上黄昏。"以点染关合，所以离情尤觉凄苦。

玉田论抒情须求雅正，一般说来是正确的。这一方面可以纠南宋婉约末流的淫丽之风和豪放末流的剽悍之习。如柳耆卿、康伯可固不足论，因为他们不少词作情淫意亵，溺于风月。玉田认为："康、柳词亦自批风抹月中来，风月二字，在我发挥，二公则为风月所使耳。"风月为我发挥者，可准以雅正，随其意之所之并无不可，否则批风抹月则淫于情志。这是很要注意的。纵如刘过词多家国之感，慷慨之音，而他的《沁园春》咏美人指甲、美人纤足二词，"亦自工丽"，但不知"意萦何处"（《艺概·词曲概》），这是失其雅正之音的淫丽之作，是不足取的。然而，南宋理学极盛，封建道德规范极严，在这样的时代氛围中，玉田不可能不受影响，一些写男女之情的真挚之作，却视为淫靡的词。如清真词，虽不无软媚之作，但据玉田《词源》所引，是情真意厚之词，不可以浇风视之：

> 词欲雅而正。志之所之，一为情所役，则失其雅正之音。耆卿、伯可不必论，虽美成亦有所不免。如"为伊泪落"（《解连环》后结），如"最苦梦魂，今宵不到伊行"，如"天便教人霎时厮见何妨"（《风流子》后结），如"又恐伊寻消问息，瘦损容光"（《意难忘》后结），如"许多烦恼，只为当时，一晌留情"（《庆春宫》后结），所谓淳厚日变成浇风也。（《杂论》）

对周邦彦清真词，持这种论点，是承沈义父（伯时）《乐府指迷》来的："以情结尾亦好，往往轻而露。如清真之'天便教人霎时厮见何妨'，又云'梦魂凝想鸳侣'之类，便无意思，亦是词家病。"所谓"轻露"，所谓"无意思"，同"淳厚日变成浇风"，都是指斥清真词流于轻媚。其实义父、玉田所援引清真词例，朴厚中见至真之情，何尝涉淫情浇风？善乎况周颐驳云："非真知词者也。"他认为："此等语愈朴愈厚，愈厚愈雅，至真之情由性灵肺腑中流出，不妨说尽而愈无尽。"（《蕙风词话》卷二）如《解连环》结句"为伊泪落"云云，言薄倖之人虽已决绝，而我犹缠绵，虽"怨怀无托"，仍于酒边月下痴想而为之泪落，以终其一生。真情厚意，痴态可掬，殊无软媚，反见忠厚，在抒情中表现出一种拙质美。

第六节　词的体物和使事用典

玉田论清空中有意趣还涉及词的体物、使事、用典和造字造句等传统理论问题。对这些问题，玉田也试图从清空骚雅的审美要求提出自己的看法。

我们首先看他论咏物词。咏物词也在于不粘不脱，若即若离，所谓"似花还似非花"，这样就有可能使作者的主观情意与物融会无间。这和前面分析清空之境基本上是一致的。玉田认为：

> 诗难于咏物，词为尤难。体认稍真，则拘而不畅；模写差远，则晦而不明。（《咏物》）

"体认稍真"，只注意于物象本身的细节描写，画角描头，一染一皴，勾勒既甚，却无艺术概括；堆积辞藻，却无典型意义。这样强调细节形貌的逼真性，拘而不畅，必然质实无灵通之气，求其清空有意趣则难了。与此相反，"模写差远"，离开所描写的对象较远，令人无从捕捉，不能连类而得其体制特性；迷离惝恍而并非使其意蕴含蓄，实因迷离而晦，固惝恍而涩，无从求索事物的真相，这样是难免"晦而不明"之弊的。所以俞彦云："咏物固不可不似，尤忌刻意太似。取形不如取神，用事不如用意。"（《爰园词话》）彭孙遹又云："（咏物词）即间一使事，亦须脱化无迹乃妙。"（《金粟词话》）这样描写出来的形象既有个性，也经过艺术概括，意境清空，意趣超远，有余不尽之致。况周颐提出咏物词勿三呆（一呆典故，二呆寄托，三呆刻画），而"以性灵语咏物，以沉着之笔达之"（《蕙风词话》卷五）。同时指出："题中之精蕴佳，题外之远致尤佳。"（《蕙风词话》卷五）可见蕙风之论咏物，除以性灵语咏物具有独创性外，其他是与玉田同一基调的。玉田在《词源》中举了数例，如史邦卿《东风第一枝·咏春雪》《绮罗香·咏春雨》《双双燕·咏燕》，白石《暗香》《疏影》咏梅及《齐天乐·咏促织》。他认为这些词："皆全章精粹，所咏了然在目，而不留滞于物。"（《咏物》）"了然在目"则其所咏之物形象生动，具体地呈现于读者眼前，富有所咏物的个性特点。"不留滞于物"，则其所咏经过艺术概括之后，有较高的典型性、普遍性，可以举物连类，寄意无穷。如司空图之论诗："如蓝田日暖，良玉生烟，可望而不可置于眉睫之前"，"近而不浮，远而不尽"，然后可以论韵外之致。(《与李生论诗书》《与极浦书》) 史邦卿的《双双燕·咏燕》，前片正面写燕，神态完足。"欲"字、"试"字、"还"字、"又"字写出双燕之神，形象空灵生动，而不留滞于物。"又软语商量不定，飘然快拂飞花，双尾分开红影"，俨然花间飞燕画境。"商量不定"是摹神之笔。故黄昇《花庵词选》赏其清俊。后片以双燕关系到人事，"红楼归晚，看足柳昏花暝"，写燕写人，浑然不辨。只觉是爱、是讽、是怨、是艾，一种牢愁幽怨出于浑化之境，意蕴深婉，意趣超远，于时局、人事均有所托。白石赏其涵浑。合二者之评，可见全首咏物之精粹、传神。浑融而有寄托是咏物词的高格，因此这样的词既清空又有意趣，思想性艺术性较强。玉田所举的词例，类皆如此。而其浑涵寄托实具比兴之义。《芬陀利室词话》云："词源于诗，即小小咏物，亦贵得风人比兴之旨，而又皆有寄托。"所以，玉田评元遗山（好问）《摸鱼儿·买陂塘》咏双莲、赋雁二阕云："妙在模写情态，立意高远。"遗山两首咏物词均写情之至者，"生死相许"，感慨无端。双蕖脉脉，孤雁徘徊之影，读之，即其形象而悟寄托，意在言外。咏物和写其他的题材一样，须重视起句和过片以及结句。所以然者，在于咏物取神，使所咏之物神完气贯，而浑化无迹，托意高远。玉田说："要须收纵联合，用事合题，一段意思，全在结句。"(《咏物》)又说："东坡次章质夫杨花《水龙吟》韵，机锋相摩，起句便合让东坡出一头地，后片愈出愈奇，真压倒古今。"(《杂论》) 又说："最是过片不要断了曲意，须要承上接下，如姜白石词云：'曲曲屏山，夜凉独自甚情绪。'于过片则云：'西窗又吹暗雨。'此则曲之意脉不断矣。"(《制曲》) 姜白石咏蟋蟀，上片结句"曲曲屏山"云云，从思妇听蟋蟀所引起的幽情单绪写蟋蟀，而意脉似住未住，引起下片，或相映，或反衬。沈雄《古今词话》上卷云："前结如奔马收缰，须勒得住，又似住而不住。"过片"西风又吹暗雨"云云，则又写秋雨之声、蟋蟀之声与砧杵之声相和，尤令思妇情绪难堪。《词苑》云："蟋蟀无可言，而言听蟋蟀者，正姚铉所谓赋水不当仅言水，而言水之前后左右也。"其后吟秋吊月，呼灯篱落，无一不写蟋蟀，也无一不写思妇的感伤心情及作者之所感，其意脉条然连贯，空灵而意趣高妙。虽刻画勾勒有之，而一气清空，无质实之弊。周济却谓"豳诗漫与"以下"有补凑处"，其实仅为"豳诗"一句耳。

"篱落"两句则不然，止庵不知其反衬笔意。东坡《水龙吟》咏杨花起句奇特，出语不常，语似无理而实有其理。这因为咏杨花不粘不脱、若即若离，即捕捉到杨花之神，又寄托了作者身世飘零之感。唐圭璋先生云："咏杨花确切，不得移咏他花。人皆惜花，谁复惜杨花者？"（《唐宋词简释》）读之凄然。"惜从教坠"为一篇中心，由此意脉发展，愈出愈奇。过片"春色三分"三句，写杨花之沾泥落水最切，承上片杨花的飘零而春色随之，而又一片空灵。末句点醒，使人尤觉因流落而怆神。诚然，玉田在起句、过片和结拍三者之中，最强调结拍。于上引那段文字所见的词例可知。关于这点，留待后文再谈。除东坡《水龙吟》咏杨花结句外，我们还可以从玉田所举词例看到这个特点，如白石《疏影》咏梅："等恁时、重觅幽香，已入小窗横幅。"梅花片片随波去后，只剩小窗横幅的画梅了。小景迷离而惝恍，伤梅、恋梅之意在结句，淡荡迴旋，有余不尽。又如史邦卿《双双燕》结云："愁损翠黛双蛾，日日画阑独凭。"写燕而结言玉人翠黛，其非妒耶，恨耶！亦开荡得有余不尽。这些都是可以就咏物词说明词的结句的特点的。

其次谈谈使事用典和使用前人句子入词的问题。重视使事用典和轻视使事用典，这是中国文学批评史上两种对立的意见。自钟嵘以后反对使事用典者颇有论难。钟嵘本人就认为直寻之作，自然天成，"何贵于用事"？（《诗品》）下至王国维也认为隔于用事，则境界不显，失却了艺术直觉之质。而重于学问的人多注重使事用典。北宋江西派兴，倡杜甫诗无一字无来历之论，又倡夺胎换骨法，以故为新，成为自己的创作。流风煽于词坛，清真所受影响最深；然颇能新造超妙浑化之境。李清照在她的《词论》中评少游"专主情致而少故实。譬如贫家美女虽极妍丽丰逸，而终乏富贵态"。而玉田在《词源》中认为清真词善于融化前人诗句，达到浑成的程度。他说："美成词……采唐人诗融化如自己者，乃其所长。"（《杂论》）正与陈振孙之论同。陈氏在《直斋书录解题》中说："美成词多用唐人诗檃括入律，混然天成。"这是众所周知的。如美成的《西河·金陵》用唐人诗颇为浑化，空灵不质实。玉田论使事，独标东坡、白石，这是应该的。在他所标举二家使事之妙时，见其对用事用典的基本理论原则。即和论咏物那样，主张用事用典也不粘不脱，若即若离，有其事而无其迹，取神遗貌，浑化典事，举物连类，所使用之典之事有助于艺术的概括化和抒情典型化，使题内有精蕴，题外有远致，意境清空，意趣超妙。

他说：

> 词用事最难，要体认着题，融化不涩。如东坡《永遇乐》云："燕子楼空，佳人何在，空锁楼中燕。"用张建封事（或云其子张愔事）。白石《疏影》云："犹记深宫旧事，那人正睡里，飞近蛾绿。"用寿阳事；又云："昭君不惯胡沙远，但暗忆江南江北。想佩环月夜归来，化作此花幽独。"用少陵诗。此皆用事不为事所使。（《用事》）

东坡用关盼盼楼上守节事，说尽古今如梦，唯情真者永存之理；白石赋梅用昭君事，体现了梅花之神，眷恋祖国之感，寄情幽怨，出新意于杜甫咏昭君诗；又用寿阳公主梅花点额事，情事既韵，又得梅花之神。这三个例子都是艺术概括性较高，抒情典型化较强的例子。至如用陈皇后金屋事，亦望王室之兴。美国刘婉女士撰《姜夔〈疏影〉词的语言内部关系及事典意义》，阐明事典顺向、横向之别，外指、内涵之分。以简喻繁，寄难述之志，以简驭繁，使情事愈显。繁者，词人内心之复杂错综经验与夫多层次也。（参见《词学》第九辑）这些例子使词"题内有精蕴，题外有远致"，空灵跌宕，清空无滓。这就是玉田所说"用事不为事使"，且使事如运斤成风，以无厚入有间，得心应手，操纵自如。玉田不喜辛、刘豪放之作，以为"以文章馀暇戏弄笔墨"（《杂论》），这诚然与他提倡骚雅有别，但这是片面的。玉田看不到稼轩使事好者浑成无迹，见其"才大气盛"。如《柳塘词话》云："稼轩《贺新郎》绿树听鹈鴂一首，尽集许多怨事，却与太白拟《恨赋》相似。"诚然，稼轩词如《六么令·送玉山令陆德隆侍亲东归吴中》，五处用事，虽以捃摭见长，而情致则短，又少清空浑化。以稼轩之才大气盛，作为词不致质实为事所使，而亦"勿轻染指"（谭评《词辨》）。融斋论用事，颇有精辟之见（《词曲概》），可以补玉田论使事用典之所未备：

> 词中用事，贵无事障。晦也，肤也，多也，板也，此类皆障也。姜白石用事入妙，其要诀所在，可于其《诗说》见之：曰"僻事熟用，实事虚用"，"学有馀而约以用之，善用事者也。"

自然，白石的"实事虚用"，未尝不由玉田据以发为清空之论。

咏物词的起句、过片和结句从构思上有上述艺术要求，其实这种要求也是适合其他抒情的词作。玉田只不过是从咏物词的这一角度提出来罢了。"过片不可断了曲意"固是如此。以景结情也该是如此。起句、过片和结句又与句法、字面密切联系。从玉田论句法，多举结句可证。但对其他句子的句法也做了理论上的探讨。玉田说：

  词中句法，要平妥精粹。一曲之中，安能句句高妙？只要拍搭衬副得去，于好发挥笔力处，极要用功，不可轻易放过，读之使人击节可也。如东坡杨花词（《水龙吟》）云："似花还似非花，也无人惜从教坠。"又云："春色三分，二分尘土，一分流水。"如美成《风流子》云："凤阁绣帏深几许，听得理丝簧。"如史邦卿春雨（《绮罗香》）云："临断岸新绿生时，是落红带愁流处。"灯夜（《黄钟喜迁莺》）云："自怜诗酒瘦，难应接许多春色。"如吴梦窗登灵岩（《八声甘州》）云："连呼酒，上琴台去，秋与云平。"闰重九（《声声慢》）云："帘半卷，带黄花、人在小楼。"姜白石《扬州慢》云："二十四桥仍在，波心荡、冷月无声。"此皆平易中有句法。（《句法》）

平易即妥溜，不艰涩，句意完足，句法圆转。至云"平易中有句法"者，即词"到精粹处""好发挥笔力处"。据玉田所列词例分析，是情景相融、内涵深至而又有余不尽之意趣的那些句子；或是有牵动全词"一动万随"（《艺概·词曲概》）的警句。《词迳》云："用意须出人意外，出句如在人口中。""出人意外"亦即"出乎寻常意计之外"（《艺概·词曲概》）。"如在人口中"指平易妥溜，"出人意外"则有句法。东坡《水龙吟》不再论。如美成的《风流子》"凤阁绣帏"云云，写抒情主人公独立池边，不得如飞燕那样自由入凤帏相见，而听凤帏深处理丝簧之音，着一"听"字，理丝簧的深情自见，而闺禁可知，无限惆怅之余，听者呆立矣。两句又是写内外相见无由，不但意蕴深，且承前启后，有牵动全词的作用，故云："有句法。"史邦卿"临断岸"云云，绿肥红瘦，皆由春雨，有春雨催愁之意，流红带愁，所谓"花落水流红，闲愁万种"（《红楼梦》二十三回引《西厢记》）。《绮罗香》二句虽非牵动全词语，而意象鲜丽，亦含蓄不尽，颇为精警，故白石拈出

（见《花庵词选》），亦玉田所谓有句法者。又"自怜"云云虽警露而少自然之致，故为王国维所讥（《人间词话》）。玉田只赏其警耳。梦窗"秋与云平"云云，上琴台而瞭望，悠悠秋云，意境开阔，令人生悲秋之感，能收结前此的悲慨；闰重九"帘半卷"云云，小楼人独，黄花比瘦，黯然怆神，亦以景结情者，意在言外。白石"二十四桥"云云前已论及，这里就不说了。这样的一些例子，虽然词的风格互异，而空灵有意趣则是一致的。即使密丽无过于梦窗，玉田所引他的两例，雄浑与闲雅有区别，亦都具清空中有意趣的特点。

在章法上，句子的安排自然决定于整个艺术构思，但疏密的结构和布置对形成清空的特点也是重要的。玉田强调说：

> 词之语句，太宽则容易，太工则苦涩。如起头八字相对，中间八字相对，却须用功著一字眼。如诗眼亦同。若八字既工，下句便合稍宽，庶不窒塞，约莫宽易，又著一句工致者，便觉精粹。此词中之关键也。（《杂论》）

《词源疏证》引许蒿庐语云："此即清空质实之说。"诚是。这里玉田提出疏密相调的辩证关系问题。句子疏亮则清空灵动，不质实。但其弊流于"容易"，即浮滑剽易，无深长之味、意蕴不沉厚。张玉田之清空，其创作上的弊端亦在浮滑剽易。这是前面引述过的。工练则密致沉实，不轻剽，但其弊流于"苦涩"，气流塞室，文义晦塞，少疏亮之致，多质实之端。虽有沉厚之意，却不能表现于适当的艺术形式。梦窗的一些词，密丽而至于晦塞者，就不必说了。要求在疏亮和密致的统一中见清空，见意趣，这是对的，但创作实践中不容易做到。至于"字面"，又是玉田论词所重视的一个方面。但玉田由于主骚雅，把求字面只为了避俗，免犯粗疏，这是很带局限性的。如他说：

> 句法中有字面，盖词中一个生硬字用不得，须是深加锻炼，字字敲打得响，歌诵妥溜，方为本色语。如贺方回、吴梦窗，皆善于炼字面，多于温庭筠、李长吉诗中来。（《字面》）

"字面"以方回（贺铸）、梦窗词立则，选词又从长吉、飞卿的诗中来，自然是正确的途径。正如沈义父云："要求字面，当看温飞卿、李长吉、李商隐及唐人诸诗句中字面好而不俗者，采摘用之。即如《花间集》小词，亦多好句。"(《乐府指迷》)持论正可互相发挥。但仅炼字面而不从章法上去考虑，可能缛辞堆垛，失去空灵变化之致。这是玉田也注意到的。所以他在末时说：

字面亦词中之起眼处，不可不留意也。(《字面》)

词中起眼处，《词源疏证》云："即所谓词眼也。"也即前引"好发挥笔力处"，"须用功著一字眼"。然则词眼也如诗眼，不仅自身警策，更重要的是诗词的"神光凝聚"(《艺概·词曲概》)的地方。在章法上，如前所说，前后左右都须照应，都须具内在的联系，使成为辐射的焦点，起到"一动万随"的作用。玉田当然没有概括出如此的理论高度。唯有到了清代咸同年间，刘熙载的《词曲概》出，本元遗山（好问）《论诗绝句》，才做了这样的阐述。这里要说明一点的是，玉田多少意识到炼字章法与清空有密切的关系。章法字面达到浑成的境界，就具清空，虽然不是风格意义上的清空。玉田认为"清真词意趣不高"，"只当看浑成处。于软媚中有气魄"。这说明玉田认为清真词具清空的特点在于软媚中有气魄，有浑化无痕的境界，不但用事咏物，而且字面章法无一不然。玉田接着说："所以出奇之语，以白石骚雅句法润色之，真天机云锦也。"(《杂论》)白石格高韵远，句法骚雅，即使最看不起白石的周济和王国维都承认的。玉田这里的意思是以白石骚雅补清真意趣不高远的短，这样的词就浑化高远了，虽非清空的艺术风格而清空的艺术原则还是具备的。诚然，清真词有意趣不高远之作，倾向性不高尚。但玉田所说的或许兼指前面分析的清真言情之作。这是受当时理学影响的伦理观点，当然是不正确的。

张炎的清空论和他的词作，对清初朱彝尊的词学影响极大。由于曹溶、汪森、朱彝尊的提倡，从选编《词综》到倚声填词，确立了浙西词派。以朱彝尊为首的浙西六家，所为词都推尊姜夔和张炎，以清空蕴藉为本，以醇雅比兴为归。朱彝尊所谓："浙西填词者，家白石而户玉田"，"舂容大雅"。(均见《静惕堂词序》)词的体制于是乎尊。其后厉鹗又为之发扬。这样的理论宣导和创作实践，使有清一代三百年间，大江南北乃至岭表的词家，主浙派者，无不直接间接地受到张炎的清空醇雅研律等词学思想的影响，如广东的经学家陈澧的《忆江南馆词》就是如此。即使清中叶后，常（州）派代兴，而这种影响还有其积极意义。虽然讲清空者或流于空疏且失其兴寄之义。

第三章　陈霆论词的绮靡蕴藉和风致

第一节　词学背景和作者

明代词学衰微，作者盖寡，即有所作，其思想艺术性多低劣不足称。究其所以然，在于既对《花间》《草堂》学习继承的态度不正确，又受到当时南曲的影响。陈霆惋惜明词衰微时指出："予尝妄谓：我朝文人才士，鲜工南词。间有作者，病其赋情遣思，殊乏圆妙。甚则音律失谐，又甚则语句尘俗。求所谓清楚流丽、绮靡蕴藉，不多见也。"（《渚山堂词话》卷三，下引简称《词话》）无疑，陈霆是根据词的本色特征"绮靡蕴藉"等来评说的。但元末明初由于政治腐败，社会动乱，民族矛盾和阶级矛盾尖锐这一历史现实，折射到词学上，一度焕发光辉，两宋词学传统略得合理的继承。如刘基、高启、瞿佑等都是当时杰出的词家。词的创作几于复兴。因此，在词学理论批评方面，正德、嘉靖以还，陈霆的《渚山堂词话》、王世贞的《艺苑卮言》（词评部分）、俞彦的《爰园词话》和杨慎的《词品》，勃尔俱作。而其中陈霆的《词话》既导有明一代先路，精到之处不少。概而言之，其论词主张含蓄蕴藉，绮靡清丽而尚风致。这种主张是和他的政治生活与学术、词学修养分不开的。

陈霆字声伯，号水南，浙江德清人，生卒年未详。弘治十五年（1502年）进士，官刑部给事中，抗直敢言。正德二年（1507年）因忤宦官刘瑾逮狱廷杖，被列为以大学士刘健、谢迁为首的所谓奸党，又是自尚书王佐以下百三十七被贬谪者之一（《明史·宦官传》），被判谪六安州。正德五年（1510年）刘瑾伏诛，陈霆复出仕，历任山西提学佥事，"以师道自任，士习丕变"（刘承干《渚山堂词话》跋语）。致仕后屡荐不出，隐居渚山四十年，著述百余卷①。《四库全书》著录《渚山堂诗话》《渚山堂词话》且并刊。陈霆生平虽不详，而其主要的政治活动和学术活动基本上是清楚的。他既是一个正直抗言的监官，具有敢于向黑暗势力斗争的勇气和节概；他为提学佥事，悉心教育事业，以教治国；后期隐居，治学著述，又具独善其身的儒家之教。陈霆的生活道路和经历，他的政治思想和态度，对他的词学评论都有直接和间接的影响；同时，陈霆本人又是一位词人，于"是道"，"少而习授，老而未置"（《词话》自序），词的创作实践的甘苦和对词的赏析评价自然较常人体会深切。他把自己的词作《秋日牡丹》与贝琼的《秋日海棠》做比较，真切地看到自己的词作与贝琼的差距："贝清江尝有《秋日海棠》词，其腔则《八六子》也。后阕云……。予谓'人自先惊老去，天应不放春闲'二句，意思警妙，古作中不多见也。旧尝有《秋日牡丹》句云：'倾国尚堪迷晚蝶，返魂何必藉东风。'自谓得意，然不免涉于形色。视清江所构，知落第二。"（《词话》卷一）贝词警妙处将自然界的无限生意和人生易老做一对照，具有深刻的人生哲理和感喟。"不放春闲"既咏出秋日海棠之神，而又不着迹，意态闲雅。陈词则着力太过，虽巧似而未能含蓄深意。末句从贺铸"当时不肯嫁东风"翻出，虽见作者的挺然品格，仍不如贝词的自然高浑。所以自认不及。陈霆好改人词，这不但表现了他对词的修养，也体现了他的美学情趣。有不少经过他修改的词，文字和意境都得到提高。如高启为钱舜举的芙蓉折枝画所题的《行香子》，陈霆认为前阕"雁来时节，寒沁罗裳"，"颇觉少切"，后阕"暮柳成行""吴苑池荒"等句，疑稍牵强，因而略加润饰。以"秋波""寂寞"二句代"雁来""寒沁"二句，把作者的情意渗入纯客观的描写，殊觉生动，别有风致（《词话》卷三）②。诚然陈霆修改他人的词作，不免吹毛求疵，如改杨基禁体《雪词》就殊觉无谓（《词话》卷二）；改周邦彦《渡江云》"今朝正对初弦月，傍水驿，深舣兼葭"，这又点金成铁了（《词话》卷三）。虽然如此，陈霆

---

① 《渚山堂词话》共三卷，主要版本有沈肖岩钞本、藕香簃钞本、四库全书本、吴兴丛书本、八卷楼钞本、赵尊岳校明嘉靖本和人民文学出版社王幼安校点本（引文用此本）。书成于嘉靖九年（1530 年）。

② 高启《行香子》："如此红妆，不见春光。向菊前莲后才芳。秋波向浅，寂寞横塘。正一番风，一番雨，一番霜。　楚江又远，吴江又冷，强相依，暮柳斜阳。兰舟人去，歌韵悠扬。但月胧胧，云杳杳，水茫茫。"此为陈霆改后的文字，见《词话》卷三。

评论词作还是颇有见地的。《渚山堂词话》《四库全书提要》评曰："陈霆诗格颇纤，于词为近，故论词专用所长"，"持论多确"①。今撮其要旨分述如下。

第二节　意蕴的内涵

陈霆论词首重思想性、民族意识，因此知人论世，强调政治社会历史背景以及人品与词品；重视"有关系"②、有寄托的词。这是他以蕴藉论词所要求的内涵。

首先，陈霆评词于南宋及元末明初的词家居多。这是因为，这些时期词人的词作家国之感深挚沉厚，表现了爱国思想热忱；而且往往蕴含民族意识。在陈霆生活的弘治、正德、嘉靖三朝，文人具有较鲜明的民族意识。这又是明朝建立前反元朝统治和尔后抵御外族侵扰长期形成的，如瓦剌入侵、英宗兵败被俘都会激起民族意识。陈霆从这观点出发，对辛弃疾、刘过、刘基、瞿佑等做了较高的评价。尤其被《四库提要》赞许"赖以存"的"宋元明佚篇断句"，如宋亡后徐一初的《摸鱼儿·九日登高》词、清初始有刊本的白朴《天籁词》等，多是感时伤乱、黍离麦秀之哀的词作。陈霆极重视文天祥的词作，认为他志在恢复，募义勤王，九死不夺，即使厓山既平，被俘渡江，还作《酹江月》二首，以别友人，皆用东坡赤壁韵，表示他"只有丹心难灭"，深信"乾坤未歇，地灵尚有人杰"（《词话》卷二③）。而其词风，陈霆又认为"在南宋诸人中特为富丽"；并举《齐天乐·书灯屏》云："染指一脔，则馀可知矣。"（《词话》卷二）词的歇拍："回首宫莲，夜深归院烛。"盛衰之感以华贵出之，并非"笙歌归院落，灯火下楼台"，纯写富贵气象。陈霆对文天祥词从思想艺术所做的评价，是此前所未有的。这个评价间接影响后来的词评家对文天祥词的看法。如明末的陈子龙（《词苑萃编》卷五引），近代的刘熙载（《艺概·词曲概》）。至于徐一初《摸鱼儿·九日登高》词，陈霆以为其

---

① 据石印本卷一九九。今本云："论词转多中肯。"似不如石印本允，今依石印本。
② "有关系"，这里借用刘熙载论词语，见《艺概·词概》。《词话》卷三已有此语。张孝祥为建康留守，助张浚北伐，宴会上作《六州歌头》抒神京未复的悲慨，致使张浚感动而罢宴。
③ 《酹江月·别友人》二首，其一为战友邓剡因病留金陵作。但并不影响对文天祥词的评价。

人生平虽不详,"殊亦可念","词意甚感慨不平,参军(孟嘉)自况之意",由此推断为"德祐时忠贤,位不满其才者"。这也许是夫子自道吧。词中"故宫禾黍""无语黄花""则又有感于天翻地覆之事,盖《谷音》之同悲者也"(《词话》卷二)。都穆云:"元杜本集亡宋节士之诗为《谷音》二卷","悲愤激烈,读之可为流涕"(《南濠诗话》)。徐一初登高词与《谷音》同悲于宋亡,哀思怨愤,爱国思想和民族意识昭然可睹,不无忠贤在下位之伤。这又道出了宋德祐贾似道专政,国势不可挽救的原因之一,真可谓之"以少总多"了。全词见《吴礼部诗话》所载,题为《摸鱼儿·丙午(元大德十年)九日登高》,兹不再列。至于"有关系"的词尤能表现政治形势和人物性格的具体历史性,往往既是重大题材,也有重大的思想主题。这些词作最合乎后来常州派周济"词亦有史"的论点。陈霆论词既从词包蕴爱国思想、民族意识的观点出发,因此,对"有关系"的词倾尽自己的内在热忱去欣赏去审视这些作品的历史和思想意义,以及其所体现的慷慨悲壮不为所挠的人格力量。他论张孝祥的《六州歌头》"长淮望断,关塞莽然平"阕就是抱这种态度的。作者"时易失,心徒壮",神京未复而星霜易换的忧伤,迸发出"忠愤气填膺,有泪如倾"的悲慨。陈霆录其词,且云:"歌罢,魏公(张浚)流涕而起,掩袂而入。"①(《词话》卷一)虽未加评语,而陈霆的评价态度不言自揭。杨慎《词品》评该词云:"骏发蹈励,寓以诗人句法。"这也可以从有具体历史事件关系的词史角度去理解。诚然词的"有关系"的概念并非陈霆首次提出的,但论诗则十分明确。如他谓北京崇文门外三忠祠内题咏很多,独喜范渊一绝,认为"词简而意尽,且有关系,有感慨。他诗莫能及也"(《词话》卷三)。诗词一理,他对于湖词的这样评价却是首次,贯彻了"有关系"的思想。实际上在陈霆的词学思想中早已形成了"有关系"的观点。这种观点成为词与社会现实关系尤其政治性的关系的基本观点。清代周济提出"词亦有史",稍后刘熙载《艺概·词曲概》又引张孝祥这首词,明确提出"有关系"的论点而且看作是词的兴、观、群、怨可与诗相比。从词论发展看这不是偶然的。陈霆通过评论宋徽宗北狩道中赋《眼儿媚》所表现的亡国哀思、凄凉身世以及钦宗的和词,既

---

① 此说虽初见于《说郛·朝野遗事》,但无此情意。此词主和派借以打击张孝祥,他终于孝宗乾道二年(1166年)被谗落职。这不是偶然的。

寄予同情又给以谴责，谴责徽宗朝政日非乃至败亡，却同情他那种不堪的俘虏遭遇。这皆出自陈霆的爱国热忱、民族系念。词的结拍："家山何处？忍听羌笛，吹彻梅花。"陈霆评曰："吾谓其父子至此，虽噬脐无及矣。每一披阅，为酸鼻焉。"（《词话》卷三）"噬脐无及"，谴责何其深严！陈霆没有列出宋徽宗的《燕山亭·北行见杏花》阕，想亦不出这样的评泊。至于南宋江左半壁，君臣犹宴乐湖山，歌舞花朝，而不恤边功，遂使国势日蹙，既有斜阳烟柳之怨，又有杭州作汴州之刺，可知宋之灭亡如层冰之久积，形成了必然之势。陈霆极敏锐地看到这一点，所以对理宗朝武人李好义的《谒金门·春暮作》过片"谁在玉楼歌舞？谁在玉关辛苦？若使胡尘吹得去，东风侯万户"评云："'玉楼歌舞'数句，语意不平，岂非当时擅国者宴乐湖山而不恤边功故耶？然则宋之沦亡，非一日之故矣。"（《词话》卷二）真所谓芥子须弥即小见大了。从这首令词看到宋亡的必然性，陈霆引以为史鉴。

其次，陈霆论词特别注重词品与人品的关系。从前面他论词所强调爱国思想热忱和民族意识看，是不难理解的。词品和人品的关系虽然是一个很复杂的艺术理论和创作实践的问题，而词品与人品归根结底有着内在的联系，这是可以肯定的。陈霆论词所强调的是词品须体现高尚有节概的人品，体现鲜明的性格个性，尤其是咏物词，不可单纯咏物，雕饰物象，影写云物。所以他十分欣赏苏东坡红梅诗和红梅词，因为这些诗词吟咏出红梅的孤标傲世的品格，即作者的人品。"东坡咏梅，成三十篇。其《红梅》云：'诗老不知标格在，更看绿叶与青枝。'谓石曼卿有'认桃无绿叶，辨杏有青枝'之句也。胡平仲因用坡句作《减字木兰花令》云……予甚爱坡语，用特录胡词贻之好事者。"（《词话》卷一）陈霆所爱的是"孤瘦雪霜枝"的梅格，这不用说是"天然标格"，是不与世俗沉浮、不阿附权势的人品的体现。陈霆对张安国、文天祥等人的人品和词品固然推崇备至，对刘过、吴潜等人的人品和词品也极为赞扬。他认为刘过《沁园春·代寿韩平原》阕，虽词意甚媚，而劝权臣韩侂胄"谦冲下贤，功成身退"，反复致意。而"改之竟流落布衣以死"，不似康伯可之受知于秦桧，致位通显。"若康之寿桧云：'顾岁岁，见柳梢青浅，梅英红小。'则迎导其怙宠固位，志则陋矣。"（《词话》卷三）词品出自人品，同为寿词，陈霆于二者之间褒贬的态度是很鲜明的。吴潜是和误国权贾似道斗争被害致死的重臣。陈霆认为，他的《满江红》云云能体现其人品："史称履斋（吴潜号）为人豪迈，不肯附权要，然则固刚肠者。而'抖擞''悲凉'等句，似亦类其为人。"（《词话》卷一）词的后片有"抖擞一春尘土债，悲凉万古英雄迹。"唐圭璋先生等《唐宋词选注》云："吴词风致翩翩"。予谓能于风致见悲壮沉毅亦是人品的表现，与"刚肠"合。诚然，兴衰之感最能体现作家评论家的爱国思想热忱，体现其高尚的人品与节概。所以对南宋都城临安（杭州）游乐之地，重气节的词家每多题咏，而词评家对这些词往往做较高的评价。吴文英《高阳台·丰乐楼分韵得如字》阕、王沂孙《法曲献仙音·聚景亭梅次草窗韵》阕和张炎《高阳台·赋庆乐园》阕可以为例。陈霆对瞿佑《木兰花·咏聚景园故宫人殡宫》阕，不但指出这是瞿佑得意之作，也是他最为欣赏之篇："瞿词虽多，予所赏爱者，此阕为最。"（《词话》卷二）这是因"曾此地，会神仙"的园林，宋亡后竟成为"落日牛羊陇上，西风燕雀林边"的荒凉寂寞之地，使词人大有"繁华总随流水，叹一场、春梦杳难圆"的感喟。这种感喟正激发了陈霆的爱国思想热忱，也体现了作者的人品。尤须指出的是，对元曲四大家之一的白朴《天籁词》咏古诸作的评价。陈霆更结合他于金末的战乱和金亡后"流落窜逸，父子相失"，且为父执元遗山（好问）鞠养的身世，说明其咏古词的黍离麦秀之悲、铜驼荆棘之伤的实际意义。如《夺锦标·青溪怨》咏金陵张贵妃庙，《沁园春·眺望》咏金陵凤凰台。前者作者感触于隋长史高颎戮张丽华于青溪，后者感触于李白的凤凰台留题和宋高宗的驻跸。"恨青溪犹在，渺重城，烟波空碧。"丽华生前虽淫荡，而国亡后无辜被戮，足以引起白朴家国身世之感。宋高宗当南北荡析之日，经营之志百无一遂，又足引起白朴强颜事世之伤，长安蔽日之忧。"重回首，怕浮云蔽日，不见长安。"真"长安不见使人愁"啊！太白于安史之乱所感尚如此；金源之亡，白朴流落奔窜，其感伤则更难为怀，同时也表现其高尚的品格。所以陈霆给予他深切的同情和高度的评价。诚然，这是与陈霆的民族意识分不开的。元至元间傅按察《鸭头绿·钱塘怀古》咏宋亡云："陈桥驿，孤儿寡妇、久假当还。"陈霆认为"其语大率吠尧之意"，因而斥之曰："中国帝王所自立，久假当还，固也。然正统所在，岂夷狄可得预耶？"（《词话》卷一）这种大义凛然的民族意识，足使读者振奋。这位傅按察只图自己升官，不顾民族存亡，有愧于"南方心事北方身"的信云父。可见陈霆在词评史上这个观点是很突出的；通过评论足可以加强中华民族的凝聚力。陈霆是把词品与人品看作是有内在联系的。词品往往体现人品，知人论世，他也对张商英于宋徽宗朝罢相，作去国的《南乡子》颇有微词。如词的歇拍二句："用则斡旋天下事，何难。不用云中别有山。"按张商英为小官时，尝作《嘉禾篇》以美司马光，既进而媚事绍圣朝，时章惇为相，复行新法，至徽宗崇宁间遂执政。崇宁二年蔡京为相，会与蔡京异论，言者劾之。遂入党籍，三年建党人碑于各州县。大观间作相，本以其能与蔡京立异而用之，然不久告罢。陈霆评曰："迹其为人，议论反复，复冒求荣进，去元祐诸人远甚。"（《词话》卷一）评论虽从元祐党人立场出发，是非复杂，存而不论，但元祐党人个人品质一般说较章惇、蔡京这些行新法的人好。王安石变法之所以失败，用非其人是个重要因素。这是可以肯定的。陈霆的话对张商英真是诛心之论，其《南乡子》所表现的词品卑劣是不难理解的。又元顺帝至正年间，四方兵起，张士诚以操船之业雄踞吴中；称为吴王后，聚敛淫奢，失政丧师，卒于败亡。这是农民起义主帅变质的典型。陈霆对当时的一些知识分子为了个人的富贵而趋附者和不为所惑者，有着极其鲜明的评价态度。这其中不无地主阶级观点，但以风节为核心的词品评论，应该是予以肯定的。高启《木兰花慢》有慨于张士诚的败亡，体现了"盛衰不常，物理反复""足为陆梁之戒"（《词话》卷二）。高启是苏州府长洲人，不趋慕张士诚，这不只是他疏放跌宕的个性所致，也见其不苟合于权势的人品和风节。其后为朱元璋腰斩就可证明这一点。所以他的《木兰花慢》为陈霆所激赏。瞿佑寓姑苏，至正二十六年作《八声甘州》有"满目新亭泪，独自沾衣"之叹。翌年，即至正二十七年丁未，张氏败亡，可知所谓"新亭泪"者，唯叹张氏之国势日蹙，"非必汲汲于营进也"，"丁未燕巢之祸，脱不预焉。其视张思廉等有间矣"（《词话》卷三）。张思廉委身事士诚，图取富贵，为枢密院都事；张败，走杭州，寄食报国寺（见《南濠诗话》）。陈霆以张思廉人品之鄙反衬瞿佑人品见识之高，这是不难理解的。

　　陈霆提出词品与人品的关系的论点，是一个首创的论点。虽然此前的词评家也接触到这个问题，但却没有那么明确地提出。这个论点间接影响到以后的词评家，如清代刘熙载。他不但主张"诗品出于人品"（《艺概·诗概》），还主张"论词莫先于人品"；也指出词的创作视其人品的进退而决定或继或辍，并提出词的三品说（均见《词曲概》）。详见本书《刘熙载的词品说》。

陈霆既主张从词家所处的时代、生活遭遇、思想性格、人品，尤其是家国之感和民族意识来考察词家、评论词作，这正是自孟子以来知人论世的传统方法。必须认识到词人的思想性格与其所处的时代、生活遭遇的关系，主体与客体的关系，都是极其复杂的，或者由于材料不足徵，或者由于词人的内在心灵不易探明，致使有的词人的词作不好理解。词不同于诗。词，其文小，其声曼，幽约怨悱，以喻其致。词人常常把不能自已的最内在最隐蔽的心灵活动表现于婉约靡曼的词的艺术形式当中。正如陈廷焯所指出："若隐若现，欲露不露"，"反复缠绵，终不许一语道破"（《白雨斋词话》卷一）。尽管如此，按前说的原则，不少词还是可以得到解释的。刘基的词，如陈霆《词话》卷三所引的《蓦山溪·春怨》："盖感叹时事也。末云：'无计网斜晖，漫遮得愁人望眼。登高凝睇，欲寄一封书。鸿路阻，豹关深，日暮空肠断。'观'豹关深'之句，知元季兵起，贤者感时伤事，非不欲献言于上，以销祸乱，而九重深阻，无路自达，徒登高怅望而已。'回首叫虞舜，苍梧云正愁。'所谓日暮肠断之意类如此。"陈霆在这里做了很剀切深刻的分析和评泊。按《明史》本传、本集行状，刘基举元至顺进士，除高安丞，有廉直声，起为江浙儒学副提举，论御史失职，为台臣所沮，再投劾归。起用后又被诬与方国珍有联系。方受招降后，执政右方，置刘基军功不叙，于是归而隐居青田山。刘基有"澄清天下之志"，而遭遇如此。这正是陈霆释该词的本意。"九重阻深，无路自达"，正如同调《咏雁》"天路阻，谁知此情愁苦"之意。考刘基青田词于流丽中寄幽怨，沉雄妙丽。王世贞所谓"秾纤有致"，不失为幽怨之评。《词话》所引《青田词》《水龙吟》的"鸡鸣风雨潇潇，侧身天地无刘表"阕，感时代的混浊，伤身世之孤羁，其幽怨就更突出更富典型意义了。他在遇朱元璋之前，这是不难理解的。而遇朱之后，君臣鱼水，运筹帷幄，共成统一大业，其所为词幽怨有加，这就费解了。难怪陈霆引刘基寓金陵所作的《摸鱼儿·秋夜》阕"正凄凉、明月孤馆，那堪征雁嘹唳"云云，曰："公在金陵，正得君行志之秋，而词意伤感如此，殆不可晓。"（《词话》卷二）于是做了几种猜测，其中之一是，如谢安虽受命朝寄，而东山之志，雅意不忘。这种情绪，在青田词中，也时有所表露。《临江仙》："梦里相逢还共说，五湖烟水渔蓑。"《摸鱼儿》："五湖有路，波浪未应阻。"正同于《摸鱼儿》："渔樵事，天也和人计较。"《明史》本传称，当太祖征求他为宰相时，刘基坚决拒绝，终于赐归乡里。在历史上功成身退者如严光是他最景慕的。《渔父词》第五首："尘世里一浮萍,著羊裘动客星。"犹以为严光比真正的渔父还差一着。其实如王安石拜相之日,正思隐钟山之时。进和退的思想矛盾也出现于刘基的实际精神生活当中,并使其词作蕴含幽怨感伤的情调。陈霆的推测是合理的。但却不止此。更主要的是:①他和太祖的关系虽好,但他看到作为帝王的朱元璋,有其残酷镇压知识分子的一面,如腰斩高启、瘐死徐贲、戴良自裁、杨基贬死。他的深潜的忧患意识,即使荣宠之日也不会消除。词以幽约怨悱为其特点,刘基因此借以抒怀。②刘基应太祖以宰相人选问时,他拒绝为相的理由是:"臣疾恶太深。"(《明史》本传)刘基道出了自己一贯的思想性格:"慷慨有大节,论天下安危,义形于色,遇急难,勇气奋发。"(《明史》本传)由于这种性格,他不但在元政权中为人所排斥,乃至归隐青田;在明初也成为他政治矛盾的主要因素。如丞相李善长的亲信李彬伏法,刘基论其死罪,由是与善长相忤而求退,"诸怨基者亦交谮之";胡惟庸为相,基叹曰:"奈苍生何!"(《明史》本传及本集行状)《明史·胡惟庸传》:"刘基尝言其短。"胡惟庸挟前憾,赠药刘基,"基服之遂死"(《明史》本传)。显然这种悲剧在政治斗争中并不是偶然的。刘基忧生忧世寄幽怨于倚声,是不难理解的。③刘基举元进士仕元,后虽退隐青田,而故国之思,澄世之意,时时发诸吟咏。迨刘基得用于朱元璋,正如张良得用于刘邦,"定中原,拓土西北",均为其计之所出,卒成统一大业。刘基虽不若戴良、王逢诸人不忘故主,而故国新朝的最隐蔽的内心矛盾是不可谓之不深沉的。这也形成刘基的人生幽怨,从而寄之于词。《词话》所引《摸鱼儿》歇拍"寂寞旧南朝,凭阑怀古,零泪在衣袂",其故国之哀托诸六朝。因此从以上所论刘基的政治道路和思想性格,分析推断他寓金陵时写的《摸鱼儿》是其得志时作,是合理的。陈霆又据词的首尾说:"竟不知或在未徵召之前否也?"从慎重态度说是应该提出的,因为徵召后作未有实据。但末句定为故国之思,未尝违理。所以做如上述的推断,从而阐明陈霆以知人论世说词的主张是很有意义的。

第三节 绮靡流丽归于风致

陈霆论词在艺术性方面主张绮靡蕴藉,清便流丽,不失词的本色而归于风致。他在《词话·自序》中说:"抑古有言:'渥五色之灵芝,香生九窍；咽三危之薇露，美动七情'。世有同嗜必至，必知诵此。不然，则阋弦罢奏，齐声妙叹，寄意于山水者故在也。"这段话用在词学上，就是说只有把各种词调娴熟掌握，知音审律，才可以表现深挚的感情，显示出强烈的艺术魅力。即便不然，也要如伯牙寄情山风海涛一样，犹存阋弦齐音。盖齐国的声气舒缓，宫徵靡曼，自然和词的曼声为近；而鲁国阋宫，为乐雅正。显然陈霆论词重寄情重调律，可见在词的艺术性方面陈霆倾向于婉约派的词风，但并不排斥豪放的词作。如前所论张孝祥、刘过诸人。在这个总体艺术要求下，还提出不少有关词的艺术创造的论点，如模拟与创新、用事与本色、富贵气象与寒俭态等。

前面我们征引过陈霆评明代当时词学的话："求所谓清楚流丽、绮靡蕴藉，不多见也。"（《词话》卷三）清楚流丽或者清便绮丽，都有着同样的内涵，如评朱淑真词咏梅、咏梨花云："清楚流丽"（《词话》卷二）；杨基"所赋清便绮丽"（《词话》卷三）。朱淑真《菩萨蛮·咏梅》："湿云不渡溪桥冷。嫩寒初破霜风影。溪下水声长。一枝和月香。"又《卜算子·咏梅》结拍："拂拂风前度暗香，月色侵花冷。"冷香侵月，疏影摇风，溪下水声潺湲，构成一个幽美的艺术意境。而其中"一枝和月香""月色侵花冷"，又最为流丽，格调之高又非常人所可到。杨基眉庵词的清新流丽，又是众所周知的。朱彝尊《静志居诗话》认为他的一些七言绝句可以谱入《浣溪沙》，也是从清便流丽这个角度看的，如"芳草渐于歌馆密，落花偏向舞筵多""立近晚风迷蛱蝶，坐临秋水影芙蓉""罗幕有香莺梦暖，绮窗无月雁声寒"等等，"试入《浣溪沙》皆绝妙好词也"（《明词综》引）。清便流丽与绮靡流丽又有很密切的关系。词纯系抒情之作，即体物咏古隐然即是咏怀（《艺概·词曲概》）。陆机《文赋》最早提出"诗缘情而绮靡"。"绮靡"一词如只做绮艳浮靡之义与雅润清丽相对（《文心雕龙·明诗》）而言，是最为消极的。若指"精妙之言"（李善注《文选·文赋》），"风流婉丽之语"（余萧客《文选纪闻》），乃至指"托物寄兴，宛而多思"（王闿运《湘绮楼论文体法》），则"绮靡"一词值得肯定。即便绮靡不合诗歌的要求，而于词则为合度，婉约派词尤为如此。五代翁宏的《春怨》诗"落花人独立，微雨燕双飞"不名于世，而晏小山（几道）《临江仙》全用之，卒成千古名句。这除借以构成词境外，其风格之绮靡适宜于词而不甚适宜于诗。盖词的素质柔丽，词的音声靡曼。这正是《四库全书》评陈霆的用意："诗格颇纤，于词为近。"格调"颇纤"的诗风,当然是"女郎诗"了,而用之于词正合乎词的本色,如秦少游那样,合乎传统所说的"诗庄词靡(媚)"。所以"绮靡"用之于词正揭示其本色特点,陈霆是总结了他数十年词的创作经验和评论经验而才提出这个观点的。他把清便(楚)流丽和绮靡结合在一起,"托物寄兴,婉而多思",从而见其蕴藉含蓄,甚或意溢言外。在这里,我们谈谈陈霆对词宜蕴藉的主张。蕴藉含蓄,托意言外,这是词所追求的意境,也是词家用笔娴熟的标志;词评家也为此提出种种有关蕴藉的理论。陈霆于此虽无独创,而不少看法还是值得肯定的。他评张靖之《方洲词》认为20余首中仅得《念奴娇·西湖会饮》阕具绮靡蕴藉远致。张靖之为东南文士冠冕,尚属如此,可见填词得绮靡蕴藉并不易,可知明人词"绮靡蕴藉"者殊不多见,并非偶然。张靖之《念奴娇》① 写晚春西湖会饮,意谓常人以落花剩柳兴伤春伤别之感,因风雨阴晴生憔悴瘦损之怀。作者却认为莺蝶所留恋处在于余花剩柳,可知春意尚在。人生亦然,于衰残中犹存生意,可知生命未息。至于西湖,或水光潋滟,或山色空濛,二者俱美,东坡以超旷得之。可知春恒在,美恒在,唯富贵如浮云春梦,忽然而已。作者于词中这样曲折层深地表达一种人生哲理、审美态度,极蕴藉含蓄之致。(见《词话》卷三)陈霆主张咏物词必使读者一览而知所咏的物象,必须把握物象的特性和特征,如咏雪,"使人一览见雪,乃为本色"(《词话》卷二)。朱淑真《念奴娇·咏雪》"斜倚东风浑漫漫""已尽雪之态度",即为咏雪的本色语,继云"担阁梁吟,寂寥楚舞,空有狮儿只",经过风僝雨僽,不似倚斜东风时了,顿令梁园吟罢,楚宫舞歇,无复前时情兴,只留待孩子们堆雪狮儿,但梅花依旧,雪枝秀劲,意深而神远,极蕴藉之致。所以陈霆评曰:"复道尽雪字,又觉蕴藉也。"(《词话》卷二)陈霆论词既含蓄蕴藉,又使所含蓄的情意有余不尽,使情意或在言外,或为寄托。陈霆论词的蕴藉虽然犹未得出这样明确的理论,但就逻辑的推演,读者是可以接受的。如陈霆的评论云:"杨眉庵(基)《落花》词云:'当时开拆赖东风,飘零还是东风妒。'意甚凄婉。又云:'绿阴深

---

① 全词如下:"清明天气,叹三分春色,二分僝僽(犹憔悴)。蝶意莺情留恋处,还在余花剩柳。风雨相催,阴晴不定,落得人憔瘦。淡妆浓抹,西湖却道如旧。谁把山色空濛,水光潋滟,收拾归庭牖。一笑偿他花鸟债,又是几番开口。前辈文章,诸公赋咏,借问谁曾有?浮云春梦,此情都负杯酒。"

树觅啼莺,莺声更在深深处。'语意蕴藉,殆不减宋人。"(《词话》卷一)后二句蕴藉不论;前二句"意甚凄婉",而以含蓄写之,故蕴藉。花凭东风而得艳开,至于飘零亦因东风。人生中许多美好的事情类皆如此,既成之又毁之。由是想到常州词派的创始者张惠言的《水调歌头》过片"晓来风,夜来雨,晚来烟。是他酿就春色,又断送华年",寄托遥深,最为凄婉,最为蕴藉。杨基的《落花》词大意同此。因凄婉而蕴藉,因蕴藉而得寄意言外,甚至有所寄托。这是很具逻辑性的艺术推演。清代刘承干在吴兴丛书所收《词话》的跋语中就是这样推演的:"中载杨眉庵《落花》词云:'当时开拆赖东风,飘零仍是东风妒。'意在言外。"① 可以推断,陈霆论词的蕴藉,要有意在言外,甚至蕴含寄托才算境界超妙。自司空图论诗,标味外之旨意在言外之论,以明"空灵蕴藉"(《艺概·词曲概》)之义。其后梅尧臣、苏轼阐发其说,此论遂为论诗者宗尚,论词亦然。所以陈霆论词主蕴藉,意在言外。

　　陈霆论词既主绮靡蕴藉,清便流丽,不失为词的本色而归于风致,可知风致又是陈霆所标出的一个重要的审美论点。他认为词是否有艺术性或艺术性的高低在于有否风致或风致的高低。"风致"一词,明人最喜用以评诗评词乃至评人。与陈霆同时或稍后的杨慎、俞弁、都穆、陆时雍等都用过"风致"一词,依次见诸所著的《词品》《逸老堂诗话》《南濠诗话》和《诗镜总论》。如"江右辞人多风致""风致婉丽",评刘裕《丁都护歌》云:"一代英雄,而复风致如此。其殆全才乎!"(《词品》卷一)"朱希真有神仙风致。"(《词品》卷四)"风致"一词,对不同风格的艺术作品,评论时的使用有不同的内涵,或风情韵致,或风华情致,不一而足。俞弁《逸老堂诗话》卷下有一则云:"(俞有立)当题赵仲穆画马一绝云:'想像开元张太仆,朝回骑过午门东。'风致宛然在目。"上朝过午门下马以示朝奏严肃,而朝回骑马过午门不下马,写出大臣朝奏之后心情舒畅,自由自得的神态,前后映照,风致宛然。按《说文》"致"的本义为"送诣",送诣必有一种趋向一种姿态,所以评论家们的用法不论怎么不同,风致在多样表述中具有审美的一致性。陈霆论词归于风致。他评欧阳修《浣溪沙·春日》阕和"云曳香绵"阕云:"欧公旧有《春日》

---

① 稍后于陈霆的俞弁著《逸老堂诗话》下卷载《渚山堂诗话》,并"记王逐客词'水是眼波横,山是眉峰聚'云云有馀不尽之意,蔼然言外"可参考。

词云:'绿杨楼外出秋千。'前辈叹赏,谓止一'出'字是人著力道不到处。他日咏秋千,作《浣溪沙》云:'云曳香绵采柱高,绛旗风飐出花梢。'予谓虽同用'出'字,然视前句其风致大段不侔。"(《词话》卷二)前阕写美人久矣不见,偶然见于打秋千之时,且显影于绿杨楼外,惊喜之情不可名状,用意超妙,用笔自然,着一"出"字,转折跌宕,姿态如画,是王静安所谓着一字而境界全出者。此句本冯延巳《上行杯》"柳外秋千出画墙",这是恰当的。至于后阕只写得"绛旗风飐出花梢",既无人的情意在,用笔板滞着力。"出"字不能逗出境界,所以与前句"风致大段不侔"。观此,知欧词也得冯词之俊,非止得其深者(《艺概·词曲概》)。明初词人,陈霆衡以有风致者,见诸《词话》则有杨基和陈铎。至于瞿佑,他认为"视宋人风致尚远"(《词话》卷二)。我们且看陈霆评杨基词。他认为"独于词曲,杨所赋类清便绮丽,颇近唐宋风致"(《词话》卷三)。然则杨基词的清便绮(流)丽就是风致的体现。前面说了,清便绮丽(靡)还需要与含蓄蕴藉相结合,而后始得风致,否则如粗犷直露之作是难以言风致的。杨基眉庵词具流丽与蕴藉结合的特点。陈霆举他的《清平乐·柳》咏新柳后片:"犹寒未暖时光,将昏渐晓池塘。记取春来杨柳,风流全在轻黄。"评曰:"状新柳妙处,数句尽之,古今人未曾道著。"即既得新柳的本质特征,又清便流丽,见其本色。陈霆又评云:"歌此阕者,想见芳春媚景,暝色入帘,残月戒曙,身在芳塘之上,徘徊容与也。"(《词话》卷一)这里陈霆是通过艺术想象来体验词中幽美的境界,体验主人公在其中从容与自适从傍晚直到次日,忘记了天色将晓,蕴藉含蓄也见其深远之意。如果我们把这种芳春夜游的意境与营营人生进行对比,其中所含蓄的深意就更加显豁了。陈霆所谓风致在此,令人思之,余味无穷。所以陈霆又继续说:"唐人所谓'最是一年春好处,绝胜烟柳满皇都','诗家清景在新春,绿柳才黄半未匀',虽谙此风致,然特概言耳。"(《词话》卷一)唐人这些句例只概略言之,自然无杨基眉庵词那种更多兴感的妙处。这种意境描写宜于词而不大宜于诗,也说明诗词的区别。至于陈霆对陈铎词"金猊瑞脑喷香雾"云云评曰:"此陈大声(铎)《冬雪》词也,寄《木兰花令》。论者谓其有宋人风致。"(《词语》卷二)其中"梅香满座袭人衣,谁道江桥无觅处"两句写座中梅花、桥边梅花,清雅遒逸而有高致。词笔远近虚实相生:梅香袭人衣,近而实写;江桥觅寒梅,远而虚写。一波三折,宛曲而明,所以论者谓有宋人风致。大抵陈霆论词,风致则多主北宋，观其所举小令类多为流丽婉约、含蓄蕴藉而意余言外之作。这些作品与北宋接近，这是无疑的。除前评欧阳修《浣溪沙》外，如晏殊的"一场残梦酒醒时，斜阳却照深深院""心事一春犹未见，馀花落尽青苔院"，都是风致极至之作。犹如范仲淹的《严先生祠记》，其中原句"先生之德，山高水长"，认为"德"字不佳，改为"风"字乃佳，这就风致翩然了。盖风可以含德，而德未必有风，德质实而风空灵，所以佳。

陈霆论词，既主绮靡蕴藉清便流丽而归于风致，在这个总原则下又提出不少较具体的艺术原则。首先在继承和创新的关系上，陈霆反对模拟，主张独创。这虽说不是什么新的理论，但在前"七子"前期，模拟之风渐盛的年代，是有其现实意义的，在词的创作和欣赏上都有不少的启迪作用。陈霆认为，继承的目的是为了创造新的艺术意境，反言之，词家没有自己的创新的意境就不可能是真正的继承，等于模拟或近乎模拟。词家如能正确处理继承和创新的辩证关系，其所创新的艺术意境往往高出前人。他曾举名句为例："少游《八六子》尾阕云：'正销凝，黄鹂又啼数声。'唐杜牧之一词，其末云：'正销魂，梧桐又移翠阴。'秦词全用杜格。"（《词话》卷一）少游词全用杜格而融情于景，语句清峭。这是少游究心结拍，善于继承前人词作的一个方面。而倚声填词，词家最重视起句和结句，即起调毕曲须相连照应。少游《八六子》"起处神来之笔"（周济《宋四家词选》），其别恨之情直贯于结拍而"全在情景交炼得言外意"（张炎《词源》卷下），与结句同构。所以结句虽取格于杜词，而起结情景交融之妙诚杜词所未有，"使全词词旨缠绵，音调凄婉如此"（《蓼园词选》该词评），"寄托怀人"，见于言外。足见少游于继承中开拓新境，所谓"望今制奇，参古定法"（《文心雕龙·通变》），为名流所推激。王静安论词的继承云："非自有境界，古人亦不为我用。"（《人间词话》卷下）这说明了继承与创新的关系的实质。因此，陈霆又写道："然秦首句云：'倚危亭，恨如芳草萋萋，刬尽还生。'二语妙甚，故非杜可及也。"二语之妙照应结拍，从而使之既取格于杜词又出新意于杜格。又刘基《眼儿媚·秋晚》[①] 两阕，陈霆以为"云压雁声低""春山碧树秋重绿"

---

① 刘基《眼儿媚·秋晚》两阕，四部丛刊本全集只收前阕。今录如下："烟草萋萋小楼西。云压雁声低。两行疏柳，一丝残照，数点栖鸦。春山碧树秋重绿，人在武陵溪。无情明月，有情归梦，同到幽闺。"

"二语动人";"亦转换'云开雁路长'与'春草秋更绿'耳"。(《词话》卷二)前句当为"云开雁路长"的转换,所谓翻案法。雁本高天嘹唳,但由于直觉作用,似乎云层的压力使雁声低降,有如"野旷天低树,江清月近人"的动人情景。后句则换"更"字为"重"字,使人于萧瑟的秋天重见春光,所以动人,都是继承前人之作而加以创新之例。应该指出,王国维所谓自有境界者,首先是生活体验,在这基础上体会前人之作从而继承而运用之。关于这点,陈霆记王敬叔语云:"向者读项斯'平铺水不流',之句,意不谓佳。偶雨后望诸峰云气,方悟其写景之妙。"(《词话》卷二)妙境既从生活中悟出,因此王氏将项斯《咏云》"平铺水不流"句写入《菩萨蛮》中,而不失为善于继承前人之例。否则便是模拟抄袭。陈霆是提倡独创反对模拟的,即便在继承方面比较成功的词作也不无贬语。刘基《谒金门·秋晚》阕有"风袅袅,吹绿一庭秋草"句,沈雄以为"妙丽入神"(《古今词话》),陈霆止云:"为语亦佳。"《秋晚》词虽取格于"风乍起,吹皱一池春水",南唐名句,极自然蕴藉之至,刘基词只为妙丽,"当退避一合"(均见《词话》卷一)。陈霆对瞿佑与陈铎的评价更说明他的独创论。瞿佑有《买陂塘·望西湖》十阕,尝云是长与西湖水光相接,"技痒不能忍"之作。这种生活体验,这种感兴,使瞿佑《买陂塘》诸阕有独创性,不为晁无咎《买陂塘》旧谱所拘限。但由于瞿佑对继承与创新的关系犹未善为解决,虽有较深的生活体验而艺术修养犹未超诣,故陈霆评曰:"惜其视宋人风致尚远。"(《词话》卷二)至如陈铎专事和韵,和《草堂诗馀》几及其半,"徒负不自量之讥",但"亦时有佳句"。如陈霆所列举"颇婉约清丽"之作,如"秋水无痕涵上下,浮云有意遮西北""春城晚,霏霏满湖烟雨。断肠无奈,落花飞絮",后引例颇近周邦彦《瑞龙吟》歇拍。因此陈霆为之惋惜:"以之追步古作,遂蹈村妇斗美毛施之失。盖不善用其长者也。"(《词话》卷二)

迩近议词为艳体者时有所闻。这和词的本色特点颇有关系,亦与陈霆所提出的绮靡流丽相涉。诚然,这只可以从气象来说才有其实质性意义。因为这不但避免词的寒乞,也可使词雍容尔雅,而不错认词一涉艳字就是侧艳、浮艳或淫丽。而感均顽艳自来为人所称。李清照评少游词乏富贵态。虽然这只是从少游少典实来评说的,但也道出了词贵有富贵气象的意义。陈霆也反复强调词的富贵气象。既云气象,自然不是指富贵之物,不是讨论填词如何使用华美的装饰、贵重的器皿,这对创造词的形象和意境来说，只是很次要的，很表层的。所以陈霆说："昔人谓：凡诗言富贵者，不必规规然语夫金玉锦绮。唯言气象而富贵自见，乃为真知富贵者。余谓瞿山阳（佑）一曲有之。《巫山一段云》云：'扇上乘鸾女，屏间跨鹤仙………'"（《词话》卷一）扇上屏间，所绘者，鸾鹤仙踪；熏炉琴筝，所见者，烟袅佳人。幽雅之境，欢愉之情，闲适之态，不在于华贵物事的极意描写，而真能写出富贵气象。诚然，在词的形象中，写出自己富贵与看人富贵又有性质的区别。自己富贵是自己内质的表现，气象是真实而生动的。看人富贵则反是。所以陈霆又引杨孟载（基）的《花朝曲》（《明词综》作《浣溪沙》）"鸾股先寻斗草钗，凤头新绣踏青鞋"云云，曰："此词造语虽富丽，然正宋人所谓看人富贵者耳。未必知富贵也。如温飞卿（庭筠）'笼中娇鸟暖犹睡，门外落花闲不扫'王随'一声啼鸟禁门寂，满地落花春昼长'，则真富贵气象。"（《词话》卷二）融和天气，昼永人闲，落花满庭，娇鸟犹睡。总写春日安闲气象，令人觉得非竞逐名利者所可有。词中辨富贵气象很重要，它既可辨明词的体性风格、抒情性格，乃至推究其渊源。瞿佑《归田诗话》"富贵气象"条论晏氏父子词云："晏元宪（殊）公诗不用珍宝字面，自然有富贵气象。如'梨花院落融融月，柳絮池塘淡淡风''楼台侧畔杨花过，帘幕中间燕子飞'等句，公尝举此谓人云：'贫儿家有此景致否？'晏叔原（几道）公侄（幼子）也，词曰：'舞低杨柳楼心月，歌罢桃花扇底风。'盖得公传也。"作为艺术审美传统，词的体性、风格和抒情性格，晏氏父子的词学继承，瞿佑略为指出关键。晏几道虽流落不偶，困顿终身，然所为词，无半点寒乞气，而富贵气象熠熠生辉，风华艳丽，词的家学不因遭遇蹇踬而有所转移有所贬损。司空图《二十四诗品》云："神存富贵，始轻黄金。浓尽必枯，淡者屡深。月明华屋，画桥碧阴。"叔原也许得此精蕴吧！

最后，谈谈与继承关系极为密切的隶事用典。词中隶事用典如诗歌一样颇为复杂。反对者认为有碍于艺术的审美直觉。钟嵘《诗品》提倡"直寻""何贵于用事"；王国维《人间词话》提倡"不隔""不使隶事"。① 这

---

① 静安议论前后矛盾者有之（见《人间词话》）。如稼轩《贺新郎·送茂嘉十二弟》阕，多用典事。而他评曰："章法绝妙，且语语有境界，此能品而几于神者。"这评价正确，但如何和他的"不用隶事之句"协调起来？他只是轻轻说："然非有意为之，故后人不能学。"其实，隶事而语语有境界，则得隶事之妙。《贺新郎》如此。

从强调艺术的审美直觉说,有一定的道理。但审美直觉并非一定为隶事用典所破坏,全在乎诗人词家的生活体验、艺术修养和对典事的熟练运用。张炎论词认为用事要"融化不涩""不为事所使"(《词源》卷下》),前章已论及。正如庄子说物物而不物于物,这就存乎其人了。刘永济认为"用典用古事""可以表达难言之情和幽深之思"(《微睇室说词》)。陈霆是主张倚声填词可以隶事用典的。但必须在蕴藉含蓄、清便流丽的总原则下用之。即是说隶事用典须清便流丽,含蓄蕴藉,而后才算合作。在词史上,辛稼轩词多用典事,早为岳珂所评,嗣后又有词论之讥。陈霆不同意这种看法,认为:"辛稼轩词,或议其多用事而欠流便,予览其《琵琶》(《贺新郎》)一词,则此论未足凭也。"随后引全阕云:"此篇用事最多,然圆转流丽,不为事所使。称(《宋词三百首》引作"的")是妙手。"(《词话》卷二)① 稼轩山东之日,便有揽辔澄清之志,而南渡后英雄失路。此阕通过赋琵琶所引起的种种有关的历史联想,写其幽怨。起笔追念汴京盛日,反衬下文藉商妇、明妃琵琶故事,寄其哀怨。所谓"弦解语,恨难说"也。换头承"马上离愁"句,宫车之龙沙沉沦,江左之晏安无日,不复北望(用周济、俞陛云评),恨极天涯,作者的用意隐然可会。以上全是虚写,空灵疏宕,圆转流丽。"琐窗"以下四句,正面写弹琵琶,轻挑慢撚,一推一却,而《梁州》一抹,总归怨情,又是实者生虚之法,其流转之美,更不待言。"云飞烟灭"句"笔势动宕",有结前启后的艺术功能。所以结拍回应起句,写沉香亭废,无复繁华,贺老飘零,定场谁与?自顾亦江东沦落,击楫无人。宜其弹罢呜咽,不能自已!结拍极哀艳之致。陈廷焯云:"发二帝之幽愤,苍茫感喟。使事虽多,却不嫌堆垛。"(《词则》,《大雅集》卷二)。经过这样的剖析,可以证验陈霆用典隶事的议论,是值得肯定而加以弘扬的。

---

① 辛弃疾《贺新郎·赋琵琶》全阕如下:"凤尾龙香拨。自开元霓裳曲罢,几番风月。最苦浔阳江上路,画舸亭亭催别。记出塞,黄云堆雪。马上离愁三万里,认孤鸿没处分胡越。弦解语,恨难说。　　辽阳驿使音尘绝。琐窗寒,轻挑慢撚,泪珠盈睫。推手含情还却手,一抹《梁州》哀彻。千古事,云飞烟灭。贺老定场无消息,悄沉香亭北繁华歇。弹到此,为呜咽。"《顾随文集》释云:"试看换头以下曲曲折折,写到'轻挑慢撚''推手''却手',已是回肠荡气;及至'一抹《梁州》哀彻',真是一声如裂帛。又如高渐离易水击筑,字字俱作变徵之声。……'千古事,云飞烟灭'。七宝楼台,一拳粉碎,此何等手段,何等胸襟。"又云:"试看他'贺老定场无消息,悄沉香亭北繁华歇'十五个字,一口气便呵得死虎活来了也。"顾随先生此论,可悟稼轩用典事的扫却即生法。

第四章　陈子龙"警露取妍，意含不尽"的词学思想

第一节　词学背景和作者

前章已略加说明。明自永乐以后，词学衰微。其间杨慎、王世贞等以学者倡导词学，俞彦、张铤等以词家导扬正声。但势孤力弱，犹未能救词的庸滥，何况杨、王疏于声律。当时的词人学《花间集》《草堂诗馀》，只学其刻红镂绿、儿女闺襜，艳而少骨，缺乏深隽之思。这样地继承《花间》《草堂》，无疑加重了庸滥之弊。而《花间》的致语、艳而有骨的艺术特点，无复为时人所重。正如《词苑萃编》引宗梅岑语云："词以艳丽为工。然艳丽中须近自然本色，若流为浅薄一路，则鄙俚不堪入调矣。"明人学《花间》，而词的庸滥大抵类此。天启、崇祯之后，阶级矛盾和民族矛盾非常尖锐，政治黑暗腐败，国家多难，社会动乱，人民在阶级压迫和民族蹂躏之下生活极度困苦。尤其是崇祯十七年（1644年）后，清兵入关，大肆屠戮，恣意焚掠，社会民生之凋敝是可以想象的。这样的历史现实，要求文学具有自己时代的精神。因此，一种沉郁悲壮的文学风格应时而生。在诗歌方面，有以陈子龙为代表的云间派，以吴伟业为代表的娄东派，郁然竞起。陈子龙之诗雄丽，兼杜甫的沉郁顿挫和李白的飘逸纵横（朱笠亭《明诗钞》），而扫公安、竟陵的荏弱。此期诗歌的振兴之功，还应归于陈子龙：

> 大樽当诗学榛芜之馀，力辟正始，一时宗尚。遂使群才蔚起，与弘正比隆。摧廓振兴之功，斯为极矣。（《明诗综》引钱瞻百语）

于诗如此，于词也是如此。天启、崇祯之后，词学有复兴之势，一时作者意欲崇尚雅正，祛去庸滥，以适应时代的要求。这一时期的词家仍承先代遗风，学《花间》，但艳而有骨，雅而有致了。因此，这一时期的词，风

格上的婉丽柔艳，情调上的缠绵悱恻，和思想上的寄托遥深，应该说是当时时代精神的曲折反映。陈子龙以一代诗宗，倚声填词，崇尚《花间》，自然更能成为这种词风的代表。在他的提倡和影响下，蔚成云间词派。陈（子龙）李（雯）唱和固不待言，宋征舆、宋征璧兄弟主五代、北宋，所受陈子龙影响岂容拟议！即晚一辈的夏完淳、王士禛、毛奇龄均出自黄门（子龙）（见《赌棋山庄词话》卷四、卷八）。吴蔚次序钱葆酚湘瑟词云："昔天下历三百载，此道几属荆榛，迨云间有一二公，斯世重知花草。"这说明陈子龙及其他云间词人学《花间》，能得《花间》丽而则的精髓，从而横扫当时词坛的庸滥，清除词坛上的荆榛。这里的草（指《草堂诗馀》）不过是因言《花间》而连类及之的。子龙所以学《花间》，又因《花间》乃文人词的滥觞，最具本色当行。所谓"《花间》绮琢处于诗为靡，而于词则如古锦纹理，自有黯然异色。"（《远志斋词衷》）子龙学《花间》成就最高，影响最大。写幽怨之怀，身世国家之感，往往出之妙丽，美人香草，深乎寄慨。如邹祇谟在《远志斋词衷》记王士禛评子龙词说：

> 阮亭（士禛号）常为予言，词至云间，《幽兰》《湘真》诸集，言内意外，已无遗议。柴虎臣所谓"华亭肠断，宋玉魂销，称诸妙合，谓欲嵩诣"，斯言论诗未允，论词神到，微短者长调不足矣。（《倚声集》）

子龙湘真阁词，以及代表云间词派的幽兰草，所表现的幽怨悱恻情致，真有"华亭肠断，宋玉魂销"的妙合。而言内意外，在言内则情与景浑，仓蕴所有；而意在言表，绵邈深远，令人生无穷的联想和兴会。这是湘真阁词的主要特点，是符合小令体制要求的。这里应该指出的是，在诗歌方面，娄东派固然是云间派的劲敌；在词的方面，梅村词也是湘真词的劲敌。这就充分说明晚明词学复兴的可喜现象。如徐珂说："明崇祯之季，诗馀盛行。太仓吴伟业尤为之冠。王士禛以为明黄门陈子龙之劲敌。"（《近词丛话》）

陈子龙的词学思想就是在这样的背景产生的。

陈子龙（1608—1647年），字人中，又字卧子，号大樽。明末江苏松江府华亭县（或今青浦）人。与同邑夏允彝（完淳父）为几社领袖。崇祯九年进士。官至兵科给事中,故世称黄门。南明弘光帝败亡,起义被执;因潜逃,卒壮烈牺牲,时清顺治四年(1647年),年39岁。

第二节　情主怨刺的词学思想

子龙论词认为词源本风骚,托意闺襜,而成言情之作,这是因为词之体小,必因小而见大,即近而致远,显微阐幽的缘故。这自然是从《花间》、北宋词体会出来并赋予风骚的传统的。他说:

> 夫风骚之旨,皆本言情。言情之作,必托于闺襜之际。(《三子诗馀序》,《安雅堂稿》卷二,后引同)

据此,他认为终宋之世无诗,而词则极盛。这是由于宋诗"言理而不言情",而情却是作为诗的内部本质因素,但宋人的情致却又类发于词。所以他又说:

> 宋人不知诗而强作诗。其为诗也,言理而不言情,故终宋之世无诗焉。然宋人亦不免于有情也。故凡其欢愉愁怨之致,动于中而不能抑者,类发于诗馀,故其所造独工,非后世可及。(《王介人诗馀序》,见《安雅堂稿》卷二。以后引不注出处)

宋诗主理致,故少情致之作。子龙说终宋之世无诗,这固然是在主理致与主情致的两大分歧下,颇为片面的论断。但他认为情致是词作为声诗的本质因素,这却是极有见地的。他认为宋词所以独工乃至于极盛,这是由于"欢愉愁怨之致,动于中而不能抑者,类发于诗馀"。这种论点诚然并不新鲜。自《毛诗大序》提出"情动于中而形于言"文学产生的情动说,历代都有论述。但子龙论词强调词体现不能抑的欢愉愁苦却有其特定的理论内涵。这个理论内涵,子龙又做了这样的解释:

> 仆闻凄荣之态同观,而伤摇落之感独发。何则?履裕者难扰,而景颓者易激也。故鲸鲵震潏,贵彦忘怀;柯叶吹飚,羁人疾首。非云大小殊途,亦浅深之异致矣。(《秋声赋序》,《陈忠裕集》卷一,以

下引标"陈集")

贵彦志满意得，现实生活无所攖其心，因此对外界的刺激反应是迟缓的，微弱的，甚至"鲸鲵震澛"，犹无所动于中。这样就决定他所感者浅。相反，那些逐臣孽子、思妇离人，郁志不遂，现实生活攖于其心，自然对外物的刺激反应是敏锐而感伤的。"柯叶吹飚"，秋士之悲以生，故其所感者深。于是有宋玉的《九辨》、欧阳修的《秋声赋》和子龙自己的《蝶恋花》咏落叶。韩愈在《荆潭酬唱集序》中说："和平之音淡薄，愁思之声要妙，欢愉之辞难工，而穷苦之言易好也。"所以词大都是"恒发于羁旅草野"（《荆潭酬唱集序》）"穷而后工"（欧阳修语）的咏叹。子龙从感兴的深浅说明文学创作，尤其词的创作的成功与否，这显然比韩愈、欧阳修进了一步。韩愈和欧阳修做了一些现象性的描述，而子龙则从文学发生与感兴的关系做了些本质性的论述。文学的发生系于兴感。兴感的深浅决定作品的深浅，无兴感者当然说不上文学创作。倚声填词尤为如此。因为词是声诗抒情最强的一种文体。诚然，子龙也肯定欢愉之作，肯定歌颂之词。但这些词总归为发愤，归为愁怨。我们看他解释司马迁论《诗》说：

> 事有所不获于心，何能终郁郁耶？我观于《诗》，虽颂皆刺也。时衰而思古之盛王，《嵩高》之美申，《生民》之誉甫，皆宣王之衰也。至于寄之离人思妇，必有甚深之思，而过情之怨，甚于后世者。故曰皆圣贤发愤之所为作也。（《诗论》）

"诗三百篇大抵圣贤发愤之所为作"一语，见《史记自序》，子龙释之如此。《毛诗》《郑谱》倡为正变之论，主美刺之说；把《诗》分为歌颂、讽刺两类，前者乃抒欢愉之情，后者则发愁怨之思。齐、鲁、韩三家诗虽亡，而于典籍仍见其论诗之迹，如《毛诗》提出四始为正声，而三家诗则以为皆刺，《关雎》为《周南》的第一篇，皆认为是刺康王晏朝之作，《鹿鸣》是小雅的第一篇，又认为是周室衰乱时作（详见陈乔枞《三家诗遗说考》）。所以《淮南子·氾论训》云："王道缺而《诗》作，周室废、礼义坏而《春秋》作。《诗》《春秋》学之美者也，皆衰世之造也。"高诱注："《诗》者衰世之风也。"又《论衡·谢短》："诗家曰：周衰而

《诗》作。"可见美不过是手段,而刺乃是目的,通过抒写歌颂欢愉而成讽刺之作。这是三家诗的论点,与《毛诗》《郑谱》分美刺异趣。司马迁承三家诗之论,把《诗经》全看作是圣贤发愤之作,而子龙又以刺诗释之,可谓有本了。并且说:

(诗)盖忧时托志者之所作也。……夫作诗而不足以导扬盛美,刺讥当时,托物连类而见其志,……虽工而余不好也。(《六子诗序》,陈集卷二十五)

这里,"导扬盛美"是为了"刺讥当时",通过比兴,托物连类,把作者对现实的批评,他的志趣和理想,成为绵邈之思而兴寄于无穷。子龙的这个理论思想,既有深远的传统,运用到词学上也是深刻的。例如,柳永的《醉蓬莱》和《望海潮》同样有导扬盛美欢愉之意,而前者因其中的"太液波翻"受到宋仁宗的斥责,后者因"三秋桂子,十里荷花"句传说"引起"金主亮的南侵。前者导扬盛美而归于讽谏,故深;后者导扬盛美而殊无讽刺,故浅。又如晁次膺《并蒂芙蓉》起句便与柳永相反:"太液波澄,向鉴中照影芙蓉并蒂",歌颂徽宗"盛德"。杨慎评曰:"大臣谀,小臣佞,不亡何俟乎!"(《词品》卷五)但是,无论是歌颂欢愉之词,或讽刺愁怨之作,子龙认为都"必极治乱盛衰之际",而后才能"施之远",诗词均如此(《白云草自序》,陈集卷二十六)。所以他大呼:"有颂无规,斯为近谄。"自然就不可能"施之远"了,如前例。即使欢愉之词不涉及颂,亦不免于痴肥,所抒之情必浅。因此,前人有于欢愉之词须着一点愁思之论。《词苑萃编》卷二引毛稚黄语云:"游乐词须微著愁思,方不痴肥。"子龙有关欢愉词的论述,揭示了这一审美原则。其实,在子龙看来,一切悦愉的场面,甜蜜的怀念,甚至导扬盛美,还是为了写现实的哀怨,为了泄当前的烦冤。这已见于前论。他在《三子诗序》(陈集卷二十六)说:

夫人生离合,岂有常期哉!当此之时,虽飞鸟疾风之声,犹为魂惊,况乎追念畴昔,绅绎篇章,思燕笑之期,体永歌之志,诗则犹是也。而哀可知矣。岂必雍门之琴乃能浪浪沾襟哉!

"思燕笑之期"是为了"体永歌之志"的。这里所说的志,是幽思愤积不得通其道之志,是由现实的哀怨烦冤所凝结成的志。所以不必听雍门之琴而沾襟的清泪浪浪了(见《说苑》)。这样的词当然是常见的,如秦少游的《望海潮》"梅英疏淡"阕,李清照的《永遇乐》"落日镕金"阕,陈亮的《水龙吟·春恨》"闹花深处层楼"阕和姜白石的《暗香》"旧时月色"阕,等等。周济评白石的《暗香》云:"盛时如此,衰时如此;忆其盛时,感其衰时。"这样的词不但不痴肥,而且能深永。

所以子龙论词,毕竟着重"愁苦之辞"。他对民间愁怨一类的创作评价很高,道理是与论词相通的。他写道:

> 古者民间之诗,多出于纴织井臼之馀,劳苦怨慕之语,动于情之不容已耳。至于文辞,何其婉丽而隽永也。(《佩月堂诗稿序》,陈集卷二十五)

民间的诗歌如此,文人创作又何独不然。文人的创作,诗也好,词也好,其成功之作都是深刻反映他的时代变故和身世遭遇的。只有这样的作品才动于情而不容已,婉丽隽永而有深远之致:

> 古之君子遇世变,身婴荼痛,宣郁达情,何尝不以诗欤!(《申长公(涵光)诗稿序》)

他举了两个例子,一是黍离麦秀之诗,表现了亡国的哀思,这是箕子过殷墟,不能自胜其情;一是曹植、王粲的《七哀诗》,都是他们亲历丧乱,悼所睹记而写成的。这些都是亲遇世变,身婴荼痛,"哭则不可,泣如妇人",于是长歌当哭,以宣达其幽郁之情,寄托其亡国丧乱之思。子龙还指出:

> 忧愁感慨之文生乎志者也。生乎志者其言切。故善观世变者,于其忧愁感慨之文可以见矣。(《方密之流寓草序》)

当然,由世变所激发而成的忧愁感慨之文,不应该是萎靡的。子龙在评文天祥《百字令·驿中与友人言别》①阕就认为"气冲牛斗,无一毫萎靡之色"(见《词苑萃编》卷五引)。词因世变,河山破碎所激发的忧愁感慨,写得极为深至。"蜀鸟吴花残照里,忍见荒城颓壁。铜雀春情,金人秋泪,此恨凭谁雪?"即使是"江海馀生",也要"南行万里",勤王护主,以图恢复。诚然,文天祥在"抗元"运动中是孤零零的。结拍"伴人无寐,秦淮应是孤月"虽无限凄凉之感,但无萎靡之色。子龙词婉丽,文山(天祥)词悲壮,风格颇不相同。而世变所激,爱国之志所发,却相一致。这就把两种不同风格的词联系起来了。

亲遇世变,身婴荼毒的文人词家,他们感慨身世,系心国运,甚至国家覆亡了,还做出可歌可泣的义烈行动,发而为词,虽非专门家数,也写出极好的词作。南宋亡后的一批爱国志士,如唐珏,不称词家,而其所作词无论在思想还是艺术方面都有很高的成就。因此,子龙赞扬说:

> 唐玉潜与林景熙同为采药之行。潜葬诸陵骨,树以冬青,世人高其义烈。而咏莼咏莲咏蝉诸作,巧夺天工,亦宋人所未有。(《历代诗馀》卷一〇八引子龙语)

南宋覆亡之后,元僧杨琏真加发掘宋陵,唐珏(玉潜)、林景熙潜葬帝后曝骨,并植以冬青树,表现了对宋室的忠贞和他们的爱国义烈,世人高之;作《冬青引》《梦中作》哀悼宋室覆亡,民族危难,因之流誉千古,至今读之犹感民族气节不少衰。唐珏还参与王沂孙、周密、张炎、王易简、陈恕可等14人的题咏,寄调咏物,如宛委山房赋龙涎香调《天香》、浮翠山房赋白莲调《水龙吟》、紫云山房赋莼调《摸鱼儿》、馀闲书院赋蝉调《齐天乐》等。通过咏物,寄托他们的家国身世之感,民族世变之恨,发宋亡的哀思。所得词哀为一集,名《乐府补题》。这是词史上咏物词言寄托者的一部奇作,不但思想性强,艺术性亦高。子龙既高其义烈,也赏其巧夺天工。所谓巧夺天工者,大抵咏物生动,形象透剔,不刻意于物象而寄托浑然无迹。唐珏并非词人,而其所赋蝉、白莲等大率类此。我

---

① 《百字令·驿中与友人言别》历来认为文天祥作。唐圭璋考证为其战友邓光荐病留金陵别文天祥而作(见《词学论丛》)。文山有"镜里朱颜都变尽,只有丹心难灭"的和词,殆二人遭遇和思想相同故尔。

第四章　陈子龙"警露取妍，意含不尽"的词学思想

们看他的《水龙吟》咏白莲，不但为子龙推许，也为后来常州派周济重视，选入《词辨》正卷。他认为这些词家"蕴藉深厚，而才艳思力，各骋一途，以极其致"（《词辨》序）。今录《水龙吟·白莲》如下：

> 淡妆人更婵娟，晚奁净洗铅华腻。泠泠月色，萧萧风度，娇红欲避。太液池空，霓裳舞倦，不堪重记。叹冰魂犹在，翠舆难驻，玉簪为谁轻坠。　　别有凌波一叶，泛清寒素波千里。珠房泪湿，明珰恨远，旧游梦里。羽扇生秋，琼楼不夜，尚遗仙意，奈香魂易散，绡衣半脱，露凉如水。

谭献评云："字字跌丽，字字玲珑"（《词辨》评）而空灵跌宕。"淡妆"五句写白莲的品格和风度，俨然淡妆宫人。人与物浑然一体。"太液池"三句推开一层写。"霓裳舞倦"极恋欢愉之时，而"翠舆难驻"则极叹流亡之日。写白莲的飘荡暗喻宫人的北掳。其中"月色""冰魂"，朦胧宕折，似有还无，寄意深至。过片又推开一层写，与前片"翠舆难驻"连属。荷叶在空中摇动，暗用《洛神赋》水仙凌波写之，缥缈凄清，白莲之魂自见，亦暗写宫妃飘零状。"珠房"两句，一写花蕊，一写翠叶，总写宫妃飘零远去之苦，哀艳之至。结拍三句，香销花殒，以景结情，返虚入浑，取神形外，而兴寄弥远，令人凄然欲绝。谭献又云："一唱三叹有遗音矣。"（《词辨》评）周济更指出："信乎忠义之士，不求工而自工。"（《介存斋论词杂著》）这些分析，都说明子龙所说的"巧夺天工"的艺术含义。

子龙生于万历后期，活动于天启、崇祯、弘光诸朝。天启七年（1627年），宦官魏忠贤专政，设东西厂特务组织，迫害士类，盘剥人民；一时东林品学兼优之士惨遭屠戮，政治黑暗，国事日非。崇祯帝即位，似有兴利除弊之意，而积重难返。崇祯帝又刚愎自用，轻杀重臣，使边防告急，清人屡次犯境入寇。崇祯帝在位十七年，由于租税繁重，饥旱相寻，农民起义已成燎原之势。在这民族和阶级矛盾极为尖锐的情势下，国家多难，民族阽危，而人民痛苦已到了极点。弘光短短一朝，在马士英、阮大铖的把持下，排斥异己，政散民离，不但无恢复中原之望，且如燕子巢幕，覆亡旦夕。一年多的南明小朝廷终为南下的建州军覆灭。由于这一时期民族矛盾上升为主要矛盾，民族情绪激昂，东南各省义旗奋起，组织力

量抵抗清人的侵略，陈子龙就是组织起义失败光荣牺牲的。可见这个时代是悲剧的时代，是使人幽怨悱恻但又慷慨悲歌的时代。这种时代特点，在陈子龙的一生，在他的诗词作品中，反映得最为突出，而他的词学理论思想又是以此为背景和依据的。

子龙诗词所宗不同。诗沿前后七子主盛唐，雄丽悲慨（周立勋《岳起堂稿序》），词本《花间》婉丽幽怨。柴虎臣所谓："华亭肠断，宋玉魂消。"诗词以不同的风格表现这一时代的特点，而于词尤为突出："湘真一刻，晚年所作，寄意更绵邈悽恻。"（《明词综》引王士禛语）顾琦坊云："湘真词皆申酉以后作。故令人如读《长门》篇，幽房为之掩泪。"（评湘真《浪淘沙》感旧语）按申酉为天启元年辛酉，前一年（庚申）胡允瑗也说："先生词悽恻徘徊，可方李后主感旧诸作。然以彼之流泪洗面，视先生之洒血埋魂，犹应颜赧。"（评湘真《小重山》感旧）诸家所论，很能道出湘真词的时代特点。这是与子龙的词学思想的形成不可分的，和他对文文山词和唐玉潜词评价很高，也有直接的联系。我们看他的《柳梢青·春望》：

绣岭平川，汉家故垒，一抹荒烟。陌上香尘，楼前红烛，依旧金钿。十年梦断婵娟。回首处、离愁万千。绿柳新蒲，昏鸦春雁，芳草连天。（《陈子龙诗集》卷十八，下注《诗集》）

题为春望，而所望者，是旧日繁华的骊宫、乐游原，已成一片苍烟，连天芳草了，令人黯然。王士禛云："绣岭宫前，乐游原上，不胜开元盛日之思。"（《陈子龙诗集》卷十八该词评语）所以凄然欲绝。子龙词幽怨悱恻之作类皆如此，尤其是晚年的词作更加凄怨了。如《二郎神·清明感旧》：

韶光有几？催遍莺歌燕舞。酝酿一番春，秾李夭桃娇妒。东君无主、多少红颜天上落，总添了数杯黄土。最恨你，年年芳草，不管江山如许。　　何处？当年此日，柳堤花墅。内家妆，寒帷生一笑，驰宝马，汉家陵墓。玉雁金鱼谁借问，空令我伤今怀古。叹绣岭宫前，野老吞声，漫天风雨。（《诗集》卷十八）

第四章　陈子龙"謦露取妍，意含不尽"的词学思想

王沄《续年谱》云："此首与《唐多令·寒食》为先生绝笔。""绣岭宫前，汉家陵墓"隐隐逗出了南宋亡国后《冬青树引》的故事（见朱东润《陈子龙及其时代》）。"野老吞声，漫天风雨"，世乱国亡之痛至此为极，是幽怨是愤恨，而一种凄婉绵邈之思溢于言表。所以发为辞章，发为诗歌，倚声以寄慨。在思想理论上，也鲜明地持时势与诗词创作关系说，都反映了当时时代的特点：

夫鸟非鸣春，而春之声以和；虫非吟秋，而秋之响以悲，时乎为之，物不能自已也。当五六年间，天下兵大起。破军杀将，无日不见告，故其诗多忧愤念乱之言焉。（《三子诗选序》，陈集卷二十六）

怨悱不怒，风谣所兴，感物悼时，岂能无慨。……托美人于君主，寄良媒于哲辅，淫思怨感，实始风骚。（《壬申文选凡例》，陈集卷三十）

诗词创作，继承风骚传统也是基于感物悼时，而总归于现实的怨悱。陈子龙的诗词创作和理论，即有这样的时代特点。诚然这种时代特点还是通过他个人的特殊气质和遭遇才能得到反映的。子龙即处于政治黑暗、社会动乱、阶级矛盾和民族矛盾极为尖锐的时代，时代培养了他一种悲慨而又幽怨的情愫。他的悲慨是和他的报国救民、澄清吏治、抗拒侵略者，以及志士仁人的理想分不开的，他的幽怨也是和无可挽回的晚明国运分不开的，具体地说，是与忠愤之士如他的座师黄道周等被贬废分不开的。这样的现实长期地培养他悲愤、幽怨的气质和感情，他在自撰年谱中记崇祯十七年（1644 年）任兵科给事中上书时慨叹："予在言路，不过五十日，章无虑三十上。多触时之言，时人见嫉如仇。及予归而政益异。木瓜盈路，小人成群，海内无智愚皆知颠覆不远矣。"不久崇祯自缢，清兵入关，投降变节者极多。弘光南京监国，子龙为一线复国希望所鼓舞，但小人秉政，互相倾轧，大敌当前，置艰危于不顾，于是仅有的一线希望瞬即云烟。其幽怨悱恻之情，报国无路之感，每见于诗词，尤以词为凄怨。尤其徐石麟、刘宗周、祁彪佳、夏允彝先后殉难，其幽愤怨郁，有决一死之势（见《皇明殉节吏部尚书虞求徐公行状》，陈集卷二十九）。他在《报夏考功书》写道："嗟乎，世事如此，亦孔亟矣。乃处累卵之危，而愤眦睚之怨，忘门庭之寇，而仇同室之人，不知此辈何恨于国，必欲空其善类，而

大命随之。"(陈集卷二十七)就子龙个人的遭遇说,五岁丧母,十九岁丧父,与祖母相依为命,形单影只,门衰族薄。"弱年孤露,心多伤悼,遇物缠绵。"(《宋存楠题辞》,年谱意同,陈集卷首)又由于学养的关系,在封建社会中是容易形成孤怀幽思的个性的。故发而为诗,雄丽而慷慨苍凉;发而为词,婉丽而幽怨悱恻。他在《采莲赋序》说:"余植性幽单,悬怀倩丽,芳心偶触,怃然万端。……虽渥态闲情,畅歌绰舞,未足方其澹荡,破此孤贞矣。"(陈集卷一)可见,子龙的这种性格特点和遭遇,对他的词学主怨刺是很有影响的。

第三节 警露含蓄、柔婉沉至的艺术特征论

前面我们从诗词的共同规律和共同性来分析陈子龙的词学思想及其创作实践。"词为诗馀,源流既分,不可复合"而"要其术则一"(朱彝尊语)。但是,词有自己不同于诗的规律与风格特点,即"本色当行"。陈子龙对此颇为强调。他严格地把诗和词分开,他的诗雄丽悲壮,他的词柔丽深婉,这是前面已经说过的。也正因为他的诗词有这样明显的区别,所以向来认为他是和褚遂良、宋璟一样,高风亮节,铁石心肠,但这无妨于词的婉丽:

> 陈大樽文高两汉,诗轶三唐,苍劲之气,与节又相符。乃湘真一集,风流婉丽如此。传称河南(褚遂良)亮节,作字不胜绮罗;广平(宋璟)铁心,《梅花赋》偏工清艳。于黄门益信。(《历代诗馀》卷一二〇引《兰皋集》。下引注"同前")

与《古今词话》同,而《古今词话》清艳则作柔艳。清,重在意境,所谓词境清深;柔,多指体制,所谓柔靡其体。合而论湘真词,更能看出它的特色,即深婉柔丽。他学《花间》也是从词的体制考虑的,从词的本色当行考虑的。他不用与自己诗风相近的豪放一路慢词来抒写家国之感,而托诸香草美人、劳人思妇,故其词幽约缠绵,寄慨深远,形成了很具特色的深婉柔丽的词风。他论词也注重体制的特殊性,从而引发出其他有关的论点。他谈到词设色难的时候说:

其为体也纤弱,所谓明珠翠羽,犹嫌其重,何况龙鸾?必有鲜妍之姿,而不藉粉泽,则设色难也。(《王介人诗馀序》,见《安雅堂稿》卷二)

诗庄词靡(媚),靡即绮靡,这里的纤弱属之。王世贞曰:"《金荃》《兰畹》盖皆取其香而弱也。"(《弇州山人词评》)绮靡虽不尽括一切词的风格,但与诗比较,却又不能不承认词为绮靡之体,绮靡乃词的本色。陆机《文赋》说:"诗缘情而绮靡。"移之于词,所论可云剀切。子龙认为词体纤弱,弱即柔,正是词的绮靡柔丽的一种说法。其审美属性应系阴柔之美。入明中叶,陈霆就已批评当时的词坛说:"我朝文人才士,鲜工南词(按:与北曲对方)。……求所谓清便流丽,绮靡蕴藉,不可多见。"(《渚山堂词话》卷三)可知以"绮靡"一词来说明词的阴柔美,在子龙之前已有明证。子龙之后,清末谢章铤也主此说。他说:"漫衍绮靡,词之正宗,安能尽以铁板铜琶相律。"(《赌棋山庄词话》卷三)因此,绮靡作为词的特性的表述,是应该重视的。盖"绮靡"一词,前章已阐释,虽有浮靡绮艳的一面,但亦有"精妙之言"乃至"托物兴寄,婉而多思"的一面。义训不同,运用亦殊。所以陈子龙序柳如是《戊寅草》:"后之作者,或短于言情之绮靡,或浅予咏物之窅昧。"(陈寅恪《柳如是别传》引)稼轩词虽苍凉悲壮,龙腾虎掷,而豪宕中犹见柔婉。"罗帐灯昏,暗咽梦中语,是他春带愁来,却不解带将愁去。"(《祝英台近·晚春》)"温柔缠绵"(唐圭璋《唐宋词简释》该词释),"托兴深切"(谭评《词辨》)。又"倩谁人唤取,红巾翠袖,揾英雄泪"(《水龙吟·登建康赏心亭》)。"旧恨春江流不断,新恨云山千叠,料得明朝,尊前重见,镜里花难折。"(《念奴娇·书东流村壁》)稼轩作为豪放派词人,其名作犹沉郁豪宕中柔婉如此,显然这是由词体的"纤弱"本色特点所规定的。稼轩词植根于本色而开拓于豪放。稼轩词尚如此,更不用说贺东山、周美成、晏几道、秦少游和李易安了。《花间》的婉丽轻绮又是子龙所模取,秦少游的深婉也是他所效法。我们看前人对子龙湘真词的摘评吧:

明季词家竞起,妙丽惟《湘真》一集,《江蓠槛》诸集。如咏斜阳则云:"弄晴催薄暮。"咏黄昏则云:"青灯冷,碧纱烟尽,半晌愁难定。"咏五更则云:"愁时如梦梦时愁,角声吹到小红楼。"咏杏花则云:"微寒著处不胜娇,一番弄雨花梢。"咏落花云:"玉轮碾平芳草,半面恼红妆。"咏春闺云:"几度春风人意恼,深深院落芳心小。"咏艳情则云:"难去,难去,门外尺深花雨。"皆黄门意到之句。(《梅墩词话》)

《历代诗馀》与《梅墩词话》同。这些无疑是子龙的轻绮婉丽之作,表现了词体的"明珠翠羽"的"纤弱",而词的"措思微茫,俯仰深至"(《佩月堂诗稿序》,陈集卷二十五)的内容则又酝涵于词体之中。换句话说,"纤弱"之体寄以深挚之情、沉顿之思。因此,子龙又说:"情深于柔靡,婉娈之趣合。"(《三子诗馀序》)《梅墩词话》所谓"黄门意到之句"是就这方面的特点说的。如《浣溪沙·五更》:"愁时如梦梦时愁,角声初到小红楼。"愁时之梦,梦固凄迷,梦时之愁,愁也难遣,何况凄清的角声又到红楼的愁边梦境。朦胧宕折,使人兴怀,非深于思而寄体轻倩者(即子龙所谓"纤弱"其体)不办。所以王士祯评云:"本色当行。"(《诗集》卷十八)诚然以"纤弱"命词体,容易误会。又如《谒金门·五月雨》咏斜阳:"忽见西楼花影露,弄晴催薄暮。"斜阳弄晴,即"夕阳无限好"意,著一"弄"字、"催"字,于疏疏微雨外,倏忽暮色苍茫了,斜阳之神乃见,令人无以为怀。这又是词体"纤弱",思深意到之境。又如"微寒著处不胜娇,一番弄雨花梢",写五更杏花著雨娇艳无比,真所谓生香真色,"不藉粉泽"。言"微寒""弄雨",似有寄托。如顾璟芳评他的《念奴娇·春雪咏兰》云:"此大樽之香草美人怀也,读湘真阁词,俱作如是想。"(《陈子龙诗集》卷十八该词评语)此词也应作如是想,而且同为"警露"。

至于说到"纤弱"柔靡的词体,寄以深至之情,沉顿之思,即前所谓"措思微茫,俯仰深至"者。这里有一个形式与内容的关系问题,和寄寓深浅的问题。陈子龙认为形式体制是为前人所积传下来的,无须独造,只要正确继承,从而娴熟而运用之,便可进行创作。而属于内容范畴的因素,却须作者独造。诗文如此,词也一样,所以他说:

既生于古人之后,其体格之雅,音调之美,此前哲之所已备,无可独造者也。至于色彩之有鲜萎,丰姿之有妍拙,寄寓之有浅深,此天致人工,各不相借者也。譬之美女焉,其托心于窈窕,流媚于盼倩

者，虽南威不假颜于夷光，各有动人之处耳。(《仿佛楼诗序》，陈集卷二十五)

就词言，词调、词谱、词律自五代以来，体制已备，后来如姜夔、吴文英等所创新调都是就流行的词调加以变化而成的，三犯、四犯即其例。即使创调如姜夔的《暗香》《疏影》，吴文英的《霜花腴》，也是依乐创制。所以"体格之雅，音调之美，前哲已备"，无须独造。这从词调、词律、词谱的历史完成说，无疑是正确的，同时也是为明人好创新调而庸音芜累而发的。子龙学《花间》，是为了在词的格调音律方面确定楷式，从而黜庸音。可见子龙的这种主张是有时代意义的。另外，子龙要求词应有独创性，即词的色彩丰姿，自然妙会，突出地体现艺术个性。简言之，子龙要求词的内容的独创性与形式的传统完美性的统一。子龙谈到文学创作的"情"时，也体现这种思想：

> 情以独至为真，文以范古为美。(《佩月堂诗稿序》，陈集卷二十五)

子龙既学《花间》，《花间》婉丽，音雅体正。他提出"纤弱"这个论点，诚然是从《花间》得出来的，也是他从事小令创作中体会出来的。它的历史意义固然不可忽视，即从内容的独创性与形式的传统完美性的统一去理解，词体"纤弱"也更有理论意义，所谓"色彩""丰姿"，应该从这个理论原则出发才能得到本质的认识。至于寄寓，无疑是陈子龙词学思想中重要的论点，它既体现在词学理论上也体现在词的创作实践上。他的词的深婉，体现了深刻的寄寓，所谓"香草美人怀也"。他说：

> 夫风骚之旨，皆本言情。言情之作，必托于闺襜之际。(《三子诗馀序》)

寄情于香草美人，托意于闺襜儿女，"温厚之篇，含蓄之旨。"(《三子诗馀序》)能够达到这个寄寓的境界，家国身世之感，自然深致，寄寓的独创性也就愈强。后来蕙风倡以"即性灵即寄托"(《蕙风词话》)之论，其理论意义也即在此。我们看湘真词，如《念奴娇·春雪咏兰》："嫣然出谷，只愁又听啼鴂。"结拍："洛滨江上，寻芳再望佳节。"李葵生云："全首忠厚，在末句看出。"(《陈子龙诗集》卷十八评该词）子龙及第后再度隐退，其寄寓之深可知，从"再望佳节"逗出。又《江城子》病起过片："楚宫吴苑草茸茸，恋芳丛，绕游蜂，料得来年相见画屏中。人自伤心花自笑，凭燕子，骂东风。"陈寅恪先生引陆游《钗头凤》"东风恶，欢情薄"，以证"东风"为恶势力，所以骂之（《柳如是别传》）。兴亡之感，寄诸游蜂，辞婉而思深。又《天仙子·春恨》后片："强将此恨问花枝，嫣红积，莺如织，我泪未弹花泪滴。"写春恨而联系到北望故国，如春水的东流，兴亡之慨甚大；而作者委婉其言，隐约其意，含蓄深厚，又极柔靡之致。我们把这些词合前面所举的《二郎神·清明感旧》《柳梢青·春望》，不难理解，子龙词的寄寓，全出自他的忠厚的性情，出自爱国爱民族的气质。在湘真阁词中，据陈寅恪先生的考证（见《柳如是别传》第三章），不少是为柳如是情恋而作。然大抵以兴衰之感托诸闺襜，即如和秦少游《满庭芳》结拍云："莫过是，怨花伤柳，一样怕黄昏。"虽是写儿女离情，而其伤怨，不无时代的因素和性格气质的因素，令人感到一股忠贞之气，流衍于柔靡、婉变、妙丽的词境中。他的词的寄寓，体现了他的"风骚之旨""必托于闺襜之际"的理论，是况周颐的"即性灵即寄托"论点的很好例证。在词史上，有这么一说（见《词林纪事》序），认为儿女闺襜，情之所钟，金石为开，往往见其一生大节的端倪，即近而知远，即微而知显，前时之儿女缠绵悱恻，后来或体国忠悃，终成义烈，从而以真挚奇伟之情，感动后世。所以晚清林纾的老师谢章铤极力表彰斯义。他说："今日之深情款款者（按：指儿女之情），必异日之大节磊磊者也。"(《眠琴小筑词序》）历史上不乏其例。而陈子龙可谓典型了。所以以其创造性而独标。

其次，子龙谈到词的创作用意难的时候说：

  盖以沉挚之思，而出之必浅近，使读者骤遇之，如在耳目之前，诵之而得隽永之趣，则用意难也。(《三子诗馀序》)

"以沉挚之思，而出之必浅近"。这正如刘熙载后来说的"寄深于浅"（《艺概·词曲概》），浅而不深则浅露而无隽永之趣。深和浅是辩证统一的。所以，"如在耳目之前"，即以浅近的语言描绘出具体生动而亲切的艺术形象,梅圣俞所谓"状难写之景如在目前"。"隽永之趣",即形象之外寄意无穷所体现的那种审美兴趣,梅圣俞所谓"含不尽之意寄于言外"。这种语浅而思深的艺术特点,词的要求尤为强烈。所以《词洁》云:"浅而不露";"字外盘旋,句中含吐,小词的能事毕矣"。又《词苑萃编》卷二引顾宋梅论小令语云:"澹而艳,浅而深,近而远,方是胜场。"这些理论都和子龙"读之如在耳目之前,诵之而得隽永之趣"基本一致。前者归于自然,后者则在于含蓄。所谓"刻镂至巧,而若出自然;警露已深,而意含未尽"(《三子诗馀序》)。这都可以说是寄深于浅所达到的"极炼如不炼"(《艺概·词曲概》)、自然含蓄的词境。如姜白石《少年游·戏平甫》:"别母情怀,随郎滋味,桃叶渡江时。"语浅而意深,写主人公的心理矛盾,极为深刻。吴梦窗(文英)《玉楼春》后片:"归来困顿滞春眠,犹梦婆娑斜趁拍。"以浅近的描写,"深具意态"地(杨慎《词品》)刻画出舞女的心理状态。辛稼轩《水龙吟·赋琵琶》:"推手含情还却手,一抹梁州哀彻。"一推一却又一抹,把弹琵琶者的情态写尽,而浅中含深,繁华俱竭,哀思难任。杨慎《词品》以为:"朱希真(敦儒)《西江月》两首,词浅意深,可以警世,役役于非望之福者。"更可以看出"寄深于浅"的沉挚之思、隽永之趣。如"世事短如春梦,人情薄似秋云。不须计较苦劳心,万事原来有命"。又"日日深杯酒满,朝朝小圃花开。自歌自舞自开怀,且喜无拘无碍"(《全宋词》)。以浅近的语言道出深刻的人生哲理,摆脱名利的纠缠,一任其性之所适,洵有东坡的超逸。但是俗露非浅,柳永的一些词,如《草堂》所选"愿奶奶、兰心蕙性",既无沉挚之思,体情又不雅,虽浅近却至于鄙俗了。应该指出,"以沉挚之思,出之必浅近",还包括了谚语、常语之类。在陈子龙之前,王世贞做了较好的说明,可与子龙之论互证。弇州改为"斜阳只送平波远""是淡语之有致者"。斜阳送波,澹荡迷离,予怀渺渺了。写离情构思沉挚,所以有致,读之余味隽永。又认为"地卑山近,衣润费炉烟",是淡语之有景者,且景从"费"字生出,困处山城的幽怨隐然如见。又认为"平芜尽处是青山,行人更在青山外","此淡语之有情者"。盖层迭有致,体现了羁人逐客之怨思。又认为"断送一生憔悴,能消几个黄昏","此恒语之有情者"(均见《弇州山人词评》)。王世贞就情、景、致各个方面,说明淡语、常语所表现的沉挚之思,且认为"淡语、恒语、浅语极不易工"(《弇州山人词评》),这是很可启迪读者的。取与子龙论浅近相互阐发，也是极为适宜的。子龙也实践了他的"浅近"之论。湘真词也善"寄深于浅"，在玲珑透剔的形象中寄以深远之意，含蓄不尽，而趣味隽永。如前引《梅墩词话》载《诉衷情·春游》："玉轮碾平芳草，半面恼红妆。"以拟人写落花对春游美女的恼乱，反衬出美女娇艳无比，情景相生，亦词人之掩抑耶！又如《如梦令》："如梦如梦，满地落花催送。"邹袛谟以为"意深而怆"，又在耳目之前。又《小重山·忆旧》："芳草思悠悠，空花飞不尽，覆芳洲。"眼前之景，浅近之言，而"凄恻徘徊"（胡允瑗语）；兴亡之感无端，于"临春非复旧妆楼"见出。让我们再看一阕《蝶恋花》吧：

才与五更春梦别，半醒帘栊，偷照人清切。检点凤鞋交半折，泪痕落镜红明灭。　　枝上流莺啼不绝，故脘馀绵，忍耐寒时节。慵把玉钗轻绾结，恁移花影窗前没。（《诗集》卷十八）

词写料峭早起，百无聊赖，忍寒慵绾，花影恁移；又凤鞋半折，一夜辗转反侧，幽思绵绵，极哀怨之至。言"偷照人清切"，言"泪痕落镜红明灭"，有元稹"感破镜之分明，睹泪痕之馀血"意（《才调集》卷五元稹《古决绝词》），读之凄然！陈寅恪先生认为"卧子造语曲尽其妙""非庸手所能及"（《柳如是别传》第三章该词评）。所谓"曲尽其妙"，即于浅近的语言中使形象透彻玲珑，逼真地写出性格，而又意兴迷茫，似有寄托。像这样"以沉挚之思，出之必浅近"，湘真词为数不少，这些词无浅浮之弊，却有远而不尽之美，故意趣往往隽永不涉俗。宋徵璧《抱真堂诗话》引子龙语曰："诗馀如'无处说相思，背面秋千下（按：李商隐《无题》诗："十五泣春风，背面秋千下。"）其后晏几道用以写词一词，平生竭力摹拟，竟不能到。'有味其言也。"笔者认为，这个例子正是子龙生平学词，出言浅近，而思深趣永的例证。"无处"两句，是晏几道《山查子》词的结拍。写相思之苦，偏在秋千之下。而秋千者，使人回想当日荡秋千的欢情，其相思之苦自然更加厉害！含蓄深远，较之吴文英的"黄蜂频扑秋千索，有当时纤手香凝"尤隽永自然。

陈子龙又在谈到词的创作命篇难的时候说：

其为境也婉媚，虽以警露取妍，实贵含蓄不尽，时在低回唱叹之

际，则命篇难也。(《王介人诗馀序》)

词贵含蓄蕴藉，令人低回唱叹。姜白石云："语贵含蓄。……句中有馀味，篇中有馀意，善之善者也。"(《诗说》) 这和论词是相通的。含蓄蕴藉成为词的基本特点之一。虽豪放悲慨之作，成功者不能外此。词虽以警露取妍，秀丽为尚，但主要是就形象而言。警露颖秀则姿态妍媚，形象标举，但若无蕴藉含蓄，言尽意尽，则无隽永之味，这样的词境是子龙所不取的。所以子龙又强调说："警露已深而含蓄未尽。"(《三子诗馀序》) 诚然词能蕴藉含蓄又能警露妍丽，二者高度统一，则得词家三昧。但显然警露取妍并非直露，其中如词眼、警策之处，只取秀颖，"神光凝聚"(《艺概·词曲概》)，自然还有其朦胧宕折、惝恍迷离之美，与含蓄蕴藉相一致。刘永济先生论隐秀，认为："文家言外之旨，往往即在文中警策处。读者逆志亦即从此处而入。盖隐处即秀处也。"(《文心雕龙校释》卷下《隐秀》) 所以警露取妍与蕴藉含蓄是统一的。词贵蕴藉含蓄，贵在意余于辞，贵在有寄托。词有寄托，言外自然高妙；意余于辞，则意味隽永，神韵悠远。即使概括典事，也要具这些特点。东坡《永遇乐》之用关盼盼事，白石《疏影》用昭君、寿阳公主和陈皇后等典事，经过并列结构，相互发生，皆有意余不尽、悠然远韵之妙。所以沈祥龙说："含蓄无穷，词之要诀。含蓄者，意不浅露，语不穷尽，句中有馀味，篇中有馀意，其妙不过寄言而已。"(《论词随笔》) 所谓寄言即指寄深于浅之类，与白石论含蓄同，二家足可阐明陈子龙的警露含蓄的统一说。这个统一在湘真词中也有所体现，如《虞美人·有感》结拍："梦中楼阁水沉沉，撒下一天星露满江南。"警露中见惝恍迷离，而"意在题外"(李葵生评该词语，《陈子龙诗集》卷十八)。江南凄寂，感慨甚深。我们又看他的《少年游·春情》：

> 满庭霜露浸花明，携手月中行。玉枕寒深，冰绡香浅，无计与多情。奈他先滴离时泪，禁得梦难成。半晌欢娱，几分憔悴，重叠到三更。

露清花明，携手步月，语甚警露，而境则朦胧清幽。"玉枕"两句，为一折宕，情好不永，即将离别。过片"奈他"两句写离别，又一折宕。"半响"三句写欢娱的回忆和别后憔悴,愁绪难遣,又一折宕。词愈折宕意愈深,所以寄兴无端。邹祗谟又评云:"词不极情者,未能臻妙如此,朦胧宕折,应称独绝。"

词的蕴藉含蓄是和所咏之物不即不离不粘不脱的神似分不开的。只有这样才可能意深而远,有余不尽,使读者因想象和联想,兴感无穷。即使警露取妍亦得其神光凝聚之机,达到神似之境。苏东坡《水龙吟》的咏杨花,史邦卿《双双燕》的咏燕,姜白石《齐天乐》的咏蟋蟀,以及唐玉潜《水龙吟》的咏白莲,王碧山《齐天乐》的咏蝉,张玉田《南浦》的咏春水,这些都是众所周知的不粘不脱、取其神似之作,其共同特点是含蓄蕴藉,寄托深微,而警露取妍,形象生动。湘真词中咏落叶、咏游丝、咏萤、咏雨、咏杨花,亦同具这些特点。如咏杨花有两阕,一为《忆秦娥》,一为《浣溪沙》,同是一片浑成,不着杨花之迹而神态宛在,寄意无穷。《浣溪沙》:"淡日滚残花影下,软风吹送玉楼西,天涯心事少人知。"王士禛认为"不著形相,咏物神境"(《陈子龙诗集》卷十八该词评)。我们看《忆秦娥·杨花》:

> 春漠漠,香云吹断红文幕。红文幕,一帘残梦,任他漂泊。轻狂无奈东风恶,蜂黄蝶粉同零落。同零落,满地萍水,夕阳楼阁。

前片写杨花的飞扬,岂奈其漂泊,然则残梦更令人感伤;后片写杨花入水化萍,众芳零落殆尽,残春无可挽回。夕阳楼阁,满池萍水,无限凄感,是情景交融的艺术境界。所以邹祗谟评云:"情景并入三昧。此比之画家,神品,不应于句字求之。"

陈子龙从用意难、设色难、命篇难和铸词难四个方面说明宋人词所体现的四个特点(《历代诗馀》卷一八引子龙语),把词与"言理而不言情"的宋诗严加区别。宋人"触景皆会",故"其所造独工"。这从词的特殊规律,即本色当行说是正确的,也是不难理解的。我们略加分析了前三者,这是因为前三者涉及意境论的本质。至于"铸词难"的论述,颇为具体,这里就存而不论了。就前三者的初步分析,我们看到陈子龙的词学思想是重诗词的区别,虽然诗词"要其术则一",有共同的规律。最后让我们引《三子诗馀序》作为本文的结束语:

第四章 陈子龙"警露取妍，意含不尽"的词学思想

> 诗馀始于唐末，而婉畅秾逸，极于北宋。然斯时也，并律诗亦亡。是则诗馀者，非独庄士之所当疾，抑亦风人之所宜戒也。然亦有不可废者。夫风骚之旨，皆本言情。言情之作，必托于闺襜之际。代有新声，而想穷拟议，于是以温厚之篇，含蓄之旨，未足以写哀而宣志也。思极于追琢，而纤刻之辞来。情深于柔靡，而婉娈之趣合。志溺于燕婧，而妍绮之境出。态趋于荡逸，而流畅之调生。是以镂裁至巧，而若出自然。警露已深，而意含未尽。虽曰小道，工之实难。不然何以世之才人，每濡首而不辞也。（《安雅堂稿》卷二）

陈子龙的词作及其词学思想，对后世有着深远的影响。清初诸家词的小令能造婉妙之境是和陈子龙极力维护词的本色特点不无关系；陈子龙诚为清代词学复兴的先导。前所引诸家对子龙的评论固不待言，即稍后的朱彝尊论词主醇雅，强调"假闺房儿女之言，通之于《离骚》，变雅之义"（《红盐词序》），"别有凄然言外者"（《乐府补题序》），这些论点和陈子龙的《三子诗馀序》等的论点都是有直接或间接的关系，如"言情之作，必托于闺襜之际"，而且要达"风骚之旨"。尤须指出的是，清初陈子龙的著作是被禁毁的。至乾隆朝始谥"忠裕"，且印行《陈忠裕公集》，而康熙四十六年（公元707年）御选《历代诗馀》附《词话》却辑其论词之语。可见其影响之深。直至清末，冯煦著《蒿庵论词》、王国维著《人间词话》犹推崇黄门，如把陈子龙的《王介人诗馀序》的基本议论看成是词的特征和词之所以胜所以盛的规律性予以揭示。冯煦写道："陈子龙曰：'以沉挚之思必出之浅近'云云，未尝专属一人，而求诸两宋，惟片玉（周邦彦词集）、梅溪（史达祖）足以备之。周之胜史，则又在浑之一字。词至于浑，无可复进矣。"王国维写道："善乎陈卧子之言曰：'宋人不知诗而强作诗，故终宋之世无诗焉。然其欢愉愁怨之致，动于中而不能抑者，类发于诗馀，故其所造独工'。五代词所以独胜，亦以此也。"（《人间词话》五三）这些都是有文字可证的影响，至于风气精神的影响，则有待词论家去探索了。

第五章　朱彝尊论词的醇雅

第一节　明代词学衰微和作者

词盛于两宋，至明永乐始衰。永乐以前，虞集（伯生）、张翥（蜕岩）、刘基（伯温）、高启（季迪）、杨基（孟载）大抵归于雅正。永乐以后，两宋名家不显于世，虞、张、刘、高、杨之风邈然，惟《花间集》《草堂诗馀》盛行于时，而只学其花草闲题，簸批风月，庸俗淫滥之作成为当时词坛上难以挽回的狂澜。① 嘉靖年间，有识者已呼吁。如王世贞云：“《花间》以小语致巧，《世说》靡也；《草堂》以丽字取妍，六朝隃也”，"（词）其柔靡而近俗"。（《弇州山人词评》）弇州（世贞）评《花间》《草堂》的妍靡，其实是针对当时词坛的流弊而发的。如瞿佑风情逸丽，而"多假红倚绿之语，为时传诵"（钱谦益《列朝诗集小传》乙集"瞿长史佑"）。又如卓人月（珂月），所编《词统》"大有廓清之力"（王士禛《花草蒙拾》），而自为词则"格调尖新，语言儇侧，极词家之变态"（《明词综》卷四"卓发之"评引王士禛评卓人月语，词话丛编本《蒙拾》无此语），"于宋人蕴藉处不无快意欲尽之病"（《明词综》卷六引王言近评卓人月语）。至如马洪（浩澜）皓首韦布，不得志于时，虽誉满东南，而《花影》一集，锦心绣口，故作春容，殊无寄慨，与身世不相符称，如《满庭芳·咏落花》："分明似，身轻飞燕扶下碧云台"，丽而非则了。故多"陈言秽语，俗气薰人骨髓"（《词综发凡》），庸滥不可卒读。同时明代戏曲盛行，词人所受影响，每倚声填词，往往羼入曲调；又好自制曲，既非白石梦窗，往往不律，雅正之音遂亡。王元美（世贞）、杨用修（慎）一代学人，犹不免此弊，其他就不用说了。正如竹垞（朱

---

① 《明词综》卷八评张杞云："西蜀南唐而下，独开北宋之垒，又转为南宋之派。《花间》致语几尽矣。黄陂张迁公起而全和之，使人不流于淫滥之句，谓非大力欤？"赓和《花间》并不一定是好词，而庸滥之句大有见于当时，故为发之，不无矫弊之意。

彝尊号）所总结："夫词自宋元以后，明三百年无擅长者。排之以硬语，多与调乖，窜之以新腔，难以谱合。……至于崇祯之末，始具其体。"（《水村琴趣序》，《曝书亭集》卷四十，后引此书均称全集）诚然，三百年间不无深婉娴雅之作，如张綎、高濂、陈继儒、俞彦等，但是这些人毕竟为数极少，不能振起式微。晚明词学有振起之势。如吴骐、沈谦、王翃、曹尔堪、夏完淳，多写家国之恨，含清刚于婀娜，有变《雅》《离骚》之遗则。或幽折绵邈，或风流婉丽，而以陈子龙《湘真》一集感慨凄恻，成就最大，影响也最大。正如王士祯云："《湘真集》一刻晚年所作，寄意更绵邈凄恻。"（《花草蒙拾》）柴虎臣所谓"华亭肠断，宋玉魂销"，称之妙合。但只长于短制，而"长篇不足"，故影响只限于小令。清初小令成就高，是和湘真分不开的，而时代离乱也起了决定性的作用。详见本书第四章。但是正如竹垞所评："华亭陈先生子龙倡为华缛之体，海内称焉。二十年乡曲效之者往往模其形似而遗其神明。"（《钱舍人诗序》，全集卷三十七）同时由于王士祯、邹祗谟诸人选《倚声集》，明代靡丽之风借以蔓延，这又是清初词坛的一种不健康的倾向。况周颐说："词格之纤靡实始于康熙中，《倚声》一集有以启之，集中所录小慧侧艳之词十居八九。"（《蕙风词话》卷五）蕙风所论，虽忽视有明一代靡丽侧艳的传统，《倚声集》未尝不起推波助澜的作用。尤侗当时总结词坛的情况说："近日词家，爰写闺襜，易流于昵；蹈扬湖海，动涉叫嚣，二者交病。"（《国朝词综》卷一"曹尔堪"，下引略）流于昵，则侧媚纤弱，浮靡伤格；流于嚣，则粗率浅陋，狂怪伤气。二者都不免俚俗庸滥。旧律既疏，新调舛误，可见浙派之兴起是历史之必然。浙派倡醇雅之说，比兴之论，宗白石而祧玉田，主清空，这在某种意义上是可以克服淫靡、叫嚣两种倾向而堵塞庸滥的。于此，作为浙派倡导者朱彝尊无论在理论和创作上都做出了贡献。

朱彝尊（1629—1709年），字锡鬯，号竹垞，晚号小长芦钓师，又号金风亭长。浙江秀水（嘉兴）人。曾祖朱国祚，于明为大学士、赠太傅，继父朱茂晖官中书舍人，为复社成员。彝尊小时家道中落，甲申（1644年）明亡，年十六岁，次年赘于归安教谕冯鼎家。顺治二年（1645年）清兵进浙江，彝尊出走，一度参加抗清事，几罹祸。顺治十三年（1656年）入广东布政使曹溶幕，康熙三年（1664年）入曹溶山西兵部幕，后又入龚桂育幕。康熙十八年（1671年）应博学鸿儒试，授检讨，参与修

《明史》，后出任江南乡试主考。康熙二十二年（1687年）入值南书房。康熙三十一年（1692年），因"私录禁书"罢官，回乡至去世。朱彝尊博学多才艺，著述甚丰。有《曝书亭集》，收入词集多种，后汇为《曝书亭集词》，李富孙为之注；选词有《词综》。词开浙西派先河，朱祖谋有"宗派浙江先"之语。陈廷焯评其词云："《江湖载酒集》（词集的分集，下同）洒落有致，《茶烟阁体物集》，织组甚工"，"《静志居琴趣》一卷，生香真色，得未曾有"。又云："竹垞词疏中有密，独出冠时，微少沉厚之义。"（均见《白雨斋词话》卷三）

第二节 论词的基本特征

朱彝尊为了提高词的地位，为了尊词体，改革词风的庸滥，虽有所偏，而首先提出比兴，溯源《离骚》变《雅》，力斥《草堂诗馀》而归于醇雅。这无疑是从总体理论和创作方向上力图克服明代清初词坛上的流弊的。他在《陈纬云〈红盐词〉序》写道：

> 词虽小技，昔者通儒巨公往往为之。盖有诗所难言者，委曲倚之于声，其辞愈微而其旨益远。善言词者，假闺房儿女之言，通之于《离骚》变《雅》之义。此尤不得志于时者所宜寄情焉耳。（《曝书亭集》卷四十，下引简称"全集"）

这里指明，词的特征有三个。

（1）"委曲倚之于声"，强调词的声律的重要性。这是防范词的庸音杂调。浙派词家，以竹垞为例，他对词的声律是很讲究的。如《洞仙歌》十七首组词，用去声字最响，最有旋律感。"起折赠黄梅、镜奁边，但流涕无言，断魂谁省。"镜、但、断都用去声。又"待和了封题、寄还伊，怕密驿沉浮，见时低说。"待、寄、怕、见都用去声，皆具转折跌宕的声律美。又如《台城路·辽后洗妆楼》，若依白石四个去上为准，则"揉蓝片水""春城几番士女""回心院子""焚椒寻蠹纸"的"片水""士女""院子""蠹纸"即是。盖用四个去上，最具扬抑之致。他评宋仲牧词说："至为长短句，虚怀讨论，一字未安，辄历翻古人体制，按其声之清浊，必尽善乃已。"（《宋院判词序》，全集卷四十）而他所理想的文艺生活是

"三弦之筝,双鬟之伎,相与按四声二十八调于酒边花下"(《蒋少京梧月词序》,全集卷四十),可见竹垞于己于人,咸求严格的声律,音声必求委曲,不只是音律所表现的委曲转折,抑扬顿挫,而且又是为了表现"诗之难言"的情思的。众所周知,诗与词所表达的情思和描写的物象,以及由二者所构成的意境是不同的。欧阳修的词和他的诗区别很大。他的词多写诗难以表达也不便表达的幽折绵邈的情思和俊秀的意境,而且多以儿女风情出之。他的《蝶恋花》"庭院深深深几许"阕,托闺情以写作者政治上的失志,是极为幽深层折的。所以竹垞提出声情一致的论点。这是很值得重视的,是对明以来声情分离、不讲词的音律特征的一种针砭。

(2)"辞愈微而其旨益远"。这固然是继承了传统志远辞微①的一种说法,但就词为小技的特征来要求,辞愈微婉而所指则愈远,言益浅近而思致则弥深。词要求作者描写细微的生活感受,体现深远的情思和意旨,因微见著,即小见大,在微婉的言辞之中表现重大社会人生主题。因此词的抒情典型化自见比兴的特点,和诗有所不同。白石"乘肩小女"(《鹧鸪天·观灯》);花月皆悲,稼轩"斜阳烟柳"(《摸鱼儿·暮春》),触景都愁。忧生忧世均寄慨于微婉的生活细节的描写上。

(3)竹垞认为"善言词者,假闺房儿女之言,通之于《离骚》变《雅》之义。"前章说了,这显然受陈子龙词学思想的影响,这就坚持了倚声填词的比兴之义。通过比兴,即小而见大,因近而致远,使言辞微婉的词体现旨远意深的思想内容,从而构成词的内部特征。如果说,描写闺房儿女的悲欢离合、生死变故而寄托社会人生、家国时事的重大意义,则能通乎《离骚》变《雅》。我们知道,《离骚》变《雅》不但揭露和批判社会政治的黑暗,而且表现作者的社会理想和高尚的品质和情操。在竹垞看来,词家能这样做,就不失其辞微旨远的词的内部特征,而且得尊其体,使词在各种语言艺术中,尤其是在抒情诗中有其崇高的地位,"高其墙宇"。除去这几个有关词的特征外,竹垞更强调词人的遭遇。他认为词的创作并不是那些在社会政治上志满意得、生活优裕的王公贵人所能成功的,而最宜于作词的是那些嵚崎历落穷愁潦倒之士。他们对社会人生感受最深,发而为词,自然有幽约要眇之音。竹垞这段文字所能体现的思想理论,和常州词派创始人张惠言精神上并无二致。张氏在《词选序》中说:

---

① 辞微也即言微、微言。《汉书·艺文志》:"孔子殁而微言绝。"

"言情造端,兴于微言。"即与"辞愈微而旨益远"的观点一致。"变《风》之义骚人之歌"即与"通之于《离骚》变《雅》之义"同,皆强调词通过比兴,通过作者的感受批判现实,表现作者的理想和品格。而"贤人君子幽约怨悱不能自言之情,低徊要眇以喻其致",则比竹垞"尤不得志于时者所宜寄情",为更深细入微地表述了作者对词的思想审美作用的理论思想。浙派和后来反对它的常州派某些理论上的一致,这说明词的共同特征。

比兴寄托,假闺房儿女之言通乎《离骚》、变《雅》之义,以抒词人不得志于时的怨愤,这个理论思想,竹垞在很多序跋论诗论词中屡次提及。这是一个基本的深刻的理论思想。这一方面,在竹垞看来,诗论也即词论,所谓诗词异流而同源,"其流既分,不可复合"而"要其术则一"(《紫云词序》,全集卷四十),有其共同的规律性在。他在《天愚山人诗集序》中说:

> 诗以言志。诵其诗可以知其志矣。顾有幽忧隐痛不能自明,漫托之风云月露,美人香草,以遣其无聊。(全集卷三十六)

在《乐府补题序》中又说:

> 诵其词,可以观志意所存。虽有山林友朋之娱,而身世之感,别有凄然言外者,其骚人《橘颂》之遗音乎?(全集卷三十六)

《乐府补题》系林景熙、唐珏、仇远、王沂孙、周密、张炎等人,通过咏蝉、咏白莲、咏莼、咏龙涎香等发南宋覆亡之哀思。竹垞所谓"凄然言外"者,如屈原写《橘颂》那样,有象征和寄托,谭献所谓"别有怀抱"。具体地说,比兴寄托,香草美人,发身世家国之感而别有凄然于言外者,这在某种程度上诗词是共通的。

朱彝尊的这个思想理论是有深刻的生活感受作为基础的。他五十岁(康熙十八年,1679年)入翰林之前,数奇坎坷,南北奔驰,东西流荡,过着凄苦的幕僚生活,是一个典型的落魄贫困的知识分子。

> 盖自十馀年来,南浮浈桂(按:广东)。东达汶济(山东),西

> 北极于汾晋云朔之间（山西）。其所交类皆幽忧失志之士。诵其歌诗，往往愤世嫉俗，多《离骚》变《雅》之体。（《王礼部诗序》，全集卷三十七）

幽忧失志，愤世嫉俗，发而为词则通乎《离骚》、变《雅》之音。这无疑是顺治、康熙初社会离乱民生痛苦给词人、给词坛带来的时代特点。即使富贵如纳兰性德，其所为词也蒙上幽忧哀怨的色彩，何况为生活驱使的朱彝尊。他既没有顾亭林西北营生的本领，也没有屈大均"走马射生"的倜傥，而"烦冤沉菀""合乎三闾大夫之志"则同（《九歌草堂诗集序》，全集卷三十六）。竹垞因此把自己的创作看成秋蝉候蛩。他在《与顾宁人书》说：

> 仆之于文，譬犹秋蝉候蛩，仅能远去秽浊，以自鸣其风露焉尔。（全集卷三十一）

又说：

> 予餬口四方，多与筝人酒徒相狎，情见乎词。后之览者，且以为快意之作，而孰知短衣尘垢，栖栖北风雨雪之间，其羁愁潦倒，未有甚于今日者邪！（《陈纬云〈红盐词〉序》，全集卷四十）

言辞哀痛，真实地反映了他的生活遭遇与创作。我们再看他的自我写照，如《百字令》题画像：

> 空自南走羊城，西穷雁塞，更东浮淄水。一刺怀中磨灭尽，回首风尘燕市。

可见在这个时期，竹垞的词学思想，重比兴寄托而通乎《离骚》、变《雅》之义，从而鸣其失志之情，是有极深刻的现实生活和创作依据的。因此竹垞要求作诗词者"必先缠绵悱恻于中，然后寄之吟咏，以宣其心志"（《陈叟诗集序》，全集卷三十八）。世路坎坷而后积缠绵悱恻于中，所谓"意在笔先"而后发之，以宣泄牢愁，这就是诗词创作根本的现实感受和感兴。

必须指出的是，一些论者认为竹垞论词前后异趋，不能持其一致之论，"它反映了特定历史时期的要求，是顺应社会政治形势之论"，是"回避社会矛盾远离斗争旋涡的遁词"（见《文学遗产》1981年第4期，55页）。论者所据是《紫云词序》："昌黎子曰：'欢愉之言难工，穷苦之言易好。'斯亦善言诗矣。至于词或不然，大都欢愉之辞，工者十九，而言愁苦者十一焉耳。故诗际兵戈傲扰流离琐尾，而作者愈工；词则宜于宴嬉逸乐，以歌咏太平。此学士大夫并存焉而不废也。"（《陈叟诗集序》，全集卷四十）寻绎词序，并非如论者所说，"顺应社会政治形势之论"，即"宜于宴嬉逸乐以歌咏太平"。竹垞词序立意一本韩愈《荆潭唱和诗序》。韩愈以愁苦之言"要妙""易好"来否定王公贵人酬唱淡薄之作。但为人作序，表面上的赞扬是必要的，不至得罪于主人。我们看序中"至于词或不然"，是假设之词，并非定论。赣南道是当日抵抗清兵最强烈，而民生也最凋敝的地区，栖迟于其地者，每多幽怨凄戾之音。紫云词作者丁雁水以巡察司佥事分巡其地。表面上看来，竹垞序其词用意是在兵戈偃息转而歌咏太平，而实有难言之隐，其思想实质仍然是前引的《红盐词》羁愁潦倒那番话。竹垞论词并无前后异趋，而论者未领会文意而轻加议论，如是而已。

第三节　醇雅论的建立

朱彝尊论词，在比兴寄托通乎《离骚》变《雅》的前提下提倡醇雅，在辞微旨远委曲倚之于声的基础上提倡醇雅，而且一本乎对现实生活缠绵悱恻于衷的深刻感受。"词以雅为尚。"（《乐府雅词跋》，全集四十二卷）竹垞在《词综》卷二十"陈允平"下引玉田语云："词欲雅而正，志之所之，一为物所役，则失其雅正之音"；"近代陈西麓所作，本制平正，亦有佳者"（《词源·杂论》）。可见其源流所自。诚然，竹垞主醇雅又和曹溶（秋岳）的倡导有关。他序曹溶的词集云：

忆壮日从先生南游岭表，西北至云中，酒阑灯灺，往往以小令慢词更迭唱和，有井水处，辄为银筝檀板所歌。念倚声虽小道，当其为之，必崇尔雅，斥淫哇，极其能事，则亦足以宣昭六义，鼓吹元音。

往者明三百祀，词学失传。先生搜集南宋遗集，尊曾表而出之。数十年来，浙西填词者，家白石而户玉田，春容大雅，风气之变，实由先生。（《静惕堂词序》，见《清名家词》）

可见竹垞论词的醇雅，一依玉田（张炎），一遵秋岳。竹垞提倡醇雅，从选编《词综》和词学评论及创作来阐扬其旨。竹垞对醇雅是作为艺术的基本要求，不只是风格要求来论说的。从艺术的基本要求归论到词。这就表现了他的醇雅论更有一般的基本的理论意义。他在《题李唐〈长夏江亭图〉》特别指出李唐的画法"古雅深厚"，因此为崇祯帝所激赏；认为朱熹"以穷理尽性之学出之，其文在诸家中为最醇雅"（《与李武曾论文书》，全集卷三十一）。这自然又是以性理之学养气的结果。至于以醇雅论诗，在《曝书亭集》的书信序跋中就更多了。和词学关系最密切的无过于《东甫诗钞序》，在这里值得一提：

悔人之诗，其初诵之或郁轖而不舒，徐而绎之，则温厚悱恻，皆合乎古人之椝矱，使浮薄之气不得接焉。（全集卷三十九）

郁轖不舒既然作为艺术特点出现，因此温厚为体，郁轖为用，统一起来而表达一种悱恻之情，自然浮薄之气不得接近。笔者认为这些理论是有见于明代以来的诗风而发，也关涉明代词风的。有明一代浮薄之气充乎诗坛词苑，形成了轻靡浮艳和粗犷叫嚣的两种偏向，因此当他评论如蒋景祁的词时，就指出："京少（景祁）所刻梧月词，凡二百四十阕，秾而不靡，直而不俚，婉曲而不晦，庶几可嗣古人之逸响。"（《蒋京少梧月词序》，全集卷四十）蒋景祁词，秾丽婉曲而归于深厚，是清初名家；而婉曲又是深厚的表现，正如郁轖是深厚的表现一样。钱芳标也是同一时期的诗人词家，诗词风格相去不远，同是情真而醇雅，所以竹垞也为之标举，并非单是朋友关系（钱氏参与《词综》的编选工作）。说他"其辞雅以醇，其志廉以洁，其言情也，绮丽而不佻，信夫情之挚而一本乎自得者欤！"（《钱舍人诗序》，全集卷三十七）竹垞认为醇雅是和感于中而发诸外时一种不可已的心理状态分不开的，也和务去陈言分不开。陈言非醇雅，亦非真。他认为："夫惟出乎不可已，故好色而不淫，怨悱而不乱。"（《与高念祖书》，全集三十一）那种不可已的心理状态，其情必真。情真自然不会超越它的界限，否则就不真了。竹垞风怀之作，幽怨之篇，所以不淫不乱者，以其真也。故其间醇雅。本于醇雅，竹垞对东坡即使是豪放的词也激赏其蕴藉。他在《词综》卷六引周辉评东坡的话说："岂无去国流离之思，殊觉哀而不伤。"如"故国神游，多情应是，笑我生华发"（《念奴娇·赤壁怀古》），即哀而不伤，其含蓄蕴藉如此。竹垞不说怨而不怒，却说怨而不乱，因为怨而至于怒者诚不可免，但总非含蓄蕴藉的醇雅之作，而乱则失情之真。竹垞认为，言情之作"易流于秽，此宋人选词多以雅为目。法秀道人语涪翁（黄庭坚）曰：'作艳词当坠犁舌地狱'"（《词综·发凡》）。这完全与玉田一致。玉田云："簸弄风月，陶写性情，词婉于诗……稍近乎情可也。若邻乎郑卫，与缠令何异也？"（《词源·赋情》）两家之论可互相发明，这是指内容的醇雅。以醇雅救明以来的庸滥，这就必须揭示明以来的优秀传统，并且以这种传统所体现的艺术特点充实醇雅的理论。竹垞评明初几位词家的词风说：

  明初作家，若杨孟载、高季迪、刘伯温辈，皆温雅芊丽，咀宫含商。（《词综·发凡》）

刘基以秾丽之笔写凄婉之情，杨基以聪慧之才，达俊逸之思，清丽温雅，"佳处并不模拟《花间》《草堂》"（吴梅《词学通论》明词"杨基"条）。所以明初诸家词格自尔不同而总归于雅。"咀宫含商"又是温雅的体现。王昶《明词综》"杨基"条引竹垞《静志居诗话》云："'芳草渐于歌馆密，落花偏向舞筵多'；'江浦荷花双鹭雨，驿亭杨柳一蝉风'，……填入《浣溪沙》皆绝妙好词。"其清新温雅可见。我们知道词致乎风流蕴藉是醇雅的一种表现。词至于醇雅必含蓄蕴藉，文采风流。我们看白石词如《庆宫春》（小序过长不录）"双桨莼波"阕、竹垞《高阳台》（小序过长不录）"桥影流虹"阕，就知道了。后阕后片云："重来已是朝云散，恨明珠佩冷，紫玉烟沉。前度桃花，依然开满江浔。钟情怕到相思路，盼长堤，草尽红心。动愁吟，碧落黄泉，两处难寻。"集诸神话传说和唐诗典事，写悼念少女相思至死的钟情，悱恻缠绵，哀艳不伤，一本诸雅正，合乎玉田词的赋情之论。竹垞评吴绮词说："吴薗次词，选调寓声，各有旨趣，其和平雅丽处，绝似陈西麓。"（《国朝词综》卷四引）吴绮小令学《花间》，得其妍丽，而温雅其体；长调学苏辛，有其豪宕刚劲之气,而归于和平温雅。吴梅认为"绝似陈西麓并非溢美"(《词学通论》"吴绮"条)。由这里看出,竹垞论醇雅并非排斥豪放词风。其实就所刻的《朱陈村词》看,竹垞与豪放的陈其年颇为融洽,二人的交谊也极厚重。

竹垞倡醇雅,又从历代所选雅词作为证明,从而力斥《草堂诗馀》。他引出曾慥的《乐府雅词》、鲖阳居士的《复雅》、周密的《绝妙好词》为之作序。他说:"曰群雅集,盖昔贤论词必出于雅。"(《群雅集序》,全集卷四十)他认为"得是篇,《草堂诗馀》可废矣"(《乐府雅词跋》,全集卷四十三)。他力斥《草堂》(《草堂诗馀》)可谓不遗余力:

> 填词最雅,莫过白石,《草堂诗馀》不登其只字,见胡浩然立春吉席之作,蜜殊咏桂之章,亟入卷中,可谓无目者也。(《词综·发凡》)

《草堂》不登白石只字也许是派别的关系,竹垞力斥《草堂》颇为偏激,但胡浩然、蜜殊之作,都是庸俗不堪的。如胡浩然的《满庭芳·吉席》(《类编草堂诗馀》卷三,《全宋词》)写荣华富贵、福禄无边,俗不可耐。这类词选进《草堂》当然受到指斥。竹垞把明三百年来词学的庸滥归因于世人学《草堂》而得其消极方面,明词的不振是学《草堂》所致,要矫明词之弊必反对《草堂》:

> 独《草堂诗馀》所收最下最传,三百年来学者守为兔园册,无怪乎词之不振也。(《词综·发凡》)

因此,竹垞以醇雅标准来批判《草堂诗馀》兼及黄昇的《花庵词选》,是很击中要害的。

> 词虽小道,为之亦有术矣。去《花庵》《草堂》之陈言,不为所役,俾滓窳涤濯以孤技自拔于流俗,绮靡矣而不戾乎情,镂琢矣而不伤其气,夫而后足与古人方驾焉。(《孟彦林词序》,全集卷四十)

竹垞并《草堂》《花庵》视为陈言。对《花庵》张炎已有"所取之不精"

之讥（《词源·杂论》），而竹垞认为《草堂》"绮靡而多戾乎情"，非"缘情而绮靡"，镂金刻玉而伤自然中和之气，由是作者的审美个性不显于词。激楚、阳阿之曲自然要高雅，而《草堂》所选类多庸滥，适乎众尚，竹垞自然要排斥《草堂》，以清选本本源。他说："词人之作，自《草堂诗馀》盛行，屏去激楚、阳阿，而下里巴人之唱进矣。"（《书绝妙好词后》，全集卷四十三）故他呼吁"滓窾涤濯，自拔于流俗"，以致清空醇雅的境界。竹垞要求词家"为词务去陈言，谢朝华而启夕秀"，所以他推许陈纬云词："原本《花间》，一洗《草堂》之习"（《陈纬云〈红盐词〉序》，全集卷四十）；他对当时孙旸词评价很高："庶若心情澹雅，寄托遥深，能尽洗《草堂》陋习。"（《国朝词综》卷二"孙旸"条下引）竹垞谈到自己的创作时，也说"别裁乐府，谱笛蓑洲，从今不按旧日《草堂》句"（《曝书亭词》卷三《摸鱼儿》）。应该指出，竹垞对《草堂》的过激之论，不少是不符合事实的。关于这个，况周颐在《蕙风词话》中已辨之甚明。他在《蓼园词选序》中写道："以格调气色言，似乎《草堂》尤胜。中间十之一二，近俳俚，为大醇之小疵。自馀名章俊语，撰录精审，清雅朗润，最便初学。学之虽不能至，即亦绝无流弊。于性情于襟抱不无裨益，不失其取法乎上也。"斯论中肯全面，可矫朱氏之偏。

竹垞在斥责《草堂诗馀》的同时，又吸收历代选雅词的经验，选编《词综》与《草堂》对立，从选本上体现醇雅。这既欲矫明词庸滥之弊，又为今后的词坛树立楷式。汪森（碧巢）在《词综序》里说："《词综》庶几可洗《草堂》之陋。而倚声者知有所宗矣。"论者每以为竹垞、碧巢有意立宗派，其实初期只是为了矫弊而并无立宗派的意图。竹垞曾说："吾于诗而无取乎人之言派也。"（《冯君诗序》，全集卷三十八）其论词也何尝不是如此。其意横扫颓风则有之，宏开宗派则未之见。其后形成浙西派，这固然与竹垞的理论创作有关，和《词综》及《词综序》有关，但不能说他们有意宏开宗派。浙西词六家，他们也没有立派的宣言，只是创作倾向和风格比较一致。《词综》只立楷式，且以后成为浙派的重要选本，而影响整个词坛，皆在其自身的特点和价值，如王易所评："《词综》三十四卷采撷极富，别择亦精，至辨订详核处，诸家选本皆所不及。"（《词曲史》）继《词综》所成的《历代诗馀》宏编巨帙，一本《词综》，在校勘上也体现出对醇雅的尊崇。

《词综》如此从文字、音律、句读等诸方面进行雠校，选词又以醇雅为标准，无怪其流播之广。竹垞无论是词作、词选、词论都贯串了醇雅的理论观点，这是符合当时词坛革新要求的。从醇雅的基本思想看来，《词综》之选突出了以下两个方面。

（1）在数量的比例上，突出姜夔及以他为代表的雅派词人的词作。在《词综》三十六卷中，清真代表婉约派，还算重视，而苏、辛代表豪放派却给它极不重要的位置。稼轩词共六百一十首，选入三十五首，比例较少；其词的成就当然远出于周密，但周密是雅派词人，却选了五十四首，这个选例无疑是为了突出白石。白石词在《词综》中的比例之大是绝对的。据竹垞云白石词五卷，但当时仅见二十余首（《黑蝶斋诗馀序》《词综·发凡》）。那么选入二十三首几乎是全部。通过选白石词的绝对优势来树立醇雅的词风，而且把白石以后的很多词人说成各得白石的一体。他说：

> 词莫善于姜夔。宗之者张辑、卢祖皋、史达祖、吴文英、蒋捷、王沂孙、张炎、周密、陈允平、张翥、杨基，皆具夔之一体。（《黑蝶斋诗馀序》，全集卷四十）

张炎、王沂孙、周密之骚雅乃至清空，于姜夔一脉相承。蒋竹山"流动自然、洗练缜密"，有"长短句长城"之称（见《艺概·词曲概》），在这方面无疑和白石有相通之处。"张东泽得诗法于姜尧章，世谓谪仙复作，不知其又能词也。"（《词综》卷十五"张辑"引朱堪虚语）东泽词飘逸与尧章（白石）近。邦卿（史达祖）词"奇秀清逸，融情景于一家，会句意于两得"（白石评语），可见竹垞认为邦卿的奇秀清逸与白石相通，而且邦卿情景相融的咏物词更与白石相近，虽格韵无白石之高。卢祖皋"乐章甚工，字字可入律吕"（《词综》卷十七引黄叔旸语），更是白石的一翼。我们不难理解这几位词人皆得白石之一体的论断。至于吴文英（梦窗），为密丽派，虽与浙派主清空颇不同调，但竹垞认为梦窗也得白石的一体。梦窗词密丽中有疏宕之气，词亦雅正，张炎《词源》虽未发其旨，而实与竹垞绵丽之风近。所选梦窗词四十四首为数不算少，这也看出，竹垞初意并不在立派，惟醇雅是准。

（2）竹垞在《词综》的选目上，即在选词的艺术质量上，强调醇雅，注重协律。前面说了，从意境风格到最外在的声律都表现醇雅。蒲江既

"字字入律吕""争驱白石"(《艺概·词概》),其《木兰花慢》"别西河两诗僧"阕甚肖白石,"固得白石之一体"。被认为白石左右翼的史邦卿、高观国,力去陈言"要是不经人道语"(《词综》卷十七),也在意境上肯定二家的清新醇雅。这因为"蒲江(卢祖皋)、宾王(高观国)以江湖叫嚣之习,非倚声所宜,遂瓣香周、秦,而词境亦闲适矣"(《词学通论》)。就高观国而言,其《解连环》"浪摇新绿"阕和《菩萨蛮》"何须急管吹云暝"阕为吴梅、俞平伯两先生所称许,《词综》所选入者类皆如此。而论者认为他的《雨中花》"旆拂西风"一词寄怀史达祖出使金国,以平戎相许,是《竹屋集》中难得之作,责竹垞不选入《词综》。该词思想性固强,但殊属质直之作,近乎叫嚣,无蕴藉娴雅之致,竹垞不收入《词综》是有见地的。当然,高观国还"嫌多绮语"(《艺概·词概》),如《御街行·赋轿》的咏轿、同调《赋帘》的咏帘,大概竹垞赏其细腻曲折而选入《词综》,这却违背了他选词雅正的原则了。论者又议竹垞《词综》选史梅溪(达祖)词二十六首,无一首忧国伤时之作。此亦甚谬。"白石梅溪皆祖清真"(《词学通论》),梅溪忧国伤时之意大都寄于咏物之微,含蓄而出之,幽约缠绵。如《双双燕·咏燕》:"红楼归晚,看足柳昏花暝。"感时之慨,寄托深郁,所以为白石激赏。其《临江仙》结句云:"向来箫鼓地,曾见柳婆娑。"寄慨无端,亦为吴梅所称。像这些词都选入了《词综》。至于《满江红·出京怀古》"老子岂无经世术,诗人不预平边(戎)策",虽满怀愤懑,却直露无余味。如果说只要选这些词,《词综》才有忧国伤时之作,只是单纯强调思想罢了。说到陈亮的词,三首入选的都是"绮昵婉丽"之作,这更足以说明竹垞《词综》力斥粗犷叫嚣之风而归于醇雅。如同甫(陈亮)《沁园春》"尧之都,舜之壤,禹之封,于中应有一个半个耻臣戎"这种口号式的作品当然不应入选。而《水龙吟·春恨》前片结句云:"恨芳菲世界,游人未赏,都付与,莺和燕。"刘融斋以为"有宗留守大呼渡河之概"(《艺概·词曲概》)。其结拍云:"正销魂,又是疏烟淡月,子规声断。"以景结情,凄黯若绝,于婉约茜丽中寄伤时之概。又《洞仙歌·雨》"芙蓉院,无限秋容老尽",和结拍"断送得人间夜霖铃,更落叶梧桐,孤灯成晕",则又感慨无端了。这些词何尝无"经济之怀"?在辛派中,刘过(龙洲)学稼轩,虽横放杰出,而无稼轩之沉郁,叫嚣之风由龙洲而开。如他的《六州歌头》"镇长淮,一都会,古扬州",《沁园春·寄辛承旨,时承旨招不赴》"斗酒彘肩",这种近乎叫嚣之作,其实是谰语,《词综》不收入是遵循词的本色特征的。《龙洲集》词赡逸隽秀之作有之,《词综》选了九首,其中《贺新郎》"老去相如倦"为压卷之作,《唐多令·安远楼小集》或题"重过武昌",亦是佳构,但毕竟过少。由此我们可以体会到评论词选,一味要求直露的思想性而忽视词的本色的艺术特征,是很片面的,是违背醇雅原则的。诚然,《词综》在选取词目上有其明显的缺点,如"意旨枯寂"(文廷式语)和纯艺术倾向,但毕竟还是为了矫正庸滥而准以醇雅的。

竹垞倡醇雅是和他主南宋之论,从而推尊姜、张分不开的。他认为词学发展到南宋是一个极其工极其变的高峰:

> 世人言词,必称北宋。然词至南宋始极其工,至宋季始极其变。姜尧章最为杰出。(《词综·发凡》)

又云:

> 窃谓南唐北宋惟小令为工,若慢词至南宋始极其变。(《书东田词卷后》,全集卷五十三)

语为云间一派而发。前面说了,陈子龙学《花间》,云间地区因此词学极盛。其中宋征璧、宋征舆兄弟为最著,他们因宗北宋而认为词至南宋而繁,亦至南宋而弊。徐釚又扬其波。二家之论,当以竹垞为稳。言"南宋之极变"者,如汪森所谓"譬之于乐,舞《箾》至于九变。而词之能事毕矣"(《词综序》)。这是因为,"长调惟南宋诸家才情蹀躞,尽态极妍。阮亭尝谓词至姜、吴、蒋、史,有秦、李所未到者"(《远志斋词衷》引)。其中原因是词的本身的内在发展,又是为了使词的创作适应南宋国祚阽危社会动乱的形势的。北宋词大都抒发个人的羁旅之怀,迟暮之感,为逐臣、游子、落魄不偶者寄情之具,故题材无由多,局势无由阔,气格无由高。当然这是一般说的。至南渡后,外患频仍,半壁偏安,虚呈升平,而失志之士,不无黍离麦秀之哀、铜驼荆棘之悲,吊古伤时,家国身世之感进而发之,无不深焉广焉。因此,王昶发竹垞之旨云:"南宋多黍离麦秀之悲,北宋多北风雨雪之感,世以填词为小道,此扣槃折龠之说。"（引自《赌棋山庄词话》卷一）谢枚如（章铤）还加以发挥道："诚哉，是言也。词虽与诗不同体，其源则一，漫无寄托，夸多斗靡，无当也。"王昶分析南北宋词之别，南宋多家国之恨，北宋多身世之感，故南宋能极其工极其变。谢枚如则合南北宋而一之曰"有寄托"。这都是深到之论，比竹垞全面了。不过竹垞虽宗南宋，并不像宋征璧兄弟主北宋而斥南宋那样主南宋而斥北宋。我们看他《书东田词卷后》于"南宋始极其变"之后说，"及读东田小令慢词，克兼南北宋之长；与余意合"（《书东田词卷后》，全集卷五十三）。在这个基础上又提出"小令宜师北宋，慢词宜师南宋"之论（《鱼计庄词序》），这是值得重视的。他在《水村琴趣序》也说："小令宜法汴京，慢词则取诸南渡。"反复论议，颇见语重。盖北宋小令深婉，自然妙丽，南宋不能臻其境；南宋慢词极变极工，又北宋所难追蹑其步履。诚然如后来周济提出"问途碧山，历梦窗、稼轩，以还清真之浑化"，这在理论上又高出竹垞了。

第四节　"境生象外"的清空、醇雅词品的体现

朱彝尊主醇雅是和尚清空分不开的。张炎所谓"词能清空，则古雅峭拔"（《词源·清空》）。竹垞推尊姜、张与有关的词家都是从这方面出发的。他在《词综》评白石引张炎语说：

张叔夏云："姜白石如野云孤飞，去留无迹。"又云："白石词不惟清虚且又骚雅，读之使人神观飞越。"（《词综》卷十五）

词品骚雅，词境清空，这是叔夏（张炎）论白石词精到处，且以"野云孤飞，去留无迹"为喻，作为清空论的依据。竹垞引以评白石，无疑是在思想理论上继承了玉田的清空论，在创作上习染了白石的清空骚雅的风格。当然所引范石湖、黄叔旸以及沈伯时评白石语亦相当精要。如沈伯时云："白石清劲知音。"不但道出了白石词精于音律，而且道出了白石化婉约、豪放为清劲。这都可视作竹垞引以为评白石词的补充，也即是他的思想理论的一个部分。"野云孤飞，去留无迹"是清空意境最妙的比喻。正如司空表圣论含蓄"不著一字，尽得风流"一样超妙；也和他所说的"返虚入浑"、刘融斋所说的"空诸所有"有关，在空灵蕴藉的境界

中含蓄着充实的内容,而意余于言外。这是清空论的基本特点。竹垞推尊白石、玉田,攀驾邦卿、草窗,其具体内容是清空骚雅。我们看竹垞所论:

不师秦七,不师黄九,倚新声玉田差近。(《解佩令·自题词集》)
梅溪乐府真同调。(《采桑子·寄赠史云臣》)
别裁乐府,谱渔笛蘋洲。(《摸鱼儿》)
新乐府,早和遍蘋洲笛谱筼房句。(《摸鱼儿·寄龚蘅圃》)

白石最为清空骚雅。继之者玉田,在理论上发为清空之论,在创作上以清空疏淡之笔,发家国身世之感,凄怨其内而闲淡其外,在这方面洵与白石同调,虽格韵未可比肩白石,刚劲之气也不如白石,总之,意境没有白石那么高。但笔力足能尽扫靡曼陈言,一归于雅正。史达祖词境清新韶丽,所谓织绡海底,晶莹透澈,情与景融化无迹,咏物之作情与物游,得其神似,几臻化境。其《双双燕·咏燕》《绮罗香·春雨》即其例,虽气格不及姜、张,雅调逊焉,但大抵符合玉田论清空之则。周密(草窗)选《绝妙好词》以南宋雅词标榜,其所为词守律既细,其词集《蘋洲渔笛》二卷亦"尽洗靡曼,独标清丽"(吴梅《词学通论》)。其《一萼红·登蓬莱阁有感》,于清空骚雅寄苍凉感慨,情见乎词,深刻地表现了"俯仰古今悠悠"的怀古伤时之感。《长亭怨慢》(序长不录)直效白石,通过写啸咏堂景物的盛衰,"怃然葵黍之感一时交从"(该词小序),也颇清空骚雅。结拍"慢倚遍河桥,一片凉云吹雨",以景结情,清空若拭。《词综》选入他的词共五十四首,比吴文英多九首,可见竹垞对清空骚雅之作的重视程度。其中《水龙吟·白莲》咏白莲、《天香·龙涎香》咏龙涎香等阕,清空雅洁,和《乐府补题》其他词家一样寄家国之思。如咏白莲:"擎露盘深,忆君良夜,暗倾铅水。"使用擎露盘遭遇的典实概括了亡国的哀感。在这里我们对周密多谈了些话,这不但因为竹垞为首的浙派祖祧姜、张,对草窗词也较多论及,而且试图通过对草窗选《绝妙好词》的宣扬,尤其在实践上学草窗,来确立清空骚雅的思想理论。

竹垞论词以清空醇雅,和他论词提出"境生象外"是相通的。他在《王鹤尹诗序》说:

《松巢集》属予叙之，予受而讽诵，爱其境生象外，意在言表。（《书东田词卷后》，全集卷三十六）

他在《祝英台近》题丁雁水韬汝词稿说：

　　史梅溪，姜石帚，涩体梦窗叟，不事形摹，秦七与黄九。

竹垞要求如白石、梅溪咏物而不留滞于物，不事形摹，而求神似，这是清空论的一种说明。联系到"境生象外，意在言表"，这就更清楚了。"境生象外"，并不是竹垞的独创，唐代刘禹锡、皎然以及司空图等都有明确的论说。刘勰的"言外曲致"（《文心雕龙·神思》）、"言外重旨"（《文心雕龙·隐秀》）在理论实质上并非与清空论毫无相通之处。但这些历史上的事实，只说明竹垞的论点有其深远的渊源，而且把这些论点运用到词学上，运用到所谓"身世之感，别有凄然言外者"（《乐府补题序》）的创作实践上。我们看他的《长亭怨慢·雁》咏雁：

　　结多少悲秋俦侣，特地年年，北风吹度。紫塞门孤，金河月冷、恨谁诉？回汀枉渚，也只恋江南住。随意落平沙，巧排作参差筝柱。
　　别浦，惯惊异莫定，应怯败荷疏雨。一绳云杪，看字字悬针垂露。渐欹斜、无力低飘，正目送、碧罗天暮。写不了相思，又蘸凉波飞去。

写一群北雁，抱着"紫塞门孤，金河月冷"的无人可诉的深恨，飞往江南。回汀枉渚，旧曾惯识，但败荷疏雨，萧条冷落，故又惊疑莫定，却又无力低飘，只在日暮碧空飘摇，最后只好蘸着凉波无目的地飞去。结拍"写不了相思，又蘸凉波飞去"，从玉田《解连环·孤雁》"写不成书，只寄得相思一点"化出。如果说玉田写孤雁，寄宋亡后孤寂寥落之感，而竹垞写群雁，则写一群流浪者奔窜流离的凄苦生活，自然兼及自身的漂泊，概括地反映了明末清初的离乱现实。词的直觉形象是北雁南飞的种种活动，然通过这个具体的直觉形象，凭借读者想象和联想，油然而生象外之境；在具体的语言之外，寄托了无限流离自伤伤民之意。陈廷焯后期从浙派转向常州派，对竹垞颇有贬词，而于此词则评价极高。他说："竹垞

《长亭怨慢·雁》云:'结多少悲秋俦侣……'感慨身世,以凄切之情,发哀婉之调,既悲凉又忠厚,是竹垞直逼玉田之作,集中亦不多见。"他把此词与渔洋《秋柳》诗"相逢南雁皆俦侣,好语西乌莫夜飞"联系起来,认为"纯是沧桑之感"(均见《白雨斋词话》卷三)。笔者认为直逼玉田,就清空骚雅说是对的。竹垞通过对自己、对流民生活做了高度的概括,而写雁的形象又极其个性化,"境生象外",又极浑融之至,而"意在言表",则又即象而悠然兴会,所以词极清空。但"竹垞情深"(复堂语),其感慨所寄,有逾于玉田,却无玉田装点之病。由于词不止自伤身世,故兴感无穷。这点,陈延焯是没有看到的。竹垞南北流宕,东西奔驰,他的思想感情与苦难的流民有共同之处,这是不难理解的,寄情北雁也是不难理解的。关于"境生象外,意在言表",竹垞的怀旧恋情之作不必说。我们看他那些论者极为分歧的所谓"狎妓"词,虽不无"趣味庸俗,情调低下"之作,但主要的却是对歌妓红粉飘零的同情,和抒发自己的身世漂泊之感。感情深至,于绵丽中有一股空灵清疏之气,读之"境生象外"。我们看《百字令·偶忆》:

　　横街南巷,记钿车小小,翠帘徐揭。绿酒分曹人散后,心事低徊潜说。莲子湖头,枇杷花下,绾就同心结。明珠未斛,朔风千里催别。

　　同是沦落天涯,青青柳色,争忍先攀折。红浪香温围夜玉,堕我怀中明月。暮雨空归,秋河不动,虮箭丁丁咽。十年一梦,鬓丝今已如雪。

"偶忆"当为忆妓之词。"横街"五句点出忆初遇及遇时的情意绵绵,所谓"心事低徊潜说"。"莲子"三句写定情。"明珠未斛"二句用石崇娶绿珠典实,以写未娶而忽尔别离,怅恋之甚。过片忆别时情事。用白居易《琵琶行》"同是天涯沦落人"意,伤歌妓的红粉飘零和自己之漂泊。"青青柳色"二句,既同是沦落天涯,客中送别,谁堪先折柳枝耶?极掩抑零乱之致。以下本接别后情事,但空中荡出回忆过去的"红浪"二句,以谢灵运"明月怀中堕"诗写怨情,言美满的情恋生活堕于天涯而身世沦落了,可见"空中荡漾"(《艺概》)最为跌宕,其怨望的社会意义因而隐然深折。结拍既写别后十年如一梦幻,而白发丝丝矣,其奈杜司勋何？无限感愤见于言表。全词绵丽而有清疏之气，情意深隐曲折，而语言洞达。谭献云"有潜气内转之妙"（《箧中词》评该词），诚是。潜气内转而后哀音外激，故能境生象外，感人也深。这是竹垞写别情最具特色的一类词作。"如赠女郎细细，逢吕二梅……及偶忆感旧诸作，莫不关注遥深，闲情自永"，所谓"纸醉金迷，亦复令人意远"（《赌棋山庄词话》卷二）。

竹垞又云："吾最爱姜史，君亦厌辛刘。"（《水调歌头》）其所以厌辛、刘者，因稼轩尤其是龙洲（刘过）、后村（刘克庄），时患粗率径直。正如《赌棋山庄词话》释白石《诗说》"委曲尽情曰曲"一语时说："竹垞赠钮玉樵：'吾最爱姜史，君亦厌辛刘。'亦其直径不委曲也。"此论甚是。同时他又说："史梅溪，姜石帚，涩体梦窗叟。"（《祝英台近》）以梦窗的涩为病。这是竹垞在清空醇雅的艺术原则要求下提出来的。虽然如此，实际上并没有排斥辛稼轩，也没有拒梦窗于千里之外。竹垞甄综诸家而以姜、张词风为主要的创作倾向和旨归，所以能成名家，而不像后来的浙派词人视辛词为异己，而区区局促于姜、张辕下，虽然竹垞亦时有此病。他反对辛、刘一派，固然是因其有"直致近俗"（《词学通论》）粗粝叫器者。如后村别调，与龙洲词一样，自然是为竹垞反对的。如他说："刘潜夫、方巨山、杨万里，吾见其意之无馀而言之太尽。"（《橡村诗序》，全集卷三十九）诗贵含蓄，词尤贵含蓄蕴藉，贵"境生象外，意在言表"。刘潜夫词既如上述，自然为竹垞所讥。实际上，稼轩词的沉雄悲壮、苍凉感激而与优柔蕴藉统一的词风，不但为当时稼轩友人白石所效，也为竹垞所习。我们看他的《水龙吟·谒张子房庙》《百字令·度居庸关》《彭城经高祖庙作》《金明池·燕京怀古》，皆是"怀古情深"，寄慨现实的悲歌。如果说稼轩词抒发南宋兴衰的感慨，竹垞则通过凭吊古迹，抒发明亡的兴感，而其悲凉蕴藉则相近。如他的《笛家·题赵子固画水墨水仙》：

亡国春风，故宫铅水，空馀芳草，冷花开遍江南岸。王孙老矣，文采风流，墨池笔埠，泪痕都满。帝子含颦，洛灵微步，宛在中洲半。怅骚人，未经佩，徒艺楚英九畹。　　缭乱。一丛寒碧，生烟疏雨，随意欹斜，鹅绢蝉纱，寄情凄惋。尚想、白石兰亭遗事，逸兴千秋如见。岂似吴兴，君家承旨，蕃马风尘满。纵自署，水晶宫，怕有鸥波难浣。

词咏赵子固（孟坚）水墨水仙，借以伤王孙之沦落，发亡国之哀思；也讽失节者之自诩。大有少陵咏曹霸画马"文采风流今尚存"意。赵孟坚宋亡后沦落，竹垞伤之，而赏其节概，并以对比手法引出对失节者赵孟頫的讥评。前片亡国的哀思寄咏水仙，后片则发贬论。子固陷水而护兰亭残字，得谓"生命可轻，至宝难得"的千古逸兴。借以引出子昂"蕃马风尘满"以身事元，却自诩其晶洁，署水晶宫印章，筑鸥波亭于吴兴，可谓自我作讽矣。结句"纵有鸥波难浣"是诛心之论。而不觉有词论之讥者，盖情深意挚，境生象外，有无尽的感愤寄诸言表。使读者循象寻境，因境得意，对明亡后气节之士的歌颂、变节之徒的愤讽，油然出现于读者的想象和联想之中，不仅扬子固而贬子昂，限于宋亡的情事，可见其艺术概括之高。整体言之虽非名篇，而词具白石的清空骚雅和稼轩的沉郁悲凉是无疑的。至于"涩体梦窗叟"固是贬语，但竹垞又认为吴文英得白石之一体，于密丽中有灵气斡旋其间，即王鹏运云："梦窗以空灵奇幻之笔，运沉博绝丽之才。"（四印斋《梦窗甲乙丙丁稿》述例）竹垞及浙派词人未必如半塘对梦窗词看得那么辩证，但把梦窗之密和玉田之疏二者统一来看，是他们对词的艺术要求。如浙派健将之一的李良年论词如下：

> 必尽扫蹊径，独露本色。尝谓南宋词人，如梦窗之密，玉田之流，必兼之乃工。（引自曹贞吉《秋锦山房词序》，《清名家词》）

竹垞虽然没有说过类似的话，但在他的词的创作实践上，却体现疏密统一的艺术特点，于绵丽中有空灵之气，在某种意义上也可以说，以空灵之笔运绝丽之才，而又洒落有致，不失白石、玉田之风。所以陈廷焯评云："竹垞词疏中有密，独出冠时。微少沉厚之意。"（《白雨斋词话》卷三）惟其密，故绵丽其辞；惟其疏，故清虚其境。这无疑是竹垞词的主要特色。竹垞言情之作，如前所引《百字令·偶忆》，密丽中见疏宕，《高阳台》咏虹桥女儿因情而死（见前引后片），叶元礼入而哭之乃瞑目的情事，何其情深一往，而绵丽中行疏宕之气。元好问《摸鱼儿·雁丘》和同调《双蕖怨》都写出了忠情者的悲剧。然二词密丽不足，疏宕而稍嫌率直。虽亦一往情深，还不及此词的悱恻缠绵。

转折层深往往是词清空的一个因素，第二章已略述。因为转折层深，易显示出艺术概括的深度，符合"婉而不晦"（《蒋京少梧月词序》）的审美要求。竹垞未尝论转笔，但其词的创作，运用转笔极为精妙，自然体现转笔的艺术思想。我们看《洞仙歌》十七首的组词，与《风怀》诗对勘，"历叙悲欢离合之情"是很明显的。其中不少地方运用转笔，浅处皆深。融斋所谓"寄直于曲"，使直义转折层深，既不用绮语而风流自胜，洵可谓惊才绝艳之笔了。如第一首结拍："旋手揭流苏，近前看，又何处迷藏，这般难捉。"书家所谓"无垂不缩"于此可见。第二首"傍妆台见了，已慰相思，原不分，云母船窗同载。"既慰相思，却又别离，转折之间，别情尤甚。"原不分"，原就没有情分，道出了离别的必然。第三首结拍："若不是临风、暗相思，肯犹把留题，旧时团扇。"相思之深，加一层写法，其运思的深隽，令人叹赏。又第十一首："恩深容易怨，释怨成欢，浓笑怀中露深意。"议论正大，具普遍意义，况周颐倡词的重大，可以当之。"浓笑"句令人低徊，极密极昵，而又无香泽态。第十四首："偏走向侬前、道胜常，浑不似西窗，夜来曾见。"其深婉之情，从"偏"字折出，从"浑"字发兴，则感慨无端了。郑燮《贺新郎·赠王一姐》后片，情恋虽深，而温厚不足，且无转折之笔，未免直露了。第十二首结拍："怪十样蛮笺、旧曾贻，只一纸私书，更无消息。"以对比折迭，凄艳入骨。我们就《洞仙歌》这组词中举了一些运笔转折的例子。不难了解，情深之作在于折迭，因折迭而词义层深，情意绵邈；因折迭而显示出空灵跌宕，气脉旋斡，而境生象外，意在言表，使人无限低徊。诚然，竹垞运用转笔的成功，不只是艺术技巧的造诣，而更重要的是郁积了缠绵悱恻的感受之后，以转折之笔发之。这说明成功的作品，取决于感情生活而完成于艺术技法。正如竹垞说："夫作诗者，必先缠绵悱恻竹垞乎中，然后寄之吟咏，以宣其心志。"（《陈叟诗集序》，全集卷三十八）

境生象外、意在言表的清空论思想，对咏物词的创作极为重要。南宋咏物词很盛，类皆借物托讽，其中不少达到神似之境，如王沂孙等人的《乐府补题》。在理论上玉田指出："体物稍真，则拘而不畅；模写差近，则晦而不明。"（《词源》）概括地说应在离即之间，在似与非似之间，不粘不脱，使所咏之物，"境生象外，意在言表"，有寄托而无寄托。竹垞承玉田论绪，撰《茶烟阁体物集》二卷，咏物词可云多了。其中一些是符合上述原则的，清空醇雅、寄托遥深。前引的《长亭怨慢·雁》咏雁，

《笛家·题赵子固画水墨水仙》咏赵子固水墨水仙，固不必论；他如《琵琶仙·双白燕》《疏影·芭蕉》《满江红·塞上咏芦苇》《水龙吟·白莲》《绮罗香·红莲作并头花，赋以纪实》，寄情闲雅，意境清空。如：

　　谿亭容我小住，那费桃根桃叶隔江迎送。卧稳风前，一任冷香吹梦。（《绮罗香·红莲作并头花》）
　　云母屏风，水晶帘额，冷光交处。为秋容太淡，嫣然开到，小红桥路。（《水龙吟·白莲》）

其清虚潇洒处，直逼白石玉田。又如《绮罗香·和宋仲牧咏萤》，写萤的活动情态，不即不离，逼真而又有神，寄托深远。"傍牖依阑，暗里惯窥人住"，"恣意向月黑池塘，夜阑高下舞"。小人之态跃然纸上，谭献所谓"刺词"（《箧中词》该词评）。可知其有寄托而无寄托之迹，意象浑然。其《暗香·红豆》结拍云："怊怅檀郎路远，待寄与相思犹阻。烛影下，开玉盒，背人暗数。"久别楚楚可怜之意，因红豆难寄而加倍凄黯，传达了红豆之神，不在乎形似。《潜庐挥麈录》云："二百年来主南宋，朱先生实创斯议，所作甚高，《红豆》作'恐透人茜裙，欲寻无处'，岂让杨花句。"杨花句指东坡《水龙吟》咏杨花"梦随风千里"云云，与竹垞咏红豆同是相思刻骨之笔。而红豆透入茜裙化为心魂，所以欲寻无处了。浑化妙绝，故云不让杨花句。这些都是竹垞咏物词中上乘之作，是符合咏物须在离即之间、在似与非似之间的原则的。竹垞咏物词虽刻画，而自然浑成，虽绵丽，而寄情淡远，且时在兴亡之感寄焉于其间，使境生象外，意在言表，其高者上追南宋。竹垞所以序《乐府补题》，意在确定咏物词的模式和原则，以广其传。所谓"身世之感，别有凄然言外者"（《词综》，全集卷三十六）。这作为咏物词的基本原则自然是正确的，因为咏物须有寄托在。遵此可防止单纯地辩雕物象、刻镂物形而不事兴寄的形式主义倾向。

　　竹垞宗南宋而不轻视北宋，但主导思想是宗南宋，自然对北宋词人有所忽视，思想上产生矛盾现象。如他题丁雁水韬汝词稿说："不事形摹，秦七与黄九。"（《祝英台近》）而题陈纬云词却说："新词赠我，居然黄九秦七。"（《百字令》，词集卷二）这种矛盾自然使他对秦少游词真切深婉的意境不易体会。正如陈廷焯所评："师玉田不师秦七，所以不能深厚。"(《白雨斋词话》卷三）玉田虽寄慨兴亡，而其情浅；少游感怀身世，而其情深。玉田主清空，病在不浑厚；少游主情致，佳处恰在浑厚。北宋高浑之境，竹垞因此未臻。这是他主南宋不可避免的局限。竹垞又倡"小令宜师北宋，慢词宜师南宋"之论（见《鱼计庄词序》《水村琴趣序》）。小令宜师北宋，这是完全正确的。因为北宋小令浑化自然，韵高调逸，南宋小令少成功之作，而且反映明末清初小令成就最大。竹垞小令也颇具特色。其《桂殿秋》"思往事，渡江干"阕、《卖花声》雨花台阕，前者"复振五代北宋之绪"，后者"声可裂帛"（均见《箧中词》该词评），一种兴亡之感、悲壮之情以短调写之，虽是北宋小令的变体，而亦变之正，体现了兴亡的时代感。《蕙风词话》卷五云："或问国初词人当以谁氏为冠？再三审度，举金风亭长对。问佳构奚若？举《捣练子》云……"可见竹垞小令成就是高的。而慢词师南宋，则优点在此，缺点亦在此。南宋词承北宋遗绪，所谓集大成者，于词的艺术技法上无不娴熟精工。而且南宋词题材广泛，家国身世之感较北宋为甚，故"极其工""极其变"。就这方面说慢词宜师南宋是正确的。但正如诗歌发展到了唐李、杜，可谓集诗之大成，凌跨百代，而陶、谢的自然风韵益微（参见苏轼《书黄子思集后》），于词亦然。南宋词集词之大成，刻镂之工，形成了各种各样的艺术技法，运用了各种各样的题材，而北宋词的自然浑化之境缺焉。这是符合历史的辩证法的。竹垞宗南宋其好处有二：一是声律谐美，雅音复奏，纠正了淫哇之习；二是辞藻富艳，而气韵流转，既重醇雅又见清空。但专讲醇雅，易流为饾饤；专讲清空，易流为剽滑。竹垞词不觉其饾饤剽滑者，以其"情深"才隽。但浙西六家词选出，浙派之势已成，大江南北，咸仰息浙词，流风所煽，流弊日亟。谭献评浙西、阳羡两派词云："锡鬯其年行而本朝词派始成。顾朱伤于碎，陈厌其率，流弊亦百年而渐变。锡鬯情深，其年笔重，固后人所难到。嘉庆以前为二家牢笼者十居八九。"（《箧中词》二评陈其年语）其实势大声宏者还是浙派，故其流弊较阳羡派更烈。浙派发展到雍正乾隆间，厉鹗以幽瑟之调发为凄厉之音，而雅淡其词，成为浙派历史上的一个高峰。厉鹗为有清一代名家，而其弱点亦渐见。如谭献所论："填词至太鸿，真可分中仙、梦窗之席。世人争赏其饾饤窳弱之作，所谓微之识碔砆也。"（《箧中词》评厉鹗语）饾饤剽弱，典事堆砌，是浙派末流的一大弊。无兴感之情，无家国之念，而专事形摹《乐府补题》，动辄咏蝉、咏莼、咏龙涎香、咏莲，佯色揣称，虽极工巧，殊无寄托。谢章铤云："咏物词虽不作可也，别有寄托。"（《赌棋山庄词话》卷二）实为浙派末流而发。这种词风，早萌于竹垞。竹垞咏物自有寄托遥深者，如前所论列。但他的《茶烟阁体物集》二卷多为工于体物而无兴寄之作，咏鼻、咏背等殊属无聊。这种情趣也表现在《词综》的选词上，如前所举的刘过咏美人指甲、美人足，高观国咏轿、咏帘，樊榭也不无此弊。所以浙派词人于这类咏物词蔚成风气，纵极其工，无关大雅，而成为方物略花草类编。正如谭献所评："《乐府补题》别有怀抱，后来巧构形似之言，渐忘古意，竹垞、樊榭不得辞其过。"（《赌棋山庄词话》卷二）竹垞及浙派词人既宗尚白石、玉田，但只尚其清空骚雅，没有看到清空骚雅外还有构成各自风格的要素，即白石词清空骚雅中意带涩味。如"昭君不惯胡沙远，但暗忆江南江北"，有涩味，涩则沉厚不流于剽滑。浙派末流专学玉田之疏，体会不到白石之涩，所以流为浮滑。吴梅评云："浙词专学玉田之疏，于是打油腔格摇笔即来，'别有一般天气''禁得天涯羁旅'等语，一时触目皆是。"（《词学通论》）浙派讲雅，往往"意旨枯寂"（文廷式评《词源》语），其中主要原因之一是学玉田而忽视其圆润丰满。当然，浙派后期严重脱离社会生活是"意旨枯寂"的根本原因。考浙派初期，处于社会动乱之际，怀古情深，感时意重，犹能倡以《离骚》、变《雅》，比兴寄托，如竹垞者。其后重清空醇雅而没其比兴之义，从而走上饾饤剽滑的流弊歧路。浙派末流的流弊是严重的。常州张惠言出而欲救其弊，复主比兴寄托，以为词者"意内言外"。嘉庆二年（1797年）《词选》刊行，而常州派立。这正如谭献所说，嘉庆前后是词学发展的两个阶段。

第六章　张惠言论词的比兴寄托

第一节　明清时期词的兴衰嬗变和作者

词至明代弊极，或粗制滥造，或无病呻吟，步虚前人，拾唾往代。作者们不懂声律又好度新腔，未成格调又竞其巧丽，甚至陈言秽语，庸俗不堪。如马浩澜词名东南，而严重地缺乏思想性，词品低劣。杨慎、王世贞以学者间或从事倚声，也强作解事，多不谐律。其间一二作手，如明末的陈子龙、贺裳，终不能力挽颓澜。流风所煽，到了清康熙间，就有以朱彝尊为代表的浙西词派和以陈维崧为代表的阳羡词派，力矫其弊。前者清空骚雅，宗姜张，矫明词的粗疏；后者豪宕沉郁，主苏辛，矫明词的浅陋。浙派"家白石而户玉田"，标榜"鼓吹元音"，有词作有词论，故影响更大。这些情况前面论陈子龙、朱彝尊等人的词学时已经谈及，这里只是重温旧章以加深词学流变的历史印象。朱、陈之后至嘉庆的一百年间，两派词人辈出。他们虽然克服了当时词坛因袭明代词学的缺点和弊病，创作了不少思想性艺术性较高的词作，但由于过分强调各自的艺术倾向，浙派甚至有门户之见，对词坛起了消极的作用。阳羡派末流之弊不免于狂嚣粗率，所为词难免概念化，有"词论之讥"（谢章铤《赌棋山庄词话》）。浙西派则流为空疏，专在声律格调上用力。吴锡麒的词成就甚微，原因之一是惟朱厉是依，学他们的声律格调，缺乏独创性。他声称："慕竹垞（朱彝尊）之标韵，缅樊榭（厉鹗）之音尘。"（《伫月楼分类词选自序》，见《有正味斋骈体文》八）因此，谭献《箧中词》评厉鹗说："《乐府补题》别有怀抱，后来巧构形似之言，渐忘古意，竹垞、樊榭不得辞其过。浙派为人诟病，由其以姜张为止境，而又不能如白石之涩，玉田之润。"这评论是剀切的，"渐忘古意"则"兴寄都绝"（陈子昂语）。如白石《暗香》《疏影》这样幽涩之作，浙派是很难达到的。他们学白石专在格调声律方面下功夫，因此容易出现空疏饾饤的形式主义倾向。嘉庆以后，两派力量虽然有所变化，但风气所趋，词弊尤甚，浮花浪蕊纷纭于整个词坛，形式主义唯美主义倾向得不到有力的排斥。因之，张惠言慨叹于前，项鸿祚疾呼于后。张云："何古之尔雅兮，今惟绣乎帨鞶；岂缘情之或非兮，因同川而改澜。"（《诗龛赋》，见《茗柯文》四编）项云："近日江南诸子，竞尚填词，辨韵辨律，翕然同声，几使姜、张颊首。及观其著述，往往不逮所言。"（《忆云词》乙）张惠言的弟子金应珪把当时词坛弊病做了全面考察后，在《词选·后序》概括成为三类：一淫词，二鄙词，三游词。淫词是"揣摩床第，污秽中冓"的淫丽甚至色情之作；鄙词是"诙嘲俳优，叫啸市侩"的庸俗之篇；游词是"哀乐不衷其性，虑叹无与乎情"，缺乏艺术真实的伪体。他认为词坛上出现这三种弊病是由于"谈词则风骚河汉"，忽视风骚的比兴讽谕的传统。这是对的，但不是根本的原因。根本原因是清代政治腐败，封建上层社会黑暗堕落。自然，这也是张惠言《词选》强调比兴寄托，力挽当时的词学狂澜的基本原因。

总之，清嘉庆、道光以后，张惠言、张琦、周济，尔后谭献、谢章铤、冯煦等词家词论家都主张词重比兴寄托。在我国文学史上，运用比兴两法从事于诗词创作的诗人词家，有很丰富的经验；在文学批评史上，有关比兴的论述也有不少精辟之辞。从《毛诗序》起，中经《文心雕龙》《诗品》，下至常州词派，关于比兴的理论，其递嬗变化，有一个发展的轨迹历历可寻。而常州词派却又比前人提出更系统、更富独创性的寄托说。本章就常州词派的创始者张惠言的词论试作一初探。

张惠言（1761—1802年），字皋文，江苏武进人，清嘉庆四年（1799年）进士，官编修。少为词赋，深于虞氏易学。尝辑《词选》，为常州派的创始者。著有《茗柯文集》《茗柯词》。朱孝藏题其《茗柯词》云："回澜力，标举选家能。自是词源疏凿手，横流一别见淄渑。异议四农生。"（《彊邨语业》卷三）

第二节　词的界定：意内言外和比兴寄托

矫浙西派和阳羡派末流之失的，在创作上，有吴翌凤《枕庵词》以高朗称，郭麐《浮眉楼词》以清疏著。但他们只在风格上稍变两派的词格，未能从词的思想内容，从词的立意上加以革新。张惠言及弟张琦却提出比兴寄托，以立意为本，协律为末。他们一方面通过创作实践来实现他们的主张，如《茗柯词》《立山词》；另一方面，又通过选本如《词选》

来体现他们的词论,从而提高词的地位,"倚声之学由二张而始尊"。于是一时和者景从,形成了一个新流派,是为常州词派。

《词选》是张惠言和张琦在安徽歙县授徒之作,成于嘉庆二年(1797年),在张氏逝世的前五年。所选唐五代两宋词凡四十四家一百六十阕,偏而且严,但其旨甚明,这就是使词趋于正鹄,使风骚比兴讽谕的传统在词的创作中得到充分的发挥。因此,不但提高了词的地位,同时也使词学沿着正确的轨道发展。"虽町畦未尽,而奥窔始开。"嘉庆以后名家多从此出,词坛勃尔兴盛,这不是偶然的。

张惠言于《周易》虞氏学颇有成就,以释经的诂训方法来释词。因此,关于词的界说,他在《词选序》中提出"意内言外"的义训:

> 词者,盖出于唐之诗人,采乐府之音以制新律,因系其词,故曰词。传曰:"意内而言外谓之词。"(下引不注出处)

这里说的传是徐锴《说文系传》。《说文系传》的"意内言外",当然是指语词说的。但张惠言却把"采乐府之音以制新律,因系其词"的词和语词的词等同起来,这是不对的。张惠言这样做,像一些经学家那样迂态可掬。然而,如果我们从事物的共同性来考虑,作为诗体的词也是可以说意内言外的,因为词的内在意义体现于语言的形象形式。这就是通常说的一首词有词面也有词底。张惠言也许因此把二者类比而定词的界说。他给词下这样的界说,主要是根据词这种抒情诗体的特点和特性,强调比兴寄托。因为意内言外和比兴寄托二者是有内在联系的。这种联系就是体和法的联系。他说:

> 其言情造端,兴于微言,以相感动,极命风谣。里巷男女,哀乐以道(导)。贤人君子幽约怨悱不能自言之情,低徊要眇,以喻其致。盖诗之比兴变风之义,骚人之歌,则近之矣。

"言情造端,兴于微言",在张惠言看来,是词的特性之一。作为抒情作品的词,往往以微言抒情,以微言感人。所谓微言,如按照李奇、颜师古对《汉书·艺文志》"昔者仲尼殁而微言绝"中的"微言"所做的解释,即"隐微不显之言"或"精微要眇之言"。语言艺术是用语词塑造形象的,而作为抒情作品的词须深隐而含蓄不露,所以"低徊要眇"、微婉多讽是词的特性和特点。词家"低徊要眇以喻其致",把"幽约怨悱不能自言之情",借着微言,通过感人的抒情形象表达出来。恩格斯指出,在艺术作品中,作者的倾向性不要直接说出来,要从艺术形象自身自然流露。按照自己的特点和特性,词尤其应该如此。就词的起源说,它和风谣是同源莫二的。文人词须以风谣为准则。词家不但可以借宣导"男女哀乐"以寄"贤人君子幽约怨悱不能自言之情",而且举凡花魂月梦、鸟唳虫鸣,都可以借其形象低徊要眇地表现这种思想感情。如姜夔《暗香》《疏影》的咏梅,王沂孙《齐天乐》的咏蝉、《眉妩》的咏新月,唐珏《水龙吟》的咏白莲,以及元好问《摸鱼儿》的咏雁丘,在在皆是。金应珪在《词选后序》举了两个例子说明这种比兴寄托及其思想艺术效果:"琼楼玉宇天子识其忠言,斜阳烟柳寿王指为怨曲。"前者指的是苏轼的《水调歌头·中秋》,写一轮中秋皓月低徊流转于琼楼玉宇朱阁绮户的形象,这可说是词面,是言外,而其中寄托的讽谕之意则是词底,是意内。没有这个意蕴,宋神宗识其忠言岂有根据?后者指的是辛弃疾的《摸鱼儿·同官王正之置酒水山亭为赋》写暮春。其中"斜阳烟柳",写一幅暮春黄昏的凄暗景象;词人借以托比当时政局。所写的暮景是词面,是言外,而垂危的政局则是词底,是意内。没有这样的寄托,没有这样的形象结构的深层义,宋孝宗指为怨曲也只是瞎说。在《词选》中,张惠言没有给苏轼以特殊的地位。其中所选他的《水龙吟·次韵章质夫杨花词》咏杨花、《洞仙歌》"冰肌玉骨"二阕,很显明是符合其词论和选词标准的。前首运用比兴写杨花暮春飘零,寄托作者贬谪的"幽约怨悱不能自言之情",感朝廷上的高寒;后者则借花蕊夫人夜起避暑摩诃池上这一题材,即所谓"男女哀乐",寄其流光易逝美人迟暮之感,也是"以喻幽约怨悱之情"的。但陈廷焯认为,"只就孟昶原词敷衍成章,……而《词选》推为杰构,也不可解"(《白雨斋词话》卷一)。这是由于未能就词的"意内言外"的寄托加以考察。光绪二十二年(1896年)张百禋影刻《词选》,所作的序文更具体地指出:"故叩其表,则男女妃俪之间,或申嫕嫟怛伤之愫;而叩其归,则主臣下上之际,实纾怨悱颛蹴之辞。"这些话虽然是就变风变雅说的,但也在于阐明张惠言提出的"意内言外",阐明他的"言情造端,兴于微言","低徊要眇,以喻其致"的比兴寄托的论点。

如果再从常州词派的创作实践来考察，不管他们的词作所达到的艺术高度怎样，他们都力图实践他们所主张的"意内言外"、比兴寄托的词论。开常州词派先河的沈岸登，其所为词，"比兴温厚"姑且不说。至于张惠言和张琦，从《茗柯词》和《立山词》可以看到，他们的比兴寄托运用得更具体，更有自己的风格特点。所谓低徊要眇，婉而多讽，在他们的作品中，是相当突出的。例如，张惠言《茗柯词》中《水调歌头·春日赋杨生子掞》写暮春：

晓来风，夜来雨，晚来烟，是他酿就春色，又断送流年。

黑暗势力和恶劣环境，往往使新生的人和物，以及他们的理想，酝酿成春色一样的美好，却又把他们白白地断送，这是封建时代普遍的现象。比这首词早三四十年出现的《红楼梦》中的贾宝玉和林黛玉，便是这类人物的艺术典型。张惠言把捉到暮春的这一寓意特点运用比兴，寄托他的富于社会现实意义的感受，使词的形象形式和思想内容统一起来，使意与境浑然一体，因此感人至深。陈廷焯评论说："热肠郁思，若断还连，全自风骚变出。"（《白雨斋词话》卷四）这是正确的。又如《木兰花慢》写杨花，通过晚春漂泊的杨花形象，寄托作者的才人失路，托足无门，云山愁影，萍踪泪凝的感慨。词作于未成进士潦倒无聊之时，他的这种感慨无疑是真挚深微的。张琦《立山词》中不少词作的寄托讽谕，也隐然见诸言外，如《摸鱼儿》咏晚春：

好春一片，只付与轻狂，蜂儿蝶子，吹送午尘暗。

南宋的陈亮写过《水龙吟·春恨》咏初春："恨芳菲世界，游人未赏，都付与，莺和燕。"二词真有同工异曲之妙！如果说陈词有"宗留守大呼渡河之概"，那么张词的讽刺就更深微了。黄彭年在评论张惠言时说："诗亡而乐府兴，乐府衰而词作。其体小，其声曼，其义则变风变雅之遗。自皋文张氏以意内言外之旨论词，而词之旨始显。"（《香草词序》，见《陶楼文钞》九）我们看张惠言及其他常州派词人的词作，大都体现意内言外比兴寄托的论点。正如黄氏所指出，不但形成了一个有自己艺术风格的流派，而且明确了词旨，提高了词在当时文坛上的地位，扩大了词的社会作用。

　　意内言外之说,比兴寄托之论,自从张惠言提出之后,嘉、道以还,词家词论家大都翕然从其所论。常州词派诸家自不必说,他如刘熙载、冯煦、项鸿祚诸人为之推波助澜,使这些词论论点有更深的影响。同治年间,刘熙载刊其《艺概》,在《词曲概》中阐发张惠言的论点,从而指出"言有尽而音义无穷"的词的艺术特点:"《说文》解'词'字曰:'意内而言外也。'徐锴《通论》曰:'音内而言外,在音之内,在言之外也。'故知词也者,言有尽而音意无穷也。"词家除了运用比兴寄托,还借助词律的抑扬高下,词韵的洪细变化,使词的声情无穷!这样,刘熙载也就发展了张惠言的论点。如果说刘熙载只从理论上来说明意内言外,冯煦在分析评论五代冯延巳词的时候,对意内言外又做了历史的具体的阐发:"翁颒卬身世,所怀万端,谬悠其辞,若显若晦,揆之六义,比兴为多。……其旨隐,其词微,类劳人思妇,羁臣屏子,郁伊怆悦之所为,……其忧生念乱,意内言外,迹之唐五季之交,韩致尧之于诗,翁之于词,其义一也。世壹以靡曼目之,诬已。"(《蒿庵类稿·阳春集序》)《词选》中选冯延巳的《蝶恋花》"六曲阑干偎碧树""谁道闲情抛弃久"和"几日行云何处去"共三首。张惠言虽鄙其为人,"六曲"阕且有争议,但还是认为"三词忠爱缠绵,宛然骚辨之义"。这是因为南唐上层社会政治腐败黑暗,宋师日逼江南,国祚岌岌可危之际,并不排除冯延巳有忠爱之忧。故冯煦的话,揭示正中词重比兴,"谬悠其辞",摅其所怀万端的身世之感;写劳人思妇,寄其忧生念乱之情,意内言外,昭然若揭。如果说冯煦是从社会历史和作家处境说明词的意内言外、比兴寄托,那么,项鸿祚则从意和言的内在联系来说明意内言外。他说:"夫词者,意内而言外也。意生言,言成声,声分词,亦犹春庚(鹒)秋蟀,气至则鸣,不自知其鸣也。"(《忆云词甲稿自序》)收在《忆云词甲乙丙丁稿》的作品,体现了他的这一创作思想。如《忆云词·水龙吟·败荷》咏败荷:"怕点清霜,怕逢疏雨,怕随流水。算关心只有,跳珠零乱,作相思泪。"像这样的词作所具有的幽艳哀断、荡气回肠的声情,正是他所说的"气至则鸣",也即韩愈说的"不平则鸣"的自然流露,是"不自知其鸣"的;这无疑高出于当时专事"辨韵辨律"的"江南诸子"的词作。这些词作,"律以意内言外之义,盖綦难焉。"(《忆云词甲稿自序》)作为一个家道中落的富家子弟,鸿祚在科场失意之余,对道光年间风雨如晦的社会现实,怅触特别敏锐。其身世之感，家国之念，一托诸倚声，发其沉顿郁积之气，这就不可避免地有商调的凄唳了。因此其意内言外、比兴隐微、寄托遥深之作，体现了张惠言的论点。

意内言外、比兴寄托还体现在张惠言对"意法"的分析上。张惠言提出"意在笔先""而未始离乎法"的论点："夫意在笔先者，非作意而临笔也。"（《送钱鲁斯序》，见《茗柯文》二编）他认为，作为词家思想倾向的意，在创作之先就形成了，只要对现实现象有着强烈的感触而又熟习填词的技法，就能使之成为词作的倾向性；并非在临笔，即进行形象塑造时，故意做出某种思想倾向。而意的形成全靠作者平日对生活的感受和文化传统的修养；做到"熟之于中而会之于心"。这样，词人在创作时，其思想倾向就自然凝注在艺术形象当中，而不自知其所以然。所以，张惠言说："当其执笔也，翛翛乎其若存，攸攸乎其若行，冥冥乎、成成乎忽然遇之而不知所以然，故曰意。意者，非法也，而不离乎法也。"（《送钱鲁斯序》，见《茗柯文》二编）作者主观的意成为一篇作品的思想倾向，成为作品的主题，当然是"不离乎法"的，而就词作说，在张惠言看来，这个"法"主要是指比兴寄托。依此，作者把自己对社会人生的感受，把自己的思想倾向融注在"男女哀乐"，乃至"触类多通"的一事一物这种既平凡而又普遍的抒情形象中，融注在词的微言中，从而寄其深远之旨，"以喻其致"。因而所创造出来的词的艺术形象，既有表层义——言外，也有深层义——意内。而"意内言外""意在笔先"这些论点，到了光绪年间，陈廷焯又发展为沉郁说，发挥了张惠言的意内言外、比兴寄托之旨。他写道："所谓沉郁者，意在笔先，神馀言外，写怨夫思妇之怀，寓孽子孤臣之感，凡交情之冷淡，身世之飘零，皆可于一草一木发之。"（《白雨斋词话》卷一，详见本书第十三章）无疑，陈亦峰在这里说的词中所体现的"怨夫思妇""一草一木"均属词的形象外部范畴，是表层义，而所兴寄的"孽子孤臣""身世飘零"则属词的形象内部范畴，是深层义。而二者的关系是词的艺术形象和主题思想、倾向性的关系。艺术地处理这些关系的方法则往往是比兴寄托。

此外，意内言外、比兴寄托之说，同张惠言的学术思想是有密切联系的。张惠言在学术上治虞氏《易》。关于虞氏《易》的特点，张惠言阐发得相当透彻。他在《周易虞氏义序》写道：

> （虞）翻之言《易》，以阴阳消息，六爻发挥旁通，升降上下，归于乾元用九，而天下治。依物取类，贯穿比附，始若琐碎，及其沉深解剥，离根散叶，畅茂条理，遂于大道。

这里特别注意的是，张惠言在说明虞氏《易》"以阴阳消息、六爻发挥旁通"而"归于乾元"的时候，提出"依物取类，贯穿比附"的论点。他认为，治《易》者为了说明易理，也即为了说明事物变化的基本原理，必须依物取类，贯穿比附，把抽象的东西具体化，使读者通过具体个别的物象，认识到同类事物的共同性和普遍性，因而认识其本质和规律性。其所以能够如此，正因为"触类而长，故各从其类"。这样，表面上似乎是琐碎、细微的，但是，通过这些琐碎细微的例象，将其一层一层地解剥，直至沉深的境地。事物的本质及其规律性，即所谓"大道"，就在"离根散叶，畅茂条理"的过程中，在去粗存精、由表及里的过程中，给予揭示。张惠言把这种《易》论的论点运用到词论上，他的比兴寄托就有更深刻的哲学依据。让我们回到《词选序》再看看：

> 然要其至者，莫不恻隐盱愉，感物而发，触类条鬯，各有所归，非苟为雕琢曼词而已。

"苟为雕琢曼词"是形式主义唯美主义的倾向。作为抒情作品的词，是词人哀乐的真实感情的表现，是感物而发的。而且这种感情及其形象形式也是触类条鬯、各有所归的。"触类条鬯，各有所归"和"依物取类，贯穿比附"实际是同义语，是词的比兴寄托在方法论上的依据。"触类条鬯"，不但在艺术表现方面明白通畅，没有晦涩隐蔽之虞，更重要的是，通过具体生动的形象，揭示出事物或现象的普遍性，揭示出它的一般意义，由此及彼、由表及里地把握到事物的本质特性和特点。所谓"依物取类""触类条鬯"，在学者是"沉深解剥"，而在作者则"各有所归"。张惠言在《虞氏易事序》中说："夫理者无迹，而象者有依，舍象而言理，虽姬孔靡所据也。"以艺术形象反映现实生活某些本质的带普遍性的方面，正是词以及其他艺术的根本任务。如果说理论著作因"象者有依"而以象喻理，那么，艺术则理在象中，通过形象思维、艺术想象，概括出现实生活的普遍性，创造出艺术典型，于词则创造抒情典型。

第三节 词的历史正变和比兴寄托

究明文学的正变,揭示出文学发展的历史规律性,这不但是文学史家的中心工作,也是文学评论者的重要任务。不少有影响的文学理论批评家,他们不但依据文学的正变确立其理论观点,而且也据以矫正当时文坛上的弊病。张惠言对文学的发展变化、盛衰正变是给予注意的。他说:"六义失而诗道变","夫存其变者可与正矣"(《诗毳赋》,见《茗柯文》四编)。诗固然有正变,词亦当究其正变之由。因此,从词的源流正变论证词的比兴寄托,是张惠言词论的另一重要方面。这些论点又体现在《词选》当中。张惠言论词,对文人词追溯到《诗》《骚》;根据《诗》《骚》现实主义和浪漫主义的传统,去认识文人词的艺术特征。《离骚》作为积极浪漫主义抒情长诗,以美人香草的艺术形象寄托屈原自己在政治上被排斥的愤思和眷恋祖国的幽情,因而重在比兴。变风变雅"主文而谲谏"的现实主义创作也重在比兴。在这方面,二者是相通的。张惠言认为,词就其特性说,和《离骚》、变风(也包括变雅)是相近的。正如刘勰所说,"规讽之旨""忠怨之辞"和"比兴之义"都是"(《离骚》)同于风雅者"(《文心雕龙·辨骚》)。故词,溯其总源,盖在《诗》《骚》。他说:

盖诗之比兴变风之义、骚人之歌,则近之矣。

这是说,词按照其本身的特性,不近正风正雅而近变风变雅,近乎《离骚》之辞。为什么?因为正风正雅代表的是所谓治世之音,按陈子龙及三家《诗》说,其正亦变也;而变风变雅代表的则是乱世之音,所表现的是"幽约怨悱之情"。张惠言所处的是衰世,他力主变风骚辨的比兴传统,是不难理解的。向来的看法是,除去一些篇章,变风变雅都是怨而不怒的。在张惠言看来,这正是"文小""声哀""低徊要眇"的词所吸取的文学传统。至于《离骚》,张惠言说:"楚人屈原,引词表恉,譬物连类,述三王之道,以讥切当世,振尘滓之泽,发芳香之鬯,与风雅为节。"因之,凡是不符合变风和骚辨那种比兴意义的词作,皆非正声,与《诗经》的郑《谱》、毛《序》异。张惠言接着说:

> 然以其文小，其声哀，放者为之，或跌荡靡丽，杂以昌狂俳优。

所以，词根据它的"文小"（按：指词的体制为小道）、"声哀""低徊要眇"的特性，一方面要求词家每填一词，必须高度地提炼和集中，概括出具有典型性的抒情形象；一方面又要求有一唱三叹反复曲折的情调，使其声凄婉动人，从而达到思想教育和审美教育的目的。不但要具有像"燕子楼空，佳人何在？空锁楼中燕"这样的提炼和概括，反对"小楼连苑横空，下窥绣毂雕鞍骤"那种缺乏艺术概括的词作；更要反对那种戏谑狂怪、放荡靡丽的淫词、游词和鄙词。张惠言因此确立词的正变观：凡符合变风（含变雅）和离骚比兴之义的为正，反之则为变。词的正变贯串于整个词史的始终；对于历代的词家词作也据以评其优劣得失。张惠言评五代词说：

> 自唐之词人，李白为首。其后韦应物、王建、韩翃、白居易、刘禹锡、皇甫松、司空图、韩偓，并有述造。而温庭筠最高，其言深美闳约。

《词选》所选李白《菩萨蛮》"平林漠漠烟如织"阕和未选入的《忆秦娥》"箫声咽"阕，均以羁人思妇写其乱离之感。刘融斋（熙载）所谓"太白《菩萨蛮》之繁情促节，《忆秦娥》之长吟远慕"，"想其情境"大抵是明皇西幸后的作品。显然，这体现了变风骚辨的比兴的传统精神。他如韦应物的《三台》写花落花开，人事老尽，而长安还未收复的感愤溢于言表，虽云铺陈，还是兴寄无端。因此，像上面张惠言所列举的那些唐代作家，从比兴寄托，近乎变风骚辨来说，大抵是正声；而其中的温庭筠，张惠言认为他的词造诣最高，达到深美闳约的境界。应该指出，所谓"深美闳约"是不可离开词的特点来看的，不可以古诗或长律来衡量。深美闳约是张惠言及常州词派评价词的标准。深闳指词的思想内容深刻宏富，意境深远广大，约指词的艺术概括、言辞婉约，而美则是词的审美价值。温庭筠是否达到这个标准，自张惠言提出之后，意见纷纭。贬之者如刘熙载、王国维等，以为"飞卿词精妙绝人，然类不出乎绮怨"，其词品只当得"画屏金鹧鸪"，秾丽而缺乏艺术生命，"深美闳约"只可移于正中（冯延巳）。而扬之者如周济却说："皋文曰：'飞卿（温庭筠）之词，深美闳约。'信然。"他的理由是，飞卿词"酝酿最深""神理超越"（《介存斋论词杂著》）。对温词的评价，如果说周济、张惠言同是常州词派的领袖人物，看法不难一致，而后至光绪年间，陈廷焯所做类似的评价就不好这样说了。陈廷焯认为："飞卿词全祖《离骚》，所以独绝千古，《菩萨蛮》《更漏子》诸阕已臻绝诣，后来无能为继。"（《白雨斋词话》卷一）我们看温庭筠《菩萨蛮》十四首、《更漏子》三首，并非争奇斗艳之作，而是作者思想感情的自然流露，含蓄温厚，其中有不少为人传诵的句子。如《菩萨蛮》的"春梦正关情，镜中蝉鬓轻"，欲言难言之苦，含蓄不尽。"花落子规啼，绿窗残梦迷"，于秾丽凄迷中寄其幽思。又"江上柳如烟，雁飞残月天""时节欲黄昏，无憀独倚门"，这些也都是比较深厚温藉、概括性较强的词作。《更漏子》"惊塞雁，起城乌"与"画屏金鹧鸪"相反衬，羁旅行役之苦被闺房生活之乐对照得更加强烈。这样的盛衰哀乐的抒情形象，是有其社会意义的。所以，陈廷焯评说："纯是风人章法。"（《白雨斋词话》）历来论者以温庭筠无行而鄙薄其词，这不仅失诸因人废言，而视其为无行的人也不无封建正统的偏见。众所周知，以飞卿之才之情，只做了个方城小尉，而在杨收一怒之下落魄以终。他完全是徐（商）杨（收）官僚集团之间矛盾的牺牲品。明此，就不难了解温庭筠词的比兴寄托，在绮丽之中寓其人才废弃的幽怨，而这种幽怨又往往是性情之自然流露，"低徊要眇""精妙绝人"，故其感人者深，有较高的审美价值。虽然，作为低徊要眇的词，不会像他的《过陈琳墓》诗"词客有灵应识我，霸才无主始怜君"那样的慷慨悲歌。在这意义上，张惠言评温词为深美闳约，并不是毫无根据的。历史上凡是提出一个新的文学理论观点，用以对具体作家作品做出正确的评价固然重要，但更重要的是所提出的观点在理论上和实践上的意义。张惠言提出深美闳约的评词标准，是为了正本清源，矫当时游词、鄙词和淫词之弊，从而确立词的发展的正变观。这不能不说是张惠言的历史贡献。

五代两宋是词的成熟阶段和繁荣时期，婉约豪放各种风格和流派就像百花园中众卉逞艳。各种风格流派及其代表作家都各有其艺术成就和缺点。词在其发展过程中也就出现变声。张惠言说：

> 五代之际，孟氏（蜀孟昶）、李氏（南唐李璟李煜）君臣为谑，竞作新调，词之杂流，由此起矣。

无论前蜀后蜀、后唐南唐，君主多识声律，能度曲。而臣下善词者，也多以词为供奉，俳优浮艳之作充斥于词坛，不可避免地成为杂流。即如鹿虔扆、欧阳炯、毛文锡等，前期也曾被目为五鬼。惟蜀亡前后，他们才多感慨之作，有一定的思想性。鹿词《临江仙》"金锁重门荒苑静"有亡国的哀思。至于南唐君臣调侃成趣，"'风乍起，吹皱一池春水。'干卿何事？"这已流为词史上有名的调侃。李煜亡国前后的词作具有乱亡的哀痛，感伤色彩颇为浓重，因而有比较深厚的历史意义，在某种意义上，也能激发读者的爱国感情。因为在当时，后周、南唐都有统一中国的条件。而南唐因其政治腐败，不但把这个大业转瞬付诸东流，还招致亡国之祸。李煜后期的词作，"变伶工之词为士大夫之词"，开辟了词的新的境界。而张惠言在《词选》中没有给予突出的位置，相反给予较低的评价，甚至把李煜列为杂流，这是很不对的。但张惠言倒是看到如李煜词"流水落花春去也，天上人间""小楼昨夜又东风，故国不堪回首月明中"还是兴寄无端的，因而把这些词选入《词选》。在张惠言看来，李煜后期词乃变中之正，这是对的。他前期那些"笙歌醉舞""刬袜香阶"，没其比兴寄托之义的唯美艳情之作，自然是变声，是杂流了。张惠言对两宋词极其推许。这主要是两宋词"文有其质"的源故。但也指斥其中的某些词家词作言之无物，狂傲悖理，缺乏思想内容，失去比兴之义。他说：

> 宋之词家，号为极盛。然张先、苏轼、秦观、周邦彦、辛弃疾、姜夔、王沂孙、张炎，渊渊乎文有其质焉。其荡而不反，傲而不理，枝而不物，柳永、黄庭坚、刘过、吴文英之伦，亦各引一端，以取重于当世。

两宋词家灿若繁星。这里所评及的和《词选》中所选入的自然是张惠言认为有代表性的词家词作。其苛而且偏的选词态度，这里暂且不论，而张惠言评价词的态度却是值得一说的。张惠言对所列出的两宋词家，从思想艺术的基本倾向评述他们的成就。他们的词"近乎变风之义、骚人之歌"，因而比兴温厚，一归于正。他如黄庭坚、柳永、刘过诸家，张惠言也依上述原则去衡量他们，并加以扬弃。黄、柳喜以俚语为艳词，"酒恋花迷"，乃至秽亵不可读；刘过狂怪粗犷，颇失比兴温厚之旨，其《沁园春》"斗酒彘肩"，摹拟辛词而失之太过（《蕙风词话》卷二）。但这些词家却能以其突出的方面取重当世：耆卿明白妥溜，善写羁旅行役；山谷小令用意深至，疏宕隽永；刘过豪放俊快，多家国之感，其《唐多令·武昌安远楼小集》"旧江山浑是新愁"，有寄托，堪称词史。张惠言论词，既坚持比兴寄托、含蓄温厚的原则，同时又对词家作品全面地进行评价。事实说明，其所评论的都大致精当，没有像浙派词人轻秦鄙黄的那种倾向。这是由于张惠言首先是一个学者，既通源流正变之理，又对词的历史发展有所理解；其次是作为一个词家，张惠言在创作实践中体验到词人创作的甘苦，了解他们每个人的艺术个性和艺术风格。当然，张惠言对历代词家词作的评价，也是为了揭示词在其发展过程中的源流正变，指出词之为弊的原因，从而提出救弊之方。所以，张惠言在《词选序》中指出黄、柳、吴、刘各引一端以取重于世之后，接着又说：

> 而前数子者，又不免有一时放浪通脱之言，出于其间。后进弥以驰逐，不务原其指意；破析乖剌，坏乱而不可纪。故自宋之亡而正声绝，元之末而规矩隳。以至于今四百馀年，作者十数，谅其所是，互有繁变，皆可谓安蔽乖方，迷不知门户者也。

自然，这是就词的总的趋向说的。张惠言认为，后进作者不从比兴寄托下功夫，追逐前代作家的那种"放浪通脱"，因而他们的词作，无所谓艺术规范，乃至乖剌坏乱，到了不可言状的地步。如石孝友的《金谷遗音》、赵长卿的《惜香乐府》，不少写男女妖冶之情；张继先的《虚靖真君词》、夏元鼎的《蓬莱鼓吹》，流为道教丹经炉火之论。更具体说，如高竹屋《御街行·赋轿》的咏轿、同调《赋帘》的咏帘、刘改之《沁园春·美人指甲》的咏美人指甲、同调《美人足》的咏美人足，均以亵体为世所讥。像这些词，诲淫诲诞，既无审美价值，在思想上又起消极作用，所以"正声绝""规矩隳"。张惠言虽然在这里没有深究文学类型体裁兴衰递嬗的内部规律，没有揭示出词演变的历史必然性，但指出其间作者"谅其所是，互有繁变，皆可谓安蔽乖方，迷不知门户者"，是深刻的。这里还得指出的是，张惠言贬抑吴文英，《词选》不选其词；而后来周济则推崇吴文英，《宋四家词选》列为大家。在常州派中，这种分歧是罕见的。在近代词坛上，梦窗词影响之大是不可低估的。但其"用事下语太晦处，人不可晓"（沈义父《乐府指迷》）。其词风又"映梦窗零乱碧"（王国维

《人间词话》)。据这些方面，张惠言不选梦窗词诚然是偏且严了。

第四节 张惠言比兴寄托论的优点和局限

张惠言的比兴寄托说，有不少精到之处，却又有严重的缺点和偏向。他强调"意在笔先"，往往使作家在依声填词之前，胸中横亘"寄托"两字。这样，所塑造出来的抒情形象很可能和作者的倾向性不能浑然一体，不能通过比兴寄托，使倾向性自然流露；而成为所寄托的内容的图解。我们看常州派词人的词作，其高者固然用意深隽，但不少却流于"平钝""廓落"，缺乏韵味。抒情色彩不如项鸿祚、蒋春霖、厉鹗等词人那样的深挚。学人之词大多类此。他们对作家作品的分析评论，由于一味深求作者的寄托，往往把直致之语看成寄托之辞，甚至穿凿附会，把一首形象完整有机组织的词，刈裂开来，逐句指其寄托所在。这就到了迂执的地步。如果说近代史上，《红楼梦》有索隐派，那么词学索隐，不能不说自张氏始。在《词选》中，张惠言这种索隐的做法俯拾即是。如对苏轼《卜算子》"缺月挂疏桐"阕，说什么"缺月，刺明微也"；"漏断，暗时也"；"幽人，不得志也"；"独往来，无助也"；"惊鸿，贤人不安也"；"回头，爱君不忘也"；"无人省，君不察也"。最后说："此词与《考槃》诗极相似。"王国维很反对张惠言的这种做法："固哉！皋文之为词也。飞卿《菩萨蛮》、永叔《蝶恋花》、子瞻《卜算子》皆兴到之作，有何命意，皆被皋文深文罗织。"(《人间词话删稿》) 王国维从这点上批判张惠言的穿凿附会，穷究寄意，当然是对的。但兴到和兴寄并非迥然异趋，兴寄于不自知则可达到"直致所得以格自奇"的艺术境界。温庭筠的《菩萨蛮》、苏轼的《卜算子》就是这样的艺术境界，既是兴到而又兴寄于不自知其所以然，即前面说的性情的自然流露，况周颐所谓"词贵有寄托，所贵者流露于不自知"(《蕙风词话》卷五)。这往往是创作心理活动的一种感兴结果，王士禛说的"伫兴而就"，是平日积聚了丰富的生活体验和形象思维活动的结果。它不是单纯的兴到，而是有所寄的。"清晨登陇首"是兴到，但羁旅之感寄予言外。就以王国维赞赏的白石《踏莎行》"淮南皓月冷千山，冥冥归去无人管"，那种孤寂无依、浪迹关山的情怀也见诸形象之外，或者说托合肥妓的游魂以见意。这可说是南宋落魄江湖的知识分子的典型写照。难道只写一个逐郎少女的离魂吗？当然不是。因此，不能像王国维所主张的单纯的兴到。任何创作都应该有命意，问题在于意在笔先是流露于不自知。由此可见，张惠言的比兴寄托说，除去其穿凿附会，刻意索求作者的寄托之外，还是值得肯定的。张惠言在理论上的错误是形而上学地看待比兴寄托，却不理解，成功的词作是有所寄又无所寄的，是经过概括的艺术形象；如果专事寄托，忽略倾向性和艺术形象的浑化，那么，所寄托的历史生活和作者的思想倾向就不可能融注在具体生动而又具一般性的艺术形象中，这样的词作即使不流于概念化，寄意也会既不深也不广。这是必然的，合乎创作规律的。庄棫序谭献《复堂词》说得好："夫义可相附，义即不深；喻可专指，喻即不广。托志帷房，睠怀君国，温韦以下，有迹可寻。"（转引自《白雨斋词话》卷五）我们看《词选》中的东坡《水龙吟·次韵章质夫杨花词》咏杨花，"似花还似非花"，似有寄托又似无寄托，似喻而非喻。总之，既是咏物也在咏人，是通过杨花飘零的形象，寄托诗人被贬谪后的慨叹，体现出贬谪者一般的本质的属性。前面分析的《卜算子》也是一样。由此可见，张惠言的词论其错误在于形而上学地看待寄托。尔后，周济提出"非寄托不入，专寄托不出"（《宋四家词选目录序论》）的论点，才基本上克服这种错误，而且把常州词派的比兴寄托说推进了一步。这样看来，在诸家评论张惠言词论得失之中，谢章铤的《赌棋山庄词话》是比较中肯的："虽然，词本于诗，当知比兴，固已。究之《尊前》《花外》，岂无即境之篇，必欲深求，殆将穿凿！……故皋文之说，不可弃，亦不可泥。"其后王鹏运在《半塘丁稿》中和冯正中《鹊踏枝》十阕，序云原词"郁伊恍恍，义兼比兴"，而声称所和者无关寄托，这也是不弃皋文之说，也不拘泥皋文之说的声明。

　　再者，张惠言分析评价词作所以穿凿附会也和疏于考订有关。如韦庄词大都于五十岁及第之前流浪江湖时作，入蜀后年近七旬，非系在蜀思唐之作可知。欧阳修的《蝶恋花》，说"殆为韩（琦）范（仲淹）而作"，尤属臆测。辛弃疾的《祝英台近》"宝钗分"阕，"必有所托"，但很难实指所寄者为何。而张惠言竟肯定是"其刺赵张乎？"这也是缺少证据。张惠言既疏于考订，又形而上学地看待寄托，这就难免于穿凿附会，迂执可笑了。其实，作为语言艺术的词，具体特定的历史事件和人物，只是其抒情形象典型化的素材，在这基础上进行更广泛更高度的艺术概括。因之，这种抒情形象既不可能是赵张，也不可能是韩范。而他们的历史活动,他们的思想性格,只是作为抒情形象典型化的素材而被使用于创作过程。如像张惠言那样,固执某词指说某人某事,这是违背典型化原则的。周济没有也不可能提出典型化的理论,但他所提出的"非寄托不入,专寄托不出"的论点,同艺术概括和典型化原则是暗合的。所以相对地说他能够克服张惠言比兴寄托说的形而上学的弊病;避免他在分析具体作品时穿凿附会的主观臆测。

最后,让我们谈谈张惠言对词的声律的态度,用以结束本章。张惠言在他的《词选》及序中几乎没有涉及声律。但从他的词的创作中,不难看到声律和谐铿锵之美。可以知道,张惠言对词的声律是十分重视而精研的。一般人(笔者也在内)初时总以为常州词派因主张比兴寄托,重视词的内容和词的思想历史意义,与浙派相较,是不会精严声律从而重视词的声律美的,尽管后来周济也谈到声韵。但是,如果我们细诵张惠言的词作,可以领略到其思想内容佳,声律也美。如他的《木兰花慢·杨花》《水调歌头·春日示杨生子掞》组词,用律精严而自然,得声律和谐之美。这里尤须指出的是,有清一代,承两宋词家用律精美的成就,如柳永、周邦彦、姜夔、吴文英等,对去上声运用而成的扬抑格极为重视。万树在《词律发凡》中列为定式。如云:"声响若上去互易,则调不振起,便成落腔。尾句尤为喫紧。如《永遇乐》之'尚能饭否'、《瑞鹤仙》之'又成瘦损','尚''又'必仄,'能''成'必平,'饭''瘦'必去,'否''损'必上。如此然后发调。"(《词律发凡》)又云:"上声舒徐和软其腔低,去声激励劲远其腔高。相配用之,方能抑扬有致。大抵两上两去在所当避。"观此,可知词用去声字能够振起全句乃至全篇,因为去声劲远而高亢。所谓"两上两去所当回避"者,主要是指句两仄的地方,当回避连用两上或两去,应换为去上两声或上去两声,使其扬抑或抑扬成律。万氏所说的道理说明因上去安排所形成的扬抑格或抑扬格,而扬抑格的去上两声尤为词家垂注。这在前面谈李清照的词论时已略为论述了。因此,风气所趋,作为学者兼词家的张惠言,对去上声的扬抑运用甚为美听,令读者叹为观止。他的《木兰花·游丝》就是其例。在这里,让我们引该词的前片以为例证:

是春魂一缕,销不尽,又轻飞。看曲曲回肠,愁侬未了,又待怜伊。东风几回暗剪,尽缠绵、未忍断相思。除有沉烟细袅,闲来情绪还知。

此词通过游丝的形象,写出词人在穷困潦倒中像一缕春魂,"销不尽,又轻飞",在挣扎,在奋起,不因环境所迫而妥协而沉沦,幽怨悱恻的情绪中见其积极的人生。词的大意和《木兰花慢·杨花》《水调歌头·示杨生》相似。为了更好地表现这个主题思想和游丝的特性,不但用了多个去声字作起句,如"是""又""看""尽"等,又用了多个去上格,如"未了""暗剪""未忍""细袅"。后者合于万氏所说的歇拍当用去上。还有"又待"。"待"字,按语音学古时的浊上声后来转为去声的原理,今音的去声"待"字,《广韵》声系属全浊的定母,故本为上声。所以"又待"也是去上格。经过这样的语音分析,我们把这片词吟诵起来就感到柔曼萦回、缠绵和谐的声律美,配合着幽怨悱恻的情调。由此可见,张惠言论词主比兴寄托,在创作上还是参究声律的,是追求词的内在美和外在美的统一的。

第七章　周济论词的空实和寄托

第一节　清代嘉庆、道光时期的词坛和作者

郭绍虞、王文生两先生在《论比兴》中对周济的寄托说做了如下的评论："寄托也就是比兴方法的运用，它帮助作者实现艺术的创造，引起读者产生美感的效果，文学艺术的特殊作用与艺术思维的特殊规律有着深刻的内在联系。"（《文学评论》1978年4期）周济是常州派的领袖之一。他的寄托说，正如郭、王两先生所指出，有着较重要的理论意义。总结周济的词论，批判地吸收其中合理的乃至精粹的因素，为马克思主义文艺理论的民族化提供条件，应该说，这是亟待进行的工作。

前章论张惠言的词的比兴寄托时已经指出，常州派是为矫正浙派末流词的空疏和偏重格律形式顺应时代而兴起的词学流派。这一流派的兴起，完全适应清嘉、道以还，内忧外患、社会剧遽变化的历史要求。常州派的始创者张惠言，提倡词的意内言外之论、比兴寄托之说。他不但矫正浙派末流词学之弊，横扫当时词坛上淫、游、鄙之词；而且把词提高到和诗文同等重要的地位，克服了把词看成"小道"的正统偏见，从而使词得尊其体。尤其到了周济，他发展了张惠言的比兴寄托说，并在这基础上又提出词史与诗史并行的论点，把词的社会历史认识作用提到从来未有的高度，词体因此也就更加庄重了。正如谭献（复堂）说："以予所见，周氏撰定《词辨》《宋四家词选》，推明张氏之旨而广大之。此道遂与于著作之林，与诗赋文笔同其正变也。"（《箧中词》卷三）又说："周介存有'从有寄托入，以无寄托出'之论，然后体（指词体）益尊、学益大。"（《复堂日记》丙子）从常州派在近代整个历史时期所起的影响看，复堂的话并无夸大。本章让我们从周济论词的空实关系、词的从有寄托入以无寄托出的辩证关系做一初探。

周济（1781—1839年），字保绪，一字介存，晚号止庵。江苏荆溪（今宜兴）人。嘉庆十年（1805年）进士，官淮安府学教授；少有远志，

与同郡李兆洛、泾县包世臣以经世之学相切磋，兼通兵家之言，习骑射击刺，后悉弃去，隐居金陵春水园，潜心著述。著有《晋略》，所辑《宋四家词选》《词辨》附《介存斋论词杂著》为世所尚，其《味隽斋词》上追北宋，婉丽润秀。谭献称："止庵自为词，精密纯正。"（《箧中词》卷三）周济早年从张惠言甥董士锡学，于词"受法晋卿（士锡字）"（《词辨·自序》），对张氏词论相当推崇，认为他的《词选》"叙文旨深词约"（《箧中词》卷三）。但是周济对张惠言并非盲目崇拜，而"辨其是非，与二张（张惠言、张琦）、董氏各存崖略"（《词辨·自序》）。

第二节 求空求实和空实的统一

周济在评论两宋词的时候，有这么一段话：

> 北宋词下者在南宋下，以其不能空，且不知寄托也；高者在南宋上，以其能实，且能无寄托也。（《介存斋论词杂著》，以下简称《杂著》）

这里，周济指出了词的空和实与寄托的内在联系。在他看来，这是决定词品和艺术性高低的基本条件。因此，周济词的空实论，实际是词的寄托说的组成部分。所谓"能无寄托"，是先求有寄托入，后求无寄托出的结果，是词家的性情在感物兴怀时流露于不自知的结果。

众所周知，浙派宗姜（夔）、张（炎），标举清空骚雅，但到了末流，流为空疏，流为寒乞。张惠言以意内言外、比兴寄托力矫其弊，一句话，以实救虚。但是，张惠言却忽视浙派所主张的姜、张清空传统，所为词往往能实不能空，无空灵疏宕之致，甚者流为"学究"。周济认识到张惠言词论这种偏向，因此在接受浙派所主张清空传统的基础上，提出空实统一的论点。

姜、张一派论词主清空，反对质实。这对词的形象塑造是重要的。诗词一理，词的艺术形象也必须具有如司空图、严羽等人所说"透彻玲珑""美在酸咸之外"的审美特点①。因此，清空便成为姜、张一派关于词的

---

① 刘熙载《艺概·词曲概》："司空表圣云：'梅止于酸，盐止于咸，而美在酸咸之外。'严沧浪云：'妙处透彻玲珑'不可凑泊，如水中之月，镜中之象。'此皆论诗也，词亦得此境为超诣。"

创作实践和理论批评的原则,即使是一种风格原则,其影响也很大。清空质实之说,初见诸张炎的《词源》:"词要清空,不要质实。清空则古雅峭拔,质实则凝涩晦昧。"第二章曾经论析。正确地理解古雅之词,不是抄袭前人的意境词句,不是模拟前人的风格声貌;在我们看来,而是符合传统艺术规范的具独创性的词作。在这意义上,古雅峭拔之词,往往也会达到清新空灵的艺术境界。所以清新空灵和古雅峭拔的统一,为姜、张一派所重视,是浙派所奉行的圭臬。这些论点已见于论张炎和朱彝尊各章。与清空相反,自然是质实晦涩艰深了。"质"则不空,"实"则不灵,向为词空所忌。我们看姜白石的《暗香》《疏影》咏梅,很清空,不质实,格调高雅而体气超逸:"客里相逢,篱角黄昏,无言自倚修竹。"从杜甫《佳人》"天寒翠袖薄,日暮倚修竹"化出。"昭君不惯胡沙远,但暗忆江南江北。想珮环月夜归来,化作此花幽独。"这又不但使用了《西京杂记》昭君出塞悲剧性的故事,也把杜甫《咏怀古迹》咏昭君"一去紫台连朔漠""环珮空归月夜魂"融化在词中,从而构成一个幽独高洁、娴雅优美的抒情形象,既写出梅花的神理,也体现了艺术创作的人的性格特征,表现了作者的爱国思想和感情。周济评《暗香》"想其盛时,感其衰时"的话移到这里,是合适的,所以他最后指出:"不能挽留,听其自为盛衰。"(均见《宋四家词选》该词眉批)姜白石作为一个布衣清客,身世之感、家国之恨流露于有意无意之间,其清空疏宕是当时的词作难以比肩的。无怪张炎说:"如野云孤飞,去留无迹。……不惟清空,又且骚雅。"(《词源》卷下)故为周济所重视。而主姜、张清空骚雅的浙派词家,朱彝尊、厉鹗以"词人之词"掉鞅词坛,成为一代颇有成就、颇具影响的人物。但其末流则多从格调上追求清空骚雅。言清空则流为空滑,谈骚雅则止于言辞,求如意境的清空,格调的骚雅,像白石《暗香》《疏影》那样,也就几稀了。张惠言虽力矫其弊,但张氏宛邻词作却又忽视清空在词的形象、意境上的重要意义。所以,沈祥龙说:"词宜清空,然须才华富、藻采缛,而能清空一气者为贵。"(《论词随笔》)这对浙派末流空谈清空固然有所补弊,对张惠言以后的词人忽视清空也有所警告。但是,沈氏所论,只着重在艺术表现,而周济却提出具有艺术原则意义的空实论。周济指斥并指出浙派在理论和创作实践上单纯崇尚姜、张清空之非:

近人颇知北宋之妙,然终不免有姜、张二字横亘胸中。岂知姜、张在南宋，亦非巨擘乎？论词之人，叔夏晚出，既与碧山同时，又与梦窗别派，是以过尊白石，但主清空。后人不能细研词中曲折深浅之故，群聚而和之，并为一谈，亦固其所也。(《杂著》)

初学词求空，空则灵气往来；既成格调求实，实则精力弥满。(《杂著》)

初学词求空，既成格调求实，这是相对说的。词家在词的创作过程和艺术构思中，求空求实都是相反相成的，循环反复，以期达到超诣而完美的思想艺术境界。所谓求空，是使词的艺术形象透彻玲珑，如水月镜花不可凑泊；用典用事如水中注盐，无迹可寻，既无饾饤之嫌，也无晦涩之弊，而词的思想倾向，自然流露于不自知。沈祥龙在他的《论词随笔》中用司空表圣、严沧浪的诗论对周济求空一类的论点，进行了一定的阐发。他指出："词能寄言，则如镜中花。如水中月，有神无迹，色相俱空，此惟在妙悟而已。严沧浪云：'惟妙悟乃为当行，乃为本色。'"周济求空之论，是否认为词的意象从妙悟中得之，他没有做具体的论述，我们不必深究。而沈氏所谓"有神无迹，色相俱空"，却揭示出周济提出的求空的理论实质。前面所引刘熙载在《艺概·词曲概》中所说的话也说明这点。所以，所谓空，就是形象空灵生动，如周济所说的"灵气往来"。那种描头画角、节节而写之的自然主义固然不可能空，典实堆砌、辞藻铺张的形式主义也不可能空。在《宋四家词选》中，被周济视为领袖一代的吴文英，张炎在《词源》中就指出他的词作质实晦涩的倾向："梦窗《声声慢》云：'檀栾金碧，婀娜蓬莱，游云不蘸芳洲。'前八字恐亦太涩。"因此他又说："梦窗词如七宝楼台，眩人眼目，碎拆下来，不成片段。"这说法虽有语病，而吴文英的部分词作，辞藻堆垛、意旨晦涩的弊病是不必为他隐讳的。当然，吴文英的词也有空灵疏宕的一面，这是在论张炎清空章分析过的。如周济说："梦窗立意高，取径远，皆非馀子所及。惟过嗜饾饤，以此被议。若其虚实并到之作，虽清真不过也。"(《宋四家词选目录序论》，以下简称《序论》)如他的《风入松》的"听风听雨过清明，愁草瘗花铭"、《八声甘州·游灵岩》就都是虚实兼到之作。所以，陈洵说："梦窗神力独运，飞沉起伏，实处皆空。"(《海绡说词》)浙派词人中，厉鹗除了一些饾饤之作外，不少作品清空若拭。如《声声慢·停琴仕女图》把一个怯寒转轸的幽丽形象写得极鲜明生动，而"留响空烟"的关山失路、触绪可怜之意,则又见诸言外,所以谭献认为"如此方清空不质实"。次如周济在《宋四家词选》所选周密的《花犯·赋水仙》之咏水仙花、《琼华》之咏琼花,认为不失为清空之作。在《花犯》眉批说:"草窗长于赋物。然惟此及《琼华》二阕,一意盘旋,毫无渣滓,他作纵极工切,不免就题寻典,就典趁韵,就韵成句,堕落苦海矣。"即如他的《一萼红》登绍兴蓬莱阁,苍然感慨,评者多以为草窗词集压卷之作,而其中以秦鬟喻山、妆镜比水,未免"就题寻典"了。

周济认为,在词的创作过程中,求空之后,又须求实。特别既成格调,词家形成了一定的艺术风格之后,求实便成为词家创作的重要阶段了。如果说求空使词的形象、意境透彻玲珑,空灵生动,如"空潭泻春",那么求实就使词的艺术形象、意境包蕴着无穷的思想生活内容和感情意趣,使形象和意境"超以象外,得其寰中",一句话,就是"反虚入浑"。不实不可以言浑,但浑化却非质实。所以清空而见浑含之诣,这才是止庵论词"既成格调求实"的本意。这样,就得进行高度的艺术概括,使艺术形象、意境"具备万物",但又"万取一收"。这样的词作才是"精力弥满"的。例如,稼轩词其艺术意境、艺术形象,在空与实的统一中体现了较高的艺术概括力和鲜明的审美特点。在《宋四家词选》中所选的《贺新郎·别茂嘉十二弟》"绿树听鹈鴂"阕和同调《赋琵琶》阕,虽然每一首都驱遣了很多历史事件和典故,不但不质实堆垛,反而气韵沉雄流贯终篇,使读者感到词人对现实生活进行了较高的艺术概括的同时,对当时局势"不平之鸣,随处辄发"(《杂著》)的强烈批评。《贺新郎》通过写历史上各种典型的怨别,道出所以送别茂嘉的社会原因,借以抒其感愤:前片抒"北都旧恨",后片抒"南渡新恨"(《宋四家词选》该词眉批语)。但是不少的研究家认为,周济的这种说法纯属附会[1]。当然,周济的这一评点,就词面说,很难扯到南北宋的新旧恨上去。但如果透过词面还可以做这样的分析:明妃和亲由外患,戴妫别姜因内患,因这些具有历史背景的典型的怨别,联想到当前的怨别也由国事日非所致。这难道纯属附会?艺术的作用主要的是引起读者有依据的审美联想。"南渡新恨",依此也可理解。由此可知,这首词是经过很高的艺术概括的。其

---

[1] 如胡云翼先生《宋词选》:"周济《宋四家词选》说'上半阕北都旧恨,下半阕南渡新恨',这说得并不确切。"

"敛雄心""成悲凉"(《序论》),沉厚蕴藉,精力弥满,充分表现了空实统一的艺术效果。在晚清词坛上,如许宗衡《玉井山馆诗馀》,空实统一的词作就有不少。其《中兴乐·初秋登龙树寺凌虚阁》阕,既清空又精力弥满。这首先由于海秋(宗衡)所处正是清代政治越趋窳败、帝国主义频年入侵的年代,借蓟门的景物苍凉以写其豺狼当道、英雄失志的感愤。谭献评云:"止庵《词辨》(按:指《词辨》所附《杂著》)所谓既成格调求实,实则精力弥满者也。"(《箧中词》卷四)

倚声填词,求空求实,空实统一,是周济词论的重要思想之一,是作为一般艺术原则被揭示的。所谓空实的统一,主要表现在艺术概括化和艺术个性化上。艺术概括的程度决定词的艺术形象普遍性的程度,艺术个性化的程度决定词的艺术形象鲜明生动的程度。二者得到高度统一的词,其艺术形象和意境既空灵生动又含蓄蕴藉,既疏宕又沉郁。从这个意义上来理解周济说的"实则精力弥满"的"实",就不是自然形态的实,而是经过艺术概括的实,是空灵生动的形象、意境的充实内容,"充实之谓美",所以这样的词会给读者以一种生命搏动的"精力弥满"的审美享受。稼轩词固然如此,即使小令如《太常引·建康中秋夜为吕潜叔赋》阕,也有这样的思想审美效果。其后片云:"乘风好去,长空万里,直下看山河。斫去桂婆娑,人道是清光更多。"写中秋看月,意想奇妙,而归于恢复中原,又从杜甫《一百五日夜对月》"斫却月中桂,清光应更多"蜕出,是一首艺术个性化很高的小令。而周济在《宋四家词选》眉批云:"所指甚多,不止秦桧一人而已。"如果还不像一些人所说这又是常州派穿凿附会的话,我们从此会感到其艺术概括也是很高的。词以桂影喻主和派的黑暗势力,其中确是指秦桧又不是指秦桧,在是与非是之间,在清空中见其沉厚的思想内容,在具体个性中见其一般性,写得那么浑化。和稼轩相反,陈允平、张炎的词不少能空而不能实,达不到空实统一的浑化的境界。周济评说:陈允平(西麓)"无健举之笔,沈挚之思,学之必生气沮丧"(《宋四家词选》陈词《八宝妆》的眉批);"径平思钝"(《序论》)。又说:张炎(玉田)"偶然风致,乍见可喜,深味索然"(《序论》);"玉田意尽于言"(《词辨》自序)。这显然为后来王国维《人间词话》评张炎词"玉老田荒"所本。这些评论都是符合二家词作的实际的。例如,张炎的《西子妆慢》:"杨花点点是春心,替风前万花吹泪。"虽说是名句,"此词家李长吉呕血得来"(《山中白云词》该词的江昱疏),但总不如苏轼《水龙吟》咏杨花结句"细看来不是杨花,点点是离人泪"那样的自然含蓄。词家之所以如此,无疑首先是对生活体验和感受不深、艺术概括能力和形象思维能力不强所致,同时又是掌握不到空实统一的辩证关系所带来的后果。至于周济本人的词作如《蝶恋花》"柳絮年年三月暮"阕,这种空实统一是做到了的,只好容后再谈。

周济所提出的空实之说,带有一些辩证的因素,纠正了自张炎《词源》以来单纯强调清空的偏向,使清空论建立在艺术概括和典型化的基础上。具体地说,清空论所注重的是要阐明词的形象、意境透剔妥溜、空灵生动的艺术特点和审美特征,反对晦涩堆垛等"质实"的弊病。但是,不少清空论者有忽略艺术概括和典型化的一面,因为他们不是空诸所有,而只是追求风格的清空。当然这只是就理论观点说的,他们也有不少概括性高典型性强的词作,如姜、张、朱、厉。众所周知,词的创作只有通过高度的艺术概括和典型化,才能把词家对现实生活的丰富体验和深刻感受,集中在一个具体的空灵生动的抒情形象当中。这就是"既成格调求实,实则精力弥满"的理论实质,而周济当然不可能做这样的科学的认识,比较多地带直观性。但这个论点,不仅可矫浙派末流之弊,而且是适应道、咸以后的时代要求而产生的。这一时期虽然流派不同,而词家大都注重抒其"世积乱离,风衰俗怨"的身世之感、家国之恨,所谓"别有怀抱",所谓"凄然言外者",与当时内忧外患所形成的时代脉搏比较合拍,因而金应珪所指斥的游词(见金的张惠言《词选序》)为之涤荡。正因为如此,周济求空求实之论,在近代词论发展上产生了比较好的影响,这主要体现于后来词论在实和空(虚)、有和无等对立统一的关系上,增进了艺术技法甚至艺术原则的辩证因素。其间最有代表性的是刘熙载(融斋)。融斋著《艺概》,初刻于同治十二年(1873年),"其论词就明显受到清常州词派的影响"(王国安《艺概》前言)。我们知道,清空妥溜是自宋张炎、沈义父①至清朱彝尊、汪森等人的传统观点。周济以实救其空疏,并有别于张惠言的做法,提出空实说。但是,在周济的著作中,有关空实统一的明确论述还未有过。而融斋则提出"妥溜中有奇创,清空中有沉厚"(《艺概·词曲概》),这无疑发展了周济的论点,并赋予较明确的辩证形式。融斋又说:

---

① 沈义父的《乐府指迷》虽主吴文英,但也不废清空。

> 词之大要，不外厚而清。厚，包诸所有；清，空诸所有也。（《艺概·词曲概》）

融斋论厚，强调词的艺术概括，所谓"厚，包诸所有"，这是周济论实所未曾达到的境界。在"包诸所有"的基础上，求"空诸所有"，更揭示出词的形象化的辩证原则。总之，在词的概括化过程中必须包诸所有，而在词的形象化过程中必须空诸所有，二者相反相成，辩证地统一着，往复回环，正如司空图所论："超以象外，得其环中"（《二十四诗品》），目的在于创造出黑格尔说的"这一个"抒情典型。当然，刘融斋还没有那么完整的辩证观点，更没有典型论思想，但事实说明，他的这些论点无疑发展了周济空实理论中的辩证因素，在词论史上增添了一些艺术的辩证法。融斋从这一论点出发，还提出"熟事虚用"（用姜夔《诗说》语）、"寄实于虚"等的艺术技法以及"词以不犯本位为高"的审美要求。如"琼楼玉宇，天子识其忠言"，这当然是以其不犯本位、空灵蕴藉所引起的审美效果。无疑在词的空实论上，刘熙载丰富并发展了周济的论点，把它推到更高的水平。所以，沈曾植在他的《菌阁琐谈》中说："止庵而后，……得宋人词心处，融斋较止庵真际尤多。"这些发展了周济的空实论的观点，我们在论刘熙载的篇章时还拟作比较详尽的伸论。

第三节 非寄托不入，专寄托不出，求有寄托求无寄托

周济提出空实论的同时，又倡导寄托说。寄托说远绍两宋，[①] 是周济词论的核心部分。它发展了张惠言论词的比兴寄托的合理因素，而矫正其某些形而上学观点。张惠言倡"意在笔先"（《送钱鲁斯序》），专讲寄托不讲浑化。按照他的理论，词家依声填词之先，胸中总难免横有"寄托"二字，不容易通过比兴寄托，使意与境浑，使主题和形象自然浑化，让思想倾向自然流露，形象成了所寄托内容的图式。而周济却提出这样的著名论点：词，"非寄托不入，专寄托不出"。无疑，这是周济继承了张惠言论比兴寄

[①] 如释文莹《湘山野录》卷中载：陈尧佐极怀吕申公引荐之德，作《燕词》一阕，以新燕自比，以凤凰、红楼主人比申公，极蕴藉含蓄之至，雍容得体，殊无谀颂之嫌。又黄庭坚跋苏轼《卜算子·孤雁》实为寄托之论，等等。

托的合理部分，同时又矫正其偏蔽后所确立起来的论点。他写道：

  夫词，非寄托不入，专寄托不出，一物一事，引而伸之，触类多通。(《序论》)
  初学词求有寄托，有寄托则表里相宣，斐然成章。既成格调，求无寄托，无寄托则指事类情，仁者见仁，智者见智。(《杂著》)

所谓寄托，一般地说，即特定的历史现实现象或事件以及作者对其所做的思想审美评价，寄寓于具体个别的艺术形象之中；而这一个别的艺术形象也有其描写的客观对象。因此从形象内容来说，后者是形象的直接内容，前者即作者"寄意题外"的本意或本事，也是作者的创作意图。所以，有寄托的词作，更重视"象外之象""味外之旨"。按传统的说法，后者是词面，是所描写的直接对象；前者是词底，是通过描写对象的形象形式体现出来的特定的历史现实以及作者的评价。因此，有寄托的词，其塑造形象的艺术手法大都是比兴两法；即使成功地运用赋体，其旨归也在比兴，尤其在兴。近人吴梅解释寄托说："所谓寄托者，盖借物言志，以抒其忠爱缠绵之旨，三百篇之比兴，离骚之香草美人，皆此意也。"(《词学通论》)因此，即使幨帏儿女、花草闲题、斜阳烟柳、鸟啭虫鸣，都可以寄作者的"贤人君子幽约怨悱不能自言之情，低徊要眇，以喻其致"(张惠言《词选序》)。其他重大题材就更不用说了。艺术形象应该是具体性和普遍性相统一的。这个统一无疑是周济说的"非寄托不入，专寄托不出"的理论依据。诚然，这对周济说来，只是"暗与理合"。正由于体现了这个统一的艺术形象形式，词所描写的"一事一物"就可以"引而伸之，触类多通"。因为这"一事一物"已经不是自然形态的，而是经过艺术选择的具有普遍性的一事一物了，已"万取一收"了。在这方面，周济吸取了张惠言的词论。张惠言在谈到词的产生和特性时曾说："感物而发，触类条鬯，各有所归。"(《词选序》)这指明，词必须从个别显示一般，个别的东西必须是共性显著，普遍性深刻的；否则就不可能"触类条鬯""触类多通"。这样，词的寄托就能入而不能出，形象成为只体现一事一物的图案，即使是精雕细刻的图案也不是抒情艺术作品。这就说明，寄托能入又能出的词作，必须是经过艺术概括的、具有普遍性的作品。在晚清词坛上，如庄棫的《高阳台》因郭湘渠的上河图一角扇画，写宋朝的张择端的《清明上河图》长卷在人间的沉浮，其间联系到明王世贞因家藏此本，父遭严嵩迫害的"弇州旧恨"，吊古怆今，忧生念乱，高度地进行了艺术概括。"金戈铁马经过眼，记百年河外霓旌。"道光以来的内忧外患，使作者写作此词，沉郁苍凉，寄慨遥深，成为有抒情典型的词作。所以，谭献给予它很有概括性的评语："碧山（王沂孙）白云（张炎）之调，屈原宋玉之心，兴寄百端，望古遥集，止庵所谓能出者也。"（《箧中词》五）如果我们从两宋词来考察，首先南宋的咏物词更见寄托的这一特点，其次是闺帏儿女、伤春恨别之作。前面说过，稼轩以斜阳烟柳（《摸鱼儿》春暮）、琵琶解语（《水龙吟·赋琵琶》），寄其朝政日非、时局危殆之慨；白石《暗香》《疏影》咏梅、《齐天乐》咏蟋蟀，其慨乎时者，也寄意题外。郑文焯评《齐天乐》云："下阕寄托遥深。"读者可以从蟋蟀的哀音和无知儿女追寻蟋蟀的欢乐相反衬的描写得到体会，不止"自伤身世"。王沂孙是一位寄托很深的词家，他的《眉妩·新月》咏新月、《齐天乐》咏萤和咏蝉，"黍离秀麦之感只以唱叹出之"（《序论》）。这些词作，虽格调高低不同，内容深浅有别，但都具普遍性，有浑涵之诣，成为咏物寄托的名作。当然，像苏轼《水龙吟》咏杨花、周邦彦《六丑·蔷薇谢后作》的咏落花那样浑化超诣，从艺术性来说，是南宋词人不易达到的境界，而由于时代不同，南宋词的思想性则往往过之。这也说明，周济论词的寄托，从南宋入而归于北宋的浑涵，"以还清真之浑化"（《序论》），不是没有道理的。至于闺帏儿女、伤春恨别之词，也有不少运用比兴手法，寄托作者的身世之感、家国之思，反映社会现实所提出的重大问题的。例如，陈亮的《水龙吟·春恨》阕，其中"恨芳菲世界"三句，寄其锦绣河山为入侵者蹂躏之恨；"凭高念远"三句，寓其对中原父老沦落之念，而使读者于风流蕴藉中激赏其幽秀妍丽，沉味其"忠爱绸缪之旨"。德佑乙亥太学生《百字令》的"半堤花雨"、《祝英台近》的"倚危栏，斜日暮"二阕，虽空灵蕴藉不足，但在元人南侵、国家危岌之时，贾似道犹专政弄权，词人对之既讽刺又诉斥[①]，痛快淋漓。

[①] 宋恭帝德佑元年乙亥岁（1275年），元人发动对南宋的进攻。江淮一带沦陷。贾似道专权，朝臣罢退。似道也终被贬广东循州。太学生作二词以讽。《重刊湖海新闻夷坚续志·后集》对二词联系当时形势做了笺注。清朝的董毅的《续词选》在二词下具引其文，作为有所寄托的解释。

这些词表明，有寄托的词，其艺术形象必须具有共性，通过比兴，引出作者的本意，体现作者的思想倾向。这样才能"触类多通"，使本意和倾向性见诸象外。诚然，有些词似有寄托似无寄托，迷离惝恍，难以测其端倪，尤以"艳词"有寄托者难测。但就词的含蓄蕴藉的特性说，这又往往是艺术性高的。这些词作又说明周济论寄托之能入能出在词的艺术技法上和词的思想艺术性方面的意义。今举南宋陆淞（子逸）《瑞鹤仙》为例：

> 脸霞红印枕，睡觉来、冠儿还是不整。屏间麝煤冷。但眉峰压翠，泪珠弹粉。堂深昼永，燕交飞，风帘露井。怅无人说与相思，近日带围宽尽。　　重省，残灯朱幌，淡月疏窗，那时风景。阳台路迥，云雨梦，便无准。待归来，先指花梢教看，欲把心期细问。问因循过了青春，怎生意稳。

陆淞此词曾选入清朝人选集如《词综》《续词选》和《湘绮楼词选》等，可见向来不是当作艳词看待。张炎（叔夏）评此词及稼轩《祝英台近》"宝钗分"阕云："皆景中带情，而有骚雅。故其燕酣之乐，别离之愁，回文题叶之思，岘首西州之泪，一寓于词。若能屏去浮艳，乐而不淫，是亦汉魏乐府之遗意。"（《词源·赋情》）叔夏这一评论，揭示了子逸此词的寄托之意。从词面看，"回文题叶之思"固然道出了所描写的男女私情，但这又怎么和岘首西州之泪联系起来呢？大家知道，岘首之泪指为羊祜立碑事，西州之泪指王昙哭谢安事。羊祜、谢安同系两晋名臣，谢安镇安朝野，抵御苻秦，功勋卓著，在历史上有其地位，而王昙哭之，岂止因为舅甥关系？由此可见，词人通过回文题叶之思那种男女私情，寄托其岘首西州之泪的时事之感是无疑的。张炎隐约其语，大概不便直说寄托。他写的词见诸《山中白云词》的就有不少寄托之作，但《词源》一书，却不列寄托之目，可见他在当时政见禁锢中，于寄托是讳莫如深的。此外，董毅（子远）的《续词选》，于此词下注云："刺时之言。"也认为有寄托。与众所知，《续词选》是张惠言《词选》的一个补编。由于吸取了人们对《词选》的意见[①]，董子远所选词评注颇为谨慎，很少加评。"刺时

---

① 参见张琦《续词选·序》。

之言"谅非臆测。叔夏、子远之评,一侧重抒情,一侧重释义,但同是认为寄托之词。陆淞是陆游的兄弟行,陆佃之孙,生当南渡之初,颇闻汴京之盛,而时局日蹙,必有寓感愤于其间。男女私情不过借以表现其所感。陈鹄《耆旧续闻》称为盼盼作,这也不过借以发端罢了。我们看,"怅无人"二句惜无贤佐之意显然。"阳台"三句,叹有志未酬,知音难遇。"待归来"以下,反复叮咛,温存娴雅,"问因循过了青春"直若对高宗(赵构)而发。综观全词,其指陈时事婉曲缠绵,含蓄蕴藉。这都说明此词寄托深厚,是"即事做景"(《杂著》)之作,也是因情造境之篇①。所以其词格甚高,不可当艳词读。

  前面说过,词家在他的词作中,通过具体个别的艺术形象寄寓其特定的历史事件和问题越具体,形象描写就越生动,内容就越充实,越有感染力。这样的词作,其内容和形式、内在美和外在美都是互相映发,互为作用,文质彬彬的。所以,周济说:"初学词求有寄托,有寄托则表里相宜,斐然成章。"但是倚声填词又须进行高度的艺术概括,使形象内容更具普遍性,使形象形式更空灵。具体地说,所寄托的特定历史事件和作者的创作本意,融于在艺术形象当中,看不出有寄托的痕迹。所谓"不落言诠""无迹可求",或者如司空图所说"不著一字,尽得风流"(《诗品》)。这就是周济所说的"求无寄托出"。前面举的陆淞《瑞鹤仙》是较有代表性的例子。周济认为,词家要在"既成格调"之后,词的寄托才有可能达到这个境界。周济这说法是符合创作实际的。因为词家独具的格调确立了,独特的风格形成了,不但表明他对词这一文学体裁的特性和规律已经掌握,技巧娴熟,能很好地反映现实生活;而且在自己独具的格调和独特的风格中,能够如行云流水地抒情写景,进行艺术概括。众所周知,艺术概括越高,词的内容就越充实丰富,反映现实生活和思想感情就越深刻,词的艺术形象也就越带普遍性,越典型。当然,这样的艺术概括又是以词家对现实生活感受的强度和认识的深度为前提的。这是为词的创作实践所证明了的。这里举王沂孙《齐天乐·蝉》为例:

  一襟余恨宫魂断,年年翠阴庭树。乍咽凉柯,还移暗叶,重把离愁深诉。西窗过雨,怪瑶珮流空,玉筝调柱,镜暗妆残,为谁娇鬓尚

---

 ① 王国维《人间词话》卷上:"(词)有造境有写境"。

如许。　铜仙铅露似洗，叹移盘去远，难贮零露。病翼惊秋，枯形阅世，销得斜阳几度。馀音更苦。甚独抱清高，顿成凄楚。漫想薰风，柳丝千万缕。

周济《宋四家词选》评曰："此家国之恨也。"这是正确的，也是主要的。起句用齐女化蝉故事写出宫魂断，是寄意所在。"乍咽还移"三句，既写蝉的凄苦，也写哀蝉心事，而实慨叹于播迁。"西窗"句写西风暂过，却又蝉鸣秋树，从反面衬说，用一怪字点清。以欢愉写忧戚，更见其倍加忧戚！"镜暗"二句关合宫魂。过变折归宫魂断本意。因蝉饮露而生，联想到魏明帝移汉宫承露盘事，大有国亡的哀痛。如周济所说的，过变"须令读者耳目振动"（《序论》）。"病翼"三句，从难贮零露而不得饮，形体因而病枯生发，"有变徵之音"（谭献评《词辨》此三句），写蝉而实写人，写人而家破国亡系焉。回应前片"为谁娇鬓"，凄苦至极。"馀音"句从"销得斜阳几度"推进，回应前片"瑶珮""玉筝"。"独抱"两句透过一层说，清高者本不应凄楚而顿成凄楚，凄楚之情可知。末了以回首薰风柔柳时节作结，影事前尘，无魂可断，弦外有无穷缥缈之音。周济在评白石《暗香》《疏影》时说："寄意题外，包蕴无穷。"（《杂著》）碧山此词亦然。这种艺术造诣无疑是词的创作从有寄托入以无寄托出的结果。由于作者的阶级局限，王沂孙此词只能写出南宋没落王朝的挽歌，未能揭示其灭亡的历史必然性。但毕竟还是寄托深厚，也正体现了周济的这个论点。此词寄意题外，使艺术形象空灵而不质实，不犯本位，看不见有寄托的痕迹，而于象外寄家破国亡之恨，意自深远。此词也包蕴无穷，这是由于作者对南宋国破家亡的社会现实做了较高的艺术概括，因而艺术形象较有普遍性和典型性。词面上的蝉的形象，实际是一个具有亡国哀思的忠爱缠绵的抒情典型。这个抒情典型是有其普遍性品格，"触类多通"的。所以，周济说："既成格调求无寄托。无寄托则指事类情，仁者见仁，智者见智。"可见，由于词的有寄托和无寄托的统一，由于触类多通的普遍性作用，"指事类情"，见仁见智就成为一个显著的词的艺术审美特点。至于周济本人的词作，前面曾谈及《蝶恋花·咏柳絮》阕。这首词和他的《渡江云·柳絮》"春风真解事"阕，令慢虽殊，却异曲同工，都很能体现他的从有寄托入以无寄托出的理论主张。从有寄托入，写柳絮所涵盖的现实生活极为丰富广阔，而又似有寄托。但多层面的意义却令读者不能指实所寄托者究竟是哪一种内容。《渡江云》暂且不论。今仅列《蝶恋花》全词如下，试作分析，以期明证他的寄托论原则：

> 柳絮年年三月暮，断送莺花，十里湖边路。万转千回无著处，随侬只恁低低去。　　满眼颓垣欹病树，纵有馀英，不直风姨妒。烟里黄沙遮不住，河流日夜东南注。

暮春三月，十里湖边，柳絮乱飞，断送了春光。词人不写柳絮入水化萍，也不写零落成为尘土，而写万转千回无处可驻，唯有随风飘荡，漫天愁绪，情景十分凄黯。这似乎寄托词人的老病交侵，一种无可奈何的生命失落之情极为浓挚。虽无张惠言写杨花那样的缠绵，而幽怨悱恻则同，且较张氏多些使气。过片进而写颓垣病树，相倚，切切可伤，颓与病情景浑融。句首冠以"满眼"二字，真触目惊心，难以情测，更加深了老病凄黯悲苦的身世之感。"纵有馀英"二句又那么幽怨，败絮残英，风神仍不肯放过！这首词是周济于道光年间晚年时所作。这时正是鸦片战争的前夕，民族的、阶级的、政治的种种矛盾已经暴露了。周济没有龚自珍和魏源那样疾呼国家社会的危机并提出治术，而只有感叹身世、感叹家国的衰颓。然而，周济并非是个对人生绝望的悲观论者，因此歇拍一转。这一转虽然比不上《渡江云》结出"更可惜，秋风吹老莼羹"那样的怨断豪宕，而是以"烟里黄沙"两句结出，在烟霭袅袅的凄迷景象中，黄沙阻挡不住河水不舍昼夜地向东南流注。这就与柳絮与自我形成强烈的对比，体现了空间上宏大和微小、时间上永恒和短暂的对比；而结构上又是"柳絮年年"与"河流日夜"首尾呼应。前后贯穿了强烈的宇宙人生意识：宇宙无限而人生有限。这样整首词就具有三个层面：柳絮、自我和宇宙人生。这三个层面又是层层深化的，是与当时的社会现实直接或间接关系的，是当时的社会现实远近距离的折光。柳絮不用说是人化了的，也体现词的从有寄托入以无寄托出，空灵沉厚而又不可指实，总归于对现实生活的深刻体验和感愤。

周济论词，求有寄托入，求无寄托出，这并不是像某些论者说的什么唯心主义神秘主义的论点。应该说周济的这种论点在艺术技法甚至艺术原则上是有辩证因素的。周济坚持艺术真实性和审美作用的原则。周济在《宋四家词选目录序论》谈到词在创作过程中要能入能出的时候，强调词家必须艺术地把握现实生活，重视艺术效果：

> 驱心若游丝之胃飞英，含毫如郢斤之斫蝇翼，以无厚入有间。既习已，意感偶生，假类毕达，阅载千百，謦欬弗违，斯入矣。

周济在这里形象而生动地阐明词家倚声填词，寄托而能入的境界。词家发挥主观能动的作用，把握现实现象就像春天里的游丝去摄取飞花一样，把变化莫测、瞬息即逝的各种现象摄取到自己的意识中来，浸渍成深刻而丰富的生活经验，形成意象，正如苏轼说的"成竹在胸"。词家运笔刻画这些意象而成艺术形象的时候，准确而无损地表现意象所反映的客观现实，就像庄子所说郢人斫鼻上的石灰，运斤成风（《庄子·徐无鬼》）。自来论者"恒患意不称物，文不逮意"（陆机《文赋》序），而且认为能使事物"了然于心""了然于口与手"是困难的（见苏轼《答谢民师书》）。而周济认为，这种创作上的困难只要"以无厚入有间""恢恢乎游刃于其间"（《庄子·养生主》），就有可能克服。在我们看来，这就是按照客观事物的规律性，按照意象的逻辑性去进行创作。这样，词家一旦"意感偶生"，所塑造的抒情形象便"阅载千百，謦欬弗违"，有栩栩如生的艺术个性，有它的生命力和持久性；而且"假类毕达"，假借物类把词家的思想感情、生活感受表现出来。周济看来，这就是词的寄托能入的艺术境界。他接着说：

> 赋情独深，逐境必寤，酝酿日久，冥发妄中，虽铺叙平淡，摹绩浅近，而万感横集，五中无主。读其篇者，临渊窥鱼，意为鲂鲤①，中宵惊电，周识东西，赤子随母笑啼，乡人缘剧喜怒，抑可谓能出矣。（《序论》）

周济认为，既成格调，形成了自己的独特风格之后，词家由于感情深厚，

---

① 刘向《说苑》卷七政理："有钓道二焉：夫投纶错饵，迎而吸之者阳桥也，其为鱼也薄而不美，若存若亡，若食若不食者鲂也，其为鱼也博而味厚。"杨衒之《洛阳伽蓝记》："伊洛鲤鲂，贵于牛羊。"周济在这里借以说明美的词作，使读者觉得有寄托又无寄托，若有若无，不明显专指某事某物，而包蕴着深厚的内容和审美情味。

对景对事都有所怅触，酝酿日久，真积历时，对这种感情和感受的表达就无施而不可，如善射者暗中射箭，随手中的，写出通脱的作品。因此词家所作的词，即使铺叙平淡，摹绩浅近，但都能表现"万感横集，五中（脏）无主"，缠绵蕴藉的思想审美内容，都能揭示对象的某些本质方面，是具有普遍性，真实而典型的词作。这样的词作，读者读了，其喜怒哀乐莫不受作品的感染而转移。这就是周济说的寄托能出的境界。

综观上面所说，不难断定，思想性、艺术性较强的有寄托的词作，往往是从有寄托入以无寄托出的。词的创作历史实践证明，能娴熟运用从有寄托入以无寄托出的艺术技法，体现其艺术原则意义和达到其艺术境界的词作，一般地说，是思想性艺术性比较强的。如清末的宗山，他的《一萼红·红叶》"映斜阳认疏林几簇"阕，写红叶，摄用刘禹锡《再游玄都观》和杜牧《山行》诗意。对于红叶，前者是误认，后者乃真赏，而同归乎落魄不遇，又以白居易《琵琶行》青衫泪湿寄慨，最后以杜牧《杜秋娘》诗所写的秋娘悲苦身世引出结语："良媒难托，犹傍宫墙。"真所谓"万感横集，五中无主"，而含蓄蕴藉，言外寄意。所以，谭献评云："一味本色语，为有寄托，为无寄托，乐府上乘。"（《箧中词》续卷三）有寄托而无寄托之词，其艺术形象又都是在于"似花还似非花"，似与非似之间，都是"神馀言外"（陈廷焯《白雨斋词话》卷一），神似而非形似。由于这类词作比较符合词的含蓄蕴藉的特性，一般地说，是词品较高，艺术性较强的。因为按照词的特性来衡量，那种矢口直陈、一览无余的词，比不上含蓄蕴藉之作。有些同志说苏辛词剑拔弩张①，这实在是一种误会。从用意说，苏辛词多有寄托，不过所寄托的更空灵蕴藉，因而也就更超诣罢了。从用笔说，却是横放杰出，而非剑拔弩张。剑拔弩张不过是些豪言壮语，是艺术性不强而缺乏审美价值的。苏辛词有之，但决非主流。所以周济说："人赏东坡粗豪，吾赏东坡韶秀。韶秀是东坡佳处，粗豪则病也。"（《杂著》）刘融斋更能"契其渊旨"，比较辩证地看到"苏辛词似魏元成之妩媚"（《艺概·词曲概》）。一句话，形象地揭示出苏辛词的艺术品格。如果还须做具体的例证，我们还可以就岳飞、陈亮所作的词各自比较，就更清楚了。岳飞《满江红》"壮志饥餐胡虏肉，笑谈渴饮

---

① 周济说王沂孙"无剑拔弩张习气"（《序论》）。而胡云翼先生则说："（碧山）也不可能像辛派词人那么有'剑拔弩张气'。"（《宋词选》）

匈奴血",对敌无比痛恨之怀,报仇雪耻之志和盘托出,既无隐轸,也无余蕴,固不关乎寄托,而这词在社会上流传之广,影响之大,《小重山》是无可比拟的。但《小重山》是一首有寄托之作,如果从词的艺术特性看,识者必认为《小重山》高于《满江红》,这是无疑的。《词综》选《小重山》不选《满江红》可为有识:

昨夜寒蛩不住鸣,惊回千里梦,已三更。起来独自绕阶行。人悄悄,帘外月胧明。　　白首为功名。旧山松竹老,阻归程。欲将心事付瑶琴,知音少,弦断有谁听。

这是岳鹏举在抗金帅幕中写的一首小令。故国怕回首,而托诸惊梦;所愿不得偿,而托诸空阶明月;虽忠贞不见谅于当路,致失机宜,而托诸瑶琴独奏,赏音无人;欲隐退却不能,而托诸归期梗阻。其忧生念乱之怀,沉郁顿挫之绪,托体比兴,含蓄温厚,寓意自深,使读之者寻绎其义,回味无穷。陈郁说:"'欲将心事付瑶琴,知音少,弦断有谁听。'盖指和议之非。"(《话腴》)这说法是符合历史实际的。我们不能说《满江红》不慷慨激昂,可歌可泣,激励读者的同仇敌忾,但只使读者感其所感而不能感其所不感。而《小重山》则能感其所不感,从词的艺术性说,则为高格。"千载瑶琴弦进泪,和君一曲发冲冠"(夏承焘先生《瞿髯论词绝句》"岳飞")。稍后的陈亮写了不少豪放之词,是辛派的一个重要人物,其豪迈的气概如"风雨云雷,交发而并至",但如他的《水调歌头·送章德茂大卿使虏》"不见南师久"阕,其格调也不如《水龙吟·春恨》之为高。陈廷焯指出:"同甫《水调歌头》云:'尧之都,舜之壤,禹之封,于中应有,一个半个耻臣戎。'精警奇肆,几于握拳透爪,可作中兴露布读,就词论则非高调。"所评虽苛,但不无道理。

第四节　词的寄托与时代社会生活

周济在阐明有寄托入无寄托出的意义的时候,坚持了词的艺术真实性和思想审美作用的原则。因此,他很强调词与时代、社会现实的关系;词反映一定的社会现实,同时又是时代的产物。他说:

北宋有无谓之词以应歌,南宋有无谓之词以应社。然美成《兰陵王》、东坡《贺新凉》当筵命笔,冠绝一时。碧山《齐天乐》之咏蝉、玉潜《水龙吟》之咏白莲,又岂非社中作乎?故知雷雨郁蒸,是生芝菌;荆榛蔽芾,亦产蕙兰。(《杂著》)

周济这里说周邦彦《兰陵王·柳》"柳烟直"阕、苏轼《贺新凉》"乳燕飞华屋"阕,当筵命笔,前者从张端义《贵耳集》说,后者从毛晋《宋六十名家词》东坡乐府跋。我们知道,积贫积弱的北宋,在尖锐的党争及其影响下,知识分子或者横遭贬谪,或者落魄不偶,或者因朝中倾轧,出为外官,自持高洁。总之,这一时期的政局很不稳定。周邦彦、苏轼这类词的产生都是由这样的社会现实所激发的,并曲折地反映了这一时期的现实生活。美成《兰陵王》咏柳,《贵耳集》说是因他与京妓李师师的关系被徽宗斥遣,别师师时为她所谱的乐歌。具体事实虽然不可靠,但却道出了在当时的政治局势下,即使如周邦彦那样有才华精于声律的知识分子,也落魄不遇。词中所表达的京华倦客、知己无人的抑郁心情是有典型意义的。所以周济说:"客中送客。"(《宋四家词选》该词眉批)苏轼《贺新凉》是作者反对变法,倅杭时作,背景比较复杂。他既有保守落后的一面,也有积极求实的一面。词中的高洁绝尘不与"浮花浪蕊"沉浮,而愿"伴君幽独"的抒情性格,很能表现那时词人怀才不遇的抑郁心情和旷达的人生态度。胡仔所谓"托意高远"之作(《苕溪渔隐丛话》后集卷三九)。因此,也充满了这一历史时代的浓郁的气息。王沂孙《齐天乐·蝉》咏蝉无须再赘述。至于唐珏,本非词人,与王沂孙、周密等参加汐社,宋亡后抱着爱国之忧,忠愤之怀,咏物托意。在《乐府补题》中,他的《水龙吟·白莲》"淡妆人更婵娟"阕,堪称独步,比较深刻地反映了在当时国家民族危亡中知识分子沉痛感伤的典型情绪。因此,周济得出结论说:"雷雨郁蒸,是生芝菌;荆榛蔽芾,亦产蕙兰。"以自然现象为喻,揭示出词与历史现实的内在联系以及这类词产生的历史必然性。当然,周济不是阶级论者,对这种内在联系和必然性的揭示,不可能是更本质的。周济又认为,在词和时代现实的关系上,词家是能起能动作用的。因此,周济很重视词人的生活态度,他的思想品格和气质起到了反映时代现实的作用。无疑,这是词学中的一个原则问题,他认为唐珏《水龙吟》咏白莲就是他的忠义性情的自然流露,不求工而自工的:

> 玉潜非词人也,其《水龙吟》白莲一首,中仙(王沂孙)无以远过。信乎忠义之士①,性情流露,不求工而自工。(《杂著》)

周济认为,在主观能动性原则基础上,词家从体验生活、思索问题到艺术构思都必须全神贯注,沉思独往,然后创造出来的词的艺术形象和意境才是超诣的。所以又说:

> 学词先以用心为主,遇一事见一物,即能沉思独往,冥然终日,出手自然不平。(《杂著》)

对客观事物没有"沉思独往,冥然终日"的态度,就不可能把握客观事物的本质方面,也不可能理解客观现实现象普遍的典型的意义。这样,词的寄托是不可能入乎形象之中出乎形象之外的。只有经过这样严肃认真的态度所创作出来的词,才有艺术真实性和独创性,有较高的思想艺术境界,迥异于常作;否则,所谓"事外远致"只是一句空话。

周济根据以上的种种创作因素,进一步提出词史的意义。这是周济为了提高词的地位,强调词的艺术真实和历史认识作用所提出的论点:

> 感慨所寄,不过盛衰,或绸缪未雨,或太息厝薪,或已溺已饥,或独清独醒,随其人之性情学问境地,莫不有由衷之言。见事多,识理透,可为后人论世之资。诗有史,词亦有史,庶乎自树一帜矣。若乃离别怀恩,感士不遇,陈陈相因,唾渖互拾,便思高揖温韦,不亦耻乎!(《杂著》)

社会人生的盛衰治乱都是词人寄慨的现实依据,而词人对社会人生的感受和感慨有着种种不同的情况,同时又是根据各自的性情学问和境遇地位而发其"由衷之言"的。因此,所为词不但有历史的真实也有艺术的真实。周济在这里提出一个深刻的论点:"见事多,识理透,可为后人论世之资。"词人通过自己的生活实践,对广泛而复杂的社会现象进行选择和概括,去粗存精,由表及里,从而把握本质的现实现象,提出实质性的社会

---

① 周济说唐珏忠义之士,当指宋亡后唐珏收葬帝后曝骨的行动。

问题，而且掌握到一定的客观规律性。这些方面也因词人的性情学问和社会境遇的不同而不同并有所侧重。词人见事愈多，识理愈透，他就有可能掌握更本质的现象，掌握更深刻的规律性。这样，其所塑造的词的抒情形象和其中的寄托也就更具普遍性，更典型，也就更有历史的真实和艺术的真实。这样的词作，无疑是可以为"后人论世之资"的。在这里，周济把词提高到词史的地位，与诗史平列而无所轩轾。

周济词论，尤其他的寄托说，是在比兴传统的基础上，在克服浙派和宛邻一脉（指张惠言兄弟为代表的常州派）的偏蔽，吸取他们的积极因素的过程中确立起来的。介存"论词则多独到之语"（王国维《人间词话》附录），提出不少精辟的论点。因此，周济词论体系的建立，标志着常州派的词说已经成熟；同时，也使常派成为在中国近代整个历史时期很有影响的一个流派。周济的寄托说不但影响整个近代词坛，而且对诗歌散文等近代文学领域都有一定的影响。正如谭献说："从有寄托入，以无寄托出，千古辞章之能事尽。"（《复堂类集》，《日记》甲戌）在近代具有进步的倾向。在反帝反封建斗争中有所感受和感愤的知识分子，其抒情作品大都讲求寄托。但是，周济以及常派其他人的词论，尤其他们的寄托说，作为思想意识形态，毕竟是属于地主阶级范畴的。在这种理论的影响下，不少词人在太平天国革命运动中，把东南一带的"兵乱"归咎于农民起义。他们通过词的寄托，抒发对农民起义怨恨的思想情绪，和地主阶级没落感伤的情调。如蒋春霖《水云楼词》中的一些词作。这和南宋汐社诸人的家破国亡的感伤迥然不同。从社会影响的消极方面看，周济的寄托说的阶级局限性是显然的。再者，近代时期谈寄托蔚成风气，不少人高标寄托，却没有写出寄托的标格之作，周济本人也未能在词的创作实践上贯彻自己的主张，也有不少寄托能入而不能出的。虽然他的寄托论是在矫正张惠言词论的形而上学倾向中发展起来的，但他的理论，在某些方面又重新陷入形而上学。因为按照周济的论点，先有个"寄托"，寄托横亘于词家的胸中，而词家的创作构思活动，便为这概念所制约，寄托的生硬、概念化和门面语的流弊就因此发生了。况周颐反对高标寄托而言于寄托，提出即性灵即寄托的论点。如从常识方面来理解蕙风这一论点，即要求词家把寄托融注到自己的思想性格当中而成为思想品质性格情操的因素，除性灵别无寄托。这样，依声填词，寄托就自然流露，无意于寄托而寄托存焉。这样，就有可能克服寄托横亘于胸中的先入之见。况周颐说："词贵有寄托。所贵者流露于不自知,触发于弗克自已。身世之感,通于性灵,即性灵即寄托,非二物相比附也。横亘一寄托于搦管之先,此物此志,千首一律,则是门面语耳,略无变化之陈言耳。"(《蕙风词话》卷五)关于这个道理,如果我们重温恩格斯的不要让作品的倾向直接说出来的教导,就不难理解了。还须指出,周济的词论,尤其他的寄托说,还有种种的阶级历史的局限性和思想理论的局限性。关于这方面,就存而不论了。

第八章　刘熙载的词品说

第一节　词学背景和作者

有清一代，词学极盛，词的创作也很繁荣；而且词的理论批评和创作实践又能互相结合，成为这一时期词坛上的特点。这期间主盟词坛的，前些篇已经论过，中叶以前为浙（江）派，以后为常（州）派。浙派以朱彝尊和厉鹗为代表，提倡清空醇雅而宗白石，尊南宋；常派以张惠言为代表，提倡比兴寄托而祖清真，尊北宋。虽然各与其所尊有矛盾①，但他们的理论、创作都是为了补弊救偏而发的。浙派提倡醇雅，以救明末词流为纤巧之失；常派提倡寄托，则防当时的"淫词""鄙词"和"游词"之患（金应珪《词选序》）。清代康熙至乾隆年间，社会的主要矛盾已逐渐由民族矛盾转为阶级矛盾，清政府"恩威兼施"，封建知识分子在清廷的淫威和利诱之下，甘愿为异族统治政权服务，讴歌它的"太平盛世"。这样的社会政治条件孕育和培养了浙派词人，他们宣称"词则宜于宴嬉逸乐，以歌咏太平"（朱彝尊《紫云词序》）。这在朱虽为戏言，在浙派词人却走上了脱离现实、追求声律之美的道路。自嘉庆、道光以后，阶级矛盾愈来愈尖锐化，终于爆发了太平天国伟大的农民革命，帝国主义的入侵自鸦片战争以后愈来愈猖狂，清政府的整个官僚机构也日益腐朽，而社会上层的风俗更日趋败坏。中国社会正经历着根本性的变化。这就要求词作寄以家国之感，接触社会现实问题。常派重寄托，在某种程度上适合这种客观要求，所以应时运而产生，从而形成大派。尽管浙、常两派的历史条件有如此的差异，而他们的词学和词的创作都偏重于艺术性，甚至常派也难免回避现实的倾向。他们所标举的清真词的浑化，白石词的空灵，都只是

---

① 由于南北宋阶级斗争和民族斗争的历史条件不同，南宋词多寄托，北宋词少寄托。浙派主清空而尊南宋，常派重寄托而尊北宋，故各与其所尊有矛盾。但就二派所崇尚的风格说则没有矛盾。

意境上的；何况浙派主清空而流弊于空疏，常派重寄托而流为隐晦，评论作品又时陷于穿凿附会（如张惠言的《词选》）。所以浙、常两派都带片面性，各有其优点和缺点。

刘熙载（1813—1881年），字融斋，江苏兴化人，稍后于张惠言、周济。他以精博的学识撰著《艺概》一书①，在一定程度上总结了词史和词学批评史的经验，批判吸收浙、常两派的某些论点，既不为浙、常两派的观点所局限，而又高出于浙、常两派②。所以他的词论能够截断众流，独标己见，提出不少精湛的理论见解，在近代文艺思想史上有过一定的影响③。由于刘熙载在词学批评史上地位比较特殊，乃分两章来论述。

第二节 词品和人品及词的三品说

刘熙载以品论词，其中有一个基本的观点和原则，他认为词家在作品中表现高尚的思想和人品的时候，其词品才是高的；否则，便卑卑无足论。关于这一基本主张，融斋在他的《艺概·词曲概》中，从各个方面做了充分而又深刻的论述，自成体系，特别表现在他对五代、两宋词家的品评，对词的所谓"有关系"以及词的正变等问题的看法和词家修养的意见等方面。词的"有关系"无疑发展了前所论的陈霆的论点。

传统词论多崇温飞卿、韦端己和冯正中等，把这些词人看作是五代词的正宗。常派推崇温词，以为"深美闳约"（张惠言《词选序》）。但这都只是从作品的艺术特征来评论的，并没有把他们的词品跟做人联系起来加以考察与评价。融斋的看法就不同，如他说：

---

① 《艺概》六卷，内分《文概》《诗概》《赋概》《词曲概》《书概》《经义概》各一卷。自序于同治癸酉（1873年），系其历年论艺汇抄。本篇引用论词原文均出自《词曲概》。下凡未标出处者同此。

② 如沈曾植在《菌阁琐谈》中曾这样说过："止庵（周济）而后，论词精当莫若融斋。涉览既多，会心特远，非情深意超者固不能契其渊旨。而得宋人词心处，融斋较止庵真际尤多。"

③ 如冯煦《蒿庵论词》："刘氏熙载所著《艺概》，于词多洞微之言。"又谢章铤《赌棋山庄集》中《词话续编》："《艺概》自诗、文、经义皆言及，中有《词曲概》，虽或为古人所已言者，抑言之或有可商者，如谓晚唐、五代为变调，元遗山集两宋之大成，予皆不能无疑。而精处不少，不可废也。"王国维著《人间词话》，不但接受了《词曲概》中某些论点，甚至评论作家作品的方式也仿效《词曲概》。

> 温飞卿词精妙绝人，然类不出乎绮怨。韦端己、冯正中诸家词，留连光景，惆怅自怜，盖亦易飘飏于风雨者。

融斋对两宋词家的评价更发挥了词品和人品一致的论点。北宋周邦彦、南宋史达祖，历来受到大家、名家的称誉，他们的词在声律和艺术技巧方面有较高的造诣。常派虽贬抑邦卿（史），也认为美成（周）词达到了浑化的境界①。融斋对二家的评价却首先重在词品：

> 周美成词，或称其无美不备。余谓论词莫先于品。美成词信富艳精工，只是当不得个"贞"字。

"论词莫先于品"，这确是独创之见。这近于南宋诸词家和词选家所倡导的雅相近，而与如明代杨慎《词品》的品只就风格说又有些区别。周邦彦词多写他和妓女的恋情，这些主题不但缺乏社会理想，没有揭露和批判当时的社会现实，而淫情荡旨宣泄于富艳精工的艺术形式中，所以"当不得个'贞'字"。他又说："周美成律最精审，史邦卿句最警炼，然未得为君子之词者，周旨荡而史意贪也。"旨荡意贪，自然品格低劣。王国维所谓"词之雅郑，在神不在貌。永叔、少游虽作艳语，终有品格。方之美成，便有淑女与倡伎之别"（《人间词话》），抨击虽苛，也能发挥融斋论词之旨。甚至如柳永这样的词人，融斋也认为"惟绮罗香泽之态，所在多有，故觉风期未上耳。"

融斋既要求词家在作品中体现出伟大的思想和高尚的人品，自然就推崇苏轼和辛弃疾以及其他思想性较高的词人，从而论证他的词品和人品一致的论点。融斋评东坡词说：

> 东坡《定风波》云："尚馀孤瘦雪霜姿。"《荷华媚》云："天然地别是风流标格。""雪霜姿""风流标格"，学坡词者便可从此领取。

"雪霜姿""风流标格"，自然是可贵的性格特征，因此融斋教人学东坡词，须从他的词品来领会他的人品，不能单纯地去模仿其艺术风格。这看

---

① 周济《宋四家词选目录序论》："问涂碧山，历梦窗、稼轩以还清真之浑化。"

法是深刻的,所以冯煦说:"观此可以得东坡矣。"(《蒿庵论词》)融斋评稼轩词:

> 辛稼轩风节建竖,卓绝一时,惜每有成功,辄为议者所沮。观其《踏莎行·和赵兴国》有云:"吾道悠悠,忧心悄悄。"其志与遇概可知矣。

稼轩的词沉雄悲壮,这是由于他的风节高亮,用词来鸣其不平。融斋于稼轩词中见出"其志与遇",这又体现了他的词家人品和词品密切联系的观点。由于尊崇苏、辛,融斋也连类推举同一流派如陈亮、刘过、刘克庄、张元幹、张孝祥、蒋捷、文天祥等人。例如,刘后村(克庄)词虽然过于质直发露,少微婉含蓄,但融斋认为后村平生"以世教民彝为主",他忧国忧民,伤时念乱,既有抱负,品格又高,即使流窜岭外,也不因个人的遭遇而减损对祖国的忠爱,所以他的词作能摒弃"闺情春怨""旨正而语有致"。

总的说来,刘融斋主张词品和人品应该一致,作家的思想品质和作品的思想内容必须统一。他说:"词进而人亦进,其词可为也;词进而人退,其词不可为也。"

但是,词品和人品的关系,有时会出现极其复杂的情况①,而且这里面又有高低之分。因此,融斋又借陈亮的《三部乐》词,用审美形象定出词品的高低标准,建立其独具特点的词的三品说:

> "没些儿媻姗勃窣,也不是峥嵘突兀,管做彻元分人物",此陈同甫《三部乐》词也。余欲借其语以判词品。词以"元分人物"为最上,"峥嵘突兀"犹不失为奇杰,"媻姗勃窣"则沦于侧媚矣。

融斋显然是把词品和人品联系起来考察的。他推崇苏、辛,以苏、辛词为

---

① 像为历来所注意的范仲淹、欧阳修、司马光等就作有香艳小词,其中又以欧阳修为最突出。后来王国维用永叔"虽作艳语,终有品格"等话来加以解释,试图说明词品和人品还是一致的。真所谓宋广平赋梅花,虽清丽而无害其铁石心肠。可见融斋的词品论,尤其是三品说,运用于评价复杂的词作现象时,还须做很多具体的说明和补充。

上品,看他对苏、辛词的评价,可以有助于我们了解"元分人物"的标准。他说:"苏、辛皆至情至性人,故其词潇洒卓荦,悉出于温柔敦厚。世或以粗犷托苏、辛,固宜有视苏、辛为别调者哉!"这里可见,他认为"元分人物"的词出自至情至性,表现为潇洒卓荦的风格。所谓至情至性,不但情性真诚,而且是合乎伦理的至高标准的。在融斋看来,这又体现为一种温柔敦厚的性格。据此回视苏、辛,苏是"天际真人""具神仙出世之姿";辛有英雄豪杰的"气质""怀抱",这都可以说是"元分人物"的思想性格的体现。融斋也以品论诗,所说诗人人品的高低,和词品大抵相通。他说:"诗品出于人品。人品悃款朴忠者最上,超然高举、诛茅力耕者次之,送往劳来、从俗富贵者无讥焉。"(《艺概·诗概》)悃款朴忠也出自至情至性,和温柔敦厚密切相关。如果说,温柔敦厚比较偏于伦理方面,悃款朴忠则偏于气质方面。在融斋看来,这都是"元分人物"所具有的思想性格特点,故为最上。诗人词家奋发自励,超然高举,不同流俗沉浮,表现出一种雄杰奇伟的气概或其他积极上进的思想的,也应列在第二品。但这又是"诛茅力耕",通过主观努力取得的,而非至情至性的自然流露。当然超然高举而又出自至情至性的词家如东坡、如静修(刘因)无疑是"元分人物",属第一品。至于"送往劳来,从俗富贵",那种上层社会的酬酢之作,平庸俗套,融斋认为在诗可以无讥,于词则存而不论,所以不属三品范围。三品中的末品,即所谓"婴姗勃窣""沦于侧媚"之作,比平庸俗套的诗,思想内容更坏,艺术性却又可能很高。这就不能不有所批判了。或有人把"婴姗勃窣""沦于侧媚"之作等同于"时女步春"的词,以为融斋曾把"娇(时)女步春"合"天际真人"和"异军特起"为三品。然而应该看到,在这里,融斋是从风格、流派多样化的观点出发,叫人承认飘逸、豪放和婉约并存的历史事实,重视前二者的审美价值,不能以婉约词的柔美抹杀其他。诚然,这与词品也不无关系。侧媚之作,自有"时女步春"之态,但"时女步春"的婉丽柔媚并不就沦于侧媚,其辨亦"在神不在貌"。如果说"时女步春"是指侧媚的词品,那么秦少游的词品是沦于侧媚了。"时女步春"本来是敖陶孙评少游诗的话(见《臞翁诗评》),但原意并无侧媚之讥。融斋也没有以侧媚看少游,相反评价颇高(见《艺概·词曲概》评少游词二则)。所以"婴姗勃窣""沦于侧媚"的词品,应该是指康与之、曾纯甫、高观国之流的。这些词人,或者是侧媚权贵,或者是绮语宣淫,词品最为低下。

刘融斋的词品说,从几个基本方面看是有其合理因素的。词家的人品和词品或者是一致,或者是人品通过艺术途径曲折体现为词品。词作为一种抒情体裁,在其中词家的艺术个性表现得更为明显。融斋把人品与词品统一地加以考察,要求在词的创作中有作家的真实、鲜明的个性,这不但符合艺术创作的一般的客观规律,而且有其深远的历史根源。司马迁早在《史记·屈原贾生列传》评屈原的《离骚》时就接触到这个论题。后来融斋又把它肯定下来,他说:"太史公《屈原传赞》曰:'悲其志'。又曰'未尝不垂涕想见其为人'。'志'也,'为人'也,论屈子辞者,其斯为观其深哉!"(《艺概·文概》)明、清两代,"诗中须有人在"又成了进步的文学批评家反对摹古的最有力的论点。如清初吴乔、赵执信就是运用这个论点反对明代前后七子的复古主义及其余响的。赵执信(秋谷)在所著的《谈龙录》中说:"崑山吴修龄(乔)论诗甚精。……其《与友人书》一篇中有云'诗之中须有人在'(又见乔著《围炉诗话》),余服膺以为名言。夫必使后世因其诗以知其人而兼可以论其世,是又与于礼义之大者也。"秋谷讥评王士禛的《南海集》,说这些诗是为文造情的伪作,因为诗中无人。融斋从总结历史上理论批评和创作实践的经验,指出词中的我更须有"耿吾得此中正"的品,他说:"昔人词咏古咏物,隐然只是咏怀,盖其中有我在也。然人亦孰不有我,惟'耿吾得此中正'者尚耳。"融斋紧紧抓住艺术和伦理不可分的关系,不但要求在词作中见到作家的真实、鲜明的艺术个性,而且这个个性又必须是符合一定的伦理规范的。当然,他所指的伦理规范是儒家的礼义,所谓的"中正"又是以礼义来衡量的。融斋词论的三品说,其最具特点而在当时又极富现实意义的是把那些思想健康、积极向上、有生活体验的词作和淫词、鄙词、游词严格划分开来。金应珪在当时力斥淫词、鄙词、游词之弊,但始终不能挽回狂澜,这大概是因为常派主寄托而未重品格,强调历史而忽视个性。这种倾向,从周济的《宋四家词选》及《宋四家词选目录序论》是可以看出的。融斋既发展了常派的寄托说,同时又把词家人品和词品联系起来,以人品的高下定词品的高下。人品和词品虽不尽浑然相契,但从总的倾向说大抵是一致的,因为积中而发外,词也不能够伪作。历史上人品和词品也有过矛盾的现象,这就更须根据人品去判断词品。常派晚期如陈廷焯不懂得其中复杂变化的情况,断言"诗词不尽能定人品"。他列举了不少表面上词品和人品不相一致的作家作品,如刘过、史达祖、蒋捷、冯延巳等

（《白雨斋词话》卷五）。当然，融斋并没有进一步深入论述这个问题。从我们的观点来看，同一作者的作品，在思想内容上的矛盾现象，乃是作者世界观矛盾的表现，因此刘过既写出了慷慨激昂、富于爱国思想感情的词，也写出色情猥亵的词。作家一生中思想生活的变化，也会引起前后期作品思想内容和艺术风格的变化，对于这些复杂的情况，就必须做具体的分析。

作家的艺术个性并不是抽象的。它包含一系列的思想观点、世界观和生活态度，其中也包含审美观和审美态度。这一切的总和所形成的基本特点，就是作家艺术个性的特征。艺术个性随着作家所从属或所代表的阶级而打上阶级的烙印，艺术个性是活动在艺术领域中阶级的人的个性，因此不能把作家的人品理解为超历史、超阶级的现象，也不能把词品做一般的抽象理解。融斋提出至情至性、温柔敦厚，或悃款朴忠作为诗品和词品的准则，这就一方面表现了他对人的性情、思想品质做抽象的理解；另一方面又坚持封建伦理作为人的性格的规范，把儒家的礼义当作思想品质的具体内容。这样做，虽然在特定历史条件下有其合理性，甚至有进步的意义，如所揭示的词人的爱国思想感情，但封建阶级的局限性不可能不起作用。正因为这样，融斋评词也有片面性。例如，对稼轩词，融斋强调温柔敦厚，而无视其对官僚政治的辛辣讽刺和尖锐抨击的一面。在稼轩词中常常把这批腐朽官僚描画为烂西瓜和招惹飞絮的蜘蛛等丑恶形象。这些事实是同融斋提出的温柔敦厚的论点背道而驰的。稼轩词摧刚为柔的一面，看似是温柔敦厚、合乎封建礼义的要求，其实这正是他的政治生活处境所凝练成的个性特点和风格特征。这方面，融斋虽然接触到了，并指出"其志与遇"的矛盾，但认识未足，摆不脱儒家诗教的传统偏见。虽然如此，从他论词的"有关系"和词的正变，可以看到他还力图加强关于词人人品和词品的历史具体性的论述，且还有些精到的意见。

词家的词品同他的实际遭遇和他对待现实的态度是不可分的。因此，词的"有关系"的问题也就成为刘融斋所讨论的课题，从而客观上深化了陈霆词的"有关系"之论（见第三章）。所谓词的"有关系"，不但是反映社会现实的问题，而且又是词家人品的检验。所以"有关系"的词总是作为词史、作为教育诗篇被人们传诵。但是历来却有不少词家、词论家反对词的"有关系"。清代自袁枚论诗提倡性灵，反对诗歌的"有关系"，在词学上更为之推波助澜。常派主寄托，这不仅是为了矫浙派的空疏，间接也在反对性灵说的余响。刘融斋更为明确论断："词莫要于有关系。"他举出张元幹和张孝祥的词说："张元幹（仲宗）因胡邦衡谪新州，作《贺新郎》送之，坐事除名，然身虽黜而义不可没也。张孝祥（安国）于建康留守席上赋《六州歌头》，致感重臣罢席。然则词之兴观群怨，岂下于诗哉！"这都是"有关系"的词所表现的词家思想品质，不止富于历史的具体性，融斋与陈霆同举张孝祥的词而理论的深刻性就不同了。周济标榜"感慨所寄，不过盛衰"（《介存斋论词杂著》）的词史。他固然重视了词的现实性和认识意义，但是作为语言艺术的词，他的认识意义是不能和教育意义割裂的。词作必须以作家的思想品格——词品——在审美上影响读者，陶冶读者的性情，从而提高其精神品质。单纯作为词史的词篇，就不可能完成这一任务。由此可见，周济的论点是重要的，但并不全面。融斋提出词的"有关系"，足以补充他的看法，并成为词品说的重要部分。

第三节　词的正变观

　　刘融斋又怎么样从词的源流方面来论证他的词品说的基本论点呢？在词的历史发展过程中，正和变的问题不但涉及词的形成和演变的历史事实，也涉及词的思想性、艺术特点和社会教育作用。按传统看法，以温、韦婉约为正，苏、辛豪放为变①。这是说，词只是词家单纯抒写个人的思想感情的，并不表现社会人生的广阔现实、伟大的思想和理想以及作家的高尚品格。因此，高旷豪放、雄奇悲壮的词常被视为变调。融斋却从时代环境对词家的思想性格和词品的影响来解释正变。他写道：

　　　　太白《忆秦娥》声情悲壮，晚唐、五代惟趋婉丽，至东坡始能复古。后世论词者，或转以东坡为变调，不知晚唐、五代乃变调也。

《忆秦娥》"声情悲壮"，《菩萨蛮》"繁情促节"，融斋认为二词是安史乱

---

① 如纪昀《四库全书总目提要》卷一百九十八，参合李清照（见所著《词论》）至王世贞（见所著《词评》）以后的诸家评论，说："词自晚唐、五代以来，以清切婉丽为宗，至柳永而一变，如诗家之有白居易，至轼而又一变，如诗家之有韩愈，遂开南宋辛弃疾等一派，寻源溯流，不能不谓之变格。"

后社会现实的反映,是作者悲愤离乱、感念兴衰、怀乡恋阙的表现(见《艺概·词曲概》)。"至东坡始能复古",这又意味着东坡继太白《忆秦娥》《菩萨蛮》之后,开拓了词的境界。正如融斋所指出,"东坡词颇似老杜诗,以其无意不可入,无事不可言也。若其豪放之致,则时与太白为近"。东坡豪放飘逸近太白,所以有"天际真人"之喻;他的词的题材、内容又异常广阔,无论是瘴雨蛮烟、天风海涛、羁旅行役、生死新故、国家兴亡之感、逐臣眷恋之怀,无一不可以入词,真像杜甫那样,达到"涵茹到人所不能涵茹"(《艺概·诗概》)的境地。这样就能"一洗绮罗香泽之态,摆脱绸缪宛转之度,使人登高望远,举首高歌而逸怀浩气,超乎尘埃之表"(胡寅评东坡词语)。融斋还借王世懋论诗的"正身"一语(见《艺圃撷馀》)来说明东坡词是正宗归源之作,从而确定凡广阔反映社会现实,表现作家伟大理想和崇高品格的词为正。这种见解是值得重视的。融斋又指出,只有通过作家创作的时代背景判定词的正变,才能得到正确的评价。他说:

  文文山词有"风雨如晦,鸡鸣不已"之意,不知者以为变声,其实乃变之正也。故词当合其人之境地以观之。

文天祥(文山)于民族危难、宋室覆灭之际,以忠爱之怀发为慷慨激越之音,从表面看来似乎是词的变调,其实是变中之正。融斋揭示出文山词的思想、艺术实质和时代环境的关系,从而得出比较正确的结论。传统词论家视稼轩词为"别调",也未尝不是因为他们不能"合其人之境地以观之",不了解辛词思想、艺术和时代环境的关系,徒以粗犷看他,无视他至情至性的"敦厚"品质,以及"豪放"和"妩媚"统一的风格特点。

  从词的起源说,融斋对正变的看法也是符合历史实际的。词的起源虽然有其复杂的情况,但词初起于民间,这是为文学史所论证了的。盛唐以后,固然有写男女爱情而风格比较婉约的民间小词,但更能代表民间词的特点的,应该说是那种题材多样、能广泛反映现实、揭露社会生活矛盾的词篇。我们现在从《敦煌曲子词》中所看到的如《生查子》"三尺龙泉剑"阕、《望远行》"少年将军"阕和《破阵子》"风送征轺""少年征夫"二阕,都是属于这类性质的民间词作,有人认为是唐玄宗开元、天宝时期的作品(任二北《敦煌曲初探·杂考与臆说——时代》)。可以推测,太白《忆秦娥》《菩萨蛮》是受当时民间词风影响的文人创作。如果说二词为后人伪托,那么比它稍后的张志和的《渔歌子》"西塞山前白鹭飞"阕,"风流千古",为东坡所效法,这又将如何解释?由此可见,在词的正变问题上,融斋的基本论点是正确的。

刘熙载的词论和他所处的时代环境是分不开的。开头我们曾大略说过,融斋揭橥词品和人品一致的原则,重视富有爱国思想和现实意义的词作以及对与此有联系的词学上重要问题的看法,推崇苏、辛。这都是适应清道光以后中国社会急遽变化的现实提出来的。当然,融斋的词论,又是和他个人的生活实践、世界观、学术修养以及治学方法不可分的。融斋的生活年代经历了清嘉庆的后期,道光、咸丰、同治全期和光绪初期。他自北京外放,到过沿海数省、河南、山西、湖北、湖南、江西,对大梁、襄江、荆门、天门、太行、太谷、汾河、黄鹤楼、洞庭湖、湘江乃至琼州都有所题咏(见所著《昨非集》卷三)。他有丰富的社会经验,对人民生活和国家大事又都关心,甚至提出"为文且师农工"(《昨非集》卷二《论文》)的"自知自信"的本色和实事求是的精神。他的《双鸟行》《己酉闻故乡水灾》《戒农篇》《日暮叩门客》《逃荒叹》等诗,反映了人民的苦难生活和自己对他们的同情;他的《蟋蟀吟》尤其表露出关心祖国安危和奋起救国的心愿。应当特别指出的是,他在广州任学政到辞官讲学上海龙门书院这段时期,对帝国主义的猖狂侵略、清政府的腐败无能以及洋务买办、封建官僚的淫奢堕落是有较深的体验的。这都可以说明融斋论词注重思想性,尤其是爱国思想的生活基础。融斋是一个"粹然儒者",被称为"以正学教弟子,有胡安定风"(陈广德《昨非集》跋)的人。他督学广东时,曾作"惩忿""窒欲""改过""迁善"四箴训导学子(《清史稿·儒林传》本传),可见他是重视躬行实践的。他总是把品德修养摆在第一位,陈澧称他为"醇德清风"的人(《东塾集·送刘学使序》),虽然其思想实质仍属于封建伦理范畴,但这在封建地主官僚阶级人欲横流的清末也算是难得的。而且,融斋对学术研究又比较懂得博和约的辩证关系,尝告诫学者说:"真博必约,真约必博。"所以他治经论学都能打破乾、嘉以来的门户界限,不为一派所拘限。这样,他便能成为当时的一个博而能粹的学者,他的《艺概》也表现出这种精神①。

---

① "……余平昔言艺,好言其概,今复于存者辑之,以名其名也。……盖得其大意,则小缺为无伤,且触类引伸,安知显缺者非即隐备者哉!"(《艺概》自叙)

融斋目击太平天国的农民革命运动,而据今存《昨非集》,既不见他像当时的统治阶级学者所持的反动态度,也没有对这次运动给予同情和支持,可见他对革命的现实至少是逃避的。这反映了他当时在政治思想上,虽然不满于窳败的政治,却力求独善其身。这在实质上仍然没有离开他的封建阶级立场,也表现了他的阶级局限性。这样的人评论词作,倡导论词"莫先于品",从而建立所谓"止于礼义"的词品论,是完全可以理解的。

融斋既是一个封建末期的恂恂儒者,他的文艺思想也就不可能不被打上阶级的烙印。正如前面所指出的,他论诗论词都把儒家的温柔敦厚的诗教看作是根本的原则,把"发乎情,止乎礼义"看作是作家"耿吾得此中正"的大道。尽管说,对具体的作家作品的这种评价无可非议;温柔敦厚的诗教本身也有其合理的一面①,但就其所体现的文艺与伦理关系的实质说,就其历来的实际影响说,其封建性是明显的,比融斋早些时的沈德潜便是利用温柔敦厚的诗教来宣传反动的封建道德的。融斋于情欲之辨,俨然是"去人欲,存天理"的程、朱再生,宣传忠臣孝子、义夫节妇等封建礼教,并以卫道者自居。融斋在《艺概·词曲概》中说:

> 词家先要辨得情字。《诗序》言"发乎情",《文赋》言"诗缘情",所贵于情者,为得其正也。忠臣孝子,义夫节妇,皆世间极有情之人。流俗误以欲为情,欲长情消,患在世道。倚声一事,其小焉者也。

在《读〈诗序〉》(《昨非集》卷二)中又说:

> "发乎情,止乎礼义"。盖诗之情正者即礼义,初非情纵之而礼操之也。

他认为礼义即情,纵情为欲,后世不理解这点,所以是"诗教之难明"。把情、欲对立起来,这些就更是融斋文艺思想中应当加以批判的糟粕。

---

① "温柔敦厚",历来解释不一。刘勰《文心雕龙·宗经篇》:"诗之言志,温柔在诵,故最附深衷。"王船山《礼记章句》:"温柔者,情之和;敦厚者,情之固。"这些都是可以肯定的。本文从这种解释来引用的地方,如"苏、辛皆至情至性人,故其词潇洒卓荦,悉出于温柔敦厚",也是可以肯定的。但就传统的诗教言,"温柔敦厚"确实又是封建伦理在诗歌中的体现,这又是必须否定的。

第九章　刘熙载论词的含蓄和寄托

第一节　三品说与含蓄寄托

第八章说了刘熙载（融斋）论词，既首创三品说，重视词的思想性和社会教育作用，使作为抒情诗特殊形式的词，适应中国近代社会复杂的、剧变的现实要求。同时，对影响整个晚清时期的浙、常两派的词论，融斋取其所长，去其所短，融而化之，从而提出不少新颖而精辟的见解，把近代词学向前推进一步。清道光、同治以后，词家、词论家，如冯煦、沈曾植、江顺诒、谢章铤等多为之揄扬，给予很高的评价。冯煦云："兴化刘氏熙载所著《艺概》，于词多洞微之言。"（《蒿庵论词》四）沈曾植云："止庵（周济字）而后，论词精当，莫若融斋。"（《菌阁琐谈》）江顺诒则云："刘氏熙载《词概》论各家词，多中肯綮。"（《词学集成》卷五）谢章铤更指出："《词曲概》精审处不少。"（《赌棋山庄集·词话续编》卷三）诸家对融斋的《词曲概》，无论从词家词作的评论、词的创作原则和艺术技法都给予充分的肯定。今天，正确分析融斋的词论，对马克思主义文艺理论的民族化和现代抒情诗的创作也有一定的意义。

融斋的词品说，强调词的思想性，强调词的社会作用。而词的思想性愈高，思想内容愈丰富，就须有更高的艺术性，更丰满的审美形式与之相适应，从而使二者完美地统一起来。否则便容易流为概念化，导致艺术的贫乏。这是艺术创作的一般规律。作为抒情诗的一种短小体裁的词，尤其如此。融斋论词，注意到词作为抒情诗的形式，作为倚声乐曲的基本艺术特征。他重视词的含蓄和寄托，提出富有辩证关系的艺术技法，都是从此出发的。我们不难看到，融斋以词的三品说为核心，进行了关于词作从艺术方法原则到具体技巧的探讨，从而形成其比较系统比较完整的词论。

常州派主比兴寄托。始创者张惠言（皋文）就词的"意内言外"的语义来阐释词的基本特性和特征，提出"贤人君子幽约怨悱不能自言之情，低徊要眇，以喻其致"（《词选序》，《茗柯文》二编卷上）的论点。

这种经学家的训诂做法有片面性，但未尝不能把握到词的一些特性和特征。作为具体作品的词，既有词面，也有词底；既有表层义，也有深层义，因此也就有"意内言外"之旨和"音内言外"之味。融斋便进一步从"声学"①的基本特性来补充皋文对"意内言外"的阐释，使他的词论更能反映作为曲子词的特性：

> 《说文》解词字曰："意内而言外也。"徐锴《通论》曰："音内而言外，在音之内，在言之外也。"故知词也者，言有尽而音意无穷也。

这里说的"音内言外"，所以音意无穷者，盖情随意生，音因情变，抑扬亢坠，阴阳洪细，变化无穷。即如同调《菩萨蛮》，李白"平林漠漠烟如织"的"繁情促节"就有别于温飞卿"小山重叠金明灭"的缠绵之音，和辛稼轩"郁孤台下清江水"的沉郁顿挫也大异其趣。所以"词者，言有尽而音意无穷"。融斋认为，词家通过描写特定对象的有限语言（有尽），展示出无穷的意想和声情，这就是词作为抒情诗体、"词学"作为"声学"的基本要求。

从词的这一特点出发，融斋论词，主张含蓄和寄托：

> 同甫《水龙吟》云："恨芳菲世界，游人未赏，都付与，莺和燕。"言近旨远，直有宗留守大呼渡河之意。

融斋这里评陈亮（同甫）《水龙吟·春恨》，所说的"言近旨远"，是含蓄；"直有宗留守大呼渡河之意"，是寄托。这段话很可说明，融斋论词主张含蓄和寄托的论点。在他看来，同甫在此词所表现的对中原锦绣河山沦陷的愤恨，和宗泽弥留时三呼渡河所表示的对恢复中原、拯救遗民的殷切愿望同样强烈。全词以儿女"罗绶分香，翠绡封泪"的伤离之情，写黍离秀麦之衷，缠绵幽怨，寄慨遥深，含蓄不尽，所谓"幽约怨悱不能自言之情，低徊要眇以喻其致"，使读之者在激赏其幽秀韶丽的风格美的同时，感染着作者深厚的爱国情思。

---

① 这里指的声学是声韵或音韵之学。

常州派张惠言谈词的比兴寄托，立言甚正，但对具体词家作品的分析评价，往往失之穿凿，流为经学家的迂腐。他既疏于历史考订，又忽略艺术概括和典型化，因之，强调了词的沉厚而忽视了词的空灵；强调了词的实的一面而忽视了词的虚的一面。周济论词，倡求空求实之论、能入能出之说，总算克服了张惠言词论的形而上学缺点，而把常州派词论推进一步，使它更系统更有辩证的因素。但常州派无论张惠言、周济或其他词家词论家，为克服浙派因强调词的清空骚雅而流为空疏的弊端，对清空是重视不够的，未能总结浙派清空骚雅的合理因素并加以发展。到了清朝的咸丰、同治年间，这两派的缺点已经为时人所认识，融斋的学术活动主要在这个时期，他在那"风雨如晦"的时代推动下，"平昔言艺，好言其概"（《艺概》序），自然地从理论批评方面做更多的探索。他主张含蓄寄托，这固然较多地继承了常州词派的理论观点，对浙派的清空骚雅也给予应有的重视。这点，从他论姜（白石）、张（玉田）词就清楚看到："姜白石词幽韵冷香，令人挹之无尽。拟诸形容，在乐则琴，在花则梅也。""张玉田词，清远蕴藉，凄怆缠绵，大段瓣香白石，亦未尝不转益多师。"对姜、张词，即使宗姜、张的浙派词人也未曾有过融斋这样的评价。常州派如周济贬抑玉田而推尊碧山（王沂孙）（见《宋四家词选目录序论》及《词辨序》）。融斋却认为，两家"情韵极为相近"，更不像后来的王国维，把玉田词一概否定（见《人间词话》上卷）。众所周知，玉田词清空，碧山词沉厚，而家国之恨、身世之感则一。融斋把张、王二家统一起来看，无疑，这和他在理论上把浙、常两派统一起来，各取所长，去其所短，从而建立自己的词论体系，是很有关系的。如果说，融斋继承常州派的是比兴寄托，那么，他继承浙派的便是清空骚雅了；而含蓄蕴藉两派都讲，但毕竟常州派对这方面的论述尤为突出，如介存论词便是。当然，从时间的先后说，常州派在这方面是浙派的发展，融斋是清楚的。因此，融斋在论词的含蓄寄托的同时，反复强调玲珑透剔的艺术形象：

　　司空表圣云："梅止于酸，盐止于咸，而美在酸咸之外。"严沧浪云："妙在透彻玲珑，不可凑泊，如水中之月，镜中之象。"此皆论诗也，词亦以得此境为超诣。

诗词一理，都有其共同的规律性在。融斋甄综司空图（语见《与李生论诗书》)、严羽（语见《沧浪诗话·诗辨》）乃至姜夔论诗的萃语,指出"词亦以得此境为超诣"。融斋认为,词境、词的艺术形象应该如他们所说的水月镜花那样自然浑化,透澈玲珑,似有还无;又如水中着盐,不着半点儿迹象,如羚羊挂角,香象渡河,不可凑泊。同时在这种精妙的形象中,还须蕴含无穷的情意,使读者通过特定的具体形象把捉到语言、形象之外的须凭借形象才能联想起来的生活审美感受。这就是所谓"美在酸咸之外",也即融斋说的"空灵蕴藉"。这正是融斋主张含蓄和寄托的形象论的基础。

融斋这样的形象论,是否接触到了艺术概括化的问题?

大家知道,词家只有进行高度的艺术概括才有可能达到"透澈玲珑,不可凑泊",而又"美在酸咸之外"的境界,才会有含蓄无穷的意蕴,寄托"幽约怨悱不能自言之情"。否则,词家如果放弃了艺术概括,这就必然出现单纯叙述个别事实的自然主义倾向,这样的词作既不可能具有深广的内容,也不可能富有含蓄性,而令人读起来了无余味。《高斋诗话》载秦少游见苏东坡,以别后所作《水龙吟》词相示,中云:"小楼连苑横空,下窥绣毂雕鞍骤。"东坡以为"十三个字只说得一个人骑马楼前过",随后拈出自己近作《永遇乐》词"燕子楼空,佳人何在? 空锁楼中燕"给少游看。姑不论其是否事实,而大家知道,这体现了两种不同的艺术态度:前者单纯记叙事实而后者则表明艺术的概括化,不但如晁无咎所说"只三句便说尽张建封事"的概括性（均引自沈雄《古今词话》）,而且也概括了历史上和关盼盼同类妇女的悲剧性格和命运,如息夫人、绿珠,等等。因此抒情形象具有典型性,就所体现的形象看,既不可凑泊,也含言外无穷之意。融斋把这个故事引入他的《词曲概》,并加评少游儿子秦湛《卜算子》:"极目烟中百尺楼,人在楼中否?"说:"言外无尽,似胜乃翁,未识东坡见之云何。"融斋所以如此赞赏秦湛《卜算子》,无他,也是因为于含蓄中见艺术概括性。烟雨楼中,佳人何在? 这与东坡词同出一机杼。如再以同一作家所写的同调词进行比较,更可说明融斋所倡含蓄寄托、空灵蕴藉的艺术概括的意义。明代杨升庵（慎）的两阕《转应曲》可做比较说明:

其一:

促织促织,声近银床转急。熏残百合衣香,消尽兰膏夜长。长夜长夜，露冷芙蓉花谢。

其二：

  银烛银烛，锦帐罗帏影独。离人无语销魂，细雨斜风掩门。门掩门掩，数尽寒宵更点。

清朝光绪年间，丁绍仪在《听秋声馆词话》卷一评道：前阕"非不典丽，读之索然意尽"；后阕则"与前阕有清空质实之分"。丁氏虽然以张炎、浙派的"清空质实"之论为之评说，倒还符合融斋的论点：前阕所以"质实"，是在典丽中看不到生动的、揭示了内心世界的抒情形象，言尽意尽，了无余蕴，谈不上含蓄寄托、言外之旨。后阕所以清空，是在写出了一个幽情单绪、顾影自怜的抒情形象，言外有无尽之意，"尤觉空灵蕴藉"，使读之者也黯然魂销。这个抒情形象，显然具有较高的艺术概括性，有一定的典型意义。

第二节　含蓄寄托与空灵蕴藉

  融斋论词的含蓄寄托和空灵蕴藉是分不开的，究其理论实质，首在艺术概括。这又表现在融斋提出的"词以不犯本位为高"和"似花还似非花"等论点上。
  所谓"不犯本位"，指词家在进行创作的时候，把所寄托的生活事件、主题思想，或者词家的创作意图、倾向性等等，融化在具体生动的形象当中而浑涵不露，正如司空图所说："不著一字，尽得风流。"（《诗品·含蓄》）达到透彻玲珑、不可凑泊的境界，而其情味都在"酸咸之外"，在语言形象之外。无疑这又是和艺术概括分不开的，不只是修辞技巧的作用。我们看融斋下面的那段分析：

  词以不犯本位为高。东坡《满庭芳》"老去君恩未报，空回首弹铗悲歌"，语诚慷慨，然不若《水调歌头》"我欲乘风归去，又恐琼楼玉宇，高处不胜寒"，尤觉空灵蕴藉。

这里的"老去"句，虽云忠爱，但着题面，所以犯本位，言尽意尽。"琼楼"句，言朝政日非，令人寒栗，欲归去戮力上国，而又忧心忡忡，忠爱的思想感情寄托于"琼楼玉宇"的艺术形象中，浑然不着迹象，所以"尤觉空灵蕴藉"。东坡此词具有这样的艺术审美效果，也是通过浪漫主义构思，进行了艺术概括之后才形成的。故"琼楼"句高于"老去"句。冯煦认为，融斋这样的评价东坡，能得其词心，所以说："观此可以得东坡矣。"(《蒿庵论词》)

如果把"不犯本位"理解为作家的思想不在作品中做直接的展示，而是通过所描写的对象去体现，那么，融斋的这一论点更有艺术原则的意义，以此倚声填词，同样具空灵蕴藉的艺术性和审美特质。这是为全部词史所证明了的。如林逋的《点绛唇》"金谷年年，乱生春色谁为主"阕，魏庆之《诗人玉屑》卷二十一引《云溪友议》云："乃草词尔，谓（各本同，疑系"而"字之误）终篇无'草'字。"终篇无"草"字，而芳草萋萋，黯然惜别的形象跃然纸上，艺术地概括了像石崇《金谷诗序》、江淹《别赋》等的别情离绪，空灵蕴藉，不着实相。充类而观，如史达祖《绮罗香》之咏春雨，也终篇无"雨"字，而"能将春雨神色拈出"(《词苑萃编》五引杨慎《词品》)。由此可见，词的不犯本位，或者说，回避本位，是符合艺术概括化和形象塑造原则的。

融斋在论文的时候指出，"避本位易窈眇，亦易巽(巽的假借字)懦"(《艺概·文概》)，这是散文须防止的倾向。欧阳修避本位，"其文纤徐要眇，达难达之情"，过此便懦了。"词之为体，要眇宜修"(《人间词话》卷下)，或者说"低回要眇"(张惠言语)，这是由文体的特性所规定的。所以在诗文为懦的、弱的，在词则觉其窈眇深婉。我们论陈子龙词学的时候，曾经引过王士祯评他的《幽兰》《湘真》诸集，认为柴虎臣所说的"华亭肠断，宋玉魂销"语，"论诗未允，论词神到"，也是在说明词需要窈眇深婉："无可奈何花落去，似曾相识燕归来"(晏殊《浣溪沙》)，定非七言律句；"老去君恩未报，空回首，弹铗悲歌"则类古诗。由此可见，"不犯本位"，倚声填词尤须讲究。

含蓄寄托、空灵蕴藉的词，还须对所描写的对象，求得如融斋说的"离形得似"(《艺概·文概》)的境界。只有神似，只有生动地把所描写对象的共同特征揭示出来，词才具言外之旨，才会超诣。这就要求词家在描写对象时，不粘不脱，若即若离，似而非似。这是由作为意识形态的艺术形象特性所规定的,也是由艺术概括化所规定的。艺术概括不同于科学概括。后者抽出其共性和一般规律,而弃其具体个别的偶然因素。前者则通过形象思维,把对象的共同特性体现在具体生动的个别形象中,而保留其细节因素,即创造典型形象,而在词中则创造出典型性抒情形象。因此,形象太粘、太即、太似于对象,就"质实",就不空灵,失去艺术的概括性。对于词的这一创作原则,融斋给了相当精辟的说明:

> 东坡《水龙吟》起云:"似花还似非花。"此句可作全词评语,盖不离不即也。时有举史梅溪《双双燕》咏燕、姜白石《齐天乐》赋蟋蟀令作评语者,亦曰"似花还似非花"。

在融斋看来,词的艺术形象,须不离于现实,又不局于现实;不粘于对象,又不脱于对象,"似花非花",通过"合而离,离而合"(融斋《昨非集·题伯牙待成连图》)的辩证过程,求得传神的意象,达到神似的境界。融斋征引东坡《水龙吟·和章质夫咏杨花韵》语,无疑是掌握到词的抒情形象的特性的。词中写的是杨花,但又不是杨花,因为它表现了身世飘零的逐臣游子的形象,有较高的典型性。所以全词似而非似,不即不离,非粘非脱,空灵蕴藉。前片:"抛家旁路,思量却是无情有思。萦损柔肠,困酣娇眼,欲开还闭。"既不似杨花,又不离于杨花,俨然是逐臣游子典型的抒情特征。过片:"春色三分:二分尘土,一分流水。细看来不是杨花,点点是离人泪。"既似杨花,而又不止写杨花,俨然是离人伤春的抒怀。总之,在整个形象中,杨花和逐臣游子具有同一性,有寄托而又不见寄托,若有若无,于含蓄空灵的形象中寄无穷之思;于有尽的语言外,见幽怨之情。这种形象审美特点,史邦卿《双双燕》咏燕、姜白石《齐天乐》咏蟋蟀同样是具备的。我们知道,艺术概括按照不同的艺术类型的特性和特点,有其各种各样的方式和方法。作为抒情诗体特殊形式的词,作为倚声乐曲的词,据前面的分析,对生活现实,对描写对象,往往是采取似而非似,不即不离、不粘不脱的辩证形式进行概括的。运用这种方法,倚声填词,就有可能塑造出空灵蕴藉的形象;同时,也可避免描头画角,刻意求似的自然主义倾向。这种倾向融斋是鄙弃的。他认为:"描头画角,是词之低品。"因为这样做,失去了词的内蕴,"质实"而不空灵,违背了艺术概括。由此可见,融斋提出的"似花还似非花",不离不即的论点,是具有创作原则的意义的。

第三节 "有"和"空"、"厚"和"清"的辩证关系

融斋更进一步从艺术方法上提出"包诸所有"和"空诸所有",以及"厚"和"清"的论点,这些论点无疑地含有辩证的因素。这些论点作为艺术方法的范畴固然可以从各个方面去理解,而首先就可以从文学的传统和革新的关系上去领会其辩证的理论意义。词家必须学习传统,对优秀传统有渊博的知识,在进行创作时就能取之左右逢其源,做高度的艺术概括。即所谓"包诸所有"。但词家尤须匠心独运,在自己的创作中求得独造的艺术意境,摆脱旧传统的束缚。"独上高楼,望尽天涯路",既高瞻远瞩,又体现出"一洗万古凡马空"(杜甫《丹青引》)的革新精神,即所谓"空诸所有",塑造无所不包又无所包的高度概括和个性化的艺术形象。因之,"包诸所有"便能厚,"空诸所有"就能清。融斋认为,东坡、稼轩、遗山等词家达到了这个造诣。这看法大体是正确的,虽然说"遗山俨有集大成之意",未免过当。韩愈(昌黎)所以能够"文起八代之衰",他认为是由于昌黎对传统"无所不包,无所不扫"(《艺概·文概》)。"包诸所有"和"空诸所有"还有一个体现于词境和风格上,与继承和创新不可分的意义。"包诸所有"和"空诸所有"就词境和风格说,即沉厚和清空统一的境界。就这方面说,所谓"包诸所有",是在特定、具体的抒情形象中,进行历史现实的艺术概括,使创作出来的艺术形象蕴含深厚的内容,体现出生活的普遍意义。故同样见其沉厚。所谓"空诸所有",要求词家在"包诸所有"的概括基础上,高度个性化,使创作出来的艺术形象不逗留在社会历史经验的实相和形迹上,而是醇化了的具体个性。正如黑格尔说的"这一个",这一个抒情个性,同样见其清空。这样的艺术形象就会空灵蕴藉,达到"言有尽而意无穷"的艺术境界。融斋说:

> 黄鲁直跋东坡《卜算子》"缺月挂疏桐"一阕云:"语意高妙,似非吃烟火食人语。非胸中有万卷书,笔下无一点尘俗气,孰能至此。"余案:词之大要,不外厚而清。厚,包诸所有;清,空诸所有也。

山谷说"语意高妙，似非吃烟火食人语"，系谓东坡此词达到了涤荡尘垢、取神遗貌的艺术境界。他认为这样的词境，非学问博、理想高、胸怀旷达、品格清奇的人是不会创作出来的。我们看，词中所体现的就是这样的抒情形象：他高标幽独，"有恨无人省"，既有理想和抱负，但黑暗的社会现实总是给他以不好的命运，而他却又"拣尽寒枝不肯栖"地高洁自持，不沾世俗的滋垢，宁愿徘徊于荒寒寂寞的沙渚中，抒其幽愤。这样的抒情形象固然是东坡自己的写照，也概括了历代同类人物的性格特征，具有典型意义。这样的艺术概括确实要有广博的学问做基础，《诗》《骚》《史》《汉》都要被他挥霍调遣而不袭其形貌，所以说"包诸所有"。但这个抒情形象既不限于屈原和贾谊，也不限于阮籍或陶潜，更不限于东坡本人。他是醇化了的、具体个性化的"时见独往来"的幽人。沈祥龙接受了融斋这一论点，并加以发挥："词不能堆垛书卷以夸典博。"但"胸无书卷，襟怀必不高妙，意趣必不古雅。……故山谷称东坡《卜算子》词，非胸中有万卷书，孰能至此"（《论词随笔》）。这都说明"包诸所有"和"空诸所有"的统一也是词的一个创作原则。张惠言论寄托，往往流为学究式的迂执，甚至穿凿附会。在他的《词选》中，评东坡此词，引鲖阳居士的话可以说是突出的例子。他把一首形象完好、描写生动的词割裂成片片，说成是句句有寄，字字必托，如所谓"缺月"刺微明也，"幽人"不得志也，"独往来"无助也，等等。这就抹杀了具体鲜明而又富独创性的艺术个性，真是"被皋文深文罗织！"（王国维《人间词话》卷下）至于说与《诗·鄘风·考槃》所写的"退而穷处"的"贤者"（《毛诗·小序》）相似，这又是因为"幽人"的形象典型地概括了历代同类人物性格的缘故，决非皋文所做的比附解释得通的。据前述分析可以知道，融斋提出的"包诸所有"和"空诸所有"、"厚"和"清"的辩证统一的论点，能够克服张惠言论词的迂执和穿凿。诚然，融斋的这种论点又是从周济的寄托论蜕化出来的。周济也鉴于张惠言谈寄托迂执不通，提出"夫词，非寄托不入，专寄托不出"的看法，这自然是一种创见。然而，又将如何从有寄托入又从无寄托出呢？周济未能从艺术方法上明确指出。融斋提出这些论点，补充了周济的见解，而且更具艺术方法论的意义。

其次，自张炎《词源》倡清空、妥溜之说，后之词家词论家多认为这是作词的极则。其中以朱彝尊为代表的浙派词人为尤甚，他们因倡清空而"家白石而户玉田"。可是，他们只不过学习姜、张的清空骚雅，却未能从"包诸所有""空诸所有"的辩证关系去理解清空妥溜。所以他们的论点和创作带片面性,倡清空而使"词的内容逐渐趋向空虚、狭窄"(夏承焘《词论十评》,见《文学评论》1962 年第 2 期)。词若达到清空,固然可以避免留滞于个别事物描写的"质实"、堆垛之弊。但单纯的清空就会缺乏社会现实的概括或概括性不强,因为单纯的清空缺乏空诸所有的辩证原则而只追求风格上的清空。单纯满足于妥溜也易犯片面性,虽然妥溜的平正描写能展示出对象的一般特征,但是由于缺乏独创性,将会使艺术形象平庸,以至失去个性,不能出奇制胜。"奇正虽反,必兼解以俱通"(《文心雕龙·定势》)这是清空妥溜在创作上的理论基础。融斋却能初步辩证地解决这些问题,这是因为他能扬弃浙派的清空论,并合常派的寄托说冶为一炉,从而熔铸出自己的新的论点的缘故。融斋写道:

> 词尚清空妥溜,昔人已言之矣。惟须妥溜中有奇创,清空中有沉厚,才见本领。

若以词家词作论列:如柳永虽工于羁旅行役,"细密而妥溜",但缺乏奇创,时有流于一般化的毛病,抒情个性就不见得那么鲜明突出。《乐章集》中,求如《雨霖铃》的"寒蝉凄切"、《八声甘州》的"对潇潇暮雨洒江天"、《夜半乐》的"冻云黯淡天气"和《望海潮》的"东南形胜"诸阕,毕竟少数。姜夔词"清空骚雅",如"野云孤飞,去留无迹",幽韵冷香,格调甚高,但"白石放旷,故情浅"(周济《介存斋论词杂著》),于《白石道人歌曲》中,求如《扬州慢》《齐天乐》《长亭怨慢》《玲珑四犯》《翠楼吟》《暗香》《疏影》诸阕,于清空中见沉厚也不多得。清空沉厚和妥溜奇创是两对带有辩证关系的概念。融斋清楚地看出它们的矛盾统一的艺术审美实质,正如刘勰论诗文的"奇正",苏东坡论诗论画的"刚健含婀娜",二者相反相成,统一在一篇作品一个形象或形象体系中,从而见其风格、意境的超诣。因此,他也就把二者的矛盾统一看作是词的创作原则。前面说了,柳永词"细密而妥溜",如果我们避开其风格上的叙事流畅、语言浅近的那些特点,而从艺术方法原则来考察,其羁旅行役,不少只做一般的抒写,看不到富有个性的奇创描写。即如"承平气象"一类的词,如名作《望海潮》,对杭州繁华"形容曲尽",但无标格,思想性就不高,从这意义来说,也是缺乏奇创的。柳词所以妥溜而少奇创，这正是词品不高、意想不深远所致。因此，融斋借评柳词，指出单纯妥溜则流于平庸。凡词妥溜而有奇创，有独特的抒情个性，才是成功之作，这个辩证的艺术审美观点，是值得我们重视的。至于清空中见沉厚，正如融斋所提出，更是词的创作的一个艺术审美原则，也是一个艺术创作原则。它的辩证因素也是极其明显的。这显然是总结了浙、常两派，尤其针对浙派主清空而流于空疏的弊端而发的。前面说过，白石、玉田一派词，其弱点是清空而少沉厚，无论生活的概括和思想的深度，都是不够的，所谓"白石疏放，蕴藉不深"（周济《词辨序》），"故觉无音外之味、弦外之响"（王国维《人间词话》卷上）；玉田词"意尽于言"（《词辨序》），"玉老田荒"（《人间词话》卷上）。姜、张的某些词确如周、王二家所评，而融斋也有所见，但未直言罢了。而他就是根据这种现象，探索出"清空中有沉厚"的论点的。当然，稼轩词也是融斋探索的主要对象。稼轩词就风格流派说是属豪放一路，但就艺术概括说是清空而又沉厚的。如他的《贺新郎·别茂嘉十二弟》《永遇乐·北固亭怀古》及前调咏琵琶，都运用了不少的历史典故，沉郁苍凉而又空灵跌宕，殊无堆垛"质实"之病。田同之（西圃）认为："稼轩雄深雅健，自是本色，俱从南华冲虚得来。"（《西圃词说》）就清空沉厚说，西圃的说法是有一定道理的。融斋也从稼轩词中自然地得出这一论点，是不难理解的。

第四节　诸艺术技巧的辩证论

融斋又根据词的含蓄和寄托的艺术要求，提出一系列有关技巧问题的看法，如"寄言""点染""衬跌""疏密""词眼""本色"等，其中也有深到之论。

"寄言"之类，历来词论家多有论列。如沈祥龙说："含蓄无穷，词之要诀。……句中有馀味，篇中有馀意，其妙不外寄言而已。"（《论词随笔》）实在说，所谓"寄言"，是寄托的具体化。词家善于寄言，可以避免"犯本位"，使词的意境空灵蕴藉、渟蓄渊雅。因此在艺术技巧的运用上，融斋从寄言出发，提出一系列的寄言表现手法：

词之妙莫妙于以不言言之，非不言也，寄言也。如寄深于浅，寄厚于轻，寄劲于婉，寄直于曲，寄实于虚，寄正于馀。皆是。

在艺术的表现上，深和浅、厚和轻、劲和婉、直和曲、实和虚以及正和余的统一都是在使"意内言外"的词，达到司空图说的"近而不浮，远而不尽"（《与李生论诗书》）的境界，使词更富表现力、更具艺术性，收到更大的审美效果。但历来论家，往往回避它们的矛盾性，议深则避浅，论厚便防轻，即如孙麟趾说的"惟浅处乃见深处之妙"（《词径》），也不过偶尔触到，还未尝系统地论述。融斋却把这些两两相对的艺术手法概念看作是又矛盾又统一的。不难看到融斋在这方面的深到处。"寄深于浅"，如欧阳修《蝶恋花》（从李清照说）过片："泪眼问花花不语，乱红飞过秋千去。"以眼前景写其情结，语浅而意深。抒情主人公痴情问花，转折深入。自然，落红飞过秋千，使主人公逗起昔日彩索身轻、纤手香凝的感触，那就更神伤了，所以"层深而浑成"者，这是一个关捩。①稼轩《菩萨蛮·书江西造口壁》也体现这种艺术技法的特点。过片："青山遮不住，毕竟东流去！""借水怨山"（谭献《宋四家词选》评语），有逝水不回、国运难挽的慨叹，语愈浅而意愈远，所以觉其深厚。"寄厚于轻"，其理亦然。李易安《永遇乐·元宵》过片："如今憔悴，风鬟霜鬓，怕见夜间出去。不如向帘儿底下，听人笑语。"通篇把今昔不同的元宵情景构成鲜明的对比，以写其盛衰之感。结句特用轻笔，语言平淡而形象生动，足可寄托她深厚的爱国情思。所以，张端义《贵耳集》云："皆以寻常语度入音律。"是"平淡入调者难"的"寄厚于轻"的艺术手法。辛稼轩《丑奴儿·书博山道中壁》过片："而今始识愁滋味，欲说还休，欲说还休，却道：'天凉好个秋。'"国步惟艰，英雄失志，晚岁逢秋，本极凄凉，却说这秋天天气真凉快！以轻语、爽语、没要紧语写其烈士暮年之感。这又是"寄厚于轻"的范例。轻浅和深厚的矛盾统一，在融斋看来，都是构成词境的艺术技巧。融斋这个看法的正确性和意义，从易安、稼轩以及其他大家名家的词作中是可以得到说明的。劲直、婉曲的统一，在融斋看来，不只是一种修辞手段，还是一种艺术寄托的技法，是体现词的阴柔这种本色特征。因此，他又提出"寄劲于婉""寄直于曲"的寄言。周邦彦《少年游》"并刀如水"阕过片固不待说，至如辛弃疾《祝英台近》

---

① 正如毛稚黄（先舒）分析："因花而有泪，此一层意也。不但不语，又且乱落飞过秋千，此又一层意也。人愈伤心，花愈恼人，语浅而意愈入，又绝无刻画费力之迹，谓非层深而浑成耶？"（转引自王又华《古今词论》）

借暮春怀旧抒发他对局势的感慨，苍凉郁抑，使人黯然。而煞尾写道："是他春带愁来，春归何处？却不解带将愁去！"则又曲折委婉，愈转愈深，愈深愈妙，收到"寄直于曲"的艺术效果。画论有所谓赋水而不言水，而言水之前后左右，词家也有不着正位之说。在融斋看来，都是"寄正于馀"的艺术技法。白石《齐天乐》咏蟋蟀而不正面写蟋蟀，而写思妇起寻机杼；《长亭怨慢》"借树以言别时之情"（许昂霄《词综偶评》），都是"寄正于馀"的艺术技法成功的运用。白石论诗，曾说"熟事虚用"。融斋则又在虚实的矛盾统一中看到艺术的力量，从而提出"寄实于虚"的寄言，这就更带原则的意义，是他论虚实的深到处。谢章铤《赌棋山庄词话》卷十二在"僻事实用，熟事虚用"下注云："'那人正睡里，飞近蛾绿'。此即熟事虚用之法。"寿阳公主梅花点妆是众所周知的熟事，白石《疏影》咏梅用以虚写梅花之态，与前片用昭君事以虚写梅花之魂相映，一写神，一写韵，空灵生动，可以说是"寄实于虚"的妙境。吴文英《八声甘州·陪庾幕诸公游灵岩》，罗列了灵岩的许多古迹，却多出之想象，化实为虚（俞平伯《唐宋词选释》卷下）。这种技法，梦窗是很娴熟的。陈洵说："梦窗神力独运，飞沉起伏，实处皆空。"（《海绡说词》）无疑，这道出了寄实于虚的原则意义。

如果说周济论词的寄托，从基本原则上提出了一些比较精辟的论点，但这些论点却未能从技巧论上得到具体的阐发，这就难免使作者和读者在创作和欣赏的实践中无从着手。融斋对寄言做了这样的技巧上的理论探索和历史概括，补充了和发展了周济的寄托论。可以说，这是近代词学的一个新的发展。必须指出的是，融斋论寄言并不是脱离词的思想内容单纯追求艺术效果的。他对高观国《御街行》咏轿的唯美倾向尖锐地批判说："其设想之细腻曲折，何为也哉！"重视词的思想内容，历史告诉我们，是寄托论者所坚持的原则，而由于时代的原因，融斋这方面的理论思想更为突出。

融斋对其他的艺术技法的论述，和寄言一样，也是做了一定的理论探索和历史概括的。如融斋论点染，以为点则点出某种情思和情景，做一般的描写；而后着意渲染或勾勒，使之具体生动，感受强烈。如柳永的《雨霖铃》："多情自古伤离别，更那堪冷落清秋节。"离别冷落之情之景递进点出。然后接"今宵酒醒何处？杨柳岸晓风残月"，就离别冷落之情之景做推想性的渲染，具体生动，竟成名句。所以，融斋说："上二句点出离别冷落，'今宵'二句乃就上二句意染之。"他还认为，求点染生动，

"点染之间,不得有他语相隔,隔则警句亦成死灰矣"。这是不难理解的,点染之间若有他语相隔,则会破坏点染所构成的整体意境,自然就不生动了。又如融斋论词重视本色,以为生香真色人难学,只有"极炼如不炼",才可能达到此种境界。他说:"玉田论词曰:'莲子熟时花自落',(按:语出陆辅之《词旨》:"莲子结成花自落。"应从《词旨》)余更益以太白诗二句,曰:'清水出芙蓉,天然去雕饰'。"有雕饰而后去雕饰,若无雕饰,何以去为?可见这道破了创作时自然和工力的辩证关系。融斋还接着说:"古乐府中至语,本只是常语,一经道出,便成独得。词得此意,则极炼如不炼,出色而本色,人籁悉归天籁矣。"又说:"词中句与字,有似触著者,所谓极炼如不炼也。晏元献'无可奈何花落去'二句,触著之句也;宋景文'红杏枝头春意闹','闹'字,触著之字也。"所谓触著者,偶然而不经意地触及所描写的客观事物之谓。但是,晏词是经过熔炼而后成者,不然,怎么会有那样的属对工巧和自然流丽的艺术特点?宋祁词"著一闹字而境界全出"(《人间词话》卷上),这也须经过几番陶炼始得。自然和工力的关系问题,虽然是一个传统问题,但从思想理论上指出二者的辩证关系的,却是融斋其人。这又是浙、常两派未能企及的。浙派重视工力而忽视自然,流弊所至,出现了一些雕琢伤气的词作;常州派重视意境而忽视空灵,流弊所至,不免于粘皮滞骨之病。融斋提出自然工力的统一论,无疑是对浙、常两派的一种纠偏。此外,融斋从章法、结构上论词眼,也给了自陆辅之《词旨》以来专就修辞上论词眼以重要的补充。如说:"'词眼'二字,见陆辅之《词旨》。其实辅之所谓眼者,仍不过某字工,某句警耳。余谓眼乃神光所聚,故有通体之眼,有数句之眼,前前后后,无不待眼光照映。若舍章法而专求字句,纵争奇竞巧,岂能开阖变化,一动万随耶?""一动万随"是融斋论词眼的精警语。词的关键处,神光凝聚,一动万随,关摄全体。当然这又是融斋继承传统诗论的结果。元遗山论诗云:"奇外无奇更出奇,一波才动万波随。"施(国祁)注引白石《诗说》[①]为之诠释,就给融斋以理论上的启示。融斋还说:"词之妙全在衬跌。如文文山《满江红·和王夫人》云:'世态便

---

① 施注云:"白石《诗说》:诗之波澜开合,如江湖中一波未平,一波已起,变化不可纪极。"而夏承焘辑《白石诗词集·白石道人诗说》则有异文。"不可纪极"后,补入"而法度不可乱"语,意始完足。

如翻覆雨,妾身元是分明月。'《酹江月·和友人驿中言别》云:'镜里朱颜都变尽,只有丹心难灭。'每二句若非上句,则下句之声情不出矣。"以变衬不变,写出了坚贞朗洁的性格。又说:"(陈与义)《临江仙》:'杏花疏影里,吹笛到天明。'此因仰承'忆昔',俯注'一梦',故此二句不觉豪酣转成怅惋,所谓好在句外者也。"融斋认为陈与义在词里,忆其盛时,感其衰时,情思陡变,一个在国难中度过二十多年颠沛流离生活的形象,容光自照,足见其衬跌之妙。

  总之,刘熙载(融斋)论词,在含蓄和寄托的基本要求下,所提出"似花还似非花"的不离不即、"包诸所有""空诸所有"的沉厚清空或者"词以不犯本位为高"的空灵蕴藉等等,这一系列的论点都接触到艺术的概括化和个性化,接触到一般和特殊、普遍和个别相联系相统一的论点,而其中又包含着相当丰富的辩证因素,因而给我们提供了基本上符合典型化的见解。与此同时,他又提出了不少的艺术技法的概念。这一切论点,在他的词论中以词品说为核心,组织成比较完整的体系。正是这些论点,才有效地使他的词品说真正成为把握词的艺术特征的理论。但是,融斋论词虽然强调词品,强调词的思想内容,而对词与现实生活的关系,应该说,在某种意义上是忽略了的,甚至可以说,比不上周济那样强调词家对生活的感受。这不能不说是一种退步。至于融斋词论其他的局限性,在评他的词品时已经说到,这里就不再赘述了。

第十章　谢章铤论词的性情与寄托

第一节　词学背景和作者

谢章铤字枚如（1819年—？），1902年仍在，时年八十三岁。福建长乐人。著有《赌棋山集》。其中《酒边词》八卷、《赌棋山庄词话》十二卷、《词话》续编五卷。枚如论词，主常州派而折衷于前期的浙西派；对浙派末流和清朝道光、咸丰、同治、光绪年间词的流弊批判颇为严厉，亦有多中肯綮之言。他说："仆之论词，颇与时流不同。"（《答黎生》）其目的固然是在拯救时弊，也不愿后之学者失去方向，而"没于黄茅白苇中"（《答黎生》）。金应珪在《词选·后序》中概括乾隆、嘉庆以还词的淫、鄙、游三大流弊。枚如认为"一弊是学周、柳之末流也；二弊是学苏、辛之末流也；三弊是学姜、史之末流也。皋文《词选》诚足救此三弊，其大旨在于有寄托，能蕴藉，是倚声家之金针也"（《词话》续编卷一）。这里从各派词的历史流变来揭示三弊的基本原因，无疑要比金应珪在嘉庆二年（1797年）所揭示出来的词的三弊更具理论意义；而且指出，词有寄托而能蕴藉则三弊可救，所谓"倚声家金针"即此意。如学苏辛派末流不免叫嚣奋末，乃鄙词之所由生。寄托而蕴藉，叫嚣奋末或可尽除，则无鄙词之弊。当然，从浙派说，学姜、史所产生的游词，即金应珪所谓"哀乐不衷其性，虑叹无与乎情"（《词选·后序》）一类没有真性情、真实感之作，在当时浙派末流盛行之际，情况尤为严重。如吴锡祺、戈载名重一时，犹不免其弊。因此，枚如论词，先明确词的特征之后，提出性情说，与常州派的寄托说结合起来，从而阐发意内言外之旨。

第二节　词的本色特征和词家性情

作为抒情诗体的词，抒写作者的情志，与诗同其本原，但词不能径直为诗，否则便"亢"；词本乐曲，与曲同其音声，但不能径直为曲，否则便"狎"。然则枚如认为词的特征是什么呢？他在《我闻室词》序中写道：

> （词）其文绮靡，其情柔曼；其称物近而托兴远。骤聆之若惝恍缠绵不自持，而敦挚不得已之思隐然。是则所谓意内言外者欤！

诗庄词靡（媚）。柔曼其情，绮靡其文，而言近旨远，托兴深微，惝恍缠绵隐然有沉挚之思，这对诗而言，是词的一般的特征，即所谓本色当行。所以他又说：

> 诗以性情，尚矣。顾余谓言情之作，诗不如词。参差其句读，抑扬其声调，诗所不能达者，宛转而寄之于词，读之如幽香密味，沁人心脾焉。（《眠琴小筑词序》）

可见词有诗所不可代替的特点和作用。枚如更强调抒情之真。诚然，情真乃一切文学的基本要素，而词则以其缠绵悱恻体现其最真之情。枚如写道：

> 夫词多发于临远送归，故不胜其缠绵悱恻。即当歌对酒，乐极哀来，折心渺渺，阁泪盈盈，其情最真，其体最正矣。（《词话》卷十）

情之真之正，枚如又把它同儒家子思学派的诚联系起来，认为诚即真。所以枚如又说："修辞立其诚，诚者天下之道。古之所谓诚，今之所谓真也。人有真气，千夫皆废；文有真情，百劫不磨。……亦真积其中焉可也。"（《梁礼堂文集》序）就词家填词言，即通过典型化的抒情形象，普遍地传写其缠绵悱恻的真情，使天下后世为之感动。正如陈廷焯所说："为一室之悲歌，下千年之血泪，所感者深且远也。"（《白雨斋词话》序）枚如对词的缠绵悱恻之情，强调其真诚，认为这样才能达到"所感者深且远"的艺术作用：

> 盖有不期然而然者，情之缠绵曲折而可以歌泣。意发于此，而振动及于天下后世，非至诚而能若是乎！（《论文》下）

在词史上，词的这种缠绵悱恻的特点，是比较带普遍性的。婉约派的词不待说，豪放派的词得缠绵悱恻之情，才能低徊要妙，不至流于豪而粗、放而尽的鄙词。东坡的韶秀深婉，稼轩的摧刚为柔，正在于他们豪放风格中表现出词的这种特征。因此，枚如又进一步说："曼衍绮靡，词之正宗，安能尽以铁板铜琶相律？"（《词话》卷十一）清楚了枚如论词的特征和特点之后，还须回过头指出：枚如虽然从体制上把词和诗严格加以区别，而就表现性情说，却又认为是一致的。枚如批评浙派咏物词胪列故实、铺张鄙谚时说：

  词之真种子殆将湮没。不知诗词异其体调，不异其性情。诗无性情，不可谓诗；岂独词可以配黄俪白，摹风捉月了之乎？（《词话》卷五）

枚如还进一步认为，诗词本原于性情，是一种不得已的精神活动。这就必然要追溯到《三百篇》来证明其论点：

  铤尝闻之，《三百篇》者，皆圣人不得已之作也。然则非不得已，诗人殆不为诗矣。不得已者，性情之正，有以迫之出也。（《又答颖叔书》）
  诗主性情之论，尤为顶上一针，是风雅之本原，人道之要领也。（《记与李绚斋教授论徐乃秋分巡诗卷》）

由此，枚如又提出论诗评词的原则：

  本原者何？性情也。即所谓不得已也。……故仆平日论诗，必从精神固结，肝胆轮囷为主。而专言生新拗僻者无取焉。（《与梁礼堂书》）

于词，学苏辛也须学其"肝胆轮囷，寄托遥深"。（《词话》卷五）"诗者，性情之事。"（《林子宜岭海诗存斋》）枚如这个关于诗词的基本论点，屡见于文集和词话。如《课馀偶录》《黄鹤山人诗序》《自怡山馆偶存诗序》均提出这个论点。《词话》续篇三评江顺诒《愿为明镜室词序》，也以不同的语气提出这个论点。作为诗也作为词的本原的性情，是诗人词家的气质、性格、感情、情操相对稳定的表现。性情说并不是枚如首创，而是从《乐记》《毛诗大序》以来就经常讨论的。如《乐记》："人生而静，天之性也；感于物而后动，性之欲也。"情与欲均为性之动。较枚如稍前的袁枚，他的性灵说，作为气质性格内涵与枚如的性情说是有共同的地方的。与枚如同时的陈廷焯说他撰《白雨斋词话》是"本诸《风》《骚》，正其情性，温厚以为体，沉郁以为用。"（《自序》）王耕心序《白雨斋词话》亦云："所谓词者，意内而言外，格浅而韵深。其发摅性情之微，尤不可掩。"为枚如所推崇的刘熙载也说"苏辛皆至情至性人"（《词曲概》）。但枚如的性情说有其独特性和深刻性。这就是枚如把性情说和司马迁的发愤说联系起来，把性情说和欧阳修的诗穷而后工说联系起来：

　　古不云乎？诗《三百篇》大抵贤圣发愤之所为作也。夫人苟非不得已，殆无文字，则填词何莫不然。（《张玉珊寒松阁词序》）

"《三百篇》大抵贤圣发愤之所为作也"，语出《史记·自序》。这是司马迁论《诗》的基本论点。他不但认为变风变雅是贤圣发愤所作，即正风正雅乃至颂诗亦然，贤圣由于不满当时的黑暗现实，作这些诗来怀旧俗，美旧政，达到讽刺现实的目的。这当然是本乎三家诗的论点而发的。正如前论陈子龙那样。枚如认为发愤而不得已之作乃得性情之真之正，这是因为，创作在某方面说是一种艺术冲动，是不能作伪的。这种心理状态具有潜意识性。所以，他评炯甫诗说："哀何以哭，喜何以歌，愤何以呼，感何以叹，不自知也。"这是衡量艺术真实性的基本原则，其次才是艺术反映现实生活真实性的原则。枚如又说：

　　夫诗道性情，格调其末也，词华尤其末也。故曰诗非穷愁不工。穷愁，其情至，其人在也。（《炯甫屺云楼诗序》）

他又评《京洛草》说：

　　大滋寄来《京洛草》，观其诗境，岂所谓穷而后工者耶！（《课馀续录》卷二）

所谓"诗穷而后工""诗非穷愁不工",这是因为,穷愁潦倒的诗人词家,对现实现象感触最为敏锐,感慨最为深挚,表现其性情最真最正。由于性情之真,倚声填词,有其性格在,有其个性在,枚如所谓"其人在也"。浙派末流,没此性情,重彼声律,装点饾饤,形式主义倾向颇为严重,枚如斥之。但枚如对浙派创始者朱彝尊则推崇备至,认为他遭际穷愁,半生落魄,感慨所寄,怅触无端,不得已而为词,得诗人发愤之义,体现了性情之真之正,有其人在,有其性格个性在:

> 浙西之词,以小长芦钓师(朱彝尊号)为职志。其生平减偷(减字偷声为词),宗旨备见于自题集之中。以彼飘零桑海,萧索高门,夜别酒徒,朝瞻兵气,此何景耶?舟唇马背,曲水山椒,北风凄其吹人,饥鸟昏而啄屋,此何地耶?引商刻羽,其第求派别耶?夫固有迫之于初,斡之于内者矣。(《张玉珊寒松阁词序》)

竹垞也自诉他落魄不偶,东西奔驰的凄凉遭遇和感愤无聊。这正是他的词境有真性情的根本原因,而不在于立派别、尚音律。他的词是生活遭遇"迫之于初,斡之于内"所形成的真性情的流露(参见本书第五章第二节)。性情遭际,发愤于不得已而为词,这是词的真性情的先决条件,是枚如性情说基本的理论特点。所以,他又引朱彝尊《紫云词序》"欢愉之辞难工,愁苦之言易好"(此系韩愈《荆潭唱和诗序》语)。之后说:"余谓情之悲乐,由于境之顺逆。苟当其情,辞无不工。此非强而致、伪而为也。"(《词话》卷十)他又自道其作诗填词云:"中多遭乱,告哀悲愤,溢于纸上。盖其时干戈满眼,若出于欢愉,匪独难工,抑亦非人情也。"(《课馀续录》卷五《记我见录》)逆境造就真性情,不得已发而为词,往往低徊要妙,缠绵悱恻,甚至哀咽凄断。所以,他对顾贞观《金缕曲·寄吴汉槎》以词代书二阕评价很高。其中坦诚之性,沉挚之情,读之增友谊之重。这是由于艰难身世所陶就。今录顾全词:

> 季子平安否?便归来生平万事,那堪回首。行路悠悠谁慰藉,母老家贫子幼。记不起从前杯酒。魑魅搏人应见惯,料输他覆雨翻云手。冰与雪,周旋久。　　泪痕莫滴牛衣透。数天涯、依然骨肉,几家能够。比似红颜多薄命,更不如今还有。只绝塞苦寒难受。廿载包

胥承一诺,盼乌头马角终须救。置此札,君怀袖。

吴兆骞(汉槎),顺治十四年丁酉(1657年)举人,以科场蜚语案,被流放到辽东极北的宁古塔(黑龙江宁安县)戍边服苦役共二十三年。千里穷荒,重冰积雪,遥望着江南故乡吴江,深念着"母老家贫子幼"的凄凉情况。"数天涯,依然骨肉",凄苦之情其何以堪。作者把吴汉槎(兆骞)不幸遭遇,比作红颜薄命。对他"绝塞苦寒难受。寄以无限同情,立誓救他回来。但"我亦飘零久,十年来深恩负尽,生死师友"(《金缕曲》第二阕),同样飘零身世,这个誓愿只盼望马牛角乌头白才能实现了。这种救朋友既坚定又失望的情绪,表现了作者的坦诚之性和浓挚之情。枚如评曰:"浓挚交情,艰难身世,苍茫离思,愈转愈深,一字一泪。吾想汉槎当日,得此词于冰天雪窖间,不知何以为情。后来效此体者极多,然平铺直叙,率觉咀蜡。由无深情真气为之翰,而漫云以词代书也。"(《词话》卷七)可见只有浓挚的交情,艰难的身世,发而为词,才能愈转愈深,曲折洞达,而总归于性情之真之正。陈廷焯也评云:"二词纯以性情结撰而成,悲之深,慰之至,丁宁告戒,无一字不从肺腑流出,可以泣鬼神矣。"(《白雨斋词话》卷三)《续修四库全书·弹指词提要》也云:"但知发挥性情,不顾斠酌于声律字句间。"后引的两则评语,当有助于我们理解枚如性情说的理论意义。

此外,就词的写景言之。主性情说者必重寄慨,不以描写景物超妙为工,而以超妙又深乎寄慨为工。这是一般人容易体会的。如《词话》卷十一引吴衡照叹赏李符《耒边词》"疏影"阕咏帆影说:"吴子律赏其帆影词:'忽遮红日江楼暗,只认是凉云飞度。待翠蛾帘底凭看,已过几重烟浦。'谓入神之笔(见《莲子居词话》卷二)。予谓不若'荻渚枫湾,宛转随人,消尽斜阳今古',其寄慨为深远也。"前句属该词的前片,写闺人凭帘看尽帆影,只是思妇怀人罢了,远不如后句有深慨乎人生羁绊之义。可见有性情者寄慨也深。又如,黄昇叹赏史邦卿(达祖)《双双燕·燕》咏燕阕前片"还相雕阑藻井,又软语商量不定"等句的形容超妙,而姜白石则赏下片的"红楼归晚,看足柳昏花暝"(均见黄昇《花庵词选》)寄慨之深远。由于寄慨之深,往往见性情之厚。可见性情说是值得重视的。枚如还引江顺诒(秋珊)《愿为明镜室词自序》:"余性刚,而词贵柔。余性直,而词贵曲。余性拙,而词贵巧。余性脱略,而词贵缜密。

余性质实,而词贵清空。余性浅率,而词贵蕴藉。学词以移我性也。"这无疑道出了词的特性和词家的气质个性的关系。而枚如却进一步认为这是江顺诒"謇言以写其不平":"凡秋珊之所言者,在不深于情耳。深于情,则刚无不柔,直无不曲。当于性中求情之用。若徒求柔求曲,或先病矣。……秋珊岂短于情耶?"(《词话》续篇三)稼轩词摧刚为柔,白石词寄直于曲,皆性情之所致,不徒形式上求曲求柔;他们性情的敦厚,寄慨的遥深,体现了词的体制的本色和特点。

枚如的性情说既重视寄慨遥深的情致,而情又是性之用。在体用一致的基础上,他把情看成是词的内在本质特征。"情愈至,品愈高,诣愈深,蕴抱愈厚,激发愈雄。"(《张玉珊寒松阁词序》)根据这个论点,他把词的绮语和情语严格加以区别。他不废情语,甚至重视情语,因为情语能敦品行,厚人伦;他蔑视绮语,排斥绮语,因为绮语淫思,坏人心术。但是,枚如认为辨别情语和绮语并不那么容易,差之毫厘而失之千里,真所谓肝胆楚越。二者的鉴别则在于情之所寄,志之所寓。枚如谈到写闺襜的态度时说:

> 纯写闺襜,不独词格之卑,抑亦靡薄无味,可厌之甚也。然其中却有毫厘之辨。作情语勿作绮语。绮语设为淫思,坏人心术;情语则热血所钟,缠绵悱恻,而即近知远,即微知著,其人一生大节可于此得其端倪。(《词话》卷四)

词体本轻柔曼衍,适宜于写闺襜儿女生活。但写闺襜生活有淫与不淫之别。若纯写闺襜,无所寄慨,以淫丽取悦读者,一切色情的描写属之,尤须注意的是描写意淫之作。常谓色淫易知而意淫难审。正如刘熙载云:"绮语有显有微。依花附草之态,略讲词品者亦知避之,然或不著相而染神,病尤甚矣。"(《艺概·词曲概》)这是无须举例的。但写闺襜生活的情语若能表现得真实,悱恻缠绵,枚如认为是热血所钟,性情所发,可以见一生大节的端倪,这并不是没有道理的。因为写闺襜的情语,寄托遥深,则能即近知远,知微知著,在凡近琐屑的闺襜生活描写中,有典型的抒情形象,蕴含深远、普遍之义。枚如又解释说:"嗟夫,其人必先有所不忍于其家,而后有所不忍于其国。今日之深情款款者,必异日之大节磊磊者也。故工诗者馀于性,工词者馀于情。"(《眠琴小筑词序》)这就说明近如闺帏儿女之私，性情之所发，往往有家国之感的倾向性。这在词史上是不乏其例的。正如枚如说："其设辞愈近，其感人愈深。范希文、欧阳永叔非一代名德哉！乃观其所为词，与张三影、柳三变未尝不异曲同工。何哉？"（《眠琴小筑词序》）范仲淹（希文）的《御街行》："残灯明灭枕头敧，谙尽孤眠滋味。"欧阳修（永叔）的《临江仙》："水晶双枕，傍有堕钗横。"他们在政治上都是颇有影响的人物，而作为小歌词，性情发于闺襜，则缠绵悱恻如此。又如韩琦黄花晚节，为一代重臣，而他的《点绛唇》结拍则云："愁无际，武陵凝睇，人远波空翠。"何尝不是儿女情深。至于明末殉节的陈子龙、夏完淳就不用说了。这些大节垒垒者，在描写儿女私情的真挚中，就隐然具有大节的端倪了。所以，枚如又说："香草美人，《离骚》多半寄托，朝云暮雨，宋玉最善微言。"（《眠琴小筑词序》）词写闺襜，情语在乎寄慨。枚如还从词体的本原来说明情语的重要性和必要性。他批评浙派末流专讲醇雅，回避情语，不涉闺襜香奁，结果词肤情薄，无缠绵悱恻之致，即有寄慨也不深远，事实上，违背了浙派词的始创者朱彝尊：

绮语淫，情语不淫也。况词本于房中乐，所谓燕乐者。《子夜》《读曲》等体，固与高文典册有间矣。近者或纠枉过正，稍涉香奁，一概芟薙，号于众曰：吾词极纯雅。及受读之，则投赠肤词，咏物浮艳，辂辑辖满纸，何取乎尔？反不如靡靡者尚有意绪也。（《词话》四）

词本源于《房中乐》，所谓燕乐法曲，有《子夜》《读曲》的遗风，写儿女离合悲欢，而又得《房中乐》之正，所以闺襜香奁往往是情语所由生。枚如所说靡靡者，实质是缠绵悱恻、寄慨遥深的情语。因此，他又引吴茝次序钱芳标《湘瑟词》语云："词原靡丽，体本于《房中》。而语必遥深，义实通于《世说》。"（《词话》卷九）《世说》辞显味隽，具深远幽妙之思。所以写情语的词与《世说》在这点上是相通的。枚如这个论点很值得我们深考。

枚如主性情之说，必然接触到性情与伦理关系的问题。文学不可能脱离一定的伦理而存在。所谓为艺术而艺术的作品，也不可避免地具有一定的伦理内容。王尔德（Oscar Wilde）提倡为艺术而艺术，也适应了批判资产阶级虚伪性的伦理要求。诚然,王尔德对资产阶级虚伪性的批判还是站在资产阶级立场进行的。枚如提倡性情说,明确地赋予其忠孝节义的内容。这些社会伦理内容固然有其局限性,但由于所接触的具体社会历史条件不同,忠孝节义伦理内容也会蕴含着积极的合理因素。我国传统的性情观,尤其宋明理学兴起之后,把情看作是性之动。而性是静的,合乎一定的伦理规范的;情也就要遵循一定的伦理规范而动。枚如认为,忠孝节义是社会人伦的大事,词人的性情也应体现忠孝节义。让我们看他是如何议论的:

> 盖古来忠孝节义之事,大抵发乎性,情本乎性。未有无情而能自立于天地之间者。此双莲、雁丘、鸟兽、草木亦以情而并垂不朽也。(《词话》卷十一)

元遗山(好问)的《摸鱼儿》咏双蕖、咏雁丘两阕,前者写男女相爱受迫害投水殉情,而荷花发为并蒂;后者写双雁飞翔,一个中箭而毙,生者自投沙洲而死,遗山为雁丘以吊。两阕皆凄艳幽咽,为遗山的佳作。枚如认为这是情之所至:"问世间,情是何物,直教生死相许。"(咏雁丘)这无疑写出了在爱情被迫害时,忠于爱情的本性流露。按枚如的论点,忠于儿女私情者将能忠于家国。所谓"今之深情款款者,必异日之大节垒垒者也"。枚如在这里并不是赋予忠孝节义以封建伦理的内容,因此引元遗山《摸鱼儿》两阕为例。这说明,枚如的性情说内涵的伦理规范不一定是封建性的,而是民主性的。这一点应该肯定。为什么词的"忠孝节义"伦理内涵始于儿女之情而不朽呢?因为儿女之情最真,夫妇乃人伦之始,推而及于家国就可能有其倾向性。所以,枚如引《词林纪事序》说:"昔者京山郝氏论诗曰:诗多男女之咏,何也?曰:'夫妇人道之始也。故情欲莫甚于男女,廉耻莫大于中闺。礼义养于闺门者最深,而声音发于男女者易感。故凡托兴男女者,和动之音,性情之始,非尽男女之事也。'得此意以读词(原序作'是书'),则闺中琐屑之事,皆可作忠孝节义之事观,又岂独特偎红倚翠,滴粉搓酥,供酒边花下之低唱也哉!"(《词话》卷十一)这段话说得很透彻,虽然不免有封建性的因素。但正如张惠言《词选序》所说:"里巷男女,哀乐以道。贤人君子幽约怨悱不能自言之情,低徊要眇,以喻其致。"又如陈廷焯《白雨斋词话》所说:"写怨夫思妇之怀，寓孽子孤臣之感。"所以，枚如认为上引《词林纪事序》的那段话，"是真不愧知言矣"（《词话》卷十一）。从儿女之情出发，扩而至于家国之情，则"词固有兴观群怨，事父事君，而与雅颂同文者"（《词话》卷十一）。即是说，在伦理方面词与雅颂有共同的社会教育作用，只是雅颂庄严而倚声柔曼罢了。枚如接着又引《词林纪事序》说：

> 吾请举近人陆太冲以谦之言曰："其事关伦纪者多，如东坡《水调歌头》'琼楼'云云，神宗以为苏轼终是爱君。欧阳全美《踏莎行》奉使不还，朝廷录其节，与洪忠宣《江城梅花引》数阕同一揆。吴毅父《满江红》报国无门，济时有策，其自负何如？岳亦斋《祝英台近》感慨忠愤，与辛幼安'千古江山'词相伯仲。文信国《大江东去》气冲牛斗，无一毫萎靡之色。刘须溪《宝鼎现》词意凄婉，与麦秀歌无殊；《兰陵王》送春词抑扬悱恻，即以为《小雅》《离骚》可也。"（《词话》卷一）

所举词例见于《词林纪事》。如欧阳珣（全美）《踏莎行·寄内》，"幽梦长安"，寄怀故国，与洪皓《江城梅花引》同为使金不屈乃至殉节所体现的眷恋祖国的性情气质；吴潜（毅父）为贾以道所陷，谪广东化州，《满江红·送李御带珙》，吐其报国无门、济时有策之衷，刘辰翁《宝鼎现·春》《兰陵王·丙子送春》同调《丁丑感怀》，麦秀黍离之悲，掩抑悱恻之情，寄亡国的哀痛，自有《离骚》《小雅》的遗意。这些词例都体现了爱国愤时的伦理素质，而且是作为词人的性情的骨髓，作为词人的气质而存在的。枚如这样强调词的爱国愤时，这是和他所处的国家民族危难的晚清时期密切联系的。他和同时代的冯煦、况周颐等词家词论家论词强调家国之感，不是偶然的。

枚如还提出积学敦品的问题。众所周知，人的性情须有所养。孟子主性善，荀子主性恶，这都有一个修养问题。通过修养，性善者导扬而发展之，性不善者矫揉而纯化之，使其性之动而得情之正。自然，在枚如看来，这是合乎"忠孝节义"的，是词家平日积学修养，使其品性敦厚的结果。他把那种不治性情、专讲家数格律的创作看成是孔雀体内的毒素：

> 夫诗者性情事也。不治性情，而空言家数、格律，何为乎？孔雀

虽有文章,奚补于其毒哉!(《课馀偶录》卷一)

又说:

> 夫文人合一。词虽小道,亦当知积学敦品耳。(《词话》续编五)

虽然,枚如以论学论词,但词家不能离开学术修养。他认为积学敦品是首要的修养,否则虚心愈大心灵愈短,即使有《花间》《兰畹》绘声绘色的手笔,引商刻羽谐畅和妙的乐工,品格既低,其词必无高致。枚如积学敦品之论,和刘熙载论词重品,其精神有相一致之处。枚如又说:

> 花间兰畹之手笔,加以引商刻羽之工夫。乃为巨公谱荣华之录,摹治之碑也,言之不足长言之,若以为厚幸焉。此真极词场之变态矣。(《词话》续编五)

词坛变态,莫此为极,都是由于词人不能积学敦品所致。这是极可太息的,尤其是当时国家民族正处于内忧外患岌岌可危的形势之下。

总之,枚如论词的性情,接触到很多有关词学的专门问题,如词的性质、特征,以及伦理问题等,其中所论不无精彩处。这里,我们用他的词来结束这部分的讨论:

> "总要性情耳,自古来、韩苏李杜,所争只此。"
> "风雅本原都不讲,只描头画角真堪鄙。"
> "莫笑填词为小道,第一须删绮靡,如椽笔、横空提起。"(《金缕曲·谈艺视芑川》全集词三)

第三节　寄托论及其局限与词贵清空

常州派词论一个特殊的观点是寄托。"寄托"一词非始自常州词人,而作为理论体系,作为理论体系的核心论点,确乎又是由常州派词人所构建。自张惠言在《词选》及《词选序》提出比兴寄托,到了周济则完成了从有寄托入、以无寄托出的系统理论，辩证地论述了寄托的理论内涵，发展了张惠言的比兴寄托论。枚如论寄托源于张惠言：

> 皋文论词，以有怀抱有寄托为归。将以力挽淫艳、猥琐、虚桦、叫呶之习，其用意远矣。(《周氏词辨二卷跋》)

张惠言论词提出比兴寄托，力挽当时金应珪概括出来的词坛上游词、鄙词、淫词之弊，不但提高了词的体格和地位，与诗赋同类而讽诵之；而且指出词的本质特征，把整个词坛的词风扭转过来而归于正轨。这就是枚如说的"用意远"。枚如又引张氏《词选序》"自宋之亡而正声绝，元之末而规矩隳"云云评论说：

> 其用意可谓卓绝，故多录有寄托之作，而一切夸靡淫猥者不与。学者如此，自不敢轻言词矣。(《词话纪馀》)

学者所以不敢轻言词者，盖自常州派出，词之体尊位高，寄家国身世之感，寓社会人生问题，对社会政治现实得深抒其感慨；词并不是供人玩乐的小技，虽然词往往抒发于花前月下，酒边歌外，而夸靡淫猥、粗豪奋末一律被排斥。前面说了，枚如认为张惠言《词选》是救词坛三弊的良剂，因此针对性很强，为金针度与：

> 皋文词选足救此三弊。其大旨在于有寄托，能蕴藉。固是倚声家之金针。(《词话》续编一)

在这里，枚如把寄托和蕴藉并提，把二者看作是具有内在联系的两个方面，金针度与，有艺术创作的原则意义。有寄托的词往往含蓄蕴藉，而含蓄蕴藉是有寄托的词的特点，虽然含蓄蕴藉的词并不一定有寄托。前面谈到词所表现的性情与伦理关系的时候，曾说东坡《水调歌头·丙辰中秋欢饮达旦大醉作此篇兼怀子由》"琼楼玉宇"寄朝廷的高危；稼轩《菩萨蛮·书江西造口壁》"江晚正愁予，山深闻鹧鸪。"寓恢复行不得之感慨，蕴藉含蓄，颇为明显。白石《扬州慢》寓黍离之悲，《齐天乐》之咏蟋蟀，寄玩物丧国之恨，也都是含蓄蕴藉，空灵跌宕。他的《念奴娇》之咏荷，写荷花并以荷花寄托身世，也空灵蕴藉，成了有寄托的高境。全词如下：

> 闹红一舸，记来时、尝与鸳鸯为侣。三十六陂人未到，水佩风裳无数。翠叶吹凉，玉容消酒，更洒菰蒲雨。嫣然摇动，冷香飞上诗句。
>
> 日暮，青盖亭亭，情人不见，争忍凌波去。只恐舞衣寒易落，愁入西风南浦。高柳垂阴，老鱼吹浪，留我花间住。田田多少，几回沙际归路。

"闹红"两句以前事逆入，为下片感怀伏根。"三十六陂"以下写泛舟情景，言其水陂之多。水佩风裳写荷，语意相关。"翠叶"以下，冷香飞动，情致别出，俊逸绝伦。以荷花比美女，嫣然一笑，百媚俱生。其韵逸，其趣幽，芳兰竟体，总见性格的高洁，自然触动词人的诗思。过片"日暮"至"南浦"，分两层写怀感，语短情长。詹安泰先生云："似有寄托。"（《宋词选》残稿）"情人不见，争忍凌波去。"以洛神取喻，凌波微步，婉娈风神，而终不得遇合，这是一层；"只恐舞衣寒易落，愁入西风南浦。"乃至南浦生愁，别恨无已，有美人迟暮之叹，这是第二层。"高柳"以下写"数得相羊荷花中"（小序语）实况，娴雅有情致，与精细刻画者异趣。结拍"田田多少，几回沙际归路"，写荷花田田出水时，曾几回游赏，是词人的忠厚处，也是伤心处，以淡语结深情。观全词结撰，前片着重描写荷花的品格，及其动人之处；后片着重叙述，写现况，而今昔之感，迟暮之情，身世飘零之伤，正在过片处写出，前后气机互相引动，得其空灵蕴藉之致。这大致是枚如在前面所说的"有寄托能蕴藉"的艺术超诣之境。枚如在《词话》（卷十二）"白石《诗说》"条中云："白石道人为词中大宗，论定久矣。读其《诗说》诸则，有与长短句相通者。"随后节录极重要的数条，并作注解，如"韵度欲飘逸""景要微妙""短章酝藉""委曲尽情""语贵含蓄"，"句中有余味，篇中有余意"，等等，最后归为"自然高妙"。根据这些论点，读者不难体会《念奴娇》咏荷的风格、技法和超以象外的深意。

枚如认为张惠言《词选》是救弊而选的，具体地说是救浙派末流之弊而选。它是"词家正法眼之作"（《张惠言词选跋》），它针对的是下面的流弊：

> 然自浙派盛行，大抵挹流忘原，弃实佩华。强者呎呦，弱者涂泽，高者单薄，下者淫猥。不攻意，不治气，不立格，而咏物一途，搜索芜杂，漫无寄托。点鬼之簿，令人生厌。呜乎，其盛也斯其衰也。(《张惠言词选跋》)

浙派后期作者最盛，大江南北，闽粤海隅，皆为浙派所牢笼。他们虽不无成功之作，但词作之弊为甚，如枚如所列举，无论强者弱者，高者下者，都不能免。审其流弊所由生，大抵"挹流忘原""漫无寄托"。原当本乎性情，寄托自成蕴藉，二者皆违，自然便成了令人生厌的点鬼簿了。其所谓词之盛，实乃一种衰落的表征。寄托之作，须寄意深远，而浙派末流不攻意，"意在笔先者"渺然，意如何有高致？寄托之作须蕴藉含蓄，要做到这点须先养气。而浙派末流不治气，则气浮而流或弱而离，自然不能含蓄蕴藉。寄托之作重格调高远，萎靡、粗犷两端都无高远超逸的格调。我们看东坡《贺新郎》咏石榴、《水龙吟》咏杨花、《洞仙歌》咏花蕊夫人，寄情既深，格调又高。依次如云："待浮花浪蕊都尽，伴君幽独"；"梦随风千里，寻郎去也，又还被，莺呼起"；"绣帘开，一点明月窥人，人未寝，欹枕钗横鬓乱"。这都是格高调远，寄托蕴藉之作。枚如清楚地把浙派代表的朱彝尊、厉鹗等人和末流作家区别开来：

> 岂知竹垞、樊榭之所以挺持百辈，掉鞅词坛，在寄意遥深，不在用事生涩。舍其闲情逸韵，而师其襞积，学者奚取焉。求如皋文之卓见，盖希矣。(《张惠言词选跋》)

枚如还对《词选》附十二家词①评云："其题多咏物，其言悉有寄托，相其微意，殆为朱厉末派饾饤涂泽者别开新面，将欲为词中之铮铮佼佼者乎。"(《词话》续编一)《词选》固多寄托之词，所附常州派十二家词亦多寄托。如左辅《南浦·夜寻琵琶亭》，谭献评为"濡染大笔"(见《箧

---

① 原七家，张惠言门弟子郑善长又益张氏兄弟二家、门人金氏二家及其本人，共十二家。是为常派词选。

中词》卷三该词评)。"何处离声刮起,拨琵琶,千载剩空亭。是江湖倦客,飘零商妇,于此荡精灵。"用《琵琶行》典事,概括了千古游子商妇的悲哀。过片"一例苍茫吊古,向荻花枫叶又伤心",结到作者的凭吊自伤。其感慨之深,造境之阔,寄意又蕴藉含蓄,都是令人赞赏的。张琦《摸鱼儿》写暮春后结云:"春婉晚,怕花雨朝来,一霎方塘满。嫣红谁伴?尽倚遍回阑,暮云过尽,空有泪如霰。"谭献又评云:"风刺隐然。"(《箧中词》卷三)又金应珪《贺新郎·咏萤》:"风雨黄昏庭院黑,照沉沉螗梦浑无迹。""景华宫里音尘绝。怅秋风,洛阳古树,青燐堆血。""小扇轻罗无人惜,更银屏翠幕深深隔。"陈廷焯评为:"寄托甚深,'汉苑飘苔,'① 而后,又成绝响矣。"(《白雨斋词话》卷四)这样一些有寄托的词例在创作上足可医治浙派末流饾饤涂泽的弊病。但这不等于说,常派词在艺术上一定比浙派高。常派词常有平钝廓落之弊,这是要全面看的。

枚如论寄托,还把寄托和清空联系起来。清空是姜、张词的风格特点。自张炎创为词论,浙派宗之,以清空醇雅为本。前面说了,浙派的代表朱彝尊和厉鹗,他们的词清空中多有寄托。至于清空而无寄托者,则往往流为剽滑,因为无寄托则不能沉厚。朱、厉之后,浙派如郭麐、赵庆熺,他们的词便不免剽滑。所以枚如说:

> 是故词贵清空,嫌质实。然五石之瓠,非不彭然也。清空则清空矣,一往而尽焉。(《双邻词钞序》)

词尚清空,不贵质实,这是张炎论词的基本论点(见《词源》),为浙派所崇尚;但必须内容充实,或有寄托。否则为彭然大瓠,一往而尽,非真正清空之境。诚然,内容充实的词,并非一定有寄托才不患一往而尽,但寄托能令内容层深、沉厚,这是无可置疑的。因为成功的寄托,能从有寄托入,以无寄托出,这样就有充实的历史生活内容和作者的思想倾向,而又能典型化,触类多通,具有较强的普遍性,达到真正的艺术清空。反过来说,寄托而不清空,则质实凝滞乃至晦涩,不能如周济所说,以无寄托出。枚如反对浙派末流以冷典蘩积为尚,既无寄托又不清空,空而不征实,内容虚枵,惟摹写物象是务,悱恻缠绵之情渺然,幽约隐微之义不

---

① 王沂孙《齐天乐》咏萤句。

见，这种词是不足称的。枚如批评冯柳东（登府）词云："繁缛弗删，遂嫌质实。"（《词话》卷二）如他的《醉太平·过严滩》："高台水长，扁舟客忙。乱帆飞过惊泷，露青山一窗。滩光水光，鸥乡鹭乡。数声渔笛沧浪。正秋风满江。"泛舟严濑，记历如数家珍，繁缛堆垛，无寄托空灵之致，去樊榭《百字令·月夜过七里滩》同调陈澧的和作远甚。所以，词有寄托而清空，则含蓄蕴藉，气机疏宕，词境由是而高。枚如主常州派而折中于浙派，在这里也见其倾向。枚如又云：

且今之为此者（指用冷典），动曰："吾瓣香姜、史也。"然《暗香》《疏影》之篇，"软语""商量"之句，岂二公搜索枯肠，独无一二冷典乃赋，空而不为征实哉。盖词贵清空，宋贤名训也。（《词话》九）

姜白石的《暗香》《疏影》，虽间用典，而寄其家国之感，浑然层深；史邦卿《双双燕》写燕子之神，又何尝无深焉寄慨？所以，枚如指出词贵清空，宋贤名训。清空而有寄托、多感慨的词自然不是那种襞积冷典、图写物象而空洞无物的词可比的。枚如评张惠言《水调歌头·春日赋示杨生子掞》云："清空一气，寄托遥深，……固与涂附者异矣。"（《词话》续编一）其前片云："三枝两枝生绿，位置小窗前。要使花颜四面，和著草心千朵，向我十分妍。何必兰与菊，生意总欣然。"几朵小花，虽无兰菊的名贵，而生意欣欣向荣，供人赏其逸韵。如果联系到词人四十岁未成进士之前，萧然一塾师，而学术造诣之深，已成专门名家。这不是欣然生意见于贫困潦倒的生活中吗？可见其寄托遥深，又清空一气。

枚如论词的寄托，又提出题内有寄托，题外有感慨的论点：

宋词三派：曰婉丽、曰豪宕、曰醇雅。今则又益一派，曰恒饤。宋人咏物，高者摹神，次者赋形。而题中有寄托，题外有感慨。虽词，实无愧于六义。（《词话》卷九）

浙派末流既襞积冷典，必然出现饾饤之作。枚如所谓为苗氏作世谱，排比铺张而已，无关情性，不涉寄托，殊无生香真色。这种词风，枚如认为自朱、厉始："国朝小长芦出，始创为征典之作，继之者樊榭山房，……借此以抒其丛杂。然实一时游戏,不足为标准也。"(《词话》卷九)这种作风,谭献在《箧中词》卷二评樊榭词也有所讽论。由此而曼衍为饾饤之弊,朱、厉实不得辞其过。而治词的饾饤,枚如所提出的"题中有寄托,题外有感慨",实为针砭之一。因为题内有寄托,则情思层深,具有艺术概括的深刻内容;题外有感慨,则由词的特定意境引发出境外而生的感慨,绵邈无端。道理如此。

我们在前面分析了寄托与蕴藉、清空和感慨的联系。在枚如看来,这种联系是词的寄托特征的表现。一首词虽有寄托,而不蕴藉,不清空,境外没有感慨,这不可算成功的寄托。在我们看来,这种联系,实质上是周济所说的"夫词,非寄托不入,专寄托不出"(《宋四家词选目录序论》)理论的具体化。寄托只有能入能出,达到空灵蕴藉,境内情思深婉,境外感慨绵邈,这才是真正好的寄托。诚然,枚如论寄托比较肯定常州派的寄托说。这不但是为了救浙派末流饾饤之弊,也为了振颓靡之风,使词高其墙宇,尊其体制,提高词的思想性,使之适应当时内忧外患、民生如沸的社会现实和知识分子的家国身世之感。常州派的兴起,其历史背景亦如是。但枚如对张惠言的比兴寄托也有讥评。他指斥张惠言析词往往断章取义,穿凿附会,以为句句有寄托,篇篇有微词。对张惠言这种类比分析方法的指斥,无疑是正确的。张惠言认为温庭筠词深美闳约,其《菩萨蛮》十四首皆为感士不遇的词,有《离骚》初服之意。这当然是一种附会。但身世之感,托诸美人而为倚声,这对温庭筠潦倒终生来说是极为自然的。枚如强调前者,对张惠言的迂执不满;而忽视后者,却又对寄托做了狭隘的理解了:

> 虽然以温尉为大宗。温尉之诗靡靡,以彼怀抱较之李杜,不待智者而知其不似也。而谓其词皆遐稽隐讽,字字有著落,或不然矣。(《周氏词辨二卷跋》)

温词遐稽隐讽,意存寄托,自然难论其真有。但感愤所寄,偶尔慨乎身世,涉及时事而不自知,这是有可能的。谭献也说皋文之论殊非河汉,也是从这个角度理解的。而枚如却做了绝对的否定,这就表现为对寄托做了狭隘的理解:

第十章 谢章铤论词的性情与寄托

> 东坡《卜算子》云云，时东坡在黄州，固不无沦落天涯之感，而鲖阳居士字笺句释，果谁悟而谁知之？……即如宋末玉田、蘋洲诸家，阅历沧桑，固宜胸中有块垒，今一遇稍有感慨之词，便以为指斥时事，愁禽怨柳，塞满乾坤，是真以长短句为谤书矣。(《词话》续编卷一)

鲖阳居士《复雅》对东坡《卜算子》咏雁，字笺句释，断章取义，割裂完整形象，而张惠言从之，无疑是不对的。但东坡将天涯沦落之感寓诸孤鸿，情事可伤，品格超然；黄山谷所谓非读万卷书，笔下无半点尘俗气，不能至此浑融的境界。从这点去理解，不无寄托。周密（蘋洲）、张炎（玉田）身经亡国、阅历沧桑，胸中有块垒，词多寄托，这也是很自然的。枚如认为这些词有感慨，未必有寄托，把感慨与寄托割裂。诚然，寄托不是指斥时事，更不是谤书。我们认为，从广义来说，有感慨即有寄托。感慨所寄的直接形象，是第一层次；由直接形象引发出来的象外之境是第二、第三层次。每个层次的意义之间都有内在联系。东坡《卜算子》孤雁的形象便是这样。枚如既认为感慨之词未必有寄托，因此过分相信词的本事。他认为稼轩《祝英台近》"宝钗分"阕，《贵耳集》说是稼轩思念弃妾之词，不必再有寄托。但是，在我们看来，即便《贵耳集》所说属实，也只是一种直接题材，通过这种描写，仍可寄时事之感。该词云："十日九风雨""断肠点点飞红，都无人管，倩谁劝流莺声住。"直与《摸鱼儿·暮春》异曲同工。枚如却说："即如辛稼轩《祝英台近》，盖伤离之篇，本事见《贵耳集》，而皋文（张惠言）以为与德祐太学生同意①，未审何据，当别观之可也。"(《词话纪馀》,《稗贩杂录》卷三)《祝英台近》不一定与德祐太学生同意，但感慨时事不可云无，亦即有寄托。枚如把寄托理解为有本事，把词的感慨与寄托分开，否认寄托所体现词的意义的一般性和普遍性。我们是不敢苟同的。如枚如说刘勤的《水龙吟·尘》咏尘，只是感逝伤离之作而无忧时愤世的寄托。这显然是把词人的感逝伤离和忧时愤世截然分开，忽略其一般性和普遍性。这说明枚如不认为词义有层次性。以我们看来，描写尘的直接形象是第一层次，感逝伤离是第二层次；而第一层次和第二层次却又是统一在忧时愤世的寄托上的，

---

① 德祐乙亥，太学生作《祝英台近》词，感慨时艰，讽刺权臣误国，有寄托。

这样又构成词义的第三层次。这是无须怀疑的。枚如却不以为然。他不同意丁绍仪在《听秋声馆词话》中对刘勤这首词的看法。他说：

> 昔吾友刘赞轩勤，曾作咏尘词云云。无锡丁杏舲绍仪取入《听秋声馆词话》，疑为感时之作。其时粤匪猖披（指太平天国运动），闽中大警，赞轩非无忧愤之篇。此词则实因朝云在殡，柳枝不来，感逝伤离，所遭辄不如意，而作，无关时事也。（《词话》续编卷一）

感逝伤离而无关时事，这个判断是不正确的。我们且看全词：

> 帘前几阵狂风，登楼一望迷南北。濛濛骤起，纷纷自扰，斜阳欲黑。舞榭灯昏，妆台钗冷，模糊春色。叹遮来难觅，扫来仍聚，染双鬓，谁人识。　无赖青青垂柳，又愁痕雨边暗织。半黏去马，半随流水，销魂行客。十斛量愁，千重疑梦，青衫泪湿。好拂衣归去，低徊明镜，把朱颜惜。

谭献在《箧中词》续一评此词云："感愤无憀。"语颇含混，但涉及方面颇多。首先是感愤时事。"登楼一望迷南北"，封建统治者制造了兵连祸结、颍洞尘昏的时局；然后是"舞榭灯昏，妆台钗冷"，始绾合"朝云在殡、柳枝不束"、身旁无妓妾的无聊。过片又极写作者"青衫泪湿""销魂行客"的落魄飘零。至少由这三个方面构成感愤无憀的情绪。而朝云在殡、青衫泪湿这种个人的遭遇又是和颍洞尘昏的社会现实不可分开的。词人郁积着伤时念乱之悲，身世飘零之伤，正需要"好拂衣归去，低徊明镜"的时候，却又遭遇着感逝伤离的情事。所以把种种情感寄于咏尘，而形成感愤无憀的特点。枚如固执着感逝伤离，而不知透过感逝伤离蕴含着更深一层的更具普遍性的时事忧愤。我们指出枚如批评张惠言论寄托穿凿附会的偏弊，同时又导向另一种偏弊后，对枚如论寄托，继承张惠言之说的理解也就会更全面了，也帮助我们理解枚如所说的"皋文之说不可弃，亦不可泥"（《词话》续编卷一）的意义。

自朱、厉提倡写咏物词，浙派词人无不好尚咏物，以逞其襞积冷典、俳色揣称、摹写物状的能事。他们推重《乐府补题》。但《乐府补题》诸作者身经亡国，其兴衰之感寄诸咏物。浙派词人既无这种遭遇，而动辄仿

《补题》咏蝉、咏莼、咏龙涎香等等,没其寄托之义。正如谭献所评:"《乐府补题》别有怀抱,后来巧构形似之言,渐忘其古意。竹垞、樊榭不得辞其过。"(《箧中词》评厉鹗语)风气所煽,咏物词走上了形式主义的歧路。对这种现象,枚如极为反对:

> 近日浙派盛行,……开卷即龙涎香、白莲、莼、蝉等题。此近来学南宋者几成例作,习气愈可厌。(《词话》续编卷五)

又云:

> 开卷必有咏物之篇,亦必和《乐府补题》数阕。若以示人,使知吾宗南宋,吾固朱、厉之嫡冢也。究其满纸陈因,毫无意致,此犹气习之不可解者也。(《词话》续编卷五)

枚如反对那种满纸陈因,毫无生命的咏物词。他提出咏物必须透剔玲珑,风神独绝,有白石的高致、梅溪的绮思,否则襞积冷典,排比嫩辞,这种词只能成为群芳谱、方物略,谈不上艺术创作:

> 夫咏物南宋最盛,亦南宋最工。然尚无白石高致,梅溪绮思,第取《乐府补题》而和之,是方物略耳,是群芳谱耳。(《词话》卷七)

他认为顾贞观的咏物词还算达到要求:

> (梁汾)咏梅《浣溪沙》云:"冻云深护最高枝。"又云:"一片冷香惟有梦,十分清瘦更无诗。待他移影说相思。"剔透玲珑,风神独绝,诚体物之雅令也。(《词话》卷七)

"冻云"句写出梅花冲寒的品格,"一片冷香"三句,写出梅花的风神。玲珑透剔、空灵蕴藉,有白石的高致、梅溪的绮思,令人低徊。这些艺术特点又归于词的寄托。因此,枚如更进一步认为咏物必须有寄托,否则不如不写:

> 咏物词虽不作可也，别无寄托。如东坡之咏雁，独写哀怨。如白石之咏蟋蟀，斯为最善矣。至史邦卿之咏燕，刘龙洲之咏指足，纵工摹绘，已落言诠。（《词话》卷二）

"咏物词必多寄托"（《词话》卷十）的论点屡见于枚如的词话和序跋；他自己的咏物怀古酬酢之作，"盖以无所寄托……""而不留稿"（《词话纪馀》，《稗贩杂录》卷三），都是承常州派而来的重要论点，我们无须一一征引。这里要指出的是，前面说了，枚如认为东坡《卜算子》咏雁具有本事，其天涯沦落之感不在乎寄托，把感慨和寄托截然分开。这里又说咏雁词寄托了词人的哀怨。枚如的寄托概念的混乱，于此可见。这是一。其次，前面也说了，史邦卿《双双燕》咏燕，白石赏其寄托，而枚如只说摹绘之工而落言诠，与龙洲咏指咏足视为同等之作，这又是不正确的。但这些都是次要的，而他强调咏物以有寄托为贵，却是值得重视的。可见枚如论咏物，以有寄托为归，而且要做到空灵蕴藉，透剔玲珑，格调高远，风神逸致。在他的词话中，依据他的咏物词的理论观点，评论柳如是《金明池·咏寒柳》，颇有深到之语，虽然不无推理之嫌。柳词如下：

> 有恨寒潮，无情残照，正是萧萧南浦。更吹起、霜条孤影，还记得旧时飞絮。况晚来烟浪迷离，见行客特地瘦腰如舞。总一样凄凉，十分憔悴，尚有燕台佳句。　　春日酿成秋日雨，念畴昔风流，暗伤如许。纵饶有绕堤画舸，冷落尽，水云犹故。忆从前一点春风，几隔着重帘，眉儿愁苦。待约个梅魂，黄昏月淡，与伊深怜低语。

柳如是《金明池·咏寒柳》以寒柳的形象概括了词人自身的不幸遭遇。如是红颜薄命，身世飘零，被迫害几死，终沦为妓女。"还记得旧时飞絮"，即用刘禹锡《杨柳枝词》"春尽絮飞留不得，随风好去落谁家"，以寄喻身世。"况晚来"五句，写其以妓女身份接济几社诸寒士，总是一样凄凉，并用李商隐《燕台诗》写其风流。过片与前片"尚有燕台佳句"相暗接。玉田谓"不可断了曲意"即此。"春日酿成秋日雨"三句，陈寅恪先生"深赏其语意之新，情感之挚"。昔日几社陈（子龙）、李（雯）、宋（徵舆）诸寒士为赋春闺风雨诸什，一段风流，燕台佳句竟酿成今日的凄凉景况。酿成者事理必致之意，即有其必然性在。陈先生把它提到悲剧的美学高度,以为"实悲剧中主人翁结局之原则。古代希腊亚里士多德论悲剧,近年海宁王国维说《红楼梦》,皆略同此旨。"(均见《柳如是别传》)"忆从前一点春风"三句写与陈子龙(卧子)相爱,崇祯八年(1635年)春末被迫分离的伤感,又是一段飘零身世。结拍"试约个梅魂"三句,情思婉转,或云试约卧子同诉衷曲之意。全词空灵蕴藉,寄托遥深,是柳是人浑然莫辨,其境透剔,其情凄婉,掩抑零乱,使人难以卒读。所以,枚如评云:"居然作者。味其词,正有无限伤心处也。乃风尘虽脱而依归尚非第一流。卒之君负国,妾不负君。苍凉晚节,此犹红颜之薄命欤!使当日不见拒于黄陶庵,则依傍忠魂,岂至留此缺憾哉!"(《词话》卷十)枚如以为寒柳词"正有无限伤心处",其寄托至深,自是确论。柳如是见拒于黄陶庵,又被弃于陈卧子,都在写此词之前,可谓红颜命薄。至于苍凉晚节,从其悲剧性格发展看,也可于词中见其端倪。但钱牧斋负国,而如是不负牧斋,则又在写此词后数十年,以此释词,未免强为牵合。但在枚如看来,《金明池·咏寒柳》虽为柳如是妙龄之作,但却寄托遥深,故为咏物词的上乘。这种评论是值得标举出来的。

我们分析了枚如的性情说和寄托说。不难看到,他既指斥浙派,对常派也不盲从,指出其寄托论的局限性。本来,在理论上把性情和寄托统一起来,或者可以克服常派寄托论的局限性。枚如没有这样做,因而便把二者相对地分离了。其实,词人之有寄托在于他的性情,因为词人的性情是他的社会经历、实践经验的积淀所形成的特定的气质。所以发而为词,不自知有寄托而寄托存于其间。稍后的况周颐看到了这一点,他说:"词贵有寄托,所贵者流露于不自知,触发于弗克自已。身世之感,通于性灵,即性灵,即寄托,非二物相比附也。"(《蕙风词话》卷五)蕙风这里说的性灵与枚如说的性情大抵一致。他认为元遗山憔悴南冠二十余年,神州陆沉之痛,铜驼荆棘之伤,往往寄托于词而不自知。这说明性情与寄托的统一,寄托成为性情气质的组成部分了。枚如在理论上尚未明确认识到这个统一,但在创作上却接近了这个统一。这里,让我们录下他的《卖花声》咏寒鸦来结束对他的寄托说的讨论:

    无计避凄凉,独自翱翔。孤村萧瑟已斜阳。流水一湾山一角,黯黯垂杨。 大屋少馀粮,忍尽饥肠。啼声哑哑夜初长。万点风声乌柏树,天地茫茫。

复堂曰:"噌吰鞺鞳,馀管皆瘖。"(《箧中词》续三)我谓"肝胆轮囷",寄托遥深,其境阔,其情至。

第四节 意内言外、内容与形式的统一

自张惠言在他的《词选序》中提出"词者意内言外"之后,议论蜂起。反对者以为附会徐锴本《说文》释"词"字,与抒情诗体的词,风马牛不相及。赞同者以为能得词之本意,立论正大。枚如固然指出经学家以《说文》释词附会抒情诗体的词,以提高词的地位;但也并不是完全否定二者的共同性,并给"意内言外"之说以新的解释,较《词选序》为具体。枚如指出:

夫意内言外,何文不然,不能专属长短句。苟为意内音外,则倚声者专求虚义,讲馀腔。……是盖乾嘉以来,考据盛行,无事不敷以古训,填词者遂窃取《说文》以高其声价。(《词话》续编五)

无论意内言外,或意内音外,乃至音内言外,若以《说文》释词定倚声之义,均属附会。枚如对此是明确的。他认为"意内言外何文不然",肯定了"意内言外"在文学中的一般意义。在枚如看来,"意内言外"是意与言、性情与声律、内容与形式的关系问题;而词的意与言是统一的,但必以意为主,以意胜言:

词也者,意内言外者也。言胜意、剪彩之花;意胜言,道情之曲也。顾与其言胜,无宁意胜,意胜则情深。(《双邻词钞序》)

剪彩之花,毫无艺术生命。烟云泉石,寓意则灵(《薑斋诗话》卷二),意不胜则不灵了。所以枚如认为,与其言胜不如意胜,意胜则情深,是符合他的性情说的。他举了温飞卿、吴梦窗的词说:

"梧桐树,三更雨,不道离人正苦。一叶叶,一声声,空阶滴到明。"羌无故实,其感人有甚于手里鹦鹉、胸前凤凰者矣。"何处合成愁,离人心上秋,便(纵)芭蕉不雨也潇潇(飕飕)。"都无点缀,

其移情更甚于"檀栾金碧,婀娜蓬莱"者矣。(《双邻词钞序》)

温飞卿(庭筠)《更漏子》写离人的伤怀,以无垂不缩法从长夜逗出(见谭献《词辨》评),而直致所得,无一点故实和修辞,其情至深。这自然比他的《南柯子》"手里金鹦鹉,胸前绣凤凰"繁缛描写感人,结拍虽作"不如从嫁与,作鸳鸯"的"尽头语"。吴梦窗(文英)的《唐多令》"何处合成愁"阕,也无修饰点缀,沈际飞以为"伤感之本不在蕉雨"(《草堂诗馀》正集),而在别愁,虽沉郁不足而赋情真率,足可移情。至于《声声慢·陪幕中饯孙无怀于郭希道池亭闰重九前一日》"檀栾金碧,婀娜蓬莱",以檀栾代竹,婀娜代柳,辞藻虽美,于意境终隔一层,因此比不上《唐多令》那样容易移情了,纵然有"帘半卷,黄花人在小楼"那种幽情逸韵的结拍。应该指出的是,《声声慢》比《唐多令》沉郁,这是无疑的。由此可见,枚如主张意胜言,内容胜于形式的论点颇为明确。宗源翰《水云楼词续集序》引蒋春霖(鹿潭)语云:"欲以骚经为骨,类情指事,意内言外,造词人之极致,誉以南唐两宋,意弗满也。"(见《清名家词》本《水云楼词》)而枚如评云:"按此亦前人已发之论,得其意则可耳,若但涂泽字面则非也。"(《词话》续编三)学骚经不在炜晔绚丽的字面,而在寄托遥深之意,掩抑往复之情,鹿潭洵得骚经之骨,是"天挺此才"(谭献语)的词家,是"天以百凶成之"(王国维语)的词家。可见枚如论词,指事类情,意内言外,犹重在意。枚如还批评当时有人学苏辛而不学他们的"肝胆轮囷,寄托遥深",认为这是于"意内言外"之旨有所缺陷的:

> 第今之学苏辛者,不讲其肝胆之轮囷,寄托之遥深,徒以浪烟涨墨为豪,是不独学姜史之不许,即学苏辛亦宜挥之门外也。(《词话》卷五)

又云:

> 然而不善学苏辛者,才不能自固,满纸浮嚣,则于意内言外之旨远矣。(《词话记馀》,《稗贩杂录》卷三)

苏辛"至情至性人"(《词曲概》),总是肝胆相照,郁结轮囷。其所感所慨,发而为词,或绵邈超旷,或缠绵悱恻,合乎意内言外之旨,取得内容与形式的统一而又重意。但当日学苏辛者,如阳羡派的末流,既无肝胆轮囷的性情、气质,又无深远的寄托,徒以画家所谓浪烟涨墨为豪,满纸浮嚣,失意内言外之旨。枚如极为反对。枚如也反对学姜史的浙派末流。他们追求声律之美,漫无寄托,也失意内言外之旨。如戈载著《词林正韵》,有功词学,但他承浙派而衍其偏弊。枚如评云:

  (戈宝士)所自负者,以为吾词能辨四声,能分宫调。然而张玉田有言:"声律固当参究,词章宜先精思。"(《词源》)……而人转因其守律之严,反怨其临文之劣,则律者真藏拙分谤之具也。近日浙派盛行,立说莫不如此。(《词话》续编五)

张炎论词,虽然重视声律,但必以意趣为本,以辞章为归,以声律为末。前章已论,朱彝尊继承其说,也重视"身世之感,别有凄然言外者"(《乐府补题序》)的比兴寄托。在枚如看来,他们是得意内言外之旨的,即重视内容而掌握了内容与形式的统一原则。戈载(宝士)能辨四声,审去上,分宫调,这是重要的,若因此怨其临文之劣,词无高品,却也不当。他著《翠薇花馆词》三十九卷,雅则甚雅,但既乏远韵,又少深意,成就不大。这不是很能说明问题吗?枚如把意内言外看作是意与言、性情与声律、内容与形式的统一,而又重意,重性情,重内容,这无疑比张惠言之说有更具体的理论内容。

  枚如论词主性情,强调"不得已",主寄托,强调蕴藉遥深,重意内言外、内容与形式的统一,尤重意,重内容。这主要要求词家正视急遽变化的社会现实,正视"兵气涨乎云霄,刀瘢留于草木"的时势。枚如认为时势的变化无穷,词境的构建不尽。浙派固不能尽词境,任何流派也不能尽词境。他说:

  近来词派悉尊浙西。余笔放气粗,实不足步朱、厉后尘。虽然,浙派不足尽人才,亦不足穷词境。今日者,孤枕闻鸡,遥空唳鹤,兵气涨乎云霄,刀瘢留于草木。不得已而为词,其殆宜导扬盛烈,续铙歌鼓吹之音,抑将慨叹时艰,本小雅怨悱之义?人既有心,词乃不

朽。此亦倚声家未辟之奇境也。(《词话》续编卷五)

枚如本人经历了鸦片战争、英法联军、太平天国运动、八国联军、甲午战争等重大事件,虽然他站在地主阶级立场反对农民起义,但他反对帝国主义侵略和同情灾难深重的人民,情绪是强烈的。枚如认为,词家必须体验时艰,慨叹民困,不得已而发诸词,本小雅怨悱、离骚发愤之义,在这样的时代里,还导扬盛烈,续饶歌鼓吹之音,不但不工,抑且作伪,悲剧的时代当发为悲歌慷慨之音。枚如认为这样的词作才是不朽,才是倚声家未辟的奇境。词既然是词家不得已的性情所发,我们看他自述其创作吧:

中多遭乱,告哀悲愤,溢于纸上。盖其时干戈满眼,若出于欢愉,匪独不工,抑亦非情也。(《记我见录》)

我们看他对社会现实的感愤:

烽火频年急,烟波万古愁。狂歌如可续,淬剑水东头。(《题子鱼沧海浮舟图》)
功名二字寻常耳,十载惊心烽火。惭饭颗,箕无策救时,只合长穷饿。(《摸鱼儿》)
满地干戈,又何怪文章寂寞。看朝夕风云变态,埋愁无壑。(《满江红》)

干戈满地,烽火频年,风云变幻,无策救时,这就是当年枚如所处的时代和处境。他愤恨清廷腐败无能,慑于帝国主义,屡战屡败,"炮台连失,骷髅颠倒",如他的《洋刀歌》诘问:一把洋刀耳,而洋人猖獗"如此何人致"?这就不用说了。枚如对时艰的悲愤如此,而对民困又寄以深沉的同情(如他的《老渔叹》《税牛叹》),而且常常联系到自己的遭遇发为悲凉之音:

路尽催租吏,门多索债人。(《卅年》)
啼饥声里雨模糊,一夕狂涛遍海隅。(《光绪丙子闽省大水》)
几点不成雨,饥民奈旱何?(《光绪丁丑夕道中遇雨即晴》)

水旱之灾迭至，催租索债之吏频来，加之时艰，人民啼饥号寒、无以为生的景况，枚如是有着深切的体会的，也有切肤之痛。《采桑子》写他自己的穷愁潦倒，就有那样的凄凉情景：

门前债客雁行立，耐尽煎熬，说甚风流。角黍谁人赠老饕。

我们知道，枚如是一个官宦世家中落的贫困知识分子，五十始中乡试，六十成进士。他在五十以前，贫困潦倒，食无余粮，赁屋而居，五岁四迁。由于生活所迫，东西奔驰，有如当年的朱彝尊："予以是时，饥驱燕、齐、秦、晋者累年，往反数万里。"（《补题般若溪试茗图诗序》）落魄无聊生活使其频生感愤："红粉听歌，青衫说剑，尝尽飘零味。卅年辛苦，哀歌滴血成字。"（《百字令》）为所处的时代和生活遭遇激发，枚如固然感愤无端，以词写其"不得已"，他提倡性情说和寄托说，其原因之一也在此。诚然，这里只说了枚如词论形成的现实生活根源。作为学术思想的词论，还有一个治学问题。枚如生平治学，主张由博反约，融诸家成一家，不立门户。他的门生弟子陈宝璐《赌棋山庄集续集跋》记其语云："古文宜无书不读。胸中有万卷而下笔若无一字。无字之字，乃有万千。先生之说如是。"这个治学主张，和他评严羽论诗的意见也基本一致：

余考钟嵘《诗品》："观古今胜语，多非补假，皆由直寻。"此即沧浪有别才不关书之说也。杜工部之"读书破万卷，下笔如有神"，苏文忠之"博观而约取，厚积而薄发"，又云"退笔如山未足珍，读书万卷始通神，"此即沧浪非多读书，亦不能极其至之说也。（《校阅馀话》）

多读书与不关书，在创作活动中是统一的。因为艺术创作平日须多读书修养，临文则须求独创。所以枚如把写诗填词，比作采花成蜜、酿蘖为酒："胸中无万卷书，咀嚼酝酿，安能含万象于毫端，罗千古于目前。故未能明经，不读史，不博古，不通今，而能知成章者？"（《稗贩杂录》卷一）如他论词，主寄托而又重清空，宗常派而又折衷浙派。二者的统一，足可体现这种学术思想。

第十一章　谭献的柔厚说

第一节　清咸丰至光绪初年的词坛和作者

清咸丰至光绪年间，与词创作繁盛的同时，出现了各色各样的词学理论。如刘熙载的词品说、陈廷焯的沉郁说、况周颐的拙重说、王国维的境界说，等等。刘熙载已分章论列，他冶常州派与浙派词论于一炉，自出新意，而基调仍为常州派。王国维则揭常派之所短，衡以西方哲学美学，影响很大。而谭献则倡柔厚说。其原因固然是帝国主义频侵，清政府腐败等内忧外患的历史现实给当时的词家词论家提出新的时代要求，也为了克服当时词坛上萎靡轻剽和狂獗奋末的词风。正如蒋兆兰指出："谭复堂揭柔厚之旨，陈亦峰持沉郁之论。凡此诸说，犹书家观剑器，见争道，睹蛇斗，皆神悟妙境也。"（《词说》）谭献（1832—1901年），初名廷献，字仲修，号复堂。浙江仁和人。清同治六年（1867年）举人，历署歙县、全椒、合肥（均属安徽省）知县。锐意著述，有《复堂类稿》。工骈体文，于词学致力尤深。选清人词为《箧中词》，至精审，评论亦切要，学者奉为圭臬。又曾点评周济《词辨》，度人金针。实为近代词坛之一大宗师。叶恭绰曰："仲修先生承常州派之绪，力尊词体，上溯风、骚，词之门庭，缘是益廓，遂开近三十年之风尚。论清词者，当在不祧之列。"（《广箧中词》卷二）他论词的比兴柔厚，既是他本身创作的经验总结，又是常州派词论的重要发展。他通过自己的创作和选评历代词作，在理论方面矫正当时词坛上的偏蔽，把常州派张（惠言）、周（济）的词论大大推进了一步。

复堂甄综有清一代词风的流变云："填词至嘉庆，俳谐之病已净，即蔓衍阐缓，貌似南宋之习，明者亦渐知其非。常州派兴，虽不无皮傅，而比兴渐盛。故以浙派洗明代淫曼之陋，而流为江湖；以常派挽朱（彝尊）、厉（鹗）、吴（翌凤）、郭（麐）佻染饾饤之失而流为学究。"（《复堂类集·日记》丙子三，以下简称《日记》）复堂在创作与理论上，都力图遵循常州派的正轨,克服其流为学究的那种平钝廓落的弊病;发为要眇沉郁、含蓄蕴藉、言近旨远、得其柔厚之旨的词风①。从而将比兴柔厚的理论提到创作实践上并加以检验和巩固。

第二节　柔厚的含义及其历史渊源

谭复堂在《箧中词》中评庄棫(字中白)《蒿庵词》时,明确提出比兴柔厚的主张。

咸丰、同治年间,词坛上复堂和中白(庄棫)齐名。他们在创作和理论上都继承了常州派张、周的比兴寄托说而又有所发展。正如朱祖谋所赞:"皋文说,沉灏得在谭。感遇霜飞怜镜子(指庄),会心衣润费炉烟(指谭,见后),妙不著言筌。"(《合题二家词集韵语》)中白《复堂词序》:"夫义可相附,义即不深;喻可专指,喻即不广。托志帷房,睇怀身世,温韦以下,有迹可寻。"这里中白指出,词的创作虽"托志帷房",但"睇怀身世",这样才有它的广度和深度,而不至逗留于个别的比附。中白又说:"自古词章,皆关比兴,斯义不明,体制遂舛,狂呼叫嚣以为慷慨。矫其弊者,流为平庸。风诗之义亦云渺矣。"这和复堂的观点基本一致。在《箧中词》中,复堂评《蒿庵词》说:

　　碧山白云之调,屈原宋玉之心,兴寄百端,望古遥集,止庵(周济)所谓能出者也。(《箧中词》五)

以南宋王沂孙《碧山词》、张炎《山中白云词》这二家的哀感凄咽之调为词调,以屈原、宋玉的忠爱思想为词心;加之香草美人,幨帷儿女,即所谓"闺中之思,灵均之遗则"(见下引),而寄之于一个空灵浑融的抒情形象之中,这自然会达到周济论词所谓入而能出的艺术境界。这个评论,姑无论对庄棫蒿庵词是否过誉,毕竟表现了复堂对词的寄托的观点。可见

---

①　冒广生称谭献为"倚声巨擘","复堂词,意内言外,有要眇之致。"(《小三吾亭词话》卷一)徐珂说他的词"要眇沉郁,义隐指远"(《近词丛话》)。谭献在《箧中词》及《日记》中,对当时的词坛不良倾向大为排斥。如说:"阳湖张仲远叙录嘉庆词人为《同声集》,以继《宛邻词选》,深美闳约之旨不坠而佻巧奋末者熄。固有以平钝雷同相訾者。"(《箧中词》续卷四)又同书云"(陈澧)填词朗诣,洋洋乎会于风雅。乃使绮靡奋厉两宗,废然知返。"

从比兴寄托说,二家的词学观是相通的。因此,复堂继续写道:

> 余录《箧中词》终于中白,非徒齐名之标榜,同声之喝于,亦以比兴柔厚之旨相赠处者二十年。向序其词曰:"闺中之思,灵均之遗则,动于哀愉而不能已。中白当日:'非我佳人,莫之能解也。'"(《箧中词》卷五)

复堂与中白在词学上有共同的比兴柔厚之论,这是从以周济为代表的常州派发展下来的。尽管周济自己还没有提出"柔厚"这一词学概念:

> 大抵周氏所谓变,亦予所谓正也。而折衷柔厚则同。(《词辨》跋)

但是,周济评温庭筠的词说:"飞卿酝酿最深,故其言不怒不慑,备刚柔之气。"(《介存斋论词杂著》)评王沂孙的词,"碧山胸次恬淡,故黍离麦秀之感,只以唱叹出之,无剑拔弩张习气。"(《宋四家词选目录序论》)这些都是柔厚的说明。可见所谓"折衷柔厚则同"者,即是比兴寄托、含蓄蕴藉相同,同时也同样反对"纤微委琐""亢厉剽悍"的词风(周济《词辨序》)。

柔厚说无疑是渊源于《礼记·经解》的温柔敦厚的诗教。《经解》云:"入其国,其教可知也。其为人也,温柔敦厚,诗教也。"《经解》的这一论点,要求诗歌不激越,不愤怒,符合封建道德的规范,成为封建统治者调和阶级和阶层的矛盾,清除人民反抗斗志的精神武器。唐代孔颖达作《礼记正义》导扬其义说:"温谓颜色温润,柔谓性情和柔。诗依违讽谏,不指切事情,故云温柔敦厚诗教也。"要求诗歌的抒情性格对封建统治一味温柔恭顺,"性情和柔"一句话道破了它的理论实质;甚至对《诗经》中的《硕鼠》《伐檀》《巷伯》《十月之交》这类反抗性强的作品也进行歪曲的解释:"想其用意,正欲激发其羞恶之本心,使之同归于善,则仍是温厚和平之旨。"(沈德潜《说诗晬语》)因此,温柔敦厚诗教这一封建伦理原则,在整个封建时代是作为统治思想而起作用的,影响极为深远。当然无可否认,温柔敦厚的诗教,还有艺术原则的意义,即要求诗歌托体比兴,含蓄蕴藉,以委婉动人的形象形式体现真实而深厚的思想内容。关于这个问题,刘勰在《文心雕龙·宗经》早就有所论列:"诗主言志,训诂同书,摛风裁兴,藻辞谲喻,温柔在诵,故最附深衷矣。"刘勰从意境、风格乃至艺术表现,总之从内容和形式的统一来理解温柔敦厚"最附深衷"的道理。如前引《正义》所说"依违讽谏,不指切事情",即以微婉含蓄之辞,寄托谕扬讽谏之义。从艺术创作原则说,这是应该肯定的。在复堂之前,赵执信又把温柔敦厚看作艺术的真实性原则(见《谈龙录》),这又阐明"最附深衷"的道理。复堂的柔厚说,正是根据词的"意内言外"的特性,在常州派词的比兴寄托基础上,接受这一理论的。

现在,让我们看看复堂的柔厚说的理论实质。复堂所说的词的柔厚,意指通过比兴,使词含蓄蕴藉,表现深湛之思,抒写深厚之情。如晏几道《临江仙》前片:"落花人独立,微雨燕双飞。"意境深厚,情思绵邈,虽无一字写别恨,而别恨自见。故复堂评云:"千古名句,不能有二。"①(《谭评〈词辨〉》)无疑,这是由于词的柔厚所致。其结拍:"当时明月在,曾照彩云归。"全以虚写传神,极含蓄深婉之妙。所以复堂评云:"所谓柔厚在此。"(《谭评〈词辨〉》)这是因为词人对歌妓的红粉飘零表示真挚的同情,而且也寄托了词人落魄不偶的幽怨②。这当然与儒家传统的"温柔敦厚"的艺术伦理原则无涉。如果说令词不足以说明柔厚,那么不妨再举慢词如陈澧(兰甫)《甘州》吧③。《甘州》是写因广东惠州西湖畔朝云墓清明时节倾城仕女酹酒罗拜而生的感慨。作者运用苏东坡被

---

① 吴世昌先生《漫谈小山词用成句及其他》(见1981年7月21日《光明日报》,复堂"'千古名句,不能有二'评语未免英雄欺人,殊不知'落花'云云,乃五代翁翃《闺怨》诗"。余谓复堂所谓"千古名句"者,是就词的意境而言,非仅指其字句。翁翃诗本无这种意境。又说谭氏"富于才情而窘于识力",是又不然。复堂富于才情而识力过人,文见其评《词辨》及选《箧中词》可知,而其学术论著则未与焉。但他疏于考据,是其所短处,也是常州词派的通病。

② 参见晏几道《小山词跋》:"始时沈十二廉叔、陈十君宠,家有莲、鸿、蘋、云,品清讴娱客,每得一解,即以草授诸儿。吾三人持酒听之,为一笑乐。已而君宠疾废卧家,廉叔下世。昔之狂篇醉句,遂与两家歌儿酒使,俱流转于人间。"(据张宗橚《词林纪事》)这位落魄公子,其狂篇醉句,与歌儿酒使流转于人间,自有一番幽怨。

③ 今录陈澧《甘州》于后:惠州朝云墓,每岁清明,倾城仕女,酹酒罗拜。故坡公诗云:"丹成逐我三山去,不作巫阳云雨仙。"余谓朝云倘随坡公仙去,转不如死葬丰湖耳。

渐斜阳淡淡下平堤,塔影浸微澜。问秋坟何处?荒亭叶瘦,废碣苔斑。一片零钟碎梵,飘出旧禅关。杳杳松林外,添做荒寒。　须信竹根长卧,胜丹成远去,海上三山。只一抔香塚,占断小林峦。似家山水仙祠庙,有西湖为镜,照华鬘。休肠断,玉妃烟雨,谪堕人间。

贬惠州时所写的诗,极为浑化地写墓前墓侧一片荒寒的情景,却赢得了千千万万仕女的凭吊。兰甫以浪漫主义的笔触,写出对朝云随东坡贬谪岭南至死的同情。全词蕴藉深婉,哀怨缠绵,所以复堂评曰:"柔厚折衷于诗教。"(《箧中词》续卷四)如果说该词合乎"怨而不怒,哀而不伤"的诗教,这是对的。但这里说的不伤不怒者,不在于封建的道德规范,而在于含蓄温厚的艺术表现有合于他的柔厚之旨。我们重读刘勰的"温柔在诵,故最附深衷"的话,自可证验,决非自我作古。当然,复堂并不是一概否定怨而至怒、哀而至伤的作品的。他认为,这是时代使然(《明诗录叙》,《复堂类稿》文一)。而作为词学理论,绝不可视为创作原则。有人说,稼轩词金刚怒目,剑拔弩张,这实在是一种误会。复堂评稼轩《水龙吟》"落日楼头,断鸿声里,江南游子。把吴钩看了,阑干拍遍,无人会,登临意",云:"裂竹之声,何尝不潜气内转。"(《谭评〈词辨〉》卷二)"潜气内转",而后"哀音外激"(繁钦《与魏文帝笺》,见《文选》卷四十)。怨而不怒才见出这词的含蓄深厚。复堂在评论南宋词言情之作时,还说:"南宋人词,情语不如景语。而融法使才,高者亦有合于柔厚之旨。"(《日记》庚午卷二)自然所谓言情之作,所谓情语,并非一如"甘作一生拼,尽君今日欢"之类,而是以情造景或融情于景而以情胜者。如吴文英《风入松》过片:"黄蜂频扑秋千索,有当时纤手香凝。"睹秋千而思人面,见蜂之扑索而疑当时之手香犹在,其情可悯,而其意弥切。所以复堂评曰:"西子裙裾拂过来,是痴语,是深语。"(《谭评〈词辨〉》卷二)气氛浓艳而笔墨虚幻(见俞平伯先生《唐宋词选释》卷下该词评)。最后结拍"幽阶一夜苔生",跕躞幽阶,甚觉难耐,而但云一夜苔生,惆怅而不绝望。所以,复堂评云:"温厚。"这是以情造景的成功之例,所以终是情语。又如草窗词葱蒨,他的《解语花》写春晴,风景韶媚,过片:"浅薄东风,莫因循轻把杏钿狼藉。"对摧残美好事物的恶势力,怨而不慑不怒,委婉写出,故其措意深厚。复堂评说:"柔厚至此,岂非风诗之遗。"(《谭评〈词辨〉》)这都是融法使才言情的高作。

复堂还通过评论各种不同风格特点的词作,以所谓"温厚""忠厚""婉笃"等同义近义词来阐明他的柔厚说,也往往有其精到之处。如宋徵舆的《蝶恋花》:"新样罗衣浑弃却,犹寻旧日春衫著。"其"忠厚悱恻,读之增旧情之重"(《箧中词》卷一)。如蒋春霖《虞美人》过片:"银潢何日销兵气,剑指寒星碎。遥凭南斗望京华,忘却满身清露在天涯。"

"忘却"句引动全片,意谓天涯沦落,清露满身,犹望兵销华夏,让老百姓安居乐业!兵连祸结,晚清的局势和南宋相类似。作者殷盼和平之情,较被寿皇指为怨曲的稼轩《摸鱼儿》"斜阳烟柳"为蕴藉。所以,复堂评曰:"斜阳烟柳,谢其温厚。"(《箧中词》卷五该词评)乔守敬的《点绛唇》一如复堂所评,确乎达到了"温厚有馀味"(《箧中词》卷四)的艺术造诣。可知柔厚的词作,自然具有含蓄不尽、余味无穷的审美特点。

温柔敦厚和怨而不怒、哀而不伤,是有其内在联系的。因此,复堂论词主柔厚,在一定的历史阶段中,不可能不受儒家这一理论传统的影响。问题在于,复堂对这个传统,是纯粹从封建伦理原则去接受呢,还是作为一个艺术原则去接受?据前所论,复堂的主要思想倾向是后者。如韦庄《菩萨蛮》"洛阳城里春光好"阕,结拍:"凝恨对斜晖,忆君君不知。"复堂评曰:"项庄舞剑,怨而不怒之义。"(《谭评〈词辨〉》卷一)按唐昭宗被朱温逼迁洛阳,家国危难之念,身世飘零之感,至怨至哀,至沉至郁,而以儿女离情抒写,益见其含蓄温厚。"凝恨",张相释曰:"凝,为一往情深专注不已之义。"(《诗词曲语辞汇释》卷五)如果我们把韦庄五首《菩萨蛮》依原来的顺序安排,不难看到,这种凝恨是幽深郁积的情思于千回百转之后,独立苍茫,对着脉脉斜晖喷薄以出的。所以,复堂以项庄舞剑为喻。项庄舞剑毕竟是一场舞剑艺术表演,而意在沛公不能败露。如败露就刀光剑影,腾腾杀机,非艺术表演了。不难理解,这个比喻在于揭示柔厚的实质,在于不憯不怒,不犷不纤,从而得其含蓄温厚的情思。我们又看柳永《倾杯乐》"木落霜洲"阕过片:"想绣阁深沉,争知憔悴、损天涯行客。"作者写羁旅行役之苦,从对方设想,"绣阁深沉",岂知征人憔悴天涯,亦怨望之甚者。不过她只是出于无可如何罢了。如果我们把柳永《八声甘州》"想佳人妆楼凝望,误几回天际识归舟"和《倾杯乐》做一比较,用笔用意,同出一机杼,但毕竟《倾杯乐》意境特浑涵超诣,不似《甘州》之率之露,较蕴藉含蓄,更见柔厚之美。有人说《甘州》"霜风凄紧,关河冷落,残照当楼"已为名句,这是以气象胜,盛唐之风宛在,但仍是逊其温厚。所以,复堂评《倾杯乐》云:"忠厚悱恻,不愧大家。"(《谭评〈词辨〉》卷一)这也和评韦庄《菩萨蛮》一样,揭示出他所说的词的柔厚,不在封建道德的规范,而在情意的忠厚和艺术表现的含蓄蕴藉。

第三节　涩的审美价值与柔厚

　　浙派朱、厉主清空，宗姜张，对当时词坛上的浮靡空疏之习，自有廓清之功，但剽滑和清空却相差几稀而失之甚远。复堂评庄棫《凤凰台上忆吹箫》"瓜渚烟消"阕说："清空如话，不至轻僄，消息甚微。"（《箧中词》卷五）正说明了这一点。因此，在浙派末流的影响下，剽滑之病和空疏之病又相与俱生；而且用典研律，流为饾饤堆垛，转益显其寒乞。郭麐《浮眉楼词》虽矫浙派的堆垛饾饤，佳处在清疏，但往往浮滑，缺乏含蓄温厚、一唱三叹的声情和一波三折的思致，如他的《卜算子》："帘外雨如烟，柳外花如雪，已是恹恹薄病身，又作清明节。　　昔日结如心，今日心如结。心里重重叠叠愁，愁里山重叠。"（《蘅梦词》）词中使用一些转换修辞手法，近乎文字游戏。复堂曾说："予初事倚声，颇以频伽（郭麐）名篙，乐于讽咏。继而微窥柔厚之旨，乃觉频伽之薄。又以词尚深涩，而频伽滑矣。"（《箧中词》卷三）次如赵庆熺词也被复堂评为剽滑（《箧中词》卷三）。可见复堂提倡柔厚而强调深涩，是有其历史的现实要求的。

　　在复堂看来，词的柔厚、深涩是二而一的。如果说柔厚侧重于词的旨趣，那么，深涩就侧重在词的意境了。词境深涩乃得其柔厚之旨。因此，复堂又提出词尚涩的主张，以救浙派末流空疏剽滑之弊。复堂不但看到为浙派所推崇的姜张的清空，还看到白石词幽涩、玉田词秀折的一面。这是朱厉等浙派词人未曾发现的，尽管厉鹗樊榭词清空幽涩兼备的意境不少。

　　复堂评判浙派崇尚姜张的片面性时说："浙派为人诟病，由其以姜张为止境，而不能为白石之涩、玉田之润。"（《箧中词》卷二评厉鹗词语）白石词既清空而又有深涩之味，使二者统一在词的意境之中，这正是白石词的本色，也是他"格韵高绝"（《人间词话》上）的基本素质。如"昭君不惯胡沙远，但暗忆江南江北。想佩环月夜归来，化作此花幽独。"（《疏影》咏梅）以昭君月夜的归魂，摹写梅花幽独的品格，而作者的家国之念、身世之感，即与梅花的形象俱化，清空骚雅，得其神似。又如："阅人多矣，谁得似长亭树。树若有情时，不会得青青如此。"（《长亭怨慢》）以树之阅人多而犹青葱，想象其无情；苟其有情，则将如人之憔悴不堪矣。极写离情之苦,情思拗折而层深。二例足见幽涩之美。诚然,正如王静安所评,白石词的形象直觉性不强,这是讲幽涩者所难于避免的,不必强为呵护。但清空和深涩的矛盾统一给白石词带来了许多成功的艺术意境,而使之成为一派宗匠。这又是复堂第一个发现其中的奥秘的。

复堂提倡涩,同时反对晦涩、生涩之类的弊病。如他肯定浙派精研声律,但反对为声律所束缚,而使词的意境晦涩,气脉不畅。他评戈载的词说:"顺卿持律,剖及毫芒。道光年间吴越词人从其说者,或不免晦涩窳离,情文不副。"(《箧中词》卷三)可见,艺术意境的涩,和晦涩生涩是迥然不同的。前者属于艺术意境的美,而后者则是文辞表达上的毛病。复堂在《箧中词》评李良年《疏影·秋柳》"旗亭陇首"阕云:"涩处可味。"评何兆瀛《月下笛韵·独游江亭用玉田韵》"一抹荒烟"阕云:"幽涩为玉田所无。"评余燮《疏影·题罗浮仙梦仕女》"溶溶冷月"阕云:"殊有幽涩之味。"综而观之,涩的实际含义就是含蓄蕴藉,体现深厚的思想内容,有合于柔厚之旨;而在艺术表现方面,则使用种种技法,或一波三折,无垂不缩,或潜气内转,寄直于曲,或离合吞吐,笔情拗怒。要之,即不使词作浮浅直露,剽滑轻佻,而能层深沉厚。所以,沈祥龙《论词随笔》说:"词能幽涩,则无浅滑之病。"如项鸿祚《忆云词》,复堂评云:"莲生古之伤心人也。荡气回肠,一波三折,有白石之幽涩而去其俗,有玉田之秀折而无其率,有梦窗之深细而化其滞。"(《箧中词》卷四)这里所说的秀折之折、深细之深,都和幽涩有密切关系。复堂认为,莲生(鸿祚)能取三家之长而去其短,一归于幽涩,写出了"幽艳凄断""别有怀抱"的词作。他的《水龙吟·秋声》过片:"莫便伤心,可怜秋到无声更苦。满寒江剩有,黄芦万顷,卷离魂去。"这词和顾翊《水龙吟·咏落叶》"莫怨秋声,那知秋到无声更苦。待消得几叠琴丝,宛转写、哀蝉谱"同一构思,同一意境,"写哀蝉谱"用碧山《齐天乐》咏蝉意。可见二词同是忧生念乱、一往情深之作,其一波三折,意境之深涩,足可警人。所以,复堂评他"遂与汐社诸君把臂"(《箧中词》续二),颇得作者之用心。今引程承泽《月下笛》(见《鲍笙词》)全阕以做说明:

脱叶收萤,凉波回雁,画桥横笛。斜阳柳色,隐带池台金碧。凭雕阑吹落玉梅,鹤楼听雨,馀浪迭。想渔讴水调,龙吟天籁,韵传遥夕。重寻郢曲，奈泪满铜驼，断肠尘陌。哀腔裂石，怅触柯亭词客。夜苍茫，飞鸿唳秋。芦华露点渔火白。黯思量，问晓风残月里，谁按拍。

写笛声的凄咽，暗用"黄鹤楼中吹玉笛，江城五月落梅花"句。回想渔歌水调天籁之音，悠扬之韵，自可暂时解其悲苦的情结。然而毕竟铜驼荒凉，郢曲哀思，蔡邕、桓伊虽弄笛名手，也必为裂帛的哀声所触动，黯然销魂，何况寄身于危乱的词客。这样，国家式微之感，伤时念乱之悲，从笛声的曲折描写中体现出来。作者用了"郢曲"，使人联想到屈原的《哀郢》，用了"柯亭"①，使人联想到汉末和东晋的乱离。而这些又与歌声笛韵有联系，并不离开主题。不只暗指蔡（邕）桓（伊），且以自况。因此，复堂评云："词妙在涩，二调（按：另指《六州歌头·残夏夜忆》）直到汴宋。"（《箧中词》续四）程词是否达到北宋词的高境，容或讨论，但幽涩而见其柔厚之旨，是毋庸争辩的。

必须指出，复堂重涩的论点，其关键在于强调涩在意而不在笔。意涩而后才能含蓄蕴藉，才可得柔厚之旨；笔涩就难免累句，甚至"晦涩""质实"。因此，倚声填词，用笔必须空灵疏俊，跌宕昭彰。复堂肯定郭麐的是其用笔疏俊，而议其意之不能涩，少沉厚之思，郁勃之情，乃至流为剽滑。复堂同时肯定冯煦的是"心思甚邃，得涩意"，而议其笔涩："惟由笔涩，时有累句。"（《日记》己卯卷四）冯煦所处的晚清时代，政治窳败，国事日非，其身世之感，家国之念，一寄诸倚声，自然"思邃"而"得意涩"。因此，复堂评他的《一枝花·晓经秦邮过故居作》"帆影收残"阕曰："幽咽怨断，梦华词境感遇为多。"（《箧中词》卷五）评他的《琵琶仙·野泊寄拂青》"何青西风"阕曰："绵绵无尽。"这些评议都是就冯煦词的意境含蓄蕴藉而得涩意说的。但他不少词作意境未臻虚浑，有笔涩之病。所以，复堂指出："笔涩救以虚浑。"（《日记》己卯卷四）这是因为笔涩往往是由于缺乏艺术概括所至。艺术概括成功的形象无疑是虚浑的，无迹可求的。他评王碧山《齐天乐·咏蝉》也说："司空

---

① 《搜神记》卷十三："蔡邕尝至柯亭，以竹为椽。邕仰眄之，曰：'良竹也。'取以为笛，发声辽亮。"又《晋书·桓伊传》："伊善音乐，为江左第一。有蔡邕柯亭笛，常吹之。"苏轼《水龙吟》："自中郎不见，桓伊去后，知辜负，秋多少。"

图《诗品》云'反虚入浑',妙处传矣。"(《谭评〈词辨〉》)这是很精当的。"反虚入浑"便可救笔涩而达到意境的虚浑。复堂论"涩",在词的评论史上具有一定的原则意义。在复堂之前,许宗衡等词家在谈到如何达到意内言外之旨时,就提出清脆涩的主张。许氏在潘曾绶《秋碧词》等词集序中说:"脆与清兼乎色与声而言也,必归之以涩。而哀感顽艳、烦冤惝悦,口诵而心靡,情苦而意柔。"在他看来,这样重涩之词,能"震荡其心魄,词即骚之具体"。他还举出一个颇有辩证观点的论例:韩愈评樊宗师文,"'以为文从字顺',而樊文固涩甚。以'顺''从'论涩,则文之涩不在字句,词之涩亦岂在声色!"(见况周颐《薇省词钞》卷八引)这就是说,词之涩在意境,在情味,与复堂的论点基本一致。后来况周颐论涩,又发挥了复堂的论点,别出新意说:"涩之中有味,有韵,有境界,虽至涩之调,有真气贯注其间。"(《蕙风词话》卷五)"真气贯注其间",首先要有真实的思想感情。这就是复堂所说的意涩的基本因素。由此,复堂论词尚涩,便使其柔厚之说更显特色。

第四节 词的柔厚与比兴寄托论的发展

复堂论词,阐扬柔厚之旨,倡导意涩之论。这和词的比兴寄托是相辅相成的。复堂论词的比兴寄托,一本常州派张、周,尤其是周济的主张。他叙张鸣珂《蘋洲渔唱》时说:"公束以稚圭揭橥,不佞以止庵津逮,而同有法于皋文(原作闻)。以为树比兴于慢令,通弦雅于犯引。"(《复堂类集》文四)鸣珂词学周之琦而他则以周济为津逮,而比兴寄托则同取法乎张惠言。不但小令慢词须托体比兴,犯引之调也应讲求高雅。复堂一方面通过具体词家词作的评论,阐发了张、周比兴寄托的论点;另一方面,也通过日记叙跋书信等(《复堂类集》),以议论形式阐发张、周的论点,使常州派的比兴寄托论更有时代色彩。他选《箧中词》,评定有清三百年的词学,其主要意图无非在此。所以他说:"予欲撰《箧中词》,以衍张茗柯、周介存之学。"(《日记》丙子三)又说:"余欲订《箧中词》全本。今年当首定之,选言尤雅,以比兴为体,庶几大廓门庭,高其墙宇。"(《日记》壬午六)意思说发展张、周比兴寄托之论,使"倚声之学"寄托高远而"与于作者之林,与诗赋文笔同其正变"(《箧中词》卷三评止庵词语)。这是因为,词能达到比兴柔厚之旨,则深微而广大,触类而多通。复堂要求词家首先要"志洁行芳,而后洋洋乎合于风雅"(《复堂词录叙》,《复堂类稿》文一)。反对形式主义、唯美主义的创作态度:"雕琢曼辞,荡而不反,文焉而不物者,过矣靡矣。"(《复堂词录叙》,《复堂类稿》文一)这种词学思想,在《梦辞叙》《笙月词叙》(《复堂类稿》文四)更抒发得淋漓尽致。如前叙云:"韩偓忧危之日,传写《香奁》;子瞻忠爱之言,沈吟玉宇。尤贵略其迹象,所当通乎兴观。"通乎兴观,是复堂最为强调的。而后叙又云:"按谱填词,岂云小技。子夜读曲之变,劳人思妇之遗,致兼情文,雅备比兴。世有作者,前无古人。庶尚友夫(作乎)风骚,乃吐音于令慢。若溺志闺房之内,应求尊俎之间,刻画微物以夸多,雕琢曼辞以取悦,闳达大雅,盖无取焉。"因此,复堂提倡比兴寄托,以风骚为传统,反对溺志闺帏、留连光景而以刻画雕琢为能事的词作。

复堂于周济的寄托说,最为强调的是"从有寄托入,以无寄托出"这一辩证性的寄托论:

> 周介存有"从有寄托入,以无寄托出"之论,然后体(指词的体制)益尊,学(指词家的学问修养)益大。近世经师惠定宇、江艮庭、段懋堂、焦里堂、宋于庭、张皋文、龚定庵多工小词,其理可悟。(《日记》丙子三)

> 以有寄托入,以无寄托出,千古辞章之能事尽,岂独填词为然?(《日记》甲戌三)

复堂认为,周济提出的从有寄托入、以无寄托出,是一切文章的普遍规律。这又是词所以能"尊体"、可以兴观群怨的基本思想。这思想既和一般学术思想,尤其是经学有相通之处,也适用于词这一语言艺术的特性和特点。他说惠栋、江永等经学家所以好为倚声,这首先由于词乃托体比兴,寄托着微言大义。而微言大义正是当时今文经学家尤其公羊学派如宋翔凤、龚自珍等所重视。至于张惠言,前篇谈到他的词学思想与《易》学关系时已经做了说明,他治虞氏《易》,以"阴阳消息""依物取类"为学,从而开创常州派比兴寄托的词论。复堂也赞之曰:"阴阳消息,易本也。"(《日记》辛巳五)这固不待言。即如龚自珍,他所为词,"绵丽飞扬,急欲合周辛而一之"(《日记》庚午二),和他的诗并行于近代。而他则认为，词出自《公羊》①，这当然是一种附会。但自张惠言以徐锴《说文系传》"意内言外"（见《词选》序）释词，则"言情造端，兴于微言"，这从学术思想方面说，经学的微言大义对之不无启发。而且以微言寄其家国之感，又是符合当时内忧外患的时代要求的。这应该被理解为一种风会。复堂治经亦始于小学训诂而终于微言大义，他曾说："献以训诂小学治经，适得其末而又不详密。三十以后差窥微言大义。"（《答林实君书》，《复堂类集》文二）以此运用到词论上，自然有如皋文、定庵一样的体会。此外，"从有寄托入，以无寄托出"，既能使词包蕴丰富的社会现实内容和词家的思想感情及感受，而又能概括成为一个水月镜花、无迹可求的艺术意境，质言之，即创造出词的抒情典型。这个抒情形象，用刘熙载的话说："既包诸所有，又空诸所有。"（《艺概·词曲概》）"从有寄托入"就有可能在词的抒情意境中包诸所有，"以无寄托出"就有可能在词的抒情意境中空诸所有。这样也就达到空和实、一般和个别、具体和抽象统一的艺术境界。

复堂在这里承止庵之论以评五代两宋清人词，使读者具体深入地体会常州派比兴寄托论的实质性意义。如冯延巳《蝶恋花》"六曲阑干偎碧树"阕，复堂评曰："金碧山水，一片空濛。此正周氏所谓有寄托入无寄托出也。"（《谭评〈词辨〉》卷上）全词如下：

> 六曲阑干偎碧树，杨柳风轻，展尽黄金缕。谁把钿筝移玉柱，穿帘燕子双飞去。　　满眼游丝兼落絮，红杏开时，一霎清明雨。浓睡觉来莺乱语，惊残好梦无寻处。②

冯延巳以旧臣至相位，身处危倾小国，朋党相轧，忧生念乱，感慨尤深。虽其行事不无可议者，但对南唐小朝廷的忠爱之忧，和他的历史地位不无关系。历来论家，囿于马书陆书，都鄙其为人。常州派自张惠言、周济乃至谭献本人，均惑于旧说，亦从而非之。但他们却不否认正中词"忠爱

---

① 《箧中词》续一记载这样的一段故事："鲁川（冯志沂）官比部时，予入都游从，屡过谈艺。一日酒酣，忽谓余曰：'子䢺先生龚定庵言，词出于《公羊》，此何说也？'予曰：'龚先生发论，不必由衷，好奇而已。第以意内言外之旨，亦差可傅会。'"当然这只是附会罢了。

② 或以为欧阳修词，今仍旧说。且欧阳修词与冯延巳词有继承关系。刘熙载《艺概·词曲概》云："欧阳永叔得其深。"

缠绵，宛然骚辨之义"（张惠言《词选》该词评语）。其实词品和人品的一致，只要从冯延巳（正中）的政治生活的主要方面看，是不难理解的。关于这点，夏承焘先生于《冯正中年谱》已经做了令人信服的考证。这样，正中这首《蝶恋花》和其他诸阕，寄托家国身世之感自无可疑。有人说，"惊残好梦"后悔讨闽兵败之役；说"谁把钿筝移玉柱"则"叹旋转乾坤之无人"（转引自叶嘉莹《迦陵论词丛稿》）。其实，从"从有寄托入"来说，这词也许比这些说法还有更多的历史概括。如平湘楚，虽拓宇千里，而"议者以为可忧"（《全唐文》冯延巳《开先寺记》）。我们知道，取闽平楚进窥中原，是中主李璟之意（见陆游《南唐书·朱元传》），也是正中的抱负，惜国中无人，旋即尽失湖湘之地。这时正中方在相位，"朝议籍籍"（《南唐书·朱元传》），自劾罢去。所以正中家国之感，无疑是极深沉的（见冯煦《阳春集序》）。他把"所怀万端"（《南唐书·朱元传》）进行艺术概括，从而创造了空灵浑融、生动具体的艺术意境。我们看，"浓睡觉来莺乱语，惊残好梦无寻处"，自然是"朝议籍籍"等历史生活的艺术概括，而思深意苦，悱恻缠绵，又并无半点史事的痕迹，空灵蕴藉，是寄托能入能出的艺术典型。这种艺术成就，复堂明确指出，是"从有寄托入，以无寄托出"的结果，也是空和实，一般和个别统一的意境的体现。他如宗山的《一萼红·红叶》："笑我青衫依旧，听琵琶零落感秋娘。不信良媒难托，犹傍宫墙。"复堂评说："一味本色语，为有寄托，为无寄托，乐府上乘。"（《箧中词》续三）这个评语，也可以结合词做一般和个别统一的艺术辩证原理来说明。

复堂继承了常州派张、周的比兴寄托说，有其极鲜明的时代色彩。复堂处于外患频仍、内忧深重的历史年代，从鸦片战争到其后的一系列重大事变都是亲身经历的。作为一个地主阶级知识分子的谭献，一生坎坷，历落欹崎，"胸中必有事在"（徐珂《近词丛话》）。其感时念乱，忧生忧世，沉郁苍凉，不但倚声填词，以"要眇"之思抒其家国身世之感，而且继承常州派的比兴寄托说，适应社会现实对词所提出的要求，从理论上加以阐发。因此，复堂论词的比兴寄托，评词的思想内容，很重视词家的"别有怀抱""忧生念乱"。纳兰容若、项鸿祚诸家"填词皆幽艳哀断，异曲同工，所谓别有怀抱者也"（《箧中词》四评项鸿祚语）。如纳兰《蝶恋花》"不恨天涯行役苦，只恨西风吹梦成今古"，甚至悼亡词如《金缕曲》说亡妻三年不醒，是因为现实社会埋忧无地，还比不上夜台的生活。

纳兰是贵胄公子，他对当时的现实生活深微感受如此，自然是别有怀抱了。至项鸿祚（莲生）已见前文，就不再说了。如果说纳兰、莲生由于时代关系忧生念乱不很明著，那么邓廷桢和许宗衡就不可说不突出了。许宗衡主要活动在鸦片战争之后，其家国身世之感极为悲凉。复堂说他："海秋先生伤心人，别有怀抱，胸襟酝酿，非寻常文士。"（《箧中词》卷四）如他的《霓裳中序第一·秋柳》《中兴乐·初秋登龙树凌虚阁》，寄托鸦片战争之后，国事日非、身世飘零之慨，读之使人荡气回肠。至于邓廷桢更不用说了。他在鸦片战争前夕为两广总督，与林则徐严禁鸦片，为反对派所忌，于1839年年底调为两江总督，旋督闽浙，仍积极与林合作布防，抵御英帝，终被罗织罪名，同林则徐一道免职流放伊犁。因此，他的《双研斋词》，新亭之泪，所在多有，伤时忧世，见于语言。"三事大夫①，忧生念乱，敦我之叹，其气已馁。"（《箧中词》续一）忠悃悲凉，令人凄感。如1839年年底离穗别林则徐的《酷相思·寄怀少穆》《高阳台·玉泉山燕集》诸阕，都是悲愤凄咽之作。复堂更评云："忠诚悱恻，咄喈乎骚人，徘徊乎变雅。将军白发之章，门掩黄昏之句，后来论世知人者，当以为欧范亚也。"（《日记》戊子）即指他与范仲淹的"将军白发征夫泪"（《渔家傲》）、欧阳修的"门掩黄昏，无计留春住"（《蝶恋花》）同其感慨。他的词作，固然合乎骚人变雅的传统，也合乎比兴柔厚之旨，是"论世知人"的词史。最后，复堂评蒋春霖（鹿潭）以为"咸丰兵事，天挺此才，为倚声家杜老"（《箧中词》卷五）。复堂从词与时代的关系、词与词家生活遭遇的关系来揭示蒋春霖《水云楼词》"清商变徵之声"的时代特点和"流别甚正"（《箧中词》卷五）的思想风格，以为它是道光咸丰年间这一动乱时期的词史，这是正确的。如鹿潭的《木兰花慢·江行晚过北固山》《甘州·赵敬甫见过》《角招·游慈慧寺》《台城路·易州寄高寄泉》《琵琶仙·天际归舟》等阕，苍凉感慨，反映了当时现实的重大问题。即如小令《浪淘沙》写道光、咸丰年间以来兵连祸结、人才废弃的现实也极为沉痛。如前片："上巳清明都过了，只是春寒。"过片："花发已无端，何况花残。"以春寒托比，花残取喻，哀感无端。所以，复堂评曰："郑湛侯为予言，此词本事盖感兵事之连结，人才之惛窳而作。"（《箧中词》续五）但是《箧中词》选了不少和太平天国

---

① 语见《诗·小雅·雨无止》："三事大夫，莫肯夙夜。"三事即三司，三公。

有关的《水云楼》词,给以地主阶级偏见的评价。如《踏莎行·癸丑三月赋》,所谓"卷帘错放杨花入",过片"可怜愁满江南北",而复堂评曰:"咏金陵沦陷事,此谓词史。"(《箧中词》卷五)《扬州慢·癸丑十一月二十七日,贼趋京口,报官军收扬州》阕,复堂评曰:"赋体至此,转高于比兴矣。"(《箧中词》卷五)为什么呢?无非是因为蒋春霖把兵事所带来的灾难全推给太平军。"劫灰到处,便遗民见惯都惊。问障扇遮尘,围棋赌墅,可奈苍生。"其实用谢安事,在我们看来,比拟非伦,而复堂却以为"赋体转高于比兴"。这足以表现他地主阶级立场。甚至太平天国失败了,蒋春霖看不到这个"胜利",而复堂犹为之惋惜。如《东风第一枝·春雪》:"春回万瓦","胜几分残粉楼台,好趁夕阳钩取"。他评道:"忧时盼捷,何减杜陵。南国廓清,词人已死,其志其遇,盖可哀也。"(《箧中词》卷五)这都说明复堂思想理论的阶级局限性。

关于比兴寄托,以及与之有关的艺术技法,谭献做了一种形象性和象征性的表述:

周美成云:"流潦妨车毂。"又曰:"衣润费炉烟。"辛幼安云:"不知筋力衰多少,衹(本作但)觉新来懒上楼。"填词者,试于此消息之。(《复堂词》自序)

"流潦"句,见美成《大酺》,通首俱写雨中情景。其过片云:"行人归意速,最先念,流潦妨车毂。怎奈何、兰成憔悴,卫玠清羸,等闲时易伤心目。"全词以雨声惊残旅梦,写其孤苦幽独之怀;以庾信(字兰成)哀江南和卫玠流寓江左,寄其才华难展国事日非之慨。早岁为神宗赏誉的《汴京赋》已成为憎命的文章。此词为美成晚年作,这时正当蔡京执政、危机四伏,不久也就金人犯边,掀起了北宋末的农民暴动。所以,复堂评云:"'行人'二句有新亭之泪。"(《谭评〈词辨〉》该词评)北宋末年,当然不是西晋灭亡东晋偏安的局面,但所谓新亭之泪者,其感愤则相同。可见此词寄托深远而含蓄蕴藉。至于"流潦妨车毂",则以比况宦途梗阻、命运蹇剥,使人兴感无端。所以,梁启超说:"('流潦'云云)托想奇拙,清真最善用之。"(《艺蘅馆词选》该词评语)任公不失为知言。"衣润"句见美成《满庭芳·夏日溧水无想山作》。美成时为溧水令。县址在中山无想山两山相间之下,水抱山环,其荒僻可以想见。前片云:

"地卑山近，衣润费炉烟。……凭阑久，黄芦苦竹，疑泛九江船。"描写黄梅天气真切入微。沈际飞说："（'衣润'云云）景语也，景在'费'字。"（《草堂诗馀正集》该词评）著一"费"字，词人的怨望具见于浑涵的景象之中。由于居地卑湿，与白居易贬九江时相类，故以自况。"凭阑久"以下，从"费"字生发哀怨之情。所以，俞平伯先生说："上片以景寓情，写江南初夏风景入妙。似褒似贬（按周济评亦云），含蓄顿挫。"（《唐宋词选释》中）难怪谭献云："'地卑'二句，觉《离骚》廿五，去人不远。"（《谭评〈词辨〉》）其比兴寄托与《离骚》抒放逐之情同一契机，所谓"柔厚在此"。复堂《知非斋诗集叙》说："若乃滺滺湘水，正则廿五之篇；郁郁建安，孔璋乐府之句。离忧终古，才子千秋。"（《复堂类稿》文四）可以为证。至于稼轩《鹧鸪天·鹅湖归病起作》，"不知"二句为该词的歇拍。以筋力之衰，寄烈士暮年报国无路之慨。黄蓼园《词选》云："其有《匪风》《下泉》之思乎！可以悲其志矣。妙在结二句放开写，不即不离尚含住。"考《诗·桧风·匪风》写一个对王室陵夷衰微而怛然悲愤的形象；《曹风·下泉》则写一个回忆郇伯平诸侯之乱有功周室而"伤今不然"（从《诗集传》说）的悲愤形象。这是和稼轩忧生念乱、时代身世之感有共通之处的。即是说，稼轩这词的两句，能入而能出，不即不离，浑涵中见普遍性，虽和《匪风》《下泉》未必有具体的联系，但由它所具备的那种普遍性与风诗的比兴传统则不无继承的关系。这是可以理解的。此外，况周颐指出："（'不知'）此二句入词佳，入诗便稍觉未合。词与诗不同处，其消息即此可参。"（《蕙风词话》卷二）俞平伯先生更进一步引刘禹锡《秋日书怀寄白宾客》"筋力上楼知"，说："诗语简而概括，衍为长短句顿觉宛转多姿，亦诗词作法之不同。"（《唐宋词选释》下）这正如"今宵剩把银釭照，犹恐相逢是梦中"（晏几道《鹧鸪天》）之与"夜阑更秉烛，相对如梦寐"一样（杜甫《羌村》），诗词之体格、意境、情韵判然相别。

综合上述分析，我们可以大致理解，复堂所举三例，教人填词"于此消息之"者，这首先是以风雅骚辨为传统，把词家对现实生活感受最深者，运用比兴，寄托于浑涵的意境之中。这就要求词家掌握周济所说的能入能出的艺术辩证原则，从而使创作出来的词蕴藉含蓄，得柔厚之旨。同时，还要把词从体制、风格乃至意境严格地同诗区别开来。

第五节　作者之用心未必然，读者之用心何必不然

　　谭复堂重词的柔厚之旨，以比兴寄托为核心。我们认为，如周济一样，是接触到艺术概括化和典型化原则的。艺术概括化和典型化最根本的特征是从个别体现一般，从具体性体现普遍性。周济的空实之论，从有寄托入、以无寄托出之说，其理论实质，在前面已略有论述。在《周济论词的空实和寄托》一章中亦有所析评。这里要指出的是，周济所谓求空求实，即刘融斋所谓"包诸所有，空诸所有"，是属艺术概括化和典型化范畴。"从有寄托入，以无寄托出"，也是指以特定的描写对象为基础，所进行的艺术概括化和典型化。从理论上说，艺术概括化和典型化虽然是两个不同的艺术创作范畴，但由于想象和联想所进行的形象思维作用却是一致的。明乎此，则"从有寄托入，以无寄托出"这个创作原则在艺术概括中、在形象思维过程中的意义和特征就可理解了。从有寄托入，即在作家进行艺术概括时，在形象思维过程中，始终保持着所寄托的一定的历史、现实事件和作者对之所产生的感受；以无寄托出，即在艺术概括时，在形象思维中，在所寄托的那个历史现实事件和作家感受的基础上，集中很多同类事物加以形象化。这样就创作出具有一般和具体、普遍和个别相统一的艺术形象和意境。这样的形象和意境自然是不即不离、似花非花的神似。所谓神似，对客观事物的描写不但神情毕肖，而且具有普遍性和一般性。要言之，即"这一个"抒情典型形象。正由于抒情典型形象具有一般性和普遍性，因此，形象往往大于作家的创作意图，也超越于作家的思想，即形象的客观意义大于作家在形象中所认识到、所反映出来的主观意义。这样的艺术形象，就会给读者以丰富的想象和联想；而读者则根据自己的生活经验、人生际遇和学问修养、世界观，通过艺术形象所可能提供的想象和联想，认识到、领悟到作者没有认识到的意义。所以，周济说的和这样求实求空、有寄托无寄托的抒情有其典型意义，可以"见仁见智"，因读者的主观条件的殊异，而有不同的领悟。

　　复堂根据周济论寄托的这种基本精神，进一步指出：

　　　　又其为体（指词的体制），固不必与庄语也（指以比兴、微词讽谏），而后侧出其言，旁通其情，触类以感，充类以尽。甚且作者之

用心未必然，而读者之用心何必不然。(《复堂词录叙》)

"触类以感，充类以尽"，这犹如周济所说，寄托能入能出的词作，"一事一物，引而伸之，触类多通"(《宋四家词选目录序论》)。这样的词作之所以引起读者的通感，是由于通过艺术概括和典型化把捉住事物的某一共通的性质，使读者因而感受到作者未曾感受到的更深更高更新的意义。这就是复堂说的"作者之用心未必然，而读者之用心何必不然"的理论依据。

复堂评苏轼《卜算子》咏雁说："皋文《词选》，以《考槃》为比，其言非河汉也。此亦鄙人所谓作者未必然，读者何必不然。"(《谭评〈词辨〉》)东坡《卜算子·黄州定惠院寓居作》，写一个孤独幽栖的雁的形象，通过比兴，寄托了作者的身世之感，而成一个自《诗·卫风·考槃》以来失志于政治现实而孤标隐逸不与世俗沉浮的贤士形象。这个形象概括了《考槃》以后这类知识分子共同的性格特征，既包诸所有，也空诸所有，既能入又能出，而在词面上俨然是一个"拣尽寒枝不肯栖，寂寞沙洲冷"的人格化的孤雁。因此，黄庭坚(山谷)评云："语意高妙，似非吃烟火食人语。非胸中有万卷书，笔下无半点尘俗气，孰能至此！"(《山谷题跋》)也因此，张惠言在《词选》中说："此词与《考槃》诗极相似。"而复堂以为他的话并非河汉，并非不着边际。当然这种相似绝非如鲖阳居士那样的类比；也不是如张惠言把温飞卿《菩萨蛮》"照花前后镜，花面交相映"四句说成"离骚初服之意"(《词选》该词评语)那样的无稽，而是艺术概括出来的抒情典型。在这个意义上，"读者之用心何必不然"的鉴赏活动是值得肯定的。复堂提出的论点，并非什么主观主义神秘主义，而只是从艺术欣赏活动中所总结出来的审美经验的论点。因此，每当复堂运用这一论点来评价两宋词人词(见《谭评〈词辨〉》)和清代词人词(见《箧中词》)的时候，提出不少合理的因素，使读者对作品某种作者尚未认识到的意义得到理解。例如，评周密《玉京秋·烟水阔》过片"玉骨西风，恨最恨闲却新凉时节"云："何必非髀肉之叹。"(《谭评〈词辨〉》)所谓髀肉之叹，用的是三国时刘备的故事。刘备在荆州依刘表，有日月逾迈、功业未成之叹[①]。这也许是周密填词时未意识到

---

① 《三国志·蜀书·先主传》注引《九州春秋》："备住荆州数年，尝于表坐起至厕，见髀裹肉生，慨然流涕。还坐，表怪问备。备曰：'吾常身不离鞍，髀肉皆消。今不复骑，髀裹肉生，日月若驰，老将至矣！而功业不建，是以悲耳'。"

的，而复堂阐而发之，对原词加深了理解，因为原词具有这方面的普遍性。即如赵对澂《乳燕飞》过片："盼到回眸刚欲笑，又被琵琶遮住。尽一寸歌喉吞吐。客里看花容易老，判销魂莫放年华度。听耳畔，鹍声苦。"看去是一首狎妓词，但歌妓的飘零身世和落魄不偶的知识分子不期而相契，使读者怅触无端。所以，复堂评曰："触类引申，人物身世之感，不得以狎词少之。"（《箧中词》续一）复堂依照"作者之用心未必然，而读者之用心何必不然"的论点，通过词的直接形象的表层义，把捉它"触类引申"的普遍性和典型意义，从而阐发人物身世之感，既没有岸然的道貌，也没有狎客的猥亵。这样的评价方法，应该说是有助于词学研究的。所以，早在复堂之前宋于庭就说了："'引伸自有无穷意，端赖张侯作郑笺。'自注张皋文先生《词选》伸太白飞卿之意，托兴绵远，不必作者如是。是词之精者，可以仁者见仁，智者见智也。"（《洞箫楼诗纪》卷三论诗绝句第一首）其议论相禅于此可见。当然无穷引申而超越了作品的普遍性外延，则陷于主观主义。张惠言《词选》释词不无穿凿附会，为人所讥者，盖亦有其原因在。在这方面诗词则一理。复堂之前，性灵说的倡导者袁枚在《随园诗话》卷十五曾记他所以欣赏其甥《咏落花》"看他已逐东流去，却又因风倒转来"，是因为由诗想到古人一言改向，遂定一生名节的事。他解释说："在甥作诗时未必果有此意，而读诗者，不可不会心独远也。""会心独远"，即复堂说的"读者之用心何必不然"，都是在艺术形象和意境的空间外延下，演引绵邈而产生的新意。

遗憾的是，近年来研究古典文学理论批评的一些同志，对于诸如"仁者见仁，知者见知""作者之用心未必然，读者之用心何必不然"这类传统论点，轻易地不加分析地给以唯心主义、神秘主义的帽子。他们说：周济把无寄托强调为词的最高准则，这就容易导致创作上的神秘主义倾向。同时，周济又强调读者可以"仁者见仁，知者见知"，谭献更进一步提出"作者之用心未必然，读者之用心何必不然"的意见，这就为他们对作品进行主观臆测和穿凿附会提供了唯心主义的理论基础。如是云云。诚然，在文学评论上，常州派对词作一直存在主观臆测的弊病，这是由于当时词学界有关词的历史考证未能像后来那样形成风气，同时也由于他们的理论有形而上学的倾向。何况知人论世，对具体作品进行分析难免错误，如张惠言《词选》。但不能因此说周济求无寄托出，在创作上容易导致神秘主义；更不能因词达到无寄托出的境界而"触类多通""充类以尽""见仁见知",就说成主观臆测、提供唯心主义理论基础。其实周济、谭献这些论点,只表明文艺理论有它自己的特殊规律,有其民族的历史形式。文艺理论只有在承认或不承认文学艺术反映现实生活这一点上,也仅仅在这一点上,才有唯心唯物的区别。而词作为语言艺术对生活的反映,都是止庵、复堂他们一贯强调的,尽管他们在哲学思想上不是也不可能是唯物论反映论者。"以无寄托出""见仁见知""触类多通""充类以尽"乃至"作者之用心未必然,读者之用心何必不然",如前所说,这不过要求词的艺术形象更具普遍性,更有典型意义,使词借着它的这些品性起"触类多通""充类以尽"的审美作用,读者也在这基础上,根据自己的主观条件,见仁见知地看到它的某一方面,甚至通过自己的想象和联想合乎逻辑地加以补充和发挥。同时,正如前面所说,艺术形象往往大于作家的思想和倾向,成功的词的艺术形象可以包蕴许多象外之意,在审美领域、在艺术鉴赏上出现"作者之用心未必然,读者之用心何必不然"的现象,难道是可以否认的吗?20世纪英国颇有影响的诗人、文艺评论家艾略特(T. S. Eliot)曾经说过:"一首诗,对于不同的读者,会显示出各种不同的意义。而这些意义,和作者所想到的极为差异。……读者的解释虽不同于作者的原义,有时却同样的确当。——甚至比作者的原义更好。因为一首诗原可能存在着为作者所未曾意识到的更多的意义。""一首诗原可能存在着为作者所未曾意识到的更多的意义""甚至比作者的原义更好",这是符合文艺欣赏活动经验的,有益的;是同"仁者见仁,知者见知",以及"作者之用心未必然,而读者之用心何必不然"相通的。因此,我们必须以实事求是的科学态度,对谭献以及常州派词论,进行具体分析研究,吸取其合理的内核,以为发展新的艺术理论提供有益的借鉴。

第十二章 冯煦谬悠显晦的寄托论

第一节 时代、作者及其寄托论源薮

冯煦（1842—1927年），字梦华，号蒿庵，江苏金坛人，清光绪十二年（1886年）进士，官至安徽巡抚。著有《蒿庵类稿》三十二卷和《宋六十一名家词选》，后者为他读毛晋《宋六十名家词》时精选出来的作品，并在《例言》中一一加以评论。今本《蒿庵词论》便是迻录《例言》各条而成的。对《词论》的评价，陈锐曾说："若梦华《六十一家词选例言》，可谓囊括先民之矩矱，开通后学之津梁，字字可保。"（《裦碧斋词话》）未免过誉；而王易说："本毛晋汲古阁刊，施以选择，所取精纯，可称善本。其序（按：指《例言》）评骘诸家，时多独到。"（《词曲史》）堪称公稳。

冯煦论词大抵本常州派周济、谭献之说。芷庵的寄托论、复堂的柔厚说，都强调词通过比兴寄托反映社会人生问题，主张"旨隐辞微"（《箧中词序》），因而往往是国家民族危难、社会政治乱离黑暗、志士失志、英雄末路的曲折反映。冯煦对于晚唐五代词尤为重视，原因在此。他序《唐五代词选》，旨在明辨词的源流正变，刻《阳春集》也意在知人论世。这无疑是本周、谭二氏之论。而蒿庵则更刻意标举，都符合"感慨所寄"（周济语）"别有怀抱"（谭献语）的论点。蒿庵云："然晚唐五代，如沸如羹，天宇崩析，彝教凌迟。深识之士，陆沉其间，惧忠言之触机，文诽语以自诲。黍离麦秀，周遗所伤；美人香草，楚累所托。其辞则乱，其义则苦。义兼盍各，毋劳刻舟。"（《唐五代词选序》，《蒿庵类稿》卷十六，以下简称《类稿》）唐五代分崩离析，社会大乱，政治黑暗。深识之士运用风骚的比兴传统，抒写其社会人生的感慨，都同样用掩抑零乱的艺术语言来体现沉郁悲苦的情志，创造出自己的艺术风格。蒿庵这一论点，虽然对《花间》南唐的词作不完全适合，但却抓住了这一时期的词的本质特征。蒿庵特别重视冯正中，主要是由于冯正中在晚唐五代词人中思想艺的成就和在词史上的地位。蒿庵又引刘熙载论正中词说："善乎刘融斋先生曰：'流连光景，惆怅自怜，盖亦易飘扬风雨者。'知翁哉！知翁哉！"(《阳春集序》)融斋对冯正中本有微词，但他真实地揭示了正中词与当时南唐社会政治环境的关系，揭示了正中词"惆怅自怜"的历史特点和艺术成就，所以蒿庵从正面去理解并用以评正中词。冯正中所仕的南唐，内则党争剧烈，政治腐败，外则受北周侵凌，国势危殆，内忧外患，"如沸如羹，天宇崩析"。然二主李璟、李煜及群臣还作升平之梦。因此，为了抒发这一感受，正中词突破了单纯的儿女闺怨，而把词的意境扩大。王国维评云："正中词堂庑特大。"其基本原因在于正中词与当时的社会政治深刻的联系，加之"吐属之美"(《艺概·词曲概》)、诣微造极的艺术成就。所以，正中词在词坛上地位很高，在词史上有深远的影响。刘融斋说："冯延巳词，晏同叔得其俊，欧阳永叔得其深。"(《艺概·词曲概》)这论点，蒿庵的《蒿庵词论》有所阐发：

> 翁（指正中）颎卬身世，所怀万端，谬悠其辞，若显若晦。揆之六义，比兴为多。若《三台令》《归国谣》《蝶恋花》之作，其旨隐，其词微，类劳人思妇、羁臣屏子郁伊怆怳之所为。翁何致而然耶？周师南侵，国势岌岌。……翁负其才略，不能有所匡救，危苦烦乱之中，郁不自达者，一于词发之。其忧生念乱，意内言外，迹之唐五季之交韩致尧之于诗，翁之于词，其义一也。世裒以靡曼目之，诬已。(《阳春集序》，《类稿》卷十六)

这里，蒿庵评论正中词时，提出了三个理论问题：一是词必须是反映作者对现实的感愤。蒿庵所谓的"所怀万端"同于周济所谓的"万感横集"(《介存斋论词杂著》)。蒿庵对冯正中其人是否掌握了全部的复杂性，这暂且不论，但正中在各种矛盾中表现了忠爱的思想情感是无可置疑的。张惠言也这样看（见《词选》）。如湖湘取败，自劾罢相，就极为复杂。有自己的忧生忧世，也有敌党的"集矢"。他"感怀万端"，我们是可以想象的。但无论怎么样复杂，其意图"固本进而窥觎中原"则又是明确的。因此，他有些词寄慨遥深，有其忠爱的思想基调。二是通过比兴，使词家的感愤寄托在一个"谬悠其辞，若显若晦"的艺术形象中，使言在此，而意在彼。在艺术上，塑造出"若显若晦""若可知若不可知"的朦胧宕折的境界。他不但在《阳春集序》提出这个主张,在《和珠玉词序》《重刻东坡乐府序》也郑重地提出。如《和珠玉词序》说:"其(指正中词)若远若近,若可知若不可知,几几有难为言者然。"指出这样构拟词境,是由于"几几有难为言者",而就艺术手法来说,这样做有可能使词境曲折层深、寄意无穷,使读者更能展开想象和联想,把握到言外之致。蒿庵这个论点是常州派寄托论发展的必然结果。常州派重比兴,成功的作品往往具有蒿庵所论的品质,但也容易流于晦涩,流于概念化。我们可以把它看作是时代思潮的反映。同时期的陈廷焯(亦峰),其所倡导的沉郁说就有类似蒿庵的说法:"若隐若见,欲露不露,反复缠绵,终不可以一语道破。"(《白雨斋词话》卷一)又云:"若远若近,可喻不可喻。"(《白雨斋词话》卷六)蒿庵、亦峰两家之论,如山一吻,惟侧重不同而已。蒿庵通过对正中词的评论,论述"若远若近、若显若晦""若可知若不可知"的比兴寄托的特点,亦峰则专论沉郁之说。蒿庵云:"类劳人思妇,羁臣屏子,郁伊怆悗之所为";亦峰则云:"写怨夫思妇之怀,寓孽子孤臣之感"。二家之论相得益彰。三是自常州派的创始者张惠言借《说文》释"词"字,指出词"意内言外"之后,寄托之论颇兴。词的思想性和历史现实性有所加强,提高了词的地位。蒿庵评正中词,强调指出"忧生念乱,意内言外",这无疑是继张惠言之后,常州派理论的发展。"意内言外",明确地赋以忧生念乱的内容,更提高了词反映现实、抒发词人感愤的性质和作用。诚然,词的抒写情志是广泛的,不限于忧生念乱,但忧生念乱的词,更能说明"意内言外"的词的品格。词史上的名篇绝大多数是在广义上忧生念乱之作。酒边花下,歌台舞榭,抒其忧生念乱之怀,才有更高的艺术思想价值。纯为宴嬉逸乐的词乃为高人所鄙。正中《蝶恋花》:"百草千花寒食路,香车系在谁家树。"(四印斋本《阳春集》又作欧阳修词)王国维评云:"诗人之忧生也。"(《人间词话》)又:"心若垂杨千万缕,水阔花飞,梦断巫山路。"亦不无忧生之慨。忧生念乱,其词境迷离惝恍,不可言状,而言外有无穷之意,在于可知不可知之间。这当然是由于政治上的原因,如党派斗争和国蹙不能匡救,也出于艺术上的旨隐辞微的要求,总的说来是词的"意内言外"的特性所规定的。诚然,蒿庵把正中词比作韩致尧的诗,有意以艳情寄晚唐国家衰亡的哀思,这又未免夸大了。实际上正中词部分有寄托,而部分未尝不是纯写离别怀思之作、男女幽会之篇,不过由于正中词造境高,托意深,言外之旨容易为读者所联想,似有寄托而无寄托,在仿佛之间。谭献所谓"作者之用心未必然,读者之用心何必不然"。从这一点看,蒿庵把正中词比作韩致尧诗,寄家国身世之感,却又无可厚非的。其他论著也反复提及这个论点:"玉溪《无题》之什,致尧《香奁》之集,诚有托而然也。无所托矣,而靡曼佚荡之音,并于桑濮,蒙并耻之。"(《黄鹤山人诗钞跋》,《类稿》卷十五)又云:"致尧《香奁》之集,玉溪《无题》之作,匪惟情感,实况身世。"(《范月楂文诗序》,《类稿》卷十五)总的说来,蒿庵通过分析评价正中词,所提出的三个理论观点是有意义的,应该肯定。我们在这里引正中《鹊踏枝》和《采桑子》①略加说明。《鹊踏枝》:

秋入蛮蕉风半裂,狼藉池塘,雨打疏荷折。绕砌虫声芳草歇,愁肠学尽丁香结。　回首西南看晚月。孤雁来时,塞管声呜咽。历历前欢无处说,关山何日休离别。

主题写欢期不再,离怀难堪。本为常题,且在末两句点出。但言"历历",言"关山",却突破了时间和空间的限制,使境界开拓,别愁更为难堪,也更为难遣。这主题又是从广阔的景物描写和由景物描写所引起的心境体验所形成的。乍见"狼藉池塘",旋睹"疏荷吹折";既听"绕砌虫声",复闻"塞管呜咽",所以离思实难摧抑。全词运意运笔极跳脱变化之致。沉郁之境、顿挫之情因之以生。又在短小的形式中见堂庑特大,景物殊多,纷纭寥廓,既集中又含蓄,使读者感到"所怀万端",超越了离别的主题。"狼藉"两句用的是重笔,非一般离别的映衬。似有国势岌岌的寄慨。"回首西南看晚月"三句,意者指湖湘之败绩、北周之侵凌耶?在"可知不可知之间",在"若显若晦"之际,惝恍迷离,令读者觉得词外有未明的意旨。又《采桑子》全阕无警露语,而香尽花飞,美人迟暮,宛然在目。言花飞而独折残枝,伤春耶?惜春耶?抑留春耶?"无(或作不)语凭阑只自知",因而见凄婉之神。所谓美人迟暮之怀,不语而倍觉含蓄,使人想象不尽。下片写双燕归来,与"后约难期"相对照,

---

① 正中《采桑子》:"中(或作小)庭雨过春将尽。片片花飞,独折残枝,无(或作不)语凭阑只自知。玉堂香(或作春)煖珠帘卷。双燕归来后(或作君或作旧)约难期,肯信韶华曾几时。"

使人凄然欲绝,感韶华之易逝,叹嫩约之难践。自来不少词家以男女的幽期托比君臣的遇合。正中素为元宗李璟所看重,至拜为丞相。正中似无此怨望。但第一次福州兵败罢相,出为抚州节度使。第二次失湖湘地罢相。第三次周师入侵,尽失江北地罢相。三次罢相因政敌攻击,不无怨望。《采桑子》之咏或有托于此?其旨隐辞微,难以情测,知人论世,只觉得有不尽忧生忧世之意。从这些词例分析看,对于正中词,他虽有拔高之嫌,但基本上是正确的,在论述中他把词的历史现实性和思想性提高了。他论晚唐五代正中词如此,论南宋词也如此。蒿庵论南宋词,很重视"有关系"(初见《词曲概》)的富有爱国思想感情的词人和词作。如对陈亮《水调歌头》的评价,蒿庵认为:"忠愤之气,随笔涌出,并足唤醒当时聋聩,正不必论词之工拙也。"(《蒿庵论词》二二,下称《论词》)又张孝祥在建康留守席上赋《六州歌头·送章德茂大卿使虏》,悲愤淋漓,主人为之罢席。这是前面已经引述过的。蒿庵也肯定其"有关系"的历史具体性和爱国思想(参见《论词》二二、二五)。又向子諲《酒边词·阮郎归》一阕,蒿庵认为是"与鹿虔扆之'金锁重门'、谢克家之'依依宫柳',同一辞旨怨乱,不知寿皇见之,亦有慨于心否?宜为贼桧所嫉也"(《论词》一八)。向子諲《阮郎归》和谢克家《忆君王》"依依宫柳"两阕,同是抒写靖康之难、国亡君掳剧悲剧痛的眷顾之情,鹿虔扆《临江仙》"金锁重门""暗伤亡国"深有黍离之哀。三者却含蓄婉曲,而"忠愤郁勃,使人出涕"。(杨慎《词品》评谢氏该词)诸如此类具见蒿庵论词重爱国词人之情。

蒿庵活动的时代是清朝同治、光绪年间和民国初年,即近代的中后期。他身经丧乱,内睹政治腐败,灾旱频仍,外痛列强侵略、兵连祸结。陈夔龙《蒿庵类稿序》云:"闲以诗歌相唱和,而一念及人事天时,内忧外患,又未尝不恝然深忧,相对太息世运之扉有届也。"陈三立则说他:"宛然屈子泽畔、管生辽东之比。"(《蒿庵类稿序》)诸家所指出的共同点与蒿庵的创作是一致的。如他的诗抒发苦戍不穷,重税无限,列强迭侵,人民沉冤的悲愤,"乾坤多难足殷忧"(《张康卿》,《类稿》卷五),这是不难理解的。这就是蒿庵倡导"忧时念乱、意内言外"比兴寄托的社会和思想的基础,也是他主晚唐五代的原因。晚唐五代在丧乱的历史现象方面,与近代极为相似。蒿庵对正中词的评论,也渗透了对自己时代社会现实的感愤。我们看他的词作如《一枝花·晓经秦邮过故居作》:

帆影收残驿，问讯沤边消息。未黄塞柳外，湖水湖烟，一抹伤心碧。甚处寻、秦七衰草微云，依然旧日词笔。　　霜重城阴湿。归路暗惊非昔。东偏三五亩，薜萝宅。十载尘颜，算只有，颓波识俊游，忘不得。认秃树荒祠，乳鸦犹带离色。

起句有鸥盟意。"湖水"两句为一转，用意用笔从李白《菩萨蛮》化出。融斋以为《菩萨蛮》为明皇西幸后作（见《词曲概》）。此词当亦兵后作也，所以写高邮旧居兵后破败之景，令人黯然神伤。继以少游《满庭芳》"山抹微云，天连衰草"相衬，衰杀寥廓之境，以"甚处寻"写出，笔调空灵，幽咽怨断之情融化于其中。过片写旧宅的颓荒以及身世凋零之伤。谭献评此词云："幽咽怨断，梦华词境感遇为多。"（《箧中词》卷五）

第二节　刚柔相济、豪放与婉曲迭融

东坡、稼轩两家，自明至清中叶都未受到重视。明末云间派主五代、北宋小令，固未重视两家；清浙派主南宋，宗白石、讲究声律，于两家也极忽略。朱彝尊编《词综》，号称精审，而东坡、稼轩词得选入者比例极小。常州派初起，张惠言编《词选》，也未能给两家应有的地位。周济赏东坡的韶秀，以粗豪为病（见《宋四家词选目录序论》），而独标稼轩为宋四家之一，以示"问涂碧山，历梦窗、稼轩以还清真之浑化"（《宋四家词选目录序论》）的学词门径，对稼轩的评价有所提高，但把东坡附于稼轩之后。蒿庵论词固重晚唐、五代，而论两宋以婉约为主，但却重视苏、辛，把苏、辛词提到一个很高的地位。这是晚清词学虽云主张而无门户之见。融斋重苏、辛固不待论。即如朱彊邨（祖谋）于梦窗词工力甚深，而对东坡仍极为推重。据蒿庵序言，"彊邨之于苏词，订讹补阙，雠校之审，笺注之精，为之发凡"（见《重刻东坡乐府序》，《类稿》卷三）。蒿庵论东坡、稼轩，咸依词的本质特性，即以本色当行来否定明张綎论词分婉约豪放中的豪放之见。这就带来新的理论观点，而排斥历明清两代颇有影响的苏、辛单纯豪放之论。这当然还是自周济以来对苏辛评论的历史小结。其评论的全面性和辩证性，甚至在今天还有其新颖的理论意义。

蒿庵不认为苏、辛词单纯是豪放之作："若东坡之于北宋，稼轩之于南宋,并独树一帜,不惑于世,亦与他家绝殊。世第以豪放目之,非知苏辛者也。"(《重刻东坡乐府序》,《续稿》卷三)那么他们的词风是什么呢?我们先看蒿庵对稼轩词的理解和评价。稼轩非单纯豪放,这在周济的理论中已经有所认识。周济说:"稼轩敛雄心,抗高调,变温婉,成悲凉。"(《宋四家词选目录序论》)这说明稼轩词雄健中有柔婉,豪放中有蕴藉。而柔婉蕴藉是词之正,雄健豪放则为词之变。正和变的统一构成了稼轩词的特殊风格,而且认为"辛之当行处,苏必不能到"(《介存斋论词杂著》),肯定了辛词的本色当行。所以,周济又说:"后人以粗豪学稼轩,非徒无其才,并无其情。稼轩固是才大。然情至处,后人万不能及。"(《介存斋论词杂著》)正由于稼轩才大情至,又掌握了词的本质特征,创造出后人所不能到的千古绝唱。后来复堂在评《词辨》时,通过对稼轩词的评点,具体地指出这种特点。如评《祝英台近·晚春》"断肠片片飞红,都无人管",以为"一波三折,则非豪放直笔可知"。"是他春带愁来,春归何处,却不解带将愁去。"评曰:"宕逸中亦深练。"宕逸可见豪放,深练更存婉曲,所谓当行在此。又《水龙吟·登建康赏心亭》"把吴钩看了,阑干拍遍,无人会,登临意。"评曰:"裂帛之声,何尝不潜气内转。"裂帛固是雄豪,潜气又见深婉。蒿庵宗常州派,周济对稼轩的评论固然为他所接受;复堂的评点,蒿庵未尝不受影响①。所以,蒿庵论稼轩说:

  (稼轩)《摸鱼儿》《西河》《祝英台近》诸作,摧刚为柔,缠绵悱恻,尤与粗犷一派,判若秦越。(《论词》二四)

这不但一如周济评稼轩"变温婉,成悲凉",刚柔相济,在悲壮中见柔婉,又看到了词的当行,即词以婉约为正,体具轻柔的特点。蒿庵的这个论点是和周济一样较全面、较本质地看到稼轩词的特点的,而且比周济提得更明确、更辩证。因为他把稼轩词提到传统美学的刚柔关系上。当然这里所举的三首摧刚为柔的稼轩词,不过举例而已。至于稼轩的粗犷的词作,自然是存在的,但从蒿庵的论点看来,这并不是本质的,只是作为一

---

  ① 按二人交谊甚深。蒿庵有《答仲修》、《得仲修书却寄》(《类稿》卷四)、《怀宁柬谭仲修》(《类稿》卷七)等诗。

种缺点而出现。因此，他评后来学稼轩者所谓豪放的弊病：

> 稼轩负高世才，不可羁勒，能于唐宋诸家外别树一帜。自兹而降，词遂有门户主奴之见。而才气横逸者，群乐其豪纵从而效之，乃至里俗浮嚣之子，亦靡不推波助澜，自托辛、刘，以屏蔽其陋，则非稼轩之咎，而不善学者之咎也。(《论词》二四)

稼轩别树一帜，前面说了，既不是豪放，也不是婉约，而是摧刚为柔的异军特起(《词曲概》)。由于这是矛盾的统一，由于稼轩才大情至，家国之感深，所以才气横溢者只得其豪纵，而乏其柔婉。浮嚣之徒就不足论了。世称辛、刘，而蒿庵认为刘过不可谓才气不横逸，而只得其豪放一面，至豪放柔婉的有机统一，则殊未梦见。所以，蒿庵又说："龙洲自是稼轩附庸。然得其豪放，未得其宛转。"(《论词》二五) 蒿庵认为刚柔相济是衡量词的品格、境界的原则，而且是不容易实现的原则。而他论东坡词同稼轩一样，认为是达到了这个原则的。

现在再看蒿庵论东坡：

> 词有两派，曰刚，曰柔。毗刚者斥温厚为妖冶，毗柔者目纵轶为粗犷。而东坡刚亦不吐，柔亦不茹，缠绵芳悱，树秦柳之前旗，空灵动荡，导姜张之大辂，为其所之，皆为绝诣。(《重刻东坡乐府序》，《续稿》卷二)

东坡词如《念奴娇·赤壁怀古》，历来认为是豪放词的代表，《水龙吟·次韵章质夫杨花词》为婉约词的代表。其实两者不无"刚亦不吐，柔亦不茹"刚柔相济之美，从而构成东坡词既深婉又豪放，既韶秀又飘逸的特色。"多情应笑我，早生华发"，何尝尽吐？"春色三分，二分尘土，一分流水"，又何尝尽茹？《水调歌头·丙辰中秋》豪而放了，而"转朱阁，低绮户，照无眠。不应有恨，何事长向别时圆"，则又绵绵婉曲了。《贺新郎》婉而丽了，但"石榴半吐红巾蹙，待浮花浪蕊都尽，伴君幽独"，何尝不直吐心曲、出言凌厉？词于婉丽中有一股清劲之气流转全篇。周济爱东坡词之韶秀正如此等词。蒿庵辩证地论东坡词，是很有意义的。正因为"刚亦不吐，柔亦不茹"构成东坡词的特色，即既深婉又豪放，既韶秀又飘逸。在蒿庵看来，若单以豪放论东坡固误；单以婉约视东坡亦误。从辩证的观点，蒿庵看出东坡不仅豪放，而且缠绵悱恻，空灵动荡。这比过去的评论家要全面深入。至于说东坡是秦少游、柳永的"前茆"，姜白石、张玉田的"大辂"，则又值得商榷了。

词之体轻柔，其质则要眇。这是蒿庵从晚唐五代总结出来的词的特性，即所谓本色当行；在理论上又继承了陈子龙、张惠言等人的看法。蒿庵引陈子龙论词的话说：

  陈子龙曰：（词）其为体也纤弱，明珠翠羽犹嫌其重，何况龙鸾？（《论词》一三）

我们在论陈子龙的词论时已经分析出了，所谓词体"纤弱"，即词体轻柔或绮靡的说法，自然是就词与诗的比较而说的；与轻柔的词体相关，词的本性，所谓质，自然尚要眇了。而二者又与比兴寄托颇有关系。蒿庵认为，东坡既能掌握词的这种特性，又能自由抒发自己的思想感情、表现自己的性格特点。所以，他的词的境界是常人难以学习的。蒿庵写道：

  词尚要眇，不贵质实。显者约之使晦，直者揉之使曲。一或不善，全句钩辀格磔，比于禽言，扑索迷离，或俙兔迹。而东坡独往独来，一空羁勒，如列子御风，以游无穷，如藐姑射仙人，吸风饮露，而超乎六合之表。其难一也。（《重刻东坡乐府序》）

蒿庵在"词尚要眇，不贵质实"的原则下，接受了胡寅、刘熙载评东坡词的论点，加以变化。胡寅论东坡偏重其豪放，蒿庵论东坡偏重其飘逸。但"超乎尘垢之外"（《酒边词序》），六合之表则同。而"摆脱绸缪宛转之度"又似失却词的特性了。胡寅论东坡重其理想性格，蒿庵论东坡还考虑到词的特征要求，即尚要眇、不贵质实而空灵动荡。这又见出蒿庵继承刘融斋评东坡的痕迹。《词曲概》云："东坡词具神仙出世之姿。"又云："东坡《水调歌头》'我欲乘风归去'云云'尤觉空灵蕴藉'。""神仙出世之姿"自是蒿庵所谓"藐姑仙人，吸风饮露"而"空灵蕴藉"，即尚要眇，贵清空。"要眇"一语，初见于《九歌·湘君》："美要眇兮宜修。"要眇而美，唯指容态。在词则要求境界思想感情的静好。所谓"幽约怨悱",如张惠言说"低徊要眇以喻其致"(《词选序》),可见蒿庵论词的要眇,接受了张惠言之说,变化了融斋空灵蕴藉之论。这又归乎轻柔绮靡的词体,陈子龙所谓"纤弱"。蒿庵论词重要眇,尚清空,不贵质实,又提出"显者约之使晦,直者揉之使曲"的技法,使要眇清空得以实现。"显者约之使晦",词不但无浅露之嫌,而且能深隐幽微,使读者兴感不尽。这里的晦不是晦涩,而是"若显若晦""若可知若不可知",构成迷离惝恍的艺术意境。陈廷焯所谓"黍离麦秀之悲,暗说则深,明说则浅"(《白雨斋词话》),其理易明。"直者揉之使曲",词不但无直率之病,且能婉曲层深,茹千寻之势于尺素之中,也使读者感觉绵绵无尽。书家所谓无垂不缩,融斋所谓"寄直于曲"。直义曲折而后始深永,有无穷之味。蒿庵认为东坡词不是常人所说的豪放,而是具有这些特征的,所以难学。例如,前面所说的"又恐琼楼玉宇"四句,就词境说,空灵蕴藉之致,就用笔说,则又一波三折,婉曲深远。又如《青玉案·送伯固吴中故居》,结拍云:"作个归期天已许。春衫犹是,小蛮针线,曾湿西湖雨。"天(皇帝)许归期,杭州送别。春衫犹是小蛮针线,既见家室之恋;曾湿西湖雨,又感友谊之重。去留两难,中心摇摇。况周颐说:"曾湿西湖雨,是情语,非艳语,与上三句相连续,遂成绝艳,令人爱不忍释。"(《蕙风词话》卷三)其中道理也是以直寄曲,因显使晦,使词境转折空灵,使情致缠绵蕴藉。

此外,蒿庵论东坡词,还强调寄托,强调真实遭遇的兴感。前面说了,蒿庵论寄托,要求词蕴含忧生忧世,感时念乱,意内言外,使所寄意蕴无尽,而迷离其言,使读者郁伊怆怳于言外生无限怅触。蒿庵认为东坡词正具备这些艺术特点,而且贵在一个"真"字。诚然东坡词也不是首首有寄托的,如他的那些直抒感愤的词。关于东坡词的寄托,蒿庵写道:

> 文不苟作,寄托寓焉。所谓文外有事在也。于词亦焉,世非怀襄,而效灵均《九歌》之奏,时非天宝,而拟杜陵《八哀》之篇,无痛而呻,识者恫之。东坡夙负时望,横遭谗口,连蹇廿年,飘萧万里。酒边花下,其忠爱之诚,幽忧之隐,磅礴郁积于方寸者,一时流露。若有意若无意、若可知若不可知,后之读者,罨然思,遹然会,而得其不得已之故,非无病而呻者比。其难三也。(《重刻东坡乐府序》)

东坡乌台诗案发,贬黄州,贬惠州,转流儋耳,前前后后,"连蹇廿年,飘萧万里",而忧生忧世,本于忠爱。磅礴郁积于内心的这种幽忧隐愤,流露于有意无意之间,发而为词,寄意遥深,托体高远。"琼楼玉宇",固寄其忠爱之忱,"枝上柳绵",亦寓朝士之忧,都是空灵蕴藉,若可知若不可知。蒿庵认为,东坡言外有事在的寄托,是东坡寓言写意,谬悠其辞,而不损其真实性,写儿女闺襜,也不流于侧艳,无拘墟之弊,无绳繻之束,独往独来,纯任自然,而其意洒然超逸,刘融斋所谓"风流标格"(《词曲概》)。因此,蒿庵继续写道:

> 夫侧艳之作,止乎导淫,谬悠之辞,或将损性,拘墟小儒,悬为徽繻。而东坡涉乐必笑,言哀已叹。暗香水殿,时轸旧国之思;缺月疏桐,空吊幽人之影。皆属寓言,无惭大雅。其难四也。(《重刻东坡乐府序》)

东坡《洞仙歌》写蜀主孟昶与花蕊夫人夜纳凉摩诃池上。宫帷女子,冰肌玉骨,清姿逸韵,而鬓乱钗横,幽思无限,所以惊年华之暗换,叹美人之迟暮。其寄托怀才不遇则有之,"时轸旧国之思"则未之见。虽然如此,蒿庵因《洞仙歌》而阐发东坡词的寄托,仍有其理论上的意义。蒿庵在《苏子瞻补蜀宫避暑〈洞仙歌〉赋》(《类稿》卷一)以为如贺、辛词寄托其身世感遇,则近之:"贺铸销凝,黄梅细雨,稼轩怨悱,烟柳斜阳。孰若此裁红荡魄,刻翠回肠。"贺东山(铸)"梅子黄时雨",寄其坎坷不偶之愁;辛稼轩"斜阳正在,烟柳断肠处",抒其伤时念乱之痛。而东坡则托迟暮于美人,所以"裁红荡魄,刻翠回肠",未有如《洞仙歌》者。又东坡《卜算子》以孤鸿寂寞独处,寄寓志士的隐退,而谬悠其辞,空灵宕逸,使读者于孤鸿的寄寓形象外,生发无穷感慨。如蒿庵所说:"缺月疏桐,空吊幽人之影。"而"无惭大雅"者,即有性灵、寄托之义。读者看不出东坡有意寄托,而只觉得言外有事在。

第三节 空与实统一的浑化之境,幽涩救浮滑

前面谈到东坡词寄托的空灵蕴藉时,曾引了蒿庵评价刘熙载《艺概·词曲概》的话,这些话同时也体现了蒿庵论词的空实思想。

> 兴化刘氏熙载所著《艺概》于词多洞微之言，而论东坡尤其深至。……又云："词以不犯本位为高。东坡《满庭芳》'老去君恩未报，空回首，弹铗悲歌'，语诚慷慨，然不若《水调歌头》'我欲乘风归去，又恐琼楼玉宇，高处不胜寒'，尤觉空灵蕴藉。"观此可以得东坡矣。(《论词》四)

蒿庵肯定融斋以空灵蕴藉评东坡，以为得东坡词的本质特点，即所谓当行。寄托成功的词，往往能空灵蕴藉，不质实，不浅露，不犯本位。如所举"琼楼玉宇"，与"君恩未报"同样具忠爱之忱。但后者终犯质实而率直浅露，前者则空灵蕴藉，含蓄温厚。可见论词的空，是词论家向来所重视。张炎论词主清空，常州派周济也强调词的空，不过周济论词的空和张炎及浙派有所不同。他强调空与实的辩证关系（见《介存斋论词杂著》）。融斋也说："空诸所有。"（《艺概·词曲概》）因此，芷庵和融斋论词的空，是实的空化，而不是无有。这与艺术概括性很有关系。蒿庵承周、刘二家之论，又与谭献在理论上互有切磋，他关于词的空实之论，无疑是有新的阐发的。如他说："妙有用于无用，浑无为于有为。"（《庖丁解牛赋》，《类稿》卷一）有用是实，无用是空；有为是实，无为是空。二者是统一的。所以，他引融斋"空灵蕴藉"语而体会颇深。同时，他又强调空实关系中的实，这是蒿庵论空灵蕴藉力斥浮滑之证。如他评沈端节《克斋词》说：

> 《提要》谓沈端节吐属婉约，颇具风致，似尚未尽克斋之妙。周氏济论词之言曰："初学词求空，空则灵气往来，既成格调求实，实则精力弥满。"克斋所造，已臻实地。而《南歌子》"远树昏鸦"一阕，尤为字字沉响，匪仅以婉约擅长也。(《论词》一七)

克斋于婉约中字字沉响。这是蒿庵在周济"实则精力弥满"思想指导下，所揭示克斋词的特点。这无疑比《四库提要》单以婉约视克斋深入。如《南歌子》前片结句"雪蓬烟棹烱寒光，疑是风林纤月到船窗"，"雪蓬烟棹"，何其凄冷，而"风林纤月"又何其清幽。著一"疑"字，境幻而情实，其胸襟闲逸可知。二句严整有力。他如《谒金门》结拍"独倚危阑清昼寂，草长流翠碧"。《虞美人》："东君却不管闲愁，一任落花飞絮两悠悠。"这些词,在某种意义上,可以说是"灵气往来""精力弥满",空与实统一之作。

空实统一的空,更多地是指意境而言。但还有与意境分不开的其他技法所体现的空实统一的空。如空际盘旋,这也是蒿庵所重视的。蒿庵认为北宋词高者往往空际盘旋。如他说"北宋大家,每从实际盘旋,故无椎凿之迹",如周美成词就体现了这种艺术特点。他的《六丑·蔷薇谢后作》,自叹年老远宦落寞,借花起兴,是花是人,比兴无端。"为问家何在"是题意;"怅客里光阴虚掷"为之点醒;"愿春暂留,春归如过翼,一去无迹",又腾挪回折。"夜来风雨,葬楚宫倾国"以下如"鹏羽自逝"(《宋四家词选》)。可见其空际盘旋、疏宕有致,却又反复缠绵,"羁愁抑郁,……吞吐尽致"(《白雨斋词话》)。又《瑞龙吟》"事与孤鸿去",亦见其空际盘旋之妙。自上则影事前尘、坠欢难拾,故此句为一结。周济评云:"化去町畦。"(《宋四家词选》) 自下"探春尽是伤离意绪"至结尾,词笔浑融。周济又评云:"由无情入结为无情。"(《宋四家词选》) 其间回环往复,层层脱换,空灵又有笔致。他的《拜星月慢》"夜色催更"阕,于绵丽中见疏宕,亦空际盘旋之致。现在让我们分析周美成的《花犯·梅花》,看看他空际盘旋的用笔:

粉墙低,梅花照眼,依然旧风味。露痕轻缀,疑净洗铅华,无限佳丽。去年胜赏曾孤倚,冰盘共燕喜。更可惜雪中高树,香篝薰素被。

今年对花太匆匆,相逢似有恨,依依愁悴。吟望久,青苔上,旋看飞坠。相将见、脆圆荐酒,人正在、空江烟浪里。但梦想,一枝潇洒,黄昏斜照水。

《花犯》总是"宦迹无常,情怀落寞"(《蓼园词选》)。"梅花照眼"句点题。"依然旧风味"是"逆入"(《谭评〈词辨〉》),唤起全篇,为词眼所在。去年、今年赏花之感由此生发。自此以下都在"题前盘旋"(陈洵《海绡说词》)。"露痕"三句正面写梅花,补足题面,且引起下面"胜赏""孤倚"以无人共赏所生的惆怅之情。故"最可惜"为一转笔。"冰盘"句言梅花可供一醉之意,与下片"脆圆荐酒"相照映,一实一虚。换头一笔钩转。对花匆匆飘坠,又引起宦情。从去年的胜赏孤倚到今年的依依愁悴，赏花风味依旧，而人的宦情则更难堪了，以风味有常反衬游宦无常。依依有恨起于羁旅相逢之际，今昔的怅触自然无限，是为前片的枢纽。"吟望"二句则补说匆匆。"相将见、脆圆荐酒"，却又在"题后盘旋"（《海绡说词》）。即由今年的梅花推想明年的梅实。梅的变化如此，而明年的我又将宦游何处？透过一层写，谭献所谓"如颜鲁公书，力透纸背"（《谭评〈词辨〉》）。去年孤倚、今年吟望，明年惟有在空江烟浪中想象一枝黄昏斜照水耳，一片空幻。"今不如昔，后更不如今"（稼轩语）宦情落寞，托梅花以寄意，"于言外得音，超妙绝伦"（《宋词举》）。全词两度盘旋，空灵浑化，概括了三年的宦游情事。至如周紫芝（《竹坡词》）、陈与义（《无住词》）虽有美篇，而少空际盘旋，终乏深婉沉厚。周紫芝初学小山，视小山词为清倩，故乏盘旋疏宕之致。如竹坡《品令》吴梅引后片："黄花香满，记白纻吴歌软。如今却向乱山丛里，一枝重看。对着西风搔首，为谁肠断。"云："沉着雄快，似非小山所能及。"（《词学通论》）但非空际盘旋，疏宕之致微了。这里我们引小山《鹧鸪天》以资对勘竹坡词：

> 彩袖殷勤捧玉钟，当年拼却醉颜红。舞低杨柳楼心月，歌罢桃花扇底风。从别后，忆相逢，几回魂梦与君同。今宵剩把银釭照，犹恐相逢是梦中。

主题是述重逢的喜悦。上片写昔日的欢会。"捧玉钟""醉颜红，"清歌妙舞，极其欢愉。反衬下片别后相忆的难堪，尽蓄盘旋之势。"今宵"两句笔法陡变。"乍见反疑梦"，相逢惊喜之状，曲尽其情，似虚而实。这样的词境是周紫芝等人所难达到的。蒿庵对南、北宋词按各自的特点加以区别，如果联系时代来看，是值得重视的。当然这是一般说的。如南宋的吴梦窗词，蒿庵就认为于幽邃绵密中有空灵疏宕，如《八声甘州·陪庾幕诸公游灵岩》，就极空际盘旋之致。蒿庵写道：

> 梦窗词丽而则，幽邃而绵密。脉络井井，而卒焉不能得其端倪。

又写道：

张叔夏则譬诸七宝楼台，眩人眼目。盖《山中自云词》专主清空，与梦窗家数相反，故于诸作中独赏其《唐多令》之疏快。实则"何处合成愁"一阕，尚非君特本色。……亦如文英之学清真也。（《词论》三一）

这样辩证地批判张炎主清空而唯赏梦窗之《唐多令》，且辩证地揭示梦窗的特点，并指出"文英之学清真"，梦窗在某种程度得清真的浑化。这无疑是常州派自周济论实空的辩证关系和把梦窗举为宋四家之一后，研究梦窗词的重大收获。

在词学上，有所谓"涩"。涩是作为词的审美特征而显示其艺术意义的。涩和拙一样，其美学价值不可忽视。如拙有拙质美，涩有幽涩美，而二者又是联系的，提倡幽涩美的词家、词论家都很强调涩的艺术意义。如沈祥龙说："词能幽涩，则无浅滑之病。"（《论词随笔》）他们当然也反对词的晦涩、生涩之病。但词有幽涩之味，因其含蓄蕴藉，曲折层深，却体现了沉厚的思想感情。所以，复堂认为李良年、何兆瀛诸词人的一些词，"殊有幽涩之味"（《箧中词》评余蟪《疏影》"溶溶月色"阕）。在词史上，姜白石创清空一派。而清空和幽涩本来是矛盾的，但在白石词中，二者又是统一的，从而构成白石词的艺术特色。白石词难以企及，也在于这个矛盾统一所构成的超妙的词境和意格。浙派主清空，本玉田论白石词"野云孤飞，去留无迹"，但只求意境的清空，不求意境的幽涩。这样，浙派宗白石抹去了白石词清空幽涩统一的特点。浙派末流有空疏剽滑之弊，不是偶然的。蒿庵和复堂一样，论词求幽涩之美。在白石词的评价上，首先看到了白石词的清空和幽涩的统一，也看到了梦窗词幽涩的意义。这无疑是常州派理论批评发展的收获。蒿庵说："孤云野飞（应作"野云孤飞"），去留无迹。彼读姜词者，必欲求下手处。则先俗处能雅，滑处能涩。"（《论词》三〇）浙派朱彝尊倡醇雅，学白石词的骚雅，一般地说，俗处能雅是能够做到的。但是由于他们主清空，忽视了白石词幽涩的一面，因而流于浅滑。蒿庵看到了词坛上这个弊病，所以发为此论。这无疑是全面深刻的。他评价白石词很高，也基于这种对白石词的认识：

白石为南渡一人，千秋论定，无俟扬榷。《乐府指迷》（即《词源》）独称其《暗香》《疏影》《扬州慢》《一萼红》《琵琶仙》《探春慢》《淡黄柳》等曲；《词品》则以咏蟋蟀《齐天乐》一阕为最胜。其实石帚所作，超脱蹊径，天籁人力，两臻绝顶，笔之所至，神韵独到。(《论词》三〇)

《词源》《词品》所举白石诸作，正是清空幽涩统一的作品。清空故空灵跌宕，幽涩故蕴藉层深。如《齐天乐》《疏影》之寄家国之伤，固然如此，《长亭怨慢》《琵琶仙》写别离之怀，也是如此。"阅人多矣，谁得似长亭树。树若有情时，不会得青青如此。"(《长亭怨慢》)一波三折，幽涩层深，无限凄恨。诚然，蒿庵于白石词的评价不能无偏。但他对白石词清空和幽涩的统一的评价，是常州派理论的发展。复堂之论可与参证。复堂评浙派云："不能如白石之涩、玉田之润。"(《箧中词》二评厉鹗语)评项鸿祚云："有白石之涩而去其俗。"(《箧中词》四)可见复堂之论白石与蒿庵一致，指出白石的幽涩之美是当时词论的倾向。同时，复堂还主张涩在意而不在笔。意涩可以层深，笔涩则流于晦涩。复堂评蒿庵云："心思甚邃，得意涩"，而"惟由笔涩，时有累句"(《复堂日纪》卷四己卯)。况周颐又倡言"涩之中有味，有韵，有境界，虽涩之调有真气贯注其间"(《蕙风词话》卷五)，又引许宗衡论涩云："必归之以涩，而哀感顽艳，烦冤恼悦，口诵而心靡，情苦而意柔。"(《薇省词钞》卷八)可见从思想内容求涩，则有幽涩之美；从文字句读求涩，则难免有晦涩之病。而蒿庵认为学白石当审其"滑处能涩"，也重在意涩，而笔涩不与论，是可以想见的。这是同治、光绪年间，复堂、蕙风、蒿庵的共同论点，足见其论涩的意义。

"淡语""浅语"是词家最为本色当行。因为词在雅俗之间，上不犯诗歌之庄，而下不涉曲子之俗。由于词深婉而明畅，自来有寄浓于淡，"寄深于浅"(《词曲概》)之论。蒿庵论"淡语""浅语"，不止在词语的浅淡，而在情致的深婉，而情致的深婉，又决定于词家的穷愁潦倒的生活遭遇，以及对这种遭遇的深刻感受。所以，蒿庵举出北宋秦少游(淮海)、晏几道(小山)二家说：

> 淮海、小山，真古之伤心人也。其淡语皆有味，浅语皆有致。求之两宋词人，实罕其匹。(《论词》七)

小山以其所遇，是否伤心人，历来颇有争论，这里且置不论。淮海的"淡语有味浅语有致"，即其词语虽淡而情味实浓，虽浅而情致实韵。这都是寄言的结果。如"落红万点愁如海"，写其贬谪之愁，如落红万点，以"海"字写其深沉、写其无边，故语虽浅，而言外有无穷的情致。又如"斜阳外，寒鸦数点，流水绕孤村"，语虽淡而羁情落寞，托诸昏鸦孤村流水，故意味深远。若"寒鸦数千点，流水绕孤村"，纯写景物，则无余味了。淮海词所以淡语有味浅语有致者，在蒿庵看来，完全决定于词人一再贬谪的生活遭遇，以及对这种遭遇的深刻感受而默化成为词人的性情、气质，迸发而为词的创作才能。蒿庵称之为"词心"，并说少游词心，得之于内而不可以传，是为深透之论。可见，一切淡语浅语，都必须建立在丰富而深刻的生活经验和感受上，否则淡而无味，浅而乏致，就没有审美价值了。

值得一提的是，前面说了，周济标词的最高境界在于浑化；蒿庵也认为词的最高境界在一"浑"字，本芷庵之说。但是蒿庵论词的浑，还考虑到词的本质特点，即在本色当行中求浑化。这样蒿庵论浑，比芷庵进了一步。蒿庵在《论词》一三列举了陈子龙、张纲孙、毛先舒有关词的本质特点的话，统摄在一个浑字。如引陈子龙论词沈挚之思，出之必浅近，而得隽永之趣；词体"纤弱"轻盈而词境婉媚，故虽警露取妍，实贵含蓄不尽，时在低回唱叹之际。又引毛先舒"言欲层深，语欲浑成"。这些都是词的本色的要求。蒿庵很重视词的这些特点。这样，作而为词就可以避免粗豪奋末之弊、侧媚软弱之失，提高词的质量。蒿庵认为前所举陈、张、毛三家之论，"唯片玉梅溪，足以备之"。但梅溪词却无清真词的浑化，这是历来公认的。所以蒿庵最后说："周之胜史，则又在浑之一字。词至于浑，无可复进矣。"（《论词》一三）

蒿庵的词论在近代晚期影响甚大。纵观前论，蒿庵论词，主常州派而吸取浙常两派之长，扬弃二派之短，甄综融贯，自成体系。尤须指出的是，蒿庵论词，又多辩证因素。因此，对苏、辛一派分析深透，纠正浙派轻苏、辛，常州派轻东坡的倾向，为词论史上一大转机。吴梦窗一派，自张炎评以"七宝楼台"而后，众人一喙，而蒿庵则能洞其深微，纠正玉田至浙派对梦窗词的偏见。其后蕙风、彊邨乃至海绡诸家，对梦窗词研究有较大的成就，可以说蒿庵导夫先路。而在创作上，得梦窗词的骨髓如彊邨者，为近世宗匠，在此就不必赘言了。

第十三章　陈廷焯论词的沉郁

第一节　时代、作者及《白雨斋词话》

陈廷焯（1852—1892年），字亦峰，光绪十七年（1891年）其所著《白雨斋词话》的序云："撰词话十卷。本诸风骚，正其情性。温厚以为体，沉郁以为用；引以千端，衷诸壹是。"光绪二十年（1894年）汪懋琨的序亦云："推本风骚，一归于温柔敦厚之旨。"亦峰倡沉郁说，旨在正本归源。晚清词坛之弊，亦峰据金应珪所列游词、淫词、鄙词之弊（见张惠言《词选》后序），衍为六失（见《白雨斋词话》自序），虽说不无烦碎，也反映了晚清词学日变而为浇漓的事实。这是不能适应当时民族危难、政治危机、世变日剧的时代要求的。亦峰创沉郁说，自许为"引以千端，衷诸壹是"，未免夸张，但在词学上无疑是做了某种程度的理论概括的；虽不如谭献的柔厚说、况周颐的拙重说那样的浑融成熟，但在当时词学界还是有影响的理论主张。所以，蒋兆兰说："陈亦峰持沉着（郁）之论，……皆神悟妙境也。"（《词说》）在蒋兆兰看来，沉郁说揭示出了词的艺术特征和创作原则。其后，吴梅撰《词学通论》亦多采撷其说。

第二节　"沉郁"的界定及其内涵

"沉郁"一词早见于刘歆《与扬雄书从取方言》（见《全汉文》四〇）：

> 非子云澹雅之才，沉郁之思（《文选》任昉《王文宪集序》注引作"志"），不能经年锐积，以成此书。

其后陆机《思归赋》则云：

> 伊我思之沉郁，怆感物而增深（一作悲）。（《陆士衡文集》卷二）

如果说刘歆指的是思虑的沉郁，陆机则兼情思而言沉郁。二者显然又是指内部特征。杜甫在《进雕表》中，自赏其文学风格云：

> 至于沉郁顿挫，随时敏捷，扬雄、枚皋之流，庶可及也。(《钱注杜诗》卷十九)

葛立方《韵语阳秋》卷八载杜甫上书明皇与《进雕表》语大同而小异，或所上书即《进雕表》。"沉郁顿挫"一语不但为杜甫用来自评其所作，而且后来的评论家亦认为它最能揭示杜诗的风格特征。至于"顿挫"也和沉郁一样，非自杜甫始。陆机《遂志赋》：

> 衍(指冯衍《显志赋》)抑扬顿挫，怨之徒也。(《陆士衡文集》)卷二)

钟嵘又云：

> 朓极与余论诗，感激顿挫过其文。(《诗品》卷中"齐吏部谢朓")

可见顿挫是就声情言。当然其中还有"气"这一因素。情思声气构成作家创作的内容和形式的统一。对杜甫诗说来，沉郁顿挫正是作为这个统一所形成的风格特征的表述。杜甫之后，司空图评张九龄的五言诗："张曲江五言沉郁，亦其文笔也。岂相伤哉！"(《司空表圣集》卷二) 其实，沉郁又往往包括了顿挫，而顿挫又往往见其沉郁。"《小山集》，黄鲁直序之云：'寓以诗人句法，清壮顿挫'。"(见《碧鸡漫志》引) 南宋严羽在《沧浪诗话》中，沿用杜甫自评其诗的沉郁一语评杜诗说："子美不能为太白之飘逸，太白不能为子美之沉郁。"沉郁兼顿挫而言。在这里，严羽对李白、杜甫的不同风格特征明确点出，但对这种风格特征的内涵并未做解释。明高棅《唐诗品汇》宗沧浪，承其说别初盛中晚为唐诗汇编。其总序以沉郁标杜诗的艺术风格，接触到风格形成的个人因素和时代因素，但对沉郁也来做解释。屠隆继之，以为杜诗"多得之悲壮瑰丽沉郁顿挫"(《与友人书》，《由拳集》卷三二)。他虽然援引杜诗多例，也没有从理论上解释沉郁顿挫。至于清何日愈，虽对沧浪的话做了解释，认为"太白以天资胜，故语多俊逸；子美以学力胜，故语多沉郁"（《退庵诗话》卷一）。这显然把杜诗沉郁风格归诸学力。但如不与作家的时代遭遇和思想性格相结合，学力不可能说明在作家风格的形成中所起的作用。其实，严羽虽重学力，认为"非多读书，多穷理则不能极其至"（《沧浪诗话·诗辨》），但更强调诗歌自身的特殊性。所以说："诗有别材，非关书也；诗有别趣，非关理也。"（《沧浪诗话·诗辨》）他认为作者在平时修养须重视学力；从事创作则须掌握诗歌艺术特性。这本来是融通之论，可见何日愈对沉郁的解释是偏执的。

综观前述，从刘歆始，中经对杜诗沉郁风格的讨论，乃至后来评论家对"沉郁"一词的使用，都未见从理论上加以诠释。迨至陈廷焯以沉郁论词，不但对词的沉郁风格内涵有所论述，而且把沉郁说从词的风格论提到词的创作原则来论列，无怪乎蒋兆兰评为"神悟妙境"。如陈廷焯评周美成（邦彦）词云：

> 词至美成，乃有大宗。……然其妙处，亦不外沉郁顿挫。顿挫则有姿态，沉郁则极深厚。既有姿态，又极深厚，词中三昧，亦尽于此矣。（《白雨斋词话》卷一，后引只标《词话》）

亦峰首先给沉郁一语下了一个颇为明确的界说：

> 所谓沉郁者，意在笔先，神馀言外。写怨夫思妇之怀，寓孽子孤臣之感。凡交情之冷淡，身世之飘零，皆可于一草一木发之。而发之又必若隐若见，欲露不露，反复缠绵，终不许一语道破。匪独体格之高，亦见性情之厚。（《词话》卷一）

他评金应珹《贺新凉·咏萤》"芳草何曾歇"阕云："（咏物词）必须言中有物，在若远若近之间，不许丝毫说破方能入妙。"（《词则》，《大雅集》卷六）又评钱芳标《万里春》"颞露鬓翠"词云："情态逼真，妙在并未道破。"（《词则》，《闲情集》卷三）这些论点，我们联系叶燮《原诗》看，客观上是有其历史继承关系的："诗之至处，妙在含蓄无垠，思致微渺，其寄托在可言不可言之间，其指归在可解不可解之会；言在此而意在彼，泯端倪而离形象，绝议论而穷思维，引人于冥漠恍惚之境，所以为至也。"（《原诗》卷二内篇下）从前面所引的那段《词话》合看，可以提出几个论点。

首先让我们谈谈"意在笔先"。这是中国书法、绘画以及语言文学的共同要求。即作者下笔之先，必须在创作意识中经过形象思维形成主客观、心与物统一的生动具体的意象或意境：

　　意在笔先，然后作家。（王羲之《题卫夫人〈笔阵图〉后》，又见《笔书论》"启心章"）
　　令意在笔先，字居心后，未作之始，结思成矣。（王羲之《书论》）

这是晋代大书法家王羲之所重视的"意在笔先"的书论。唐欧阳询论书也强调"意在笔先，文向思后"（《八诀》）。作为空间艺术的绘画，更注重"意在笔先"的意象构思。北宋苏轼《文与可画竹记》："故画竹必先得成竹于胸中，执笔熟视，乃见其所欲画者。"南宋罗大经《鹤林玉露》卷一"画马"引山谷诗"李侯（指李伯时）画骨亦画肉，笔下马生如破竹"云："'生'字下得最妙。盖胸中有全马，故由笔端而生，初非想象模画也。"这些例子都说明绘画"意在笔先"的实质。所以方薰在《画论》说："笔墨之妙，画者意中之妙也。故古人作画，意在笔先。杜陵谓十日一石、五日一水者，非用笔十日五日而成一石一水也。在画时意象经营先具胸中丘壑，落笔自然神速。"郑板桥也反复强调"画竹意在笔先"（《郑板桥文集》补遗）。他还说："胸中之竹并不是眼中之竹也。……总之意在笔先者定则也；趣在法外者化机也。"（《郑板桥文集》"板桥题画"）板桥所说的眼中之竹，是竹的直接形象，而胸中之竹则已经是心物统一的竹的意象了。东坡说的"成竹在胸"即此。如果说这些书法画论还不是直接解说语言艺术"意在笔先"，那么，沈德潜在《说诗晬语》中，就说得直截了当了："写竹者，必有成竹在胸，谓意在笔先，然后著墨也。"必须指出，"意在笔先"的意，并不是有意识地去攫取的，而是平日学养所积，感物而成的。所以，张惠言说："意在笔先者，非著意而临笔也。"（《送钱鲁斯序》，《茗柯文》二篇卷下）如果作意临笔，意象矫揉造作，便是失去自然真美的图式之作，成为单纯模描客观事物的自然主义，殊无神韵意趣了。

其次，意象通过语言文字表现之后，语言文字所表现的意象又必须是"神馀言外"的意境。正如郑板桥所说："手中之竹又不是胸中之竹。"（《郑板桥文集》"板桥题画"）因为"意在笔先"的意象，在语言艺术中，作者运用各种艺术方法，其中主要是比兴而外化为艺术意境。而艺术意境自身便是具有"事外远致""文外重旨"、象外有象、余味无穷的形象。这就表现了"神馀言外"的意境的审美特点。如况周颐所谓神韵，"即事外远致也"（《蕙风词话》卷一）。这是因为，艺术意境提供了在具体形象之外的广阔想象空间。在某种意义上说，它是"触类多通""充类以尽"的典型性形象。但是作为抒情诗的词，由于"其文小""其声曼"、意境曲折层深这些特点，要求词家对词的形象和意境的创造和思想主题的表现，达到"若隐若现，若露不露"；"若远若近，可喻不可喻"，这样含蓄蕴藉，"不犯本位"（《艺概·词曲概》）的境地。当然，含蓄蕴藉的词并不是意象朦胧不可解悟，而就其具体直接形象说是"现"，是"露"，与实际生活相接，因而是可解的；但却又是隐曲深微的，其超妙处则不可以言喻。正如司空图所说："近而不浮，远而不尽。"（《与李生论诗书》）这种艺术意境，作用于读者的联想和想象，使读者凭借其生活经验、学养和鉴赏力有可能体会出更多更重要的思想现实意义，生发出更深更浓的审美感情。苏东坡《水龙吟》咏杨花，辛稼轩《摸鱼儿》咏暮春，姜白石《暗香》《疏影》咏梅，甚至陈同甫（亮）《水龙吟·春恨》咏初春，都是如此。诚然，这只是词的创作方法和技法的一个方面。陈廷焯虽语焉不详，却做了一定的理论概括，表现了他的沉郁说的某些特点，是有意义的。

最后，以怨思为核心的寄托。陈廷焯的沉郁说，论述到词的内容的时候，又有其自身的规定性。即所谓"写怨夫思妇之怀，寓孽子孤臣之感"，并"皆可于一草一木发之"。亦峰在这里，只不过是举例来论述沉郁说的特点。对此，我们应该做广泛的理解，即在社会人生中，由于各种原因，民族的和阶级的矛盾、新与旧的矛盾、政治的和伦理的等各种原因，产生哀怨愤激的心理意绪。"怨"不但是陈廷焯沉郁说的思想核心，而且也是它的审美核心。陈廷焯的词学早期学浙派，主清空醇雅，后期转向常州派，主比兴寄托。因此作为他后期沉郁说理论核心的"怨"，继承了常派创始人张惠言的"幽约怨悱"（《词选序》）之论。常州派论词以

"幽约怨悱"和比兴寄托作为基本特性和特征。上溯风骚以探其本源,强调"诗之比兴,变风之义,骚人之歌。"(《词选序》)把《诗经》的变风和《楚辞》的骚辨其哀怨缠绵、低徊要眇作为词的审美特点。所以,亦峰承张氏之论而创沉郁说,以"怨"为核心。此外,陈廷焯在诗论的继承方面有其深远的传统。孔子论诗,"可以怨"(见《论语·阳货》);司马迁论《离骚》,"盖自怨生"(《史记·屈原列传》)。这一传统,不但认为怨是诗歌艺术的内容,也是它的审美特性。这里必须指出的是,中国的这一传统和西方传统美学的悲剧,性质上自有其相同之处。众所周知,在古希腊,埃斯库罗斯、索福克勒斯等在他们的作品中,塑造了悲剧形象来反映他们所处的时代矛盾。其后亚里士多德等杰出美学家、诗论家据以研究悲剧及悲作为美学范畴的性质和特征,指出悲剧描写的人生不幸引起人们恐惧和同情,经过净化,获得审美的愉快。马克思还揭示出这个美学范畴的社会历史的规律性(见《黑格尔法哲学批判》导言)。恩格斯又指出:悲剧反映了"历史的必然要求,与这个要求的实际上不可能实现之间"的矛盾(《给斐迪南·拉萨尔的信》)。而雪莱在他的名篇《云雀颂》中,又最能说明这种审美特性。他说:"最甜美的诗歌就是那些告人以哀思的诗歌。"(引自杨岂源等编《英国文学选读》)在我国,如前所说,变《风》变《雅》的哀怨、《离骚》《九章》的怨愤,已成为中国文学史的突出的传统,是悲剧的传统。侯外庐等把变《风》变《雅》称为"暴露现实的悲剧思想"(《中国思想通史》第一卷第五章),这不是没有道理的。由此形成了传统诗学中的怨论,论者也认为悲怨之作能给人以审美上的愉快。例如,顾贞观叙《通志堂词》说:"使读者哀乐不知所主,如听中宵梵呗,先凄而后悦。"(见《清名家词》)这和雪莱的论点是一致的,都揭示了悲剧、悲怨的作品的审美特性。换言之,我国传统诗学的怨论和西方传统美学的悲剧论是有共同的美学基础的。明乎此,我们不难理解,陈廷焯论词,标沉郁,自然也离不开"怨",并且以怨作为沉郁说的核心,把怨作为词的工拙的标准,作为审美的标准。他说:

> 诗以穷而后工,倚声亦然,故仙词不如鬼词。哀则幽郁,乐则显浅。(《词话》卷二)

又云:

> 东坡不可及处,全是去国流离之思,却又哀而不伤,怨而不怒,所以为高。(《词话》卷七引《云韶集》)

把以怨为其主要内容的沉郁作为词的风格特征和创作原则。他认为沉郁的艺术风格不可能得之于志满意得、欢愉逸乐的王公贵人,正如韩愈在《荆潭唱和诗序》所说的那样,只有深切体会"交情之冷淡,身世之飘零"的人,只有那些"怨夫思妇""孽子孤臣"郁积了怨愤,并把怨愤委婉曲折地表达出来,才可能形成沉郁的艺术风格;进一步从创作原则说,即使风格极其差异的词家,也要达到以怨为心的沉郁的意境,并以沉郁来衡量其艺术风格的思想、审美价值。因此,"意在笔先"的意,又是限定在怨的范围之内的。陈廷焯在谈到诗和词的一般性和特殊性的时候,明确指出:

> 诗词一理,然亦有不尽同者。诗之高境,亦在沉郁,然或以古朴胜,或以冲淡胜,或以巨丽胜,或以雄苍胜……即不尽沉郁……若词则舍沉郁之外,更无以为词。(《词话》卷一)

"舍沉郁之外,更无以为词",这不只是由于词"其文小",而更主要的是由于词"其声哀"(张惠言《词选序》)。因此,他又说:

> 唐五代词,不可及处正在沉郁。宋词不尽沉郁,然如子野、少游、美成、白石、碧山、梅溪诸家,未有不沉郁者;即东坡、方回、稼轩、梦窗、玉田等,似不必尽以沉郁胜,然其佳处,未有不沉郁者。(《词话》卷一)

说唐五代词都是沉郁之作,未免英雄欺人。但唐五代社会乱离,词人多身世家国之感,其幽怨悱恻之怀,发而为词未尝不沉郁。如温、韦风格异趣,而沉郁则同。李煜、冯延巳沉郁哀怨不必论,即和凝的《浣溪沙》"相见无言有泪珠"亦以艳词见其沉郁者(见《花间集》)。所以,王鹏运、况周颐有重且大之评。美成、少游、白石、玉田、梦窗、碧山风格固自不同,而其佳作沉郁则一。所以,他说:"周、秦词以理法胜,姜、张词以骨韵胜,碧山词以意境胜,要皆负绝世才,而又以沉郁出之。"(《词话》卷六）若以传统的婉约、豪放两大类粗概两宋词,这些词家自属婉约大类,"以沉郁出之",不难理解,这就不必说了。至如东坡、稼轩,于豪放中见沉郁,则犹待说明。亦峰认为,豪放的词,虽然是词之变声,但"情有所激","临风浩歌,亦人生肆意之一端"(《词则》《放歌集》序)。他评东坡《八声甘州·寄参寥子》"有情风万里送潮来"阕云:"寄伊郁于豪宕,坡老所以为高。"(《放歌集》卷一)他很赏识东坡《浣溪沙·游蕲水清泉寺》"谁道人生难再少"阕,认为:"愈悲郁、愈豪放、愈忠厚,令我神往。"(《词话》卷六)词取白居易《醉歌》仅用其意,老骥伏枥之概,曲折地、不着迹象地体现出来了。依此,他如《念奴娇·赤壁怀古》《水调歌头·丙辰中秋》,就可类推了。刘熙载评《水调歌头》云:"犹觉空灵蕴藉。"(《艺概·词曲概》)这说明东坡词于豪放飘逸中见沉郁的艺术特点。稼轩词于雄豪中见沉郁,于悲壮中见浑厚,也为亦峰所激赏。即使一首小令,也被他揭示出这方面的艺术特点。如对《酒泉子》"流水无情"阕与所举稼轩词《念奴娇·书东流村壁》"野棠花落"、《满江红·江行和杨济翁韵》"过眼溪山"等,评云:"皆于悲壮中见浑厚。"(《词话》卷八)其结拍云:"三十六宫花溅泪,春声何处说兴亡,燕双双。"可见悲壮雄放中见沉郁是稼轩词真力所在。无怪乎亦峰又评云:"不必叫嚣,自是雄杰。此是真力量,古今一人而已。"(《词则》《放歌集》卷一)诚然,稼轩词以及其他豪放派的词,并不是没有缺点的。在亦峰看来,这是由于雄放与沉郁未臻完美的统一。他具体指出:"稼轩词如《永遇乐·京口北固亭怀古》《南乡子·登京口北固亭》《浪淘沙·山寺夜作》《瑞鹤仙（原作轩）·南涧（应作剑）双溪楼》等类,才气虽雄,不免粗鲁。"(《词话》卷一)如《永遇乐》"京口北固亭"阕,谭献指出起句"嫌有犷气",过片"使事太多,宜为岳（珂）所讥"(《词辨》谭评)。复堂和亦峰的看法一致。尽管该词脍炙人口,"斜阳草树"以下数句也能以反衬之笔,写其缅怀刘裕北伐所引起的感慨,雄放中还见沉郁,犹不免"粗鲁""犷气"之讥。他如刘过、陈亮诸人就不必说了。用比较的例子更能说明豪放中见沉郁是豪放词的佳境。亦峰举了这么个例子:"放翁《蝶恋花》云:'早信此生终不遇,当年悔草《长杨赋》。'情见乎辞,更无一毫含蓄处。稼轩《鹧鸪天》云:'却将万字平戎策,换得东家种树书。'亦即放翁之意,而气格迥乎不同,彼浅而直,此郁而厚也。"(《词话》卷八)总之,沉郁作为词的创作原则是各种风格流派的质的要求。为什么呢？亦峰很明确地做了实质性的回答：

> 作词之法，首贵沉郁。沉则不浮，郁则不薄。(《词话》卷一)

即是说，词具沉郁，思想感情便深厚而无淫、鄙、游之弊。在这里，我们先得对"沉郁"二字做词源上的考察。沉郁的"沉"，本义为积水。《说文》段注："雨积停潦。"引申为深隐义。《庄子·外物》："慰暋沉屯。"司马彪云："沉，深也。"《太玄·玄图》："阴阳沉交。"注："沉犹隐也。"表精神状态者如《国策·燕策》三："(田光)其智深，其勇沉。"所以说："沉则不浮。""郁"原指繁茂的树木。《说文》："郁，木丛者也。"段注："《诗·秦风》：'郁彼北林'。传曰：'郁积也。'"而后转训为气，为盛气。《尔雅·释言》："郁，气也。"郭注："郁然气出。"郝疏引《一切经音义》："郁，盛气也。"后引申为哀思、幽怨。盖皆为情之所积。《书·五子之歌》："郁陶乎予心。"郑注："郁陶，言哀思也。"当然，郁陶也有作反训的，这里就不必说了。郁字在《楚辞》中更常见。《离骚》："曾颠颔余郁邑兮。"《惜诵》："心郁邑余侘傺兮。"可见"郁"字的词义在演变中逐渐与"怨"联系，而其本义又始终不变，即积怨为郁。所以说"郁则不薄"。亦峰认为，"沉郁未易强求，不根柢于风骚，乌能沉郁"(《词话》卷一)。他还举具体的作品说："位存词，如'团扇先秋生薄怨，小池风不断'，神似温、韦语。然非其中真有怨情，不能如此沉至。故知沉郁二字，不可强求也。"(《词话》卷四)因为词的"幽约怨悱"决定于词家的性情遭遇，根柢于风骚，然后得词之正鹄。这样，士大夫家国身世之感、伤时念乱之怀，能一寄于词，把词引导到风骚这类有关民生疾苦的路道上去，既可高其墙宇，提高词的地位，使词反映社会人生，如周济所说："诗有史，词亦有史。"但是这方面，由于封建没落阶级的局限，亦峰在晚清风雨如晦的年代里，未能从积极方面去阐述这一理论，未能从词的怨和风骚的关系阐明时代的积极意义。

第三节 哀怨为核心、身世之感为基础的沉郁说

陈廷焯既重视怨的情思在词的创作中的作用，这使他跳出浙派从清空骚雅中讨生活的窠臼，把眼光放在社会人生，从而以作家身世遭遇来说明

词的风格特征，以比兴寄托来说明词的思想意义，接受常派的基本论点而又不为常派所囿。这无疑是时代对词的要求，也是词的发展的要求。因为怨成为民族矛盾、阶级矛盾、新旧斗争等结集的晚清时期的社会情绪和情结。亦峰通过对词家的评论体现沉郁说的基本观点。如他评白石词说：

  南渡以后，国势日非，白石目击心伤，多于词中寄慨。(《词话》卷二)

又评碧山词说：

  咏物词至碧山，可谓空绝古今，然亦身世之感使然，后人不能强求也。(《词话》卷七)

我们看白石《扬州慢》："自胡马窥江去后，废池乔木，犹厌言兵。"数语写金人侵犯扬州兵燹之后的荒凉，情景逼真。"'犹厌言兵'四字，包括无限伤乱语。"(《词话》卷二)又如《点绛唇》"数峰清苦，商略黄昏雨"，四顾苍茫之慨与过片结句"凭阑怀古，残柳参差舞"相关合，于江南烟雨迷离之境寄桑田沧海之伤。全词既虚浑淡远，也沉郁顿挫。所以亦峰评云："有终篇接混茫之意"，"无穷哀感，都在虚处。令读者吊古伤今，不能自止"(《词话》卷二)。这种沉郁的格调，反映了他一生漂泊江湖所酿成的冷僻孤高的意绪。至于王碧山（沂孙），我们看他的《齐天乐·蝉》咏蝉："叹移盘去远，难贮零露。"亡国哀思，凄然以悲。"病翼惊秋，枯形阅世，消得斜阳几度？"身世之感，黯然怆神。《水龙吟·牡丹》咏牡丹："自真妃舞罢，谪仙赋后，繁华梦，如流水。"以安史之乱寄当时国事，大有人物都非之慨。《高阳台·和周草窗寄越中诸友韵》："江南自是离愁苦，况游骢古道，归雁平沙。"俞平伯先生以为"是三宫降元之新愁"(《唐宋词选释》下卷)。碧山入元曾为庆元路（属浙江）学正，因此他的词故国之思具有一种阴冷凄抑的情调。陈廷焯合碧山、白石、清真推誉为两宋词坛三绝，三绝都归沉郁。但与东坡、稼轩比较，白石、碧山的词，多反映个人忧郁不得志，以及社会离乱、国破家亡给个人所造成的痛苦，格调是怨而不怒的。亦峰所以推崇二人，尤其是碧山，固然和常州派有关，主要的原因却是为碧山词的格调，特别适应于晚清忧患的社会气氛和时人幽怨意绪,更适应当时士大夫在剧变中的社会心理。他的沉郁说也是这个时代精神的反映。不难了解,陈廷焯论词的沉郁、论词的怨的思想审美特征,联系词家的时势遭遇,这无疑是正确的。即使清初诸家,如较前的吴梅村,较后的陈其年,亦峰也联系到他们各自的身世遭遇来评泊。"吴梅村词,虽非专长,然其高处,有令人不可捉摸者,此亦身世之感使然。"(《词话》卷三)又云:"其年词沉雄悲壮,是本来力量如此。又加以身世之感,故涉笔便作惊雷怒涛。"(《词话》卷四)这些评论,亦峰虽未作具体的分析,如读者联系各个词家的身世遭遇,联系他们各自所处的时代去理解,确是中肯的评论。这说明沉郁说的理论意义。吴梅村(伟业)身历南明的灭亡,而误事清廷,哀思积愤,凄恨如焚,故有《贺新郎·病中有感》"草间偷活"之痛。陈其年为清初大家,家世尚气节,多变故,在清政权稳定的康熙年代,往往借历史以寄其兴亡之感和故国之思。亦峰评他的词:"不患不能沉,患在不能郁。不郁则不深,不深则不厚。"(《词话》卷三)这不但有其艺术个性在起作用,而且时代因素也在起作用。迦陵词虽悲壮沉雄,但终非如稼轩、梅村这些人那样有家国兴亡的切肤之痛。亦峰评论词家既贯彻了"身世之感使然"这一原则,其实也是传统的"诗穷而后工"的理论观点的体现,这正是以哀怨为核心的沉郁说的基本理论。惟穷才能哀怨,惟哀怨才能幽郁,惟幽郁才能沉而不浮。"乐则显浅"是它思想艺术的对立方面。幽郁是指哀怨的意绪和情结表现得幽约层深,使读者通过知觉和想象活动感受到沉痛抑郁的艺术效果,并且经过净化获得审美的快适。这种沉郁的艺术效果不仅在于使读者从知觉上感受到灰暗的色调、幽深的意象和一唱三叹的格调,更重要的是体现作者对社会人生的某种理解和认识。"身世之感使然",作者把他在现实中所受到的压抑,通过比兴等特殊艺术手法典型化地表现出来。读者在欣赏活动中既对作者的境遇产生同情,也对各种导致可哀可怨的社会现象进行思索。这样哀怨的意绪和情结,通过读者的欣赏活动和沉郁的艺术效果联系起来,所以沉郁不仅是生理和心理上压抑的感觉,也是感情上的共鸣和理智上的一致。怨诗怨词的这种特性,规定了只有在社会现实中,经历了坎坷的遭遇,欹崎历落,对社会人生有深刻体验的词人作者,才有可能创作出或深刻理解到沉郁的作品。所以"诗穷而后工""身世之感使然""哀则幽郁",在旧社会,是带有规律性的创作活动和审美活动。士大夫言志之词尤为如此。我们前面所举的例子就可以说明这一理论实质。

　　陈廷焯的沉郁说，既以怨为其理论核心，以"身世之感使然"为其理论基础，而怨又必须是符合温柔敦厚的诗教的。本章开始便引用其序言说了："温厚以为体，沉郁以为用。"又云："温厚和平，诗教之正，亦词之根本也。然必须沉郁顿挫出之，方是佳境。"（《词话》卷七）他要求词家的是"居心忠厚，托体高浑"（《词话》卷七）。作为艺术伦理原则的温柔敦厚诗教，如果不是体现封建道德的落后面，而是指作家的性情和创作态度的和平温厚，这看来是无可厚非的。何况温柔敦厚作为艺术原则，正是含蓄蕴藉、沉郁顿挫的根本所在。如亦峰评张炎《长亭怨慢·会吴菊泉于燕蓟》"故人何许，浑忘了江南旧雨"，下片"如今又京国寻春，定应被薇花留住"云："自甘终隐，而亦不愿其友之枉道徇人，同一用意忠厚。"（《词话》卷七）按送别在大德二年（1298 年），时元朝的大局已定。知识分子求出路自当其时，张炎甘为宋遗民，自是一种高洁的人生态度。但不能要别人枉道徇己，也过着凄苦的隐居生活，这样的忠厚又何伤于节操。可见亦峰之评是正确的。又如评史位存（承谦）《一萼红·桃花夫人庙》云："清虚骚雅，用意忠厚。"（《词话》卷四）词云："恩怨前朝，兴亡闲梦，回首凄然。"写息国亡而息妫事楚王（见《左传》庄公十四年）。"为一生颜色误婵娟"，红颜薄命，悲怆已极，死后犹为人非议，"叹诗人一例轻薄流传"，故其悲又更有甚焉者。史位存对息夫人的身世遭遇极表同情，这是很自然的，故云"忠厚"。因此，亦峰评杜牧题桃花夫人庙的诗"至竟息亡缘底事，可怜金谷坠楼人"云："适形其轻薄耳。"（《词话》卷四）小杜以才情倜傥，有损于忠厚如此。即使有如《左传》说她不应事二夫的那种封建思想的人，也不无感于她的悲怆身世。复堂主柔厚，评此词则云："加倍写法。"（见《箧中词》卷一）这和亦峰所评可谓相得益彰了。这些我们当然不能律以温柔敦厚诗教的封建伦理原则。所以，"忠厚以为体，沉郁以为用"是词的伦理原则和艺术原则的统一的体现。他说的"居心忠厚，托体高韵"，也就揭示了作家性情品质忠厚与艺术体气高韵的内在联系。不可否认，亦峰对"忠厚"一词的使用，不可能没有封建思想烙印。例如，尤展成（侗）《西堂词》中《菩萨蛮》"丁巳九月丁丑病中有感"八章，有句如"叹息返柴庐，当门立吏胥""何处度馀年，除非离恨天"，写胥吏催人，穷途末路。知识分子的坎坷遭遇，可谓怨而近于怒了，是愤激语，真率语。而亦峰评云："全失忠厚之旨。"(《词话》卷三)不难看出封建卫道者的面目!

第四节　沉郁顿挫和比兴寄托

　　陈廷焯认为，沉郁的艺术风格和创作原则，不仅以怨的心理意绪和情结为词的内部特征，还必须以含蓄蕴藉、委婉曲折的格调为词的外部特征。前者侧重用意，后者侧重用笔。前者用意前面已经讨论过了。至于用笔，则以怨的意绪情结幽郁沉深为转移。亦峰不但反对怨的意绪情结不幽深忠厚的词，反对怨的意绪情结一泻无余的词，甚至反对虽具含蓄而意不沉郁的词，如王士祯的《衍波词》、纳兰容若（性德）的《饮水》《侧帽》中的一些词作。他认为，倚声填词，词家必须把哀怨的情思，深沉的寄托，通过欲扬还抑、欲纵却敛即所谓一波三折、无垂不缩等的表现手法表现出来，呈现出抑扬顿挫、一唱三叹的格调。这是可以从前面释"沉郁"二字的本义引申义即积聚深隐得到启发的。常州派周济提出"问涂碧山，历梦窗、稼轩，以还清真之浑化"（《宋四家词选目录序论》），把清真词看成是浑化的最高境界，而把碧山词看作是入门的途径。亦峰一遵此说，而认为碧山词性情和厚，学力精深，怨慕幽思本诸忠爱，而运以顿挫之姿、沉郁之笔（《词话》卷二）。众所周知，碧山咏物词是最富有特征的词作，"君国之忧，时时寄托"，不但表现了沉痛哀伤的亡国之情，而且把这种哀思寄托在所咏物的形象当中。其所寄托又往往与他的忠厚性情融为一体，在一定程度上做到了如况蕙风所说的"即性灵即寄托"。他的咏物词能融情于景或因情造景，侧重于描写景物，通过景物的描写，把词人的内心感受隐藏在景物后面，通过所咏景物引起读者的联想，从而兴发情志。所以，碧山咏物词比兴寄托而见沉郁顿挫。以他的《眉妩·新月》咏新月为例：

　　　　渐新痕悬柳，淡彩穿花，依约破初暝。便有团圆意，深深拜，相逢谁在香径。画眉未稳，料素娥、犹带离恨。最堪爱、一曲银钩小，宝帘挂秋冷。　　　千古盈亏休问。叹慢磨玉斧，难补金镜。太液池犹在，凄凉处、何人重赋清景。故山夜永，试待他、窥户端正。看云外山河，还老桂花旧影。

开头四句，以"渐"字领起，有意态。"新痕""淡彩"着力写新月之形之色，颇为淡雅，清新可爱。"依约"现一线光明景象，把题的正面充分写出。"便有""谁在"两句一开一合，因喜而转忧，顿挫生姿。团圆月已见端倪，惜无赏之者。盖赏者必具卓识，始能于端倪时便预见圆光之美。同时新月既有团圆之意，则一阳来复，颇具生机，但又有谁解此阴阳消息之理？如果说在这里作者寄托了南宋恢复有望，惜无人才，为之奈何这样的爱国思想，无疑是幽深的。所以谭献评云："寓意自深。""画眉"句承前，是人是月，浑然不辨。"素娥离恨"，画眉未稳因之具足，惊怯之态宛然可睹，幽怨之情，凄然可怀，形象生动，极顿挫沉郁之致。"最堪爱"两句推开一层，特写新月之美，境界清幽，然于赏爱中无限惆怅。著一"冷"字画龙点睛地写出霜秋新月的幽冷凄清的特点，而且使前后意象连贯不隔，是一种以合为转的笔法。宝帘（奁）即圆镜，合写月。镜在奁匣中露其一湾。清光一湾，团圆之意在，是为合；但毕竟是一湾，而且是秋冷的一湾，故以合为转笔，引起下片感时伤事之慨，顿挫又极其至。过片将笔一纵，"千古"三句"忽将上半片意一笔撇去，有龙跳虎卧之奇"（《词话》卷二），但无断曲意，大处落墨，直抒国破之恨。作者用玉斧修月的熟典（见段成式《酉阳杂俎》卷一），使熟者反生。意欲重整金瓯，奈何国运告终，故曰"难补"。前片的疑虑惆怅，至此则悲痛欲绝，与"太液池"三句构成点染的笔法：前者以泼墨发愤，为点醒；后者则以国家盛时的美好情事做反衬，为渲染。太祖夜幸太液池，诏群臣赋新月，卢多逊有诗"玉匣开妆镜，清光些子露"云云，一片太平气象（见《后山诗话》），而今太液池却萧条冷落，无人重赋了。用事深微而显豁，曰"犹在"、曰"何人重赋"，所谓望古遥集，低徊凄恻极了。"故山"二句又一转写月又写人，写人关合前片，用《唐诗本事》崔护事。结拍写待月届圆时，山河在月影中老尽。何遽云："王荆公言，月中仿佛有物，乃山河影也。至东坡先生亦有'正如大圆镜，写此山河影'。"（《春渚纪闻》卷七"辩月中影"条）山河破碎，写入月影之中，其沉痛何如也。张惠言评曰："此喜有恢复之意，而惜无贤者。"（《词选》），虽不免拘执，但意内言外，未尝不令人深味。所以，陈廷焯评曰："一片热肠，无穷哀感，小雅怨悱不乱，诸词有焉，当以此为词心。"（《词话》卷二）谭献又云："精能以婉约出之。"（《词辨》评）当以此为词品，为审美价值所在。亦峰还引例说："王碧山咏萤咏蝉诸篇，低徊深婉，托讽于有意无意之间，可谓精于比义。"（《词话》卷六）意即碧山咏物词，对客观物象的描写若即若离，若隐若现，可喻不可喻，既为咏物，也是托意，而托意又必返虚入浑，有寄托而无寄托，不着痕迹。这就形象言，如镜花水月，明切圆浑而不留滞于物；就意境言，既精蕴其内，又寄意其外，余味无穷。而词所表现的凄怨意绪，又是处处顿挫，曲折往复，甚至掩抑零乱，达到沉郁的艺术效果。咏物词不能直抒其情，只能通过所咏之物的形象、气氛感染读者。这是咏物词的局限处，所以碧山词往往有隐晦之讥。但在某种意义上说，这也是咏物词的长处，因为它所要求的委婉曲折、含蓄蕴藉的表达方法，能够为读者提供更多的想象空间。艺术欣赏活动本来就是一个再创造的活动。作者在作品中提供的想象空间愈大，余蕴就愈多，读者所得到的艺术感受就愈深，甚至感受到作者没有意识到的东西，领会到更新的意义。正如王夫之所说："作者用一致之思，读者各以其情而自得。"（《姜斋诗话》）也正如谭献所说："作者之用心未必然，读者之用心何必不然。"（《复堂词录》）陈廷焯所以推崇以咏物词见长的碧山词，在于碧山词沉郁顿挫，寄托遥深而得温厚之正。前面讲了，常州派主比兴寄托，推崇碧山。张惠言说的"碧山咏物诸篇，并有君国之忧"（《词选》评《眉妩·新月》语），"伤君臣宴安不思国耻"（《词选》评《高阳台·咏梅》语），是赞碧山词有家国之感，且托意遥深。周济在《宋四家词选目录序论》中说："咏物最争托意。隶事处以意贯穿，浑化无痕，碧山胜场也。"并列碧山为宋四家之一。亦峰承张、周论绪，在《词话》中提到碧山的不下三十处，多本常派观点去评价碧山。碧山的咏物词之所以受到晚清词家的欣赏，其中有时代的原因，帝国主义侵略和清政府腐朽同南宋末期大抵相类；同时，也由于词学自身发展的内在要求。为了纠正词坛上游词、淫词、鄙词之弊，而倡以沉郁温厚之风，碧山词的一些内在特点正适应当时现实的要求和常州词派思想理论发展的要求。周济早就说过："词以思笔为入门阶陛。碧山思笔可谓双绝。"（《宋四家词选目录序论》）这里的所谓"思"，当指词家的思路和作品所体现的心理意绪。所谓"笔"，当指咏物托意、委曲含蓄等笔法，亦峰则概括为沉郁顿挫。这点，我们从上面的引例分析，是不难了解的。

清真词为宋词大宗。其词境，周济推为宋四家词中最为浑化，亦峰也许为最沉郁顿挫（引证见前）。我们现在把亦峰最赏识的《兰陵王》咏柳略加分析，以见其用笔的沉郁顿挫：

柳荫直，烟里丝丝弄碧。隋堤上，曾见几番，拂水飘绵送行色。登临望故国，谁识京华倦客。长亭路，年去岁来，应折柔条过千尺。

闲寻旧踪迹，又酒趁哀弦，灯照离席，梨花榆火催寒食。愁一箭风快，半篙波暖，回头迢递便数驿，望人在天北。　　凄恻，恨堆积。渐别浦萦回，津堠岑寂，斜阳冉冉春无极。念月榭携手，露桥闻笛。沉思前事，似梦里，泪暗滴。

题为写柳，实写与柳有关系的别怨。"登临"二句是一篇之主。京华流落，"客中送客"（《宋四家词选》评）。故国即乡国。送客南归，登临远望，油然而生乡国之情（按：美成为杭州人），但归期梗阻，所以种种离别的怨思郁积沉深。起二句"直揭题面"为一顿挫，陈洵以为"一留"（见《海绡说词》），留即蓄势之谓。"隋堤上"三句，"写柳送行人之态"，然惝恍迷离，是人是柳浑然莫辨。"曾见"，唐圭璋先生认为是送者的所见所感（见《唐宋词简释》该词释），都从"登临"句来。每临此送别，垂柳依依有情，是又一顿挫。陈洵以为又是"一留"。白石《长亭怨慢》："阅人多矣，谁得似长亭树。树若有情时，不会得青青如此。"用笔胎息于此，惟一说有情，一说无情，亦见其顿挫之妙。由此"暗伏倦客之根，是其法密处"（《词话》卷一）。法密，以其顿挫含蓄然也。"长亭路"三句，推开一层作虚写，用笔空灵而情思婉转沉深，"久客淹留之感和盘托出"（《词话》卷一），极写一"倦"字。然又一顿挫，不作怨愤的尽头语，以含蓄吞吐度过第二片。第二片写别时离愁。"闲寻"句跌入送别时的眼前景物，承上片所见所感，草蛇灰线，颇得过变之法。用一"又"字转虚写为实描，笔异而情同。寒食榆火，尔时送别，感慨当倍于恒时，亦得顿挫之妙。"愁"字下绾四句，又从实景转出，想象别时情景。周济云："代行者设想。以下不辨是情是景，但觉烟霭苍茫。"（《宋四家词选》）设想别者回头北望，于烟霭苍茫之际，犹见送别者伫立凝望，惜别倦游于"望"字生其愁怨。送别者和被送别者互相关合，词笔亦"一箭风快"，清真最善此词笔。故又一顿挫，从第二片的虚写转入第三片实写别后离恨。"凄恻"两句是上片"愁"字深化的结果，与下数句互为点染。柳永《雨霖铃》"今宵酒醒何处，杨柳岸晓风残月"，极意渲染"多情自古伤离别"句，亦尽点染之妙。惟"凄恻"数句为实写，"今宵"两句为虚设罢了。别后津口水波潆洄荡漾，水驿凄然岑寂，孤独惆怅之感因别久而弥深。"斜阳冉冉春无极"，为清真词的名句，融情于景，极为精妙。"斜阳冉冉"，黄昏情景，却有一片苍茫之感；"春无极"，春光无限，却又有一缕绵邈之思。二者相融相浃，构成了如梁任公所评"绮丽中带悲壮"（《艺蘅馆词选》评该词语）的意境，最为沉郁。所以谭献云："微吟千百遍，当入三昧，出三昧。"（谭评《词辨》评该词）写景抒情能入能出，得词的本色。"津堠""月榭"二句本可相接，而其间插入"冉冉"句，则极"空中荡漾"之妙（见《艺概·词曲概》）。又"念"字为意绪的触动，前尘影事，非实非虚，遥应了第一片，得"返虚入浑"的意境。周济说："'念'字尤幻。"即此意。结拍"沉思"三句，较"念"字意绪触动更进一层，是刻峭的沉思。用笔颇拙，然于拙笔见其沉厚之思，深挚之情。况周颐所谓："愈朴愈厚，愈厚愈雅。""至真之情，由肺腑中流出，不妨说尽而愈无尽。"（《蕙风词话》卷二）大抵此词低徊要眇，转折层深，勾勒倒叙，不以送客的自然顺序为线索，而以作者的主观意绪为联络，抒写其京华倦客孤寂、凄苦、幽怨的种种情愫。初看起来，似难测其端倪，不易遽窥其旨意；但仔细寻绎玩味，却语意贯串，结构严密，处处顿挫，"无处不郁"，达到了浑化之境。沉郁顿挫是清真词的胜场，于此词可见。又如《瑞龙吟》"章台路"阕，词分三叠，亦均于顿挫具其沉郁。对此，吴梅分析颇详（见《词学通论》"周邦彦"），这里就不再说了。

纵观前论，在词的创作中，用笔用意应该是统一的。在陈廷焯看来，词的沉郁风格和创作原则，不仅以怨思为其内部构成，还必须委曲婉转，出以顿挫之笔，沉郁之思。婉约词如此，豪放词也如此。

第五节　融合浙常两派，浑一寄兴清空

恩格斯曾指出，作为社会意识形态的哲学，是具有一定的思想材料为前提的。这种材料由前人所给予并从它出发。哲学如此，文学理论批评也不例外。陈廷焯的沉郁说，是以常州派为主，继承了浙常两派的某些论点并加以融合发展而形成的。亦峰早期是朱彝尊的追随者，是浙派[①]的吹鼓

[①] 常派倡言比兴寄托：变风骚辨之义。原浙派初衷，何尝不是如此。朱竹垞云："委曲倚之于声，其辞愈微而其旨益远。善言词者，假闺房儿女之言，通之于《离骚》变雅之义，此尤不得志于时者所宜寄情焉耳。"（《曝书亭集》卷四十《红盐词序》）其论调与张惠言《词选序》如出一辙。

手。他在早年编的《云韶集》卷十五中说:"余选此集,自唐迄元,悉本先生《词综》,略为增减,大旨以雅正为宗,所以成先生志也。"(转引自《古代文学理论研究》五辑)还说:"词至南宋,正如诗至盛唐,鸣乎至矣。"(转引自《古代文学理论研究》五辑)亦峰早年论词主南宋北宋之别,还同朱彝尊一个论调(见朱彝尊《词综发凡》《解佩令》词及汪森《词综序》),这足可说明他与浙派的关系。但到了编著《白雨斋词话》时期,虽未完全放弃浙派理论,而明显地从重浙派转而重常派了,由重词的精工雅洁的形式转而重词的温厚沉郁的内容了。词品的雅正则融浙常而变化之。前期他以朱彝尊《词综》为本,后期则以张惠言《词选》为本了,《词综》倒反只"广其才"了。所谓"求之《词选》以探其本,博之《词综》以广其才"(《词话》卷六)。甚至说:"皋文《词选》,精于竹垞《词综》十倍"(《词话》卷五),"扫靡曼之浮音,接风骚之真脉"(《词话》卷四)。因此又改变了早年专主南宋的观点:"论词只宜辨别是非,南宋北宋不必分也。"(《词话》卷八)甚至说宗南宋是"数典忘祖"(《词话》卷三)。所谓只宜辨别是非,自然是要看词是否达到沉郁顿挫的风格,是否合乎比兴寄托的原则。因此,亦峰认为,张惠言《水调歌头·春日赋》五首"既沉郁又疏快,最是高境。陈朱虽工词,究曾到此地步否?"回避了常派的缺点。(《词话》卷四)而评朱彝尊词则曰:"微少沉厚之意。"即使被他认为"生香真色"的《静志斋琴趣》也说"托体未为大雅"。亦峰只肯定《江湖载酒集》中的《长亭怨慢·孤雁》"结多少悲秋俦侣"阕,以为"既悲凉又忠厚"(《词话》卷三)。亦峰评张、朱二家词就具体方面不能说全不中肯,但褒张抑朱,护常派贬浙派的倾向是不言而喻的。朱彝尊到底是大家,这一点亦峰却忘了。尽管这样,我们认为亦峰以常派为主,融合浙常两派的论点而构成的沉郁说是有其深刻独到之处的。众所周知,浙派宗白石、玉田,以为"不师秦七,不师黄九,倚新声玉田差近"(朱彝尊《解佩令》)。其实学玉田只得其风格上的清雅,声律上的谐畅。即使尚玉田的清空,而清空倘无转折层深之思,则流于浮滑。戈载《宋七家词选》略有领会,故云:"学玉田以空灵为主。但学其空灵而笔不转深,则其意浅,非入于滑,则入于粗。"而玉田词佳者正能"空灵"而笔转深。如《解连环·孤雁》:"料因循误了,残毡拥雪,故人心眼";"写不成书,只寄得相思一点"。同用苏武雁足传书事。"写不成书"句孤雁与相思巧妙相合,可谓浑化无迹,而"料因循误了"二句则苍茫悲壮，沉痛欲绝，寄托深远，也许是指文天祥这类爱国志士赍志不遂之悲。又如《高阳台·西湖·春感》，"东风且伴蔷薇住，到蔷薇春已堪怜"，转折层深，足见其意绪的沉郁和用笔的顿挫。这些词例又是代表了玉田词清空风格的。但是，玉田词于清空见沉郁的特点，浙派词人并无所见。而在沉郁这点上，玉田又和秦少游词有相同处，因为凄婉缠绵是少游词的特点（见《词话》卷一）。因此，亦峰批评朱彝尊《解佩令》说："不知秦七，亦何能知玉田？彼所知者，玉田之表耳。师玉田而不师其沉郁，是买椟还珠也。"（《词话》卷三）可谓中綮之论。这说明亦峰跨过了浙派所定的南宋阈限，看到南宋北宋词风的汇合，而以沉郁标其共性。用他自己的话称之为"本原"。玉田词佳者于清空中见沉郁，这是常派张、周未尝梦见的。周济对玉田词犹抱成见，以为"尊恃磨砻雕琢，装头作脚""换笔不换意"（《宋四家词选目录序论》）。这些评语有对有不对，而总的倾向是对玉田词贬抑的。诚然，雕琢着力有损自然风韵，即如玉田的名句"写不成书，只寄得相思一点"（见前引）、"杨花点点是春心，替风前万花吹泪"（《西子妆慢》），构思精巧，但着力之迹，颇伤自然浑成之气。又由于玉田早岁过着贵公子生活，中岁国亡隐居山林，孤寄无聊，感受颇为狭窄，其所为词内容比较单调，写兴亡的哀痛，题材也不丰广。因此，有"换笔不换意"之迹。但张炎毕竟是身经离乱，亲受亡国破家之痛。其词转折层深者不少。陈亦峰没有盲从常派，没有执周济之见，这是在玉田词的评价上的独得处，克服了浙常两派对张炎抑扬不当的片面性。浙派尊白石，但主清空，而"不能为白石之涩"（《箧中词》卷二评厉鹗语）；常派轻白石，以为"白石放旷，故情浅"（周济《介存斋论词杂著》）。亦峰既不如浙派只看到白石词的清空，也不为周济的评论所蔽，能于白石放旷中见沉郁，于清虚中见蕴藉。正如复堂能于白石清虚中见其幽涩一样。亦峰说："姜尧章词，清虚骚雅，每于伊郁中饶蕴藉。"（《词话》卷二）他本常州派寄托之说，认为"《暗香》《疏影》二章，发二帝之幽愤，伤在位之无人。"又本浙派清空之说，认为二词"感慨全在虚处，无迹可寻。"（《词话》卷二）同时，他还指出由于浙派单学白石的清空而不从沉郁处接受金针，只得清虚骚雅。"白石词如'无奈苕溪月，又唤我扁舟东下'；又'冷香飞上诗句'；又'高柳垂阴，老鱼吹浪，留我花间住'等语，是开玉田一派，在白石集中，只算隽句，尚非复高之境。"（《词话》卷二）所列这些词例，笔者虽深爱之，但也不得不承认亦峰所评的剀切。所谓开玉田一派者，言下之意，"倚新声玉田差近"的浙派，讲清空而少沉郁，重骚雅而少幽涩，即如"（樊榭词）窈曲幽深""在貌而不在骨"（《词话》卷四）。有些地方评论虽苛，不可不说陈廷焯从浙派转到常派，其眼光分外明澈。另外，对梦窗词的看法，浙派本张炎《词源》质实之说，不重视梦窗词，以为梦窗词的密丽是和他们所主张的清空背道而驰的。甚至把梦窗词的密丽视为晦涩①，即便学之也不过是《词源》所举的"何处合成愁，离人心上秋"之类。常州派兴，张惠言虽未及重视，但周济列梦窗为宋四家之一，可知其重视的程度。所以如此，他认为"君特意思甚感慨，而寄情闲散，使人不易测其中之所有。"（《介存斋论词杂著》）陈廷焯发展了周济的这一论点。当他不同意沈伯时所说梦窗词用字下语太晦时写道："其实梦窗才情超逸，何尝沉晦。梦窗长处正在超逸之中见沉郁之意。"（《词话》卷二）超逸中见沉郁，缜密处有疏放，正辩证地道出了梦窗的风格特点。他又反对张炎说梦窗词"如七宝楼台，眩人眼目，拆碎下来，不成片段"（《词源》卷下"清空"）的提法，认为梦窗词，"合观通篇，固多警策，即分摘数语，亦自入妙"（《词话》卷二），肯定了梦窗词有不少精警语，还是"成片段"的。如所举梦窗《金缕曲·陪履斋沧浪亭看梅》后片："此心与东君同意，后不如今今非昔。两无言相对沧浪水。怀此恨，寄残醉。"评曰："感慨身世，激烈语偏说得温婉，境地最高"（《词话》卷二）。词于疏放中见沉郁，揭示了高宗南渡之后，局势日非，固今不如昔比，而且后不如今，也符合当时局势的变化。这种趋势，当时不少有识之士都能看到，而且寄于吟咏。如文及翁《贺新凉》游西湖有感，其结拍云："借问孤山林处士，但掉头笑指梅花蕊。天下事，可知矣。"用意与梦窗《金缕曲》相近，但未免"有张眉努目之态"（《词话》卷二），沉郁之思、悲怨之情就减损了。即使稼轩《水调歌头》过片"而今已不如昔，后定不如今"，也显然去梦窗"悲郁而和厚"远甚（《词话》卷六）。

比兴寄托是常州派核心的词论。张惠言首倡其说，周济则建立体系，谭献、况周颐时发精蕴。陈廷焯在理论上虽未能有所突破，不如后来况周颐提出"即性灵即寄托"之说，但他把比兴寄托与沉郁深厚的艺术风格

---

① 这是就梦窗词相对于姜、张词而言的。文廷式云：浙派"以二窗（指梦窗、草窗）为祖祢，视辛、刘若仇雠。"（《云起轩词钞》序）这又就梦窗词相对于辛、刘词说了。

和创作原则相联系,遂成沉郁说的重要理论因素。这对常派比兴寄托理论不无阐扬幽微的作用。特别是主怨这一沉郁说的核心思想,赋予比兴寄托说以更鲜明的特色。反过来"怨"又通过比兴寄托达到沉郁深厚的境界。这是很自然的。因此,他在《词话》自序中说:

> 夫人心不能无所感,有感不能无所寄。寄托不厚,感人不深;厚而不郁,感其所感,不能感其所不感。伊古词章,不外比兴。……为一室之悲歌,下千年之血泪,所感者深且远也。

人类感触客观物类之自然便会生寄托。但艺术要求通过比兴,能感人之所不感,达到"为一室之悲歌,下千年之血泪"。无庸置疑,这是和张惠言的"触类条鬯"、周济的"触类多通"、谭献的"充类以尽"这些论点相一致的。艺术创作要求典型化概括化,要求在最富于个性特点的形象中体现出同类生活现象的普遍性和共性,相对地超越时间和空间的局限。"词外有词方是好词"(《词话》卷八),意即在具体词面所展现的形象外,还有多层次的形象,有更广远的艺术空间和时间。在亦峰看来,艺术创作上成功的比兴运用是可以达到这个境界的,但不容易。因此,他很理解庄棫叙复堂词的话:"中白(庄棫)先生叙复堂词有云:'夫义可相附,义即不深,喻可专指,喻即不广。托志帷房,睠怀君国,……合者鲜矣。又或用意太深,辞为义掩,虽多比兴之旨,未发缥缈之音。'"(《词话》卷五引)这说明,运用比兴单纯地作"比附""专指"是不可能"触类条鬯""兴寄无端"的,也就没有深远之旨、缥缈之音。这实质上是要求词家运用比兴手法去完成抒情艺术的典型化,若做到这点,即使是花草闲题、襜帷儿女的描写,也都能寄托家国身世之感,表现重大的主题。亦峰认为宋德祐太学生的《百字令》《祝英台近》只是一种浅露之作。他说:"字字譬喻,然不得谓之比也。以词太浅露,未合风人之旨。如王碧山咏萤咏蝉诸篇,低徊深婉,托讽于有意无意之间,可谓精于比义。"(《词话》卷六)因此,他认为比兴皆隐。这和刘勰的"比显而兴隐"(《文心雕龙·比兴》)是相径庭的。但他更重视兴,认为能寄兴深微就能达到自然浑化之境。这又与刘勰相一致。这无疑是依据沉郁说的要求对刘勰之论比的一种修正。当然这不能说是亦峰有意识的修正,而只是理论上的递嬗和演化。亦峰既重兴,而词的寄兴深微的境界却又认为不是那么容易达到的。他引谭献自述作词的经验说:"(仲修)又曰:'吾所知者比已耳,兴则未逮。河中之水,吾讵能识所谓哉。'"(《词话》卷五引)仲修当咸、同江南兵甲之际,种种社会矛盾,枨触尤深,故所为词寄兴深微。如他的《蝶恋花》诸阕,身世之感,托诸闺人,"相思刻骨,瘖痪潜通",极沉郁顿挫之至。"遮断行人西去路,轻躯愿化车前草",即见其一斑。犹云"兴则未逮",可知寄兴深微之境是不容易达到的。下面一段对兴所作的界说就显然可会:

> 所谓兴者,意在笔先,神馀言外,极虚极活,极沉极郁,若远若近,可喻不可喻,反复缠绵,都归忠厚。(《词话》卷六)

前面讲了,比兴不能"专指""比附";要通过比兴手法创造出具普遍性意义的抒情形象,完成抒情的典型化,达到"为一室之悲歌,下千年之血泪"那样感人至深的艺术效果。上引的一段话,如从这个意义上去理解,可以明显看出,在常州派比兴寄托的原则下,融入浙派所强调的"极虚极活"的"清空"的论点。这就体现了沉郁说的特点,也是陈廷焯词论的贡献。

还须指出的是,常派重比兴寄托,相应地强调含蓄蕴藉。这也是陈廷焯沉郁说的基本内涵。但他却又认为具含蓄的作品不一定是"沉厚"的。这就揭示了单纯讲含蓄在艺术上的缺陷。这点,常州派词论家从张惠言至谭献都未曾指出过。今举例说明。众所周知,王士禛创神韵说,在清初主盟诗坛。他的《衍波词》也清华风韵,以含蓄胜场。亦峰却说:"渔洋小令,能以风韵胜,……但少沉郁顿挫之致。"又云:"渔洋词含蓄有味,但不能沉厚。盖含蓄之意境浅,沉厚之根柢深也。"(《词话》卷三)如渔洋《浣溪沙》红桥怀古赓和者十人,极一时之盛况,可谓风流文采,照映当时,但到底含蓄而少沉厚。因此,吴梅评云:"词固以含蓄为主,惟能含蓄不能深厚,亦是无益。正清初诸子之失,不独渔洋也。"(《词学通论》)如顾梁汾词,性情结撰,然"不悟沉郁之致";彭羡门词,惊才绝艳,"惟不能沉着";即如纳兰词轻灵婉丽,为清初一流词人,犹未臻于"沉着"(《蕙风词话》),"意境不深厚"(《词话》卷三);钱芳标词语丽境幽,然"仅在皮毛上求沉厚"(《词话》卷三)。所以含蓄而具深厚,这才是真正的含蓄,才是作为一种艺术风格、艺术方法的力量所在。这个审美原则不可不说是从亦峰沉郁说推衍出来的。

第十四章　况周颐论词境的拙、重、大

第一节　晚清词学和作者

　　有清晚季，常州派词学犹盛，这是因为常州派主比兴寄托，更进一步适应了帝国主义侵略、国家危难的严重社会现实的要求。但是，常州派到了同治、光绪年间已萌发"平钝廓落"之蔽（《箧中词》三评郑善长词语）。这是由于常州派言比兴而少论词境，谈寄托而少及性情，加之浙派末流，"筝琶竞其繁响，兰荃为之不芳"（《蕙风词话》卷五，下引称《词话》），因此，当时的词家、词论家，对常州派词论做某种修正，这是词学发展和词作提高的需要，而况周颐就是其中之一，成为常州派内一个修正者[①]。

　　况周颐（1879—1926年），原名周仪，字夔笙，号蕙风，广西临桂人。光绪五年（1879年）以优贡生清乡试中式，官内阁中书。嗜倚声，为晚清词四大家之一。先后南归，入两江总督张之洞、端方之幕。晚年居上海，以鬻文为活。著词九种，合刊为《第一生修梅花馆词》，后删定为《蕙风词》二卷。词选有《薇省词选》《粤西词见》，杂著有《阮盦笔记》五种，多收入《蕙风丛书》。论词有《蕙风词话》五卷、《续编》二卷。又有《词学讲义》《织馀琐述》，可与《词话》相参考。况周颐与王鹏运、郑文焯、朱祖谋合为清末词坛四大家。庚子八国联军前后，因国事日非，政治更为窳败，家国之感、身世之感，发而为词，寄兴深微[②]，多沉痛怨悱之音。他既继承了常州词派，和谭献一样，选词"以温厚雅正为宗，纤佻嘂嚣两派悉摒不录"（《薇省词选·例言》）；同时，又在常州派

[①]　Chia-ying yeh chao 在其 The Chang-chou School of Tz'u Criticism 的注（1）中，列举了自宋翔凤著《香草词序》到况周颐《蕙风词话》共十人，均属常州派。此说可从，但论词有所变化和修正。

[②]　叶恭绰《广箧中词》二评云："蕙风则寄兴渊微，沉思独往。"王国维《人间词话》附录曰："蕙风词小令似叔原，其长调亦在清真、梅溪间，而沉痛过之。"

比兴寄托外强调词境和词家的性情,强调性灵在词作中的作用,对词境及其拙重大之义,论述颇为透辟,多独到之语。所以,把它钩稽出来加以分析评述并不是没有意义的。

第二节 深静淡远的词境论

词境,或者说词的意境、境界,是词的思想艺术特质和特性的体现,是词的美学的基本范畴。词境以直觉为基础,它是物与心、主观与客观统一的形象思维过程的产物。因此,词境的产生不能离开词家的想象和灵感;而词家想象和灵感的艺术创造作用又是在虚静的状态下进行的,稍后于蕙风的王国维(静安)在《人间词话》中谈到"有我之境"和"无我之境"时说:"无我之境,人惟于静中得之。有我之境,于由动之静时得之。故一优美,一宏壮也。"词境的优美和壮美,都不能离开词家虚静的心理机制和客观条件。因为虚,能包含万物;静,能专一思虑;在形象思维中有效地进行艺术感受和艺术概括,进行心物同一的艺术意境的创造。这个理论,无疑有其深远的传统。《老子》的致虚守静不必说,而自荀子从认识论方面提出"虚一而静"(《荀子·解蔽》)以来,不少论家都重视虚静在形象思维中的作用。刘勰在《文心雕龙·神思》中说:"是以陶钧文思,贵在虚静。"把虚静看作"神与物游"、主观与客观形象思维的先决条件和心理机制。况周颐则把"万缘俱寂"的虚静状态看作是获取词境的主观条件,这和静安论词境得之于静中有一致性。但静安之论实际,蕙风之论超妙。我们且看蕙风获取词境时的心理体验:

> 人静帘垂,灯昏香直,窗外芙蓉残叶飒飒作秋声,与砌虫相和答。据梧冥坐,湛怀息机。每一念起,辄设理想排遣之,乃至万缘俱寂,吾心忽莹然开朗如满月,肌骨清凉,不知斯世何世也。斯时若有无端哀怨枨触于万不得已,即而察之,一切景象全失,惟有小窗虚幌,笔床砚匣,一一在吾目前,此词境也。三十年前或月一至焉,今不可复得矣。(《蕙风丛书》本《香东漫笔》卷一)

"万缘俱寂",在虚静中排除一切杂念之后,心地莹然开朗,即刘勰所谓"疏瀹五藏,澡雪精神",从而"穷照"事物。这时"若有无端哀怨枨触于万不得已"的感受,即周济所谓"万感横集"(《宋四家词选目录序论》)。这时感受是具体真切的,同时又是"触类旁通"的(《宋四家词选目录序论》)。由此所形成的意象既具体又有普遍性,是主观和客观、心与物同一的意象和意境。这种意境,发之于词即词境。这种词境,蕙风认为是在虚静中凭灵感方可把握的。"无端哀怨枨触于万不得已"的感受固然是在现实生活中酝酿"日久"(《宋四家词选目录序论》)的,但如果没有在虚静中"万缘俱寂"而"莹然开朗"其心,也形成不了这种词境。诚然,蕙风认为,只有"无端哀怨枨触于万不得已",才是词境的内质,这显然是常州派自张惠言以来所强调的"幽约怨悱不能自言之情"(《词选序》)的一种发挥,同时也带有时代的美学特性。清季词人家国身世之感,伤时念乱之怀,便发诸"无端哀怨枨触于万不得已"。谭献所谓词人"别有怀抱",蕙风《菊梦词》末阕《金缕曲》道出了他填词的感怆和沉痛:"满目江山残金粉,到毫端总是伤心料"。如蕙风少作《苏武慢·寒夜闻角》,因寒夜闻角声所生的无端哀怨,就是在虚静中摆脱了一切杂念莹然开朗其心所得的词境。词的过片云:"凭作出、百绪凄凉,凄凉惟有,花冷月闲庭院。珠帘绣幕,可有人听?听也可曾肠断?"(《惜阴堂丛书》本《蕙风词》卷上)这词词境幽深凄婉,读之不可为怀,直是以"伤心料"谱成,所以"半塘翁(王鹏运)最为击节"(《词话》卷二)。王国维则评云:"境似清真,集中他作不能过之。"(《人间词话》附录)词中感时念乱之情,托诸角声而写得又那么浑化,所以说,"境似清真"。"珠帘"三句以婉曲之笔,做折进写法,使幽怨层层转深。所以,叶恭绰又说:"乃夔翁所最得意之笔。"(《广箧中词》该词评)这种词境,当然不是只靠技法可以达到的,而是在"万缘俱寂"之后,心灵中产生了"匪夷所思之一念""无端哀怨枨触于万不得已"的一种情景,这种无端哀怨郁积于恒日而枨触于一时的角声,所以真切而"触类旁通",具有普遍性的品格,应该说,这是一种词学创作的典型感触。所以蕙风又写道:

> 吾苍茫独立于寂寞无人之区.忽有匪夷所思之一念,自沉冥杳霭中来。吾于是乎有词。……而此一念,方绵邈引演于吾词之外,而吾词不能殚陈,斯为不尽之妙。(《词话》卷一)

由"匪夷所思之一念"与"无端哀怨枨触于万不得已"所生的词境,自然是真切感人富有独创性的,而且还能绵邈演引于词之外,使词境尽而不尽具普遍性品质。尽,精蕴题内,把所描写的具体形象及其所具有的生活内容真切生动地表现出来;不尽,寄意题外,使事外有远致,文外有曲致,在形象之外有无穷的情思,耐人低回寻味,因其普遍性而起"触类旁通"的审美作用。蕙风此论最能道出词境幽远之妙。书家所谓"无垂不缩,无往不复"。所以,许宗彦说:"命意幽远,用情温厚,上也。"(《莲子居词话序》)

词境与诗境同律,无外乎情与景的统一。王夫之(船山)指出:"情景名为二,而实不相离。神于诗者,妙合无垠。"(《姜斋诗话》卷下)所以"花鸟苔林,寓意则灵"(《姜斋诗话》卷下)。蕙风在《薇省词选》卷一引宋徵璧语强调说:"情景者文章之辅车也。故情以景幽,单情则露;景以情妍,独景则滞","梨花榆火,金井玉钩,一经染翰,使人百思哀乐,移神不在歌忦也"。即此意。但王夫之只指出"寓意则灵"的事物之神,而未曾指出事外远致、文外曲致的"演引绵邈",而蕙风强调"题中之精蕴佳,题外之远致尤佳"(《词话》卷五),在理论上无疑比船山进了一大步。而且,这一切蕙风都归诸一"真"字。他认为真是词骨,"情真景真,自然所作必佳"(《香海棠词话》)。在蕙风看来,情真景真而又得诸景物之外者便是词心。他论词心说:

> 吾听风雨,吾览江山,常觉风雨江山外有万不得已者在。此万不得已者,即词心也。而能以吾言写吾心,即吾词也。此万不得已者,由吾心酝酿而出,即吾词之真也。非可强为,亦无庸强求,视吾心之酝酿何如耳。(《词话》卷一)

既然作者在听风雨、览江山时,一句话,在体验现实生活时,在风雨江山之外产生一种万不得已者,那么风雨江山在作者心目中便是一种直接的感受。由这种感受诱发出来的风雨江山之外的情意,如前所说"无端哀怨枨触于万不得已"者,便是词心。这种词心,发而为词,就能寄情志于风雨江山形象之外,使其绵邈演引,得事外远致、文外曲致之美。因此,蕙风还强调这词心是"酝酿而出"的,是郁积于恒日而发之于一时的。这一时,就是"蓄极积久,势不能遏"的瞬时。"酝酿"则可以见其词之真,亦可以知其词之有概括,因为生活感受酝酿而成词心,必然经过心和物同一的形象思维过程。当然,我们所说的艺术概括,并不是概念地掌握事物的本质,抽象出事物的普遍性,而是直觉地通过酝酿,去其糟粕,存其精醇,从而形象地体现事物的本质,体现事物的普遍性,即前所谓"题中之精蕴,题外之远致",也即周济说的"寄意题外,包蕴无穷"(《介存斋论词杂著》)。若以词例说明,除前引蕙风《苏武慢·夜闻角声》外,还如厉鹗《百字令·月夜过七里滩》描写江山云物何尝无不得已者,而且这不得已者也由作者之心酝酿而出。词的歇拍云:"林静藏烟,峰危限月,帆影摇空绿。随风飘荡,白云还在深谷。"词境"幽奇"(《箧中词》该词评),对东汉严子陵(光)的渔隐,宋亡后汐社的沉埋,西台恸哭的飘忽,种种历史伤悼之情和幽隐之意,感触于山水云物,酝酿出一种万不得已者,发而为词,精蕴其内,远致其外,以山水幽奇之境,抒其幽情,令人读之无限感慨。陈澧《夏日过七里滩》的和韵序云:"倘与樊榭老仙倚笛歌之,当令众山皆响也。"(《清名家词》本《忆江南馆词》)可见得词心的作品是感人深至的。又宋周孚先《鹧鸪天·禁酒》为禁酒作云:"曾唱阳关送客时,临歧借酒话分离。如何酒被多情苦,却唱阳关去别伊。"以迭写法把无情的酒说成为离人所苦,化无情为有情,而且情深难遏。蕙风认为:"是深于言情者,由意境酝酿得来。非小慧为词之比。"(《词话》卷二)他还具体地提出黄简《眼儿媚》"当时不道春无价,幽梦费重寻"说:"此等语非深于词不能道,所谓词心也。"(《词话》卷二)生离死别,因前欢影事而更增其悲伤。同样的,纳兰《浣溪沙》:"被酒莫惊春睡重,赌书消得泼茶香。当时只道是寻常。"亦"前事伶俜,皆梦痕耳"(《词话》卷二),都是反迭中见其词心。由此可知,所谓词心是一种至深的感触。

刘永济先生释蕙风词境、词心之说时写道:"盖设境造词,司契在心。此心虚灵,即善感而善觉。此善感、善觉者即况君所谓'词心'也;其感、其觉,即况君所谓'万不得已者'也。惟此心虚灵之候,必在世虑皆遣,万缘俱寂之时,而涉世既深者,遣之殊不易。"(《词论》)可见词心又是善感善觉的形象思维的心理机制,词境是其感其觉的心与物、情与景、主观与客观同一的形象思维内容,是一种"无端哀怨枨触于万不得已者"。因为江山风雨之外,实际生活之外,有万不得已者,但无江山风雨诸种景物,万不得已者也就无由兴寄,更谈不上深微了。无端哀怨必须有被怅触的景物,无景物则其哀怨也无从怅触,更谈不上无端了。因此,蕙风揭示词境和词心的内在关系说:"无词境即无词心。矫揉而强为之,非合作也。"(《词话》卷一)

情意和景物既是不可分的,那么写景也必须有人在,有作者的性格在。质言之,写景也是写人,写人的思想性格。蕙风说:"盖写景与言情,非二事也。善言情者,但写景而情在其中。"(《词话》卷二)这里,让我们举《词话》几则以说明其论:

> 李德润《临江仙》云:"强整娇姿临宝镜,小池一朵芙蓉。"是人是花,一而二,二而一,句中绝无曲折,却极形容之妙。(《词话》卷一)

当然,因情造景者,更须传达出景物之神,而后始生动贴切:

> (侯彦周)《西江月·赠蔡仲常侍儿初娇》云:"豆蔻梢头年纪,芙蓉水上精神……"芙蓉句亦妙于传神。(《词话》续编卷一)

芙蓉照水,临风微动,倚侧娇媚,所以说"芙蓉句亦妙于传神"。这里,芙蓉的精神也即初娇的性格美的特征,可与前一则写小池一朵相发明。当然写景而有寄托,这又往往显示出善言情的作者具有更高的思想艺术水平。如段克己《满江红》写菊花在江空岁晚、霜余草腐时节始开数花,而生意凄然。其后段云:"恨因循过了,重阳佳节。飒飒凉风吹汝急,汝身孤特应难立。"孤特傲霜,毕竟抵不住飒飒秋风。作者生活于金亡前后,多有人生坎壈之叹,故托菊花以自况,虽无"菊残犹有傲霜枝"的超逸,但沉郁过之。所以,蕙风评曰:"情深一往,不辨是花是人,读之令人增孔怀之重。"(《词话》卷三)可见写景、描绘物事,首先要传神,把所描写的事物的姿态、特征生动地揭示出来。这样,所构成的词境才有审美价值,蕙风说:

> 刘无党《锦堂春·西湖》云:"墙角含霜树静,楼头作雪云垂。""静"字,"垂"字,得含霜作雪之神。此实字呼应法,初学最宜留意。(《词话》卷三)

用实字呼应法,选采"静""垂"两个动词,恰恰写出含霜的树和雪前云垂的特征,所以得含霜作雪的神理,在审美上给人以情趣。又云:

> 侯彦周《嬾窟词·念奴娇·探梅》换头云:"休恨雪小云娇,出群风韵,已觉桃花俗。"颇能为早梅传神。(《词话》续编卷一)

前面说了,景物描写都寄作者的主观情意,描写事物之神所体现的品格也往往是人的品格。这一点稍前的刘熙载在他的《艺概》中反复强调,把高尚的人品作为词品来衡鉴(见《艺概·词曲概》)。蕙风也一样。这里的雪小云娇,在雪境中小小缀枝,云卧娇态,正见得出群风韵的早梅品格,东坡所谓梅格。而梅格却又是一种抒情品格,其神韵见诸梅的形象之外。又如方壶词《满江红·赋感梅》:"洞府瑶池,多见是、桃红满地。君试问、江梅清绝,因何抛弃?仙境常如二三月,此花不受春风醉。"蕙风评曰:"梅花身份绝高。"(《词话》卷二)"不受春风醉",让了桃花,所以梅花开在霜寒的早春,竹外一枝,横斜疏影,自标清格。诚然,词境演引于外更多者自然重在言外曲致,词境沉深于内更多者自然重在言内精蕴。但总归于"传神写照",把物象的特征,其中包括自然特征和审美特征做充分揭示。这是蕙风所强调的。蕙风对景物的描写总结出这样的艺术原则:"取神题外,设境意中。"他评李钦叔(献能)《江梅引·赋青梅》"冉冉孤鸿,烟水渺三湘。青鸟不来天也老,断魂些、清霜静楚江"数语就是这样说的(《词话》卷三)。盖"断魂"二句合拍,正写出青梅形象的精神特点,所以说"设境意中";"孤鸿""青鸟"言外有无穷之意,反映了金元之际乱亡的离思,而青梅的梅格自高。所以说"取神题外"。这和前说的"题中有精蕴,题外有远致"的论点是一致的。必须指出的是,以景胜的词境,蕙风同王国维主张"其写景也豁人耳目"等论点有一致的地方,他也主张因其时地气候人事写出富有特征性的景物:

> 李方叔(荐)《虞美人》过拍云:"好风如扇雨如帘,时见岸花汀草、涨痕添。"春夏之交,近水楼台,确有此景。(《词话》卷二)

写春夏江南水边景物,明丽生动,岸花汀草,随水添痕,又是极静之境。

宋曹冠《燕喜词·凤栖梧》云:"飞絮撩人花照眼。天阔风微、燕外晴丝卷。"状春晴景色绝佳。每值香南研北,展卷微吟,便觉日丽风暄,淑气扑人眉宇。(《词话》卷二)

写兰溪春日媚景,风暄日丽,花气袭人,摄取了江南时地气候的景物特征,逼真而浑融,故能以境动人之情。曹冠为秦桧十客之一,人品可鄙,然其《夏初临》云:"洗胡尘,须挽天河。"是文人之肆言耶?然亦哀其忠。蕙风不以人废词如此。

罗子远《清平乐》"两桨能吴语",五字甚新。杨柳渡头,荷花荡口,暖风十里,剪水咿哑,声愈柔而景愈深。(《词话》卷二)

"两桨"句有着宽泛的艺术空间,给蕙风以充分的想象,情景逼真,"声愈柔而景愈深",确能道出江南吴娃采莲剪水咿哑之妙。纳兰《饮水词·忆江南》:"山水总归诗格秀,笙歌恰称语音圆,人在木兰船。""笙歌"句与"两桨"句同一妙会。至于蕙风所引许有壬《圭塘乐府·沁园春》"乱峰烟翠,飞入窗来"等"以景胜",《石州慢》"画出断肠时,满斜阳烟树"等"以境胜"(《词话》卷三)之作就不必再说了。

尤须指出的是,蕙风论词境,主深静、重淡远,这是和他的虚静说、词心论有内在联系的。词境以深静为主。静,所以体物入微;深,所以赋情深挚。深静之境,蕴藉含蓄、寄意无穷,而又往往给人以静观的审美价值。与深静同质的淡远词境,则又能取神言外、极事外远致、言外曲致之妙,同样具有静观的审美价值,所以为蕙风所推许。他说:

词境以深静为至。韩持国《胡捣练令》过拍云:"燕子渐归春悄,帘幕垂清晓。"境至静矣,而此中有人,如隔蓬山。思之思之,遂由浅而见深。……此等境界,唯北宋人词往往有之。持国此二句,尤妙在一"渐"字。(《词话》卷二)

北宋人词所以往往有这种境界,正如周济所说:"北宋词多就景叙情,故珠圆玉润,四照玲珑",而达到"浑涵之诣"。(《介存斋论词杂著》)因此,往往得深静词境。又如仲弥性《浪陶沙》过拍:"看尽风光花不语,却是多情。"廖世美《烛影摇红》换头："催促年光，旧来流水知何处？断肠何必更残阳，极目伤平楚。晚霁波声带语，悄无人，舟横古渡。"蕙风认为这些词语淡情深，即使是张先、秦观也不容易达到这种境界（《词话》卷二）。"看尽"句是痴语，写出了抒情主人公情多而深。"断肠"句加倍写法，写出了游子苍茫独立的悲凉意绪。蕙风还引例说：

  （段诚之《菊轩乐府》）《月上海棠》云："唤醒梦中身，鹈鴂数声春晓。"前调云："颓然醉卧，印苍苔半袖。"于情中入深静，于疏处运追琢，尤能得词家三昧。（《词话》卷三）

段成已（诚之）历金亡之痛，不赴元召，前后四十五年，哀思愤积，发而为词，常以深静之境寄之。《离骚》："恐鹈鴂之先鸣兮，使夫百草为之不芳。"前者因鹈鴂唤醒梦中之身，情最难堪，且在春晓，所以境至深静。后者写豪气销竭，惟颓然而醉，情放而实郁，用笔最疏。"印苍苔半袖"，则笔致最密而似逸，二句浑涵无间，其境之深静也无庸赘述，所以蕙风认为是"词家三昧"。至于和深静词境同质的淡远之境，蕙风认为：

  词有淡远取神，只描取景物，而神致自在言外，此为高手。……刘招山《一剪梅》过拍云："杏花时节雨纷纷，山绕孤村，水绕孤村。"颇能景中寓情。（《词话》续编卷一）

写杏花春雨，流水孤村，正如秦少游《满庭芳》换头："斜阳外，寒鸦数点，流水绕孤村。"一种孤寂凄迷之景，而离别的情思自在言外，所以有神致。所谓神致，概言之，即"事外远致"。

第三节 词家的性灵、襟抱与词外求词

  词境的构成或融情于景，或因情造景，或情景相融，种种不同的情与景，心与物，主观和客观统一的形式，而最终还是表现作者的情志。因为任何的景物一旦进入作者的意识领域，已经不是纯自然的东西了。因此，王国维说："一切景语皆情语也。"（《人间词话》删稿）在这个意义上，蕙风同王氏的看法是一致的。他说："能以吾言写吾心，即吾词也。"

(《词话》卷一）他很强调词的境界是"我"的境界，是"我"独具的精神面貌，所以他在反对模拟他人词的同时，又强调"我"的主观因素，强调"我"的性情襟抱和聪明才力，把真实的词境看作是词家性灵的自然流露。清中叶袁枚论诗主性灵，晚清蕙风论词也主性灵。所不同者，蕙风还主张在性灵中见襟抱，这是蕙风论词在思想理论上高出袁子才的地方。这应该说是国事日蹙的社会现实对词家所提出的时代要求。他写道：

> 吾有吾之性情，吾有吾之襟抱，与夫聪明才力。欲得人之似，先失己之真，得其似矣，即已落斯人后，吾词格不稍降乎？（《词话》卷一）

襟抱胸次，属于社会人生理想范畴。襟抱可以体现于：或履险如夷，或从容殉节，或慷慨赴难，或淡于名利，等等，非常人所容易具备的超轶尘俗的品性。如蕙风在《选巷丛谭》卷二、《蕙风簃随笔》卷一载甲午战争时，海军总督邓世昌壮烈牺牲，认为："其襟抱过人矣。"这是爱国志士在反帝斗争中所体现的襟抱胸次。词家创作亦然。当其倚声填词，有襟抱便有高致，否则便尘俗卑下。蕙风在《菊梦词·金缕曲》自评所为词说："此事关襟抱，莫高谈红楼香径，有人腾笑。"蕙风襟抱之说，在客观上与叶燮（横山）诗学是有一定的继承关系的，叶燮及其弟子薛雪很强调诗家的襟抱。叶燮明确地把性情、聪明、才辨统摄于襟抱之下："诗之基，其人之胸襟是也。有胸襟然后能载其性情、智慧，聪明、才辨以出，随遇发生，随生即盛。"（《原诗》内篇下）因而蕙风认为襟抱是填词的第一要素，而且襟抱所得纯在学养，而非刻意为词者所能达到：

> 填词第一要襟抱。唯此事不可强，并非学力所能到。向伯恭《虞美人》过拍云："人怜贫病不堪忧，谁识此心如月正涵秋。"宋人词中，此等语未易多觏。（《词话》卷二）

"人怜"句加倍写法，作者的襟抱可知。至于论胸次则云：

> 蜕岩词《摸鱼儿·王季境湖亭莲花中双头一枝邀予同赏，而为人折去，季境怅然请赋》云："吴娃小艇应偷采，一道绿萍犹碎。"

《扫花游·落红》云:"一帘昼永。绿阴阴尚有、绛跌痕凝。"并是真实情景,寓于忘言之顷、至静之中。非胸中无一点尘,未易领会得到。蜕翁笔能达出,新而不纤,虽浅语却有深致。倚声家于小处规枋古人,比等句即金针之度矣。(《词话》卷三)

张翥(蜕岩)"气度冲雅"(吴梅《词学通论》),故所为词,格高意远。蕙风所举《摸鱼儿》阕下片直写并蒂莲为人所折,而以"一道绿萍犹碎"点出折者的小艇游迹,于无言之顷,泄出折莲景况。又同调《双蕖怨》自元遗山赋后,多用来表达青年男女爱情的悲剧,与仲举(张翥)同时的李治并有和作。仲举此词亦以双蕖构思,然反其意耳。吴娃应偷采,著一"应"字,作者对吴娃爱情偕同并蒂的祝愿显然可知,是仁者胸次,非常人所可构思。《扫花游》也不直说落花,只从晚春绿阴中的绛鞋痕迹,知有多少多情少女曾赏落花,惜花情事宛然在。由此引起无穷的春事迟暮的感慨,同样生于忘言之顷,寄意深远而格调高绝。这种构思也从冲雅的胸次中出。蕙风认为这种境界,作者"非胸中无一点尘"不会取得,和吴梅"气度冲雅"说相合,都说明襟抱胸次与词作的关系。前面说了,襟抱胸次主要是从学养得来。蕙风一贯重学养,认为应保养词家的真性情和清气,从而使人品高尚、词品高致。所以蕙风写道:

问:如何乃为有养?答:自葆吾本有之清气始。问:清气如何善葆?答:花中疏梅、文杏,亦复托根尘世,甚且断井颓垣,乃至摧残为红雨,犹香。(《词话》卷一)

气指气质言。清气的葆养,品格的修炼,蕙风以疏梅文杏的特性和遭遇为喻,颇能道出其实质,是很恰当的。"零落成泥碾作尘,只有香如故"(陆游《卜算子·咏梅》),蕙风前举向伯恭的《虞美人》为例,说明填词"第一要襟抱",其道理在此。刘融斋评柳永词说"风期未上";评东坡词说"风流标格"(《艺概·词曲概》),都是就襟抱而言。"未上""标格",二人的人品词品迥然不同。融斋此论,可与蕙风襟抱说参证。关于学养对词家襟抱胸次的作用,对于词品的影响,让我们再做具体的论证。这里举苏轼《定风波》为例:

三月七日，沙湖道中遇雨，雨具先去，同行皆狼狈，余独不觉，已而遂晴，故作此。

莫听穿林打叶声，何妨吟啸且同行。竹杖芒鞋轻胜马，谁怕。一蓑烟雨任平生。

料峭春风吹酒醒，微冷。山头斜照却相迎。回首向来萧瑟处，归去，也无风雨也无晴。

途中遇雨，事极寻常，但东坡却能在这寻常的生活中体现出他履险如夷、不为忧患所挠的精神，足见其平生的学养襟抱。东坡此时被谪黄州，人生道路颇历艰险，正如风雨穿林，林木为摧，不但无所畏惧，反而"一蓑烟雨任平生"，"委心任道，不失为我"（《词话》卷二）；下阕写出深刻的人生体验："也无风雨也无晴"，忧乐俱亡，顺逆两失。这都是东坡学养襟抱的表现。此外，蕙风引《梅磵诗话》（见《词话》续编卷一）载北宋靖康年间，金兵犯阙，阳武令蒋兴祖殉节，其父被掳去，所题雄州驿《减字木兰花》写得步步留恋，步步凄恻，颇为动人："朝云横度，辘辘车声如水去。白草黄沙，月照孤村两三家。飞鸿过也，百结愁肠无昼夜。渐近燕山，回首乡关归路难。"蕙风评曰："当戎马流离之际，不难于慷慨，而难于从容，偶然览景兴怀，非平日学养醇至不办。"其实，这里的"其父"，当作"其女"（见汤岩起《诗海遗珠》）一个年方及笄的少女，不难于哀伤而难于从容，学养虽云未深，而家庭陶冶，已成性灵而露流于倚声之间了。

必须进一步指出的是，在蕙风看来，性情和性灵本非二事，而性情、性灵和襟抱又是融而为一的。形象思维构思，其内容必具有性情，而形象思维和艺术构思时的触物兴感则又离不开性灵。二者并统摄于襟抱，即性情（灵）即襟抱。在词史上，有如东坡的性情（灵）襟抱者，要算刘因（文靖）了。蕙风"以谓元之苏文忠可也"（《词话》卷三）。他所为词，蕙风说："寓骚雅于冲夷，足浓郁于平淡。"并从词的感染教育角度说明刘文靖的性灵襟抱（怀抱）："涵泳而玩索之，于性灵怀抱，胥有裨益。"又引王鹏运语为之参证："樵庵（刘因）词朴厚深醇中有真趣洋溢，是性情语，无道学气。"（《词话》卷三）二人所用性灵之语评《樵庵词》，基本上是相同的，而性灵更强调才性罢了。我们看樵庵《清平乐·饮山亭留宿》下片（与丛刊本本集稍异）："脱巾就卧松龛，觉来诗思方酣。欲借白云为墨,淋漓洒遍晴岚。"又同调《贺雨》:"半生负郭无田,寸心万国丰年。谁识山翁乐处,野花啼鸟欣然。"(《全金元词》)词人欣然于野花啼鸟,系心于万国丰年,其襟抱性灵可睹,故诗思所发,兴感淋漓,白云为墨,晴岚为纸,挥洒自如,表现了飘逸的浪漫主义情调,而词冲淡醇雅,寄意深远。所以蕙风又强调:"以性灵语咏物,以沉着之笔达出,斯为无上上乘。""不可方物之性灵语,流露于不自知。"(《词话》卷五)这点对创作来说是重要的,但蕙风又认为这种性灵语"盖纯乎天事"(《词话》卷五),这又陷入先天论了。

蕙风既强调学养对词作有重大的意义,因此,他又提出词外求词的论点。这个论点和陆游等一些诗论家求诗于诗外基本上是一致的。蕙风认为词外求词除前所说的生活实践之外,有两个方面:

> 词中求词,不如词外求词。词外求词之道,一曰多读书,二曰谨避俗。俗者词之贼也。(《蕙风丛书》本《香东漫笔》卷一)

多读书,从书本中把前人所留下的足资修养的知识学问融会贯通,从而培养襟抱,吸收作词的养料,摄取意境。当然,蕙风并没有因此而忽视性灵。他提出词之创新,其道有二:"曰性灵流露,曰书卷酝酿。"(《词话》卷一)蕙风所举的下面的例子值得重视,他写道:

> 《织馀琐述》云:蕙风尝读梁元帝《荡妇思秋赋》,至"登楼一望,唯见远树含烟。平原如此,不知道路几千"。呼娱而诏之曰:"此至佳之词境也。看似平淡无奇,却情深而意真。求词词外,当于此等处得之。"(《词话》卷一)

"远树含烟"二句境界有烟水迷离之致,且"淡远有神",于蕴藉含蓄中见思妇的至深之情至真之意,这是蕙风所重视的意境。刘永济在《词论》中有一段这样的记载:"忆昔年旅沪,尝与况君过从。一日,君诵太白《惜馀春》《悲清秋》,谓余曰:'此绝妙词境也。'"不过,对蕙风来说,求词之境,取其淡远,这是前面反复说过的,所以蕙风引李方叔《虞美人》歇拍:"碧芜千里思悠悠,唯有霎时凉梦、到南州。"评曰:"尤极淡远清疏之致。"(《词话》卷二)又密玙《临江仙》:"薰风楼阁夕阳多。

倚阑凝思久，渔笛起烟波。"评曰："淡淡着笔，言外却有无限感怆。"（《词话》卷三）二例既可补前面所论淡远取神的词境，而且又与《荡妇思秋赋》的意境相互映发，于词外求词之论，得此而益明，因此不嫌重引。那么蕙风是否不主张向前代词人学习呢？是否不重视生活经验呢？当然都不是。自然景物，社会生活都有至妙的境界可供吸取，只要作者性灵所触，便可获取。所以蕙风说：

  填词要天资，要学力，平日之阅历，目前之境界，亦与有关系。（《香东漫笔》卷一）

天资学力加之生活体验，这就是词外求词的全部内涵。至于向前代词家学习，蕙风要求对两宋词多读多看，"潜心体会"，取精用宏，这是第一步。渐有成就，便选取和自己所作相近的专家专集学习，伴色揣称，从对照中认识自己的长处和短缺，从而自知变化，也善于变化。在这里，墨守一家之言是错误的。这是第二步。蕙风因此提出"思游乎其中，精鹜乎其外，得其助而不为所囿"（《词话》卷一）的意见，这无疑是符合继承和创新的辩证规律的。"思游乎其中"，便会认识专集词的精华，"精鹜乎其外"，便会站得更高地看待专集词作，这样，就可得到专集词之助而不为所拘限了。只有这样，倚声填词才不失去自己的真面目。

  总的来说，蕙风提出性情（性灵）襟抱之论、词外求词之论，无疑与他的词论核心拙、重、大尤其是重、大，是有内在的联系的。

第四节　词境的拙、重、大

  对词境的质的要求，蕙风提出拙、重、大，这无疑是蕙风承常州派的余绪，为了矫正剽滑纤弱的词弊，为了提高词的思想艺术性而提出来的。词剽滑纤弱之弊自浙派末流以还未绝于词坛。郭麐之流虽说一时名家，而其浮滑之风对青年一代影响不浅，所以清季谭献、况周颐、陈廷焯诸人都有所诋评。蕙风论许道真词"持杯笑道，鹅黄似酒，酒似鹅黄"云："此等句看似有风趣，其实绝空浅，即俗所谓打油腔，最不可学。"（《词话》卷三）甚至为浙派所推崇的张炎，蕙风也直揭其弊："张玉田《水龙吟·寄袁竹初》云：'待相逢说与相思，想亦在、相思里。'尤空滑粗率，并不如高句,字面稍能蕴藉。"(《词话》卷二)按:高句即高观国《齐天乐·中秋夜怀梅溪》后片:"古驿烟寒,幽垣梦冷,应念秦楼十二。"(见《全宋词》)此词过于拘谨,如周济所云:"他人一勾勒便刻削。"(《宋四家词选目录序论》)蕙风云:"勾勒太露,便失之薄。"(《词话》卷二)即指此等。这种词风很不适应社会矛盾尖锐的现实要求,也不适应词家抒发家国之思的创作要求。所以谭献倡柔厚之说,陈廷焯持沉郁之论,蕙风则要求词境须具拙、重、大之质。那么,什么是拙重大的理论内涵呢?其拙重大的词境有什么审美特征?这是必须进行分析评价的。先看蕙风所论:

　　作词有三要,曰重、拙、大。南渡诸贤不可及处在是。(《词话》卷一)

常州派重词品,重词的思想内容,并与此相应重词的审美特点和风格。循此,如周济便提出"问涂碧山,历梦窗、稼轩,以还清真之浑化"(《宋四家词选目录序论》)的词学道路。周济在北宋取周邦彦词的浑化而在南宋则取王、吴、辛三家富于家国身世之感的词。蕙风本此而认为南宋高者其拙重大不可及。论词的拙重大强调南宋,虽不免于自囿,但从思想艺术性说,从反映时代的要求说,不无道理,而且他不强调清空一路,虽然清空也为蕙风所重视。那么,分而论之,拙重大各自的内蕴又是怎样的呢?

　　先论拙。拙是词的一境。常有人评词谓词有拙质美,有拙致。拙质不但能救"纤艳少骨"之弊,而且在审美上如"涩"一样有相当高的价值,因此拙之一境常为一些词家词论家所重视。所谓"粗服乱头,不掩国色"(周济《介存斋论词杂著》)。王鹏运说:"宋人拙处不可及,国初诸老拙处亦不可及。"(《词话》卷一引)陈洵又说:"唐五代令词,极有拙致。北宋犹近之,南渡以后虽极名隽,而气质不逮矣。昔朱复古善弹琴,言瑟须带拙声,若太巧则与筝阮何异。此意愿与声家参之。"(《海绡说词》"贵拙"条)拙之演变,各家所论,未遑评说,但有一点必须指出的是,词之拙,在气质,直率而朴厚,至真之情从性灵肺腑中流出。所以对于清真《风流子》("新绿小池塘")"最苦梦魂,今宵不到伊行""天便教人,霎时厮见何妨",《尉迟杯·离恨》"梦魂凝想鸳侣",以及《风流子·秋怨》"多少暗愁密意,唯有天知",《解连环》"拼今生对花对酒,为伊泪落",蕙风认为:"此等语愈朴愈厚,愈厚愈雅,至真之情,由性灵肺腑中流出,不妨说尽而愈无尽。"(《词话》卷二)这从词境的拙的表现说是正确的。如前引的《尉迟杯》:"有何人,念我无聊,梦魂凝想鸳侣。"写对离人不是梦中凝想,而是梦中的精魂在凝想。词境惝恍迷离而一往情深,所以颇有拙致之美。周济评曰:"一结拙甚。"(《宋四家词选》评该词)谭献曰:"收处率意。"(谭评《词辨》)陈洵更指出:"'鸳鸯'则不独自矣。只用实说,朴拙浑厚,尤清真之不可及处。"(《海绡说词》)周邦彦这类的词作,思想性虽不甚高,但这种从拙质中见真挚之情的描写,愈朴愈厚,愈说尽愈说不尽。再如写艳词以寄家国之慨的陆淞《瑞鹤仙》结拍云:"待归来,先指花梢教看,却把心期细问,问因循过了青春,怎生意稳?"这些都是从性灵肺腑中流出的至真之情,愈朴愈厚,含蓄不尽。质拙可医尖巧之病,这是众所周知的。有明一代尖巧弊甚,相沿至于清初,其间陈子龙力挽而未得。蕙风鉴于这个历史教训,倡质拙而斥尖巧。因此,他不但把质拙作为词境的质来理解,而且又是作为评价词的一个标准,对词进行审美的一个方面,甚至认为,词的质拙是词人思想性格高尚的一种表现。他评明季陆退庵(钰)射山词说虽涉侧艳,但家国身世之感,忧时伤乱之情,使其晚节"复然河岳日星"(《词话》卷五)。因此,当蕙风把射山词和清初词人相比较之后,就看出射山词的拙致之美而且具"复然河岳日星"的品格:

  (射山)《小桃红》歇拍云:"终踌躇、生怕有人猜,且寻常相看。"因忆国初人词有云:"丁宁切莫露轻狂。真个相怜侬自解,妒眼须防。"此不可与陆词并论。词忌做,尤忌做得太过。巧不如拙,尖不如秃,陆无巧与尖之失。(《词话》卷五)

通过对比,蕙风不但看到了陆钰射山词质拙自然,殊无作态,而且体会出"巧不如拙"的审美原则。这个道理,不啻词为然,且通乎一切艺术类型。苏州留园的精巧总不如拙政园的朴拙自然。

蕙风还举射山《虞美人》云:

  "可怜旧事莫轻忘。且令三年、无梦到高唐。"余甚喜其质拙。(《词话》卷五)

怜爱其旧事不忘,情愫不迁,即使三年暌违,也无不可。陆钰抒儿女之情如此,其意拙、思拙,语言也拙,所以说"喜其质拙"。至于国亡民困、英雄失意的词作也未尝不质拙可诵,如射山的《醉春风》:"泪如铅水傍谁收,记记记,却正烦君,盈盈翠袖,揾英雄泪。"词境似稼轩《水龙吟·登建康赏心亭》"倩何人唤取,红巾翠袖,揾英雄泪",而质拙过之。由此可见,填词家从人品到词品,如能以质拙为体,便不致陷于尖纤轻巧之失,蕙风举例论证说:

  李蟾洲《抛球乐》云:"绮窗幽梦乱如柳,罗袖泪痕凝似饧。"《谒金门》云:"可奈薄情如此黠。寄书浑不答。"……其不失之尖纤者,以其尚近质拙也。(《词话》卷二)

蕙风所引两例,前例易失之纤,后例易失之尖,但无尖纤之失者,这是由于作者所尚近乎质拙,而质拙又不在于字面。蕙风还认为,词的质拙还表现了肆口而成,愈无理愈佳的自然风韵。他引萧吟所(汉杰)《浪淘沙·中秋雨》:"贫得今年无月看,留滞江城。"评曰:"无月非贫者所独,即亦何加于贫。所谓愈无理愈佳。词中固有此一境。唯此等句肆口而成为佳。若有意为之,则纤矣。"(《词话》卷三)但是这种质拙的词境,必须有余不尽、空灵蕴藉,否则便会失去艺术的审美意义。这是必须指出的。因此,蕙风认为王山樵《阮郎归》"别时言语总伤心,何曾一字真",颇为质拙,写出别时伤心,别后情移的人情世态。但"嫌其说得太尽"(《词话》卷三),无蕴藉含蓄之意。与此相反,质拙而又空灵蕴藉,意余不尽,则不失为拙致的高格。蕙风引杨泽民《秋蕊香》:"良人轻逐利名远,不忆幽花静院。"评云:"'幽花静院',抵多少'盈盈秋水,淡淡春山'。'良人'句质不涉俗,是泽民学清真处。"(《词话》卷二)清真词的拙致,前面已具论。在蕙风看来,杨泽民学清真词,能得其质拙,而又空灵蕴藉,象外有无穷之意。"不忆幽花静院",意谓良人追求名利,远别家园,昔日幽花静院的情爱生活,不复忆念了。我们不妨加之联想,幽花静院既写景物的优美,也见人的娴雅,四字含意深远。阮阅《眼儿媚》"盈盈秋水,淡淡青山",虽是好句,但只描写美人眼波和眉峰的美,没有写出人的生活和意态,而"幽花静院"则使读者引发出美人生活和意态的想象,意在言外。

其次论重。蕙风释重曰:"重者,沉着之谓,在气格,不在字句。"(《词话》卷一)然则沉着的具体内涵又是怎么样规定的呢?蕙风认为学词倚声填词的程序是先求妥帖、匀称,再求和雅深秀,最后达到精稳、沉着之境。这正如周济说:"既成格调求实,实则精力弥满。"(《介存斋论词杂著》)蕙风认为沉着尤难于精稳。这是因为,精稳在于词内锤炼,学词的功力到,则臻精稳之境不难。若要达到沉着之境,则须平日求词词外,正如前面所述,在学养。学则通事理之变,养则葆性情襟抱之真。所以经过学养,情真理足而有襟抱,笔力又能充分表达,这便能够达到沉着的境地。所以蕙风说:

> 沉着尤难于精稳。平昔求词词外,于性情得所养,于书卷观其通。……情真理足,笔力能包举之。纯任自然,不假锤炼,则'沉着'二字之诠释也。(《词话》卷一)

词境的沉着,所得在学养,在词外,而沉着的表现又在气格。那么,它又和浑厚极有关系。气韵格调不浑厚自然,词的思想内容不充实,不深刻,也即没有沉着可言。蕙风认为:"沉着者,厚之发见乎外者也。"(《词话》卷二)就词境论,厚为其质,沉着则为厚的外现。所以,"填词以厚为要旨"(《词话》卷三)。可知词的沉着厚重,是蕙风评词的一个重要原则。依此,蕙风谈到学习梦窗词的密致时,先学他的沉着,"即密致即沉着,非出乎密致之外,超乎密致之上,别有沉着之一境也"(《词话》卷二)。顺便说说,近来有些同志把吴梦窗说成和清空对立的"质实"派,这是错误的。梦窗词之密致不可看作"质实","质实"是病。梦窗词的密致,如《鹧鸪天·化度寺作》《惜黄花慢·饯尹梅津》《八声甘州·灵岩》《齐天乐·与冯深居登禹陵》,都是以一系列的景物典故衬出和渲染词人的主观情思,其中或羁旅怀人之苦,或吊古伤时之念,于密丽中往往给人以厚重的感受。如《八声甘州》前片:"渺空烟四远,是何年青天坠长星?幻苍崖云树,名娃金屋,残霸宫城。箭径酸风射眼,腻水染花腥。时靸双鸳响,廊叶秋声。"写灵岩及灵岩的历史事迹,用名娃金屋、箭径腻水、双鸳屧廊等故实丽字,是最密致的一种写法。而用"残"用"酸"用"腥"表现了词人的深刻的历史评价。吊古所以伤今,为过片伤时作铺垫,而且寄托了历史和现实的感慨,所以密致中见沉着凝重。但这种沉着之思，又写得何等飞动，真所谓"奇思壮采，腾天潜渊"（周济《宋四家词选目录序论》），"令无数丽字一一生动飞舞"（《词话》卷二）。如《八声甘州》起句一问便奇峭，是虚写，"幻"字以下数句实境化虚，令人对灵岩景物和历史事迹凄迷低回。末两句又实事虚写，"时靸"句是廊叶秋声的错觉。从幻想到现实，唯听秋叶瑟瑟，西施人杳靥廊了，体现了沉着空灵的统一的审美特点。而这种特点从蕙风在《词话》中所举的晏几道《阮郎归》更可看到：

天边金掌露成霜，云随雁字长。绿杯红袖趁重阳。人情似故乡。兰佩紫，菊簪黄。殷勤理旧狂，欲将沉醉换悲凉，清歌莫断肠。

第一句点明时令，第二句写物候的变化。因雁南翔而触动客居离索、秋水伊人之感，故重阳佳节，虽有绿杯红袖的盛丽，也不能减却离思之苦。着一"趁"字，极写其无可如何而强从习俗。所以然者，因主人情重，寄居有似故乡，所谓"邢迁如归"，但到底不是故乡，因此离思更为深重，由是而逗引出过去疏狂的情绪。这两句话把作客心情，吞吐往复，具见其厚重。所以蕙风云："'绿杯'二句，意已厚矣。"（《词话》卷二）过片"兰佩"两句承上"绿杯"两句，同是写重阳节的盛丽。"殷勤"句，蕙风分析说："五字三层意。狂者，所谓一肚皮不合时宜，发见于外者也。狂已旧矣，而理之，而殷勤理之，其狂若有甚不得已者。"（《词话》卷二）痴和狂是二而一的。贾宝玉既狂且痴，小山词的抒情形象也一样。那么，这种痴狂可以因佳节暂时舒畅而得以重理吗？否否。其结果只赢得悲凉之感而已。唯有借绿杯红袖图一"沉醉"，其感愤之至见于言外。所以蕙风认为"若将"句是"殷勤"的注脚。蕙风的分析深到了词的骨髓，既见词的密致，也见沉着厚重，有较高的艺术概括。对此，如果我们联系晏几道的生平遭际，就不难理解。他本丞相晏殊之子，仕宦连蹇，不一傍贵人之门（见黄庭坚《小山词序》），而以"狂篇醉句""流转于人间"（见《小山词》自跋），自然忧思积愤。蕙风最后指出："'清歌莫断肠'，仍含不尽之意。此词沉着厚重，得此结句，便觉竟体空灵。"（《词话》卷二）所以"竟体空灵"，因为反用了桓伊闻清歌有奈何之叹，谢安誉之一往情深的故实（见《世说·任诞》）。对通篇所写的郁抑心情自求宽慰，表现了蕴藉含蓄，言外有无尽之意。由此可见，沉着空灵的辩证统一，是词境的一个审美原则；同时，这和凝重中有神韵是一致的。前面说了，凡写景叙事有神韵即有"事外远致"，这也正是空灵的表现。前引的吴文英《八声甘州·灵岩》歇拍："连呼酒，上琴台去，秋与云平。"写秋气萧杀而弥漫天空，回应起句"渺空烟四远"，从而抒发作者兴亡之感，因景抒情，含蓄不尽，既空灵又沉着，是张炎所说的"平易中有句法"之例（见《词源》"句法"）。否则审美价值是不高的。例如，虞集《风入松·寄柯敬仲》阕歇拍："报道先生归也，杏花春雨江南。"虽是传颂一时的名句，但流丽而已，意境既不沉着凝重又乏事外远致的神韵，无怪乎蕙风认为只是"贵入时"，"悦人口"（《词话》卷三）。而陈廷焯认为"有自然神韵"（《白雨斋词话》卷三），未免耳食。可见沉着（凝重）空灵的辩证统一是重要的。空灵不能使词层深而达到沉着空灵之境，则流于空疏乃至空滑。浙派末流词时亦有之，频伽（郭麐）欲矫其堆垛饾饤之弊，而终亦流于空滑，当时学《花间》者也流于纤尖空疏。

　　蕙风提出沉着凝重无疑是救当时学《花间》而流于纤尖空疏之弊的。他认为时人"袭其貌似，其中空空如也""像麒麟楦"一样毫无生气，缺乏创造性，只是把前人句中意境纤折变化、雕琢勾勒，刻意求工。风气所煽，"反不如国初名家本色语，或犹近于沉着、浓厚也"（《词话》卷二）。吴伟业、曹溶、宋徵舆、王士禛、彭孙遹、邹祗谟、毛奇龄、纳兰、顾贞观、钱芳标诸家造诣虽不同，然大抵承湘真子龙绪余，规模《花间》，主婉丽、重情致，所以说"犹近于沉着浓厚"。他还认为清词之蔽，自《倚声集》始（见《词话》卷五）。此外，词境能沉着，往往借助于婉曲，婉曲使词含蓄蕴藉，意旨层深，有言外之致，所以蕙风极强调婉曲，用笔曲折。认为曲折"尺幅便有千里之势"，正如陆机《文赋》所说："吐绵邈于尺素。"这是经过艺术概括才可以达到的艺术境界。千里之势虽不同于沉着，但二者有内在联系。千里之势从曲折中体现，书家所谓无垂不缩，其理实通于词。蕙风《词话》续编卷一云："潘（牥）紫岩词，余最喜其《南乡子》"题南剑州妓馆"一阕，小令中能转折，便有尺幅千里之势。"在前数章论张炎的清空、朱彝尊的醇雅，已有所谈及转折的艺术技法和词境的关系，这里只举潘词如下：

　　　　生怕倚阑干。阁下溪声阁外山。空有旧时山共水，依然。暮雨朝云去不还。　　想见蹑飞鸾。月下时时认佩环。月又渐低霜又下，更阑。折得梅花独自看。

山水依然，而人已杳，所以最怕独自凭阑，漫生愁思。"暮雨"句由此生发，"想见"句却一转折，"月下"句从杜诗"环佩空归月夜魂"化出，凝重之至，为"想"字着笔。"月低霜下"又一转折，所想渺然，唯有折梅独赏而已，无限幽情寄于歇拍。蕙风云："歇拍尤意境幽瑟。"前面谈词境创作过程曾经说过，一种情意"绵邈演引于吾词之外"，从某种意义上说，亦即书家"无垂不缩，无往不复"意，紫岩《南乡子》正是这样蓄势的，因蓄势便有意境幽瑟沉着之致。他如宋徽宗赵佶《燕山亭·北行见杏花》下片云："天遥地远，万水千山，知他故宫何处？怎不思量，除梦里有时曾去。无据，和梦新来不做。"用笔婉曲转折，一层深一层，故能倾诉其亡国被掳的哀思，而"词极凄婉"（杨慎《词品》）沉郁。当然，词的婉曲不在字句而在意格在构思，所以蕙风指出："当于无字处为曲折，切忌有字处为曲折。"（《词话》卷一）因用意曲折乃转展层深，达到沉着凝重的境界。蕙风反复引例说明这个道理：

"离恨做成春夜雨。添得春江，剗地东流去。弱柳系船都不住，为君愁绝听鸣橹。"杨济翁《蝶恋花》前段也，婉曲而近沉着……（《词话》卷二）

词写离恨化雨，添满春江，使离人的行船迅速漂远。行船既不可为杨柳所系，唯听橹声咿哑，徒增离恨罢了。回环婉曲，在意格不在字面，所以近乎沉着。当然无字处的曲折还是从有字处体现出来，所以蕙风还认为，意曲折而多者，还是由"字里生出"。他引了党怀英《鹧鸪天》词："开帘放入窥窗月，且尽新凉睡美休。"说：

潇洒疏俊极矣，尤妙在上句"窥窗"二字。窥窗之月，先已有情，用此二字，便曲折而意多。意之曲折，由字里生出，不同矫揉钩致，不堕尖纤之失。（《词话》卷三）

作者写七夕，窥窗之月先已有情，然对此有情之月并不兴起离思或盟誓的意绪，而是新凉睡美，得东坡《合江楼》诗潇洒意趣，也见其胸次恬澹，而尽洗向月乞巧的儿女情态。所以词意曲折而层多,并由"窥窗"二字生发。至于矫揉钩致之作,既无曲折或曲折专在文字,终失浅薄,无沉着之致,如前引高观国《齐天乐·秋夜怀(史)梅溪》阕,就不再说了。

再论大。词境之大,就其实质说,不一定在形象,在堂庑,而在气象,在托旨,在思想性。蕙风论词的创作很重视"大气真力"。这是和他主张学养,主张求词词外一套理论分不开的。他认为有"大气真力"斡运,才能使词的用笔,如暗转、暗接、暗提、暗顿等等动起来。而这些用笔,蕙风所以强调一"暗"字,这样不但不犯浅露,而且见其"大气真力"在斡运。如稼轩《摸鱼儿》写暮春寄托国家式微的感慨,其起句"更能消几番风雨"是暗提。这一句真所谓"从千回万转后倒折出来"(《白雨斋词话》卷一),无稼轩的大气真力是不可能写出来的。前面所举梦窗《八声甘州·灵岩》,过片"宫里吴王沉醉,倩五湖倦容,独钓醒醒",也凌空陡然暗接前片,史笔严正而感慨沉痛。写吴王的沉醉,实写南宋统治者于国家危亡之日的沉醉。范蠡放舟五湖,何尝不是作者自己的独醒,而于国又何补焉。气力之大,不亚于稼轩,惟稼轩"更能消"句较空灵而梦窗"宫里"句较密致,又是起句和过片不同罢了。所以蕙风强调指出:

> 凡暗转、暗接、暗提、暗顿,必须有大气真力斡运其间,非时流小慧之笔所能任也。(《词话》卷一)

从气象论,蕙风认为起句"当笼罩全阕",而且"宜实不宜虚",这样才见其大。他举唐李程的《日五色赋》起头"德动天鉴,祥开日华"说:"虽篇幅较长于词,亦以二句橐括之,尤有弁冕端凝气象。此旨可通于词矣。"(《词话》卷一)李程《日五色赋》开头这两句概括了全赋的内容,换言之,全赋从起头两句展开。我们看"更能消"二句何尝不是如此。所以从这个方面又见其气象之大。刘融斋所谓"大抵起句非渐引即顿入,其妙在笔未到而气已吞"(《艺概·词曲概》)。即使写穷愁之词,起句也必须有气象,宜实不宜虚。如白石《鹧鸪天·正月十一观灯》起句:"巷陌风光纵赏时,笼纱未出马先嘶。"为蕙风所激赏:"(笼纱)七字写出华贵气象,却淡隽不涉俗。"(《词话》卷二)这和他能大便无寒酸之语、凄唳之音有关。就白石《鹧鸪天》说,从"笼纱未出马先嘶"的气象,反衬出"白头居士无呵殿,只有乘肩小女随",穷而"自乐",乘肩小女,何其亲切乃尔!诚然,气象之大不只在于起句,还在于换头和歇拍。歇拍如有气象,则全词可以因之振起,提高了思想性。如蕙风在《词话》中所引仲弥性《忆秦娥·咏茉莉》结拍:"钗头常带,一秋风月。"评云:"末二句赋物上乘,可药纤滞之失。"(《词话》卷二)一秋风月,在佳人头上所插的几朵茉莉体现出来,境界至大而空灵,其气象悠然可睹,亦芥子须弥之义。这种从小见大的艺术手法是符合典型化的美学原则的,所以蕙风认为可以药纤滞之失。纤则不大,滞则不灵。这当然是艺术之蔽。

词境之大,气象固然重要,而更重要的还是旨趣。所谓旨趣,首先是词的思想意义。这方面,蕙风是极为重视的,这固然和常州派重寄托重思想有关,同时也是清末世变日亟对词学的要求。当然,所谓旨趣、所谓思想意义,是作为历史的形态出现的,其中也不无封建伦理因素。我们看:

《玉梅后词·玲珑四犯》云:"衰桃不是相思血,断红泣,垂杨金缕"。自注:"桃花泣柳,柳固漠然,而桃花不悔也。"斯旨可以语大。所谓尽其在我而已。千古忠臣孝子,何尝求谅于君父哉?(《蕙风丛书》本《兰云菱梦楼笔记》)

如果说道德的继承性有其抽象的一面,而不应像过去那样全盘否定,那么忠臣孝子不求谅于君父,而只尽其在我,这可以说是很高的道德原则。《玲珑四犯》及其注文,正是通过词的衰桃泣柳的抒情形象体现出这样的思想意义,所以,蕙风说:"斯旨可以语大。"一般地说,词的体制小,题材小,举凡闺帏儿女,花草闲题,虫鸣鸟唤,都可以入词,但靡靡者则流连光景,而志士仁人则慨乎以小寄大,所谓"其称物小而其旨极大"(《史记·屈原列传》),这就是常州派倡导寄托的理论和创作的依据。蕙风承常派绪余,很重视托旨大的词境。这是不难理解的。因此,他对元遗山《摸鱼儿·雁丘》以及李治和杨果的和作等一类词作是颇为激赏的。元词有小序,据说金太和五年,作者赴试并州,路上遇捕雁者说,有双飞雁,一个被捕杀,一个飞了,但悲鸣回旋不去,最后投地以死。作者听了,颇为感动,悟出情之所钟,"直教生死相许"之理,于是把雁买了同埋于沙堆,名为雁丘,作《摸鱼儿》为之招魂凭吊。其事颇具风韵。蕙风又引李治的和韵过拍:"诗翁感遇,把江北江南,风嘹月唳,并付一丘土。"评曰:"托旨甚大,遗山元唱殆未曾有。"(《词话》卷三)其实原唱托旨未尝不大,且缠绵婉曲过于和韵,和韵则较概括罢了。虽然这样,蕙风强调出旨趣之大,仍是极为重要的。

优美的艺术形象与意境总是要尽量地概括生活,从有限中见无限,即须遵循如前所说的即小见大的审美原则,常人说一滴水容一个世界,用佛家的话说,则是芥子虽小,能纳须弥之山。而作为成功的艺术形象,作为词的佳境,又是浑涵无迹的。所谓透彻玲珑,无迹可求。本此原理,蕙风论词境的"大"说:

> 《鹤林词·祝英台近·春日感怀》云:"有时低按银筝,高歌《水调》。落花外、纷纷人境。"末七字极喜之,其妙处难以言说,但觉芥子须弥,犹涉执象。(《词话》卷二)

迟迟春日,落花纷飘;银筝低按,《水调》高歌,其境幽,其意清,其情畅,无营无欲,外此则为烦扰的世俗,可见词之旨趣甚大。而这种旨趣又体现于一个春日弹筝赏花的有限形象当中,而且写得那样浑涵,不着迹象。所谓"芥子须弥,犹涉执象",虽说过誉,也并不是没有道理的。《红楼梦》二十四回沁芳闸桥桃花纷飞,宝黛坐在石头上读《西厢》的意境,颇与此相似。

作为词境的质的规定,拙与大往往是统一在一个境界当中的。这种统一又往往形成新的特有风格。蕙风深知其理,因此对一种意境和风格特征、特点的分析,依据拙重大统一的观点,如对"穆"、对"顽"等的艺术分析便是。在他谈到《花间》词"穆"的一境时写道:

> 词有穆之一境,静而兼厚重大也。淡而穆不易,浓而穆更难。知此,可以读《花间集》。(《词话》卷二)

蕙风举出欧阳炯《浣溪沙》"相见休言有泪珠"阕来说明"浓而穆"的词境,颇有深意:

> 《花间集》欧阳炯《浣溪沙》云:"兰麝细香闻喘息,绮罗纤缕见肌肤。此时还恨薄情无?"自有艳词以来,殆莫艳于此矣。半塘僧

鹜曰："奚翅艳而已？直是大且重。"苟无《花间》词笔，孰敢为斯语者？（《词话》卷二）

这首词艳极而至于淫亵了，常人读之，不免生消极作用。而就词境论，"细香闻喘息"，其静可知，而与枕衾亲昵中，向来久别所生的怨恨，云散冰消了，何以见其重且大呢？刘永济先生在《诵帚词笺》中所做分析颇为合理："或思而至于怨，至于猜疑，或怨而至于怒，怒而仍归于怨。学者苟捐其淫艳之词，而法其抒写之妙，曷云不宜？此半塘翁所以读'相见休言有泪珠'一首，而称其大且厚也。"（见《古代文学理论研究》第四辑）离别怨思在旧社会是具有普遍性的，是一个重大的社会问题，该词描写闺帏淫亵生活，使怨恨消解，"仍归于怨"，无疑具有重大的社会意义，所以刘先生同意王鹏运的说法，且认为捐弃其淫艳之词便可以了。作者未必然，读者何必不然。欧阳炯这首《浣溪沙》的意境，"浓而穆"庶几近之。所以词虽淫艳，还是《花间集》的名篇。而如王龙标诗"昨夜风开露井桃"，淫艳之极，而沈德潜以为写他人承宠、己之失宠自在"弦指外"，虽云得其旨归，但少大且重，沈氏何劳装点！蕙风又解释哀感顽艳的"顽"字说：

问哀感顽艳，顽字云何诠？释曰：拙不可及；融重与大于拙之中，郁勃久之，有不得已者出乎其中而不自知，乃至不可解，其殆庶几乎？犹有一言蔽之：若赤子之笑啼然，看似至易，而实至难者也。（《词话》卷五）

融重大于拙之中，这是形成"顽"这类词境特征的基本条件。词境之臻于重且大，前面说了，而臻于顽，则在于情思的久经郁积而勃然发抒，其特征又正如赤子笑啼，稚而纯真，憨而亲切，换言之：拙不可及而可爱。这个论点，和周济论词是有联系的。周济说到从无寄托出的时候，指出："酝酿日久"的情思，发而为词，便有如"赤子随母笑啼"（《宋四家词选目录序论》）那样稚而纯真、憨而亲切的词境。在词人中，晏小山词时有之。蕙风评屈大均《落叶词》更为具体透彻：

明屈翁山《落叶词》……"红茉莉，穿作一花梳。金缕抽残蝴

蝶茧，钗头立尽凤凰雏。肯忆故人姝?"哀感顽艳，亦复可泣可歌。(《词话》卷五)

茉莉花属素馨花类，粤女颇为喜爱，或晚采花蕾，以丝穿之系头上，夜半而开。故渔洋（王士祯）有诗云："夜半发香人梦醒，银丝开遍素馨花。"屈词则写妇女年轻美丽时常把茉莉花用金缕穿系髻上，步行时与凤钗相摇映，自增其美姿，而今被抛弃了。这种悲惨命运，其所感所触，"酝酿日久"，郁勃而发，率直而言，故"肯忆"句伤心之极，也拙之极，真不自知啼耶笑耶！如果从表现弃妇这一悲剧性主题说，无疑也是颇为重大而且是哀艳的，构成了顽的意境。当然，哀感顽艳是一个统一的意境审美概念和风格概念。

第五节 即性灵（情）即寄托

词境拙重大，尤其重大的质的规定，其中一个重要的内容是寄托。因词为"小道"，体制小，声音曼，非寄托难得拙重大之质，非寄托难以尊其体；词品的高下亦往往视词家倚声填词所寄托如何而后定。"钿筝移柱""柳昏花暝""琼楼玉宇""斜阳烟柳"，因有寄托而后大，因有寄托而后重，而又空灵蕴藉，意在言外，暗示了重大的历史现实，提出了普遍性的问题。这是常州派在词论上的最大的贡献。张皋文（惠言）发其轫，周止庵（济）成其说。周济比较辩证地创立了寄托论体系。如众所周知，止庵提出的"初学词求空""既成格调求实""初学词求有寄托""既成格调求无寄托"（《介存斋论词杂著》），从而达到"万感横集""触类旁通"（《介存斋论词杂著》）。正如谭献所评：止庵的寄托论，"千古辞章之能事尽，岂独填词为然"（《复堂日记》甲戌卷三）。但是，复堂、蕙风以前，言寄托而少性情，忽视了性灵和寄托的内在联系，往往横亘寄托二字于胸中。以之评词，则主题先行，或平钝廓落，或晦塞难明。蕙风认为这是把词家的性情和寄托割裂开来的结果，而不是把寄托及与之有关的社会历史生活看作是词家性灵感触的自然流露。他认为，词家的家国身世之感，伤时念乱之怀，乃至于怀抱理想，都是积养于恒时而成为词家性情的有机组成；性灵所发，怅触于外物而流露于不自知。这样才能达到有寄托而无寄托、触类旁通的词境。这样，蕙风便把止庵颇具哲理性的寄托论，赋予词家性情的、符合艺术特性的质的规定。因为词家性情这一概念包括了词家个人相当稳定的感情情绪、思想气质和倾向性等心理系列和心理结构，而这又是由于时代和个人遭际的影响而长期形成的。寄托就是在这个心理系列和心理结构中，关于社会历史生活最深的不能自已的怅触。从这个理论上去理解蕙风的"即性情即寄托"，性情和寄托的内在联系才是正确的。他写道：

> 词贵有寄托。所贵者流露于不自知，触发于弗克自已。身世之感通于性灵。即性灵即寄托，非二物相比附也。横亘一寄托于搦管之先，此物此志，千首一律，则是门面语耳……（《词话》卷五）

蕙风不但反对把寄托当作有意为之，"为吾词增重""骛乎其外"（《词学讲义》）的门面语，也反对横亘一寄托于搦管之先的主题先行的创作态度。他肯定的是"身世之感，通于性灵"，不能自已、自然流露的寄托。这样才有可能克服常州派寄托论的教条主义倾向。在国家民族灾难深重的清季，词重寄托无疑是时代的要求。但是当时一般士大夫高谈寄托而把寄托当作他们倚声填词的门面语，自高身价。审其对生活的感受并不深刻，谈不上触发于弗克自已，所以"平钝廓落"，无大气真力斡转于其间。所以蕙风要求词家重寄托，而勿"呆寄托"（《词话》卷五）。他对咏物词的看法更强调这个观点。他认为，重寄托则"题中之精蕴佳"，勿呆寄托，"题外之远致尤佳"（《词话》卷五）。这看法似与止庵从有寄托入、以无寄托出的论点相一致，其实，也有区别，即蕙风还强调"自性灵中出"。在这里显然是针对浙常两派而发的救弊之言。浙派朱彝尊大倡咏物之作，所撰《茶烟阁体物集》上下卷，虽不无佳作，然大都状写物态，究心声律，在风格上讲究醇雅，除给人以美感外，少蕴藉、远致的寄托之作，较之其《江湖载酒集》《静志居琴趣》相去甚远。如《沁园春》的咏美人肩、美人鼻之类，不知"意紧何处"（用《艺概·词曲概》语）。风气所形，越来越严重，每事倚声，动辄咏莼、咏蝉、咏莲，以为《乐府补题》再出。其实《补题》"别有怀抱"（《箧中词》卷二评厉鹗词语），寄托深远，而时作不过描写物情，纂组精工罢了。因此，谢章铤、蒋敦复、沈祥龙群起而斥之。如沈氏曰："咏物之作，在借物而寓性情。凡身世之感，君国之忧，隐然蕴于其内，斯寄托遥深，非沾沾焉咏一物耳。"(《论词随笔》)这论点与蕙风接近,而蕙风更概括地提出"即性灵即寄托"。蕙风通过评论一些无寄托的咏物词来表达自己的观点。例如,他评金代李用章《庄靖先生乐府·谒金门》,李因西斋梅花数枝被人窃去,感叹不已,写了叹梅、慰梅、别梅、梦梅等十二首,"却无言外寄托,只是为梅花作,抑何缠绵郑重乃尔"(《词话》续编卷一)。常州派对咏物词主比兴寄托,往往托旨甚大。张皋文的《木兰花慢·杨花》咏杨花:"收将十分春恨,做一天、愁影绕云山。"《木兰花慢·游丝》:"但牵得春来,何曾系住,依旧春归。"真可谓"掇两宋之菁英","胸襟学问酝酿而出"(《箧中词》卷三评该二词语)。周止庵(济)的《度江云·杨花》:"相逢只有浮萍好,奈蓬莱东指,弱水盈盈。"即所谓"怨断之中,豪宕不减"(《箧中词》卷三评该词语)。这些都是常州派即如止庵之寄托,却能入不能出,虽寓意深远,却涉于隐晦。如周济《夜飞鹊·海棠和四筜》咏海棠、《金明池》咏荷花为吴梅所讥(见《词学通论》),但亦为谭献《箧中词》所替,见智见仁不同,却又如此。由此可知,蕙风论词重寄托而又勿呆寄托的观点,自然是对浙常两派末流在清季所形成的词风之蔽而发的,也是常州派词论的修正和进一步的发展。其特点前面说了,即性灵即寄托,性灵之外不可另有什么寄托,否则便是门面语,或平钝隐晦,而非深隽浑融之词。

蕙风既主张"即性灵即寄托",词家性灵对现实生活枨触于"弗克自已""哀怨无端",因此,他认为寄托往往是"委曲而难明"的。正如陈廷焯所论,是"若隐若现"(《白雨斋词话》卷一),"可喻不可喻"(《白雨斋词话》卷六)的。这样的词境,才给读者更多的想象余地,使寄托能"触类多通",具有普遍性的品格。蕙风写道:

> 名手作词,题中应有之义,不妨三数语说尽。自馀悉以发抒襟抱,所寄托往往委曲而难明。(《词话》卷一)

词境所以委曲难明,是由于词人枨触无端,其义层深幽远;当然也可能由于某种忌讳。但这并不是不可领悟的,不同于晦塞难明。如果说散文令人醒,诗词则令人醉(参见《艺概·诗概》)。有寄托的词,则通过令人醉、令人感慨无端的作用,进行思想审美教育;所以既要领悟其所寄托,也要领悟其触类多通。这就更需要知人论世。本此,蕙风在《词话》中,以国家兴亡时期的三位词家寄托的特点,来说明时代环境和个人遭际对各自即性灵即寄托的规定。蕙风的这种分析评论颇为深刻而又独到。如对詹天游(玉)的词境寄托的分析是一类。詹天游生当南宋灭亡、元人统治之际,他写的《齐天乐·送童瓮天兵后归杭》一阕是否丧心病狂,对亡国之痛了无感触?最早指斥他的是明代杨慎。杨慎据词中"倚担评花,认旗沽酒,历历行歌奇迹"等语评说:"此伯颜破杭州之后也。观其词全无黍离之感,桑梓之悲,而止以游乐为言。宋末之习上下如此。其亡,不亦宜乎。"(《词品》卷五)杨慎的论点颇有影响,耳食附和者如《乐府纪闻》还引宋都尉杨震赐姬粉儿给天游去消魂,以明其狎邪不撄心国事之性。诚然,宋末士大夫游宴狎邪的风习是普遍而严重的,成为宋亡原因之一,这是事实。但詹天游是否对"国破家亡一不撄心",其所为词真的"绝无黍离之感"呢?关于这个问题,蕙风做了有相当说服力的论证:元至元大德年间无名氏编《凤林书院名儒草堂诗馀》,詹天游词与宋遗民刘藏春、许鲁斋、文天祥、邓中斋、刘须溪等分卷选入,共九首,"多凄恻伤感,不忘故国",所谓"寄托遥深,音节激楚,厉太鸿比诸清湘瑶瑟"(《词话》卷三)。如所引段宏章《洞仙歌·咏荼䕷》一阕,就寄托了对佞臣们不思救国的种种悲愤。"清泪满檀心,如此江山,都付与斜阳杜宇。"而天游的《满江红·咏牡丹》:"衔尽吴花成鹿苑,人间不恨雨和风。便一枝流落人家,清泪红。"《一萼红》:"闲著江湖尽宽,谁肯渔蓑。"《霓裳中序第一·咏宣和古镜》:"兴亡事,道人知否?见了也华发。"这些词都是"忠愤至情,流溢行间句里"(《词话》卷三)。至如《齐天乐》之歇拍"如此湖山,忍教人更说"和《三姝媚》后片"如此江山,应悔却、西湖歌舞",情同一辙。这些词蕙风却又评为"看似平淡,却含有无限悲凉"(《词话》卷三)。《草堂诗馀》所选,编者显然是贯以爱国思想原则的。而"当元世祖威棱震叠,文字之狱在所不免"(《词话》卷三),故符合他词的基本风格。笔者认为,这是蕙风坚持即性灵即寄托知人论世原则而得出的独到之见,不同于耳食者的人云亦云。另一类是以元遗山(好问)为代表。蕙风首先指出,遗山自中年以后,金亡于元,既扶节不仕新朝,憔悴南冠二十余年,"神州陆沉之痛,铜驼荆棘之伤,往往寄托于词"(《词话》卷三)。很显然在二十多年的亡国生涯中,形成了即性灵即寄托的特点。他写的《鹧鸪天》三十七首,多为晚年之作外,还有同调"赋隆德故宫"宫体八首及"妾薄命"诸作。这些词,蕙风评为:"蕃艳其外,醇至其内,极往复低徊掩抑零乱之致。而其苦衷之万不得已,大都流露于不自知。"(《词话》卷三)在这里,蕙风揭示了元遗山这些词如前所说的寄托的两个特点:①即性灵即寄托,因此,其万不得已者流露于不自知;②亡国的哀思所寄又往往委曲而难明,因此,极反复低徊掩抑零乱之致。我们看元遗山《鹧鸪天·赋隆德故宫》:"人间更有伤心处,奈得刘伶醉后何。"黍离之悲,低徊掩抑。又同调《宫体》八首之一,"金屋暖,玉炉香,春风都属富家郎";之二,"春风殢杀官桥柳,吹尽香绵不放休";之四,"月明不放寒枝稳,夜夜乌啼彻五更";又同调无题,"篱边老却陶潜菊,一夜西风一夜寒";同调《妾薄命》,"天也老,水空流,春山供得几多愁。桃花一簇开无主,尽著风吹雨打休";又同调《与钦叔京甫市饮》,"醒来门外三竿日,卧听春泥过马蹄"。这些词都写得缠绵婉曲,"若有难言之隐"(《词话》卷三)。如最后两句似对元朝统治者过马春泥的感触,貌闲而实怨,确乎寄其掩抑零乱之情。蕙风根据词家所处的时代环境、身世遭际,揭示出元遗山词的风格:不能雄也不能豪,更不忍豪,与苏东坡有明显的区别。这是时代遭际所规定的。他说:"(遗山)晚岁鼎镬馀生,栖迟蠹落,兴会何能飙举。知人论世,以谓遗山即金之坡公,何遽有愧色耶?充类言之,坡公不过逐臣,遗山则遗臣孤臣也"(《词话》卷三)。东坡是逐臣,故能唱"琼楼玉宇,高处不胜寒";遗山为遗臣孤臣,只能唱"桃花无主,风雨打休"。由此可见,蕙风论时代环境和个人遭际影响于元遗山的性情寄托,从而形成其词的风格特点是相当贴切的,同时也证明了"即性灵即寄托"的论点。第三类以夏完淳(节愍)为代表。完淳生当清兵大举南下之际,以妙龄之躯殉难,其慷慨悲凉自不待言,因此,发而为词,正如沈雄《古今词话》所评:"慷慨淋漓,不须易水悲歌,一时凄感。闻者不能为怀。"蕙风也说他:"夫以灵均辞笔为长短句,乌有不工者乎"。(《词话》卷五)节愍词托体骚辨,渊源既正,又逢家国多难,所以寄托幽怨,"如猿泪,如鹃啼,令人不堪卒读"(谢章铤《赌棋山庄词话》卷八)。我们看他的《婆罗门引·春尽夜》"一枝花影送黄昏";《柳梢青·江泊怀漱广》的"暝宿吴江,风灯零乱,一晌相思";《鹊桥仙·楼夜》的"猛然听得杜鹃啼,又早是、一轮残月"。其寄怀幽怨可知。至如《烛影摇红》歇拍云:"一自市朝更改,暗销魂,繁华难再。金钗十二,珠履三千,凄凉千载。"亡国哀思,托旨遥远。这些词也都说明,夏完淳的即性灵即寄托,在他的时代遭遇中形成了自己的风格。

最后,我们得指出,蕙风自己的词的创作道路,也可说明即性灵即寄托的论点。除前引的《苏武慢·夜闻角声》外,如他的咏史词,在悼念古代忠烈时也自然流露出他的性灵寄托之情。如宋和州防御使刘师勇,元师陷常州,以淮兵复守,后扈王海上,见时事不可为,忧愤纵酒而死,葬广东赤溪厅的铜鼓山。蕙风作《水龙吟》以吊,词甚悲愤激越,虽非上乘之作,且未编入词集,只为《词话》续编附条,亦足兴人爱国之思,并注云:"时东北日俄交哄",其寄托时事如见:

> 荒江咽遍寒潮,吊忠更酹兰陵酒。英灵如昨,重围矢石,孤城刁斗。画饼偏安,醇醪末路,壮怀空负。说生平意气,题诗射塔,试旋斡、乾坤手。　　炎徼重寻祠墓,瘴云深、鹤归来否。琼崖玉骨,赤溪血泪,蛮神呵守。五百年来,天时人事,淋浪襟袖。听鼓鼙悲壮,愿屠鲸鳄,为将军寿。

第十五章　王国维论词的境界

第一节　作　者

王国维（1877—1927年），号静安，浙江海宁人。以诸生留学日本。早岁治词曲，后乃专力经史、出土器物古文字，发前人所未发，为世推重。晚主清华大学研究院。1927年沉万寿山昆明湖以卒。身后遗著汇刊为《王氏遗书》（《观堂全书》）。词学则有《人间词话》《观堂长短句》等。静安论词标举境界之说，以其所论，甄综了中西美学艺术理论传统，多独到精辟之见，也发常人之所未发，言常人之所难言；且前期锐意倚声，创作实践又为之证验。因此，王氏的境界说，虽不无所偏，而超越前修是不容置疑的。即如《人间词话》，深刻广泛地影响了后世的文艺理论和词学。本章仅就境界的内涵、隔与不隔以及有我之境与无我之境，略加讨论。

第二节　境界的界定和蕴含

王氏在《人间词话》开宗明义指出：

> 词以境界为最上，有境界则自成高格，自有名句。五代北宋之词所以独绝者在此。

由此可知，境界是艺术创作，倚声填词造诣所达到的境地，也是作为评论艺术创作、评论词的标准。"境界"一词，"境"，本字作竟，《说文》音部："竟，乐曲尽为竟，从音从人。"又土部："境，疆也。经典通用竟。"故引申为凡一切事物时间的、空间的终极为竟（境）。又《说文》田部："界，竟也。"然则互文相训，竟（境）亦即界。佛典也常见用"境界"（Visaya）一词说明禅理所领悟的境地、界域。如《无量寿经》上说：

"比丘白佛：'斯义弘深，非我境界。'"意即禅义弘深，其境地、界域，非我所能觉悟。《入楞伽经》九曰："妄觉非境界。"可见唯真觉始有境界。这也是指真实的境地、界域。诚然佛家所谓真实是指真如说的。《佛学大辞典》曰："自家势力所及之境土""我得之果报界域谓之境界"。佛家所谓自家势力者，是指宗教的认识能力。可见，佛家言境界也指境地或界域。佛典中言境界也指认识上主观和客观两个方面的境地或境域。《俱舍颂疏》曰："色等五境为境性，是境界故。眼等五根名有境性，有境界故。"《俱舍论颂疏》又云："功能所托，名为境界，如眼能见色，识能了色。唤色为境界。"（转引自叶嘉莹《王国维及其文学批评》）这里是说，客观物象（色）经过感觉器官和大脑等六根及其认识能力等六识的作用后才形成认识所记的境界。可见在宗教哲学上，境界是主观和客观的统一。

王氏把儒家小学家释境界和佛家论境界的传统相结合而得出词及其他文学艺术的本质要素，即主体与客体、情与景、意与境统一的结论。王氏谓之原质：

> 文学中有二原质焉，曰景曰情。前者以描写自然及人生之事实为主，后者则吾人对此种事实之精神的态度也。（《文学小言》）

情与景的关系，前代诗论论述也相当透彻。如王夫之在《姜斋诗话》中，论述了情和景互相作用，形成不同的意境："情景虽有在心在物之分，而景生情，情生景。哀乐之触，互藏其宅。"这是情景相融相生之论。又云："'昔我往矣，杨柳依依，今我来思，雨雪霏霏。'以乐景写哀，以哀景写乐，一倍增其哀乐。"这是情景在反衬中互补相增之论。但船山（王夫之）论情景还未提出有关境界的理论。王氏则系统地提出了境界理论。在《苕华词乙稿序》里又说：

> 文学之事，其内足以抒己，而外足以感人者，意与境二者而已。上焉者意与境浑，其次或以境胜，或以意胜。苟缺其一，不足以言文学。[1]

---

[1] 《苕华词乙稿序》的作者樊志厚，或云实有其人，而其中所论全系王氏的观点则不容置疑。

可见情与景、意与境、主体与客体的统一达到自然浑化的境地，是境界的最高造诣，其余则有所偏重，从而形成多样复杂的艺术境界和艺术风格。尽管如此，王氏在这里只道出了文学艺术、倚声填词的一般规律，还没有揭示出境界的具体内涵和规定性。因此，我们还得进一步探索。据王氏《人间词话》及其他一些论著，综合王氏之论，境界的内涵和规定性，可以有三个方面：一是真切自然；二是生动直观；三是寄兴深微。

境界的第一个特征是真切自然。王氏论词，最重真切自然，力斥游词和矫揉之作。游词则不真切，矫揉之作则不自然，二者皆无与词境。而真切自然则为词的本质特点，王氏所谓"生香真色"（《人间词话》删稿二〇）。因此，王氏又云：

  大家之作，其言情也，必沁人心脾；其写景也，必豁人耳目。其辞脱口而出，无矫揉妆束之态，以其所见者真，所知者深也。诗词皆然。持此以衡古今之作者，可无大误矣。（《人间词话》五六，以下简称《词话》）

真切自然，尤以文学原质的情为然。即写景之作，也以情为素地：

  其写景也，亦必以自己深邃之感情为之素地。（《屈子文学之精神》）

至于以情为直观的对象，那就更不用说了：

  喜怒哀乐亦人心之一境界者，因剧烈之感情，亦得为直观之对象。（《文学小言》）

因为以情，以喜怒哀乐为直观的对象，其本身既是主体又是客体。"人秉七情，应物斯感，感物吟志，莫非自然。"（《文心雕龙·明诗》）喜怒哀乐必因一定的自然现象和社会生活而后发。在具体的作品中，即使未直接描写感发喜怒哀乐诸感情的自然现象和社会生活，但作为文学原质的景或境仍然存在，仍不失主体与客体的统一。所以喜怒哀乐亦人心中之一境界。王氏又说：

> 境非独谓景物也。喜怒哀乐亦人心中之一境界。故能写真景物真感情者，谓之有境界，否则谓之无境界。(《词话》六)

这里"真景物真感情"的真，除了真实性外，还有真诚义。后者本章暂不讨论。就事物的真实性说，王氏所谓"魂"、所谓"神理"，是对事物的本质特征的把握，也即景物之真。"美成（周邦彦）《青玉案》（当作《苏幕遮》）词：'叶上初阳干宿雨，水面清圆，一一风荷举'。此真能得荷之神理者。"(《词话》三六)宿雨初干，池荷映日，亭亭净植，写出荷花生长之势，故得荷之神理。王夫之云："神理凑合时自然恰得。"(《姜斋诗话》)可见神理者，真切自然。笪重光云："神无可绘，真境逼而神境生。"(《画筌》)笪氏也把神理看作是真切自然。王氏又云："'细雨湿流光'五字，皆能摄春草之魂。"(《词话》)论者以为从王维"草色全经细雨湿"演化而来。相较论之，右丞（王维）诗质朴，正中词超妙。雨后流光掩映草色，分外明丽，呈现着一片生机，得芳草的自然体势，从而惹起王孙不归之恨，所以王氏谓"能摄春草之魂"。右丞诗虽说细雨滋润草色，有生机之意，但无流光掩映，少空灵之趣。诗词分域，于此可悟。王氏还认为写景体物之真，以感情之真为先决条件，这是前面说过的。若无感情之真，体物便不能侔于造化，如事物本身那样，真切自然，得其神理，摄其精魂。这样强调主观感情的真实性在描写事物中的作用，是王氏第一个明确提出来的，认为是在作者的生活遭遇中所形成的。王氏引《诗·小雅·采薇》等例来说明，这些诗体物所以自然真切，侔于造化，盖出自离人孽子征夫之口，因为这些人，由于生活遭遇的不幸，而感情最真，亦最深微：

> "燕燕于飞，差池其羽。""燕燕于飞，颉之颃之。""黄鸟黄鸟，载好其音。""昔我往矣，杨柳依依。"诗人体物之妙，侔于造化，然皆出于离人孽子征夫之口。故情真者，其观物亦真。(《文学小言》)

我国传统文论，有"发愤以抒情""愁思之声要眇"和"诗穷而后工"等论法。论词者亦多主之，如陈子龙、朱彝尊、张惠言、谢章铤、冯煦等是。王氏无疑亦主此说，但提出体物侔于造化出自穷者之口的论点，是新颖独到的。他又说：

古诗云:"谁能思不歌?谁能饥不食?"诗词者,物之不得其平而鸣者也。故欢愉之辞难工,愁苦之言易巧。(《词话》删稿八)

离人孽子征夫逐臣,其所遭遇都是人生的不幸,故哀怨愁苦之情真,其体物也真。"斜阳冉冉春无极。"(周邦彦《兰陵王·柳》)情景真切自然,而作于羁人逆旅,与《邶风·燕燕》《小雅·采薇》何异?王氏征引韩愈《荆潭唱和诗序》及《送孟东野序》语,以说明词人体物侔于造化,在于愁苦之情真。这种论点既承继传统,又极新颖。

境界第二个特征是直觉(直观)性。与众周知,王氏既接受了康德、叔本华的美学思想而又结合中国文论传统,以直观论艺,论词的境界。他在《论新学语之输入》中云:

夫 intuition 者,谓吾心之直觉,五官之感觉。故听嗅尝触,苟于五官之作用外,加以心之作用,皆得之 intuition,不独目之所观而已。

直觉指一切感觉而言,王氏最重者是心的直觉。心的直觉通过五官的感觉而形成,具有分析综合的作用,所以它能表"实念"。诚然,直觉(直观)形象是一切艺术的特征,有别于其他抽象的知识,是审美的基本要素。所以王氏又说:

艺术之知识,全为直观之知识,而无概念杂乎其间。(《叔本华之哲学及其教育学说》)

艺术是凭直觉获取其思想意义和审美价值的。王氏所谓"以个象之所表,为其物之全体","在在得直观之"(《叔本华之哲学及其教育学说》)。庄周所谓"目击道存",即使语言艺术如诗词小说戏曲,所用的材料虽然是表概念的语言,而这种语言,通过想象,也已经化为直觉的形象:

如建筑、雕刻、图画、音乐等皆显于吾人之耳目者。唯诗歌(并戏剧小说言之)一道,虽藉概念之助以唤起吾人之直观,然其价值全存于其能直观与否。诗之所以多用比兴者,其源全由于此也。(《叔本华之哲学及其教育学说》)

王氏认为艺术创作的价值全在于直觉,唯直觉形象,才生动具体,真切自然,既符合审美要求,而且有境界。在语言艺术中,我国传统的比兴,其本源固在于直觉,而其所归也在于直觉。不过这种直觉不是单纯的直觉了,而是包含有事物的全体,即包含有普遍意义的直觉。王氏看作"实念"。在这个意义上,在语言艺术中,语言材料是作为构成直觉形象的第一要素,而比兴则作为形象思维的重要手段。"兴则环譬以托讽。"(《文心雕龙·比兴》)比兴重在兴感托讽。这更是要通过艺术直觉,结撰艺术境界。因为"环譬",不可能不是生动形象的。

王氏这种真切自然的直觉理论,固然来自康德、叔本华,也接受了中国诗论传统的直寻(直致)说。钟嵘《诗品》云:"'思君如流水',既是即日;'高台多悲风',亦唯所见;'清晨登陇首',羌无故实;'明月照积雪',讵出经史?观古今胜语,多非补假,皆由直寻。钟嵘的这种论点,主旨是反对当时用典使事,他认为用典使事是一种"补假",和"直寻"相对立。在钟嵘看来,"补假"有碍于真切自然的直觉描写,而"直寻"则即景会心,自然灵妙,在生动的直觉形象中体现作者深微的寄兴。王夫之(船山)以禅家"现量"论诗。"现量"实质上也即这种直觉。《姜斋诗话》卷二:"'长河落日圆',初无定景;'隔水问樵夫',初非想得。禅家所谓现量也。"《相宗络索》释"现量"有三义,其中之一为"现成一触即觉,不假思量计较"。显然这与"直寻"的即景会心,自然灵妙无异。如王维《终南山》诗:"阴晴众壑殊。"诗人终日欣赏山色的变化,不知日之将夕。结句:"欲投何处宿,隔水问樵夫。"自然兴感,"山野辽廓荒远"(船山语)见于言外。又如王维《使至塞上》诗:"大漠孤烟直,长河落日圆。"王氏以为:"此种境界,可谓千古壮观。求之于词,唯纳兰容若塞上之作,如《长相思》之'夜深千帐灯',《如梦令》之'万帐穹庐人醉,星影摇摇欲坠'差近之。"(《词话》五一)二词都写雄浑之境,寄乡思之情,直致所得,无庸点染,是直觉性极强的艺术形象,与"长河落日圆"同其壮观,同是"现量"。又司空图《与李生论诗书》云:"直致所得,以格自奇。"这里的"直致",内涵也同"直寻",不过司空图还提出"象外之象""味外之旨"的审美要求,把兴会更提高一步。王氏引秦观《浣溪沙》结拍:"宝帘闲挂小银钩。"在"自在飞花轻似梦,无边丝雨细如愁"愁梦惆怅之余,微雨过后,一钩新月闲挂在帐帘之上,偶尔与之相会,在直觉中见一种清幽之境,油然而生愉悦之情，可慰寂寥。其境深细而其意幽微，所以王氏云："何遽不若'雾失楼台，月迷津渡'也"。(《词话》八）何尝不是"直致所得""现量"之境。

境界的第三个特征是寄兴深微。寄兴深微使境界有别于一般的艺术形象和意象。"红杏枝头春意闹"，所谓"著一'闹'字，而境界全出"者，这不仅凭着通感的作用，通过听觉构成包括视觉在内的直觉形象，而且充满了春意盎然的兴感。王氏要求词境在生动的直觉形象中具有深微的兴感，这样才能给读者提供广阔的想象和联想的艺术空间。周济所说的"寄意题外，苞蕴无穷"（《介存斋论词杂著》）就是指这个方面。王氏虽然反对常州派张惠言的寄托说，但他反对的是命意而不是寄兴。因为命意容易流为概念化，和境界的审美直观有抵牾，寄兴深微则有"言外之味，弦外之响"（《词话》四二），言有尽而意无穷。他举例说：

  宋直方（徵舆）《蝶恋花》："新样罗衣浑弃却，犹寻旧日春衫著。"谭复堂（谭献）《蝶恋花》："连理枝头侬与汝，千花百草从渠许。"可谓寄兴深微。①（《词话》删稿二三）

读宋徵舆《蝶恋花》，增旧情之重，读谭献《蝶恋花》，知气谊之厚。二词都是以比量寄兴，即通过比喻达到艺术直观。虽然所写的是儿女闺帷，在直觉形象中却蕴含着深远微妙的人生哲理。如果说这里的人生哲理是作者的"意"，而这个"意"绝不是"命"来的，而是自然妙会，在可知不可知之间，激荡着读者的心灵，其词境所以为高。至于论长调，王氏又举例说：

  若屯田（柳永）之《八声甘州》、东坡（苏轼）之《水调歌头》，则仔兴之作，格高千古，不能以常调论也。（《词话》删稿一五）

---

  ① 《人间词话》删稿二五："固哉！皋文（张惠言字）之为词也！飞卿（温庭筠）《菩萨蛮》、永叔（欧阳修）《蝶恋花》、子瞻（苏轼）《卜算子》，皆兴到之作，有何命意？皆被皋文深文罗织。"

柳永《八声甘州》如"关河冷落，残照当楼"之句，气象雄浑，苍凉感慨，寄兴微茫。刘体仁有《敕勒歌》之喻（见《七颂堂词绎》）。苏轼《水调歌头》如"琼楼宝宇"之辞，蕴藉含蓄，寄意高远。但这些都是仁兴而发，有极广阔的艺术空间，故言外有无穷之意，审美的直觉性又强，有"近而不浮，远而不尽"（司空图论诗语）之致。同时，王氏还评李璟的《浣溪沙》说：

  南唐中主词"菡萏香销翠叶残，西风愁起绿波间"，大有众芳芜秽，美人迟暮之感。乃古今独赏其"细雨梦回鸡塞远，小楼吹彻玉笙寒"，故知解人正不易得。（《词话》一三）

这是由于"细雨"两句，不过写闺中寄怀边塞征人，梦回更为之凄苦而已。而"菡萏"两句，则关乎人生悲剧。故王氏认为"大有众芳芜秽，美人迟暮之感"（《词话》一三），寄兴深至。我们再看他评史达祖《双双燕》咏燕，取姜夔之论而斥贺裳之说，更体现出王氏要求词境寄兴深微的主张：

  贺黄公谓："姜论史词，不称其'软语商量'，而赏（原作称）其'柳昏花暝'。固知不免项羽学兵法之恨。"然"柳昏花暝"，自是欧秦辈句法，前后有画工化工之殊。吾从白石（姜夔），不能附和黄公矣。（《词话》删稿二六）

"软语商量"句，写燕飞时的情态，精妙绝伦，所谓"模写物态，曲尽其妙"（强焕题《片玉词》语），而止写飞燕的逼真生动，未见作者的寄兴。"柳昏花暝"则表现了作者对时局的慨叹，而以咏燕出之，寄兴深微，格调高绝，言外有无穷之意，所以说二者有画工化工之殊。王氏主北宋，认为"柳昏花暝"有欧秦句法，这说明欧阳修、秦观词意与境浑而寄兴深微。欧阳修的"群芳过后西湖好，乱落残红，飞絮蒙蒙。"秦观的"春去也，乱红万点愁如海。"这些句子可以见出欧秦句法的特点。前者扫却即生，后者夸而情深。王氏还提出风人深致的论点，这也体现了寄兴深微的艺术原则：

> 《诗·蒹葭》一篇，最得风人深致。晏同叔之"昨夜西风凋碧树，独上高楼，望尽天涯路"，意颇近之。但一洒落，一悲壮耳。（《词话》二四）

《诗经》秦风《蒹葭》篇，写深秋追恋情人的画面，水洄道阻，可望而不可即，惟秋水望穿，惆怅而已。然而，由于诗人寄兴深微，在具体的画面之外，在语言之外，寄寓美好事物和理想，也可望而不可即，这是诗的层深义。钱钟书先生所谓："善道可望难即，欲求不遂之致。"（《管锥编·毛诗正义》）王氏亦云："理想者，近而不可即。"（《红楼梦评论》第四章）在审美问题上，这也合乎深微之旨，而所谓"近而不浮，远而不尽"（司空图《与李生论诗书》）。王氏认为晏殊《蝶恋花》"昨夜"三句"意颇近之"者，即寄兴深微，与层深的意义相近。关于这点，我们看他下面的论述就知道了：

> 古今之成大事业大学问者，必经过三种之境界："昨夜西风凋碧树，独上高楼，望尽天涯路。"（晏殊《蝶恋花》）此第一境也。"衣带渐宽终不悔，为伊消得人憔悴。"（欧阳永叔《蝶恋花》——应作柳永词）此第二境也。"众里寻他千百度，回首蓦见（当作"蓦然回首"），那人正（当作"却"）在，灯火阑珊处。"（辛弃疾《青玉案》）此第三境也。此等语皆非大词人不能道。然遽以此意解释诸词，恐为晏欧诸公所不许也。（《词话》二六）

三词所体现的三种境界，王氏把它们联系起来说成成大事业大学问的三个层次。"昨夜"两句谓所望高远，义关方向。方向既定，则锲而不舍，憔悴而无恨，殉身而不悔。屈原所谓"亦余心之所善兮，虽九死其犹未悔"（《离骚》）。直至灵感所发，豁然贯通，而蓦然惊见那所求者隐现于灯残冷寂之间。这时候一种快慰之情，悠然而生，禅家所谓悟入，沧浪所谓妙悟。《鹤林玉露》载某尼悟道诗云："尽日寻春不见春，芒鞋踏破岭头云。归来笑把梅花嗅，春在枝头已十分。"词的境界，其寄兴深微，亦犹是已。王氏论三种境界的三个层次，就是凭借境界的这种特征，在广泛想象和联想的艺术空间，把握其普遍性而形成的。如谭献所说："作者之用心未必然，而读者之用心何必不然。"（《复堂词录序》）晏欧（柳）诸人所为词,其用心未必如此,但从境界的普遍联系,从寄兴的艺术效果说,未尝不可以做这样的理解。前面说的风人深致,雅人深致,其道理也一样。由于王氏从普遍性来把握三种境界的三个层次的意义,可以避免张惠言寄托说的穿凿附会而重感兴。所以他说:"遽以此意解释诸词,恐为晏欧(柳)诸公所不许。"并非故作谦虚。

王氏认为寄兴深微是词境的三大特征之一。他不但论词强调寄兴深微的艺术意义,在自己的词作中也体现这种特点。众所周知,王氏所著的《人间词》哲理性强,而又不流为词论者,是由于这种哲理见诸深微的寄兴。叶恭绰在《广箧中词》评《人间词》说:"(王国维)所作小令,寄托遥深,参与哲理,饶有五代北宋韵格,洵足独树一帜。"或托名樊志厚的《人间词甲稿序》云:"若夫观物之微,托兴之深,则又君诗词之特色。"所以王氏作词颇为自信:"虽比之五代北宋之大词人,余愧有所不如。然此等词人亦未始无不及余之处。"(《自序》)这说法的实际内涵和叶氏所评"寄托遥深,参与哲理"一致。如他的《蝶恋花》"昨夜梦中多少恨"阕,以梦中暂时之乐反衬人生的长恨,体现了他的所谓人生"实念",而朦胧宕折,寄兴深微,言外有无穷意。《玉楼春》又以西园落花堪扫,痛惜人才废弃,托兴亦深致。这里,让我们看他的《浣溪沙》:

山寺微茫背夕曛,鸟飞不到半山昏。上方孤磬定行云。　　试向高峰窥皓月,偶开天眼觑红尘。可怜身是眼中人。

鸟飞不到、山寺微茫、孤磬定云、高峰窥月,其境超旷而清幽,这自然是非俗世的而是理想的境界。"天眼"者,乃自然之眼,也即体道之眼,觑红尘而见世俗之扰扰攘攘,为欲之蠢动而已。结句陡变,沉郁顿挫之至,嗟叹自己也在扰攘中不能幸免。可见其艺术特点是寄沉郁忧伤于超旷之中;境界愈超旷,则其忧伤愈甚。王氏论词重忧生忧世,这里也体现了这个哲理性的寄兴。叶嘉莹女士释云:"窃以为此词前片三句,但标举一崇高幽美之境界耳。近代西洋文学有所谓象征主义者,静安先生之作近之焉。"(《王国维及其文学批评》)这说法是不错的,但结句未加分析,是关键所在。萧艾先生则认为:"词旨即屈子众醉独醒之意。"(《王国维诗词笺校》)窃实不敢苟同。道理见前文所分析,这是自感可怜的寄兴。

王氏论境界,从以上的三个方面来规定境界的特征,这是继承了司空图、严羽和王士禛的理论并加以发展而形成的。王氏论词又多采刘熙载之说（见《艺概·词曲概》）。因此可以这样说，王氏的词论，远承严羽、王士禛诸家而近接刘熙载之说。在这里，我们把《人间词话》和《词曲概》有关的话做一比较：

> 严沧浪（严羽）诗话谓："盛唐诸公（原作"人"），唯在兴趣。羚羊挂角，无迹可求。故其妙处，透澈（应作"彻"）玲珑，不可凑拍（应作"泊"）。如空中之音，相中之色，水中之影（应作"月"），镜中之象，言有尽而意无穷。"余谓：北宋以前之词，亦复如是。然沧浪所谓兴趣，阮亭（王士禛）所谓神韵，犹不过道其面目，不若鄙人拈出境界二字为探其本也。（《词话》九）

《艺概·词曲概》则云：

> 司空表圣（司空图）云："梅止于酸，盐止于咸，而美在酸咸之外。"严沧浪云："妙处透彻玲珑，不可凑泊，如水中之月，镜中之象。"此皆论诗也。词亦以得此境为超诣。

观此，可知王氏境界之论传统的继承关系。而沧浪（严羽）所谓兴趣，阮亭（王士禛）所谓神韵，他又以为犹道其面目，不如他所提出的境界能揭示出艺术的本质。论者或以为，王氏能从主观与客观、情与景、意与境的统一来论境界，故能揭示其本质而又包括作为词人感受的"兴趣"和作为艺术效果的"神韵"。这种分析有一定的正确性。王氏又云："言气质，言神韵，不如言境界。有境界，本也。气质、神韵，末也。有境界而二者随之矣。"（《词话》删稿一三）这种本末关系，我们也可以从王氏提出的艺术的第一形式和第二形式来了解。王氏说："凡吾人所加于雕刻书画之品评，曰神曰韵曰气曰味，皆就第二形式言之者多，而就第一形式言之者少。文学亦焉。"（《古雅在美学上之位置》）如果说王氏所谓的第一形式，指的是"材质"，即客观的景物、人事与境遇，那么，第二形式就是"材质"的形象。无疑前者是本而后者是末，所加之品评曰神曰韵曰气曰味，因而也就是末了，这些品评都属于风格范畴。境界则是以材质为基础的。王氏举了两个例子说："'夜阑更秉烛，相对如梦寐'（杜甫

《羌村》诗)之于'今宵剩把银釭照，犹恐相逢是梦中'（晏几道《鹧鸪天》词）；'原言思伯，甘心首疾'（《诗·卫风·伯兮》）之于'衣带渐宽终不悔，为伊消得人憔悴。'（欧阳修《蝶恋花》——应作柳永词，见前）其第一形式同，而前者温厚，后者刻露，其第二形式异也。"（《古雅在美学上之位置》）所谓第一形式同者，其材质相同，景物、人物遭遇相同，这对境界说则为本；而其表现的风格则相异，一温厚，一刻露，这对境界说则为末了，正如神韵气味一样，是第二形式，是风格范畴。所以，境界构成的二原质、二因素，情和景、意和境的统一为本，而在这个统一中所形成的风格特征，如评曰神曰韵曰气曰味则为末。所以说："有境界则二者随之。"

与境界的三个特征，尤其是第三特征有密切关系的，应该说还有抒情典型性和典型化问题。典型化问题是艺术创作的基本问题。而典型化必须是个性化和普遍化的统一，在个别生动的直觉形象中体现事物的普遍性。在王氏的美学理论中，典型这个概念虽未出现，但其思维所及，却接触到许多与典型性有关的理论问题。如他说：

> 美术所表者，则非概念，又非个象，而以个象表其物之一种之全体，即所谓实念者也。（《叔本华之哲学及其教育学说》）

所谓以个象表全体，即以个别生动的事物形象体现事物的普遍性，它的本质，王氏谓之"实念"。这种美学思想显然是从叔本华的美学体系接过来的。叔本华说："绘画艺术把个别的提升为其族类的理念。""理念显示个体中。"（均见《作为意志和表象的世界》）王氏的"实念"即叔本华的"理念"。但王氏所说的一种物的全体，若颠倒过来代以事物的普遍性和本质属性，则其所具的典型论意义是不难理解的。在《人间词话》中，这个思想屡见不鲜。如王氏评李后主词和宋徽宗《燕山亭·北行见杏花》词的优劣时，就根据这一原则：

> 尼采谓："一切文学，余爱以血书者。"后主之词，真所谓血书者也。宋道君皇帝《燕山亭》词，亦略似之。然道君不过自道身世之戚，后主则俨有释迦基督担荷人类罪恶之意，其大小固不同矣。（《词话》一八）

李后主词和宋徽宗词写亡国被掳的哀痛,都是血书者,后者也悲切动人。但王氏从个别形象体现理念的原则来衡鉴,前者体现人类的兴衰,而后者仅体现自身的兴衰。前者如"流水落花春去也,天上人间",虽然写的是词人亡国之情,却体现社会各阶层的兴衰之感。《红楼梦》里林黛玉听到"流水落花"等语便"心痛神驰"。其实,这和李后主亡国之痛并不相干,所以然者,体现了人类的"实念",即体现了人生兴衰的普遍情绪。王氏认为李后主如释迦基督担荷人类罪恶,则夸大其词,所比不伦。但这并不是王氏的理论实质,而实质是抒情典型的普遍性。王氏又说:

> 若夫真正之大诗人则又以人类之感情为其一己之感情,彼其势力充实不可以已,遂不以发表自己之感情为满足,更进而欲发表人类之感情。彼之著作实为人类全体之喉舌而使读者于此得闻其悲欢笑之声,遂觉自己之势力亦为之发扬,而不能自已。(《人间嗜好之研究》)

可见,抒情也有普遍性与个别性的统一,即抒情典型化。关于抒情典型化,王氏则以个象表全体作理论的论述,以李后主词做例证。王氏评政治家之言和诗人之言的优劣时,也同样表述这一思想。他说:

> "君王枉把平陈业,换得雷塘数亩田。"政治家之言也。"长陵亦是闲丘陇,异日谁知与仲多?"诗人之言也。政治家之眼,域于一人一事。诗人之眼,则通古今而观之。词人观物,须用诗人之眼,不可用政治家之眼。(《词话》删稿三七)

"域于一人一事"和"通古今而观之",在艺术创作上,是两种对立的观察方法和表现方法。"域于一人一事",在观察时,囿于事物的个别现象,没有把握事物的本质和普遍性。王氏则认为未能把握到"实念"。因此,个别仍然是个别,不能更深更广泛地揭示其普遍的意义;在艺术创作上,不能进行艺术的概括和典型化。"通古今而观之"的观察方法和表现方法则截然不同。这种观察方法遵循认识事物从现象到本质的过程,对艺术家说来还要将其提高到生动的直观阶段。因此,"通古今而观之",在认识上超越特定的时间局限,而揭示事物的普遍性;在创作上,则强调艺术的概括和典型化,创造出体现事物普遍性的生动具体的形象,创造出触类多通、充类以尽、有言外之意的境界。王氏虽然用"实念"代替普遍性,而其观察过程和表现过程不可能不遵循上述的规律。只不过王氏"以个象代其物之一种之全体"明而未融,缺乏深入的分析,走上"实念""理念"的唯心道路。此外,诗人之眼通古今而观之,政治家之眼"域于一人一事",这又是从功利的角度来说的。前者因超功利而形成审美,获得超越时间限制的"实念",后者因功利的作用,不能超越时间的局限获得"实念"。其实伟大的政治家,他所制定的政策何尝是"域于一人一事"。王氏论诗人与历史家的区别也一样(见《叔本华哲学及其教育学说》),认为历史家只编纂个别的人物事实,而忽视其对历史规律的探讨,忽视"事外远致"(范晔写《后汉书》的自检语)。这无疑是片面的。但从抒情典型的普遍性说,却又不无合理的因素。据此,我们看罗隐《炀帝陵》诗"君王"句和唐彦谦《仲山》诗"长陵"句,确又有所区别:前者虽然概括了隋炀帝早年功业和晚年荒淫败灭,写出了兴亡,有一定的寄寓,但止于帝王的兴败,与宋徽宗《燕山亭》词异曲同工。后者写汉高祖刘邦生前丰功伟绩,极尽人间富贵,自诩其兄仲山不能与他相比。然而死后葬长陵也不过一丘闲垅罢了,与仲山薜萝隐居何异?生平功业诚属虚妄。这样唐彦谦诗就提出一个带普遍性的人生问题,王氏谓之人生"实念"。他所说的"通古今而观之"的实际意义亦在此。诚然二诗风格颇不相同,《仲山》诗平淡幽远,易于引发读者的遐思;《炀帝陵》诗,沉挚感慨,但不易体现人生的"实念"。王氏自己所写的词,"寄托遥深,参与哲理"者,也是"以诗人之眼观物",体现人生"实念",即人生普遍问题。如《蝶恋花》:

百尺朱楼临大道,楼外轻雷,不问昏和晓。独倚阑干人窈窕,闲中数尽行人小。 一霎车尘生树杪,陌上楼头,都向尘中老。薄晚西风吹雨到,明朝又是伤流潦。

尘世纷纷,车声如雷,不绝昏晓,一个遗世独立的窈窕美人,高楼临望,数尽了尘世的芸芸众生。他们固然逃不脱尘世的痛苦和烦恼,即使窈窕美人虽高洁自持,也无例外地和芸芸众生一样在尘世中老去。"陌上楼头,都向尘中老",语极沉痛。结拍用周邦彦《大酺·春雨》词"流潦妨车毅"意，写人生无穷的流离奔波。王氏试图用艺术体现人生痛苦的"实念"，体现从叔本华哲学接受过来的悲观思想；而实际上又通过个别具体的艺术形象概括了他所处时代极其普遍的人生痛苦。正由于这样，结拍使人兴感无端。

第三节　词的隔与不隔

我们前面谈了王国维境界说的三个特征。王氏在这基础上又提出隔与不隔的问题。而境界的直觉性毕竟是境界的审美特性，在境界三个特征中它是核心部分。但从单纯的直觉性论境界又决非王氏所主张，因为还须考虑境界是否真切自然和寄兴深微。王氏提出隔与不隔也不能以单纯的直觉性来衡量。王氏说：

> 问隔与不隔之别，曰：……"池塘生春草""空梁落燕泥"等二句，妙处唯在不隔。词亦如是。即以一人一词论。如欧阳公《少年游》咏春草上半阕云："阑干十二独凭春，晴碧远连云。千里万里，二月三月，（此两句原倒置）行色苦愁人。"语语都在目前，便是不隔。至云"谢家池上，江淹浦畔。"则隔矣。白石《翠楼吟》："此地，宜有词仙，拥素云黄鹤，与君游戏。玉梯凝望久，叹芳草萋萋千里。"便是不隔。至"酒祓清愁，花消英气"则隔矣。然南宋词虽不隔处，比之前人，自有浅深厚薄之别。（《词话》四〇）

谢灵运《登池上楼》诗"池塘生春草"，意与境会，自然真切，其直觉形象不须补假而春意盎然，有无穷之趣。盖经三冬严寒，万物凋零殆尽，一个卧病久昧节序的诗人，偶见池边春草萌生，自有一番兴会。正如马克思所说，"在他所创造的世界中直观自己"（《全集》四二卷）。诗人在他所创造的春草形象中，直观自己的生意。薛道衡《昔昔盐》"空梁落燕泥"句与"池塘"句同是造语自然，形象直致，即船山所谓"现量"。而寂寞凄清之景正衬出怀思怨望之情，寄兴于有意无意之间，使读者触类多通。其实，一个处身幽独不遇之士，又何尝无悬蛛网、落燕泥的凄凉孤寂之感，何尝无怨望之情。诗歌内涵的多层次性，形象的明确性，正见其不隔。至于词，王氏举欧阳修《少年游》为说。这首词和林逋《点绛唇》

有密切的关系。《点绛唇》咏春草，句句不见春草而句句不离春草。作者选择富有特征性的情景衬出春草，使春草形象鲜明突出，真切动人。杨慎所谓："妙在全篇不见一草字，且甚感慨。"（杨本《草堂诗馀》评该词）欧阳修仿作《少年游》，其艺术特点一如林逋《点绛唇》，全篇不见"春草"而句句不离春草，直觉性很强。"晴碧连云"知春草之无际。"千里"两句也从空间和时间写春草绵邈不尽，因而有"行色苦愁人"之慨。吴曾《能改斋漫录》十七载："梅圣俞在欧阳公坐，有以林逋草词'金谷年年，乱生春色谁为主'为美者，梅圣俞别为《苏幕遮》一阕，欧公击赏之。又自作一词云云，盖《少年游》也。不惟前二公所不及，求诸唐人温李集中，殆与之为一矣。"吴曾认为欧阳修《少年游》较林逋《点绛唇》为高，其原因是欧词较曲折深婉，林逋《点绛唇》尚嫌直露，在寄兴方面，二者有所不同。王氏认为不隔，深得其中三昧。但过片"谢家池上，江淹浦畔"，写春草连用两个典故，虽然这两个典故原来就不隔。谢诗前已论及。江淹《别赋》："春草碧色，春水绿波，送君千里，伤如之何！"也不隔，但欧阳修用之便隔了。为什么呢？因为用这两个典故，难以唤起春草的直觉形象，既不真切自然，又非如原作那样有寄兴，实有补缀之嫌。因此王氏认为隔了。另外，王氏认为白石《翠楼吟》"此地宜有词仙"云云便是不隔。这里也使用了崔颢《黄鹤楼》诗及费文祎乘鹤仙化的故实，言地灵宜有人杰，词仙才人戏游以为庆祝，笔调灵活，语带讽意。天涯游子见层楼的壮丽，时局的偏安，人物的宴游，虽乐而实哀，身世家国之感寄在言外。所以使用典故也不隔。但是，"仗酒祓清愁，花消英气"，仗酒消愁言祓，以姝丽消磨英气曰花消，曲折隐晦，王氏谓之隔，道理在此。可见王氏并不一律否认用典，但他要求所用的典故应具直觉性，甚至有一定的寄兴。如王氏所举辛稼轩《贺新郎·别茂嘉十二弟》，就认为不隔而且有境界：

  稼轩《贺新郎》词送茂嘉十二弟，章法绝妙，且语语有境界，此能品而几于神者。然非有意为之，故后人不能学也。（《词话》删稿十六）

稼轩《贺新郎》前后两片共用五个典故。"马上琵琶关塞黑"，用王昭君事；"长门辞金阙"，用陈皇后事；"看燕燕送归妾"，用庄姜送戴妫事；

过片用李陵别苏武事和燕太子丹送荆轲事。这都是历史上典型的送别例子。稼轩固然集中这些别恨来写他自己的别恨，由于他才大而操纵自如，虽用典而无隐晦之病，不乏其直观性。所以，王氏说："章法绝妙，语语有境界。"故不隔。王氏原则上是不主张使用典故的，这不但关系到词境的隔与不隔问题，而且关系到审美直觉的问题；同时，也为了反对清同治、光绪以来诗文滥用典故的不良倾向。当时诗尚江西，词本梦窗，都唯典故是务，晦塞支离，情文不副，有损于性灵，有损于艺术的直观性。

必须指出的是，由于词家风格流派不同，形象的直觉性有别，境界在艺术表现上也就不同。不能只看直致、直寻的那些境界，各种艺术手段成功的运用，都能体现直觉性和寄兴深微的特征。但王氏却没有做这样全面性的考虑。如他评论白石词时说：

> 白石写景之作，如"二十四桥仍在，波心荡、冷月无声""数峰清苦，商略黄昏雨""高树晚蝉，说西风消息"，虽格韵高绝，然如雾里看花，终隔一层。梅溪、梦窗诸家写景之病，皆在一隔字。北宋风流，渡江遂绝。抑真有运会存乎其间邪？（《词话》三九）

《扬州慢》结拍"二十四桥"云云，为姜夔（白石）名句，以现景结出扬州兵乱后荒凉景况、今昔盛衰之感，隐然有"黍离之悲"。昔日的游人已杳，桨声灯影，箫鼓歌吹，阒然无闻；惟有波心荡月，凄冷荒寂。三句虚笔传神，寄兴深微，直觉性也很强，不能说"终隔一层"。有的论者为了赞成王氏之说，认为波心冷月究竟荡漾着业已惊破的青楼绮梦，还是废池乔木的黍离之悲，殊难做出清晰的回答（《人间词话及评论汇编》）。其实二者兼写。芜城兵后荒凉，使才隽风流如杜牧者也难重赋，词人自己则不必说了。词人借杜牧青楼绮梦来写今昔兴衰之意，回答是清晰的。至如"数峰清苦，商略黄昏雨""高树晚蝉，说西风消息"，白石在这里都用拟人法，写景言情，都能情景相融，写出了一种萧瑟凄凉的典型情景和典型情绪。这种典型情绪，是从以词人为代表的才人落魄浪迹天涯的生活中概括出来的。《点绛唇》写丁未（淳熙十四年，1187年）冬过吴松，岁暮山寒，嵯峨萧瑟之景。以清苦来形容，自然也融注了词人浪迹清苦的情思。数峰低语，在评量着黄昏雨意浓酣垂垂欲下，最能逗起羁人的幽思。"词人的落魄孤寂心境亦隐然如见。"所以，下片怀古伤今皆由此生发。

至若《惜红衣》"高树晚蝉,说西风消息",黄昏古柳,送出了似断似续的凄咽蝉声,也发人幽思。"词人的落魄孤寂心境亦隐然如见。"二词所以成为名句,"在于他说出了一个在凄凉环境和凄凉心境中的落魄词人的凄凉话。"(《姜白石词校注》)

咏物词当以体现出所咏之物的神理为工。咏物词苟得物之神理则不隔,而自然会妙,寄兴深微,则又是不隔的更进一步的要求。因为神理重在客观物象,而寄兴深微重在主观情思,合二者而意与境浑,则成高格。王氏以为苏轼《水龙吟》咏杨花和周邦彦《青玉案》咏荷,皆得杨花风荷的神理,而"觉白石《念奴娇》《惜红衣》二词,犹有隔雾看花之恨"(《词话》三六)。他又写道:

  咏物之词,自以东坡《水龙吟》为最工,邦卿《双双燕》次之。白石《暗香》《疏影》格调虽高,然无一语道著,视古人"江边一树垂垂发"等句何如耶?(《词话》三八)

王氏之说很为偏颇,对白石词贬抑过当。其实,前面讲了,以不同的艺术手法和不同的兴寄,倚声填词,必然产生不同的境界,从描写物象看,认为是"隔"者,表现品格就可能不隔。白石《念奴娇》《惜红衣》二阕咏荷,主要特点不在于体物,而在于写品格,重在兴寄而不在描写,拟人化较强。论者认为重客观精神者多不隔,白石重在主观精神是隔的原因。这说法不全面。白石词主观精神和客观精神、情与景是统一的,在统一中见清空。所谓"野云孤飞,去留无迹""只恐舞衣寒易落,愁入西风南浦",写荷经秋而陨,从拟人化说,不可谓之隔,虽然有关荷的描写着墨很少。东坡《水龙吟》咏杨花,描写和拟人兼用,写杨花的飘坠所引起的愁思,真切动人,身世之感隐约可见,固然不隔。而白石《暗香》《疏影》直接写梅花着墨亦少,而多写与梅花有关系的人和事。或拟人或托兴,总写幽独高标的梅花品格,也即人格,并寄以身世家国之伤。如"唤起玉人,不管清寒与攀摘",虽非直接写梅花,而与美人冲寒摘梅花的意趣可见,高情雅韵,梅花清丽的形象由是衬托出来,何可谓隔?"苔枝缀玉,有翠禽小小、枝上同宿",虽用《龙城录》赵师雄罗浮寻梦事,但梅花晶莹如玉的意象清晰可见;又以昭君写梅的幽独孤贞,以寿阳写梅的幽韵娴雅,情致十足,又何得谓"无一语道著"?这无疑是王氏以其直致所得的描写主张,来抹杀其他非直接描写物象的方法。"江边一树垂垂发""竹外一枝斜更好"固是不隔,而"想佩环月下归来,化作此花幽独"又何尝隔了?前二例直接凭审美直觉,后一例则通过联想引起心理审美直觉,其不同者如是而已。如果说只有直接描写物象才算不隔,那么周邦彦《花犯·梅花》咏梅,写三年浪迹赏梅事,也算隔了。其实《花犯》咏梅,是浑成而不隔的名作。论者也认为王氏说白石咏梅咏荷诸词,以其沉晦见隔。其实王氏说了:"王无功称薛收赋(指《白牛溪赋》)'韵趣高奇,词义晦远,嵯峨萧瑟,真不可言'。词中惜少此二种气象(按:前一种为"跌宕昭彰")。前者惟东坡,后者惟白石,略得一二耳。"(《词话》三一)我们认为白石咏梅咏荷诸作,正是王氏所言"略得一二"者。此外,周济评白石,以为白石情浅(见《介存斋论词杂著》)。王氏本之,甚至说"白石有格而无情"(《词话》四三)。常州派反对浙派,贬白石,这是不难理解的。白石并非情浅,更非无情。以同时代的辛稼轩相比,白石雅士骚人,稼轩英雄豪杰,情的表现形式有所不同,但白石、稼轩都是深于情的词家。我们看《汉宫春》白石和稼轩蓬莱阁韵,同是借勾践灭吴、范蠡携西施泛舟五湖的典事,发千古兴亡之感,笔致苍凉沉郁。但稼轩绝无"小丛解唱,倩松风为我吹竽"那样的闲雅,而有"岁云暮矣,问何不鼓瑟吹竽"的沉痛。我们又看稼轩《永遇乐·北固楼怀古》及白石的和韵,稼轩"舞榭歌台,风流总被雨打风吹去",所感沉雄;白石"数骑秋烟,一篙寒汐,千古空来去",所感则萧瑟了。两首和韵,与原唱风格大异如此。但我们不能说白石情浅而隔,而应该说:由于风格流派不同,一沉雄一清刚,乃至抒情艺术手法有异。白石的和韵有意学稼轩的沉雄,但毕竟不失其清刚的本色。所以,有的论者以白石"情浅"来说明他的词境如"雾里看花""无一语道著",以证王氏之说,这也是不能成立的。

第四节　词的有我之境和无我之境

无我之境和有我之境又是王国维境界说的重要审美范畴。正如多数论者所说,其说来源于叔本华的美学思想。王氏曾多次论及叔本华审美的超功利性,论及优美和壮美形成的非功利特征:

> 唯美之为物，不与吾人之利害相关系。而吾人观物时，亦不知有一己之利害，何则？美之对象非特别之物，而此物之种类之形式。又观之之我，非特别之我，而纯粹无欲之我也。(《叔本华之哲学及其教育学说》)

这是说，美的对象正如前面所论，是物的种类的体现形式。叔本华把物的种类说成"理念"，王氏则说成"实念"，而且不与吾人的利害相关系。换言之，是超功利的无欲的直觉形式。但必须指出的是，王氏接受叔本华超功利的美学思想，并不否认艺术的伦理价值。王氏论词强调忧生忧世，强调品格，甚至夸大地说李后主担荷人类的罪恶，这些都属于伦理范畴的论点：

> "我瞻四方，蹙蹙靡所骋。"诗人之忧生也。"昨夜西风凋碧树，独上高楼，望尽天涯路"，似之。"终日驰车走，不见所问津。"诗人之忧世也。"百草千花寒食路，香车系在谁家树"，似之。(《词话》二五)
>
> 周介存谓："梅溪词中，喜用'偷'字，足以定其品格。"刘融斋谓："周旨荡而史意贪。"此二语令人解颐。(《词话》四八)

王氏论词重忧生忧世，前已谈及，至于重词品，显然接受了刘熙载的影响。虽所说个别词人词作如周邦彦不无偏激，而王氏论词重品，这说明他那种非功利的审美直观论，在词的评价上最终还是肯定其理论意义的，即在更高的层面上肯定其"功利"性。这是中国论诗词重品的传统。我们可以说，王氏反对个人或集团的欲望和功利，而肯定人类社会的功利。他错误地贬低政治家和历史家也是从这个论点出发的。明确这一点之后，对王氏的审美观才有一个全面的了解。我们再回到王氏对优美和壮美的审美特性的论述：

> 美之中又有优美与壮美之别。今有一物，令人忘利害之关系，而玩之而不厌者，谓之优美之感情。若其物直接不利于吾人之意志，而意志为之破裂，唯由知识冥想其理念者，谓之曰壮美之感情。(《叔本华之哲学及其教育学说》)

这一作为形成关于优美和壮美的基本论点,在《古雅之在美学上之位置》(《遗书》,《静庵文集》续编)和《红楼梦评》(《遗书》,《静庵文集》)均有论述。如后者云:

> 苟一物焉,与吾人无利害之关系。而吾人之观之也,不观其关系而但观其物;或吾人之心中无丝毫生活之欲存,而其观物也,不视为与我有关系之物,而视为外物。则今之所观者,非昔之所观者也。此时吾心宁静之状态名之曰优美之情,而谓此物为优美。若此物大不利于吾人而吾人生活之意志为之破裂。因之意志遁去,而知力得为独立之作用,以深观其物。吾人谓此物曰壮美,而谓其感情曰壮美之情。……格代(即歌德)之诗曰:"凡人生中足以使人悲者,于美术中则吾人乐而观之。"

王氏的这种审美观,运用到论词的境界时,把构成境界的意与境、客体与主体的内在联系的不同形式,分为有我之境和无我之境。这显然也是和叔本华的美学思想有密切联系的。叔本华说:

> 我们在美感的观察方式中发现了两种不可分的成分:(一种是)把对象不当作个别事物而是当作柏拉图的理念的认识,也即当作事物全类的常住形式的认识;然后是把认识着主体不当作个体而是当作认识的纯粹而无意志的主体之自意识。……我们将看到由于审美引起的愉悦也是从这两种成分中产生的;并且以审美的对象为转移,时而多半是从这一成分,时而大半是从那一成分产生的。(白冲石译《作为意志和表象的世界》)

这和《人间词话乙稿序》"意馀于境,境多于意"的论点相一致,所讲的都是主体与客体内在联系的不同形式,不同的审美特征。从而分出"有我之境"与"无我之境"两大类:

> 有有我之境,有无我之境。"泪眼问花花不语,乱红飞过秋千去。""可堪孤馆闭春寒,杜鹃声里斜阳暮。"有我之境也。"采菊东篱下,悠然见南山。""寒波澹澹起,白鸟悠悠下。"无我之境也。有

> 我之境，以我观物，故物皆著我之色彩。无我之境，以物观物，故不知何者为我，何者为物。(《词话》三)
>
> 无我之境，人惟于静中得之。有我之境，于由动之静时得之。故一优美，一宏壮也。(《词话》四)

这里的"以我观物""以物观物"，两者在主观上，王氏看来，是"生活之欲之我"和"纯粹无欲之我"的区别。在审美过程中，前者是"吾人之生活意志为之破裂"后，经知力的作用，在静的状态中，达到审美的完成；后者则但观其物，而"无丝毫生活之欲存"的审美静观。现在分别略加说明：

先看"有我之境"。既然有我之境是"以我观物"，在观物时表现了一种鲜明的，甚至强烈的主观情绪，在实际生活中自然会产生痛苦、哀伤、怨望等情绪，带着这种情绪看物，自然染上浓烈的主观色彩。因此，在艺术表现上又往往采取比兴、拟人、烘托等手法。王氏所引两例，其一为欧阳修的《蝶恋花》，其一为秦观的《踏莎行》，都充分说明这个道理。欧阳修词结拍云："泪眼问花花不语，乱红飞过秋千去。"其艺术特点是意余不尽，层深浑成。王又华《古今词论》引毛稚黄语云："人愈伤心，花愈恼人"，"谓非层深而浑成耶？"层深浑成，寄兴无穷，都是在主体（泪眼）和客体（落花）的对立冲突中体现的。其中落花愈着我之色彩，则抒情主人公的悲抑激越情绪愈被推到极端，从而构成逐步层深的兴寄。秦少游《踏莎行》"可堪"两句，审美特性与欧同。所不同者，欧词拟人，秦词烘托。秦词用烘托把主人翁的情绪推向最高点，所以王氏说："凄婉变为凄厉。"为什么具有壮美的审美特征呢？王氏认为，这是因为"由动之静时得之"，这就是以静观动，把动时的激情如悲欢离合、伤时念乱、忧国轸民等情绪，作为虚静时观照的对象；而静观又是"超意志欲念"的直观。所以如前所引歌德的话："凡人生中足以使人悲者，于美术中则吾人乐而观之。"产生一种壮美情感。

再看无我之境。王氏既认为这种境界是由"以物观物"所产生，那么，依据境界乃意与境、主体与客体统一的原则，作为主体的我，应该是自然物化的我。这个"我"是超利害关系的"无我""忘我"或"丧我"。正如叔本华说："……就是人们自失于对象之中了。也即是说，人们忘记了他的个体，忘记了他的意志，他仅仅只是作为纯粹的主体，作为客体的镜子而存在。所以人们也不能把直观者（其人）和直观（本身）分开来了，而是二者已经合一了。"（《作为意志和表象的世界》）这正是王氏"不知何者为我，何者为物"的理论依据。无论是叔本华的纯粹认识主体，抑客体的镜子，或王氏所说的无我，都可以说是自然物化的我，是审美主体从自然物象中领会到某种人生真谛，从而又融注到审美客体的自然属性和神理当中，显示出审美意义。苏轼评文与可（同）画竹云："与可画竹时，见竹不见人。岂独不见人，嗒然遗其身。其身与竹化，无穷出清新。"（《书晁补之所藏与可画竹》）审美主体与竹俱化，即竹的自然属性美的特性已成为审美主体画家文与可的个性特征，从而又以这种个性特征融注到审美客体的竹的实在形象当中，领会出某种人生真谛。这融注是无限的，所以"无穷出清新"。我们前面谈到审美直观超功利性的时候，曾强调出王氏所主张的伦理因素在审美领域中的意义，如品格在审美领域中的意义。这种品格是自然物化的审美主体和审美客体的融合。王氏在《此君轩记》中明确地表述了这一美学思想，可以和东坡的《与可画竹诗》相映发：

> 竹之为物，草木之有特操者与？群居而不倚，虚中而多节，可折而不可曲；凌寒暑而不渝其色。至于烟晨雨夕，枝梢空而露明滴，含风弄月，形态百变。……使人观之，其胸廓然而高，渊然而深，泠然而清，挹之而无穷，玩之而不可亵也。其超世之致，与不可屈之节，于君子为近。是以君子取焉。（《遗书》，《观堂集林》卷二十三）

竹作为审美客体，由其"独立而不倚，虚中而多节"的自然属性，进入社会生活中，形成了审美特征；君子作为审美主体，其胸襟廓然而高，有超世之致，显然这个君子是自然物化了，竹化了的，个人的意志欲望也因此泯灭了的。审美客体的竹和审美主体的君子的结合，"直观者"和"直观（本身）"的结合，既是以物观物的结果，也是"其身与竹化"的结果。因此，"以物观物"在审美领域中，既不知何者为君子，也不知何者为竹，竹与君子浑然俱化，而出现无穷清新的无我之境。恩格斯指出：人本身是自然界的产物，是在他们的环境中并且和这个环境一起发展起来的。由此可知物我有一定的共性。无我之境的基础就在于我与物、君子与竹有着一定的共性。这样，作为审美主体的君子，才可能以竹的自然属性和审美特性观照作为审美客体的竹的实在形象。当然,竹之进入人类的审美领域,又是一个自然的人化过程。由此可见,从审美客体的物,从竹来说,其审美特性是自然的人化;从审美主体的我,君子来说,其品格是人的自然物化。我,君子从自然物化中提高品格的自然素质,乃至体会人生的真谛。王氏在《词话》中所举的两例,同样符合这个原理:看"采菊"两句,诗人在采菊时,由于纯客观的观照,悠然与南山妙会,顿然悟出此中物我两忘、优游闲适的真意。这里作为审美主体的诗人的我,无疑已经是自然物化,菊的品格特性化了。菊的品格特性,在审美领域中是高标隐逸。这又是菊的自然人化的结果。至于"寒波"两句,诗人以自然物化之性,观照澹澹寒波,悠悠白鸟,构成物我两忘的悠闲境界。这种境界在诗中是和怀归欲念的我对立的。诗人企图以前者克制后者,所以该诗的后两句为"怀归人自急,物态本闲暇"。他如杜诗"水流心不竞,云在意俱迟",无我之境,同属一理。

王氏所以说"无我之境,人惟于静中得之",这是因为,静,意味着个人欲望的消失,或克制,即叔本华所说"忘记了他的个体,忘记了他的意志"。在这意义上,王氏也强调"虚"。他说:"自一方面言之,则吾人之胸中,洞然无物,而后其观物也深,而其体物也切。"(《文学小言》,《遗书》,《静庵文集》续编)惟能虚静,则观物深,体物切,物之特性神理,物的审美意义,昭然于审美主体的意识中,而使自身以物的特性为性,一旦与审美客体相遇,便出现物我两忘的无我之境。所以,虚静自《老子·道德经》倡"致虚极,守静笃"以来,学者都很重视。如刘勰说:"陶钧文思,贵在虚静。"(《文心雕龙·神思》)刘勰虽然就一般创作思维言虚静,而虚静对无我之境创造的重要性,则无待言。王氏提出无我之境,既如上所论。究其理论渊源,溯自庄周。庄周主齐物,在物我的关系上,承认有其普遍共性。"天地与我并生,万物与我为一。"(《庄子·齐物论》)因此,在人生观方面,庄周主张物化、忘我。庄周梦蝶的寓言生动地说明物化的道理。因此,在论艺方面,他有梓庆削鐻的寓言。《庄子·达生》描述梓庆削鐻(乐器):先"无公朝",跂慕荣利之心绝,而后始为器;甚至"辄然忘吾有四肢形体",而后为器。"以天合天"。无疑,这到了极其虚静的境地,也是忘我的境地,而器之所以疑神鬼者全在于"以天合天"。郭象注:"不离其自然。"即第一个"天"是指主体的自然本性,第二个"天"是指客体的自然本性。二者自然冥合,创造出精妙的疑为神鬼所做的乐器（镤）。从这里可体会到，在虚静中审美主体自然物化，而后始以自然的本性观物。所谓"以物观物"，无我之境乃生。宋代邵雍喜谈物性人情的对立。他在《击壤集·观物外篇》说："以物观物，性也；以我观物，情也。"这里的"以物观物"，即庄子说的"以天合天"。以物的自然本性观物，则主体先得物的自然本性，我之自然物化。以我观物，故观物时有激动之情，而物着我的色彩。就审美特性言，前者优美后者壮美，如前面所论。因此，王氏又说："写有我之境者为多，然未始不能写无我之境。"（《词话》三）东坡词如《西江月》："可惜一溪风月，莫教踏碎琼瑶。"一种空明莹澈的境界，使人超然物外，摆脱尘念；是审美主体自然物化后，所创造出来的无我之境。又如刘诜《满庭芳·赋萍》："乳鸳行破，一瞬沦漪。"《蕙风词话》卷三评云："非胸次无一点尘，此景未易会得。静深中生明妙矣。"蕙风所谓胸次无尘，至静忘言，都是说审美主体达到了忘我的境界，于虚静中以物观物，摄取物之神理，从而创造出无我之境的词作。

  本章讨论了王国维的境界说，讨论了他对境界的界定以及词境的自然真切、直观性和寄兴深微三大特征。据此又对隔与不隔、有我之境与无我之境做了些阐释和评议。但在王国维的境界说体系中，还涉及不少有关词的理论批评问题。这些问题，还有待探讨研究。例如，对宇宙人生能入能出与境界构建的深切高致的关系论，词主北宋而轻南宋的词史观，等等，都和王氏对境界的界定及其特征的规定有密切联系。

第十六章　论词杂著

第一节　柳永词的声律美[*]

一

词应该是合乐的，词调与乐调息息相关。从合乐配乐言之，先有乐调而后配以词。词调的选择以乐调为依归，而词调的体构主要以字音的高低、抑扬的声调为物质因素。词的令、引、近、慢的形成和演变虽然离不开特定的历史，体现其内部规律，但"律化"是总趋势和基本特征。先师王力教授指出词的三个特点：每调字数一定，用韵、韵位一定和律化（见《汉语诗律学》《诗词格律》）。而其中主要是律化，意即在唐人五、七言律句基础上，吸收六朝以来的四六骈文音声句法。至于词调中用八、九字者则加一个二字或一字的音节而整齐之。一般地说，以二字声调为一音节与英诗的音步近似。以一字音成音节的，只在吟诵时体现。但西方诗的音步重在轻重音，汉语诗词重在抑扬低昂的声调，民族语言有异。轻重相间固然形成节律之美；抑扬低昂的声调也形成节律之美，同在矛盾、差异中求和谐。在汉语诗词中极为重要。诚然作为词调，除平仄之外还讲四声。平声有阴平阳平，仄声犹有上、去、入三声。若再细分，平声固有阴阳，上、去、入亦分阴阳，粤语入声还分阴入、阳入和中入三入声。如谷、角、局分读三入声，声调所谓阳者即声带振动的浊音，声调所谓阴者即声带不振动的清音。故阳声低、阴声高。按阳上转去的语音规律，阳上字各大方言大都转入去声；亦有保持原调不转者。"杜郎俊爽"时"杜"字音今多读去声，温州话还是读阳上。可知抑扬低昂为声调的主要调质，而其他清浊、轻重、洪细等，精于词律者还得留意。当然，从语音学的角度看，往往与辅音有关系，即与声母有关系，也与韵母有关系。虽说韵的

---

[*] 原文载于《文学遗产》2002年第4期。

高低成为声调，而不同的声调在汉语中有区别字义、词义的作用。传统的汉语语音学即音韵学有所谓等韵学，把汉语语音分为四等，如《韵镜》《四声等子》于求音质、调值颇有作用。如"寻寻觅觅，冷冷清清，凄凄惨惨戚戚"多是三、四等韵字，其声细而幽，表现词人凄清悲切的意绪十分适切。其后始用一个一等韵的"乍"字作为领字引起下文。李清照云："诗文分平侧，而歌词分五音，又分五声，又分清浊轻重。"（《词论》）五音、五声虽无明确指释，大抵唇齿等为五音（声）、宫商等为五声（音）（用张炎《词源》意）。陈澧则以五声为阴平、阳平、上、去、入（见《切韵考》卷六"通论"）。而阴阳清浊前此已言之，又"高声从阳（应阴），低声从阴（应阳）"（虞集《中原音韵序》）。我们按今音把它调过来。又收鼻音-m-n-η与否分阴阳，有鼻音者为阳，无鼻音者为阴。孔广森论古韵以收鼻音者为阳声韵，非收鼻音者为"阴声韵"既系论韵，自非声调的阴阳，乃指韵尾是否收-m-n-η的字韵。阴声韵字和阳声韵字和谐相配曲调始美听，岂啻重乎声调之构律。今列广州话（粤方言）声调为例（据高华年、植符兰《语言学概论》）：

调类	阴平	阳平	阴上	阳上	阴去	阳去	上阴入	中阴入	阳入
字例	衣	移	椅	矣	意	异	一	谒	亦
广州话九声	53 或 55	11	35	13	33	22	5	3	2
普通话四声	55	35	214		51		全清全浊 35，次清次浊 51，例外 55 或 214		

其他各大方言区的词人学者，可据该地方言音读平、上、去、入的调值。如闽方言、绍兴话，大抵而论，阴平、阴上、阴去、阴入的调类，受清声母影响而成为阴调类，阳调类则为阳平、阳上、阳去、阳入受浊声母影响而成。前者为阴调，为清声，声带不振动；后者为阳调，为浊声，声带振动。清浊、阴阳、高下、抑扬得此而明焉。二者相偶相配而成节律。质言之，取其矛盾差异的统一而致和谐浑化的声调界境。所谓八方繁会而归于天和，形成自然的节奏。这无疑是声调美或者说节律美的依据。陈振孙《直斋书录解题》："（柳永词）音律谐婉。"王灼《碧鸡漫志》亦云。至于词多作拗句，不但不破坏声律的谐婉，及反复吟诵愈觉其较律化句还

谐美。夏承焘教授引周邦彦、姜夔、吴文英三家词，认为"不能随意改拗为顺，因为这些拗句也是音律吃紧处"。周词《红林檎近》的"高柳春才软，冻梅寒更香。暮雪助清峭，玉尘散林塘"；姜词如《平韵满江红》的"正一望千顷波澜"，《暗香》的"江国，正寂寂。叹寄与路遥，夜雪初积"；吴词《西子妆慢》的"一箭流光，又趁寒食去"，《霜花腴》的"病怀强宽""更移画船""想歌时当必这样才能合律"（《唐宋词声调浅说》，见《夏承焘集》第八册）。万树《词律·发凡》又云："其拗处即顺处。"自然，基础还是在律化。王国维评周美成词云："拗怒之中自饶和婉。"（《清真先生遗事》）若能达到此境地，全靠平日的涵养。如《兰陵王·柳》"拂水飘绵送行色"，前四字律‖——，后三字拗｜—。"愁一箭风快，半篙波暖，回头迢递便数驿"，前句五字拗—‖—｜，四字为律｜——｜，后句七字也为拗———‖，再加上"望人在天北"五字拗｜—｜—｜而念起来却缠绵美听。"驿""北"两韵都在戈载《词林正韵》第十七部陌、职韵。在该词中，叶韵甚密，能押住情绪的发展。使别者回望回思，所谓和婉在此。而柳永拗怒句不如美成，这是词调的变化发展。不可强求于耆卿，但柳氏也不无拗句佳者。如散水调《倾杯乐》"素梅映雪数枝艳，报青春消息"，前拗后顺亟写楚梅的冷艳。《戚氏》后片"夜永对景，那堪屈指，暗想从前"，顺中有拗，而"永夜"句用了去上、去上虽拗而甚为谐适。《木兰花》"解教天上念奴羞，不怕掌中飞燕妒"，《八声甘州》"不忍登高临远，望故乡渺邈，归思难收"，见其顺拗。《雨霖铃》"执手相看泪眼，竟无语凝噎"，亦为顺拗，临别分携，伤心人固如是也。本文所论，侧重柳永词词调仄声三声的去上、上去和去声字的用法及阴阳韵的安排，拗句不能多录。

二

前面我们曾引用了李清照《词论》关于平仄音律的话，其中主要是诗文分平仄与词调相同，其他则别，后来仇远又申其说："词乃有均拍轻重清浊之别，若言顺律舛，律协言谬，俱非本色。"（《玉田词题辞》，见《山中白云词》）故而词中平仄的三仄上、去、入三声，还须按律化来安排，即按声调高低抑扬来安排。刘尧民先生《词与音乐》中用的是轻重律。笔者认为抑扬律更能体现汉语声调的特点。因为它能区别汉语的字义和词义。既然仄声的上去入与平声一样各有阴阳之别，因此律化繁会，不可充之一是。各有其声律和谐的作用，词虽基于五七言唐律，但五七言唐律不能硬套于词。词为声情之作，四声五音自有表情的特点，从语感言，可以《元和韵谱》论四声为例："平声者哀而安，上声者厉而举，去声者清而远，入声者直而促。"（转引自《词与音乐》）四声各有表情特点，各有妙用。明末清初专论平仄四声的，如黄周星（九烟）。他的论词曲的话就很有意义。其《制曲枝语》云："三仄更须分上去，两平还要辨阴阳。"（《古典戏曲论著集成》第七册）从前面所列的声调，我们不难看出声调值矛盾差异的统一和和谐乃至浑化的语音基础。阴阳平广州话是53、55，而普通话为55、35，阴阳平形成了差异和矛盾。这种差异和矛盾经作者协调而致和谐乃至浑化，形成柔婉的声音美，刘勰以为"选和至难"，这是需要功夫的。这里不说句中阴阳平协调的字，即从押韵说，阴阳相配合度也是很美听的，柳永词中如《看花回》阴阳平韵相配很婉美，现列如下：

屈指劳生百岁期（阳平起韵），荣瘁相随（阳平）。利牵名惹逡巡过，奈两轮、玉走金飞（阴平）。红颜成白发，极品何为（阳平）。尘事常多雅会稀（阴平），忍不开眉（阳平）。画堂歌管深深处，难忘酒盏花枝（阴平）。醉乡风景好，携手同归（阴平）。

起结阴阳平韵，其中叶韵两阳平一阴平，或两阴平一阳平，相错相应成韵（韵在《正韵》第三支微部），得叶韵之美。刘勰云："同声相应谓之韵。"若全叶阴平韵或阳平韵，则单调无甚变化。柳永词在同声韵中求有变化。《看花回》的另一阕依次为"干""欢"阴平韵，"弦"阳平韵，"烟"阴平韵。下片"妍""年"阳平韵，"千"阴平韵，"前"阳平韵。也在统一中有参错之美。著名的仙吕调《望海潮》其间所叶的韵也有参错之美，"钱塘自古繁华""参差十万人家"起韵"华"为《正韵》第十部佳（半）麻韵。"华""家"阳平间阴平韵，开口，其后叶全属第十部韵字。"云树绕堤沙""天堑无涯"，"沙""涯"又阴阳平韵相叶。下句接"户盈罗绮竞豪奢"承"涯"韵而来，又一"奢"阴平韵字，所以阳阴平韵相间，而有高低错落之美。从韵位言，"家""华"疏，"沙""涯"密，而"奢"近于疏。下片同此。疏密相间，也形成叶韵之美。再从等韵言之，前片"华"为二等韵，浊声；"家"二等，清声；"沙"二等，清声；"涯"二等，清浊；"奢"三等，清声。过片"嘉"二等，清声；"花"二等，清声；"娃"二等，清声；"牙"二等，清浊；"霞"二等，浊声；"夸"二等，次清。（据《韵镜》）全阕共叶韵十一字，除前片"奢"字三等清声外，其余均为二等韵字。一般地说，一二等洪大，三四等细小；清浊也有高低之值，《望海潮》二等韵居多，足表现词人的喜悦、欢畅和满足之感；清浊和浊声字虽少也可与清声韵参错相配，在叶韵方面也形成同韵参差之美。《望海潮》用的是阴声韵，《八声甘州》亦阴声韵，这里所说的阴声非声调的阴声，而是字韵双声的阴阳之阴。韵尾收-m-n-ng（η）辅音者，为阳声韵，与鼻音有关，见前释孔广森语。如《戚氏》"晚秋天"阕。凡元音收者为阴声韵，如前举《望海潮》《八声甘州》。其余上去两声调的字韵亦可分阴阳。唯入声收-p-t-k者无阴阳之分。兹略释《戚氏》"晚秋天"阙用韵：第一句"天"字起韵，属《词林正韵》第七部，元（半）、寒、删、先。天属先韵，阴平。叶韵为"庭轩"之轩，属元韵，阴平，次叶"残烟"之烟属先韵，阴平。次为"凄然"的然属先韵，阳平。"江关"的"关"属删韵，"夕阳间"的"间"亦删韵，阴平、"登山"的"山"亦删韵，阴平。"潺湲"的"湲"属元韵，阳平。"声喧"的"喧"亦元韵，阴平。"如年"的"年"属先韵，阳平。"更阑"的"阑"属寒韵，阳平。"婵娟"的"娟"，叠先韵，阳阴平。"绵绵"叠字先韵，"迁延"叠先韵，阴阳平。"朝欢"的"欢"寒韵，阴平。"流连"双声先韵，阳平。"何限"的"限"删的上声潸韵，《词谱》称叶，其他书称韵，《词律》为叶仄，即叶上声韵，今为去声韵。"长萦绊"的"绊"字寒的去声翰韵，《词谱》作"叶"，《词律》作叶仄，二者相同，《词律》明确。其下颜、寒、残、眠，亦属第七部韵，但全为阳平韵，不似上阕阴阳平相调叶。下片特别沉重地表情思的沉顿、无奈。这由于阳平重浊，不似阴平那么轻清。至于韵位的疏密有致，如《望海潮》所分析。前片"凄然。望江关，飞云黯淡夕阳间"，密而渐疏。"远道"至"潺湲"最疏。"婵娟"疏而至"绵绵"渐密。"想从前"又渐疏，至"迁延"疏。这样疏密的字韵安排，殊觉参差跌宕，体现了用韵的美。

前面说，黄周星的话，"两平还要辨阴阳"，曾稍加例释。这个问题有机会还须进一步研究讨论，至于"三仄更须分上去"，用于词律，那就更重要也更复杂了。前面已提及本文主要探索柳永词的词调是仄声字三声中的去上、上去和去声字的用法，而重点在去上。现在先谈去声字在词调中的声律作用。

"慢词盖起宋仁宗朝""当始于耆卿"（宋翔凤《乐府余论》）。"慢"通"僈"，《广韵》或作僈。《集韵》："僈，舒迟也。"（《说文解字义证》释僈）舒缓、舒徐、舒展等义当为慢词的特点，适宜于铺叙抒情相兼，常云柳词"曲折委婉""以清切婉丽为宗"正体现慢词的特点。仁宗一朝庶物繁富，市朝昌盛，歌楼伎馆，竞作新声，慢词应歌，虽非柳永一人所为，而因旧声作新声，无疑柳永与歌人乐工合作谱写慢词最多。"新声写处多磨"（《西江月》）、"万家竞奏新声"（《木兰花慢》第二首）、"坐觉久，疏弦脆管，时换新声"（《夏云峰》）可证，至于小令则承晚唐五代。

因此，对于去声的使用应按新体慢词加以考察。去声字在词中，特别慢词的作用和用法，前贤多有论述。大体用于起句和领句，也用于承托之句以及转折处。这些地方须用去声字振起，因为去声的调值为51全降调，从最高的5度降到最低的1度。从语感说，如前引《元和韵谱》"去声者清而远"，或云"去声分明哀远道"。这些语感的描述自然是很多的，不同的人体会不同，而其相同者却在于发声的清劲悠远，因为它是51全降调。周济云："空际转身，这最宜用去声。"龙榆生教授继后又说："又词中换韵处，其承上起下之领句或呼应字，例用去声，方觉振起有力。"（《论平仄四声》，见《龙榆生词学论文集》）在周、龙或其他贤彦之前，如清初万树《词律·发凡》已有明确说明："名词转折跌荡处多用去声，何也？三声之中，上入二者可以作平，去则独异。……当用去者，非去，则激不起，用入且不可，断断勿用平上也。"这里有两种意义：转折跌荡本用仄者，上入可作平，歌之则为平声或接近平声，失却本应用仄的意义，因为"上声舒徐、和软"，调值阴上广州话为35，普通话为214，即便阳上，调值22，普通话大部分入去声，调值为51，适与去声全降调合。这就另当别论了。又入声可代平声，唯有去声"激厉劲远"有力，甚可适合词调的转折跌宕处。这总是因去声调值为51高降调的源故。

柳永《木兰花慢》前片："渐素景衰残，风砧韵响，霜树红疏。"下片："念对酒当歌，低帷并枕，翻恁轻孤。"前者写秋之萧杀，从一般转至具体，用一"渐"字去声领起，后片从回念皇都的游乐，用一"念"字去声领起更具体地把以往情爱生活陡转回情爱轻掷的孤苦现况，最后用一"纵"字去声收结，但只有对那斜阳暮霭的平原无可奈何的凝望。《全宋词》柳永词中共收《木兰花慢》三首，除第二首前片第三句用"咏"上声字外，其余转折领起句都用去声字，都有跌宕劲远振起的作用。柳永在慢词中使用"念""渐""便""正"等去声字最能符合上述去声特点的要求，也最为美听，符合全句或所领多句的乐音。《醉蓬莱》"渐"字领下三句，写"素秋"新霁时的晴明景色。"亭皋""陇首"运用六朝人诗极浑极佳，而传神始自"渐"字。还须指出的是，"素秋"句多为三四等韵，声音清而细，很可表现初秋的语感，如秋霁。或曰固无可改，诚是。下片："太液波翻，披香帘卷，月明风细。""太液"句仁宗不悦，"渐"字亦见斥。然"渐"字起调，下两句"字字响亮"（焦循《雕菰楼词话》）。无法改"渐"字，更无法改"波翻"为"波澄"。盖"波翻"为双唇，后为唇齿音，读之很顺适很美听，"波澄"则非。而以"风细"歇拍，给人的意象是明月清风，微波荡漾，殿帘高卷的清新景象。这些都全由"风细"来承托，细字去声，承托有力，虽然不是用作动词。仁宗认为波翻应换作波澄，全从政治出发，把翻字认作翻腾，不是翻成微澜，从"风细"歇拍可知，"风细"有承上的作用。柳永词凡叶上去韵者，歇拍多用去声承结，用上声者较少。除仅两仄叶韵外，如《爪茉莉》歇拍"等人来，睡梦里"，用去上字，《倾杯》歇拍"又是立尽，梧桐碎影"，亦用去上。不少词结拍系用两仄者，多为去上，不可随意更换，歇拍字韵为去声者，也取去声的劲质，如《二郎神》"愿天上人间，占得欢娱，年年今夜"，咏七夕乞巧节自应如是收结，能承托此前种种美景和欢娱。又如《夜半乐》结拍"空望极，回首斜阳暮，叹浪萍风梗知何去"，"去"为收韵字，若不是用上必用去，本无可异议。但用"去"声一结，回首苍茫暮景，感伤身世如浪萍风梗随处飘荡，羁旅之思极为沉顿！回应前"念解佩、轻盈在何处？"则更为凄黯矣。而一"念"一"去"，何处是厕身之地！用去声于起句和领句极佳者还算《八声甘州》。前片用三个去声字、一个去声词写出秋景的萧森。"对潇潇暮雨"两句，"渐霜风凄惨（一作紧）"三句，"是处"两句。"渐"字既承所对的暮雨江天，又启是处的红衰翠减。可谓空际转身，从泛写递转到具体的秋情，萧杀中饶含刚劲之气、磅礴之势。"不减唐人高处"（东坡语），唐人高境如杜甫的《秋兴》写秋气萧森即为高处。柳永从"对""渐"等字所领之句写出。《雨霖铃》亦然。"对"字上承起句蝉声凄切，下领"长亭""骤雨"两四字句，极顿挫凝咽之致。"念去去"三字句又空际转身，领下二句，一字一泪。从兰舟催发的实况转到想象：即将来到的烟波千里，楚天苍茫，流浪凄凉的情味。用笔千钧。"千里"两句，前者律，后者拗，然声调和婉情味因而隽永。以上所引《乐章集》去声用于空际转身，转折跌宕的词例不但增加了声律的和谐美，而且加强了意境的艺术性。这是不难体会的。不但领句佳者增强音声美，而且和意境相配，有承托上句的作用，用去声也极为突出，施议对博士引柳词《一寸金》为例："井络天开，剑岭云横控西夏。"（《宋词正体》）句中着一控字去声，前两个四言对句控制西夏侵犯的形势托出有力，字刚劲而切至。

诗词分平仄，词又分四声，上去入三仄声字组合而成抑扬的节律或节奏，形成和谐美。一般人认为平仄的组合始成节奏，而上去入三仄声自己互组则未易见得。其实平仄固然因调值的不同而有参差，参差而统一和谐即成节律或节奏。如字的上去，调值为214与51相配自然产生差异，差异的统一便成为上去的抑扬节律，或为抑扬节奏，姑名为抑扬格，字的去上51与214相配便成扬抑节律或为扬抑节奏，也称扬抑格。但入声与平上去配合终未成格，只是韵尾 – p – t – k 的字与他声字相配，作仄声用而已。然而，柳永美成词入声与去声颇为特别，美成去入相配尤谐美，暂且不论。研究词律者或词家都很重视。前引黄九烟"三仄更须分上去"语虽未说明音理，但已直觉到分上去的重要性。清康熙二十六年（1687年）丁卯万树《词律》刻成（据堆絮阁本），其发凡云："上声舒徐和软其腔低，去声激励劲远，其腔高（再见）。相配用之，方能抑扬有致。大抵两上两去在所当避。"两上两去避之则为上去或去上，而其中少用入声而成格者因调值关系如前文所分析。诚然柳永词间或有两上两去而未避者，自然有其原因在，或两上两去本来为双音节词，如双声叠韵叠字，或普遍习用，或选言落纸，音韵天成，不必避。今读去上、上去扬抑格和抑扬格。先师詹安泰先生讲授宋词时（见残稿）曾云："去上声之应用始于柳耆卿。"检《乐章集》诚然如是。今列数项用法于此并说明之。

（1）词有歇拍尾二字押两仄韵，必用去上者，否则失腔，不得起调毕曲前后相应相配。如《齐天乐》《瑞鹤仙》《过秦楼》等。柳永词如《迷仙引》："永弃却、烟花伴（去）侣（上）。免教人见妾，朝云暮（去）雨（上）。"《西江月》："不成雨（上）暮（去）与朝云，又是韶光过（去）了（上）。"仙侣宫《倾杯乐》："愿岁岁天仗（去）里（上），常瞻凤（去）辇（上）。"《女冠子》："好天良夜，无端惹（上）

起（上），千愁万（去）绪（上）。"大石调《倾杯》："又是立尽，梧桐碎（去）影（上）。"以上所举歇拍两仄用去上字的例能使词调在基音上，与起调相应合。这是值得注意的，我们看柳词歇指调的《永遇乐》二首，其结拍均用去上"南山共（去）久（上）""融尊盛（去）举（上）"。不过这种律化现象由于新作，终竟不算太多。诚然结拍用去上，还与前句去上相配，更能体现结构去上律化的差错之美，如《西平乐》之类："可堪向（去）晚（上），村落声声杜（去）宇（上）。"不再多举。"杜"从今音。

（2）句中用去上字，在柳永词中，能避免去去或上上声调的重复单调的语感，而增强仄声律化参错复杂的语感，增强语音变化而统一和谐之美，这更是柳永词音律谐婉的重要质素，林钟商《古倾杯》"遥山变色，妆眉淡（去）扫（上）"，以妆眉淡扫描写遥山变色，甚觉谐婉；写舞伎细腰轻身促拍舒袖，用去上亦甚谐婉。又如《浪淘沙令》："促拍尽随红袖（去）举（上），风柳腰身。"《凤归云》结拍云："却是恨（去）雨（上）愁云，地遥远。""恨雨"本系少用，但恨字去声为了加强感情色彩，用去声"恨"字响而重。"恨"为一等韵，喉音，全浊，故云。听歌板而引动怨思，这是当时生活中最为常见最易动情的。《瑞鹧鸪》有云："动（去）象（去）板（上）声声，怨思难任。"以去声"动"字引出两个四字律化句，如前句"象板"不用，则成三仄合律句，却失去扬抑格，音调就没有那么和谐了。第二阕《瑞鹧鸪》同句亦为："致（去）讼（去）简（上）时丰，继日欢游。"可见某阕的某句须要去上才形成仄声扬抑格的是否守律，还得注意，从此也说明柳永精于音律，使其词音调和婉。《洞仙歌》："更（去）对（去）剪（上）香云，须要深心同写。"盟誓须要深心，否则徒具形式，誓后废然消失。这难道不是情爱生活的教训？

（3）两句或两句以上的仄声地方尽量使用去上扬抑格。如《留客住》："遥山万叠云散，涨（去）海（上）千里，潮平浩（去）渺（上）。"黄钟羽《倾杯》："梦（去）枕（上）频惊，愁衾半（去）拥（上），万（去）里（上）归心悄悄。"在幽窗蛩响，鼠窥寒砚，闲对孤灯的寂寞凄清的旅舍，写不眠思归的孤悄情怀，连用三个扬抑格，使多个仄声字和谐动人！大石调《倾杯》也一样和谐感人："最（去）苦（上）碧云信（去）断（上），仙乡路（去）杳（上），归鸿难倩。"这里的

"断"《韵镜》在上声缓韵为一等，舌音，全浊。合浊上派在去声今读去声。若读原上声，音信阻隔的苦涩之情始出，因上声调值214故。又散水调《倾杯》："离愁万（去）绪（上），闻岸（去）草（上），切切蛩吟如织。"散水调《倾杯乐》："片帆岸（去）远（上），行客路（去）杳（上），簇一天寒色。"《卜算子》："纵（去）写（上）得、离肠万（去）种（上），奈（去）归云谁寄（去）。"前后用去，中间去上，跌宕有致。其他例用扬抑格，亦尽声调之谐美。又《安公子》："万（去）水（上）千山迷远（去）近（上），想乡关何处。""远"字属阮韵，清浊，喉音，三等，故也在愿韵三等；"近"字在隐韵三等，全浊，牙音，故也在焮韵三等；全浊，牙音，由此可选读远（去）近（上）得扬抑格。这两例都极写羁旅行役之苦和乡思之深。用扬抑格既可回避多个同仄声的单调，增强了律化的和谐。特别是浊（清浊归之）三等韵细而且沉，善于表现伊黯的苦情。即便写欢情，用去上扬抑格，也警练。《玉蝴蝶》："见（去）了（上）千花万（去）柳（上），比（上）并（去）如伊。"两个或两个以上的去上扬抑格，在《乐章集》还有不少，兹不一一列举，知其在声律上的作用和回避两上两去就体验到和谐美了。因为既回避了，自然是去上的扬抑格或上去的抑扬格，形成节律。

（4）既有一个或两个去上扬抑格又有上去抑扬格与之相配，也不失其律化的和谐之美。如《安公子》："暗（去）惹起（上）云愁雨（上）恨（去），情何限。"残烛红泪相伴，羁旅凄清，惹起云愁雨恨的怀感。"暗惹"二字去上，"暗"字又成为下六字律句的领起字。句中"雨恨"作上去抑扬格。《长寿乐》："竟寻芳选（上）胜（去），归来向（去）晚（上），起通衢近（去）远（上），香尘细细。""近"、"远"各有两读，因浊音故。"近"，隐韵，牙音，浊三等；焮韵，牙音，浊三等。"远"，阮韵，喉音，清浊，三等；愿韵，喉音，清浊，三等（再见）。二者同为三等的韵，音细而沉，语感细而远。"近远"为偏义词，只说远。这样两个去上的扬抑格合首句"选胜"的抑扬格读来甚感和美。《定风波》："此情怀，纵（去）写（上）香笺，凭谁与（上）寄（去）。"谙尽宦游滋味之后，情怀涌动，以扬抑格写"香笺"，以抑扬格写"与寄"，而满纸幽恨凭谁遥寄，总是羁旅孤苦凄凉。扬抑、抑扬相配而和谐自然得音节之美。他词亦有这种审美意义，如《轮台子》："冒征尘远（上）况（去），自（去）古（上）凄凉长安道。"《诉衷情近》："暮云过（去）了

(上),秋光老(上)尽(去),故人千里。"《留客住》:"盈盈泪(去)眼(上),望他乡,隐隐(上)断(去)霞残照。"《荔枝香》起句:"甚处寻芳赏(上)翠(去),归去(去)晚(上)。"皆是。《抛球乐》写景写人的艳杏弱柳,扬抑、抑扬格调相配,使用也极为协畅清美:"艳(去)杏(去)暖(上),妆脸匀开,弱柳(上)困(去),宫腰低亚。"写人物的情爱活动和体验也如此清丽。《集贤宾》:"几回饮(上)散(去)良宵永,鸳衾暖、凤(去)枕(上)香浓。"安然终老的相爱是作者和一般人所应有的期盼,该词用了一个抑扬格一个扬抑格相迭,又两个抑扬格相联,极为稀见,但传达了一种无奈的意绪:"争似和鸣偕老,免(上)教(去)敛(上)翠(去)啼红。"现在让我们引《合欢带》前片对舞伎的极意描写所用的去上扬抑格和上去抑扬格使整个意象灵活起来的声调美后,再引散水调《倾杯乐》作整体的欣赏。先引《合欢带》前片数句:

一个肌肤浑似玉,更都来、占(去)了(上)千娇。妍歌艳(去)舞(上),莺惭巧舌,柳(上)妒(去)纤腰。自相逢、便觉韩娥价(去)减(上),飞燕声消。

几个句子中三个去上扬抑格,一个上去抑扬格,清词人重视扬抑格,抑扬格在词调中只是作调协作用,大概受到柳永这类词的启发:抑扬格去声在末,调值为51的高降调,去声分明哀远道,虑难收束。虽然如此,它究竟形成两仄中的一个格调,成为214:51(北京音)的声调矛盾差异而统一成节奏。其次引散水调《倾杯乐》如下:

楼销轻烟,水横斜照,遥山半(去)隐(上)愁碧。片帆岸(去)远(上),行客路(去)杳(上),簇一天寒色。楚梅映雪数枝艳,报一春消息。年华梦(去)促(入),音信(去)断(上),声远飞鸿南北。算伊别来无绪,翠消红减,双带长抛掷。但(去)泪(去)眼(上)沉迷,看珠成碧。惹闲愁堆积。雨(上)意(去)云情,酒心花态,孤负高阳客。梦难极。和梦(去)也(上),多时间隔。

全首两仄字处共六个去上扬抑格，一个抑扬格。其作用与前《合欢带》同。"算"字领下三句，"但"字领下二句，都有振起之力。刘勰云："异音相从谓之和""和体抑扬"。这是声调的主要特点和功用。所以，全阕不但无抗喉矫舌之差，攒唇激齿之异，反而和婉谐畅，近乎自然之美。诚然平仄四声之用，还有很多很多，如去声的用法，于平声之前之后，耆卿多用之。其次为上声，入声则极少使用，除成语习惯语如风月舟楫之类，就不说了。

三

"变旧声作新声"。柳耆卿的"新声""新词"，以其和婉谐畅的慢词新律，影响了当时和后世，"大得声称于世"。同时稍后的苏轼，对柳永的俗滥颇多微词，但其慢词新调多学柳永新格。这在施议对博士《宋词正体》中论证翔实。北宋徽宗时大晟乐府成立，主持其行政和事业者，如晁端礼、万俟咏诸人，以周邦彦（美成）为最著。

周既受耆卿雅调影响，亦自作新声，是精于乐律词律，是最有影响集大成的人物。汪东《词学通论》云："词家工此体者（指赋景半多言情），以耆卿为最，美成追踪，益加沉挚。"（《梦秋词》）又云："耆卿崛起，慢词始兴。清真实从柳出，其铺叙长调，气力相均，而沉郁之思，秾挚之采，固柳所不及也。"（《梦秋词》）美成《片玉集》词，对于前所分析的去声运用极为精妙，去上扬抑格和上去抑扬格的铺陈始终，排比声律而回避两上两去的非律化较《乐章集》词更为谐婉超妙，即其中拗句，亦饶和婉。现有乔大壮教授据《彊邨丛书》本《片玉集》标出其中平仄四声的用法，可以见证，书的全称为《乔大壮手批周邦彦〈片玉集〉》，是乔氏门人黄墨谷女史保存者，书后有长记，有遗事和唐圭璋教授的回忆，从中可知大壮先生生前精研片玉词。故手批亦可悟可信，兹列举以资认识片玉词的平仄四声的运用，尤以去上、上去之精审，平去、去入之确切，使读者了解清真词用律精严和谐美。如《浪淘沙》起调即云："画阴重，霜凋岸（去）草（上）雾（去）隐（上）城堞。"句虽拗而用两个去上，甚为和婉。又如《花犯》小石咏梅，每韵的两仄均用去上扬抑格："梅花照（去）眼（上）""疑净（去）洗（上）铅华""去年胜（去）赏（上），曾孤倚，冰盘同宴（去）喜（上）""香篝薰素（去）被（上）""相将见、脆丸荐（去）酒（上）""空江烟浪（去）里（上）"，结拍

"但梦（去）想（上），一枝潇洒，黄昏斜照（去）水（上）"。结用去上，结前亦用去上，领句去声，用"但"字。故其结拍具声律之美，表推想之情，"疏影横斜水清浅"也，想象中幽清的境界遂生。又《琐窗寒》"桐花半（去）亩（上），静（原标上，可转去）锁（上）一庭愁雨""旗亭唤（去）酒（上），付（去）与（上）高阳俦侣"，《扫花游》"细（去）绕（上）回堤，驻马河桥避（去）雨（上）"。这些例子都表现了情思婉转的声调谐美，如不用扬抑格的去上声反为刻板，只是平仄不误而已。我们再看片玉词去声领句和句中去上同用的谐畅声调之佳妙。《忆旧游》用"记""听""渐"来领出下数句，从而组成前片："记（去）愁横浅黛，泪（去）洗（上）红铅，门掩秋宵。""听（去）寒蛩夜（去）泣（入），乱（去）雨（上）潇潇。""渐（去）暗竹敲凉，疏萤照（去）晚（上），两地魂消。"这种领句和句中去上扬抑格相配在声音上是很动情的。谈影响，我们不可喧宾夺主地对清真词做过多的议论。清真词自南宋历元明词衰之期以至于有清一代，都认为精于词律，创调实多。迨至清中叶，常州词派兴。至周济《宋四家词选》出，其目录序论以清真为词之集大成者，倡以"问涂碧山，历梦窗、稼轩，以还清真之浑化"。晚清诸大家如王鹏运、朱祖谋等皆从之。而专研声律者如吴焯之为词斤斤于去上之间，不失分寸节度。笔者研习常州词派的理论时以为皋文、止庵主比兴寄托重在词的思想，虽周济曾论及声律，但于词作却去一间。迨读茗柯词，始知皋文倡比兴寄托之论，而其词作多守去上，铿锵谐畅，极声调之美，如《木兰花慢·游丝》："是（去）春魂一缕，销不尽、又轻飞。看（去）曲曲回肠，愁侬未（去）了（上），又（去）待（上）怜伊。东风几回暗（去）剪（上）。尽（去）缠绵、未（去）忍（上）断相思，除有沉烟细（去）袅（上），闲来情绪还知。"前片用去上五个，用去声跌宕转折和起调领句，"是""又""看""尽"等四个。故声调甚为谐婉而情感凄咽，其中进士前之作乎？有清一代谨守声律之作者不鲜，守律之严之苦之乐，况周颐于其《蕙风词话》详而言之（见该书第一卷），兹不赘述。但冒广生于去上扬抑格等颇不以为然，似要恢复诗之平仄，不主词之四声。夏承焘《天风阁学词日记》有一则遗事云："子有谓闽人除上声不分阴阳，余七声皆甚明显，此可证三变辨上去辨入之例也。"（《夏承焘集》第六册）以告冒鹤亭（广生）："片玉词警句用去上者，终不信。"诚然，拘守声律，不管是用去声首发起调，还是歇拍毕曲，或者是空际转身，过片换头，或者是转折跌宕，都不能离开词的意境。去声字无论与上声字结合而成去上的扬抑格、上去的抑扬格乃至于平声字、入声字相结合而成去平或平去、去入或入去，也都不可脱离词的内容，只有向上一路而被运用。即用之能应提高词的思想意义，加强音律的和谐和艺术的价值，不可和张炎《词源》论乃父作词"守定花心不去"改来改去，"琐窗深"不合律而以为"琐窗明"始合，显然其父作词之先并无确定的意境，不能做到"意在笔先"，乃借形式而定内容。这种本末倒置的做法是不可取的。刘毓盘在他的《词史序》批判拘于去上之弊。他说："（清）嘉庆以还，学者知长短句不足以言词也。于是考四声，明读法，而尤斤斤于去上之分，以纠其失。所惜者，乐谱沦亡，无从按拍，文人弄笔，仅在一字之工。"（《词史》）知言哉！犹潘四农之再出也。

（此文原刊载于《文学遗产》2002年第4期）

第二节　试论陈寅恪教授的诗词学思想*

> 莫把寻常花月恨，谱入钿筝旧雁弦。春城话可怜。
>
> ——陈方恪《破阵子》

一

所引《破阵子》，《忍古楼词话》误为陈寅恪作，见《词学季刊》卷三第二号。但《词学季刊》第三卷第三号第170页"忍古楼词话之更正"云："顷据陈先生介弟彦通（方恪字）先生来函，称师曾、寅恪两先生素不填词，所录皆出渠手。夏先生偶尔误收。"就词学思想论，同胞兄弟，无相逆者，自是一致。词内所说的当然不是悲愁怨恨的花月风情，正如欧阳修云："人生自是有情痴，此恨不关风与月。"（《玉楼春》）风月即花月，都是指儿女艳情。既然不是风月情痴，那么就是有关社会治乱、时代兴衰、家国身世之感等所凝结成的痴情了。诚然，作为文艺的诗词也不可能完全离开风月，甚至需要欢愉愁怨的情痴的描写。因为"风骚之旨，

---

*　原文见《陈寅恪与二十世纪中国学术》，浙江人民出版社2000年版。

皆本言情。言情之作，必托于闺襜之际"①。由此可见，寅老与其弟方恪从早岁就有了这样复杂至深的词（诗）学思想，历经几十年的忧患人生和艰苦的学术研究，这种思想成了他的学术思想的重要组成部分。之所以如此，是和他书香世家有很密切的渊源关系的。孟子说："君子之泽，五世而斩。"而陈家至四世学术上却成就了一个高峰，所以寅老渊承家学是极重要的因素之一。寅老的尊翁散原老人于清末民初诗坛为同光体的盟主，源出江西。他曾为江西籍的陶潜、欧阳修、黄庭坚和姜夔的拓像作过题词。题白石像云："一卷蓑笠前，国风有正色。"题山谷像云："私我涪翁诗""镌刻造化手"②。又云："我诵涪翁诗，奥莹出妩媚。冥搜贯万象，往往天机备。"③ 可见散原主盟诗坛，首尊山谷，刻意学江西诗派。陈衍说他："少时学昌黎、山谷，……然其佳处，可以泣鬼神，诉真宰者，未尝不从文从字顺中也。"④ 石遗之评，其要有三点：①诗学的历史继承是学韩愈、黄庭坚而至于杜甫。②辨雕万物，学其诗的风骨。"'健者飘零不相见'，涪翁此语最可悲。"⑤ 山谷被贬谪，散原遭免职，同是健者飘零，所以诗最悲者为其骨了。散原学山谷诗，首学其诗骨。学杜、韩亦然。昌黎"横空排戛"的矫健，山谷"冥搜万象"的超旷，都是为了"写奇情"："新句流传使我惊，雕搜物象写奇情。"高风见亮矣。③文从字顺，排除佶屈聱牙。整合这三点，然后始可以产生"泣鬼神，诉真宰"惊心动魄的艺术效应。散原用心力于诗的心境，我们更可以从他序其亲友俞恪士《觚盦诗》隐约看出："觚盦诗，感物造端，摄兴象空灵杳霭之域。近益托体简斋（陈与义为江西派的主要诗人），句法间追钱仲文，当世颇称之。……嗟乎！觚盦晚耽诗，略与余同，而侘傺余犹甚觚盦。（然）瑰意畸行，无足显于天壤。仅区区投命于治其所谓诗者，朝营暮索，敝精尽气，以是取给为养生送死之具。其生也藉之以为业；其死也附

---

① 陈子龙：《安雅堂稿·三子诗余序》，辽宁教育出版社2003年版，第47页。
② 陈寅恪：《漫题豫章四贤像拓本》，见陈三立《散原精舍诗》卷上，上海商务印书馆1922年版，第82页。下引该书同此版本，不再另注。
③ 陈寅恪：《题山谷老人尺牍卷子》，见陈三立《散原精舍诗文集》，上海古籍出版社2003年版，第52页。下引该书同此版本，不再另注。
④ 钱仲联：《近代诗钞》，江苏古籍出版社1993年版，第899页。下引该书同此版本，不再另注。
⑤ 陈寅恪：《九日忆去岁与小鲁伯弢酬唱感赋》，见陈三立《散原精舍诗》卷上，第97页。

之而猎名。亦天下之至悲也。"① 汪寄庵随后评曰:"此序语至委曲而悲痛,应得其言外之意。"笔者认为散原、觚菴二人除诗的风格有不同者外,身世遭遇和感慨以及诗之所尚,都有极为相似之处。"散原犹甚觚菴",散原因主维新,遭遇家难,父子免职,感愤尤深,俞恪士乃系散原俞夫人之兄,其具此体验当不失真。所以诗序虽为恪士写,而实际是夫子自道其不幸,但婉曲悲痛而见诸言外罢了。最后散原老人尚有论诗创作的最高境界之语云:"应存己!吾摹乎唐,则为唐囿;吾仿乎宋,则为宋域。必使既入唐宋之堂奥,更能超乎唐宋之藩篱,而不失其己!"② 这段话总结了历代诗论中诗应有人在、有己在之说。学唐宋而不囿于唐宋,而超乎唐宋,发挥个人的独创性。这是很辩证的。寅老的诗学思想溯源衍流,很多方面渊承散原诗学、江西诗派,却又超越山谷。即词之一道,俞太夫人自幼授寅恪及诸弟兄以词,虽未得深研,亦可以说是家庭的熏陶。其弟方恪以词著称,亦受熏陶所致。我们看《陈寅恪诗集·丁亥元夕用东坡韵》(下简称《诗集》)"阶上鱼龙迷戏舞,词中梅柳泣华年",自注:"光绪庚子元夕,先母授以姜白石词'柳怊梅小未教知'之句。"散原翁《漫题豫章四贤像拓本》诗,其中认为姜白石诗词尤以词丽而不淫,有国风之正,格韵高绝。其母教之。元宵佳节,不出去看莲灯而授教白石《鹧鸪天·元夕不出》词,适与今情切合,亦可以说是古典今典相融。而词中"梅柳泣华年"感慨亦深,岂浅于姜词的"旧情唯有绛都词"的东京梦华之叹?(丁现仙有《绛都春》词写旧日元宵繁华,见《草堂诗馀》下卷)至于说寅老渊承江西,却又超越山谷。山谷诗固称大家,其论诗则主"无一字无来处"。《答徐师川》曰:"杜子美云'读书破万卷,下笔如有神',此作诗之器也。"③ 所谓作诗之器,即积累前人的"佳句善字"乃至典实为日后作诗时的器材。由是衍出一系列有关的论点,如"点铁成金""以故为新"云云。《答洪驹父书》:"自作语最难。老杜作诗,退之作文,无一字无来处。盖后人读书少,故谓韩、杜自作此语耳。古之能为文章者,真能陶冶万物。虽取古人之陈言入于翰墨,如灵丹一

---

① 陈寅恪:《汪辟疆文集·俞恪士》,上海古籍出版社1988年版,第545页。
② 吴宗慈:《陈三立传略》。宗慈所引之语未知出处,考宗慈于散原有知遇之恩或是口授,且《传略》受托于散原次子隆恪,当可信。
③ 李勇先等校点:《黄庭坚全集》,四川大学出版社2001年版,第485页。下引该书同此版本,不再另注。

粒，点铁成金也。"① 古人陶冶万物，作为诗文，故无一字无来处。灵丹一粒，化腐臭为神奇，变陈言为新语。这样与"唯陈言之务去"就并不矛盾。刘融斋更从积极方面论说："陈言务去，杜诗与韩文同。黄山谷、陈后山诸公学杜在此。"② 这种继承和创新的辩证关系，用山谷形象的说法就是"点铁成金""以故为新"。"以故为新"原是东坡的说法③，其核心思想都在"点铁成金"。这样构建了古典运用的初级体系，而寅老给予发展，通过自己的学术实践和创作实践，构建更高一级的体系（见下文"古典今典"之论）。杜诗自元稹《唐故工部员外郎杜君墓系铭并序》发表之后，历晚唐北宋，诗坛上翕然相从，江西派倡一祖三宗之说，山谷既评杜诗无一字无来处，又云少陵入夔州后诗浑然不同于入夔之前，而逐渐形成杜诗诗史之说。杜诗诗史之说见于《新唐书·艺文上·杜审言传》附甫传，赞曰："甫又善陈时事，律切精深，至千言不少衰，世号诗史。"世号诗史，实系宋祁撰《新唐书》列传时参照元稹《唐故工部员外郎杜君墓系铭并序》等所定。宋至晚明，斯说未尝少衰，至钱牧斋主盟诗坛，好研杜诗，卒有《钱注杜诗》之作，多发诗史之义。举凡亡国易代，遗民遗老所写之诗，倾黍离麦秀之悲、吐板荡乱离之痛，均存诗史之义。故汪元量（水云）、谢皋羽、王元吉哀思国亡之作，艰危身历之篇，一一称为诗史。如云："记国亡北徙之事，周详恻怆，可谓诗史。"④ 水云于南宋临安陷落，随宫人后妃掳至北都，其后放还，诗词多哀怨。此外，同类的文章还有《跋王元吉梧溪集》《记月泉吟社》等。《胡致果诗序》云："驯至于少陵，而诗中之史大备。天下称之曰诗史。"⑤ 寅老以其深湛敏锐的眼光和渊博高超的史识，总结中国历史上有关诗史的资料，特别从早年即研读钱谦益的《初学集》《有学集》并笺释数十年，以及其他如《钱注杜诗》《历朝诗集小传》，诗史的理论观点自然要比一般史学家深。这是可以断定的。

寅老在诗的创作和评论上，直接受乃父影响也是很明显的。无论遣

---

① 李勇先等校点：《黄庭坚全集》，第475页。
② 刘熙载：《艺概》，上海古籍出版社1978年版，第69页。下引该书同此版本，不再另注。
③ 苏轼：《题柳子厚诗二首》之二，见《苏轼全集》，上海古籍出版社2000年版。
④ 《跋水云诗》，见《四部丛刊》本《初学集》卷八十四，第882页。
⑤ 转引自《有学集》，见《四部丛刊》，第169页。

词、造句乃至诗境、旨趣都历历可见。如:"周妻何肉尤吾累,大患分明有此身。"① 而乃父则有:"旧游莫问长埋骨,大患依然有此身。"② 前者伉俪之情深,后者怨愤之意远,唯赠别梁启超方为切至,因为同遭戊戌变法失败。据吴氏解释"埋骨"句,指其祖父冤死,"此身"句其父自指,而句法用语几乎一致。他如寅老诗"群雏有命休萦系"、散原诗"群雏有命谁能恤"③ 等,不能繁引。再就诗评言之,寅老早年尝评吴宓《落花》诗五首曰:"(一)中有数句,不甚切落花之题;(二)间有词句,因习见之故,转似不甚雅。……大约作诗能免滑字最难。若欲矫此病,宋人诗不可不留意。"④ 这里,不甚切落花之题不论,至于免滑字最难,诗人词家深有体会。诗词难免于滑,大抵由于俗和熟。俗则套语连篇,熟则浮浅累赘,而同归于轻滑、浮滑。为救斯弊,山谷倡"以俗为雅,以故为新"的诗法,宋人翕然相从。至于词,浮滑者不鲜,朱(彝尊)厉(鹗)倡白石词以救之。至清末,谭献倡以涩救滑,成幽涩之美。寅老矫滑之病,除这些历史背景之外,也直接承传家学。散原论诗,前引陈衍《近代诗钞》,说他"为诗不肯作一习见语。于当代能诗巨公,尝云某也纱帽气,某也馆阁气,盖其恶俗恶熟者至矣"⑤。石遗的话,足可了解其家学关系。

二

寅老论诗主情。无情之作非诗。而诗之情须真,不真实则为伪作。所以他评其好友吴宓先生《清华园即事》诗云:"理想不高,而感情真挚,固为可取。"⑥ 吴诗感情真挚者如颔联两句:"少年歌哭留春梦,堆眼丛残见苦心。"东坡有春梦婆之咏,感人生之倏忽,梦痕难留;雨僧有丛残堆眼而来之叹,而苦心不记,见感情的敦厚而深挚。然则,感情深挚,理想又高的诗就更可取了。理想之高不仅表现在作品的倾向性,更表现在其格

---

① 陈寅恪:《癸未(四三年)春日感赋》,见陈美延等编《陈寅恪诗集》,清华大学出版社1993年版,第32页。下引该书同此版本,不再另注。
② 陈寅恪:《任公北还索句赠别》,见陈三立《散原精舍诗文集》,第235页。
③ 陈寅恪:《酬清园诗》,见陈三立《散原精舍诗文集》,第789页。
④ 转引自吴学昭《吴宓与陈寅恪》,清华大学出版社1993年版,第71页。下引该书同此版本,不再另注。
⑤ 钱仲联:《近代诗钞》,第899页。
⑥ 转引自吴学昭《吴宓与陈寅恪》,第72页。

高韵远。而雨僧此诗,于此却犹有一间。寅老论诗以情为主,并不放任感情乃至放诞乖张,"早宗小雅能谈梦,未觅名山便著书"①,《诗经·小雅》有"雅人深致",为诗之正,尤以变雅感动人心,影响后世深远。但对柳如是的风流放诞则自有其说,参见《柳如是别传》(后称《别传》)之论。兹举一例,如王澐诗:"风流随远近,飘扬闷侬心。"澐是卧子的学生,柳如是离弃卧子,心有不平,写出这有违敦厚缺德之诗。寅老评曰:"殊为轻薄刻毒,大异于其师也。"他早年留学美国哈佛大学时(1919年春)就把情和欲严加区别。据《吴宓与陈寅恪》一书的记录,寅老当时与吴宓诸人讨论情的问题时,参证西方所谓sexology及欧洲人的经验断分情为五等:悬空设想而甘为之死者,为最上;与人交识有素,而未尝共枕衾者次之;曾一度枕衾,永久纪念不忘,又次之;夫妇终其一生相爱而无外遇者更又次之;最下者,"随处接合,唯欲是图,而无所谓情矣",欲而已。凡人欲横流之世,断无真情可说。因此,"有情者曰贞,无情者曰淫"。寅老当年断分情——特指男女之情,为五等,是否合度,于此无论;而情欲之分,贞淫之别,是明确的、严正的。既有反封建伦理的意义,又尊重人的本性。这是和传统进步理论相符契的。刘熙载论诗论词亦主情。他说:"发乎情,未必即礼义。故诗要哀乐中节。"②又云:"词家先要辨得情字……所贵于情者,为得其正也。忠臣孝子,义夫节妇,皆世间极有情之人。"③他叹息"欲长情消,患在世道"。融斋此论,除一些带封建性的色彩,大都和寅老相合,都有现实意义。又《词林纪事序》云:"昔者京山郝氏论诗曰:'诗多男女之咏,何也?'曰:'夫妇,人道之始也。故情欲莫甚于男女,廉耻莫大于中闺。礼义养于闺门者最深,而声音发于男女者易感。故凡托兴男女者,和动之音,性情之始,非尽男女之事也。'"④ 其后谢章铤又阐发此论,曰:"嗟乎,其人必先有所不忍于其家,而后有所不忍于其国,今日之情深款款者,必异日之大节磊磊者也。"⑤ 这是由于闺帏男女之私,性情所发最真最纯,而且往往具有

---

① 陈寅恪:《无题》,见陈美延等编《陈寅恪诗集》,第88页。
② 刘熙载:《艺概》,第81页。
③ 刘熙载:《艺概》,第123页。
④ 张宗橚:《词林纪事》,上海古籍出版社1998年版,第126页。
⑤ 谢章铤:《眠琴小筑词序》,《赌棋山庄全集》,见沈云龙主编《近代中国史料丛刊》续辑,文海出版社1975年版,第537页。下引该书同此版本,不再另注。

家国之感的倾向性，两宋如范仲淹、欧阳修、姜夔无论，即明末陈子龙、柳如是，未尝不是儿女情深缠绵凄恻。寅老叙述他们暌离相思，亦未尝不掬出同情之泪。黄皆令崇祯甲申东山阁画扇，有柳如是题陈子龙《满庭芳》词，其歇拍韵为："无非是，怨花伤柳，一样怕黄昏。"寅老因题七绝："美人顾影怜憔悴，烈士销魂感别离。一样黄昏怨花柳，岂知一样负当时。"① 自唐人闺怨之诗盛，每于暮色苍茫之际，最易生离别的感伤，《诗经》"牛羊下来"伤悲何限！何况又当国家衰乱之时，所以一样怕黄昏也。寅老联系到甲申明朝覆亡，"一念十年抛未得"，柳如是犹题卧子离别之词于画上。寅老沧桑之感，生离死别之情，老泪纵横矣。《诗集》将末句"岂知"换为"可怜"加强了作者同情的叹喟。但"岂知"则有情事的演变难以推测之意，传达一种迷惘感。国变之后，陈子龙起兵被执，壮烈牺牲。柳如是则于南都倾覆劝牧斋自裁不果，自溺又不得遂，终于以家难死。陈子龙、柳如是不但爱之深、情之挚，而且临危无畏怯，勇赴家国之难，卒以身殉国、殉家。真可谓："今日之情深款款者，必异日之大节磊磊者也。"②

寅老论诗既以情为主，又尤重诗有感慨。于人于己之诗，先论感慨的深浅、意义的大小。举一例则可证明艺术感慨的道德价值和审美价值。《陈长生寄外》（叶绍楏）诗："纵教裘敝黄金尽，敢道君来不下机。"苏秦妇于苏秦落魄回家时不下织机行礼。陈长生以不做轻薄之苏秦妇自勉，由此推至已死去的家姐。寅老因此感慨人生云："观其于织素图感伤眷恋（图为端生遗物），不忘怀端生者如此。可谓非势利居心，言行相符者矣。呜呼！常人在忧患颠沛之中，往往四海无依，六亲不认，而绘影阁主人（陈端生）于茫茫天壤之间，得此一妹，亦可稍慰欤？"③ 端生才华超逸，遭此（丈夫负罪绝塞）人生之大不幸以死。其妹长生不以势利待姊，于其遗物感伤眷恋。岂常人之所易为欤？至其《广雅诗集有咏海王村句云"曾闻醉汉称祥瑞，何况千秋翰墨林"，昨闻客言琉璃厂（海王村）书肆之业旧书者悉改业新书矣》诗："迂叟当年感慨深，贞元醉汉托微吟。而

---

① 陈寅恪：《柳如是别传》，上海古籍出版社1980年版，第287页。下引该书同此版本，不再另注。
② 谢章铤：《眠琴小筑词序》，见《赌棋山庄全集》，第252页。
③ 陈寅恪：《论再生缘》，见《陈寅恪先生文史论集》，香港文文出版社1972年版，第337页。下引该书同此版本，不再另注。

今举国皆沉醉,何处千秋翰墨林。"仿《资治通鉴》作者司马光自称迂叟的张之洞,作为执政大臣"中学为体,西学为用"的倡导者,闻海王村醉汉称道祥瑞而不谈传统典籍和国学,大为感慨系之,以为"千秋翰墨林"就更无人关心了。贞元为唐德宗的年号。旧说:贞元,李唐中兴,经济文化较前代繁荣,然醉汉微吟于祥瑞,醉心谶纬,不是极大的讽刺?寅老因此怅触更为剧烈,感慨比张之洞更为深沉。在"举国皆沉醉"的现实社会中,民族文化如何维护和继承?这是民族文化兴废存亡的根本问题。上诗作于1951年,15年后的"破四旧",文物几近毁坏,那就欲哭不能,无可奈何了!寅老撰《论再生缘》《柳如是别传》所赞作者或传中主人,皆为有感而发,做深度的评论,笔底激情,一发而难收,其感慨层层深化。"偶听至《再生缘》一书,深有感于其作者之身世","承平豢养,无所用心,忖文章之得失,兴窈窕之哀思。聊作无益之事,以遣有涯之生云尔"①。"感作者之身世,兴窈窕之哀思。"②寅老兴感于陈端生身世的不幸,其丈夫因科场事流放到绝塞,永难相聚,幽怨悲戚。窈窕淑女,夜夜孤灯,唯托微辞以抒身世之伤、心灵之痛(指该书第十七卷)。寅老这种感兴是极为深刻的,也是沉痛的,而且联系到自己的"衰残病目"的遭遇,直如项莲生所言"为无益之事,遣有涯之生"而已,又何其沉痛乃尔。又寅老之撰《别传》更于国家民族兴亡感发而成。其叙《缘起》云:"披寻钱柳之篇什于残阙毁禁之余,往往窥见其孤怀遗恨,有可以令人感泣不能自已者焉。"③钱牧斋、柳如是虽性格各有特点,身世遭遇不同,但国变之后,钱牧斋显得更为复杂,柳如是更见坚定,其孤怀遗恨往往不为世人所知,甚或托归庄之言谓牧斋"无耻丧心"。寅老认为"殊未详考钱归之交谊,疑其不当疑者"。若柳如是者,寅老力辟虚妄揣测、讳饰诋诬而表旌其民族忠魂气节,其言曰:"夫三户亡秦之志,九章哀郢之辞,即发自当日之士大夫,犹应珍惜引申,以表彰我民族独立之精神,自由之思想。何况出于娈婉倚门之少女,绸缪鼓瑟之小妇,而又为当时迂腐者所深诋,后世轻薄者所厚诬之人哉?"④典籍多禁毁亡佚,即

---

① 陈寅恪:《寒柳堂集》,上海古籍出版社1980年版,第36页。下引该书同此版本,不再另注。
② 陈寅恪:《寒柳堂集》,第1页。
③ 陈寅恪:《柳如是别传》,第4页。
④ 陈寅恪:《柳如是别传》,第4页。

有之亦雷同抄袭。暮齿著书,去就实难,寅老只凭钱、柳、陈、程的行宜、诗文之感触,兴发于无穷,而深致感慨,寄情题咏,不止笺证。原因虽多,而和寅老学术思想体系中诗学主情且得其正这一点是分不开的。寅老对这些方面的感兴乃至感慨还提高到审美的高度。前面所引的"窈窕哀思""娈婉绸缪"均为阴柔美的表现,所谓"要眇宜修"者(王国维语)。寅老还谈到陈端生《再生缘》在第十七卷述其撰著本末时说,其"身世遭遇、哀怨缠绵,殊足表现女性阴柔之美"①,哀感顽艳,是其才华焕发的审美特征。观《再生缘》第十七卷和前十六卷,写作相隔一段较长的时间,前十六卷仅首尾用了3年的时间,昼夜不辍,快意哉,才调哉!但第十七卷却用了12年时间,这12年中,"殊非是,拈笔弄墨旧时心",仅就这句话看,已经是感伤身世溢于言表了。寅老很注意写作的时间差异,他仔细地做了一番比较,认为陈端生不是"江郎才尽",而是"庾信文章老更成"。因为第十七卷比前十六卷"凄凉感慨,反似过之"②。端生长盼夫婿消罪归来,而其归来时端生已殁。第十七卷是端生在痛苦的期盼中写成的,可知端生再"拈笔弄墨时"凄凉悲苦的心情。"故知音者乐而悲之",寅老之谓也。牧斋《有学集·庚寅夏五集·留题湖舫舫名不系舟》二首,其一云"舟云不系了无依""大地烟波瞥眼非";其二云"凭阑莫漫多回首,水色山光自古悲"。国亡无依大地变色,二首均"特具兴亡之感"。第二首更好,颈联"杨柳风流烟草在,杜鹃春恨夕阳知",指河东君而言。从义山《锦瑟》诗"望帝春心托杜鹃"句化生,兼容秦少游《踏莎行·郴州旅舍》"杜鹃声里斜阳暮"句,这是众所皆知的。"夕阳"即"斜阳",换"暮"字为"知"字,夕阳知今昔变化之情,用拟人化手法显得更为生动,因此也更为沉痛。望帝春心,杜鹃春恨二而为一。"不啼清泪长啼血",亡国之音哀以思了。寅老因此评曰:"悲今念昔,情见乎词。而河东君哀郢沉湘之旨,复楚(三户亡秦)报韩(张良欲报效韩国)之心,亦可于此窥见。"③ 河东君"哀郢""沉湘"用语是否过重?明都北京南京相继倾覆,以其所有的民族意识、爱国精神,岂无屈原郢都覆亡之哀,汨罗沉冤之怨?河东君钱牧斋的兴发感慨,寅老

---

① 陈寅恪:《论再生缘》,见《陈寅恪先生文史论集》,第403页。
② 陈寅恪:《寒柳堂集》,第55页。
③ 陈寅恪:《柳如是别传》,第377页。

之惊听回视，所以其感慨尤深。又生活真实的抒写，不夸饰不缀丽，朴素言之反而兴感无端，感慨深沉。如元稹自来享盛名的《三遣悲怀》七律三首，写贫贱夫妻生活，其妻韦丛，操持家务，正在平凡处感人深挚。盖其时微之还未富贵，丛又甘守贫贱，贫贱夫妻，关系纯洁，写来极真实可念，因此情文并佳，遂成千古名作。寅老评曰："夫唯真实，遂造诣独绝钦！"① 寅老论诗主情，尤重感慨，家国兴亡之感，身世沉浮之慨，均所重视。必须指出的是，就文体言之，依题悬拟之作，和生活实感之作，到底有所不同。依题悬拟的作品重想象虚构，好处则在艺术自由发挥。然而悬空虚构到底或感受不切，或感慨不深。实感实写的作品，作者有自身遭遇的感觉，记传式地描述，因此有才情的作者感受深者，感慨也深，但往往受生活的局限。所以寅老将《石头记》与《再生缘》做比较云："悼红（指玉茗堂曲、西厢记词，均与黛玉之感伤不期冥会）仅间接想象之文，而端生则直接亲历之语，斯为殊异之点。故《再生缘》伤春之词尤可玩味也。"② 又元稹《连昌宫词》亦是依题悬拟之作，唐明皇与杨贵妃本未到过厥宫，而微之搜集其他资料写他们在宫中的艳情生活，作为艺术的虚构是容许的，但生活描写就不那么真实了。只是在"用兵"和"销兵"之争中，发扬"销兵"之见，为穆宗知赏，是微之为相之契机，"而为裴晋公（度）所甚不堪"③，由是又知《连昌宫词》与《再生缘》还差一间。

对于了解古人立说的用意和对象，寅老说："所谓真了解者，必神游冥想，与立说之古人，处于同一境界，而对于其持论所不得不如是之苦心孤诣，表一种之同情，始能批评其学说之是非得失，而无隔阂肤廓之论。"④ 寅老斯论是关于治哲学史的方法和态度，而其理可通乎论诗，论一切艺术创作。其中，主体之于客观对象必"神游冥想"，使主客体"处于同一境界"，而后客体的苦心孤诣始可展示，主体遂"表一种之同情"。"神游冥想"与"神与物游"同为主体融会于客体、主观情意志趣融会于

---

① 陈寅恪：《元白诗笺证稿》，上海古籍出版社1978年版，第106页。下引该书同此版本，不再另注。
② 陈寅恪：《寒柳堂集》，第53页。
③ 陈寅恪：《元白诗笺证稿》，第74页。
④ 陈寅恪：《冯友兰中国哲学史上册审查报告》，见《金明馆丛稿二编》，生活·读书·新知三联书店2001年版，第279页。下引该书同此版本，不再另注。

客观物象人事的心理活动过程。实践证明，这种心理活动，文学艺术固然不可或缺，对科学研究也大有益处。这符合寅老提出并终生付诸实践的"独立之精神，自由之思想"原则。主客体"处于同一之境界"则开始进入主客两忘（或作亡）、物我为一的时候。庄周论"坐忘""物化"该是属于这个心理阶段。这个阶段不但最能了解客体的主体苦心孤诣，也生发艺术的创造力。如东坡《书晁补之所藏与可竹》云："其身与竹化，无穷出清新。"最后主体在同情的基础上才做出真切的评价。《元白诗笺证稿》论白居易的《琵琶行（引）》、元稹的《琵琶歌》和刘禹锡的《泰娘歌》三者兼及李公垂的《悲善才》并做了比较，认为：元稹之作为践约偿文债，虽贬谪江陵，感遇不深，仅为歌者管儿而作［诗作于元和五年（810年）］。而白居易的《琵琶行（引）》作于元和十一年（816年）左迁江州司马之翌年，湓口送客，遇琵琶老倡，其身世沦落与之仕宦贬谪互为通感。二诗都赞琵琶绝艺，而论诗意，前者庸浅，后者则深然感慨。乐天斯作将作诗的人和被所咏的人二者合为一体，盖"同是天涯沦落人"，遭遇相同，基调一致，己之贬谪失路之怀，寄诸倡女感今伤昔之哀。所以寅老评曰："真可谓能所双亡，主宾俱化，专一而更专一，感慨复加感慨，岂微之浮泛之作所能企及者乎。"① 寅老此评，关于主体与客体统一的浑化理论，言简而意彻。他又将白居易的《琵琶行（引）》和刘禹锡的《泰娘歌》作了简单比较。刘诗作于元和十年（815年）三月为连州刺史之前，由贬所召还长安时作。柳（宗元）、元（稹）诸逐臣相对唏嘘。白居易时亦在长安任，于刘虽未熟稔，但亦谙闻党患。"二公以谪吏逐臣，咏离妇遗妾"，故"造意感慨有所冥会"。主观情致不但浑融，客观对象也基本一致。两诗故佳。《泰娘歌》"举目风烟非旧时，梦寻归路多参差"与"同是天涯沦落人，相逢何必曾相识"其相近乃尔。然李公垂则不同，其《悲善才》一诗，"叙述国事己身变迁之故，抚今追昔，不胜惆怅"，胜于元诗，而劣于刘、白之作。这不能不说是才情和艺术修养了。寅老以为"李诗未能人我两亡，其意境似嫌稍逊"②。可见诗能写到人我双亡，自然浑化，即是诗的高境。

　　前段既已论及寅老诗学主情，而情当寄诸雕搜物象以造艺术意象和意

---

① 陈寅恪：《元白诗笺证稿》，第47页。
② 陈寅恪：《元白诗笺证稿》，第49页。

境；继而论意境的主体和客体，主观情致与客观情事物象的浑融统一。而意内言外、比兴寄托之旨由是而生发。寅老盛赞陈卧子河东君皆工于意内言外者。考陈柳两人其词精妙，柔丽而不靡，感慨而深至。仅读《别传》中所列两者之词，就可知道。意内言外出自张惠言《词选序》："传曰'意内而言外'谓之词。其缘情造端，兴于微言，以相感动，极命风谣里巷男女哀乐，以道贤人君子幽约怨悱不能自言之情，低徊要眇，以喻其致。"① 意内，指词家的情思，属于主体因素；言外，指所描写的人事物象，属于客体因素。两者统一浑融，构建词境。然词的言情造端，是兴于微言的，与诗犹有区别，与《春秋》微言大义既相通，是寄托论的依据，而亦有差别。词多为襜帷儿女之言，通之于离骚变雅之义，尤其是不得志于人生家国者所寄情的语言艺术。本文开头所举《破阵子》即为例。卧子叙离情以《少年游》《青玉案》二阕为佳。而"《青玉案》词尤凄恻动人"②，"落红如梦，芳郊似海，只有情无底"。词是回应河东君由于种种原因不得不离开卧子，而情爱无底，落红如梦，对比强烈而感怆。殊有秦少游《浣溪沙》"自在飞花轻似梦"的凄迷意境。而被回应的河东君《江城子·忆梦》"梦中本是伤心路，芙蓉泪，樱桃语"，开头直写梦境，无限伤心，何其哀艳。后片则云："留他无计，去便随他去。算来还有许多时。人近也，愁回处。"寅老云"是一篇之警策"语，盖陈柳谐合，只是暂时，离别却是必然。故人愈接近，离愁却愈炽。笔者认为反常合道为深，词意含蓄自见。《陈忠裕全集·湘真集·长相思》七古诗"美人"一联，仿杜工部《寄韩谏议注》诗句，题名则取李白《长相思》，"玉京""琼楼"诸句间用东坡《水调歌头·中秋怀子由》意。诗的结句云："但令君心识故人，绮窗何必长相守。"取秦少游"两情若是久长时，又岂在朝朝暮暮"。"故人"曲出《上山采蘼芜》，故指河东君，亦反常合道之意，故深。因此，寅老云："若'何必长相守'之旨，则愿其离，不愿其合，虽似反乎常情，而深爱至痛，尤有出人意表者。取较崔莺莺致张生书，止作'始乱终弃'儿女恩怨寻常之语者，更进入一新境界，非河东君之书，不能有此奇意。非卧子之诗，不能有此奇情。"③ 寅老评陈子龙

---

① 唐圭璋编：《词话丛编》，第1617页。
② 陈寅恪：《柳如是别传》，第248页。
③ 陈寅恪：《柳如是别传》，第332页。

词云："大樽诗馀，摹拟《花间集》《淮海词》，缘情托意，绮丽缠绵。"①卧子词多于绮丽缠绵中托意君国，与上例异者，亦皆幽忧隐恨，是为有寄托的词，如《点绛唇·春日风雨有感》《柳梢青·春望》《虞美人·有感》《唐多令·寒食》。《小重山·忆旧》后片云"荒草思悠悠，宫花飞不尽，覆芳洲。临春非复旧妆楼，楼头月，波上对扬州"。后句从白石《扬州慢》化出，然凄恻更甚。何况波上楼月之影凄冷对芜城，其奈临春废台何？意境较白石词更深层。胡允瑗评曰："先生词凄恻徘徊，洒血埋魂。"其寄托可知。乙酉南都倾覆之后，牧斋为避免祸患，作诗谬悠诡谲其言，故常有寄托，寄以故国之思，身世之感，情事具体，凄恻怨望，表现一种既降清又怀明的复杂情绪。如组诗《西湖杂感》七律共20首，阐发斯义。了解其寄托者，得其深致，不了解其寄托者，也感慨咏叹。其中第十七首，以梁红玉比河东君，寅老认为"甚为恰当"，故进而指出，牧斋赋诗此种类比甚多，但此诗写于"游说马进宝反清之际，其期望河东君者"。因而结语曰："可惜河东君固能为梁红玉，而牧斋则不足比韩世忠。此乃人间之悲剧也。"②"人间悲剧"，其痛惜深矣。诗之颔联及尾联云："红灯玉殿催旌节，画鼓金山压战尘。粉黛至今惊氆帐，可知豪杰不谋身。"黄天荡梁红玉大捷事，犹历历如新，真是河东君日夜思望者哉！必须指出，有寄托之诗，可以说明其中的具体情事，如前举《西湖杂感》第十七首，若一般的抒情诗本无寄托，只是深于抒情，情致独佳，而视为有寄托，则往往过于深解，失却作者的原旨。诚然，在求得作者原旨之后，再进一步探索，或发挥原旨，这应当是别论了。"诗无达诂"呀！如牧斋《七夕有怀》七绝，写于清顺治三年（1646年）丙戌随例北迁，六月虽放还，犹留滞北京，趋朝待漏（诗原作银漏，而各本作银汉）之时，感今伤昔，遥忆河东君而作。黄宗羲尝批诗云："意中不过怀柳氏，而首二句寄意深远。"③ 寅老认为"殊为允当"。但金鹤冲《钱牧斋先生年谱》（1941年排印本）丙戌隆武二年条云："按此诗在隆武帝即位后十日而作，女牛之隔，君臣之异地也。"寅老认为"推论过远，反失牧斋本意，不如

---

① 陈寅恪：《柳如是别传》，第107页。
② 陈寅恪：《柳如是别传》，第1025页。
③ 转引自范锴华《笑庼杂笔》卷一《黄梨洲先生批钱诗残本》，见《柳如是别传》，第250页。

黄氏所言之切合也"。所以推论过远者,良由金氏作年谱,有君臣相隔的寄托之思。不如寅老从黄宗羲之言,再次推论。12 年间,前后两个七夕,一为卧子之思河东君,不过是世间儿女之情;一为牧斋之怀河东君,"则兼具家国兴亡之悲恨"①。寅老如斯推论深切,其感恨正尔动人,不只求历史知识。应该指出的是,还可以从诗的体制辨诗是否有寄托。举例言之,元白新乐府中《陵园妾》与《上阳白发人》,若遵"一吟悲一事"之通则,二诗不可能咏同一主题。故寅老分析曰:"《陵园妾》宜此篇专指遭黜之臣,而不与《上阳白发人》悯怨之旨重复也。"② 不可推论过远。怨女旷夫当然值得怜悯同情,然犹须揭发所以酿成此悲剧的时代社会背景,如陈端生然。这样,主有寄托者可以推断其情事;非主寄托者可以引申,完成诗的阐释。

三

古典今典之说,学者多有论述。这是寅老史学文学又一个重要的考释方法。从诗学的角度看,本源于宋人尤其是江西派山谷论杜诗"无一字无来处"的说法。这里"字"的含义:一为语词的一般古义即训诂;一为"字"所关涉的历史情事,总称典故。寅老发展而深化其论,建立了颇具特色的治史研诗的方法,并付诸研究和创作实践;且将历史情事推广至于作者当时的事实。他说:"自来训释诗章,可别为二:一为考证本事,一为解释辞句。质言之,前者乃考今典,即当时之事实。后者乃释古典,即旧籍之出处。"③ 斯论又见《读哀江南赋》,并补充前说云:"然时代划分,于古典甚易,于今典则难。"寅老通过实践建立了古典今典系统的方法论。运用这套方法,撰著了《元白诗笺证稿》和《柳如是别传》,取得了突出的成就,单篇如《论再生缘》也为中外学者所关注。其古典今典系统方法论,内涵丰富,不可浅视之如江西诗派。要而论之有四点:第一点,古典今典浑融切合;第二点,多种古典组合和今典融会构成多层次的意境,且出新意;第三点,古典今典浑融切合,寄寓作者的幽微深远的主体意旨;第四点,古典今典浑融切合,昭示古今之变。幽隐含蓄而不

---

① 陈寅恪:《柳如是别传》,第 251 页。
② 陈寅恪:《元白诗笺证稿》,第 267 页。
③ 陈寅恪:《柳如是别传》,第 7 页。

晦涩，有雅人深致。所谓浑融切合，首先承认古典今情是两种不同的现象，不同的事物，必须从差异处求同，也须从相同处见异。这样就进而"融会异同，混合古今，别造同异俱冥、古今合流之幻觉"①。这里说的"幻觉"就是通过作者的想象或幻想，虚构出浑融切合的诗词艺术意象乃至意境。寅老笺证元稹《连昌宫词》有"依题悬拟"之说，研读庾信《哀江南赋》也不无这种感觉。这是符合前面说的"神游冥想""能所双忘（或作亡）"的。如汪彦章《浮溪集·代皇太后告天下手书》，寅老赞为与庾信《哀江南赋》俱为第一，含义既多，文气又贯通。所代者乃一废后，当金人陷卞京，掳徽钦二宗并后妃宫人，王宫帝城洗劫一空。废后既失去政权，资格俱废，建统不合法，但又不能不建立继统的君主来号召臣民维系人心，抵御女真的侵犯，故代手书措语极难，而手书中有句云："汉家之厄十世，宜光武之中兴；献公之子九人，唯重耳之尚在。"西汉与北宋诚数同历十世，光武中兴，继统前王；重耳罹难，卒为晋文缉熙前代，遂成霸业。故于当时情事，民众复国抗敌之志甚为适切。寅老评曰："古典今事，比拟适切，固是佳句。"② 这是今典难的例子。为什么这文章在当时和后世广为传诵？除了语意较显，辞藻优美外，根本的是家国兴亡的哀痛融化贯彻于始终。寅老还指出所以如是者"又系乎思想之自由，灵活"。又如《再生缘》有句云："地邻东海潮来近，人在蓬山快若仙。""蓬山"代指登州蓬莱县，端生曾随父玉敦赴登州同知任，蓬莱仙境，常出没海市蜃楼。端生少年生活于斯地，自然飘飘若仙，寅老赏其"古典今事，合为一词"③。不只诗词如此，即诗词序跋也贯彻斯义。陈子龙序河东君《戊寅草》："作者或取要眇，柳子遂一起青琐之中。""要眇"固然是词的特性，也是某类诗的审美特征。而"青琐"辞典出《世说·惑溺》："贾（充）女于青琐中看，见（韩）寿，说之。"这种艳情的描写成了诗词常用的典实。然则卧子一语而河东君之诗歌地位和风格特点俱明。寅老赞云："卧子以青琐代青楼，借以掩饰河东君之社会地位，遣辞巧妙，用心良苦。"④ 这是切合第一点特征的。诗词创作虽然多用单一的

---

① 陈寅恪：《读哀江南赋》，见《金明馆丛稿初编》，上海古籍出版社 1980 年版，第 209 页。下引该书同此版本，不再另注。
② 陈寅恪：《寒柳堂集》，第 65 页。
③ 陈寅恪：《寒柳堂集》，第 52 页。
④ 陈寅恪：《柳如是别传》，第 7 页。

古典，但亦不少用数典构成一句或一意象。如释陈子龙《吴阊口号》的第十首末联"芝田馆里堪惆怅，枉恨明珠入梦迟"。用《文选·洛神赋》李善注甄后献明珠（用张平子《四愁》诗之互赠的明珠），陈王回赠玉佩，这是普通的字面典故；继而用《文选·神女赋》"寐而梦之""复见所梦"，即梦中见梦，增强了"入梦迟"的迷离惝恍的惆怅。寅老称之为第一出典。李商隐《可叹》诗"宓妃愁坐芝田馆，用尽陈王八斗才"。意谓用尽才华，两情依然暌阻，以写出河东君将离苏州的生离伤痛。寅老称为第二出典。又温庭筠《偶题》诗"欲将红锦段，因梦寄江淹"，因梦而寄明珠犹《偶题》因梦而寄"红锦段"。梦中寄珠，迷离依约，亦如宋让木《秋塘曲》"因梦向愁红锦段"之准今典吧。寅老称为第三出典。总之，用多典组合诗句，或递迭层深或并列延宕，要之使意境深化而旷远，旨趣幽微以新颖。这正好论证上述的第二点。凡出典犹未尽或犹未尽得其情者，当再追溯最早之典并核校今典今情。若犹未通其情达其旨，则依次下引。寅老曰："解释古典故实，当自引用最初之出处，然最初之出处，实不足以尽之，更须引其他非最初而有关者，以补足之，始能通解作者遣词用意之妙。"① 钱牧斋《有学集·秋槐诗集·见盛集陶次他字韵重和五首》之第三者，首联"秋衾铜輂梦频过，四壁阴虫聒谓何"。钱遵王注引李贺"台城应教人，秋衾梦铜輂"②。单只注出字面，犹未通达其情。长吉此两句原出谢庄《七夕夜咏牛女应制》诗，"台城"句乃指其诗序中的庾肩吾③（见王琦《还自会稽歌》注）。牧斋以庾氏曾为侯景部将宋子仙所执，寻又以能诗被释放，取之比己因黄毓祺案被执，不久又放还，很能符合今事今典，有"切己之感"或同病相怜。"阴虫"出自《文选》颜延年《夏夜呈从兄散骑车长沙》诗"阴虫先秋闻"句，遵王未注。然则引此句作为出典，也还不能窥见牧斋的深意，只是表面字句的典故。若联系到南都颠覆，牧斋循例降清北上，而又旋归，东林旧人众口訾訾，攻击不已，因以"阴虫"相比，此又联系今事今典，始足探取牧斋的深意。出典之作和用典之作联贯诵之，"则别有惊心动魄之感焉"④，这评语是寅

---

① 陈寅恪：《柳如是别传》，第112页。
② 钱曾笺注、钱仲联标校：《牧斋有学集》，上海古籍出版社1996年版，第27页。下引该书同此版本，不再另注。
③ 参见王琦《李贺诗歌集注》，上海古籍出版社1977年版，第35页。
④ 陈寅恪：《柳如是别传》，第11页。

老对程嘉燧《朝云》诗八首之第四首说的。他认为诗的第六句"助琴弦管斗玲珑"典出韦庄《忆昔》"子夜歌清月满楼"①，因此可取二诗连贯读之。《忆昔》前六句写升平欢乐，末联陡转为晚唐乱离的悲痛"今日乱离俱是梦，夕阳唯见水东流"。《朝云》诗第四首前六句亦是写柳如是游嘉定，程（嘉燧）、唐（叔达）、李（茂初）、张（子石）辈次递作主人宴享柳氏，管弦协唱，犹似开元盛日。曾几何时，南明颠覆，其所宴游之地、酬酢之人"多已荒芜焚毁，亡死流离"。回思往事，俱是夕阳残梦。但《朝云》诗写于崇祯七年（1634年），当然有别于《忆昔》的结联，只用佛典天女散花写其用佛力抵御柳如是的魔（魅）力，不可能预言10年后之国家颠覆的惨状，寅老要求读者将二诗联贯读之，盖言外含蓄着未来悲恨之意。以上所言，足以说明用典的第三、第四个特点，即寄寓幽微深远的主体情意旨和昭示古今之变。这两点不过是用典的体现，但却说明诗歌创作的特性，是刘勰、钟嵘、司空图、严羽乃至王士禛，论诗歌意境特性的要求。而昭示古今之变，又是寅老作为有深造自得的历史学家的新的理论素质。尤须指出的是，对出典不可望文生义，自行诠释，必须探清其意境今情，然后始可做解释，否则会曲解今典今情，拆离古典与今典的融合统一。兹举《河东君尺牍》为说。《河东君尺牍》意境幽忧，文字倩丽，可作诗读。其第七首有云："铜台高揭，汉水西流，岂止桃花千尺也。"② 末句用李白《赠汪伦》诗句。铜台指邺都的仙掌承露台，如释为铜雀台，则非，因为是妓妾淫乱之所，"铜雀春深锁二乔"亦为此意。汉水，指银汉、银河、星汉、河汉、天汉，曹丕《燕歌行》"星汉西流夜未央"，若释为漳水，亦非。因河水无西流者，有之只是文学的想象。一、二句喻其高致，三句喻其致远，意即汪然明"义薄云天，情深潭渊"也。所以不可望文释典，应当探索作者的意旨。古典今典相契合，与意旨相融洽者则是。否则割裂典文，散乱意旨。

前面我们谈论了古典今典，与这问题有关的则为历史本身。诗史自身便是历史，不过它的特点是以诗歌的艺术形式表现特定的历史。孟子曰："《诗》亡而后《春秋》作。"杜预在《春秋左氏传序》中就明确指出：《春秋》之文，"微而显""志而晦""婉而成章"。这里的"晦"，不是晦

---

① 韦縠：《才调集》卷三，台北新文丰出版公司1980年版。
② 陈寅恪：《柳如是别传》，第392~394页。

涩，而是隐晦。无疑，孔子作《春秋》在寄托大义于微言的时候，继承了《诗经》的微婉幽隐、藻辞谲喻的诗风。诗与史虽然描述的对象不尽相同，表现形式亦异，微言大义的寄托也有区别，但是这一传统的基本精神应该是一致的。因此，诗歌除了抒情的基本艺术功能外，还有其他体裁犹未具备的或明而未融的史例。这是可以推断的艺术效应。寅老很重视这类诗作。这又是从历史的角度来看意内言外了。意内，主体情志意旨的隐约；言外，客体人物事象（包含史家当时的心灵事象）的明融。例如，牧斋的《人日示内》二首并河东君的《依韵奉和》诗。庚寅年是清顺治七年（1650年），明永历四年，这年的人日，牧斋作诗四首，《小集即事》二首，无论。而《示内》二首，其第一首首联云"东华乐事满春城，今日凄凉故国情"；第二首末联云"梦向南枝每西笑，与君行坐数沉吟"。寅老评曰："牧斋此两首诗，南枝越鸟之思，东京梦华之感，溢于言表，不独其用典措辞之佳妙也。诗题'示内'二字，殊非偶然。"① 他认为情侣梦魂相通，河东君深知牧斋微意，春心一点，灵犀一角，枕边人共感微情，可谓至焉。这是微而婉的史迹表现。与河东君的和韵相较，可以窥见当日二人的思想倾向和行为倾向。和韵第一首的颈联云："银幡因载（丛刊本作'戴'）忻多福，金剪侬收喜罢兵。"一片升平气象呈现于人日，亦是海虞在兵连祸结暂息后的一种升平气象。河东君想把牧斋，也把自己郁积了很久的愁闷之气，借此清除。尾联云："新月半轮灯乍穗，为君酹酒祝长庚。""灯乍穗""祝长庚"，前者古人认为是好兆头，后者因好兆头酹酒庆祝。"长庚"为人日后第一个继日放光明的星，暗指西南边陲的明政权桂王永历，正是正统历，在故国之思的同时，尚有熠熠生辉的永历王朝。这自然是他们爱国热忱的表现。如果不是以诗证史，求得他们夫妇之间的通感，则无所验证其思想活动的真实性，终成历史的遗憾。可见以诗证史的重要。但是，曾几何时，付托重任的学生瞿式耜于同年冬失守殉国，牧斋设奠祭之，作五言长诗《哭稼轩一百十韵》："哀音腾粤地，老泪洒吴天。"② [《有学集·绛云余烬集》（上）] 牧斋还有《寄怀岭外四君》诗，四君即金堡、刘客生、姚以式和孙翰简。四人者都是不同程度复国寄命之人。惜明室大势已倾，复国无力，金堡投曹溪为僧，法号澹归

---

① 陈寅恪：《柳如是别传》，第 924 页。
② 钱曾笺注、钱仲联标校：《牧斋有学集》，第 138 页。

和尚，有集行世，驻锡粤北之丹霞山，其墓茔于1987年修葺，以为纪念。寅老评河东君的和诗曰："至评诗者仅摘此首第二联（地于劫外，人在花前），赏其工妙，所见故不谬，但犹非能深知河东君者也。"① 田所谓非能深知者，是不能从钱柳的通感得知其复国有望之心理，也就是说，非能即幽微而知显意。从这个意义上说，以诗证史是不可或缺的。寅老确立以诗证史的理论和方法，成为义宁学派很具特色的史学。其次从诗与史的基本关系出发，史家犹需重视主体情志，持正史德。这不但表现在史传的论赞上，也融贯于史传本身，因为史家叙述历史人物事件，不能无自己的主观评价。重感慨，正史德，无疑是我国传统史学的精华。刘知几在《史通·直书》中说："盖烈士殉名，壮夫重气，宁为兰摧玉折，不作瓦砾长存。若南（史氏）董（狐）之仗气直书，不避强御，韦（昭）崔（浩）之肆情愤笔，无所阿容，虽周身之防有所不足，而遗芳余烈，人到于今称之。"② 笔者重读刘勰《文心雕龙·史传》及刘知几《史通》之《直书》《曲笔》诸篇回顾二陈（垣老、寅老）的著述时不无兴会。前辈学者宗师都意在重感慨、正史德。垣老著有《通鉴胡注表征》，在《感慨》篇"小序"中说："感慨者，即评论中之感慨者也。……感慨之论温公有之，黍离麦秀之情，非温公论中所有者也（按：司马光在靖康之乱之前），必值身之世（'身'即指注《通鉴》的胡三省，活动于宋末元初间），然后能道之。故或则同情古人，或则感伤近事，其甚者至于痛哭流涕。"③ 前引寅老《冯友兰中国哲学史上册审查报告》谈到所谓真了解的界定：与作者、注者"处于同一境界"，不可要求司马光有靖康之乱之感与南宋黍离麦秀之悲如范成大和姜夔者，陆游之愤懑、辛弃疾之悲慨也不可强加于司马光，盖非置身于其时，但感慨之论却常有之。至若寅老《赠蒋秉南序》：一表序者心迹，二表重节气。表心迹云："默念平生固未尝侮食自矜，曲学阿世。"④ 表节气则以欧阳修为喻："欧阳永叔少学韩昌黎之文，晚撰五代史记，作义儿冯道诸传，贬斥势利，尊崇气节。遂一匡五代之浇

---

① 陈寅恪：《柳如是别传》，第258页。
② 刘知几撰、浦起龙释：《史通通释》，上海古籍出版社1978年版，第193～194页。下引该书同此版本，不再另注。
③ 转引自陈垣《史学二陈的友谊与学术》，见《纪念陈寅恪教授国际学术讨论会文集》，中山大学出版社1989年版，第262页。
④ 陈寅恪：《寒柳堂集》，第162页。

漓，反之淳正。故天水一朝之文化竟为我民族留下之瑰宝。"①感慨极深，持论极正，虽非论诗的主体情志，而史家的主体情志与诗人者同为一种之体现。寅老婉斥曲学阿世，力贬世风之浇漓，岂非继承子玄的史学精神而弘扬之欤？再其次，作为诗史的诗和历史逻辑即说理性是相结合的，在史即称理性，在诗则名理趣。盖史与诗体制各异。寅老十分重视诗史的逻辑结构，重视诗史的理趣。前面已经说了，若救浮滑最好向宋诗学习，于此可再加体会。举例言之。寅老在《书杜少陵哀王孙诗后》分析了诗中"朔方健儿好身手，昔何勇锐今何愚"。认为郭子仪、李光弼、仆固怀恩率领之朔方军（朔方节度使治在灵武）并无昔勇今愚的矛盾变化，同罗部落本朔方军的劲旅，由安禄山节制后，遂为叛军入西京长安，旋又叛反，迄西京收复，同罗部落因反复叛变，已无昔日在朔方军中劲旅的地位。所以寅老评曰："自取败亡，诚可谓大愚者也。"②又曰："钱谦益治杜诗至精，而唯引旧唐书史思明传所载云云，以释证橐驼之句，似未达一间也。"③诗自"昨夜东风吹血腥"始一、二两句写安禄山叛军入长安，大肆屠戮，用骆驼搬运御府珍宝往范阳；第三、四两句为朔方健儿中同罗部落叛变，失去劲旅地位而太息；第五、六两句写玄宗传位，肃宗即位于灵武，用回纥之力收复长安，并劝王孙行动要谨慎，以防奸细伏伺；第七、八两句还劝王孙不可疏忽大意，悲观失望，五陵王气犹存。忠爱之忱犹出之温柔敦厚。诗八句叙述议论，钩稽连贯，逻辑严整。故寅老又曰："综合八句，其文理连贯，逻辑明晰，非仅善于咏事，亦更善于说理也。"④又曰："少陵为中国第一诗人，其被困长安时所作之诗，如《哀江头》《哀王孙》诸篇，古今称其文词之美，忠义之忱，或取与王右丞'凝碧池头'之句连类为说，殊不知摩诘艺术禅学，固有过于少陵之处，然少陵推理之明，料事之确，则远非右丞所能几及。"⑤寅老于此提及艺术禅学的问题。

诗之艺术禅学，笔者看来，这并不亚于诗史。严羽论诗，重在兴趣，重在"镜花水月"的空灵蕴藉，重在言外象外的寄意无穷。质言之，诗

---

① 陈寅恪：《寒柳堂集》，第162页。
② 陈寅恪：《书杜少陵哀王孙诗后》，见《金明馆丛稿二编》，第57页。
③ 陈寅恪：《书杜少陵哀王孙诗后》，见《金明馆丛稿二编》，第57页。
④ 陈寅恪：《书杜少陵哀王孙诗后》，见《金明馆丛稿二编》，第57页。
⑤ 陈寅恪：《书杜少陵哀王孙诗后》，见《金明馆丛稿二编》，第57~58页。

须有远韵的审美价值。诗如此，史也应该如此，两者表现形式和要求虽然各自不同，史有远韵，总比单纯叙史事、记人物为佳妙。《史通·鉴识》云："况史传为文，渊浩（一作'源'）广博，学者苟不能探赜索隐，致远钩深，乌能足以辨其利害，明其善恶。""致远钩深"的深远是史学重要的品质。范晔著《后汉书》自恨"少事外远致"①，意者范晔著《后汉书》其叙史事记人物缺少远韵，故自恨尔。宋人论韵，黄山谷就很重视"事外远致"，其门人范温辨之甚明，以为韵生于有余，有余不尽即为韵，与范晔"事外远致"相契，且谓"古今之学，各有所得，如禅宗之悟入也，山谷之悟入在韵"。这正是南宗禅学衍引生发的艺术理论，史学理论或许也有之。寅老《题冼玉清教授修史图》诗两首，其一云："流辈争推续史功，文章羞与俗雷同，若将女学方禅学，此是曹溪岭外宗。"寅老于史学重独创、贬雷同，他极欣赏冼教授的史学著作，诗中的"女学"，无疑是指她的史学研究。冼教授的史学，借鉴曹溪（韶关南华寺）六祖慧能南派禅宗之道，主"言语道断""不立文字、教外别传"，主顿悟，强调于"镜花水月""于相离相"的空灵境界中体现禅理无穷。用之于诗则与严羽切合；用之于史则史事人物，需具远致，如《史记》之叙张良。冼教授原是个诗人，她的诗于清丽中多见远韵，作为诗人研究历史，亦能求史事的韵度，即"于相离相"得"事外远致"。所以寅老以岭外禅勉励赞扬她修史，这不是没有道理的。诚然，由于连年兵尘流离，岭南得暂寄安息，也从反面言顿悟、言蓬莱，如《庚寅春日答吴雨僧重庆书》："悟禅獦獠空谈顿，望海蓬莱苦信真。"寅老三复而论诗以有预见性为高，不独曲尽其妙的艺术描写，还当求"于相离相"的远致远韵。他在俞曲园《病中呓语》跋中先论天下人事变迁存在着历史的必然，虽然具体现象的发生、存在是偶然的。既为必然，就有预见性。"有可以前知之理"。由此而论俞樾的《病中呓语》诗，云："此诗之作，在旧朝德宗景皇帝（清光绪）庚子（1900 年）辛丑（1901 年）之岁，盖今日神州之世局，三十年已成，定而不可移易，当时中智之士，莫不惴惴睹大祸之将届。况先生为一代儒林宗硕，湛思而通识之人，值其气机触会，探演微隐以示来者，宜所言多中，复何奇之有焉。"人们认为曲园病中呓语所谓奇者，寅老却

---

① 范晔：《狱中与诸甥侄书》，见沈约《宋书·范晔传》，中华书局 1962 年版，第 1830 页。下引该书同此版本，不再另注。

认为，是曲园诗有微婉致赜的预见性，一旦"气机触会"，具形其当然（或云必然性）于眼前，因此天下人事嬗变，所言多中。这就是"于相离相"的远致远韵的范例。前面说的古典今典的第三、第四特点，在于幽微隐晦中，昭示古今之变而或为诗歌的本质特征，成为诗歌言有尽意无穷的审美特征。但只是用典使事，而非诗歌本身。寅老论俞樾《病中呓语》强调诗歌揭示事变的必然性，在偶然中见必然。诗人一旦气机触会，储兴而就，艺术地把握其当然之理，有着预见性。这无疑是寅老一贯的诗学思想。寅老的诗作，也常体现出这种预见性，如《乙酉八月十一日晨起闻日本乞降喜赋》末联云："念往忧来无限感，喜心题句又成悲。"悲喜的情绪起伏转迭，曲折层深，预料到此后的三年内战。又《乙酉九月三日日本签订降约于江陵感赋》"来日更忧新世局"，是又黯然神伤了。

末了，柳如是《金明池·咏寒柳》是寅老最为推崇的咏物词杰作，和苏轼《水龙吟·咏柳絮》一样，历来牵动着多少人的心弦。寅老有诗云："咏柳风流人第一，画眉时候月初三。"（《戏题余秋室绘河东君初访半野堂小影》）此词全阕如下，并稍事分析，以结束本文。

    有恨寒潮，无情残照，正是萧萧南浦。更吹起，霜条孤影，还记得，旧时飞絮。况晚来，烟浪迷离，见行客，特地瘦腰如舞。总一种凄凉，十分憔悴，尚有燕台佳句。
    春日酿成秋日雨。念畴昔风流，暗伤如许。纵饶有，绕堤画舸，冷落尽，水云犹故。忆从前，一点东风，几隔着重帘，眉儿愁苦。待约个梅魂，黄昏月淡，与伊深怜低语。

咏物词最难。张炎云："体认稍真，则拘而不畅。模写差远，则晦而不明。"①（《词源》卷下）柳如是和秦少游《金明池·咏寒柳》与陈卧子和秦少游《满庭芳》抒惜别相为照映，写寒柳水边摇曳的情态与作者的身世遭遇浑化可谓极诣。所谓"神游冥想"，二合为一，不知何者为寒柳，何者为作者自己。"况晚来，烟浪迷离（或作'斜阳'），见行客，特地瘦腰如舞。"是寒柳乎，歌伎乎？委实不可辨认。"特地"句着"特地"二字，寒柳迎风摇曳如细腰起舞，而强为迎客，妓女之楚楚可怜堪伤。这

---

① 张炎：《词源》卷下，见唐圭璋编《词话丛编》，第261页。

是第一点。词人以寒柳的形象概括了自身的不幸遭遇,红颜薄命,身世飘零,而才思标举,绮怀焕发,初从徐佛学艺,后为吴江故相周道登婢,被迫几死,再沦为苏州妓。"旧时飞絮",用刘禹锡《杨柳枝词》"春尽絮飞留不得,随风好去落谁家",喻身世飘零最切。"总一种"三句,以伎人身份接济几社寒士陈(子龙)、李(雯)、宋(徵舆)等人,为赋春闺风雨诸什,一段文采风流,竟酿成今后的凄凉境况,与过片相接紧凑。酿成者,事理必致之意,寅老把它提高到悲剧的美学原则,认为"实悲剧主人翁结局之原则。古代希腊亚里士多德论悲剧,近年海宁王国维论《红楼梦》皆略同此旨"①。"忆从前,一点东风"三句,写与陈卧子相爱,崇祯八年(1635年)首夏复被迫分离的感伤,"东风恶,欢情薄"(陆游)、"共寻芳草啼痕"(卧子《满庭芳》),又是一段飘零身世。结拍"待约个梅魂"三句,情思深婉,低徊无限,或云试约卧子同诉衷曲,倾吐离别的幽怨。知人论世,以词证史,深隐幽微,皎然可观。这是第二点。其中"春日酿成秋日雨"的必然情势,所谓悲剧原则,又是艺术预见性的典型范例。这是第三点。对此,寅老以惊奇相视,解释曰:"然就河东君本身言之,一为前不知之古人(指亚里士多德),一为后不见之来者(指王国维),竟相符合,可谓奇矣。"今日可知,带规律性的物事,往往是超越时空限制的,即所谓奇,奇而不失正。整体言之,《金明池·咏寒柳》空灵蕴藉,寄托遥深,是柳是人,浑然莫辨,其境透剔,其情凄婉,掩抑凌乱而布局井然,描写取次而思绪一贯。王士禛评卧子《浣溪沙·杨花》曰:"不著形象,咏物神境。"我谓河东君此词亦然。枚如云:"居然作者,味其词,正有无限伤心处也。"还说"苍凉晚节,此犹红颜之薄命欤!"②所云"苍凉晚节"者,既不能与黄陶庵和陈卧子结合于前,其后所依归者又非第一流(指气节言)人物,不能殉国,不其悲乎!

关于陈寅恪教授诗学思想和创作的美学属性问题,有学者说是悲观主义,或悲观主义色彩。笔者根据前文的考证,寅老一生历经世变,亲履艰危,自身又盲目膑足,深感民族文化传统之日隳,河汾之续渺茫,历史现实使其感伤哀痛,随时日的推移而愈烈。因此寅老的诗学思想和诗歌创

---

① 陈寅恪:《柳如是别传》,第 340 页。
② 《赌棋山庄》话卷十,见唐圭璋编《词话丛编》,第 3455 页。

作，感伤者多而愉悦者少，评赏诗词也重在感慨。这固然是由主客观因素激荡所致，也受审美传统以悲为美、因怨移情的理论和创作所影响、所陶冶。就民族诗学传统说，自孔子提出"诗可以怨"之后，诗词艺术理论多有阐发，总以哀怨的作品最为动人，美学意义最为深邃。王充就认为"悲音不共声，皆快于耳"①。王微还说："文词不怨思抑扬，则流淡无味。"到了韩愈除了"不平则鸣"外，还对诗歌做了实质性的美学分析："夫和平之音淡薄，而愁思之声要眇。欢愉之辞难工，而穷苦之言易好也。"② 这些传统的诗歌论述都强调怨思忧愤的审美意义。西方的诗学传统亦复如此。所以笔者认为寅老的诗学思想，总体地说是属于感伤主义（sentimentalism）而不是悲观主义（pessimism）。悲观主义不符合寅老论诗和创作的实际。感伤主义源于传统诗学，而基础于现实生活，但两者泾渭虽分，体制之别却幽且微。

第三节　读王季思先生《漫谈白石〈暗香〉〈疏影〉》的启发

广州日报《艺苑》第 96 期载王季思先生的《漫谈白石〈暗香〉〈疏影〉》，附题为《兼谈如何评价婉约派的词风》。先生反思 20 世纪 60 年代所编的文学史对稼轩词有所拔高，对白石词有所贬抑，这种现身说法，自我检查，教育后辈极有力量。先生就夏承焘教授之说，详加论证两首咏梅词都是作者为合肥琵琶妓恋情而作，并用《踏莎行》"感梦"来与《疏影》对照：一写死别之伤，一写生离之苦。情辞凄恻，哀感动人，且具清刚之气，鲜少游词之柔婉，还说这样的措题是符合传统写法的。江淹写《恨赋》和《别赋》便是这样。可见王先生在艺术分析上多有启发，在更深的层面上，先生也主张两首词都有作者的身世之感和引发的家国之恨，是有"慨乎家国兴亡的忠爱之心"的；并引晚清著名词家词评家谭献的话"作者之用心未必然，读者之用心何必不然"③做理论上的说明。

据复堂这一论点，王先生认为"二帝蒙尘之恨，家国兴亡之痛"，对

---

① 王充：《论衡》，上海人民出版社 1974 年版，第 453 页。
② 韩愈：《荆潭唱和诗序》，影宋世綵堂本《昌黎先生集》卷二十。
③ 谭献：《复堂词话》，见唐圭璋编《词话丛编》，第 3987 页。

两首词来说，是由于近代国家民族屡遭列强的侵略，兵连祸结，人民深陷水火，致使爱国知识分子义愤所做出的阐释和理解。而笔者与王先生的理解不尽相同就在这点上。在这里让我们做一点说明：所谓"作者之用心未必然，读者之用心何必不然"，单从读者的鉴赏角度看，先生的说法是无可置疑的，是完全正确的，不像一些学者在"诗无达诂"的讨论中，无视读者的审美也在起作用。但这只是问题的一面，问题的另一面是，任何不同时代的读者其鉴赏必受作品文本的制约，具体说受《暗香》《疏影》含义的同质共性、共同意义的制约；而且其同质共性、共同意义不但在于内涵而且在于外致之义，在于二者的统一之中。因此，周济说："《暗香》《疏影》二词，寄意题外，包蕴无穷。"① "包蕴无穷"自然见诸题内和题外的含义，以及二者统一所生发的意义。这也正与刘勰在《文心雕龙·隐秀》篇所说的"文外之重旨""文以复义为工"的道理相一致。西方美学中有"异质同构"原理，笔者认为，在文艺创作和审美实践中也有"同质异构"原理。所谓"同质异构"，即结构差异甚至"风马牛"不相及的不同事物有其共性同质。闺帷儿女之忠爱与国家民族之忠爱应该是两种截然不同、不相及的现象，而却有同质共性的因素。清人陆以谦（《词林纪事序》）、谢章铤等人根据词史中的词家词品的现象予以论证，谢章铤曰："今日之情深款款者，必异日之大节磊磊者也。"② 白石的《暗香》《疏影》中与琵琶妓离别的缠绵之伤和家国兴亡之恨同样具有同质共性的因素。作为一个落魄才人、贵胄清客的白石，其行事当然说不上"大节磊磊"，但其襟抱情性于国家的衰败怅触尤深。观其所交游，前辈如肖德藻、范成大、杨万里，同辈如张镃、辛弃疾可知。辛稼轩在词方面影响白石尤深。"白石脱胎稼轩，变雄健为清刚，变驰骤为疏宕"③，而白石的清刚疏宕也终于构成清空骚雅的词境而又"格韵高绝"④，这都是和白石的襟抱情性分不开的，白石也自道其"襟抱清旷"⑤。不过白石的襟

---

① 周济：《介存斋论词杂著》，见唐圭璋编《词话丛编》，第1634页。
② 谢章铤：《赌棋山庄全集》，第537页。
③ 周济：《宋四家词选目录序论》，见唐圭璋编《词话丛编》，第1644页。
④ 王国维：《人间词话》，人民文学出版社1960年版，第210页。下引该书同此版本，不再另注。
⑤ 夏承焘校、吴无闻注释：《姜白石词校注》，广东人民出版社1983年版，第144页。下引该书同此版本，不再另注。

抱情性中的家国身世之感艺术表现有显有隐。其《扬州慢》《汉宫春》次韵稼轩蓬莱阁、《凄凉犯》《庆宫春》《惜红衣》《八归》《齐天乐》，乃至"闹红一舸"的《念奴娇》诸阕均属较显露之作。《翠楼吟》结拍："西山外，晚来还卷、一帘秋霁。"俞平伯先生谓："若与辛弃疾《摸鱼儿》'斜阳正在烟柳断肠处'参看，其光景情怀正相类似。而辛词结句非常哀怨，姜词结句不落衰飒。"① 不必详论"其光景情怀正相类似"是指南京王朝衰败的感愤。而二人的艺术特点相去极远，一则沉郁悲凉，一则空灵潇洒。如果不联系白石的襟抱情性，"西山帘卷"不过是蜕化王勃《滕王阁诗序》罢了，看不出其深刻的内蕴，但就全词看又还是较显露的。较隐约的词作可以说是《淡黄柳》《鹧鸪天》（元夕不出）、《点绛唇》（燕雁无心）和《暗香》《疏影》之类了。这些较为隐约的词作，所深蕴的家国之恨、身世之悲尤须深层解剖，前者更要如此；后者因个人的实际遭遇，在咏物咏史乃至言情的词作中，自然流露。家国之恨则在词人的襟抱和情性中渗透了长期积淀下来的感情，而且有意识地或无意识地存在着。白石的《暗香》《疏影》就是这样的咏物之作。张惠言认为《暗香》写身世之感，《疏影》写家国之恨，② 其实二者互为关系而各词之重点则各有别，后世之主寄托者都从此说。郑文焯校本引《南烬纪闻》载宋徽宗北行道中闻笳作《眼儿媚》词，中云："春梦绕胡沙，向晚不堪回首，坡头吹彻梅花。"论者据以谓白石咏梅词本此，故有"昭君不惯胡沙远"云云。徽宗的《眼儿媚》虽不一定是白石词之所由来，而白石对靖康之难是潜伏在意识深处的幽愤，甚或为潜意识中国家民族耻辱感恨的积淀，同性质的情事成为意识的无意识的乃至本能的感触。我们从前面所说白石家国之恨的两种隐显词作明显看出。白石所蕴积的家国之恨和虽落魄但仍襟怀超旷的情性等主客体因素形成了清空骚雅和"格韵高绝"的词境和词风，如前面所说。而在具体的词作中身世相违的感恨、家国兴衰的感恨却往往相缠相纠而不可分别。《暗香》《疏影》还添上对琵琶妓别离情恋和怀念的感恨，并以之为咏梅的描写层面。王先生为了说明"慨乎家国兴亡的忠爱之心"是"读者何必不然"的道理，既不同意翼谋同志"其中

---

① 俞平伯：《唐宋词选释》，人民文学出版社1979年版，第221～222页。下引该书同此版本，不再另注。
② 参见张惠言《张惠言论词》，见唐圭璋编《词话丛编》，第1615页。

深含家国之感""大都是捕风捉影,断章取义的无稽之谈"① 的说法,又以南宋当时的历史背景说明白石那时似未见感慨兴亡的忠爱之心而有离别缠绵眷恋之情,词中有念念不忘"红萼"的心态是完全正确的,但是以历史的某些现象或时间的流逝来说明白石那时无感慨兴亡的忠爱之心确实值得商榷的。先生在说明《暗香》《疏影》引出慨乎家国兴亡的忠爱不是"捕风捉影"时说:"从历史背景考察白石此二词作于光宗绍熙二年辛亥(1191年)冬,离靖康之难(1126年)有半个多世纪,二帝早已死亡,其遗骨早已送回。靖康之耻在人们的记忆中早已淡化了。"这段话的用意很明显,无非是为了证明"读者之用心何必不然",意云即使白石当时未必有慨乎家国兴衰的忠爱之心,而后之读者,尤其是近代热爱国家民族的忧时念乱的知识分子,也会从咏梅词的昭君事典引申出"二帝蒙尘之恨,国家沦亡之痛"的。这种说法精辟,但忽略了同质异构美学原则的考虑。同质异构原则规定作品文本与读者对文本的阐释有其基本的一致性:尽管读者对文本的阐释是文本可能没有的意蕴,但必须受文本基本意蕴制约,使"读者何必不然"不流于主观随意的解释。随意又不随意这是同质异构原则的特点和作用,不随意因其同质,随意因其异构。慨乎家国兴亡的忠爱之心在白石谱写《暗香》《疏影》时,是不会没有的。因为在此之前,孝宗淳熙三年丙申(1176年)冬,谱写了"有黍离之悲"的《扬州慢》与《暗香》《疏影》,童年即光宗绍熙二年辛亥(1191年)写了《玉梅令·赏梅》《庆宫春·咏史》,均抒其幽怨,而一样空灵超旷。在此之后,宁宗庆元二年丙辰(1196年)谱写《齐天乐》,词末记以"宣政间有士大夫制《蟋蟀吟》",既有玩物丧志之虑,也有玩物丧国之忧。这虽说是一种预感,其实是有慨乎靖康之变。因为宣和政和都是靖康之变前夕徽宗的年号。至于宁宗嘉泰三年癸亥(1203年)写《永遇乐》次韵稼轩蓬莱阁,以吴越兴亡的历史寄其慨乎家国兴亡的忠爱之心不也是隐然可悟吗?刘熙载云:"昔人词,咏事咏物,隐然只是咏怀。"② 并非是为咏史而咏史的。尤须指出的是,《永遇乐》次稼轩北固楼韵,写于嘉泰四年(1204年)兴师北伐前夕,呼吁:"中原生聚,神京耆老,南望长淮金

---

① 转引自翼谋《白石〈暗香〉〈疏影〉新解》,载《文学遗产》1992年第3期,第112~113页。

② 刘熙载:《艺概·词曲概》,第118页。

鼓。"这就更明显地看到由慨乎家国兴亡的忠爱之心,长久积淀,一旦有了北伐机会便鼓舞辛弃疾参加北伐了。可以知道白石无论哪个历史时期,哪个词的创作阶段,他的性情襟抱都蕴含着慨乎家国兴亡的沉郁忠爱之心的。这种忠爱和他怀念合肥琵琶妓的悱恻缠绵之情具有同质异构的品位。缠绵在情恋,沉郁在家国。二者或浑写或分别写,随其性情之趋动,不自知其所以然地写;且其沉郁表现于清空骚雅的词境当中,缠绵则犹见其疏放清刚之气。这个时期正如王先生所述,可以认为,自靖康之难后50余年,徽钦二帝早已死亡,遗骨也已送回,其难已经淡化,而且隆兴和议(1164年)之后,开禧北伐(1206年)之前,这期间宋金对峙的政治局面逐渐趋于稳定,宋金都出现了工商业繁荣的城市。这种局面对一般人或某些诗人说其民族意识、家国之恨可能因此淡化了,靖康之耻失去感觉了。但对于有襟抱、有理想的爱国知识分子如辛稼轩、姜白石却不然,从前面的分析可知,纵然一者英雄失路,报国无门;一者怀才不遇,感叹身世,他们走的道路不同,词风也大异其趣,而慨乎家国兴亡的忠爱之心至死不渝!俞平伯评《疏影》认为:"作词时离徽钦被虏已六十年,就未必再提旧话。此点却似无甚关系;因南渡以后,依然是个残局,而且更危险,自不妨有所感慨。"① 总之,白石《暗香》《疏影》除身世之感外,更重要的还有慨乎家国的忠爱之心,和后之阐释者特别近代以来的阐释者是有一定的共性共感的,纵然阐释者依据自己所处的历史文化背景,经过审美的再创造出现与文本极为差异的解释。对《暗香》《疏影》作这样的分析可以说明"作者之用心未必然,读者之用心何必不然"。在同质异构的原则下,在同质的基础上读者会提出作者或一般读者意想不到的意义,但又非极端随意性的意义。列宁曾经说过本质是深刻的,想象是丰富的,尤其是多层次的深刻本质,它涵盖着很多乃至无穷的现象。"举类迩而见义远"②"假闺房儿女之言,通之于《离骚》变雅之义"③,同质异构应该是如此。

《暗香》《疏影》,尤其是《疏影》所表现慨乎家国兴亡的忠爱是有密切关系的,是词人运用典故的问题。词人在词中运用典故的意义与后世

---

① 俞平伯:《唐宋词选释》,第229~230页。
② 司马迁:《史记·屈原贾生列传》,中华书局1959年版,第2482页。
③ 朱彝尊:《曝书亭集》,世界书局1937年版,第488页。下引该书同此版本,不再另注。

读者的审美感受的意义更体现同质异构的原则。美国普林斯顿大学比较文学系博士生刘婉女士的《姜夔〈疏影〉的语言内部关系及其事典意义》①一文对白石用典的认识颇有启发，不愧为斟酌中西美学语言学方法论有效地阐释语言艺术的用典问题。刘女士率先指出，词中咏梅文字都是"文化传统积淀的意象或文化符号"，"正是这些自成系统的文化符号之间的错综复杂的关系，形成《疏影》（也包括《暗香》）的多层次的表意结构"。她还提出意象并列结构的论点，提出因意象之间的张力而扩大，遗貌取神。不但取物象的神韵，笔者认为也取心象的神韵，心象的意趣无穷故有韵。《暗香》的用典如：玉人之清寒攀折②，何逊之东阁诗兴③，陆凯之江南寄春④。这些典事就其并列结构说，相互之间生发出意内言外的多层次意蕴，既咏出了梅的审美特征，即东坡所说的"尚余孤瘦雪霜枝"的"梅格"，也深刻道出词人身世之慨，以及表现刚健婀娜的词风。刘熙载所评"诗品出于人品"⑤，白石词品"在花则梅"⑥。《疏影》更是如此。在事典的并列结构中起调的"苔枝翠禽"暗用《龙城录》赵师雄罗浮艳遇梅花仙女事，清丽可读，这个神话传说含义悠远，历代诗词不断增添其历史文化审美内容；修竹佳人（杜甫《佳人》）从本诗说已写出孤标佳人的凄凉遭遇。"天寒翠袖薄，日暮倚修竹"，使人生无穷的凄感。在词的并列结构中与昭君事典相联系又生发此词应该有的新的内涵。昭君作为宫廷妃嫔，离开王宫，奔赴胡沙，且殁于胡沙，孤冢黄昏，荒凉相对，犹月夜佩环魂归故国，可知身世之悲与家国之伤一并写之，而情思深婉凝重，合杜甫《佳人》与《咏怀古迹》之一的咏昭君诗意，互为生发，既写其慨乎家国兴亡的忠爱之心和身世飘零的感怆，而"化作此花幽独"一句标举，不与世俗沉浮的梅格，人品由是自显。所以在并列结构中对梅的美貌风姿美才和丽质概而括之，其眷恋故国系心乡邦之忧又使人凄然深感。

---

① 《词学》第九辑，华东师范大学出版社1992年版。
② 转引自贺铸《减字浣溪沙》，见唐圭璋《全宋词简编》，上海古籍出版社1986年版，第263页。
③ 转引自杜甫《和裴迪登蜀州东亭送客逢早梅相忆见寄》，见《杜诗详注》第二册，中华书局1979年版，第781页。
④ 转引自《太平御览》卷九七〇中引用的《荆州记》，中华书局1960年版，第4300页。
⑤ 刘熙载：《艺概·诗概》，第82页。
⑥ 刘熙载：《艺概·词曲概》，第110页。

至于寿阳公主梅花点额成妆之典，在并类结构中有梅花神用的意义。前片既写出梅的姿态气质和品格，过片则写其神用。慢词上下片的过片应该是断而不断，或草蛇灰线，或空际盘旋。张炎论词的过片，强调"不要断了曲意"①。这论点当从总结白石词来。王先生用夏承焘先生之论，认为寿阳的"香梦沉酣喻比南宋之不自振作"。这未免过于质实，而从词的气氛言又似不无这样的比兴。这样解释过片与前片毕竟缺少似断不连的联系，而寿阳点额神用则曲意未断。盖梅花点额成了梅花妆，宫中上下内外蔚成时尚，这本是闲情逸韵，一旦与前片构成并列结构便生发新意，哀感顽艳之致，一旦与后片金屋藏娇成为并类结构，则生发爱花惜花之意。所用的典又是离不开宫帏。这样使用典事，或者是无意识的抒发而非有意的安排，情之所至，构思随焉。或说"安排金屋"用陈皇后事离梅花太远，而在神理上还是可以相通的，美人与花有其同质共性，何况"金屋"前人已用为藏花之所。王禹偁《诗话》记石崇有当以金屋藏海棠之语②。白石用以藏梅表爱梅惜梅之情就自然了，不突兀疏远了。金屋藏娇既是宫中典事，惜花爱花也就体现词人的家国之爱，结拍惜其零落也就体现词人的家国兴衰之伤。总之，全词的典事结构都离不开宫帏的悲剧气氛，词人运用这种结构，意欲让读者在言外在意象之外，领会出他的慨乎家国兴亡的忠爱之心；根据典事的历史文化和审美背景，通过并列结构的互相生发，又给读者留下极其宽广的想象联想空间。读者又根据自己所处时代的文化审美背景，个人的遭遇和学养、气质引发出更深沉的感受。因此，同质异构原则既规定了作者意内言外的情致，也规范了读者据文本所生发的新的阐释和理解，不至于流为主观的随意性。吴无闻女士《姜白石词校注》对《疏影》经过类比之后结语说："感慨兴亡，语极沉痛"③，这正是兼词人和读者而言之的评语。

以上所论，如有错误，请王季思先生和热爱斯道的读者指正。

---

① 张炎：《词源》下卷，见唐圭璋编《词话丛编》，第258页。
② 转引自俞平伯《唐宋词选释》，第228页。
③ 夏承焘校、吴无闻注释：《姜白石词校注》，第96页。

第四节　詹安泰词学思想追记[*]

祝南先生离开我们20年了。缅怀师教，万感横集。在这里，请容我略抒数点，以致怀念。

1946年的春天，是广州光复后第二年的春天。中山大学文学院中文系二年级同学每人一个板凳一张书板，聆听祝南先生的诗选及习作课。这时我已经从师院转到这个班了。先生讲授诗学，以高迈之识，运宏博之学，考证、评论，深揭诗歌的底蕴，读者可从《论屈原的阶级出身、政治地位及其文学上的作用》[①]略可知之。继诗选之后，先生又开设词选及习作、宋词研究暨姜白石研究。词为诗余，先生在治诗的基础上治词，词学学术深造自得，于词的源流正变、风格流派，乃至技法韵律，条分理析，使学生对词的内部规律、词的特性和特点，有较全面透彻的认识。今所刊行的《宋词散论》《詹安泰词学论稿》《李璟李煜词》《古典文学论集》中有关部分，以及将刊行的《花外集笺注》，可以见到先生词学修养和业绩；当年的词学教学也得知一二。可惜的是，先生的词学讲稿和著作在"十年动乱"中，大部分散佚了。今仅据当日先生讲学的笔记残编并参以现已刊行的著作，概述如下。

一

有清一代，考据之学盛行，乾嘉两朝成绩辉煌。桐城文派又倡为义理考据辞章三位一体之说，虽未尽付诸实现，但影响并不小。先生学术发轫于辞章。而辞章和考据镜史实、究明诂训和阐发义理四者，先生称为经史子集之学。如先生谈到词集笺释时说："要明故实、辞藻、音训、义理。前者为史，次者为集，再次者为经，最后为子。"这是说经史子集的特点都应为词学所包容。显然，先生之学是在这个学术的历史背景中形成的。词学，单就考据方面说，除历史考证、文字训诂，还有校勘、版本诸方面。但就词的考据作为一门学科，是直至晚清王运鹏、朱祖谋诸人才确立

---

[*] 原文见《詹安泰词学论集》附录，汕头大学出版社1997年版。

[①] 见詹安泰《古典文学论集》，广东人民出版社1984年版，第58～91页。下引该书同此版本，不再另注。

的，而且发展颇为迅猛。先生尤重历史考证，这是为了探明词的历史背景、历史事实，从而阐明词的思想意义、艺术价值，探究作者的词心所系。词选一科，讲到南宋词多寄托，宋末词人尤多兴亡之感时，先生为了证明所寄托的具体历史事实，曾作了如《杨髡发陵考辨》① 这样翔实而有学术价值的考证。这考证是元明以来700年后对这历史事件第一次所做的科学结论，给研究和评论这一时期的词人词作提供了重要的依据。文章导言说："自古亡国者受祸之惨烈与亡人国者手段之残酷，殆未有甚于宋元易代之际者也。……伯颜陷沙洋，夷戮殆尽，及攻常州，'役城居民，运土为垒，土至，并人筑之'，甚至'杀民煎膏取油作炮'。极天地未有之奇冤！"② 在元人这种屠杀政策之下，杨琏真珈发宋帝后六陵，激起爱国词人家国之感，其思想历史意义就不难理解了。先生讲授碧山《齐天乐》"咏蝉"阕，既得知人论世寄托之旨，又联系《乐府补题》中咏莼、咏龙涎香、咏白莲等词作。先生说："碧山词寄托最深。此词当托意后妃，于词中'娇鬟''蝉翼'可知。《乐府补题》有数词连咏后妃者，与发掘六陵事有关。"先生对词的本事的考证、历史背景的分析即是为了阐释词意，说明词人寄托所在，因此，常常矫正如杨湜《古今词话》等记述本事的迂执和偏弊。如陆淞《瑞鹤仙》"脸霞红印枕"阕，陈鹄《耆旧续闻》称为盼盼作，先生考证事实，认为盼盼"借题发端耳，当非本意"，并甄综张炎、董毅及王闿运诸家之见，确定为讽宋高宗主和而作，指陈旧事，即事造景，缠绵悱恻，寄托甚深，告诫我们不可当艳词读。

与历史考证密切联系的是词的寄托。先生素重词的寄托。周济倡"非寄托不入，专寄托不出"③ 之论，况周颐有"即性情即寄托"④ 之说。先生于词学的评论和创作都本二家之言而加以发展，并兼采浙派的空灵醇雅。认为性情之发，寄托乃真，意境空灵，寄托始深。先生很不满张惠言言寄托的穿凿附会，对王国维否定张氏之说也不以为然。先生认为张氏之失乃时代之失，盖其时虽考据之学盛［张氏《词选》成于嘉庆二年（1797年）］，而词学考证之科还未确立。张惠言失于考证，是难免的。这

---

① 见詹安泰《古典文学论集》，第164～188页。
② 见詹安泰《古典文学论集》，第164页。
③ 周济：《宋四家词选目录序论》，见唐圭璋编《词话丛编》，第1643页。
④ 况周颐著，王幼安校订：《蕙风词话》，第126页。

就提出了研究词学应有历史观点的问题。先生认为，有寄托之词可当历史读。这是因为，"作者之性情、品格、学问、身世以及其时之社会情况，有非他史所能明言者，反可于词中得之"①。这说法较周济"诗有史，词亦有史"②，更为具体深入。这不但见于《论寄托》一章，也见于当年先生讲授词学。但先生释词又往往不直言寄托，不指实史事，而于浑涵中令学生感到有寄托又无寄托，空灵蕴藉，意旨深微。先生释词如少游《踏莎行》"雾失楼台"二句，曰："用'失'用'迷'，固以造暗淡苍茫之境。然主观情意亦寓其中，政事亦作如是观。"这正是先生考证了当时党争所导致的政治暗淡和少游贬谪郴州的身世遭遇后所做出的分析。又析史邦卿《双双燕》云："'还相'两句画工，'红楼'两句化工。自今日观之，化工较画工高。托意甚深，时主昏庸，权奸误国，以及人民热望，皆可作如是观看。"先生不从贺裳之论而从白石、静安之说。但二人未言化工之妙在于寄托。先生既揭示寄托之意，且又有讽于当时国统区的政治，于"自今观之"一语可知。寄托有具体的史实可稽者，先生既引证而论说之，但又做浑涵点示。如释白石《庆宫春》过片"正凝想明珰素袜"，只云："有寄托""由身世之感联想家国之恨。意者指两宫北上事乎！"所谓"明珰瑶瑟，素袜香尘"，因有寄托而无寄托，故先生评云："空灵荡动，一片神行，绝无勾勒痕迹，真是化工之笔。"或云此词为怀念小红而作，柔情绮怀，能为高调，"可知见仁见智在于浑涵耳"。又释梁栋《念奴娇·春梦》后片"骨朽心存，恩深缘浅，忍把罗衣著"，以为"所指可能是贾似道妾张淑芳为尼事。《西湖志》引《宋元遗事》载贾似道妾张淑芳知似道必败，木棉庵之役，自度为尼"。寻绎词中所写情景，权相荒淫，恰如《宋元遗事》所载，因张氏自度为尼而讽贾似道的下场，自是词史，可补正史之阙。释稼轩《菩萨蛮》云："稼轩有志于匡复，而周必大妒其才而止之。词中托言鹧鸪'行不得也哥哥'。"并且说："家国之感，后主显而稼轩隐，其位各别。"这正是先生言寄托能入能出处。能入，把周必大的妒才，视为该词的历史具体事实；能出，故空灵迭宕。咏物词当以有寄托有感慨为上，若仅以题红刻绿，摹写物状为能事，与方物略、群芳谱何异？浙派末流动辄和《乐府补题》，咏蝉咏莼而殊无寄托，

---

① 詹安泰著、汤擎民整理：《詹安泰词学论稿》，第125页。
② 周济：《介存斋论词杂著》，见唐圭璋编《词话丛编》，第1630页。

唯协律、侔色相尚，犹自以为宗南宋，朱、厉嫡家。其实正如谭献所评："《乐府补题》别有怀抱，后来巧构形似之言，渐忘古意。"①（《箧中词》评厉鹗语）古意何者？如先生所称，宋末词人深经亡国，托物寄意之谓。先生释词既遵常州派比兴寄托，亦本浙派空灵醇雅，上阐玉田的清空，下扬复堂的"别有怀抱"，取精用弘，构建己说。如先生论碧山咏物词的成就，于《寄托论》一章及《花外集笺注》可见。南宋将亡已亡之时，咏物词最多，既非题红刻绿，而有寄托，但先生教人不可胶柱鼓瑟，字字都合乎当时的事实，如鲖阳居士释词，把艺术真实和历史事实混同起来。这虽然是从周济论寄托演绎而来的，若无现代典型理论依以阐发，也不可能提出如此明确的论点。先生同时代步伐一起前进，发展了常州派的寄托论，这是显然易见的。

  主南宋者以为"词至南宋而深"。先生尝从南宋词寄托的特点理解这一"深"字有深隐之义。先生谓北宋晏同叔《踏莎行》、东坡《水龙吟·咏杨花》，固然是有寄托之词，但寄托不假思索就能或知其所寄托的党争，或知其所寓的不幸遭遇。所以北宋词不可谓之深隐。而南宋后期出现了表面上咏物而实际上是影射国家大事的词篇，以无知的物类抒发对国家重大问题的观感，隐含深意。稼轩的《摸鱼儿·晚春》"斜阳烟柳"固不待言，碧山《天香·赋龙涎香》《眉妩·咏新月》，刘辰翁《宝鼎现》《兰陵王·丙子送春》，张玉田《疏影·咏荷》，以及前所列诸阕都写得隐轸回曲，若即若离，表面是描写景物，但联系时事的实际情况，深入观察体会，又不难知其托意所在。即使如此，由于词的意象的多层次性，还可以从另一个角度去理解，止庵所谓触类多通，浑化无痕。前面说的白石《庆宫春》，或指两宫北上之事，或为小红而作，见仁见智，理解的角度极为不同。这样做，固然是词人为了避文网，也表明这一时期的词作，艺术向纵深发展，创造出转折层深的意境，体现了"极其工极其变"②的时代特点。先生释"深"字无疑是独到的，和典型化理论有关，因为典型化愈强，就愈具普遍性，词的意境就愈多层次，词的隐轸回曲不止在词的技巧。

---

  ① 谭献：《复堂词话》，见唐圭璋编《词话丛编》，第 4008 页。
  ② 朱彝尊：《词综·发凡》，见《词综》，中华书局 1975 年版，第 8 页。

二

　　词如绘画，最重虚实。在词的技法方面，如能成功地运用虚实的辩证关系，无论构思、结构、布局、描写和造境，都可以获得很好的艺术效果。对词的虚实相生、相足、相映，以实写虚，以虚写实，先生体会颇深。稼轩《念奴娇》"野塘花落"阕，"楼空"两句不说旧游都杳，而云"飞燕能说"；不说自己不见，而云"行人曾见"。以热闹的景况发"楼空人去"的寂寞之感。愈热闹愈寂寞，以动态表静境，运思奇创。过片"帘低纤纤月"三句写往时所爱者的纤步犹为行人所见，疏宕空灵；"旧恨"两句则以持重之笔顿住，而今昔之感寄焉而深，虚实运用极为成功，健笔化为柔厚。先生曰："读此词可悟虚实相生法。"先生释白石《八归·送胡德华》阕：前片"送客"二句入题旨，属虚写，用"重寻"用"水面琵琶谁拨"，便觉情思惝恍，无穷别感。过片"渚寒"三句，写离别实景，与上文"送客"句相应，而"虚实相足，并不犯复"。送别既非胡德华一人，故在虚实相足中，亦具抒情的典型性，所以"最可惜一片江山，总付啼鴂"，顿觉天地变成暗淡，寄慨无穷。韦庄《谒金门》前片"相忆"四句，空灵，虚境；下片"满院落花春寂寂"，浓艳、实境，前后互相映照，故能引发出结句"断肠芳草碧"的凄黯情调。先生之论如此。倚声填词不可通篇皆实，也不可通篇皆虚，若前后皆实，中间须作虚写，而后气局乃开。白石《扬州慢》前片依小序写实景，沉郁悲凉，后片"二十四桥"三句写凄冷境界，极为精警，与"桥边红药"两句相映发，与"废池乔木"相遥应，都是实景。所以过片写不堪回首，以杜牧事替代。先生云："此等处最须玩味，盖前后均实写，若不加变化，则气局不宽，运笔涉滞"；"正其空灵排宕处，非力弱也"。论者或以为波心冷月，荡着的是青楼绮梦，其实这是不知虚实照映之法所生的误解，读先生之言必有启发。美成《浪淘沙慢》第二叠，"嗟万事难忘，唯是轻别"和盘托出题旨，拙重之至，为一篇关捩。上联"向露冷风清，无人处、耿耿寒漏咽"二句极精细，从想望中特举最难堪的情事进行凄清的渲染，下联"翠尊未竭，凭断云、留取西楼残月"三句又极空灵。复堂所谓："以无厚入有间也。断字残字皆不轻下。"[①] 止庵云："'翠

[①] 周济选，谭献评：《词辨》，见《清人选评词集三种》，齐鲁书社1988年版，第159～160页。下引该书同此版本，不再另注。

尊'三句空际盘旋。"① 可见"精细、拙重、空灵配合观之，可悟慢词作法"，先生教人如此。实境虚发也是取得空灵动宕之美的技法。美成《西河》第三叠："燕子不知何世，向寻常、巷陌人家，相对如说兴亡，斜阳里。"而前著"想依稀王谢邻里"则成虚发了。先生评云："第三叠纯写怀感，由'伤心东望淮水'生实境虚发。"这种写法最得吊古神理，词境惝恍迷离，引人无穷之思，《通鉴》谓梁燕巢林，为最乱之世。柳永《雨霖铃》前片"念去去"三句，以空灵之笔写出实景，苍茫感慨从虚处生发，盖虽虚而本实。过片先生分三层言之："多情"句以古人衬说，正写远别，前此"执手"两句刻画真切动人，为"念去去"三句蓄势，此为第一层；"更那堪"以时令衬托说，为第二层；"今宵"句，以景物衬托说，为第三层。此三层均从虚处着力，总说所以远别的难堪，于"念去去"两句为渲染。先生所谓虚处着力，即虚境实写，为情造境之意。与虚实同类性质的还有疏密关系。先生论词的疏密关系颇得辩证之趣。自从张炎倡清空重疏宕，则以梦窗词的密丽为质实为晦涩。这种看法影响数百年之久。周济撰《宋四家词选》，认为"梦窗每于空际盘旋""若其虚实并到之作，虽清真不过也"②。麦儒博云："秾丽极矣，仍自清空。"③ 陈洵又云："实处皆空。"④，诸家评梦窗词，皆指出其密丽秾挚中见疏宕空灵。先生隐括前人之论从而阐发之："读梦窗词，须于浓密中见疏淡。梦窗意多辞练。"辞练则导致浓密，意多须求疏淡。又释《风入松》"愁草瘗花铭"句云："五字中三层意，密丽中自见疏宕。"先生论梦窗词这个疏密统一的艺术特点，是值得重视的。

词人用笔，技法无限。虚实相生，已造种种妙境。他如扫处即生、操纵繁会、透过一层、渲染衬托，乃至勾勒、用字，无不因情写景、情景相融，而种种词境亦由此而生。白石《琵琶仙》前片"十里扬州"三句用杜牧事，以包括许多当年事。止庵云："顺逆相足。"⑤ 先生则云："扫处即生"，二者相辅见意。这种扫处即生法因空而见实，故"前事空说"，令人无限低回。又《念奴娇》前片着重描写荷花，冷香飞动，情致别出，

---

① 周济：《宋四家词选》，见《清人选评词集三种》，第126页。
② 周济：《宋四家词选目录序论》，见唐圭璋《词话丛编》，第1644页。
③ 梁令娴：《艺蘅馆词选》，中华书局1935年版，第35页。
④ 陈洵：《海绡说词》，见唐圭璋《词话丛编》，第4841页。
⑤ 周济：《宋四家词选》，见《清人选评词集三种》，第265页。

下片着重写感怀,"似有寄托";前片写旧时情事,后片写现况,而今昔之感,正在过片处抒写,即"日暮,青盖亭亭,情人不见,争忍凌波去"数句使前后气机互相引动,不致脱节。先生云:"可悟操纵繁会之法。"渲染和衬托是词家最常用的技法,而所造意境的浅深、艺术的高低,又系于作者的修养,论词亦然。孙光宪《浣溪沙》,先生释曰:"揽镜""凝情"两句为引端,"一庭疏雨湿春愁"为渲染。过片"杨柳""杏花"两句为比衬,最后结出本意。"一庭"句为《花间》健笔,写疏雨连绵,一种纤微的凄清况味撩拨着别后的春愁,用"湿"字轻轻粘着,使春愁具体化,所以渲染作用很强。与冯正中《南乡子》"细雨湿流光"同工。白石《霓裳中序第一》"亭皋正望极、乱红江莲归未得"两句已摄全神,多病无力,流光过隙,缅怀伊人,能不兴叹。"纨扇""罗衣""淡月"系渲染,"双燕"系衬说。"许多层折总由'归未得'三字生出"。所以渲染衬说愈精妙,则其词境愈转折层深。先生论词的技法如此。又白石《惜红衣》"高树晚蝉,说西风消息",论者以为拟人而赏其设想诞妙,其实拟人只是修辞格耳,故先生云:"两句渲染岑寂时的凄凉情味,用笔幽隽,格韵高绝。"透过一层写法往往使词意层深,矫健有力。于美成《夜飞鹊》前片结句可见:"花骢会意,纵扬鞭亦自行迟。"离别的难堪以"花骢会意"映托。先生云:"透过一层写法,花骢如此,人意可知。"词就送人铺写,曲折周至,情意深厚,纯用赋体,是清真词的特色。这种写法,自是从《离骚》脱化而来:"仆夫悲、余马怀兮,蜷局顾而不行。"又李清照《凤凰台上忆吹箫》过片:"休休,这回去也,千万遍《阳关》,也应难留。"先生释云:"用透过一层法,作尽头语。拙致深重。凡手至此,觉以下再无可说矣。"以下借实景生发,愈转愈深,显然是从透过一层转折而来,亦虚实相生的转机,无易安笔力妙思终不可得此境界。清真最善于勾勒。止庵曰:"他人一勾勒便刻削。清真愈勾勒愈浑厚。"① 清真《满庭芳》:"憔悴江南倦客,不堪听、急管繁弦。歌筵畔、先安簟枕,容我醉时眠。"歌筵畔为勒转,自安于地卑山近之境。"故沉郁顿挫中别饶蕴藉。"② 又《氐州第一》:"渐解狂朋欢意少。奈犹被思牵情绕。"止庵

---

① 周济:《宋四家词选目录序论》,见唐圭璋《词话丛编》,第 1643 页。
② 陈廷焯:《白雨斋词话》,人民文学出版社 1959 年版,第 16 页。下引该书同此版本,不再另注。

曰："勾转'思牵情绕'，力挽千钧。"[1] 只此二例，可见清真善于勾勒。先生论词派，以为白石是骚雅派宗主，继承清真而去其典丽代以情韵。至于勾勒，犹得清真法乳。如《凄凉犯》"绿杨巷陌"至"寒烟衰草淡薄"，写淮水前线兵后的荒凉景况，西风画角，衰草寒烟，令人不胜凄黯。先生释云："正说当时情景，纯用勾勒，'似当时'两句，一加衬说，便觉沉郁有远味。"沉郁有远味，正是止庵所说的浑厚。清真的勾勒如此，白石的勾勒亦复如此。唯风格不同罢了。先生于《霓裳中序第一》起调数句亦云："白石此词，沉郁顿宕，多用勾勒，极似美成羁旅之作。"

词的结拍是词家向来最重视的。张炎早在《词源》中评少游《八六子》、白石《琵琶仙》说："全在情景交练，得言外意。有如'劝君更尽一杯酒，西出阳关无故人'乃为绝唱。"[2] 此即杜工部篇终接混茫之义，也是司空表圣味外之旨。词的结拍也以有余不尽为贵。先生平日释词最重起结和过片，而尤重结拍。如释《浪淘沙慢》"弄夜色、空余满地梨花雪"：这是清真把别情层层推动，以景结情的结果。梨花如雪，在空际写怨，且以倒装出之，不作平钝之笔。而先以"恨春去"作顿宕，健笔绝伦。故"弄夜色"以外，以景结情，留无穷之味。考清真他词，结拍多以景结情，情味无穷。即使以情结的，也回味不尽。《夜飞鹊》结拍："但徘徊班草，欷歔酹酒，极望天西。"深远之情可见。所以先生评云："双起双结，犹存余味。"白石词，结拍也有余不尽，得味外之旨。《惜红衣》结拍"问甚时重赋，三十六陂秋色"，将人事景物融成一片作结，俊爽绵远，客怀岑寂之意不尽。先生评曰："自具有余不尽之味。"《翠楼吟》结拍"西山外，晚来还卷、一帘秋霁"，亦以景结情，托意南宋时局，既忧虑国运之近黄昏，又盼望一个"西山晚霁"的清明局面。所以先生云："'西山'两句收束，气机流贯，意味深厚。"他如稼轩、碧山乃至飞卿诸家，先生于结拍亦重有余不尽之味。稼轩《贺新郎》"谁共我，醉明月"，先生云："别出醉明月一境，留深长之味。"盖前"啼鸟"两句，回应起笔，沉痛已极。故一归到自身，便无由分说了，别出此境以结之，章法既完密，离别之感又深长可味。碧山《齐天乐·咏蝉》歇拍：

---

[1] 周济：《宋四家词选》，见《清人选评词集三种》，第217～218页。
[2] 张炎：《词源》，见唐圭璋《词话丛编》，第264页。

"谩想薰风,柳丝千万缕。"以薰风时节作结,虽哀而不伤,而回首前尘,无魂可断。其曲折含蓄,言外多"家国之恨"①。先生亦云:"结之正所以哀之也。有言外之音。"他如温飞卿《菩萨蛮》歇拍:"心事竟谁知?月明花满枝。"先生云:"'月明'句以景结情,味更隽永,系加倍写法。飞卿最喜用之。"

尤须指出的是,先生承复堂论绪,评词以柔厚为归,往往从结拍点出,真乃仁者其言蔼如也。如白石《八归》结拍:"归来后,翠尊双饮,下了朱帘,玲珑闲看月。"先生云:"'想文君'两句,从对方(指胡德华)著笔,清澈可味。末以室家之乐在结,深得柔厚之旨。"结句得柔厚之旨,不仅词品高,且情味无穷。先生不但评具体的词作重柔厚,评词人作者亦重柔厚。少游词境凄婉,是人所共悉。而先生云:"秦观柔厚中含凄婉。婉美派宗主。"柔厚则指出了少游词旨的实质。无疑,这是先生论少游词的深到处。

三

词的声律、音韵和词谱,先生最为专门。今刊行的《词学研究》②,"论声律""论音韵""论调谱"三章可见一斑。这些专门之学,非我所可追述。而学者苟得其一端,则大有启迪。先生当年讲授宋词研究,为诸生胪列专题甚夥。如"宋词平入互用考""宋词入声演变考""宋词去上分用考""南宋词音谱拍眼考""词调演变与法曲""诸宫调说唱考"和"宋词词名变易考索"等等。先生讲授,常就专题的关键处加以点醒,从而启发学生用功研究。如"宋词去上分用考"这一专题,先生提示云:"宋词分去上始自柳永。"易安论词,称耆卿协律,"大得声于当世"③。检《乐章集》,去上分用,其目的在于调扬抑于平仄,不唯平仄所当参究。如《雨霖铃》"骤雨""帐饮""泪眼""纵有""更与"等。又"此去"为上去,则为抑扬,其作用也几同去上;"暮霭"的霭,也不读与暮同去声,而应读入声。"大抵两上两去,在所当避。"④ 其后万红友著《词

---

① 周济:《宋四家词选》,见《清人选评词集三种》,第279页。
② 詹安泰著,汤擎民整理:《詹安泰词学论稿》,广东人民出版社1984年版。
③ 李清照:《词论》,见徐培均笺注《李清照集笺注》,上海古籍出版社2002年版。
④ 万树:《词律·发凡》,商务印书馆1937年版,第59页。

律》,以去上分用为定则。杜文澜云:"词用去上,取其一扬一抑,得顿挫之音。"① 厉樊榭又云:"(吴焯)其揣谱寻声,兢兢于去上二字之分,尤不失刌度。"② 先生从词的创作实践出发,综合清朝以来去上之论,提出去上分用的专题研究,无疑是有学术价值的。先生在释两宋词时,也经常联系自己的词作,指出去上分用得声律扬抑之美。如释吴梦窗《莺啼序》第二叠"十载西湖,傍柳系马",谓"后者当用去上",即去上去上格。先生自作《莺啼序》"吊李冰"阕,同句亦严遵之:"莫问当年,醉酡露顶。"至如美成《齐天乐》"绿芜凋尽台城路"阕:"静掩""尚有""眺远""醉倒""照敛";白石同调咏蟋蟀:"似诉""暗雨""漫与""更苦",须用去上之类。虽自清以来,人所共知共守,但并不一定能审其扬抑之美;而先生却于自作词中,于朱、厉词中,得审而赏之。先生论证句律既如上述《莺啼序》,又认为如《疏影》结拍"几时见得"白石用"用上平去入",不可改易,不改易则不谐畅。并证之以诸家同调词:吴文英"两堤翠匼",陈允平"小舟泛得",黄升"满庭绛雪",张炎"此时共折",邵贞享"可能最得"。此与《甘州》结拍前句同一消息:柳永"倚阑干处",吴文英"上琴台去",张炎"有斜阳处",可知东坡"不应回首"为不律。又前引《翠楼吟》(新翻胡部曲),曲字应入声,不可易以他声,先生论律如此。其所自作同调"填词图漫题"一阕首句"红桑惊换劫",亦严遵入声。先生既严于韵律,因此纠正《词律》的地方不少。如《词律》以为《翠楼吟》押去声韵,但白石此词上去声韵同协:"层楼高峙""叹芳草萋萋千里"两句,先生曰:"峙、里分明作上声也。"先生自作《翠楼吟》,不从《词律》而取上去同协。如下片"月楼沉恨远,几荒乱鸦呼眠起,吴宫燕市,剩冷谷栖香,冰丝调水",用上声韵与"千花弹泪,对万咽风蝉,长条曾系"等句去声韵相押。《庆宫春》,美成、梦窗皆用此调,字数句法均同于白石,但押平韵,且在过片处用暗韵。先生云:"二调殆有消息可通也。此调(指白石词)必须用入声韵,王碧山、周草窗均依之,不得改用上去声韵。"这是因为,平入声韵可相代,上去声韵不可代平声韵。先生自作《庆宫春》"悼黄任初教授"阕,用平韵"伤心重到、半盏寒泉,空荐花轮""夜台幽夐,料不似红尘泪

---

① 杜文澜:《憩园词话》,见唐圭璋编《词话丛编》,第2855页。
② 转引自冯金伯《词苑萃编》,见唐圭璋编《词话丛编》,第1950页。

纷"等可见。亦如白石《满江红》"仙姥来时"阕，押平韵，其理可悟，且有小序为之解释。

以上追忆，不无谬误，且谫陋如我，不能体其道之大全，诚有损于先生；所引当日先生讲学的笔记残编，又不能正诸九泉，这一切责任当在笔者。唯期读者读之，有所感念于先生。1976年5月，曾把先生讲学的笔记残编再读一遍，欲加整理而未遑，唯作一题记。记曰：詹师祝南先生，归道山且将九年。平生治学，专于宋词，尤以周、姜研究为最有得也。其释词精深，会意超妙，往往发前人之所未发，言常人之所难言。故在上庠，每讲学罢，诸生无不流连赞叹。余四五年春，乃忝诸生之列，其后又聆教晨夕。顾自学殖荒疏，既不能师承其学，愧对先生。而感念畴昔，不禁抆泪！今于荛簏检得当日之笔记残编，虽文字脱落，读之犹仿佛先生讲学音容。先生遗著大半散佚，余亦五十而无所闻命。嗟乎！羊昙西州之伤，未有甚于今日者哉！

受业邱世友记，一九七六年五月游洛后之九日

（见《詹安泰词学论集·附录》，汕头大学出版社1997年版。）

第五节　《宋代词学审美理想》序[*]

词至两宋，创作极盛，风格纷呈；词学亦随之而兴，词的评论和审美理想又成为词学中心。东坡倡"自是一家"，易安倡"别是一家"，或从词的体制，或从词的声情说明各自的词学主张和审美理想。不少问题的解释，虽明而未融，对于后世影响却颇为深远。清代词学复兴，浙（西）、常（州）两大词派相继兴起，词学批评繁盛，对东坡、清真、梦窗的研究成绩斐然。张惠民同志多年潜心于词学，寝馈之间，所得良多，探研词的源流正变、体制特点，新意频出，在某些方面，填补了词学研究的空白，如宋已有论词的寄托说等等。之所以能达到这样的境地，取得如许的成绩，这是由于他不随流俗，不赶浪潮，更不阿谀权威；而覃思独往，取教前修，唯追求学术真理，不在名利得失之间。如众说易安《词论》推尊清真，一代词学宗匠亦以清真词与《词论》对勘，列举类似观点和现象，参照并说明清真词是《词论》所依据。而惠民则提出清真不为《词

---

[*] 原文见张惠民《宋代词学审美理想》，人民文学出版社1995年版。

论》所推崇。言之凿凿,虽与笔者所见略有同异,而学术争鸣,贵在自由,其实事求是的精神,理应受到尊重。今袁辑修订成书出版,嘱我为该书写序,略说一二,用明心志。

宋初词学承《花间》《尊前》诸集,继南唐二主、正中。镂玉雕琼,留云借月。《花间》词"情真调逸,思深言婉",蕙风所谓"艳而有骨"者。后代词人间得其仿佛:学《阳春集》,"晏同叔得其俊,欧阳永叔得其深",这都足可领袖一代。但是依花附草,流连光景,迷恋于男女之际的词,耆卿虽云"酒恋花迷,奴损词客",却知之而犯之。题材因而不广,格调因而不高,情韵因而不远,求其领悟宇宙人生,殊难见到。东坡意欲变革词的体制,以清雄豪放、韶秀飘逸取代轻绮靡曼、浮艳淫丽之风,倡"自是一家"。惠民不喜婉弱香艳表现文人病态人格的词和词家,因其主体失落,生命萎靡,而喜爱苏、辛,这是很自然的。东坡倡"自是一家",改革词的体制,自有历史性的意义;而截断众流,巨浪迭起,争议纷纭。易安认为东坡词为"句读不葺之诗",后山以为"以诗为词",晁无咎以为"曲子缚不住者"。其中以后山的评论最具实质性。不管评者本人理解如何,却影响深远。

自北宋以还,论者多从风格、做法去理解"以诗为词"一语的含义。虽多有阐释,足可启迪后进,但由于词的体制未见实质性的"触着",词的体制所具的主体与客体的关系,尤其是文人词(静安所谓士大夫词),其中主体内涵尤关重要。这些内涵自然包括作者特定的思想感情、生活遭遇、审美理想和美学情趣。一言以蔽之,即词的意境中所蕴含主体的一切因素。惠民论东坡词,从本体论来把握、分析"以诗为词"的实质,从词源于诗、诗词同源来把握词的客体与主体的统一,因为本体论是体制论的核心。东坡的社会人生理想、学养、襟抱与客观景物,都融合和统一在这个过程中,既能入乎其内,有沉郁苍凉之感和身世流离之思;又能出乎其外,有飘逸出尘之致和放旷迈往之度,而一归于忠爱,诚然还是认同于词乃属阴柔的抒情文体的。阴柔中见阳刚,"刚健含婀娜",虽变而正,东坡词不失词的本质特征。正因为东坡虽豪放而犹能把握词的本质特征,他对少游词凄婉柔丽、蕴藉含蓄赞赏不已。但少游一旦失去雅正之音,就批评其不应学柳七词的俗艳。这是众所周知的。所以惠民所爱好固然是苏、辛,而本色当行,婉美清丽还是立专章而论之,而称"少游词最含本色"。从体制论,词既是柔性文学,因此"宛曲尽情""要眇宜修"的意境就成为深明体制的词家所讲究的艺术品格了。历来论词,只据张綖《诗馀图谱》分婉约、豪放,以谓豪放之词不讲求婉曲要眇。这只是停留在风格层面上论词写词;若从体制论词,从本体论论词,如胡寅以"摆脱绸缪婉转之度"论东坡,东坡是不接受的,不讲婉转是背离词的本质特征的。刘融斋论词主寄直于曲,又引司空图论诗强调味在酸咸之外,引严羽论诗强调水月镜花,不可凑泊,都在追求"近而不浮,远而不尽"和寄意无穷的境界,并以东坡的"似花还似非花"为例,证明空灵蕴藉的诗境,"词亦以此为超诣"。本书从本体论、从词的体制改革去理解去阐释"东坡以诗为词"的实质内涵,无疑是深刻的,有创见的;接触到了词与诗同源的本质,承认诗词在抒写性情、反映现实上有着共同的规律,否认这点也就否认抒情言志的语言艺术。然而,忽视诗词各自的特殊规律,无视词与诗异体的本质特征和特性,它的阴柔婉曲、含蓄蕴籍,它的"要眇宜修"等等,则只会使词向诗转化。所以豪放沉雄的词也须"纵横出没中复含蕴藉微远之致"①。豪放的词尤其当如此。从本体论析"以诗为词",依此可以避免词的诗化,词的非词化。至于论稼轩词,基本上沿用周济说,"变温婉,成悲凉"。在温婉的词的艺术特征上卑弃婉弱,强调悲壮豪迈,表现抗金爱国英雄失意的时代精神。某部词选评稼轩词说,剑拔弩张是其艺术特点,这就抹杀了词的温婉的特点,也曲解了豪放风格。再者,比兴之说本来是《诗》六义中的二义。自《周礼·大师》提出,两汉经生论之,源流久远。如果不是单从修辞、塑造形象来理解,而是从把握其普遍性、本质意义来理解,克服"比而可喻,比则不深"的局限,那么,比兴就会相互渗透,形成更高的寄托层面,由此而衍引出词的寄托论。刘勰论比兴,认为"比则蓄愤以斥言,兴则环喻以托讽"。比,譬喻也。陈启源《毛诗稽古编》卷二十五:"兴比皆喻而体不同。"故兴之环喻是比兴的浑融统一。东坡的"琼楼玉宇",稼轩的"斜阳烟柳",皆寄托遥深,且以似有似无之间,令人兴感无端而一归于忠怨。在词论中,惠民考辨出寄托发源于两宋,这无疑是新说,启人史识。如说山谷之跋王君玉《定风波》,以谓君玉流落在外,意不能无触望,"意之所寄,似为执政者不悦"。胡寅《酒边词序》亦云:"文章豪放之士,鲜不寄意于此者"。又如山谷跋东坡《卜算子·孤雁》,虽未明论寄托,实为

---

① 沈德潜:《说诗晬语》,见《原诗·一瓢诗话,说诗晬语》,第217页。

寄托之论。这可以说明词的寄托论萌芽于比兴了。在词论史上，寄托论当以常州词派为圭臬。周济倡为"从有寄托入，以无寄托出"；谭复堂以为寄托"千古辞章之能事尽，岂独填词为然"。前人说北宋词多身世风雪之悲，南宋词多家国兴亡之恨，若揭其寄托之旨，即性情即寄托，那么两宋词的历史意义和思想审美价值自然因寄托论的阐释而提高。本书将词的寄托论追源至两宋，既掌有第一手资料又从而论之，这样常州派的寄托论就源流有自了。

　　前面曾说，惠民认为清真词不为易安《词论》所推崇。察其原因，易安主情致而未论浑厚；虽然她论词也重音律，尚典重故实，求铺叙勾勒。而惠民于清真词亟论其浑厚之美。这不能不说他摆脱繁缛，眼光深刻，抓住了清真词的核心。自然这也是受常州派周济论美成所启发，而且补充、完善了晚清如谭献、陈廷焯、况周颐乃至陈洵诸家的理论思想。朱彊邨评王鹏运词就说："半塘词导源碧山，后历稼轩、梦窗，以还清真之浑化，与周止庵氏说契若针芥。"这一学词途径，在中华民族内忧外患，灾难深重的近代，多为有识的词家所追求。书中所论清真词之浑，以浑化之笔，写浑厚之境而寄深挚之情，由是构成整体浑厚之美。其所释"浑"字，引段玉裁《说文解字》谓"浑"通"混"，故水浊为浑，二水合流为浑，既有浑涛深厚之义，又有含浑不清之意。既有浑涵又有浑成。思笔忠厚和平，含蓄蕴藉，怨而不怒，哀而不伤，在审美上体现儒家的温柔敦厚的诗教。从不同的角度和层面，从用笔用意、构思造境、使事措辞，都能透视出清真词"浑"的审美特征。其中深细分析之《六丑·蔷薇谢后作》，正说明了这种美学特点。他如《满庭芳·夏日溧水无想山作》《大酺·春雨》都具上述的特点。谭献还引以说明填词之法。"流潦妨车毂""衣润费炉烟"谓"填词者，试于此消息之"（《复堂词自序》）。深情景语，兴感无端而柔厚蕴藉。沈际飞以为景在"费"字，梁任公以为"流潦"云云托想奇绝。这都从作法上说明了浑的审美特点。亦峰评清真《少年游》"低声问，向谁行宿"一段，曰："一经道破，转嫌痕迹，不如并浑去为妙。""浑去"，惠民解释云：即将所寄之情，所咏之物混合浑融，不露痕迹，从而使词面的艺术形象与词内的深层情思交相融会叠合，形成浑厚之美。在解释《兰陵王·咏柳》时，还与东坡《水龙吟·柳絮》进行比较，认为东坡把柳絮人格化，清真词则以柳写人，以人写柳，又柳又人，人柳浑化，于浑成之境中不可分辨，而蕴含着因新旧派斗争所形成客中送客的郁郁凄苦之情。诚然，二词各有至处，不可轩轾，身世流离之思同是感人，而艺术也同为极诣。同时，又对周济论清真词"愈勾勒愈浑厚"一语，从直陈敷衍和铺叙的描写去理解，给予读者对清真词的艺术特点和艺术成就极明确的揭示，这也是须特别指出来的。

以清空说词近年来颇为人们所重视。笔者所见如韩国，于清空的审美内涵、审美特性和审美价值均有论述，业绩斐然。本书之论清空，以张炎《词源》为基础，兼及张炎本人和白石词中小序，甄综概括，论述很为切要，指出人生的超越意识和高蹈精神的艺术表现是构成清空艺术之美的基调和内质。刘融斋论词主"空诸所有"，引司空图、严羽论诗之语论词，强调词的空灵蕴藉，前文已具引。沈祥龙继之在《填词杂说》中以为："清则丽，空则灵。如月之曙，如气之秋。"词境至此不能不说是清空了。东坡、白石、玉田本人都不同程度地表现了这种主体因素，而且词家家国之感、身世之伤愈沉挚忠厚，其清空的艺术品位就可能愈高。诚然，意境的清空是一个核心问题。张炎评白石词："如野云孤飞，去留无迹。"所喻已极超妙，加之骚雅峭拔、意境高远，更能体会白石词清空的品性。惠民就是从这点出发，论东坡白石词境的清空的。东坡词的清空与豪放飘逸乃至韶秀诸风格相互渗透结合，形成东坡有所侧重的词的特点。所以他论东坡词的清空明而可融，多出新意。张炎论白石词以清空骚雅、意趣闲旷高远概括其审美特性，惠民兼引刘融斋评白石："幽韵冷香，令人挹之不尽。在乐则琴，在花则梅也。"取二家之论而自出新意，尽发白石词的清空要眇和格韵高绝的审美特点。他又辨明白石词非如周济、王国维说的"情浅"，列举白石词结合清空论以证明稼轩、白石深情至性，唱和颇密。只因为生活道路不同，人生态度有别，深情至性的词的艺术也就不同了。因此一沉雄，一旷逸；一龙腾虎掷，一闲雅有意趣。诚然，白石是沧桑之感、身世之伤的出世放旷。其中所引白石词已足说明，无庸赘论。不过白石的深层的忧伤即见忠爱之至，这是必须指出的。其《鹧鸪天·正月十一观灯》："白头居士无呵殿，只有乘肩小女随。"平淡中见其深沉之慨，清空中蕴其敦厚之思。真所谓"白石乘肩小女花月皆悲"啊！在清空美的论析中，惠民唯信玉田《词源》之言，他贬抑梦窗，未予驳正，忽略了梦窗词密丽中的疏宕，组练中见空灵。麦孺博评梦窗《高阳台·丰乐楼分韵得如字》云："秾丽极矣，仍自清空，如此等词，安能以七宝楼台消之。"① 然则丽密与空灵的统一是梦窗词的特点。玉田之评不无偏颇，他只抓住非本质性的、比较严重的缺点，为其清空论树立对立面——质实，殊非圆鉴。自周济《宋四家词选》重视梦窗以来，承尹焕"前有清真后有梦窗"之说，晚清诸名家于梦窗均有所探究，渐多新解，深明其词之空灵，如万花为春，生气勃然。我持这种看法并无与作者论清空之美相左。在序中争鸣尤感亲切。

易安论词"别是一家"。除重故实重典，主情致之外，词作为声诗，尤重声律。惠民也紧紧把握词的声律要求和特点，并且遵王鹏运的用律严而用韵宽的原则，既与万树《词律》、戈载《词林正韵》有异同。用韵宽则能广纳方言音韵，在今天的诗词改革中有其实际的意义。用律严则避免使词非词化。其中论去声字在词中的作用甚为切要，虽前人多曾论述，如唐（圭璋）、夏（承焘）诸前辈。但是，上去、去上两声在词的两仄处极为重要，尤其是后者。前者构成抑扬格，后者构成扬抑格。去上两声的使用始于《乐章集》，因此柳永"大得声称于世"。周邦彦精于音律，他所为词去上的运用多得扬抑之妙。乔大壮据《彊村丛书》本《片玉集》作了批点，于去上多所指明。有清一代词家多重视去上两声的使用，万氏《词律·发凡》又申其说。我从前以为常州词派重比兴寄托，不大重视声律。读《茗柯词》却非如此。如集中《木兰花慢·游丝绸》用去上极尽声情之致，抒如缕之幽思，作者张惠言未中进士前落魄不偶之情显然如见。词之前片用去上字如"未了""又待""暗剪""未忍""细裛"，声律之美可想。惜书中未论及，难议其吉光。

惠民同志这部书确实因唐宋词学审美批评的研究，加深了对整个词史尤其是唐宋阶段的认识；加深了对词论史前半部的认识，学术价值是肯定的。惠民同志人在盛年，精力弥满，思维敏捷，将会从词的本体论、词的意境论、风格论和声律论诸方面沉潜研究词学，再取得更大的成果。这是作序者所深望的。

1994 年荔子红时于康乐园

---

① 梁令娴编，刘逸生校点：《艺蘅馆词选·丙卷》，广东人民出版社 1981 年版，第 144 页。

编　后　记

　　邱世友先生是当代著名的词学研究家，此集以2002年人民文学出版社出版的《词论史论稿》为基础，同时收录了邱先生刊载在其他书刊中有关词学的评论和词学散记，他晚年发表于《文学遗产》的重要论文《柳永词的声律美》也一并辑录。应该说，邱先生已发表的词学论著已收集殆尽，本书基本反映了他的词学成果。本书的出版，将对当今词学研究提供有益的帮助。

　　是以为记。

孙　立

2018年9月1日于中山大学